静静的界河

钟锋◎著

九州出版社
JIUZHOUPRESS

图书在版编目（CIP）数据

静静的界河 / 钟锋著. —北京：九州出版社，2011.8
ISBN 978-7-5108-1079-4

Ⅰ. ①静… Ⅱ. ①钟… Ⅲ. ①报告文学—作品集—中国—当代 Ⅳ. ①I25

中国版本图书馆CIP数据核字(2011)第153445号

静静的界河

作　　者	钟锋　著
出版发行	九州出版社
出 版 人	徐尚定
地　　址	北京市西城区阜外大街甲 35 号 (100037)
发行电话	(010)68992190/2/3/5/6
网　　址	www.jiuzhoupress.com
电子信箱	jiuzhou@jiuzhoupress.com
印　　刷	三河市东方印刷有限公司
开　　本	787 毫米 × 1092 毫米　16 开
印　　张	27.25
字　　数	340 千字
版　　次	2011 年 12 月第 1 版
印　　次	2011 年 12 月第 1 次印刷
书　　号	ISBN 978-7-5108-1079-4
定　　价	48.00 元

Contents 目录

上部　和平硝烟

战争自古都是影响人类命运的大事,个人在战神面前执掌的能力并不比一只蚂蚁大多少。

战争对人类的特殊魅力,很难用一种简单的逻辑解释——经济的、政治的、外交的、历史的、心理的、民族的、道德的、观念的、军事的原因,无不作用于人性的“潘多拉之弹匣”。

而“和平”却又是那么美好,它激起古今中外无数的人们前仆后继、苦苦追求和奋斗的理想。当人类历史的战车把世界拖进第一个国际和平年之际,人们终于开始了历史反思,从战争迈向经济,拥抱起和平之光。

世界新格局在骤变,战神的车轮已千疮百孔,贫穷、苦难的人民需要休养生息。

不能承受的战场宁静,这个时候的宁静让我们觉得简直不可理喻。在前线,宁静是压根儿没有的,而前线的魔力又扩展得那么遥远,我们怎么也摆脱不了它。即使在偏僻的武器库和休息营地,那炮火的嗡鸣声和低沉的隆隆声也总是回旋在我们的耳际。

正是因为存在着这种宁静，这些关于往日的回忆与其说是愿望，毋宁说是悲伤——那是一种无比巨大的无法克制的忧郁心情。它在军歌中出现，每当我们在清晨的曙光和乌黑的树林剪影之间齐步行进，到荒野里去操练的时候总是要唱的，它是藏在我们心中，发自我们内心的强烈怀念。

瑞士作家约米尼说："假使在一个国家里面，那些牺牲生命、健康、幸福去保卫祖国的勇士们，其社会地位，反而不如大腹贾，那么这个国家的亡国，就一点都不冤枉。"

约米尼还说："一个国家不管它的政府采取什么形式，为了避免受到后代子孙的谴责，提倡尚武精神，尊敬军事职业实在是一种明智的政策。"

这是中越边境东段面对北部湾的第一个重镇，与广西东兴市一江之隔的是越南的芒街。我站在江边，举目远眺，江那边的土地一片片荒芜着，几乎不见一个耕作的人影。江面上，数以百计的小木船像一群群野鸭穿梭来往……

战争与和平，这看来是互不相干、水火不相容的，甚至相互排斥的范畴；人民渴望和平，厌恶战争。然而，实质上两者关系甚为密切。翻开历史，可以说中华民族是一部由战争记载缀成的历史，它的每一章每一页，几乎都可以嗅到硝烟的气味。

有道是："看山如读史。"秦始皇修建万里长城时，他绝不会想到千年之后会成为举世向往的旅游胜地？山海关、嘉峪关、居庸关，这些刀光剑影的雄关险隘，如今哪一个不是游人如织？被誉为"世界第八奇迹"的秦始皇墓地兵马俑，不也引起人们的注目？虎门炮台、赤壁古战场……作为后人的教育场地。

从眼前的金鸡山与山下的那座雄关，可以读到中法关系、中越关系的种种真实的史料。而那些由冯子材、苏元春等著名抗法将领留下的抗击侵略者的城垒炮台，其万古不灭的文物价值和精神价值，在今天看来，已远远超出了这些价值。

4. 勇士在雷场 / 101

海湾战争已过去多年，然而当年伊拉克人在科威特埋下的500万颗地雷至今只有220万颗被排除。按科威特人口折算，平均每人拥有约1.5颗地雷。

23岁的科威特牧民穆巴拉克，三年前和他的兄弟穆罕默德因误踏塑料地雷而险些丧命。“这些该死的地雷不但小，而且颜色同沙地没有什么区别，我们甚至还没有意识到怎么回事，身体突然像散架似的倒在地上。”他指着那对空荡荡的裤管，仿佛还沉浸于当时的痛苦之中……

在国际协定中，地雷被定义为一种可爆炸的金属球。但伊军在科威特所埋设的却几乎都是塑料地雷，而且还易同岩石或植物混淆。

广西边境有个“寡妇村”——弄尧卡凤村，百来口人，三十多个男人被地雷炸死，更多的则是被炸伤。1988年以来，这个村被地雷炸死炸伤者近400余人，牲畜无数。而在云南的一个边境地区，因地雷伤亡达千人，有一个村寨35户，伤残55人；有一个小山村88人，只有81条腿……

5. 和平硝烟 / 118

一位著名的军事家曾说过：在地球上，最难消除的战争痕迹，不是倒塌的楼房和毁坏的桥梁，而是地雷。二次大战时，德军绕过著名的马其顿防线攻入法国。五十多年后的今天，法国政府仍无法全部清除这条防线上狼獾防区密布的地雷，只能立下警示牌，告诫国民勿随意进入。

与法、英、美三军在丘陵、海岛和沙漠之上的排雷相比，中国工兵面临的困难，在世界排雷史上是罕见的。此时，任何一个有头脑的人，都不会把边境排雷看成是一次单纯的工兵作业，其政治意义已远远在军事意义与经济意义之上。

曾几何时，在世界格局发生重大变化的年代里，中国以其高速发展的业绩引起了世界的瞩目。但国际上也总有那么一股势力，他们企图在中国与周边国家关系上制造不和，滞延中国的发展。

的苦难；它能识别各种危险，并不因战争的延续而产生丝毫动摇。

军人的奉献不仅仅针对军人本人，同时也是针对他的家庭。

医师断定，阳铁生最多只能活半年。他坦然处之，说："作为一个在战场上与死神打了十多年交道的边防军人，我相信自己能战胜这个危害人类健康的头号杀手！"

绿色士兵群/在这里上演一部战洪图/脊梁，耸立成一座座岛屿/手臂，生长成一杆杆红旗/高高擎起洪水冲不走的希冀/雕塑绿色生命/那是一幅悲壮的造型……

对于军人来说，不存在一种由着军服而产生的特殊的等级荣誉。荣誉只有一种，那就是作为民族一分子的荣誉，就是在维护民族生存的斗争中作同胞的表率者、教育者和领导者的荣誉。他们的义务就是自愿地、而不是为了追逐"功名利禄"无能为力完成这些令人自豪的任务，这样他们才无愧于军人的职称。

对功名利禄的追求，在和平时期就会损害军队团结、军队的道德基础和国家稳固。

富裕没有极限，人富可敌国。然而，贫困有极限吗？与我们身处同一片蓝天下的那些贫困人，他们正在过着怎样的一种生活呢？

请记住，同在一片阳光下，并不是所有的人都得到温暖的。

吃不饱、穿不暖、喝不上水、没钱看病，都会引起人们生命的终结。从某种意义上说，温饱线其实就是生死线，是贫困的最低限度。

在大山的褶皱里，却真真实实地生活着这样一些在最低极限线长久徘徊而生存的人。他们创造挑战了不具备人类生存的恶劣条件下人类奇迹，但这样的奇迹，随时可能被突如其来的灾难性变故迎头击碎。这就是生活给我们对贫困的体会与阐释。

一巴掌拍出的蚊子可做一碟菜，一泡尿就能拉出国，一不留神衣服就被风吹出国境，一个响雷能炸穿石头墙。

炮台山下那片开阔的土地，连接着险峻、奇异的长排山。80年代初期，我国放映了一部纪实性故事片《长排山之战》，反映的就是发生在此地惨烈的一场激战。

其龙哨所是闻名遐迩的清末提督、抗法英雄苏元春将军率领边境军民抵御外来入侵之敌修建的祖国南疆重要门户十二道门--龙邦关口的一个分支通道。

这些穿着军装、不佩戴军衔的边防民兵担负着边境战备、执勤、巡逻、治安的任务。

巡逻道上，日复一日，每天都在留下民兵哨员深深的足迹，每一次都认真走过那条平凡而又曲折的边境线，和平从他们脚下延伸；观察哨里，他们每天都把和平的消息报告祖国。

下部　阳光下的秘密战

政治家有时会犯错误，然而历史的发展却是任何力量也阻挡不了的。和平与发展，永远是世界历史前进的主流。

历史告诉我们，在军事上取得了胜利，并不等于达到了政治上的目的。

为了维护和平而去冒战争的危险，这是具有理智的。这个结论似乎与一般人的习惯相抵触，但却是早已被经验所证明了的。只有当你看到确有良好的机会取得结果时，把战争继续打下去才有意义。这也就是说，只有看到和平的前景将来可以补偿人们在战争中遭受的损失和痛苦时，战争才可能继续打下去。

胜利的真正含义应该是在战后获得巩固的和平，人民的物质生活状况比战前有所改善。想要获得这样的胜利，办法可能是两条：或者速战速决，迅速取得战果；或者进行持久战，但要根据国家资源情况节约使用兵力。

如果夺取这种胜利的机会已经丧失，那么头脑清醒的政治家决不会放过缔结和约的有利时机。和平，双方都因再无其他出路而缔造的和平，或者双方承认彼此都有实力的和平，比起那种已经两败俱伤之后而达到的和平来要好得多。这也常常就是战后持久和平的基础。

在西南边境，有一个贩毒集团，名叫“黑豹敢死队”，专门从金三角将毒品运至滇桂边界，出售一小部分给当地人，但绝大部分经秘密途径运至香港。

难时期，一列满载援越大米的火车停靠在广西境内一个小站，一群饥饿难耐的群众割开一包包麻袋，捧起生大米就往嘴里塞。突然，一个灾民发现麻袋上写着“援越大米”的字样，大声惊叫：“这是支援越南兄弟抗美救国的大米，不能吃呀！”

战争是属于社会生活的领域。战争是一种巨大的利害关系的冲突，这种冲突是用流血方式进行的。

与其说战争像某种技术，不如说像贸易，贸易也是人类利害关系和活动的冲突。然而，更接近战争的是政治，政治也可以看成是一种更大规模的贸易。不仅如此，政治还是孕育战争的母体，战争的轮廓在政治中的隐隐形成，就好像生物的属性在胚胎中形成一样。

第二次世界大战后期，原中国抗日远征军总司令、美国人史迪威将军，乘车沿桂越和滇缅边界公路纪行时，曾对路边满山遍野的罂粟花感到忧虑……联合国前秘书长佩雷斯·德奎利亚尔指出：“毒品问题已经成为一个全球性的问题。”他担心“人类社会的物质文明将毁于毒品的烟雾之中”。

半个世纪过去了，在与老挝、越南、缅甸、泰国接壤的滇桂边境一带，以年产鸦片2500吨、海洛因40吨而闻名于世。

罂粟花开放时格外鲜艳，娇丽的花朵凋谢之后，枝头便剥下了状若鸡卵的绿果，乳白色的果浆凝结后便是生鸦片，生鸦片经过加工精制便成了“白色魔鬼”海洛因。

提起毒品，对于饱尝过鸦片战争之苦的中华民族来说，永远是一个深痛的沉思。中国的历史新纪元，正是从毒品战争开始的，因此，决不能容忍历史的悲剧重演！

遥望前方，依然山重水复。在可预见的将来，斗争尚未有穷期，速胜论是不可能的，绝望和失败的观点则是有害的。“咬定青山不放松”，愚公移山般地挖下去，正义的力量总会有胜利的一天！因为人类渴望一片净土！

从抗美救国到入侵柬埔寨战争，再到中越边界交战，在长达 20 多年的战争中，致使越南国力衰退，元气大伤。

战争，这个极端可恶的魔鬼，把一个国家与民族推向死亡的深渊。战争，迫使男人们都上前线打仗去了，在城镇，在乡村，几乎看不到男人的影子，这里成了妇孺们的天下。

电影《血染的玫瑰》中所反映的是七十年代末，越南姑娘阿香与中国青年阿勇这对坚贞的异国伴侣遭受越南当局阻挠、排斥与迫害的爱情悲剧。

硝烟尚未散尽，饱受战争煎熬的越南边民，便迫不及待地穿过荆棘丛生、崎岖艰难的边境小道，进入中国边境村镇。那些由于被战争破坏人类的两性生态而经历二十多年浩劫的越南女人们，通过各种途径与中国人结成婚姻关系，企望能在生活稳定富裕的中国大地上扎下根、安下窝。

西南自古无通途。当年秦始皇统一中国，挥师南下到仙霞岭时，被横亘在面前的五岭山脉所阻，不得不耗时数载，开凿了沟通长江与珠江水系的灵渠，才得以绕道征服西南……

民主主义革命的先驱孙中山先生，把西南铁路建设作为治国安邦的根本大计来看，他在《建国方略》中，为西南地区精心设计了一个由 7 条铁路组成的西南铁路网，其中“最为必要”的乃是：“由南宁循右江而上，至于百色，经兴义县，横过贵州之西南隅入云南省，至罗平，经陆谅(良)一路以至云南省城。”

值得一提的是，百年前孙中山先生描绘的南昆铁路，竟与今天正在修建的南昆铁路定向大体一致。

这曾经只是美好的理想。

把理想变为现实的是中国共产党。

8. 战士战铁甲 / 372

运用手榴弹炸毁坚固的坦克,这在战争中是首创,在近代战史和战例中也是罕见的。如今,这已是一个公开的谜。战争中是有很多谜的,谁曾料想到,拿破仑当年会在滑铁卢溃败?正如19世纪初,法国伟大的作家雨果认为:"假使那天晚上不曾下雨,欧洲的局面早已改变了,多了几滴雨,或少了几滴雨,那对于拿破仑成了一种胜败存亡的关键。"

拿破仑的一切都建立在炮队上, 那天下了雨, 炮弹受潮扣不响,就改变了历史。而眼前坚硬的敌坦克,却抵挡不住我们人民战士的血肉之躯!

这不是依靠先进武器的实力就能取胜的, 真正的胜利是人民战士的智勇,是人民的力量!

9. 东盟之窗南宁 / 381

南宁这座古老而又年轻的都市, 自古就是中国南方的边陲重镇和著名商埠,有着特殊的战略地位和厚实的文化底蕴。

南宁地处我国华南、西南和东南亚经济圈的结合部,是全国5个少数民族自治区中唯一具有亚热带风光和沿海开放特色的首府城市,是"南贵昆"经济区及环北部湾重要经济中心城市,是中国联系"东盟"的窗口。

凭借面向东南亚,背靠大西南,毗邻粤、琼、港、澳的区位优势,南宁对广西沿海城市发挥中心城市的依托作用,对华南、西南地区发挥枢纽城市的连接作用, 对东南亚各国发挥中国前沿城市的开放作用。

10. 百岁"画鱼王" / 392

纸上人间烟火,笔底四海风云;千读始得其神,万读始得其味。罗鼎华代表作《金鱼》作为新中国第一代画家,参加建国10周年全

上部　和平硝烟

◎　从战争到和平

◎　此时，战场宁静

◎　静静的界河

◎　勇士在雷场

◎　和平硝烟

◎　排雷英雄传

◎　边关铸剑

◎　铁生阳刚

◎　将士抗洪记

◎　绿染百色大地

◎　边关长缨

从战争到和平

■ 当人类历史的战车把世界拖进第一个国际和平年之际，人们终于开始了历史反思，从战争迈向经济，拥抱起和平之光。

■ 世界新格局在骤变，战神的车轮已千疮百孔，贫穷、苦难的人民需要休养生息。

历史，在这里拐了一个弯

当二十世纪最后一个轮回即将逝去之际，联合国于这年的 6 月 21 日在捷克斯洛伐克的首都布拉格，召开了一个世界和平大会。132 个国家和 119 个国际组织的 3625 名代表参加了这次人类有史以来前无古人的历史性盛会。大会呼吁停止核军备竞赛，反对核战争，争取和平与生存，进一步支持世界和平运动。与会人士还讨论通过了将公元 1986 年（农历丙寅虎年）定为第一个世界和平年。

二十世纪是人类风云激荡、生灵涂炭最惨烈的时代。仅据第一次世界大战以来人类记忆犹新的十大战争统计，我们就可以看到：

1914 年 8 月至 1918 年 11 月，在短短四年的第一次世界大战中，军人死亡 857.483 万人，平民死亡 830 万人，总计为 1687.483 万人。

1939 年 9 月至 1945 年 5 月，也是在不长的六年的第二次世界大战中，军人死亡 1704.17 万人，平民死亡 2453.8 万人，总计为

4157.97 万人。

1946 年 11 月至 1954 年 7 月的印度支那战争中，据法国统计，法军死亡 7.5 万人，越军死亡 50 万人，平民死亡 80—200 万人。

1950 年 6 月至 1953 年 7 月的朝鲜战争中，军人死亡 150 万人，平民死亡 150 万人，总计为 300 万人。

1954 年 11 月至 1962 年 3 月的阿尔及利亚战争中，法国估算的最低死亡人数为 25 万人，阿尔及利亚估算的最高死亡人数为 200 万人，概算的死亡人数为 50 万人。

1964 年至 1973 年 1 月的越南战争中，据美国的统计数字，包括越共在内，在越南北方军人死亡 79.7 万人，在越南南方军人死亡 24.9 万人；在越南北方的平民死亡人数没有官方的数字，据美国五角大楼估计，在 1965—1968 年越战升级期间，每天约有 1000 名平民死亡；在越南南方平民死亡约 34—45 万人。

1970 年 4 月 30 日至 1975 年的柬埔寨战争中，军人和平民共有 15.6 万人死亡；1978 年 6 月越军侵柬期间，军人死亡约 5 万人，平民死亡大约 1.4 万人，总计为 6.4 万人。

1975 年 4 月内战开始，到 1987 年 9 月的黎巴嫩战争中，估计死亡人数为 13 万人。

1979 年 12 月到 1989 年 2 月的阿富汗战争中，据西方权威人士的估计，约有 100—150 万人死亡。

1980 年 9 月到 1988 年 8 月的伊朗和伊拉克战争中（简称“两伊”战争），军人死亡 90 万人，平民死亡 10 万人，总计为 100 万人死亡。

望着这一串串令人触目惊心的巨大死亡人数，人类在想些什么，世界在怎样思考？

1986，丙寅虎年。当人类历史的战车把世界拖进第一个国际和平年之际，五洲四海各国人民将奉献上什么样的礼物？

作为占人类总数五分之一的世界人口最大国，中国以其文明古国的风姿，带着现代人的进步色彩，率先奉献给国际上两件礼物：中国政府宣告百万大裁军和人民艺术家创作《让世界充满爱》的歌曲。

顿时，全球瞩目，人类欢歌。各国艺术家首先接纳了《让世界充满爱》，不同国度、不同民族、不同肤色的世界人民传唱起这支发自心灵深处、引起强烈感情共鸣的歌典。

人们终于开始了历史反思，全球终于开始伴随国际和平年，从战争迈向了经济，拥抱起和平之光。

"让世界充满爱"的呼声，给各国首脑，给全球人类带来了越来越多的和平征兆。世界新格局在骤变，战争车轮已千疮百孔，贫穷、苦难的人民需要休养生息。

历史车轮迅速地推向了二十世纪最后一个蛇年—1989 年。

历史，终于在这里拐了一个弯。

2 月 15 日，全世界人民都在瞩目着一个战区将军—苏军驻阿富汗的司令格罗莫夫。他这一天身着佩有中将肩章的制式呢大衣、头顶战斗帽，迎着各国新闻记者的摄像机、照相机镜头，踏着阿富汗首都喀布尔的纷飞大雪，接走最后一位部下。按照阿富汗问题日内瓦协议规定，最后一个离开阿汗富领地的苏联军人应是他——格罗莫夫中将。当他的双脚离开阿富汗大地，踏上回归战机的旋梯时，历史便在这里向人类宣告了历时 10 年的苏、阿战争已成为过去的往事。

5 月 15 日中午 12 时整，随着"轰"的一声飞机降落声，一架苏联伊尔 62 专机载着苏联党和国家最高领导人戈尔巴乔夫一行，出现在中国北京的首都飞机场上。这是中、苏关系僵持了 30 年后，苏联最高领导人第一次访华。随后，中国最高领导人邓小平接见了戈尔巴乔夫，双双紧握着巨手。邓小平高兴地宣布："结束过去，开辟未来！"

接踵而来的是，分裂三百多年而各自独立的南、北也门，宣告合二为一，开始了国家的统一。东德、西德之间的那堵柏林墙一拆开，双方的一国两制的同胞迅速启用了共同的马克。25 年前离开越南战场的美国老兵，携款重返奇纳海滩，在那里建起了一座由学校、孤儿院和医疗中心组成的和平村。从三八线起点与终点、分裂了近四十年的韩国与朝鲜，而今也积极地谋求平等对话……

终于，走向世纪末的人类，开始把目光重心移向了东南亚战场：柬埔寨四方的联合会议和中、越持续了10年的边境硝烟。

一衣带水，早相见、晚相望的中、越两国边民，更是翘首以望："同志加兄弟"的岁月为期不远了吧？同饮一江水、共叙相思情的两国关系正常化何时开始？

不久以前的往事

在世界各地，对一些数字的看法，风俗习惯不尽相同，有的把某些数字视为吉祥，有的则特别忌讳，如西方国家就非常忌讳"十三"，连楼堂宾馆都没有十三层，从十二层直跳上十四层。而在我国，同样有对数字的忌讳，如两广、港、澳等地区，就特别忌讳"四"字，把"四"视作与"死"同音同义。

同样，我国民间习俗中，也有对数字极为推崇的。这个数字就是"九"字，以及九的倍数，同时还认为它具有颇为神秘的色彩。

古代帝王和帝位被称为"九五之尊"，"九"成了神圣之数。凡城门数、宫殿数、门钉数多以"九"计。如形容紫禁城的"宫阙九重"，太和殿面宽则采用"九开间"，故宫的门钉取九九八十一这个数目。甚至宫廷器物亦以"九"命名，像九龙杯、九桃壶、九龙柱等等。以九表示广大繁杂众多的词也不少，比如九天、九州、九庙、九品、九重、九泉、九派、九流、九霄……由九的倍数派生出来的数字也受到人们的崇尚，十八罗汉、十八般武艺、十八层地狱；孔老夫子贤徒七十二，《水浒传》梁山泊英雄有天罡三十六、地煞七十二；黄山有七十二峰、济南有七十二泉，道教有三十六洞天、七十二福地，《西游记》的孙大圣有七十二变；鼓楼击鼓和寺院撞钟都要一百零下，梁山泊绿林好汉排座次也正好一百零八将。

为何古人崇尚九与九的倍数呢？因为古以奇数为阳，以偶数为阴；又以奇数象征天，以偶数象征地。九是阳数中的极数，再大的数其尾数也大不过九。这样，九被祀为天的象征。在我国古代，“九”又是一个吉利、永久（九）的代词，它同时又为阳数（单数）中的极数（最大数），因此，“九”这个数在封建社会也同最高统治者皇帝及皇帝所拥有的建筑物联系起来。紫禁城午门上的主建筑正楼面阔、进深各为九楹，共为九九八十一间。皇宫佛堂里的佛的体重是九的倍数。清朝为庆祝乾隆皇帝70寿辰，共造佛20691尊，合为九的2299倍。在皇帝生日宴席上，要把水果、点心摆满99品。艺人们要演出81个节目。明、清两代的皇帝还把99数作为消遣娱乐活动。如每年冬至节前，皇宫室内便要贴上“管城春满”消寒图，共九格，每字九划。末代皇帝溥仪填过的“亭前垂柳珍重待春风”，每天一笔填满，正好是九九八十一天。九既然为中国人所青睐，那么，它自然又同中国的大事记有着密切地关联。

中国近代的历史，进入二十世纪以来似乎每个年代都与“九”青睐，逢“九”必有大事件发生，1949年新中国成立后也不例外，诸如1959年西藏发生叛乱，中央人民政府出兵平暴；1969年中、苏军事对峙与冲突，双方血战珍宝岛，几乎酿成大规模的战争；1979年2月17日，中国在广西、云南2300多公里的边境线上，在边境进行了自卫还击作战，双方由“同志加兄弟”变成了持续10年的军事敌对局面；1989年，中国大地发生的“六•四风波”。人们还在关注，到了1999年呢？

我们这里不谈预言，只想共同回顾历史。

让我们的目光返回1979年2月发生在中国南部那场边境战争的春天吧！

3月5日，当我国政府向全世界宣布对越自卫还击作战撤军的同时，中国外交部就立即照会越南外交部，要求举行两国副外长级谈判，越方没有作出反应。4月6日，我国政府再次照会表示：“中国方面真诚希望中越两国能够早日举行谈判，共同寻求切实可行的措施，确保两国边境地区的和平与安宁，恢复两国正常关系，进而解决两国间边界和领土问题的争议以及其他争端。”

在世界舆论的关注下，越方被迫同意中国外交部副部长韩念龙为团长的代表团飞抵河内举行谈判。从 4 月 15 日至 5 月 4 日，中、越双方举行了三次会谈，但由于越方缺乏诚意并设置种种障碍而毫无进展。这时，韩念龙团长又主动提出：“中越双方共同达成协议，尽早遣返中越边境冲突中双方全部被俘人员。”越方认为中国在利用战俘问题“小题大做”，未予接纳这一建设性意见。

5 月 12 日，中国首都各大报纸同时在显要版面上刊登了一篇《新华社授权声明》：“我国政府本着人道主义精神，为使俘虏人员早日同家人团聚，准备随时释放遣返全部被俘的越南人员，并决定于近期内首先释放一批。”中国外交部副部长仲曦东也同时在北京新闻发布会上，向中外记者宣告：“中国政府决定 5 月 19 日首先单方面释放遣返一批被俘的越南武装人员。”

国际人士闻讯为之大加赞赏，纷纷推促双方早日遣返全部战俘。国际红十字会迅速作出反应，并决定派员赴中越边境关督察。

仲曦东在中外记者招待会上，进一步详细讲述了具体实施交换战俘的办法：“为了使双方被俘人员能尽早同家人团聚，中国政府准备随时遣返全部被俘的越南武装人员，同时要求越南方面释放全部被俘的中国人员。中国红十字会将建议越南红十字会派出代表在 5 月 19 日到友谊关与同登公路零公里处接受中国释放的越南被俘武装人员，并商谈遣返双方全部被俘人员问题。中国方面原打算第一批多释放一些越南被俘人员，但是，由于交通关系，第一批将首先在广西释放 100 多名。”

中国人讲话算数，说释放战俘就马上付诸行动，并以实际行动赢得国际舆论的称赞。

越方见国际上大势所趋，不得不采纳中国提出的正确主张。于是，中越双方商定，从 5 月 21 日至 6 月 22 日，共分五批（次）进行释放全部被俘人员工作。前后五次，中国交返越南战俘是 1636

人;越南释放的中国被俘官兵是 238 人,比例为 6.9 比 1。

于是,中国友谊关前的零公里处,出现了一幕幕强烈的对比:越南被俘人员一个个红光满面,满载而归,而中国被俘官员则骨瘦如柴,遍体鳞伤;越南战俘依依不舍,拥抱着中国官员不愿离去,有的甚至希望永久留在中国,而中国被俘官员感慨万分地扑进祖国怀抱,生怕在越方多滞留一秒钟;越南被俘人员一过境,立即被当局人员剥夺下身上携带的中国发送的所有物品,甚至连他们身上穿的新衣服也全部剥光……中国被俘官员则受到了祖国人民的温暖拥抱,如同母亲迎接受伤的儿女一样,关怀备至。

然而,边境的战火,并未因此而熄灭。一场震惊中外的中越边境大战,瞬即又从广西边境法卡山燃起硝烟、战火。

法卡山——英雄山的风采

法卡山之所以出名,是因为它八十年代初燃起的战火空前熊烈,双方投入的兵力空前强大。

法卡山之所以被誉为英雄山,除了中国人民解放军边防战士血染的风采迷人外,更主要的是 1986 年春节,中共中央总书记胡耀邦来到这里的前沿阵地视察、拜年,并挥毫题词:“法卡山——英雄山”!

法卡山之战,更重要的一个因素,是中国军人首次在一个战区中与自己的敌手拼了一场军事、科学、精神的现代化立体战争,并以其胜利大捷的雄风英姿展现在世人面前,国人为之欢欣鼓舞、弹冠相贺;海外亦举世瞩目,敌手亦为之震惊。为了不让历史的尘埃湮没那 10 年前惊心动魄的一幕,我想自己有责任、有义务披露那鲜为人知的秘闻。

法卡山,位于广西南疆的国境线上,海拔七百多米,常年云雾缭绕、风雨交措。从广西边陲重镇凭祥市南行,朝东南方向前行

17 公里便是法卡山，而朝西南方向前行则是近百年来扬名海内外的友谊关、金鸡山。法卡山与金鸡山是这一带最高峻、最险要的山峰，控制了这两座大山，就等于控制住了这周围方圆数百里的边关重镇军民的一举一动。

站在法卡山上，朝北，重炮可打到越北重镇同登市、谅山省会等；向南，大炮可威胁我边境地区的凭祥、宁明等市、县。这是一个重要的战略制高点。

1980 年初，越军 337 师 52 团派出一支特工队，深夜摸上法卡山，抢夺了这块风水宝地、战略要冲。随后，我边防某部发起攻击，再次控制法卡山。

1981 年春，一个风雨雷电交加的夜晚，我边防部队某连指战员正沉睡在猫耳洞里。一群手握鬼头刀的魔影赤膊上阵，极为熟练地干掉哨兵。还沉睡在梦乡里战士们，被鬼头刀砍下。

一位刚换哨回来的战士，因疲困至极，头、脚刚好与平日的睡姿调了个方位，于是，一条魔影窜进猫耳洞，摸黑挥刀朝他砍去。鬼头刀将战士那双脚掌齐齐砍断，剧烈疼痛惊醒了战士，他凭着军人的敏感，顺手操起冲锋枪朝前一伸，“哒哒哒……”一梭子弹朝魔影射去。

枪声惊动了整个法卡山。然而报警已迟，摸上法卡山的是越军 337 师直辖的王牌特工队。这支号称“魔鬼天使”的特工队，都是久经沙场的兵痞子，人人身怀绝技，个个枪法极准。他们几乎不发一枪，就将我守备连指战员杀害了大部分。

枪声还是发挥了一些作用。驻守法卡山一线的指战员，此刻只剩一个后勤班战士的住处较为隐蔽，不被敌人发现。正好这天晚上，副连长带了连部的几个战士来此安排膳食工作，住在了这里。

翌日，天刚蒙蒙亮，副连长从望远镜里看到山上山下自己连队处处冒出许多面目陌生的“解放军”，而这些“解放军”中，既没一个熟悉的面孔，又无一人是连队的战士。职业的敏感，使他意识到法卡山阵地已失陷，连队战友已殉难。

山上被敌人占领，山下又出现敌军，他们所处位置虽隐蔽，但却夹在这道山梁的正中心，只要山上和山下的敌军一夹击、搜索，他们就是插翅也难逃。副连长当机立断：趁敌人立足未稳，杀他个措手不及！

可是，眼前这十几个战士并非连里的作战人员，都是些后勤战士，能拉出去作战吗？

生死攸关，已顾不得许多了。他略作部署，留下三名战士监视山头上的敌人，自己带领其余战士，一人持一支枪、拖一箱手榴弹，悄悄朝山下的敌人摸去。

这帮征战了整个晚上的越军特工，以为整个法卡山的我军战士都被他们杀光了，所以这时正兴高采烈地准备早餐。副连长一声令下，战士们迅速抄起手榴弹，一束一束地扔进敌群中。尽管是久经沙场的特工人员，此刻也被炸得晕头转向。不知谁大声叫喊："中国兵包围我们了！"一时间这群敌特吓破胆似的作鸟兽散，呼啦啦地窜回了自己的老窝。

山下得手，山头上也交上了火。副连长留下几个战士驻守阵地，又回师向山上冲击。

可怜的越军，眼见山下的同伙被打散逃回老窝，误以为我军大部队已出动，仓促应战一会儿，马上下令逃跑。

十几个后勤兵出奇制胜，将百余个久经沙场的敌人打得飞跑，这也算是法卡山之战前奏的一个奇迹：不用多说，副连长马上连升三级，被上级任命为法卡山守备营营长。而10年后的今天，听说他已升任师长了，在此不必多叙。

法卡山之战前奏，是小规模的争夺、拉锯战。它得而复失，失而复得，几易其主，各有输赢。

法卡山地区用战区标号分划，即分为：一、二、三、四、五号阵地。1981年5月5日前，整个法卡山战区大部分已被越军占领，制高点控制在越军手中。为收复这片祖国前哨阵地，我广西边防部队奉中央军委命令，于5月5日拂晓前向越军占领区发起了总攻击，前后仅用55分钟时间便全部收复了法卡山阵地。

然而，越军并未就此罢休。从5月6日开始，越军出动十多个步兵营，操纵着从超级大国手中要来的现代化坦克、火炮，分别从东、西、南三个方向猛扑法卡山阵地。一时间，法卡山主峰阵地不到两平方公里的地方，转眼倾落了万余发炮弹。

法卡山浓烟滚滚，土木飞扬。原来茂密的丛林，一夜间被炸得寸草不生。整个战区阵地，泥土被大炮掀起三尺厚。我边防战士，下半身均沉没在三尺深的细松土质里。

法卡山成了光秃的荒山。我驻守在最前沿5号阵地的一连指战员，在这场大战的序幕中，百余名年轻的身躯血染法卡山、魂归故土里。除了少数几人重伤致残外，整个守备连指战员都献身于这片鲜红的土地上。

血红的残阳，殷赤的疆土再染上战士们一腔热血，整个法卡山一时闪耀出刺眼的血色。天空是血红的，大地是血红的，躯体是血红的。后来当地的老百姓说：正是这群铁血英雄汉用生命的鲜血染红了南疆的红土地，沃腴出一朵朵血红的木棉花，育出一株株红红的相思子。

说起法卡山争夺战，比任何一次交战都激烈、凶猛，这是自1979年对越还击作战以来所罕见的大战。越军从连级到营级，又升到团级，最后是出动师级部队参战，为了这座小山头，他们已不惜血本，非夺取不可！

5月上旬的交战，双方都进入炽热化胶着状态。法卡山一时间变成了火焰山。越军决不像某些影视文学描叙那样草包，他们几十年一直在战火里滚打，不说职业军人，就连七、八十岁的老头、老太太，四、五岁的小娃娃，人人都会使枪、使炮，真正是个全民皆民的国度。记得1979年还击战时，我们的先锋部队打穿插，在高平附近开仓救济越南难民，营教导员见一越南小男孩瘦得皮包骨，浑身破破烂烂，很是可怜，就送了一盒压缩饼干和一袋大米给他。不料，教导员刚一转身，这小男孩就从裤裆里抽出一支中国制造的“五四”式手枪，朝教导员连开三枪，教导员当场壮烈牺牲。还有七、八十岁的老头、老太太，身缠 TNT 炸药，把躯体当炸弹，扑向我军的坦克、军车，同归于尽！

争夺法卡山的越军，都是久经沙场的兵油子，不仅作战勇猛，而且武艺高强，枪法极准，一个个狡猾奸诈、诡计多端。据说战前他们都系统地学习过毛泽东军事著作，从中吸取战略战术精髓，因而同我交战之初，往往是我军失利，他们获胜。但是，战争很快锤炼了我军，我军从战争中学习了战争，提高了战斗力。

这次升格到师级大战，初时我军也连连失利。驻守在最前沿五号阵地上的我守备连，激战一天下来基本上全部壮烈牺牲。五号阵地很快被越军占领。接下来是四号阵地丢失，越军马不停蹄地扑向我军驻守的三号阵地。

法卡山三号阵地是这一带最高峻的主峰，一旦它再丢失，越军就可长驱直入，轻易夺走二号、一号阵地，进而威逼我边陲重镇凭祥市、宁明县等战略要冲。

战斗在法卡山三号阵地上激烈进行着。双方都在激战中付出了惨重的伤亡代价。

当我三号阵地驻军兵临绝境之际，我炮兵部队的被誉为“战争之神”的 100 毫米迫击炮及 120 毫米加农炮突然吐出一串串火龙，铺天盖地地炸向敌群中。

裹挟着同伙的纷飞血肉，没死的越军吓得抱头鼠窜。

四号阵地被我军夺回。

五号阵地的越军正组织力量准备反扑。

越军集结兵力，正好为我军的炮火提供了靶子。

我炮兵部队的榴弹炮加入了战阵。这是一种地面炮兵常用的火炮。它的特点是射程远、威力大，射角 0~63 度，弹道可弯曲、可低伸，对破坏敌军的工事，重创敌军兵力，炸毁坦克、兵车，都具有强大的威力。

漫天呼啸的榴弹炮，排山倒海般倾泻到越军占据的5号阵地上。整个法卡山战区，一时间被炮火映红了天际。

越军伤亡惨重。但越军寸步不让，他们只要还剩一个人，都誓死占据5号阵地。

越军的顽强抵抗，我军一时攻不上五号阵地。双方展开了炮战。

我军增派了援兵，越军的援兵更是源源不断。

潜入敌阵附近的我军侦察兵，此刻冒着炮火为炮兵指示了准确方位。我炮兵又推出152毫米加农榴弹炮，一组组强大的火网拦截住了越军的援兵，

越军的后援部队被炮火阻拦，但侧翼又出现了火力点。这个火力点上分布有一个特工连的兵力，他们配有迫击炮、重机枪、高射机枪及各种轻便武器，且战斗力特别强。我收复五号阵地的步兵营受阻，被敌人的火力网阻挡在山腰中。敌阵处于两山之间林木覆盖的垭口。这里灌木丛生，乱石交措，四周修有明碉暗堡，融战壕、暗道、山洞、密室于一体，野战工事都以钢筋水泥配顽石筑成。我炮兵远距离射击，没能伤及敌人的皮毛。

于是，前线指挥部决定：让大炮上刺刀，以加农炮对敌实施直瞄射击。所谓直瞄射击，就是用火炮上的瞄准装置直接向敌人的目标瞄准射击。这种射击距离敌近，组织指挥方便，命中率极高。

当夜幕降临时，我炮兵派出加农炮小分队秘密潜入敌阵前。他们利用夜色作掩护，硬是把两吨多重的加农炮推上了山坡，然后你一铲、我一锹，迅速构起炮阵地和掩体。战士们还把预先备好的上百条麻袋装上泥土，在炮前筑起战壕掩体，并巧妙地伪装了大炮。

越军做梦也没想到，我炮兵竟然一夜功夫在他们的鼻子底下给大炮上了刺刀，而且这些配有刺刀的大炮直抵他们的胸前！

东方吐出鱼肚白之时，战神又降临在法卡山上空。我加农炮口距越军阵地只有几百米，越军却一无所知。我加农炮伸出8米

长的炮管，清晰地盯住越军的一举一动。

我军炮兵使用的加农炮，分有 76 毫米、85 毫米、100 毫米、120 毫米、130 毫米几种类型。这些炮身管长、射程远（可达 54 华里）。这些炮主要用于射击垂直目标、装甲目标和远距离目标。它们对纵深目标作战和坚固的工事，具有强大的射杀威力。

战斗打响。我加农炮突然在敌人胸前亮出“刺刀”。一阵阵急促的炮弹射向敌阵，将越军苦心经营多年的野战工事一个又一个地摧毁掉。

“注意：目标——敌隐蔽部，表尺×××，方位×××，高度×××，瞄准底部——放！”

越军又一个工事被摧毁。

“目标——小洞坑道……放！”

又一个敌隐蔽处被捣毁。

敌阵上的越军，不愧是久经沙场、见多识广的特工兵。他们在炮弹轰击下，慌乱一阵后就镇静下来，很快发现了胸前这把“刺刀”。于是他们开始反击，一口气向我这门加农炮阵发射了 30 发炮弹，其中 2 发命中我阵掩体。敌人的这 2 发 105 榴弹是在距我加农炮位一米多处爆炸的，气浪冲击将我加农炮的伪装网炸飞，把树也炸断。

负责这门加农炮的班长，为减少伤亡，除自己和另一个战士留下外，命令其他战士全部进入防炮掩体中隐蔽待命。他和两名战士，一个负责改装引信，装填炮弹，挑发药筒；另一个负责装定射击诸元和瞄准。这一系列复杂多样的操作程序，按常规是六、七个战士作的，现在他俩一肩揽下。战争常常要打破常规，因而战士更不能墨守成规，否则永远处于惨败之地。

当他们的加农炮再次发出愤怒的火舌，将敌军炮阵摧毁时，敌人的另一暗堡又伸出了高射机枪，密集的子弹打得他们抬不起头。但他们奋不顾身，敏捷地改变射击诸元。

两名英勇的战士，迎着越军射来的高射机枪子弹，连发三发炮弹。炮弹爆炸声尚在天空中回响，他们已见那挺高射机枪连同越军尸骨飞上了半空！

我法卡山守备部队在强大炮兵的配合下，终于顶住了越军整团、整师的大规模轮番进攻，终于不负重托收复了法卡山五号阵地。

法卡山之战较量的结果：我军毙敌共 705 人、伤敌 500 余人，击毁敌火炮 135 门、汽车 14 辆，击伤敌坦克 2 辆，并缴获大批的武器弹药和战略物资！

法卡山虽然零星战斗持续了好几年，但从此永远回到了祖国怀抱之中！

红土、红棉、红相思，生命之树培植出名震中外的广西边关法卡山——英雄山。

一衣带水的反思

历史上，中、越两国人民情同手足。两国山水相连，唇齿相依。在近、现代共同抗法、抗美战争中，一衣带水，早相见、晚相望的两国边民，就曾团结奋斗，抗击侵略者，创立了一个又一个的战争奇迹。

千百年来，两国文化相互渗透，约定成俗形成了诸多共同的格局。我国传统的历法阴历（农历）及干支纪年表，在越南也通用。我国传统的 12 生肖（属相），有 11 个从排列顺序到名称，都与越南的相同，所不同的仅是一个生肖。比如 1991 年，我国农历叫辛未年，越南也叫辛未年，这一年两国人民所生下的子女都称作属羊的子女。而那 1987 年（丁卯年）则有区别了，我国叫兔年，越南叫猫年，我们这年出生的子女叫属兔，他们则叫属猫。此外，两国人民还共同拥有春节、端阳（午）节、七夕节、中秋节、重阳节等。广西壮族中有个传统佳节叫“三月三”，越南高平的侬族则称为“风流街”。大同小异的共识，注定了两国人民是血脉相承的亲情兄弟。

至于两国边民间的通婚，更是早已形成惯例。昔年越南南方的首都西贡（今称胡志明市），而今更是中国化了，那里 70%的居民是华人或华裔，只要会讲两广白话（粤语），在西贡四周是通行无阻的，这里白话已成了越南的官方语言。在广西千里边境线上，讲白话、壮话，不仅中国边民懂得，越北边民同样谙熟。在广西边境的不少边寨、村落，如今地图上的命名，均取诸越、壮混合语的语音，像震惊中外的广西法卡山，所谓"法卡"就是音译名称，它如用意译则为"天杀雷劈"，法卡山为天杀雷劈山之意。还有诸如"弄尧"、"浦寨"、"那堪"、"板八"……无一不是越壮混合语音。

千里广西边境线上，陆地与越南接壤的面积有 1020 多公里，海上相接线长达 1595 公里，不仅是两国人民的主要海运、交通枢纽，也是越南革命者的大后方。

翻开中、越近代史，我们可以清晰地看到：

生于公元 1937 年的广西农民军首领——黑旗军领袖刘永福，公元 1867 年就率部进入越南，受命驻防于越北红河、黑水河广大地区，协助越南军民抗击法国侵略者。1873 年，法国侵略军头子安邺率军进攻越南首府河内，刘永福率领黑旗军将士驰骋救援，与越南人民一道围歼法军。经过生死奋战，黑旗军将士终于将法军头子安邺斩毙于河内西郊罗池阵中，令法国朝野震惊哗然。1883 年，不甘心失败的法国侵略军新任司令李威利，再度领衔率领侵略军进犯北越，并接连攻陷河内、谅山等重城，气焰万分嚣张。刘永福再次率领黑旗军挥师抗法，并于河内城西纸桥击毙李威利及其副司令韦鹭等法军统帅，赢得纸桥战役大捷。刘永福本人亦被越南王朝封为三宣提督及一等男。

1884 年，恼羞成怒的法国当局下令发动了侵略中国的战争。法国海军进攻我国台湾和东南沿海，陆军则进攻驻防越南北部的清军，把矛头指向我广西、云南。

1885 年 2 月，由于清将无能，法军攻陷了广西南疆重镇镇南关，炸毁了关墙，得意忘形地狂叫："广西的门户已不再存在了！"一个月后，退役在家休息的爱国将领、年过七十古稀的冯子材，临危受命，奋而慷慨道："我要用侵略者的头颅重新筑起镇南关城墙！"在中、越边境人民的全力支持下，冯子材将军在镇南关后面4公里处的关前隘口，构筑了战阵。法军统帅尼格里立即率领3000多精锐部队前来进攻关前隘口。冯子材为鼓励士气，命卫兵抬着一口大棺材随他上阵，表现了要与侵略者誓死血战的英雄气概。战斗打响后，他手持大刀，率先冲入敌阵，奋勇杀敌。中、越人民也自动组织义军参加战斗，协助冯子材断绝法军的后路，将侵略军大部歼灭。之后，冯子材率军乘胜追击，连克驻扎在越南的谅山、文渊、长庆府的法军重要基地，取得了震撼世界的镇南关——谅山大捷。与此同时，刘永福率领的黑旗军在越南义军的配合下，于临洮一带大败法军，有力地配合了镇南关大战。这些胜利不仅大长了中、越人民的志气，而且导致了法国总理及其内阁成员的倒台！

公元1902—1905年，广西会党发动了声势浩大的武装反清斗争，抗击数十万清军的进攻，获得了孙中山先生的高度评价。广西会党首领王和顺、黄明堂等后来也参加孙中山先生创立的中国同盟会。在中、越边民的拥护、支持下，孙中山先后三次在中、越边关发动了1907年9月的钦廉防城反清武装起义、1907年12月的镇南关起义、1908年2月的钦廉上思起义，打响了推翻清王朝、建立民主共和国的革命枪声。

从二十世纪二十年代到六十年代，越南人民的革命领袖胡志明主席，就把广西作为后方基地，作为进出中国的门户，开创了胡志明——毛泽东时代"同志加兄弟"唇齿相依的血肉关系岁月。胡志明主席把中、越人民的深厚感情概括为："越中情谊深，同志加兄弟"，并以此作为连结两国关系的座右铭。

广西友谊关，始建于明朝洪武年间，初名鸡陵关、南关，后又改名为界首关、镇夷关，清初年间改为镇南关。新中国成立后改名为睦南关，1965年由陈毅元帅书写题名的友谊关，一直沿用至今，这也是最为恰当的名字。

如今，这个名列中国九大雄关之一的友谊关，正沐浴着血与火的洗礼，正迎着硝烟与弹雨的考验，正在检视着中、越人民的深情厚谊。

中国将作出何种姿态？

越南将如何动作？

两国人民的光荣历史和血肉深情当真从1979年响起的黎明枪声后，从此一去不复返了？

中、越人民在沉思，在关注，在企盼。世界人民的视角也在扫描。

红土、红棉、红豆，更在染绘着一片片红红颜色的相思图。

国际和平年里的弄尧

当1983年布拉格世界和平大会结束之际，中、越边关的炮火仍然此伏彼起，然而两国边民却已冒着枪林弹雨开始了民间贸易“小动作”。这些“小动作”是在地下、暗中秘密进行。

1956年，当国际和平大会到来之际，千里广西边境线上，两国边民的秘密经济交易已开始从地下逐步走到地面上。非法走私活动已成了公开半公开、合法半合法的贸易。也是这年起，越南高平省辖的与广西接壤的300多公里边境线上，已经停止了一切武装冲突。局部地区的和平景象，更促使了两国边民的大胆行动。

战争将人民推向死亡深渊。人民在死亡深渊中挣扎求生存。国际和平年给战区受灾受难的人民带来了生存之光、希望之光。于是，一场跨国界行动的民间自发的大规模经济贸易活动，悄悄从千里广西边境线上萌芽。

广西壮族自治区人民政府及时顺应了国际上日趋缓和的局势和中、越边民的意愿，于1988年冬，正式批准了沿边7个县、市开放20多个边贸点，让边民们的经济贸易活动从地下转到地上，从秘密变为公开。

凭祥，祖国南疆广西唯一的一个边境市，交织着两股奇异地光彩。从市区向东翼前行17公里的山地，是扬名中外的法卡山战区（与西线云南老山战区齐名为东、西两条战线），此刻依旧战火纷飞、弹光横曳，而从市区向西翼前行18公里的友谊关上的山地里，却开辟出于第一个民间贸易点——弄尧，两国边民与军队唱对台戏般，在这里和平、友好地以物易物，贸易赚钱。

这里焕发着和平之光。

1989年初，我在弄尧采访，见到一个挑夫队头领，他正在指挥一群头戴越军盔帽的挑夫们肩扛、担挑广西生产的啤酒，运返越南。他告诉我，在越南，民众是很认牌子的，比如喝啤酒，南喝万力、北饮漓泉。就是说，越南南方人爱喝广西南宁产的万力啤酒，而北越人却偏爱饮广西桂林产的漓泉啤酒，口味不一。虽然，越南都市西贡（今胡志明市）产的“333”牌啤酒和北越河内产的“33”牌啤酒质量与广西的万力、漓泉不相上下，但越南人民更爱买中国货。同是中国啤酒，青岛啤酒尽管名扬中外，尽管它能以中国首屈一指的高质量打进美国市场，但在边贸上却大受越南人冷落。越南人只认准万力和漓泉两个牌子。

我问这挑夫头领对边贸开放的感受时，他说：“几十年的战争，把我们越南人民搞得太穷、太苦，开放边境贸易，使我们得到实惠，解决温饱。我们需要和平，不要战争！”他不无幽默地指着那一瓶瓶啤酒说：“液体手榴弹总比硝烟手榴弹好，它们最能体现幸福或死亡。”

民间边贸自由集市是绝对自由的，这里除了毒品和武器弹药被禁止买卖外，其他东西都在自由贸易之列。白银、黄金、文物、古董……国内市场民众不敢违禁交易，这里却放心经营。人民币、越盾、美元、英镑、港币，是边贸最大的一宗交易，一个边贸点的货币交易，一天交易额高达几十万元人民币，一批专事货币交易的越南商人通过对货币兑换的控制，进而对边贸地区的商品交易进行控制，逐渐壮大成为中、越边境线上的金融巨头。

在弄尧，我们每天都可以看到一群群、一堆堆的老婆婆、大嫂子、小姑娘排排坐在集市的一角，每人脚前放一麻袋大额人民币、越盾，手上还捧着一大把钞票。问她们怎么换？她们统一口径异口同声告诉你：一元人民币换 1000 越盾，这是 1988 年的比价，1989 年下半年到 1990 年上半年，一元人民币已可兑换 1500 越盾；而 1990 年下半年到 1991 年上半年，一元人民币可兑换 1600—1800 越盾了；1991 年下半年，一元人民币已能兑换 2000 越盾。而越南的生意人仍旧坚持一元人民币换 1000 越盾，她们就从中赚取其差价，然后过境转手发财。有人估计，目前掌握在越南边民手中的人民币在一亿元以上。这是一只巨大的经济老虎，一旦它张开了大口，那要吞食下多少中国商品呀？

在我国内地，就是比较开明、开放的深圳、海南特区，市面上这样赤裸裸地进行金钱与金钱的交易，恐怕亦不多见，而边贸上已是习以为常的普遍现象。那么，这些老婆婆、大嫂子、小姑娘们，她们手握那么多金钱，不怕别人偷扒、歹徒抢劫么？

我在一个摊前随意翻弄、数点着她们手中的钞票，她们毫不介意。仿佛我在书店上翻看书报一样，她们硬是放心，我不解地问："你们不怕钱钞被偷、被抢？"

"敢吗？"一个大嫂含笑反问。

"敢偷、敢抢又能逃到哪里去。"又一个姑娘接道："两头两尾有哨卡人员，四面山坡上到处埋着地雷，不想要命啦？"弄尧一个边贸负责人对我说："这里开放几年来，还没出现过一起偷盗、抢劫事件，治安秩序好得很！"

我想：除了有哨卡、有地雷这些客观原因外，难道人的主观因素不是更重要的一条？开放边贸给两国边民带来了切身利益和众多实惠，人民感激都还来不及，谁又有心去捣乱，去破坏这来之不易的和平氛围；去制造事端，挑起一场无故的纠纷与争端呢？

凭祥市是中、越两国边境的主要通道，多年来一直没能甩掉贫穷帽子，年年靠国家补贴、救济。而今战争稍停、边贸开放，全市走在改革开放的前列，从战争转向经济，首先尝到了生活的甜头。1988 年全市边贸额是 2000 多万元，1989 年上升到 1.5 亿元，1990 年则是 2.5 亿元，1991 年是 3 亿多元，全市 80%的财政收入来自边贸。不仅甩掉了贫穷帽子，而且为国家创下了利税，还借钱给邻县人民发工资，能说他们不感谢对外开放的政策么？民众愿意因小失大么？

北仑河畔的涌动

中国南疆有条北仑河。这是一条不引人注目的边疆小河。它之所以出名，全依赖“越中情谊深，同志加兄弟”的岁月给带来的。六十年代在中国大地风行一时的越南抒情歌曲《胡志明——毛泽东》，据说最早就是从这条河的南岸唱到北岸，唱到北京，唱遍全中国的。

北仑河南岸是越南的芒街县府所在地，北岸则是中国广西的东兴各族自治县府驻地(1978 年改防城各族自治县，东兴变为镇府)，北仑河大桥就横跨两岸，成为两国水陆交通枢纽，连结着越、中人民的深情厚意。七十年代中期，为应和上述名歌，东兴文工团也谱写了一支风靡一时的颇具民族风味的抒情歌曲：

北部湾，北仑河
南岸接越南
北边连中国
早相见，晚相望
同胞骨肉情
唇齿永和睦

可是，公元 1978 年，越南当局掀起反华排华浪潮，北仑河畔成了驱赶华侨、难民的集中营。对越还击作战前夕，越军一声炮响炸断了北仑河大桥。从此，两国边民真正成了“鸡犬之声相闻，老死不相往来”之窘态。

1989年春节前夕，我东兴镇政府机关干部为迎接新年，前往北仑河断桥北端打扫环境卫生。极为敏感的南岸芒街县府领导人，不失时机地作出反应，他们一边积极组织大批干部，群众打扫南端断桥，一边托人捎信过境给我方领导，探询道：“你们的行动是不是预兆两国关系将和好？什么时候恢复胡志明——毛泽东时代的情谊？北仑河大桥什么时候重架？”云云。

我方有关领导同志很有礼节而又恰如其分地复信相答：“搞环境卫生迎接春节是我们的惯例与义务，什么时候恢复两国关系正常化，那是中央领导思考的事，我们无可奉告；至于什么时候修复北仑河大桥，应该是我们问你们的事，因为这桥是你们炸断的，理所当然由你们重建。”

然而，消息灵通的民间人士，似乎从中国方面悟出了什么天机。芒街的市民想：好多年不打扫断桥的卫生了，双边政府机关的破例行动肯定是个好兆头。何况，法不责众。越南边民早已饥寒交迫憋不住了。他们可没有政府官员那么有忍耐力和拘束感。

1989年除夕这天早上，我东兴镇边民家家户户正在杀鸡宰猪、置办年货。忽然，北仑河南岸传来一片片喧嚣声，似有千军万马奔腾而来。我方一些同志还以为来了越军，正惊讶之际，边哨报告说数千芒街市民争先恐后涉水过河来东兴抢购年货！

呵，1979—1989，整整10年，整整一个八十年代！隔绝了10年后的东兴、芒街两国边民，终于像洪水决堤似的，汹涌澎湃地汇聚在北仑河畔。

数千越南边民涌进了小小的东兴镇。他们一上岸就瞪大了双眼：10年不见，东兴镇竟变得这样繁华，那大大小小的国营、集体、个体商店如雨后春笋般拔地而立，五花八门的商品应有尽有，他们如进天堂，看花了两眼，简直不知购买什么东西为好。愣了好一会，他们方才如梦初醒，没头没脑地乱窜，只要见到商店就涌进去掏出人民币、越盾，或者挑着自己的土特产以货易货，拼命抢购中国货。

从除夕起，一连数天，越南边民一进东兴的商店，不管急用不急用，合用不合用，反正是商品就大批大批购买走。几天工夫，东兴所有商店库存的货物都被越南边民一扫而光。

东兴镇的领导同志感慨万分地说："我们这里也该搞个边贸点了。"

市、县主管商业的负责人也及时传下口讯：集中一切力量调运商品，尽量满足越南边民的需求，让他们也过个丰衣足食的春节！

双方边民高兴极了，民间贸易正式在这里开放。据不完全统计，仅春节前后涌入东兴的越南边民达1.5万人之多！

边贸初开，有钱的越南边民毕竟是少数，但大多数家里有的是土特产品。于是，他们大批大批地把越南的水鱼、鱿鱼、青蛙、毒蛇、穿山甲、娃娃鱼等，珍贵的山珍海味运进东兴，又从东兴换回大批大批的手电、电池、肥皂、啤酒、药品、热水瓶、解放鞋……比如黄金龟，我方边民花上20袋洗衣粉或10多瓶啤酒，就能换一只。而一只龟运到内地又可倒卖得百来元，做一次这样的生意，利润高达本钱的三、四倍，后来生意越做越大，从土特产发展到洋人货、舶来品。

日本名牌产品本田摩托车在边贸上卖价只3000多元，而几经转手倒卖回内地，也不过是8000—9000元，同样的产品，国家市场上的牌价是每辆1万多元。

苏联制造的窗式空调机，在越南的第一个供货人手中，每台只500—600元，三次转手到边贸也才是每台1400—1500元，而国内国营商店的定价每台就3000多元。

还有诱人的蓝鸟牌小轿车，边贸售价每辆不超过5万元；一辆皇冠牌小轿车也只十来万元，比我国内地价便宜三、四倍。广西、广东一些鬼点子多的商人，来边贸都带上司机和车牌号，一手交钱，一手要车，将车牌一更换，堂而皇之地开着自己的新车荣归故里。

这乍听起来像神话，其实不然。当双边战火还在界碑两旁燃烧时，两国边民为了先富起来，早已在地下进行了秘密交易。这些来自雷场上的走私交易，自然也导致了少数拜金主义者的私欲膨胀。他们利用北部湾海域得天独厚的天时、地利、人缘，秘密从香港转口高档商品，悄悄转运到南中国海面，转运到千里广西边境线上的公开半公开的贸易点上，倒买倒卖，大发其财。

民间的跨国行动

古人云：君所以比舟，民所以比水，水能载舟，亦能覆舟。得民心者得天下，顺乎民意者国强民富。这一中国古代哲人的精言妙语，实是天下之真理，古今中外概莫能外。

从越南南方领导集团中新崛起的越共中央总书记阮文灵，是一个善于审时度势、顺应民意的开明领导者。他从1986年越共"六大"当选为总书记后，一直注意发展经济、改善同中国的关系。在他的主持下，越共中央于1989年1月17日制定了第118号中央文件，正式批准越、中双边人民自由开展民间经济贸易活动。这是一个历史性转折的文件。

随后，越军国防部也向北部边境6省驻军发出命令，除清水河（我云南老山对面—笔者注）防御作战部队外，其他地方的主力部队于同年5月前全部撤往内地。从此，中、越边境2360多公里的边境线上，由军事对峙转向了自由经济贸易，边贸点一下发展到200多个。

这一年的2月24日（即农历正月初九），是越南河广县传统的"风流街"佳节，越共中央及当地有关部门负责人以民间方式邀请我边境县、市的干部群众4000多人过境共度佳节，并盛情款待我方人员。春节期间，越南重庆县府也特邀我方数千人过境赴宴叙旧，仅县府就设宴10桌招待我方干部职工，其余零散人员由群众设家宴款待。之后，越方的一批省、市、县领导干部还携妻带子，以私人身份过境走亲戚，探望中国的老朋友……

虽然两国之间的关系尚未正常化，但从官员到民众，早已以民间方式、私人身份在连结友谊纽带了。

于是，西起云南红河，东至广西东兴北仑河畔，成千上万的经贸队伍或开车、或步行，或行船、或撑排，把边贸点拥挤得人满为患。仅广西凭祥友谊关口岸的弄尧边贸点，每天往返做生意的大、小汽车就有 100 多辆；每天进出贸易点的人员多达万余人。

人民需要休养生息，国家更需要休养生息。两国民间边贸的开展，实实在在给人民带来巨大的实惠。

越南边民同样从中大获其利。如今越南内地，从谅山省到首都河内，到南端重镇胡志明市的大批商人，都远涉千山万水奔向中、越边贸点做生意。

我国除台湾、西藏外，各省、市、自治区（包括港、澳地区）都有各方人士奔来中、越边境从事边贸。

凭祥边贸点上，每年平均要接纳中国方面 50 多万人次，接纳越南方面 30 多万人次。1991 年底，台湾方面的商人也开始涉足广西边贸。

中越边境从战争走向和平，从雷场迈进商场，给人们的好奇心注入了兴奋剂。人类都有好奇、探险的心理，生活在边境的中、越人民还在战火中就开始了地下贸易活动，而今更加大胆地开始了跨国行动。

一时间，就千里广西边防线而言，东兴的北仑河畔，宁明的爱店村镇（一堵围墙隔开两国边镇，当地戏称“柏林墙”），凭祥、宁明交界的法卡山及凭祥的友谊关、金鸡山、弄尧，龙州的水口、小连城，自卫反击战打响第一枪的靖西庭毫山，坐落在国境线上的那坡县平孟小学等，不仅成为边贸点，而且成人们争相观光的名胜风景区。

我听说内地有一个年轻人，他在 1988 年底就冒险开始了边贸活动。先是小规模地与越方边民做小生意，用诸如啤酒、手电、肥皂、解放鞋之类小商品去同对方交换金龟、鱿鱼、八角、穿山甲等。后来有了本钱，正逢越南当局准许边民自由贸易，他便忽发奇想：这一辈子没法赶上中国兴起的出国潮，到不了日本、美国及西方诸国，也跑到越南去开开“洋荤”吧，好歹也算出了一趟国。

他说干就干，邀了两个胆大的伙伴越过边境，进入越集市做生意。在广西边境，两国边民多会讲壮话、白话和越、壮混合语。他们不存在语言障碍，一路畅通无阻。可是，他们做的第一笔交易就被越方老板坑了。他们不服气，就同越方老板争吵起来。越方老板仗着人地相熟，又是当地的地头蛇，不仅不买他们的账，而且得寸进尺，还扬言要送他们进公安屯。

正在这时，一个越南公安荷枪实弹地走来干预。当问明情况后，他们内心害怕起来。两国打了那么多年仗，谁还会吃里爬外，不帮自己人而帮他国人呢，随便找个什么理由，都会叫他们吃不了兜着走。

越方老板得意地笑了。越南公安手里的指挥棍举了起来。他们正缩脖子抱头，忽见越方老板脸上的笑容凝固了，接着是皱眉曲脸惨叫。原来那公安的指挥棍朝越方老板的头上敲了下去。

那公安教训那老板道：“你是存心破坏中、越关系么？中国兄弟过来做生意，是对我们友好的表现，你吃饱了没事干就到公安屯去扫厕所，快向中国兄弟赔礼道歉，退还多贪的钱！”越方老板吓得连连照办。

他们为此感激万分！为酬谢这位越南公安主持公道，他们送了些啤酒、香烟、罐头作见面礼，请对方笑纳。

越南公安是真正地笑纳了。他倒也知恩图报，热情邀堂弟他们到公安屯作客，还派摩托车送他们去逛谅山省会。后突，年轻人生意越做越大、越做越红火，从边境做到谅山，做到海防，做到河内，又做到西贡，跑了大半个越南，成了百万富翁。最后，还在越南娶了一位姑娘做妻子。

欢呼毛泽东——胡志明

1990 年，中国大地燃起了一簇来自天边的圣火。炎黄子孙万众欢腾。

中国藏族少女达娃央宗从念青唐古拉山脉高举起这簇燃烧的圣火，传遍华夏大地，传向北京亚运村。

亚洲第十一届体育运动会在北京举办。来自天边的圣火点燃了亚运会主会场的火炬。亚洲史上盛况空前的体育盛会将在北京拉开帷幕。现代化的通信设施将这喜讯传播到世界每个角落。

亚运圣火发出了巨大的诱惑力。中国有关方面向亚洲各国首脑发出了盛情邀帖。

啊，亚细亚，东方太阳升起的地方！

1990 年 9 月 20 日上午 11 点 15 分左右，中国北京亚运村“村公所”门前的广场上，一辆黑色小轿车开来。车上走下一位身着笔挺白色戎装的军人，他迎着亚运村村长焦若愚走来。焦村长热情地迎上去与客人握手、问候。客人就是越南部长会议副主席、享有“越军之父”的越军总司令武元甲大将。焦村长很高兴地欢迎越南体育代表团前来举行升旗仪式，并将一只印有“亚运村全景”的瓷盘送给武元甲将军作纪念。武将军对焦村长说：这次亚运会，越南体育代表团最有希望夺得一枚“团结、友谊、进步”的金牌。

亚运会开幕式上，武元甲将军应邀坐到了主席台上。在此后的李鹏总理握着他的手，与他进行了诚挚、友好地会谈。

同时，在中国拥有最多观众的中央电视台新闻节目里，播出了武元甲率领越南体育代表团从友谊关进入中国广西，又从广西首府南宁乘火车赴北京参加亚运会及同中国领导人会谈的经过。

中、越人民都在瞩目这组新闻，亚洲人民也在瞩目这组新闻，世界人民都在瞩目这组新闻。大家都在思索着什么？难道仅仅是亚运圣火诱惑力？

1991 年的春天，越南“河内 1991 年首届国际商品展销会”于5

月15日在首都河内市举行。以广西北仑河贸易总公司为代表的中国商品展销团应邀参加了展销盛会。

是时两国关系尚未实现正常化，我方代表团在办理出国手续时颇费了一番周折。待办妥手续，出国展销时间已迟了一天。按惯例规定，迟到者后果自负，主办展销会的东道主可不留席位，也可将最僻静、最不引入注目的角落摊位赐予你，北仑河总公司的负责人正为此而忧虑，恐错过机会。不料，越方告诉我方负责人，他们已为中国商品的展销留出了13个展位，而且都是“黄金地段”最佳展位。

北仑河总公司这次共携带广西48个厂家企业的6000多种产品前来参展，原以为没什么诱惑力。谁知，商品刚落位，参观洽谈者就纷纷蜂拥而至。越方管理人员担心拥挤，又为中国商品增设了两个展位。在短短的10天中，北仑河总公司的贸易额就达到3820多万元。在展销期间，越方除各级有关官员争相接见、设宴安排文艺晚会招待中国人员外，越共中央书记处书记武莺也接见了北仑河总公司代表。他感慨万分地说：“真没想到，10年改革使中国发生了这么大的变化，广西发生了这么大的变化！”

的确如此，广西的轻工产品在越南的中国产品中占有三分之一的比重。越南人特别厚爱中国（尤其是广西）的轻工产品，河内还有一条专卖中国瓷器的“中国商品一条街”。越南许多大商场，包括最大的“还剑商店”，中国产品举目皆见。广西的“百年乐”、“双层胃友”、“正骨水”、“云香精”、“两面针”、“田七牙膏”、“新华电池”、“舒雅卫生巾”等等生活医药保健用品，又是这次展销会上最受欢迎、每次露面均被一抢而空的商品。

非常有趣的是，号称中国“四大绝技”之一的烹调技术，这次展销期间也成了热门货。那天，河内东都宾馆餐厅这个河内最著名的美食之家，越方负责人请北仑河总公司的5位随团厨师到餐厅主厨。消息灵通人士把这一消息传出，不仅越南人，其他参展国的代表都纷纷涌来赴宴，品尝中国厨师的佳肴。结果中国佳肴的美味可口，一传十，十传百，每天食客源源不断，争相一饱口福。许多越南人自己尝到了甜头，又忙着为亲朋好友预订次日的餐位。连越南商业部的领导人也慕名而来此设宴款待各国参展的代表。东都宾馆餐厅负责人好说歹说要拜师学艺，并要求留下5位厨师传授绝招、指导该餐厅经营中国佳肴。后来厨师奉命回国工作，他们又派专人专程赶到中国，要求中国方面派人去河内，同他们联营办餐厅。

在整个展销会过程中，越南从高级官员到普通百姓，对中国人员非常友好，对中国商品格外厚爱。

在一次文艺晚会上，一位漂亮的越南女歌星忽然动情地唱起了一支令中国人熟悉而永难忘怀的歌曲：

越南——中国，
山连山、江连江，
共连南海，
我们友谊像朝阳。
同饮一江水，
早相见，晚相望，
亲生骨肉同胞情，
啊，我们欢呼万岁：
胡志明——毛泽东……
啊，久违了：我们心中的歌！

当年中国人民解放军唱着这支歌，奔赴越南战场帮助越南人民抗美救国；当年中国人民勒紧裤带、缩衣节食无私地援越抗美；也是当年，无数越南人民冒着敌机的狂轰滥炸，用生命和热血抢救中国伤员……历史的车轮永远也带不走那血与火谱写的心灵之歌！

越南人民没有忘记，中国人民更不会忘记：昨天的历史！

重温传统友谊

1991年，中、越人民共有的农历辛未年——羊年。这是一个好兆头，三阳开泰，五谷丰登。从阴历历法上看，正反顺读倒读，都是“1991”。年开初，边民就已发出预言：不论正说反说，中国、越南一衣带水、唇齿相连，怎么看都会在今年和好的。1991年南疆的春天格外明媚，而且春风来得异乎寻常地早，千里广西边境线上，那一片片染红过万千烈士鲜血的红土地上，忽如一夜春风来，千树万树红花开。那象征着阳刚气质，意寓着战地英雄脊梁的木棉树，开出一朵朵、一串串红艳夺目的红棉花。伴随着红棉花屹立于南疆大地上的绿绿的相思树，像多情的伴侣紧挨着红棉花生出鲜红鲜红的相思子（即红豆）。红豆、红棉、红土地，铺满了中、越人民红红的相思情。南亚这块土地注定要和平共处、朝夕相思的。

天时、地利、人和，客观上已具备了一切和好的因素，事实上，这之前两国领导人已开始频繁地接触，相互沟通关系，交流对话。

1991年6月24日，为期4天的越共中央第七次代表大会在河内举行。越共总书记阮文灵在“七大”会上说：社会主义道路是越南唯一的一条前进之路。他说越共的性质仍是“一支工人阶级的先锋队”，党的主要任务是“坚持马列主义”。在谈到对外政策时，他强调要加快“同中国和美国关系正常化的进程。”

8月7日，越南外交部副部长阮怡年一行抵达北京。次日上午，中国外交部副部长徐敦信与阮怡年开始了副外长级会晤。双方就政治解决柬埔寨问题和中越关系问题交换了意见。

8月10日，越南新任部长会议主席武文杰在河内举行国内外记者招待会，他说：“要为越南同中国的关系正常化而努力。”他向记者介绍，尽管两国关系尚未正常化，但是近几年来越中关系逐步有了改善，两国边民的关系有了改善，这给两国人民带来了切身利益。他还说：“8月8日越中两国副外长在北京会晤，就越中关系正常化和柬埔寨问题交换了意见，与中国实行关系正常化是越南人民的愿望。”

9月7日，越南外交部长阮孟琴离开河内，取道友谊关前往北京对中国进行正式访问。他在启程前对新华社记者说：“越中关系完全正常化不仅是为了两国人民的利益，也是为了本地区的和平、稳定与发展。”他还说：“我十分高兴应国务委员兼外交部长钱其琛的邀请正式访问中国。这是两国关系十几年不正常之后越南外长的首次访问，有着重要意义。它是越中关系完全正常化进程中的重要步骤。”

9月10日，中、越外长在北京钓鱼台国宾馆举行了会谈，双方就政治解决柬埔寨问题、双边关系及地区和国际问题交换了意见。

9月11日，国务院总理李鹏在中南海紫光阁会见了越南外长阮孟琴一行。他对越南客人来访表示热烈欢迎，对中越两国外长会谈所取得的圆满成功感到高兴。他说，中越关系正常化已提上日程。

9月12日，我国外交部发言人吴建民在记者招待会上宣读了《中越外长会晤新闻公报》。当日，越南外长一行由北京乘飞机抵达广西桂林市参观访问。阮孟琴外长说：“桂林这个美好的名字对我们并不陌生，它不仅因山水甲天下而闻名于世，这次随同来访的越南外交部副部长武宽就曾在桂林育才学校学习过。越南抗法抗美期间，不少越南人都在桂林生活过。桂林还办过越南学校和越南医院，对这些，越南人民将永志不忘。”

9月13日，阮孟琴一行乘火车从桂林到达广西首府南宁。他在会见广西壮族自治区人民政府副主席王蓉贞时说：“广西同越南有着悠久的历史，我们每一个同志都不会忘记，越南的抗法抗美都得到广西很多的援助，可以说，广西是我们的大后方。在两国关系改善的过程中，广西也做出了积极的贡献。”

在此期间，越南人民迎来了自己共和国诞生46周年纪念日。9月2日国庆节这一天，千里广西边境线上的7个县、市政府机关，同时收到了河对岸、山那边越南对口县府发来的官方邀请信，邀我党政机关领导人过境过节。

龙州县，这块当年邓小平等老一辈革命家领导龙州起义、创建中国工农红军第八军的革命故地，首当其冲成为越南县府邀请的对象。9 月 2 日，龙州县领导一行十几人应邀过境到越南广和县，参加越南国庆节。广和县城数千人隆重列队夹道欢迎我方官员，舞龙舞狮队、文艺表演队，格外热闹而盛情，可是，双方领导人会谈的地点却令人意外地定在广渊镇这个当年战斗最激烈的地方。我方人员虽略感难堪，但还是很幸运地奉送了随行携来的一只巨大的石英钟等名贵礼物。双方都是寓意深长，双方不言而喻。就让我们的和平之光为昔日的战争送终(钟)吧！

10 月 1 日，为了礼尚往来，进一步促进两国边境地区的和平友好、关系正常化，中华人民共和国诞生 42 周年之际，广西边境 7 个县、市政府也向越南边境的 7 县政府发出邀请，邀对方领导过境会谈、赴宴，共度中国国庆节。这一天我正好在南疆重镇、进出越南的国道口友谊关采访，目睹了我凭祥市领导与越南高禄县领导会晤、赴宴的一幕，双方都盛情而真诚。其他 6 个县领导同样在同一时间举行盛宴款待越方官员。这也是两国关系恶化 13 年来，我国官方以政府名义第一次出面举行的双边活动，其重大意义不可低估。

两国国庆节期间，我在千里广西边防线上，还目睹了越军派出大量工兵，在越方边境探雷排雷，疏通道路，以保障双边人民安全地开展经济贸易活动。

在法卡山前沿，我又碰上了那个越边民。所不同的是，两年前在弄尧边贸上相遇，他的身份是挑夫队头领，指挥一帮化装成边民的兵士来采购中国轻工产品。而今，却摇身一变成了越军工兵队的上尉队长，他正指挥部下在边境线上探雷、排雷。见到我们，他很友好地向我们问及生活、边贸及两国关系正常化的深远意义。我问他排雷危险的话题时，他笑道："套用你们中国军人的话说，危险不要紧，只要情意真，亏了我一个，幸福亿万人。”

这当然不是说说笑话。这是历史赋予中、越人民的真挚笑意，这是和平之光带给两国边民的欢欣，这是丘比特射向两个社会主义国家睦邻友好的爱神之箭。

随着国际形势的风云变幻，东欧社会主义国家的分化瓦解，苏联局势的动荡不安，亚洲的共产党人更加意识到了自己国家前途命运的安危。

自从越共 1986 年召开的“六大”以来，总书记阮文灵和他的领导集团成员们，就一面高举马列主义旗帜，一面推行对内搞活、对外开放的经济政策。作为亚洲，也作为目前世界的两个共产党领导下的社会主义国家，他们更加意识到同中国实现关系正常化的重要意义。越南这几年的经济政策，几乎是照搬中国十年改革的经验。他们首先抓好农村经济改革工作，全面推行农村联产承包责任制，逐步以农村包围城市，促进城市的经济改革，就像他们当年学习毛泽东思想一样，从游击战争到解放战争，到实现越南全国的统一，认真实践中国所取得的经验，取得了可喜的成效。

1991 年 6 月下旬，越共“七大”对中央领导班子进行了新的大调整，原政府总理、71 岁的杜梅在尖锐、激烈的斗争中登上了总书记的宝座。他是越共老党员，1917 年 2 月 2 日出生于河内市清池县一个农民家庭，早年当过油漆工，19 岁投身抗法运动，1939 年参加印度支那共产党，1941 年遭法国殖民当局逮捕，被判 10 年徒刑。1945 年他越狱出来，继续投入到轰轰烈烈的革命运动之中。在抗日战争胜利后的抗法战争期间，他曾先后担任河东省委书记、南定行政委员会主席、红河左岸区区委书记和抗战行政委员会主席、区政治委员，以及海宁省委常委、海宁省行政委员会主席。

杜梅是在越南经济十分严峻的形势下接任总理职务的。1988 年 6 月 22 日，杜梅主持政府工作后，快刀斩乱麻，制订了一系列经济措施来落实越共“六大”的经济改革路线。与此同时，他主持制定了抑制通货膨胀的措施。1989 年越南粮食产量达到了 2050 多万吨，创造历史最高纪录，第一次做到自给有余，并出口大米 150 万吨。这的确是一个出乎意料的奇迹，越南从粮食进口国一跃而成为大米输出国。所以，西方外交官们说："自从 1986 年越共'六大'以来，杜梅一直支持改革，他在由严格的社会主义向混合经济艰难过渡的时期内发挥着关键作用。"面对苏联、东欧国家发生的剧变和西方"和平演变"的挑战，作为政府总理、越共第二把手的杜梅，同前越共总书记阮文灵一起果断地调整了黎笋时代越南完全倒向苏联的外交战略，加强对华关系，杜梅 1990 年 8 月 3 日在河内接见法新社记者时说，越南准备迅速同中国实现关系正常化，并通过和平手段解决悬而未决的双边问题。11 月 1 日，他在河内接见路透社记者时再次表示，越南想同北京进行合作。

1991 年 6 月底，在杜梅担任越共总书记之际，国家部长会议第一副主席武文杰以绝对多数选票当选为部长会议主席，接替杜梅的职务。这位 68 岁的越南领导人，曾任胡志明市委副书记、市人民委员会主席、市委书记等职。1982 年，武文杰进入中央政治局，任部长会议副主席兼国家计委主任。1987 年起，他先后任部长会议常务副主席、第一副主席和代理部长会议主席。

1986 年越共"六大"后，政府推行一系列的经济改革措施，武文杰作为主管经济的主要领导人之一，积极参与国家大政方针的制订和决策工作，对近年来社会经济形势的好转起了重要的作用。尤其在农业改革方面，武文杰一贯反对在南方实行强制性集体化政策，主张把土地长期承包给农民，允许农民自由出售部分剩余产品。这一措施在南方落实后，取得了一定的成效。1988 年该措施推广到全国，调动了广大农民的生产积极性，当年农业增产 100 多万吨粮食，首次实现了粮食自给，结束了多年的粮食进口历史。1989 年又成为仅次于美国和泰国的世界第三大米出口国，农业改革的显著成效，支持和推动了其他领域的经济改革。武文杰也因此而在全国声誉日高。

在对外政策方面，武文杰一再强调，越南将努力改善同外国，尤其是同中国和其他周边国家的关系。他是越南领导人中最积极支持阮文灵、杜梅推行亲华政策的人物之一。

在参与决定同中国实现关系正常化的过程中，越南外交部长阮孟琴也是个重要人物。他原任驻苏联大使，面对东欧和苏联发生的巨变局势，他曾多次向越共领导人阮文灵、杜梅等出谋献策，分析亲苏反华的利害关系，积极鼓动越南早日同中国实现关系正常化。越共"七大"后，他被从苏联召回越南，接任外交部长职务。他访华结束回国期间，他说："我非常高兴的是，在我出任越南外交部长后，第一个出访的国家就是中国。中国是我们不少越南领导人的第二故乡。"随行的越南外交部副部长武宽说："桂林是我的第二故乡。"

上下一条心，英雄所见略同。在中、越边民的拥护下，在国际形势的推波助澜下，两国高层领导间又互派秘密使者进行和解、谈判，终于全方位地打开了友好大门。

在此期间，还有一段内幕插曲是鲜为人知的。就在武元甲将军赴华参加亚运会之前，越共高层已秘密派遣了自己的使者前往中国试探行情。这位使者就是已故的前越南国会副主席、胡志明主席的亲密战友与得力助手、中国人民的老朋友黄文欢同志的儿子。

由于众所周知的原因，黄文欢长期在中国居留，一直受到中国领导人的礼遇和优待。八十年代末，重病在身、久卧病榻不起的他，已是生命垂危。我国有关方面本着人道主义精神，要求越南方面准许黄文欢的儿子赴华看望病重的父亲。越南方面正想与中国方面重归于好，便欣然同意中国的要求，委托黄文欢的儿子借探亲之机，捎信给中国领导人，希望早日恢复两国关系的正常化。于是，便有了上述一系列的外交大举动。

来自权威人士透露的内部消息称：早在九十年代的第一个金秋时节，越南共产党最高领导层就派出了阮文灵、范文同和杜梅等要人秘密出使边关，经友谊关，从南宁乘专机飞往西南某要地，与中国最高领导人进行了磋商、密谈。阮文灵向我方领导人透露了越共“七大”筹备、组阁内幕，表达了越南高层领导大多倾向与中国关系正常化的良好意愿。双方领导在诚挚、友好的气氛中交换了意见，拟定了两国关系实现正常化的步骤、纲要等。

山中，那一座座寂静的坟茔

清明时节，我有意识地沿着千里广西边防线逐一采访，东起防城，至宁明、凭祥、大新、龙州、靖西到那坡最西端止，7个边境县（市），每县都修有数个对越还击作战烈士陵园。以凭祥市为例，除法卡山烈士陵园外，尚有1979年修建的安葬对越作战牺牲的烈士的南山烈士陵园、匠纸烈士陵园、上石烈士陵园、平而关烈士陵园、油溢烈士陵园等。仅1979年从凭祥一线出击的参战部队、支前民兵，就牺牲了1820人！山中，自然筑起了1820座烈士坟茔。

在靖西县，仅县城附近的一座大烈士陵园里，1979年参战牺牲而埋下忠骨于此的部队指战员和支前民兵就达1037人。也就是说，这座烈士陵园筑起了1037座烈士坟茔！其壮观、悲凉的景象，我想不必多费笔墨去描绘。八十年代风行中国大地（包括港澳地区）的两部影视片《高山下的花环》（港人更名为《卫国军魂》）、《凯旋在子夜》，其中的烈士陵园吊祭军魂的大场景，就是在此处拍摄的。

1037座烈士坟茔啊，这一个陵园里就长眠着1037个二、三十岁的青年人（年纪最小的仅有17岁）！

1037名烈士，必定拥有1037个动人的故事。

那么，千里广西边防线的7个县（市），依此类推、累计，又该有多少个烈士陵园？又该有多少座忠骨坟茔，又会有多少个悲壮的故事？

每到清明时节，前来吊祭烈士的人员总是成千上万，至少，别人忘掉了他们，而他们的父母兄妹与妻儿、恋人总不会忘记他们！

在靖西烈士陵园里，我碰见一个老兵，他是专程前来吊祭自己连队战友的。他清楚地记得1979年，同乡一位战友在跳出战壕之前，紧握他的手，低哼一曲：

啊，朋友再见

假如我在战斗中牺牲

你一定把我来埋葬

啊，朋友再见

请你把我埋在高山上

再献上一束美丽的花……

正如歌中唱的，他一出征蹬上装甲车，刚突破越军的第一道防线，整个装甲车连同车上所有的战友，被敌人的炮火炸得飞上了天。散落下地的，已是粉身碎骨的尸片和变成碎块的装甲运兵车！

这位老兵虽然后来亲手参与埋葬了他，但那不过是一座衣冠冢，里面只埋有他的一顶军帽！只要一有机会，他就会来到烈士陵园为牺牲的战友献上一束束鲜花和香烟、白酒。

他困惑地问我："我们为什么要打这场仗呢？昔日的敌人，今天的朋友，何况早知今日，根本不必当初！中、越人民历史上都唇齿相依，想不到……死了的白死，活着的徒生悲伤，唉，我们这是为什么？"

在凭祥，我还碰上一对刚出国归来的青年男女。所谓出国，只不过是跨过国界那边走了一遭。如今的跨国界行动，可不像当年出征那样，要付出鲜血与生命作代价。现在如同出国旅游，既可满足猎奇心理，又不用担忧地雷、枪炮的伤害。还可以顺便采买回一些合意的价廉物美的外国货，搞得好还能趁机做一笔买卖、发一把横财。

闲聊中得知，他们这次来边境，主要目的是探望长眠于南疆的朋友，吊祭他在天之英魂。准确地讲，那位牺牲的军人是姑娘昔日相恋的男友，某部一位刚从排长提为副连长的指挥员，当年她费尽心思帮他弄了一个上大学的指标，因为当时她已考入北京一所名牌大学，希望将来两人一起当硕士、当博士，一起出洋留学干大事业。凭他的学识和文化功底，考取大学是小菜一碟，然而南疆战火更加吸引他。七尺男儿当卫国戍边，敢于血洒沙场。本来参战部队名额中没有他的份儿，可他三番五次请战、软磨硬缠上级首长，终于争得一个上前线的名额。没想到出征第一仗，他就牺牲在越军的一颗流弹下。

没有军功章，没有追授什么英雄称号。他和那位牺牲了的老兵、战友一样，静静地长眠在那片南疆红土中。

我悄声地问姑娘一个题外话："到边关来给昔日的男友扫墓，却带来今天的这一位做伴，你不怕他吃醋？"

"吃醋？哼，他敢，"姑娘傲然道："没有昔日男友的流血牺牲，他今天能享有这般幸福？"

"我当然不会吃醋。"不料那男士还是听清了我们的谈话，他说："老实说，我敬佩这些烈士，但实在不敢恭维。就像不敢恭维三年解放战争时期在东北黑土地上打的那场辽沈战役一样，一批批共产党的抗日将士与一群群国民党抗日精英决战于黑土地，为了什么，他们都是优秀的炎黄子孙呀，他们都曾为中华民族的翻身和崛起浴血奋斗过八年，成为近百年中国史上第一次赢得抗击外侮战争的胜利的民族英雄。而三年内战，国、共这两支共同抗击过同一敌人(林彪领导的八路军曾取得平型关大捷，杜聿明领导的国民党军取得昆仑关大捷，共同打击的是日军精锐部队坂桓师团，共同赢得名震中外的两大抗日战役的胜利，后来这两支国、共的精兵良将在东北展开了辽沈大决战)的主力，却拼杀于东北，悲剧啊！"

我立即纠正他："可我们首先要搞清楚，是谁造成的这场悲剧，又是谁导致的这场战争？"

"这倒也是……"姑娘诧然地望我一眼，轻轻地点头。

"唉，死者长已矣，生者长相思！"男士终于哀叹一声，又道："但愿中越人民世代友好下去，不再发生10年前的悲剧！”

入夜我隐隐约约听到从远处飘来一支歌的悠扬之音：

没有花香，没有树高

我是一棵无人知道的小草

从不寂寞从不烦恼

你看我的伙伴遍及天涯海角……

歌声里伴有阵阵伤感的泣泪，让人听得垂泪涕零。

虽然，10年前那场战争阴影还历历在目；虽然，山中的成千上万烈士坟茔还招来无数后人瞻仰、吊祭。可毕竟，逝去的永不再复回！千千万万个同龄人的家庭，创伤总难以愈合！

诚然，南疆这场战争不打该多好！那些长眠于黄土地中的同辈人，他们今天定能与我们一样，品尝改革开放带来的喜果，享受他们这一生应得的小康之家的甜蜜。可这场战争，留给他们的除了静卧烈士陵园，他们甚至没享受到军功章的荣耀、庆功会的英模荣殊。如果活到今天，谁能否定他们不会成为社会主义国家里的百万富翁、亿万富翁？谁又能肯定他们不会成为优秀的企业家、精明的特殊贡献者？

好在，1991年，中越关系终于揭开了正常化的一页，紧张的双边关系，终于实现了一场大解冻！

中越边境的逐步解冻，法卡山及其英雄卫士们，始终是全过程的见证者。当两国关系尚未实现正常化之际，这一带的边民最早起步，开始秘密地、地下地跨国界行动。

法卡山位于友谊关的东侧，弄尧边贸点设在友谊关的西翼。一边是雷劈炮轰不动摇，“香风”、“毒气”吹不进；另一边却卷起一浪高过一浪的边贸热潮冲击波。这里，东侧仍是戒备森严、枕戈待旦，每天守卫这里的法卡山战士，照旧操练、站岗、执勤、巡逻，警惕的双双眼睛密切注视着南方的动静和国界那边的一举一动，明知这是白盯，明知双边关系已开始解冻，却仍旧严阵以待，不怕一万，只怕万一。

中越关系解冻的1991年前后，千里广西边防前线已不再是战火纷飞的热点。两国边民和内地生意人，纷纷涌进跨国界行列，倒买倒卖大做有本无本生意。成吨成吨的抢手货从法卡山战士眼皮底下流进流出，成千上万的人民币、越盾在他们的身边换兑。而他们，仍似傲视大千世界、灯红酒绿的机器人，丝毫不为之动心。然而，这就是钢铁长城。没有这道防线，中国边民、内地生意人，还真没有安全保障呢，更难以这么舒心地跨国界做买卖。

在海拔700多米的法卡山上，战士们整日可见山下繁忙、热闹的场景，而他们自己的身边呢？除了高山、白云、雷雨、烈日，再就是这几十号“和尚”兵，成年累月没有异性出现。这里没有娱乐生活，没有往来的行人，更没有妙龄女郎，几近与世隔绝的世外桃源。夜幕降临后，属于士兵拥有的，不外乎电视加扑克、扑克加电视，翻来覆去都一样。无聊时也吹皮、侃大山，也写情信，也谈女人，只不过都属话“妹”解渴。

我在法卡山上问一名战士，对眼皮下的两国边贸热潮，真是一尘不染、心无所动么？

他坦然道：“你清楚，我们这些当兵的，每月津贴不过20来元，在生意人手中还不够一顿饭钱，就是在我们手上也最多够用三天，我们就能不为金钱所动摇？但是，军有军规，我们是军人，就要严守人民军队的纪律！”

一位守备连指导员对我说：“法卡山并非一方圣土。凡尘世中人，总得食人间烟火，总会有七情六欲，尤其面对眼前的全民大经商热潮，谁能不动心？但是，我们的军纪规定：不准参与做生意；不准到边贸点去游玩与购物；不准在信件中向亲友提供边贸信息；不准向倒流做生意的退伍战友或来访探亲的亲友提供食宿与边贸信息……

1991年秋，当我带几名地方记者再次登上法卡山时，遇到几名即将退伍的战士。

一个战士说：“法卡山早成明日黄花，没人关注了，你们还是把精力去写写山那边的新闻吧！大家忙得没空数钞票，就用尺子量、用秤称那一大叠、一大袋的人民币和越盾的多少了！”

另一个战士说:“我们当兵三年，都守在法卡山上，与世隔绝得都快修道成仙了。唉，山上方一日，世间已千年！”

啊，三年，整整1000个日日夜夜:当兵三年，整整守卫法卡山三年，三年后下山，他们已是服役期满而退伍了。

还有一位即将转业的守备连干部，对我们讲了两则对比鲜明的发生在10年前后的法卡山上的奇闻轶事。10年前的法卡山保卫战，当我军首轮排炮轰击越军阵地时，摧敌军事地堡一座、茅屋数间，至于其中有无越军伤亡、敌人受无挫创，那些都无关紧要，关键的问题是我军奋起还击、保卫边疆的豪言化作了壮举，边民们皆大欢喜，连夜杀猪宰羊燃放鞭炮，敲锣打鼓拥上阵地犒劳卫国戍边将士，高呼“人民子弟兵万岁”、“感谢新一代最可爱的人”，那可真正是理解万岁，我们的战士一个个感动得热泪涕零。他们真正体会到什么是人民子弟兵为人民而战斗的欢悦之情，也真正感受到军民鱼水之情的含义。

然而，10年一瞬间。从国际和平年到千里广西边防线的逐步裁军，尤其是1998年以后的中、越关系缓和，狼烟烽火停熄，人民开始安居乐业。守边卫国的将士们成了多余的人，子弟兵在边民的心目中已不那么值钱了，甚至被视为阻碍改革开放、边民自由买卖的督察员。在法卡山脚下有几亩荒地，这是一片尚未开垦的处女地，战士们为解决蔬菜问题，决定就地开荒种菜。而土地的主人本已去跑生意、赚大钱，根本无力去开垦和耕耘，但他却坚持要部队每年向他交纳一亩地200斤大米的承包租金。村干部出面找他为部队讲明，他不同意；乡干部也出面调解，他依然，说不行，并认为这是改革开放带来的商品观念和意识，是时代进步的特征与表现！每垦殖、耕种一亩地，一年交纳200斤大米，一两也不能少，雷打不动！我们的战士又禁不住哀叹:“想不到啊，昔日军民鱼水情，今朝情薄淡如水！当兵的值几个钱?改革开放给我们带来什么好处？”

10年前后，两度流泪。只是前一次流的是欢欣的热泪，这后一次流的则是伤心的悲泪！

我们的戍边将士，对和平时期的军民关系的冷淡，对农民千百年形成的狭隘、短视及贴身功利是怎么回事，心中有着最深切、最强烈的亲身感受。

入夜，我们从法卡山上返回凭祥边陲小城，路过一家家影视厅、歌舞厅、卡拉OK厅，眼见成双成对的时髦青年男女，西装革履，打扮入时，出手大方地购买高价饮料，从雪碧、可乐到健力宝；从人头马、拿破仑到白兰地、威士忌等进口名酒；以及三五、健牌、万宝路进口香烟，映照出战士们一张张复杂的表情，我们想到了什么，我们能说些什么？

什么也不用我们说，歌舞厅里传来了流行曲，正道出我们战士心声的《一无所有》歌曲：

我要给你我的追求，
还有我你的自由；
可你却总是笑我，
一无所有！
为何你总要笑个不够？
为何我总要追求？
难道在你面前，
我永远一无所有……

苍凉、悲伤的歌曲，唱出一代人的心声，唱出我们这一代人民子弟兵的失落、失望而又不甘沉沦的意境。

我的心灵感到强烈地震撼！

我们这一代最可爱的人，难道真是一无所有吗？

南疆法卡山及其他的英雄卫士，真的失落而无用武之地了吗？

风雨十年铸剑为犁

1991 年 11 月 5 日，应中共中央总书记江泽民、国务院总理李鹏的邀请，越南共产党中央总书记杜梅、国家部长会议主席武文杰率领越南高级代表团乘专机抵达北京，开始对我国进行正式访问。江泽民和李鹏在人民大会堂东门外广场主持仪式，热烈欢迎越南客人。江泽民陪同杜梅检阅了中国人民解放军三军仪仗队。下午，两国领导人举行了会谈，双方一致认为，这次高级会晤标志着两国关系实现了正常化。

江泽民和杜梅都认为，中越关系正常化符合两国人民的愿望和根本利益，也有利于本地区和世界的和平与稳定。

越南《人民报》11 月 6 日发表社论指出，在北京举行的越中高级会晤具有重要意义，它标志着越中关系的正常化。

《人民报》社论说，当前，中国人民正在推进改革开放事业，沿着有中国特色的社会主义道路建设国家。在中国共产党的领导下，中国的 10 年改革取得了举世瞩目的成就，越南人民对此表示祝贺。

社论说，越中两国是山水相连的邻邦，两国人民有着传统的友好关系。在两国民族解放斗争和社会主义建设中，两国曾经互相支持，互相帮助。越南党、国家和人民珍惜这一传统友谊，并为实现越中关系正常化而努力。越中关系正常化不仅符合越南人民的愿望，也符合中国人民的意愿。

11 月 10 日，中国和越南就越共中央总书记杜梅和越南社会主义共和国部长会议主席武文杰率领越南高级代表团访华，在北京发表联合公报。

杜梅总书记和武文杰主席邀请江泽民总书记和李鹏总理在方便的时候对越南社会主义共和国进行正式访问。江泽民总书记和李鹏总理愉快地接受了邀请。

1991 年初春，终于传来了中、越两国关系正常化的喜讯。人民终于从战争走向了和平，边关雷场终于变成了商场。因为，国家需要休养生息，人民需要安居乐业。

在这岁末，还传来一个小插曲：当越南高级代表团访华归国途经广西南宁时，正逢中华人民共和国第四届全国少数民族体育运动盛会在南宁举行。新中国成立 42 年，由于台湾当局顽固坚持“三不”政策，全国性的运动会始终没派人参加。而这次运动会台湾来了 100 多人，其中运动员 60 多人。当台湾运动员出现在广西体育馆时，全场数万观众报以长时间的热烈掌声！海峡两岸是一家，轩辕后代共亲情。大陆、台湾的微妙关系正在起着微妙的变化。

两个国家经过 10 余年的风风雨雨，可以从敌对的不正常转变为友好的正常化。那么，骨肉至亲的海峡两岸的持不同政见的两党，都是炎黄子孙，有什么理由不加快国家统一、民族团聚的步伐呢？大海隔不断，两岸必统一。这也是大陆、台湾人民的共同心声。

据悉，杜梅总书记在南宁时，曾赠送了几尊用炮弹壳精工雕制的佛塔礼品给广西方面领导人。面对这些精巧别致、独具匠心的礼品，我方翻译人员不解其用意，便请教杜梅总书记。杜梅总书记含笑回答说：“愿佛祖保佑越、中人民世世代代友好下去！”

边境战火漫燃 10 年，两国从“同志加兄弟”关系变成仇敌与冤家关系，这是人民不愿见到的悲剧，也是一切热爱和平的人士不希望存在的现状。而今中、越关系大解冻，两国关系实现了正常化，双双握手言欢之际，请来佛祖作证，让战火永熄，让人们牢记铸剑为犁、化炮弹为佛塔，岂不应了那句佛门名言俚语：放下屠刀，立地成佛！

愿中越关系大解冻给两国边民带来长居久安，繁荣兴旺！

愿毛泽东、胡志明等老一辈革命家开创的友谊桥梁，连接两国人民世代和平共处地地面向未来，走向未来！

（写于 1991 年）

此时，战场宁静

■ 瑞士作家约米尼说："假使在一个国家里面，那些牺牲生命、健康、幸福去保卫祖国的勇士们，其社会地位，反而不如大腹贾，那么这个国家的亡国，就一点都不冤枉。"

■ 约米尼还说，"一个国家不管它的政府采取什么形式，为了避免受到后代子孙的谴责，提倡尚武精神，尊敬军事职业实在是一种明智的政策。"

序　幕

文静的夜姑娘惧怕粗野的昼汉子，惶恐而迅捷地掖起铅灰色的寝帐。四年老兵春娃满以为在天崩地裂般的爆炸声中彻底"光荣"了，谁知冥冥主宰却将他打发回了人世间。

"他妈的！"春娃的嘴角像块发黑的橡皮缺少弹性地扯动了几下，在他右嘴角，落着一只贪婪地大肆咀嚼半凝固状态血渍的黑头黄尾大马蜂。

春娃蓦地掀开小山般沉重的眼皮，远远传来一阵隐隐约约、飘浮不定的隆隆声，一种军犬般灵敏的嗅觉和不可丝毫渎职的使命感，使得身为"反渗透小组"组长的春娃的心忽地悬了起来，那支不久前配发的新式微型冲锋枪呢？他急忙抬臂抓枪，然而只有抓枪的意念和血脉在涌动，手臂却没有离开地面，这个犍子牛一样粗壮的北方汉子不由后脖梗子一阵发冷，浑身打了个寒噤。他在惊愕中意识到，在昨夜急火火赶回第 25 号界碑这个汇合地点时，不慎踩响了越军特工队埋设的地雷。

呀！那 25 号界碑呢？那使得春娃被冠以"反渗透小组"组长这

个不见编制序列的士兵官儿头衔的两个部下呢？

灌木和乔木混交的亚热带植物，宛如森严的营垒护卫着赖以繁衍生存的大地躯体，也护卫着象征躯体生命的一块冷峻的界碑。

这一块既算不上高大也谈不上神奇的界碑，并没有镌刻着固定的统一编号，而是士兵们约定俗成地称它为“第25号界碑”。

不知自哪年哪月哪日起，先是探头探脑后是大摇大摆地飞来一群群干瘪而饥饿的蝗虫，肆无忌惮地啃噬着山峦上的自然植被，将巨人的胸膛撕咬得鲜血淋淋，而界碑的神圣尊严也一次次地被作恶者肮脏的爪子所奚落、所污辱、所损害。

眼下，在界碑不远处，躺着三个身负重伤的年轻战士。靠南端的是春娃，东西两旁则是春娃所需要寻找的战士丁木和国辉。他们彼此相距15米，奇妙地构成一个等边三角形，倘若从山势的削面透视过去，他们占据的位置恰巧构成一个将界碑高高托起的三角支架，他们都是以同样的姿势斜枕在被枪弹和地雷刨出的坑壁上，几乎脸对着脸，目光对着目光，好像他们在同一个时间听到了一个统一的行动号令。他们都一动不动，像做着一个长长的、纷繁迷离的梦……

第一章

[国辉的对白] 我说组长，你干什么用这种目光看着我——惊愕、陌生、疑虑，十足的不放心，好像我是刚刚从徙居大不列颠及北爱尔兰联合王国返回故里的野生种“四不像”。

我知道，撇开别的不讲，我这个环球贸易总公司经理，竟然弃商从戎，这本身就是一件爆炸性新闻。

组成“反渗透小组”那日，连长那比例失调的长脸蛋子耷拉得像条驴，被通身血液烧红的两眼冒着逼人的寒气，双手失态地叉着腰，那凶狠的神态就像我在内蒙古巴丹吉林沙漠见到的一只落在天葬场沙包上的秃鹫。

我这番形容绝不是对连长蓄意丑化和恶毒中伤，说实话，我对咱们连长佩服得五体投地。第一个征服“死谷”的是他；在“老虎口”抢先把饭菜送到猫耳洞里忍饥挨饿三昼夜的战士嘴边儿的是他；身上七处负伤仍高呼“跟我来”的还是他。他在我这个新兵蛋子眼里简直就是一代英杰霍去病、成吉思汗、巴顿或拿破仑式的人物。当然，我也认为连长十分可恶，当时恨不得一巴掌在他后脖梗子上来一个见响的。

明明是他连吼带叫地说谁自愿参加“反渗透小组”马上出列，然而当我一声“报告”站在他面前时，瞧他那个目光呵……

他妈的，也怪那帮记者，照相机一个劲儿地对着我穷“咔嚓”、“咔嚓”什么呢？好像我报名参加“反渗透小组”是什么惊天动地的壮举，是出了一次了不得的风头，我用双手死死盖上脸，连长，我请求参加“反渗透小组”绝对不是想出什么风头，不，不是！

因为在我面前，血肉模糊地躺着四个战友僵硬的身躯呵！然而他们的眼睛迟迟不肯闭合，他们还没有向人们述说完那不幸的遭遇。躺在左面的班长柳一海和新兵虞非，是换岗时被越军狙击手的冷枪打死的；躺在右面的给养员黄虹和通信员范若，昨天赶街返回宿营地时半路上遇到一个瑶族装束的少女正可怜巴巴地背着一大捆柴草，他们立刻上前助人为乐，谁知没走多远，一颗手榴弹给年仅 20 岁的他和他在生命的履历表上罪恶地打上了句号。原来那个得了痨病似的少女是渗透到我国境内的越南女特工队员，“渗透”欠下的血债一定要用“反渗透”加倍索取，这是战士的宣言书！

哼，我想出风头！姥姥！不仅现在不是，就是起初当兵时也不是，我敢起誓。

我知道你们准会提出那个一年级小学生也会首先提出的命题：我为什么当兵？是呀，我为什么当兵呢？这个似乎十分单纯的问题却令我不止一次地苦恼过。起初，当记者们向我提出这个问题时，我回答了两个字：命运。他们竟然说我回答得太抽象，不够明确和具体。

至于报纸上刊登的那些骇人眼目的什么《从总经理到战士》、《致富不忘报国，戍边再创伟业》等往我脸上贴金的文章，都是记者们进行一番"合理想象"后杜撰的，可是又使你很难指出虚假的成分。但它的确不是"正史"而充其量只能算作"演义"。

这帮修炼有术的歪嘴和尚！

［丁木的对白］　国辉，你小子不论怎么讲还算是幸运，连长终究被你的牛劲儿所征服。

当然，我所说的征服是指一种理解。

你听我说，我所以说连长伟大地理解了你，是指他还算真给你开了绿灯。你要是碰上我，我早叫你给我站在一边儿"稍息"去吧！

为什么？当然是事出有因。

还记得吧，咱们连开赴前线的前一天中午，大家痛痛快快地喝光了壮行酒。不知是太阳这个三足怪鸟故意炫耀它那火红的羽翼，还是泸州特曲强烈刺激了人们的神经，人人心里火烧火燎的，连风都热得烫手。球场南面，几棵半搂粗的刺槐那如伞如盖的树冠被烧得不时发出"哔剥"的响声，整个营区像团火。

我刚将写给未婚妻的信交给我的老乡范若，叫他帮助给参谋参谋，你小子却跑来摆阔。

"给！"

"啥？"

"存折。"

"谁的？"

"我的。"

"你的给我干啥？"

"由你保管。"

“多少钱？”

“上面写着哪。”

“嗄！”范若拿起存折一瞧，双手被火燎似的慌忙扔在桌子上，讷讷地：“这、这……”

“怕什么，上面既没有光腚的女人，又没有大肠杆菌。我可交给你了，拜拜！”

“哎——”范若急忙一把拉住你，两眼闪着怯怯的目光，“我、我不要！”

起初还以为范若不愿替你保管，是多一事不如少一事，等我低头一看，上下嘴唇也迟迟没合拢。乖乖，存折上写着 4 万元，难怪范若的手像触电似的。

你小子也够损的，你明明知道范若入伍前是个老实巴交的庄稼汉子，不要说 4 万元人民币，就是 400 元压根儿身上也没揣过。你不但不把情况给人家马上说清楚，还牛皮哄哄地避开了眼珠子：“这是连长的命令，你服从不服从！”

“国辉，你小子要不说清楚这存折是怎么回事，就是假传圣旨！”

你这家伙见我跟你急眼了，才煽煽呼呼地说，这笔存款一不是靠坑蒙拐骗，二不是靠杀人越货，是自己凭本事挣来的。你说参军时之所以没放在家里，是因为父母都已过世，唯一的一个哥哥又固执地认为这些钱散发着铜臭味儿，一分也不要，究竟是什么原因，你却没细说。你只是苦笑地摇了摇头，讲了句：“没办法，他就是他。”你还说这次上前线首先拥抱死神的一定是你，因为你是侦察排战士。所以你和连长临行前达成一项协议：如果到前线以后马克思不肯收留你，那么这笔存款只不过暂时由范若替你保管；如果你彻底“光荣”了，这笔款就作为连里的奖励基金，等等。

不过，你以为只有你才有这临战前的“壮举”吗？我在给我的未婚妻的信里，也作出了一个壮举。我那封信里所期待的，与你站在连长面前要求参加“反渗透小组”时想得到的同样珍贵。而且我还可以说上一句带预见性的话：我那封信将付出的牺牲，在一定意义上讲，并不比你奉献出的 4 万元存折的价值小。

你信不信？

[**春娃的对白**]　我说你们真的就像拴在一个槽上的叫驴，见面就互相踩蹶子。

可是，又怪谁呢？谁叫我当初抢香饽饽一样把你们两个要过来哩。这叫木匠带枷——自作自受。

“春娃，他们两个要求参加反渗透小组，你这个组长觉得怎么样？”连长指着第一个跨出队列与间隔不到两秒钟第二个跨出队列的你、还有你，最后让我一锤子定音。

顿时，全连百十双目光聚光灯般齐刷刷射在我脸上，我知道，全连指战员所以报以如此关切的目光，是因为“反渗透小组”维系着每一个人的寄托、意志和情感。果然，我一个“行”字刚出口，队列中顿时变得像一锅煮沸的水，人们的目光中分别表示出赞赏与失望。

“春娃，你灌什么迷魂汤了？为什么同意叫那两个小子参加！一个是他妈的地道的米诺斯迷宫，谁知道他肚子里的花花肠子有多少弯弯绕儿？一个是他妈的骚达子，三天不接到未婚妻的信就恨不得撬邮局的门，越南的女特工队员个个都像发情的母狗，莫非你想整天拎着棍子漫山遍野地跟着他去撵呀？”

你们两个先别急，等我把话说完。我觉得，尽管有些同志对你们的指责有些过激，甚至可以说未免有些挑剔，但都无可厚非。因为你们本身就太爱恶作剧。

好，那我就捞点“干货”给你们瞧瞧。

就说你丁木吧。

那天晚上是咱们连来到前线后召开的第一个文艺晚会，对口词、三句半、数来宝和枪杆诗等火药味十足的传统节目一下子冒了出来，气氛极其热烈。用指战员的话说那是“嗷嗷叫”。

谁知，孵小鸡却从蛋壳里拱出个鳖来，你这家伙却在这个火候上朗诵了一首题为《思念》的诗，并公然声称这是送给你未婚妻的——

思念比永恒的宇宙要久长
比太空的殿宇还高昂
比幻想之国还美丽
焦急的心灵——深过海洋
你值得思念，但“思念”一词
无力表达我热烈的心肠
可以说，思念之火在燃烧
在我的心中永远、永远激荡

怎么搞的？晚会本来开得很红火，结果被一条泥鳅腥了一锅汤，大家心里只装着祖国，可丁木却一门心思想着他的未婚妻，而且还“深过海洋”，这是什么情调？不要说有些战士，就是指导员都铁青着脸冲我吼。

你这臭小子，事后才告诉我你朗诵的那首诗是马克思写给他最忠实的伴侣、最亲密的战友燕妮的，诗中充分表现了这对革命夫妻之间崇高、坚贞和炽热的爱情。你的话也有一定道理：“一个连自己钟情的恋人随时随地都可以抛到爪哇国的人，那么就很难令人相信他的所谓‘祖国在我整个心中’不渗有水分。反之——”

哎，咱们还是不要再提“反之”吧！

你甭不满意，我知道你的心思，做人难，通常是指自己往往不被人们所理解。不过，我还是理解了你。

第二章

［国辉的对白］ 这是我参加“反渗透小组”后，第二次单枪匹马去位于山脚下的农贸小镇赶街子。

“反渗透小组”只有我们J、Q、K三员大将，根据我们所担负的警戒范围，不得不划分为三片。丁木负责正前方的灌木丛，春娃负责东边的第 25 号界碑，而我招揽的生意则是西面山脚下的农贸小镇。

这个农贸小镇，坐落在大山西麓的脚趾下端，依偎在一个马蹄形山坳里。

这里居住着几十户边民，一色褴褛的茅草老屋，组成两排黢青色的岸，两岸间挟持着一条半里长麻石铺就的渠，每当霞光淋浴后带着湿漉漉的晨雾从岩岬上浸过来，渠上面便泛起由污水、垃圾和猪狗粪便融汇而成的波。一俟日头露山，水波便释化成混合着各种气味儿的、半透明状的雾，一阵清风吹来，雾又水蛇般地遁没在蔚蓝而耀眼的空中。此刻，每逢阴历一、五、九这样的单日，这里便成了据说从乾隆十二年间便沿袭下来的集市。不仅散居在方圆十几里的壮、苗、瑶、傣等不同民族的男男女女穿着各种耀目的服饰簇拥而来，而且只有一条山梁之隔的异国边民也大摇大摆地越过边疆界络绎而至，双方的戍边部队视而不见，似乎彼此恪守着一项不成文的条约。一时间，这个叫花子似的边陲小镇变成了花枝招展的窈窕淑女。半里长的街道，挤挤插插地排列着用竹篓装着的芭蕉、菠萝、板栗、香蕉、山梨、苦瓜和名目繁多的中草药。在街道的中间地段，挨肩儿开了几家个体户经营的饭馆，堂屋里摆放着几张条桌，紧挨着街道的边沿支着几口铁锅，“嗞啦啦”煎糍巴的油烟搅拌着“咕嘟嘟”煮狗肉的香味儿直往鼻子眼儿里钻，令人垂涎欲滴。在色彩斑斓的人流中，还不时夹杂着从内地来做生意的小痞子，他们手里拎着边民们极少见到的用真丝莹光柔姿纱和乔其纱等时尚衣料做成的裙服和一些廉价的尼龙衣裤，专门换取当地的名贵特产。那声嘶力竭招徕顾客的吆喝声，那讨价还价的争吵声，似乎要把这弹丸小镇掀到空中。

“哎，老哥儿，今来卖什么玩艺儿？”我用不伦不类的方言俚语，向瞧着一只寻觅食物的公狗般的中年男子喊了一声。

“哦！”他闻声惊愕地抬起头来，眨动着枯涩的眼皮，戒备地打量着我，目光中流露出一种难以掩饰的恐惧。

此人的相貌特征十分突出，虽然我只和他见过一面，却深深刻在记忆里，高凸的额头，深陷的眼窝，阔厚的嘴唇，还有那过于享受太阳恩宠的亲吻而被烤得焦糊一般的脸皮，颧骨处显现着只有长期蹲潮湿的溶洞工事才会出现的霉斑。这家伙的真实面目，昭然若揭。

“先生，您又来买什么？”他笨拙地搅动着舌头，操着说不上是哪国或哪个民族的口音，讲着半生不熟的中国话，然后巴唧着被劣质烟叶熏烤得黑紫黑紫的厚嘴唇，饿鬼般贪婪地吞咽着不时飘过来的肉香，眼珠正盯着我肩上挎着的一个款式新颖的三用尼龙旅行袋。

看来这家伙是个闻见腥味就伸爪子的猫，是个见便宜就占的贪鬼。

大概是我们两个命中该有此缘分，上一次赶街，我们一打照面，他就断定我是个“阔少”似的外乡人，而且一定大有油水可捞，所以死皮赖脸地非要用他的半背篓芭蕉换我的一个尼龙旅行包。而我又自恃粮多不怕饿汉子，便投其所好地立刻达成了交易，当然，用一个尼龙旅行包换半篓芭蕉，倘若是在北京或上海那是绝对算不上慷慨，反而还会有占便宜之嫌，但是在这里芭蕉却如同北方的红薯一样廉价。所以，这家伙得到尼龙旅行包后，兴奋得手舞足蹈。

“给，来一支。”我伸手从奶黄色西服上装衣袋里掏出一盒精装红塔山牌香烟，递给他一支。

他急不可待地接过烟，点着，狠狠地吸了一口，嘴里表示感谢地咕哝着。我看出，他所以不肯说话，是怕一张嘴香烟会乘机溜走，他那菱形的喉结压缩阀门似地提起又落下，仿佛要把烟雾浓缩成固体状态永久性地储藏在肚里。

“先生，您要换点什么？”他大概实在憋不住了，一伸脖子喘了口大气，咧嘴一笑，露出两排又黄又黑的牙齿。

“你今天带来的是什么货？”我从容地点燃一支烟，一扬下巴吐了个烟圈儿。这个小痞子式的动作根本用不着潜心模仿，对我来说简直就是轻车熟路，由一个浪迹社会的小青年变成一个真正的军人，两者之间的差距绝不是几个月的时间就能消除的。

“嘿嘿，先生请看，上好的虎骨。”

“虎骨！”我不禁露出几分惊讶，惊讶中又含有几分窃喜。

他诡秘地用眼角的余光刻意地注视着我的表情，像两条游蛇吐着火红的信子刺在我的脸上。这家伙虽然对我的来历有些生疑，但我的“阔少”身份对于他来讲是富于诱惑力的。

“先生，不会骗人的。是虎骨，还是上好的。”

“要是真的，那我肯出大价钱，要不是呢？”我接过他抖抖瑟瑟递给我的一节一寸来长的骨头，左看右瞧，显得如获至宝，爱不释手。

“当然是真的喽，我们又不是专门做生意的，不会骗人的。”

“那我就试试罗？”我试探性地看了他一眼，见他一挺脖子装得满不在乎，便将那节骨头扔给那条似乎足有两天没有觅到吃喝的公狗。

“哎——”他猛地一怔，正要扑过去抓住那节骨头，但是为时已晚，那只公狗一口将那节骨头叼住，“咯嘣嘣”地咀嚼着，充血的两眼敌视地防范着左右。

“你——”那家伙惹不起那只公狗，却急赤白脸地要跟我玩命，满嘴臭烘烘的烟味儿夹带着雨点般的唾沫星子直往我脸上喷。

我不屑一顾地乜斜他一眼，胸有成竹地走到一个卖虎骨的老者面前，拿起一寸来长的一节虎骨，付完钱，信手扔给那条正以渴望和乞求的目光期待着我的公狗。结果，那块小小的虎骨还没落地，那条公狗灵敏的嗅觉已经闻到了虎骨特殊的气味儿，吓得一夹尾巴，溜走了。

“哎，看到了吧，这就叫虎死雄威在，我这才是正宗货。”卖虎骨的老者一捋灰白色长髯，自豪地仰天大笑。

那家伙像只斗败的公鸡一样端肩缩脖，死鱼样的眼珠看着我。

“走，到饭馆去喝两盅。”我一拍他的肩膀，随后又交底地补充了一句，“走吧，我掏腰包。”

“喝！”他把一块狗肉塞到嘴里，抄起满满一杯白酒，礼貌地做了个碰杯的动作，但我还没拿起酒杯，他却急不可待地一扬脖子喝了个杯底朝天。

“呸！”我厌恶地看着杯里马尿般混浊的劣质烧酒，心里真想抄起酒杯掼在那个贪心的酒店老板脸上，但是我清醒地知道，面前还有一个更加贪心的家伙需要我来对付。于是，我爽快地抄起了酒杯。——“干！”。

[丁木的对白]　灌木丛拉拉扯扯地缠得人心烦，崭新的防红外线迷彩服穿上不到五天，手臂、膝盖和上衣下摆处少说也被撕破了四五道口子。

我负责警戒的这片灌木丛，前进一步是国界线，国界线外是刀削般的陡壁；退后一步则是我军第一个营级指挥所和兄弟部队一个极其隐蔽的炮阵地。

这样一个军事要冲，之所以安排我一个人警戒自然有这样安排的道理。这片灌木丛平时处于真空地带，越军不时往这里打炮，如果我们设下更多的潜伏哨，显然会增加无谓的伤亡。还有一个原因是，越军每次向我方发动一次排或者连级规模的进犯遭到沉重打击后，少说十天半月不敢再炸刺儿，只是偶尔派一两个狙击手搞点偷鸡摸狗的勾当。

我身上的迷彩服不知湿了几次又干了几次了，头顶上的知了像一群死了老子娘的孝子贤孙，捶胸顿足地嚎。绵延伸展的红土地，象鳞鳞涌动一片铁水的河，带刺荆条和齿状茅草被烤得蜷曲着身子。湛蓝的天空也被烈焰的巨舌舔红了。燥热的空气中充斥刺鼻的焦糊味儿。

不知什么时候，我耳际又浮响起那刻骨铭心的声音：

“没良心的，干什么非得走！”大胆地用头枕着我肩胛的她，在回村的路上猝然一抬下额儿，愤愤不平地嗔一句。那温馥的气息游丝般在夜空中滑行，痒痒地搔着我的脸颊，惬意极了。

我知道她还沉浸在刚刚看过的影片《归心似箭》的故事情节里。我微微一笑：“看来这部片子还不赖。”

“啥不赖？”

“那个小寡妇的命运赢得了你们女同胞的同情，起码说演得还挺真实。”

“啥真实，都是耍笔杆子的胡编的，我就不信那个傻老爷们儿就那么铁木疙瘩脑瓜子，那个小寡妇要长相有长相，要人品有人品，百里挑一。可他，胡子拉碴地像个老头子，我就不信他放着小日子不过，疯了似的非得到那冰天雪地去活受罪。”

我听了她这番充满真实情感的话，不禁吃惊地看了她一眼。但是，我的吃惊并非感到她的言论是多么忤逆不道，而是为她的直率和坦诚所欣喜。女人的坦率和诚实比金子还宝贵啊！

“要是我也像那个傻老爷们儿一样呢？”

“你——？”大概她对于我这句话太感到唐突。

“怎么，不相信？”

“咯咯咯，你甭想占我的便宜。”

“你这话是什么意思？”我听了她的话大惑不解。

大概是她看出我的确不是想在她身上打什么主意，身子往后一仰，把头埋在胸前的膀窝里，像只羸弱的候鸟找到一个赖以栖息的巢，并说了句：“我冷。”

我凭着男性的本能立刻用右臂揽住了她，手掌严严实实地罩住了一座小山，这小山奔涌着炽热的岩浆……此刻，深深体味到了女人本能的对男性的寄托和依附。

“你没看见那个小寡妇想留住那个傻老爷们儿，叫她儿子跟他套近乎呀？你说要像……不说了，你真坏！”她蓦地转过身子，两个拳头鼓槌似的擂击着我的胸脯，然后微微喘息扬起下巴儿看着我，那火辣辣的目光，烤得我浑身发热。如若我壮着胆子吻她，她无疑是不会反抗的。

然而，我痛失了有生以来的第一次良机。为什么？我至今还说不太清楚，我从来不承认自己是个“冷血动物”，当时我那青春的血液也骤然间汹涌不已。

“我过两天真的要走了，”当我以确凿无疑的口气把参军的事挑明时，她先是遭到雷击般的大声惊呼“你疯啦！”继而是情切切、意绵绵地劝阻，接下来是八方呼吁同情者，最后见我确是“王八吃秤砣”时，便信誓旦旦地说了句：“我等你。”

“呜——呜——呜！”一声连一声令人毛骨悚然的嚎叫声，从灌木丛边沿的陡坡下传来，像一群骚劲儿十足的母狗为争夺野汉子在追逐和撕咬。不用看，保准是敌军的女特工队员风骚地在河里洗澡。

用女人拉我们“下水”，堪称“渗透”的一大战术。但他们这一招儿，绝对不会荣获“发明创造奖”。

有位哲学家说：应该把女人的裸体看做一种“美的形式”。

奶奶的，她们既然敢在光天化日之下扒得净光，我就敢把眼珠子瞪得牛卵子般大！

［春娃的对白］ 单就我们三个人分工的地段看，有人说我负责警戒的位置最为“神圣”，我觉得在某种意义上讲并非夸张和粉饰。

界碑——千万不要挪动
它是国境线上
一棵会开花的树
移动半寸
它周围都会腾起烟火
云朵也会流血

流血的云是呼啸的战旗

战旗携着界碑

让它回到神圣的经纬点就位……

请不要以为我还是个战士诗人哩，我肚里可没那点儿墨水，据说当中医要懂“望、闻、问、切”，写诗要会“比、兴、赋”，而且现代诗还有更多的名堂。我不但对写诗是“擀面杖吹火”，而且压根儿就不喜欢读诗，总觉得有些诗是故弄玄虚和无病呻吟。然而当我在《解放军报》上发现了这首象征性很强的诗后不仅爱不释手，竟然还过目不忘。我觉得这首诗把我感觉到的一些东西不仅写出来了，而且把我还没有感觉到的一些东西也帮我感觉到了。

我们分工后的第二天夜晚，我的神经就受到重重地震撼。

那是怎样的一个夜晚啊！

头顶上好像扣着一口庄户人家杀猪用的大锅，没有星星、没有月亮，也没有萤火虫的毫光，似乎整个世界都浸泡在墨缸里。没有山，没有河，也没有林莽，仿佛这太阳的行星又回到冰川期前混沌未开的远古时期。没有虫鸣，没有鸟叫，也没有往日里界碑外那虚张声势的呐喊。

夜晚出来巡逻，按说不应该是一个人，可我还是这样决定了，尽管丁木和国辉再三要求给我保驾。临出发前，丁木和国辉着实地将我打扮了一番，国辉叫我穿上了他那身极适宜夜间隐蔽的斑驳陆离的迷彩服，丁木在我脸上涂上一层厚厚的伪装膏，国辉将我那钢盔的帽沿压得很低，说这样容易发现目标。丁木除了叫我带上一部微型报话机，还将一把伞刀系在我的武装带上。乖乖，瞧他们那个仔细劲儿，似乎我是个初次上幼儿园的小孩，服服帖帖地听命于他们的摆布。那一举一动，充溢着战友之间炽热的情谊啊！

子夜时分，在夜神的掩护下，我运用单点作战中在敌后上下运动的姿势小心翼翼地来到25号界碑旁。我之所以小心翼翼，是因为界碑周围遍布着敌军特工队埋下的地雷，密度为每平方米5

颗。而且地雷花样繁多，杀伤力也很大，一颗地雷足以报销一个班的兵力。据不完全统计，在我们扼守的这个山头阵地上，地雷总数多达50万颗。要排除这些地雷，即使在没有干扰的情况下也得需要15年时间。

忽然间，我的身子不由得冻住了，目光也变直了。昏暗中，我依稀发现25号界碑好像患了“夜游症”，它玩忽职守地向我方境内缓缓而行，它跌跌撞撞，跳来蹦去，像一个顽童，当它走出整整20米，冷不丁跌进一个土坑，被摔得呻吟不止，它力图挣扎着爬出土坑，却又力不从心，只有骂骂咧咧地怨天尤人。

“他妈的！”我看真切：鬼鬼祟祟挪动界碑借以蚕食我国领土的竟然是个地蹦子般矮小的家伙。对于他们这种“渗透”方式我早有耳闻。在这块界碑旁我们曾牺牲过两个战士，这两个战士在巡逻时发现界碑被移动了位置，立刻想把它搬回去，但是他们还未走到界碑旁就踩响了敌军特工队埋设的地雷，一个立时牺牲，一个在被炸断一条腿的情况下硬是爬着把界碑立在了原处，而固定界碑的是他那耸起的肩膀和与界碑下的红土地浑然一体的凝固了的鲜血。

一股仇恨的浪涛猛地冲击着我的心口，我趁着那个家伙猫腰在寻找什么的当口，两臂一较力，气愤地将界碑猛地举过头顶，正要用力往下掼，砸他个脑浆迸流时，在我大脑的屏幕上却荒诞而又真实地映现出一个假设推理公式。

只要是轻而易举获胜，就不足以算得上是个真正的汉子

现在是轻而易举获胜

所以，现在就不足以称得上是个真正的汉子

实在荒唐透顶！没想到我刚刚自修完逻辑学，此时此刻却来了个“学以致用”。

虽然我不会从风靡一时的功夫片上看到那种随心所欲的“轻功”，但是我却敢说我将界碑搬回原处没有发出任何响动，真的，哪怕是细小的响动也没有。当我庆幸地正要将界碑埋好时，突然

下意识地感到脑袋后面响起铁器摩擦浓重的咝咝声，我急忙一低头，“当”的一声脆响，只见倚在坑壁的界碑霎时变成一棵灿烂多姿的树，嫣红、金黄、绛紫、豆青、粉白，五彩缤纷的火星，在湿润的夜空中竞放，呀，原来是一把尖刀，唰在刺在界碑上迸放出一簇耀眼的火花，无疑，是那个地蹦子般矮小的家伙企图置我于死地。狗日的，好歹毒！

随着一阵风砸进我的后脖梗子里，我就势猛地一抬屁股，那个扑过来的家伙摔了个前滚翻，他的屁股恰巧磕在发呆的界碑上，从那闷雷似的响声判断一定磕得很重，非鲜血淋淋也得擦破一块皮，至少也要鼓起一个拳头大的包。

然而，这家伙还真够有种，他不仅一声没吭，而且一骨碌爬起来像只凶狠的小雌猫一样对我又抓又咬，完全一副孩子斗殴的招式。

我一惊，不禁一连往后退了几步，我虽然看不清他的面孔，但单就他那瘦小的身影判定充其量不过是个十五六岁的孩子。而使我尤其感到诧异的是：这样一个小孩子竟然三更半夜豁出小命儿干这种勾当，其真正的动力究竟是什么？是头顶上闪烁着神圣的光环还是作为一种赖以生存的手段？我之所以萌发这种念头，是因为他毕竟是个涉世不深的孩子啊！

但是，这个小东西又不容我有片刻的观察和分析，玩命地向我频频攻击。虽然我也知道在生与死的搏斗中不能有半点宽容和忍让，否则将铸成难以弥补的大错，但是从我内心深处却总不愿以大欺小、以强凌弱，一再想给他留条生路，虽然这小东西可恶之极。

“吭哧”一声，我稍一大意左小臂便被他抓住狠咬了一口，火烧火燎地疼，我闪电般下死里给了这浑小子当胸一拳。

但是，当我正要接着打第二拳时，我却惊呆了，茫然了，畏惧了，不仅整个右臂电击般抖动，而且浑身打摆子似的发颤。

谁能料到，我那狠狠的一拳不但将他打倒在地，而且还不偏不倚地重重击在一只乳房上。

呵，原来他不单是个小孩子，而且还是个少女！

诚然，战场上是不以性别决定生死的，而且女人一旦卷入战争的漩涡，往往表现得比男人还凶狠。但是传统观念却又把女人视为弱者和怜悯的对象，所以，我在两种观念的抗衡中发生了瞬间的彷徨。最后，我竟然俯身将昏迷过去的俘虏用双臂托起来，毫不犹豫地跨过界碑，选择了一个低洼而茅草茂密的僻风处把她放下，将我盛满水的军用水壶、一听午餐肉罐头、一听水果罐头和一盒压缩饼干，一并放在她苏醒后一眼就能看到的土坎上。这一串的动作竟然做得有条不紊，好像经过一番演练似的，麻利、快当又富有章法。

可是在我埋好界碑往回走时，不知为什么我心里却“咚咚”地擂开了鼓，脚步也发出了慌乱。我气恼地给了大腿一拳头：记住，一个训练有素的军人步幅每分钟为 85 步，每步 65 公分！

第三章

［国辉的对白］　那个被我争取过来的家伙是敌边防部队的一个排长，姓阮名黎寿。

别看那小子长得没有三块豆腐高，又猴似的清瘦，浑身的肉撕巴撕巴不够一个拼盘儿，可他的胃口却大得惊人。第一次到那个饭馆吃饭，他足足吃了三碗米饭，少说也喝了七八两劣质烧酒，外加一大碗狗肉和两个炒菜，他走进饭馆时肚子还像个干臭虫似的瘪瘪的，走出饭馆时却鼓得成了个吊葫芦，那家伙吃饱喝足了，伸手要烟抽，那理直气壮的样子像小学生向娘老子要学费。

人的胃口是越撑越大，阮黎寿开始只是吃点儿喝点儿，不久便伸手要东西了，他要的东西起初属于低档货物，但两次过后就一跃进入高档次，而在这些物品中又多是女人用的衣料和新潮服饰。但是，我基于放长线钓大鱼的原则，所以每次都叫他大喜过望。从第一次与他见面我就看出来了，那家伙是个地道的色鬼。

我走了一步漂亮棋，抓了这么一个俘虏，不少人眼红哩。在我们这里，不但流行红眼病，而且还流行一种多疑症。早在我从新兵集训队分配到咱们连不久，就听有人叽咕侦察排有个傻帽儿似的老兵春娃。当连里决定叫他超期服役时，他竟然二话没说，来了个摇头不算点头算，痛痛快快地就答应了。其实，他家中年逾六旬的老母已经瘫痪，还有一个八十多岁的爷爷，家庭的重担全部落在他哥哥的肩上。为了给他妈治病，家里拉了一屁股饥荒，为此他嫂子大为恼火，曾几次写信要他复员，见他无动于衷，就尖刻地挖苦道：家里养的几只母鸡还知道给你娘下蛋吃哩，莫非你娘养你这么个儿子只图在大门口挂个巴掌大的"光荣军属"的木牌牌？他呢，给他嫂子回了一封信，信上只是写了一副对联。

上联是：热血男儿报效祖国该该该

下联是：个人利益为国为民甩甩甩

横批是：日后补上

那时，我就决心从经济上资助他一把儿，但是，我之所以要慷慨解囊，决不单出于同情和怜悯，而是基于一种理解，尽管这种理解可能还很肤浅。因为我毕竟也是个兵啊！

然而，我的一番好意却变成了驴肝肺——遭到了他的婉言谢绝，正是那所谓的"婉言"里却深深埋藏着警惕、防范和怀疑。他妈的，好像我是个地地道道的诈骗犯！

有人总怀疑我的入伍动机，其实我的入伍动机很简单：

第一，十年前我哥当兵平白无故地被区里一个头头儿的儿子给顶了，我发誓十年以后如果我当不成兵就把我的名字倒着写。十年后我就穿上军装了。

第二，十年前我曾憎恨的那个头头儿的儿子感到当兵的时髦已经成为历史，便摇身一变成了华达电器实业贸易公司总经理，此刻我那憎恨的心理也随之核裂变般地膨胀了。于是，我事先摸清他那个"皮包公司"的底细，一咬牙打出个环球贸易总公司的旗帜，利用签定订货合同逾期交货罚款的办法，一次就赚了他六万元。于是，万元户就当上了，总经理的大名也不翼而飞。

对，我就这么回事。事情挑明了，我也变得像个褪毛鸡一般干净了。

我承认我的胆子贼大，而且具有冒险家的气质。我决不会像丁木那样女人气十足，瞻前顾后，优柔寡断。

有什么了不起的。

[丁木的对白] 我说国辉，你小子不要再替我翻腾那些陈年烂谷子的事儿好不好？我承认我是个口头上的巨人，行动上的矮子还不行？

老弟，你还年轻，不了解人的感情这玩意儿有多奇特，多复杂。

我和她，虽非指腹为婚，但却是青梅竹马。我们两家虽然一直没有血缘关系，但却具有比血缘关系还深的交情。

可是，这世交情，到了我和她这一代却闹掰了，以至于分道扬镳。

我爱她，我恨她，但我决不谴责她，更不会报复她。

为什么？因为要戴上"背叛"枷锁的不是她而是我。

那是在我穿上县人武部发的新军衣将要离开家的那天晚上。

村西头，池塘边，杨柳下，我和她，相视而立。分手在即，依依话别。知了伴着蛙叫，青蛙随着知了嚎。吵得整个四空直抖，叫得我心头直颤。像为我们唱赞歌，像为我们奏哀乐。从黄昏到月儿东升。

"生米已做成了熟饭，我也不再拦你，你就放心地走吧，"她说。

"没穿上军装前，心里老像小孩盼过年似的，特别慌乱。真的穿上军装了，一想马上就要离开家、离开你，心里又觉得空荡荡的，好像突然失掉了什么，"我说。

“你觉得失掉了啥？”她问。

“现在心里像打秋千，说不准，”我答。

“你不讲，我也知道，”她说。

“你知道啥？”我问。

“你们男人心里还会有啥，”她答。

“天一亮我就要到县人武部集中，回去合会儿眼吧，”我转身要往回走。

“哎——”她喊住了我。

“干啥？”我问。

“你答应我，满了三年就回来，一天都不要多耽搁，”她说。

“嗯，”我也点了点头。

“还有，万一部队要去什么地方打仗，你不许写申请，”她说。

“为什么？”我问。

“子弹儿又没长眼睛，你要万一有个好歹，叫我怎么活，”她嘤嘤啜泣了。

“瞧你说的，这么多年没打仗，哪儿我一当兵就碰上，”我安抚她说。

“那你就答应我，不许去打仗，”她紧紧抓住我的手，好像我立即就会上前线似的。

“我答应，”我说。

“你要说话不算数呢？”她问。

“随你怎么惩罚我都行，”我答。

“那咱们拉钩儿？”她说着孩子气地把食指真的弯成了钩。

“拉就拉，”我显得毫不含糊。

拉钩，挑水，一百年，不反悔……

国辉你小子笑什么？你以为此时此刻非要庄严得像个盛典，或者悲切得像是送丧？其实生活中越是关键时刻越往往像孩子气，不信你就想想看。

呵！我不仅背叛了对她的许诺，而且到了前线还毅然收回丘比特赐给我的爱情之箭。既然我已经准备为报效祖国献身，何必再给她留下一个缱绻思念的苦果呢？我写信回绝了她的爱情。

因此，从我那封信发走不到一个月就收到了她的回信。信封里装着印有大红双“喜”字的请帖，上面写着她和他的结婚日期，并且还“敬请”我“届时光临”。

我知道，她闪电式地决定与那个瘪三似的家伙结婚，完全是对我的报复。尽管我心里直淌血，但我愿默默地忍受这严厉的惩罚，并为她的幸福而祈祷。

尽管你说我缺少军人的血性，但我还是给她买了两条缎子被面和一条质地优良的三羊牌毛毯，还有一块精工牌坤式手表……

我承认，失掉爱情的滋味儿是痛苦的。

然而，当割舍自己的爱是为了奉献给更博大的爱，我愿意。

可是，前不久我在一本书上看到一句屁话，说什么“当了三年兵，见了母猪都是双眼皮的。”操！我要是人大委员长，就马上主持起草一条法令，凡对军人进行恶毒人身攻击和极尽污蔑之能事者，一律严惩不贷！

[春娃的对白]　你们两个小子呀，一扯起自己的家务事，总忘不了烧我一句。

你们老是讥笑我忠实地恪守“家丑不可外扬”的古训，总是为我嫂子护短。我不怪你们，因为你们对我们家缺乏一定的了解。

说起来，我总共只见过我嫂子一面，而且时间还不长，但是，那初次见面的情景令人难忘。

哎，你们别往我跟前凑！凑近了，别说对面儿的炮弹飞来一次毁灭性的覆盖，就是一发160炮弹打过来也够我们受的。对，我们还是保持原来的距离，这个距离刚好在苏制萨格尔导弹地面有效杀伤半径之外。

那天是个中午时分，下地劳作的人们大多还没有回村吃饭。我在村北汽车道的站牌处下了公共汽车，两眼顿时就不够使唤了。阔别三年多的家乡的山，家乡的水，汽车道两旁门面气派的商店、饭馆、客栈和座座新宅院，一齐向我奔来，像是要热切地拥抱从远方回来的儿子。

当我几乎一溜儿小跑地来到我的家门口，刚刚跨进院门，却迎面向我投来一句硬梆梆的喊声："小宝，快把榔头递给我。听到没有，小该死的！"

我惊愕地一看，见一个瘦小的女人站在一个破旧的高脚木凳上，她面壁而站，左手拿着一个半尺来长的铁钉，下垂的右手做着接东西的手势，那样子似乎怕一扭身便会从高脚木凳上摔下来。那个被唤作小宝的男孩才两岁多，脏兮兮的右手握着一个红萝卜，左手防范性地紧紧握着裸露的小雀雀，委屈地欷歔着。他想用握着红萝卜的小手同时拿起脚下的铁榔头，那怎么能拿得起来呢？小傻瓜，你不会把红萝卜放下？

"小宝，你个小挨刀的，怎么还不递给我！"

我担心那个女人一气之下从木凳上跳下来，少不得要给小宝一顿拳脚，急忙上前拿起铁榔头放在了她手里。她接过榔头"砰砰"几下子就把铁钉钉进墙缝里，右手往身后一摆："接着！"那凛然的口气俨然像个军事长官在下达战斗命令。

我刚把榔头接过来，她又向我甩过一串石头子："把地下那串萝卜干儿递给我！哎，听妈说今天不是你那宝贝弟弟回来吗？你怎么没到汽车道上去接接？"此刻，我知道她就是那我未见过面的嫂子了，她将我错当成我哥哥了。我不知所云地在嘴里咕噜了一声。

"哎，我问你话呢？你不说话，舌头叫狗咬……"她气恼地一扭头，不禁"呵"了一声，要不是我一把扶住她，她肯定从高脚凳上摔下来。

于是，我急忙来个自报家门。

"哟，原来是他叔哇，我还以为是我们那个……"她的上下嘴唇急忙来了个急刹车，立刻从高脚凳上跳下来，扭头向小宝喊了一声，"快去到木工房告诉你爹，就说你叔回来了。"

这当儿我才看清她的长相：她那圆而小的脸虽然不算丑但也绝对算不上美。脸上虽说泛着带有几分羞涩的红晕，却也难以掩饰由于过度劳累而显得疲倦和憔悴的神色。同时，我还闻到了从她身上散发出来的汗酸味儿混合着奶酸味儿的浓烈气息。

说实话，这个瘦小女人第一眼给我的印象并不算好：性情急躁而邋遢。

此刻，我的心一下揪到了嗓子眼儿。你想，我那长年卧床不起的母亲叫这样一个嫂子服侍，会好得了吗？

然而，事实证明我的结论完全是主观主义。

听我母亲说，我嫂子属于"刀子嘴，豆腐心"式的人物。从外表看我们家似乎是我哥挑家过日子，实际上一多半儿的负担由我嫂子承受着。她跟我哥结婚刚一年，就生了小宝，正需要有个老人帮助照管孩子的时候，却天有不测风云，我母亲突然摔伤致瘫。过去实行合作医疗时，医生看病是感冒发烧，阿司匹林一包；手脚破口，红汞一抹就走，能少给药就少给药。现在的医生不管病能不能治，什么样的药贵叫你吃什么药，他们好多拿奖金。尽管我们家欠了一些债，可我嫂子从来没有当着我母亲的面儿拉过一次脸。我母亲瘫在炕上，被褥要常晒，内衣要常洗，每隔两日还得热水擦擦身子，不然就会生疮，所有这些我嫂子从来没有怠慢过。本来一个女人又要照料病人，又要伺候孩子，还要忙活家务，就够劳累的了，谁知我爷爷还是旧脑筋，他嫌只有一个重孙子人丁不旺，非要叫我母亲给我哥说再要一个孩子，加上这几年有的地方对计划生育是大撒手，于是他就又生了一个，这一来我嫂子整天忙得更是脚跟儿不沾地。女人大多是这样：累了，烦了，就忍不住嚎几句，骂几句，过后呢，该怎么忙还是怎么忙。至于她写信要我尽快复员，一半是出于怨气，另一半则是想尽快甩掉我们家的穷帽子，以便给我说上个媳妇。

至于那副对联嘛，实际上是我申请上前线时写给党支部的决心书，不知怎么七传八传说成是写给我嫂子的。

第四章

[国辉的对白]　儿天来前沿无战事。

往日那咆哮的枪炮声被啁啾的鸟鸣所取代，空中不时有阳光撞击，茅草上流动着金色的、银色的光圈儿。一阵温馥的风吹来，空气得到过滤般的净化，干辣辣的焦糊味儿变成了醉人的泥土气息和略带涩味儿的草香。

然而，当我们一行 4 人从连部出来，空气中骤然间充满了火药味儿。一团火光猝然升起，染红了林莽，染红了小溪，也染红了山梁、沟壑和茅草。

方才我大包大揽地向连首长领受了一项紧急任务：在今日内抓来一个"舌头"。

最近据各方面情报证实，敌军正在抓紧备战，可能近日对我们据守的阵地发动营乃至团级规模的进犯。上级命令我们连，今天一定要想方设法抓来一个"舌头"，以便进一步证实敌军的军事布置，做以稳、准、狠地歼灭入侵之敌。

"这次任务，事关重大，你们三个人是一起行动呢，还是单独作战？"连长那犀利的眸子紧紧地盯着春娃、丁木和我。

"杀鸡焉用宰牛刀，我包了！"我还没等他们两个人表态，抢先一步拍了胸脯。

"你有把握么？"指导员大概被这项艰巨的任务压得气儿还没有喘匀，疑虑的语气中跳动着明显的颤音。

"抓个把'舌头'，那还不如同囊中取物尔。"我有意套用《三国演义》的陈词儿，显得颇为自信。

"嗯，"指导员咂咂了嘴，似乎想说什么，一时又想不出贴切的词句。是啊，他能说我什么呢？我曾给连里抓过两个"舌头"了，我敢说，全连一百多号人马除了我还没有第二个创造过如此辉煌的历史记录！而这一次我之所以又敢立军令状，自然是有那个被我喂肥了的阮黎寿做内应。不过，现在阮黎寿这个狗东西的胃口大得惊人，要满足他每次的奢望已经不是件容易事，为了叫他帮助我再抓一个“舌头”，他出手就伸了三个指头，“三百块？”我不以为然地问正抄起一杯洋河大曲灌进肚的他，他两只死鱼眼狡黠地瞪着我，黑紫的厚嘴唇鱼吐水呛似地挤出一个响：“屁！”我不由惊讶地问：“怎么，要三千块钱的东西？”他脸颊的霉斑一亮：“多么？我这还客气咧！”“他妈的，买条水牛才多少钱？用过以后还放回去，要这么大价钱？”阮黎寿见我有点舍不得慷慨解囊，故意抬屁股要走，我一把将他拉了回来：“五天之内约我交货！”他伸手给我要了一支烟，神气活现地吐了个圈烟儿：“两天！”我一听脑门青筋直暴：“你他妈的要的都是高级衣料和女人用的首饰，你得容我采购呀！”他见我真的急眼了，才做了让步。不过，当我如期交货给他时，他却说我给他买的是些次品货，气得我一捋袖子亮出了拳头，这脓包才不敢鸡蛋里挑骨头了。临分手，他满嘴酒气地咕哝了一句：“还是老地方交货！”这狗东西越来越贪心和狡猾了。

“好吧，这次抓‘舌头’的任务仍然交给国辉。”连长说着看了春娃和丁木一眼，见他们两个没有反对的表示，转身对侦察排的三个战士说，“你们协助国辉完成这次任务。”

“是！”三张嘴同时打个雷。

傍晚时分，我们蟋蟀般手脚并用地越过三号工事西侧一个不足百米宽的“死亡区”，这里没有遮天蔽日的高大树木的庇护，也没有茅草的遮挡，越军的炮火每天都在这里进行毁灭性覆盖，百十发160炮弹和八五加农炮弹将赭色的红土及碎石抛起几十米，然后过筛般细细撒下。多亏连长部署全连在三号工事东面做佯攻运动，牵制住了对方的注意力，才使得我们得以行动，即使如此，我们通过这个“百米死亡区”仍然十分困难，因为敌军特工队在每次炮火覆灭过后，立刻布下雷场，那蛙状的防步地雷举足皆是，所以我们需要一面排雷，一面匍匐而行。

我们征服“百米死亡区”后，又猛地被箍在一条阴险的峡谷里。本来这一带山脉比较舒缓，但在这里却像被一个暴怒的巨人猛地一斧剁下，接着又懊恼地左右一晃，山脉中便隆起两个巨大的皱折，而每个皱折陡峭的岩岬上的眉骨和嘴唇，活像张狰狞的面孔，面孔上那繁殖力极强的野生灌木丛中，激流般喧嚣的气浪从峡口奔涌而出，像一只灰白色的巨蟒，狂怒地张着阴森森的大嘴，似乎将要无情地吞噬一切。

在峡谷的中间部位鼓出一块骷髅头般的岩石，转过这块岩石，便是我和阮黎寿约定的捕获“舌头”的地点，我立刻打开微型冲锋枪的保险，果断地向我身后的三个战友发出了指令：“大虎、石界、广兴，你们三个警戒，我去取货！”

“慢！”他们三个人拦住我，执意代替我去。他们说这是为了从长远得失出发，倘若我过早地暴露，对往后的斗争将是一个难以弥补的损失，我听了感到不无道理，便点头应允了。

不过，为了防止意外，我迅速跃到对面峡坡，遁在一丛带刺的茅草里，发现从远远峡口处一摇三晃地走来一个酒鬼似的敌军特工队员，才放心地向他们三个人一挥手。

谁知在我刚刚返回原处，“哒哒哒……”一串惊雷在我心底骤然炸响，我惊呆了，不顾一切地扑了过去，然而，横在我面前的是三个战友卧狮般粗壮的身躯，从卧倒的滚姿看，他们都是在猛扑上去的一刹那间用滚烫的胸膛枕在冰凉的土地上的，每双铁钳般的大手依然紧紧握着微型冲锋枪，仿佛只要一声令下，他们又会像猛虎般跃起，我的心里有无数把带着淋漓鲜血的利刃在搅动，使我疼痛难忍，怒不可遏。

就在这时，峡口外传来阮黎寿那野兽般的狞笑声，猖狂、得意而又阴险毒辣。

这条永远难以喂饱、翻脸不认人的恶狗！

突然，峡谷上空的几缕光线泯灭了，不知什么时候下起了雨，但说雨又不像雨，分明是冰，落在我热辣辣的脸上，滋啦啦一股白烟儿，我那死死捏着微型冲锋枪的手分泌着凉津津的液体，我鼻孔里喷出的气浪似乎不消几秒钟就会冻住。

我不知道自己是怎么出了恶魔一样的峡谷，也不知道自己是怎样在峡谷西侧的半山坡上发现了敌军的一个屯兵洞。我敢说，带动我那两腿超速运转的不是发达的腿肌，而是胶状般难以脱离的强烈意识。

敌军的屯兵洞大多取用于天然形成的溶洞，洞深且阔，难攻易守。由于洞内长年照射不进阳光，加之空气不流通，进得洞来就像置身于蒸气浴，不消半个时辰，身上的衣服会湿得出水，颇像一座沉睡多年的古墓。

我在洞里搜索没走多远，一股浓烈香味儿像无数“小咬”钻进鼻孔，叮得我鼻脸奇痒难耐。但是，此刻是断然打不得喷嚏的，我急忙用手捂住嘴，牙齿死死咬着下嘴唇，强制性地用鼻子一连吸了几下大气，才解除了危机。

蓦地，我看到洞底处挂着一盏汽油灯，死人脸般苍白的灯光下有两个雪团在滚动，“阮黎寿！”

随着我那炸雷般一声吼叫，靠边处的那个干狼似的瘦小男子一丝不挂地站起来，面部的神经全都死了，移位的五官将面部的线条扭曲得奇丑无比。

没有痛斥，没有唾骂，也没有告慰战友亡灵的祭典，只有倾泻在阮黎寿胸膛的整整二十发子弹。

那两个女人倒也知道人体还有羞于见人的地方，她们急忙用手捂住其实根本用不着再捂的部位，因为她们已经惊鸭子似的尖叫着躲到洞壁处，并且背过身去，腚部像驼鸟一样露在外头。

这时，我已看清另一个男子则是那个装作醉汉的“舌头”。面对这个直接杀害三个战友的凶手，我的两眼一片血火，一梭子弹在他身上熊熊燃烧。

猝然，我左肩的锁骨被蜇了一下，我一看，是其中一个女人正用手枪向我射击，而另一个不要脸的女人也伸出了黑洞洞的枪口，我急中生智，急忙一蹲身子，立刻甩出了两颗手榴弹。

“轰轰”两声巨响，整个屯兵洞都在爆炸，其中也包括我自己。

[丁木的对白]　我那崭新狙击枪的瞄准镜的射击划分线极准确地套住那凶残不下于男人的“母狐狸”，右手的食指严格地按照射击要领稳稳地扣压扳机。突然，一团亮刺刺的火焰在我眼前忽地一闪，顷刻之间消失得无影无踪，我失去了知觉……

我这是躺在什么地方？这张床怎么这样松软而富于弹性？并且还有一把用最好的羽毛制作的掸子温情而调皮地搔动着我的脸，痒酥酥的，像儿时妈妈的吻，惬意极了。

轰轰的炮击声震得我躺着的床直颤，保准儿又是敌军的炮兵们开始向灌木丛和我方隐蔽工事打炮了。

炮声越来越猛烈，我躺的床宛如惊涛骇浪中的一叶扁舟，越来越变得失去平衡而难以支撑。

随着一座小山般的大浪压来，我猛地睁开眼，急收的腹肌几乎没把心给挤出来。呀！我躺的床原来是一个瑶族少女的胸脯，我的枕头是她的肩，紧紧揽住我，使我不致于从床上翻下来的是她的右臂，而那把轻柔而调皮的羽毛掸子却是她那舒缓而温馥的鼻息。

“不要动！”少女见我拼命挣扎着要坐起来，急忙厉声喊道，一股气浪喷在我的脸上骤然吹起的一阵飓风，使我这个避风的小船立刻乖乖地栖息在安适的港湾。

我惊愕地发现，这个美丽的少女不仅大方地将我揽在她那比美女海伦还圣洁的酥胸里，而且在我那被蚊虫叮咬过的腿上、手上涂上了华侨制药厂专为边防战士研制的气味芳香的清肤霜，左手举着一个输液瓶，为我输上了液。

我怎么能让这样一个神圣的天使为我忍受痛苦的折磨和死亡的威胁呢？我不忍心，我也不配！

她见我硬是要坐起来，便解释性地郑重告诉我，我在灌木丛被敌军狙击手打伤了右臂，加之我在闷热的灌木丛潜伏时间过久，负伤加虚脱使我晕厥了过去，幸亏我们连的一个战士发现了，将我背到这个猫耳洞里，恰巧她与前线救护队的一个女军医来送药品，发现我需要马上输液抢救。然而就在这时前面的阵地上也发现了伤亡，那个战士急忙和女军医赶去抢救了，给我输液的任务便落在她身上，她说我身体还很虚弱，未输完液前不许起来。她还说我方才直呓语，一个劲儿地喊“狐狸、狐狸”哩。她咯咯地笑了，那好看的一双杏眼中闪烁着青春的活力，微微泛红的脸上洋溢着一种热情奔放的光彩。

我知道这奇特的幸遇是短暂的，然而就是这短暂的一瞬间，有着山中一日，世上千年的意味儿。

“轰”的一声爆炸，一颗105榴弹炮的炮弹落在猫耳洞口不远处，强大的弹片卷着砂石弹片猛潮般扑进洞来，我的肩上立刻捂上一床厚厚的被子——她俯身护住了我。

但是，我立刻惊悟地意识到一分钟也不能再沉浸在这梦幻般的金色港湾里了，我一个堂堂五尺之躯，倘若真的使这个萍水相逢的陌生女子遇到不测，我将终生难以补赎自己的罪过，我的灵魂将永远在忏悔中经受炼狱般痛苦的折磨。于是，我猛地推开她，一把揪下扎在静脉里的输液针头，豁地站了起来，抄起狙击枪就要冲出洞口，但是还没等我迈步，她却死死地拽住我的迷彩服，规劝加乞求地喊道：“你不能出去，你身体还不行！”然而我却粗野地推开她的手，并生硬地喊了声：“不用你管”，便冲出了猫耳洞。在我离开猫耳洞时，我怕她紧追不舍，便一连搬起几块上百余斤的石头将洞口堵住，可是就在我转身离去的一刹那，我清晰地看到她那恼恨我的目光和目光中那锡箔般闪亮的小晶体，那难以描绘的目光虽然投影在我的眼帘充其量不过二分之一秒，但却像刻刀镂在铜板上一样久久难以磨灭。

敌军炮兵疯狂地撒泼了一阵子，飞蝗般的炮弹才渐渐疏下来。当我在炮击完全停止后从灌木丛赶回猫耳洞，发现那些大石头已推倒，而她也自然不见了。对于她的离去我虽然并不感到惊讶，但是却有一种隐隐的不安，担心我那粗暴的神态会伤害她那金子般的心，然而使我聊以自慰的是，我坚信她还会来，而且还会到这个猫耳洞里来。

谁知没过多久，晴天一声霹雳，将我的殷切期待无情地毁灭了。

过午时分，那个前来送药的女军医惴惴不安地告诉我，上午她突然失踪了，而且种种迹象判断，她很可能是被敌军特工队劫走了。

“强盗！流氓！”我怒不可遏地骂着，当我稍稍冷静下来，便觉察到嘴角处有条水叽叽的蚯蚓在蠕动，我厌恶地用手狠狠一抹，手背上却绘出了一条殷红的血痕。

陡坡下的夜，黑魆魆的山峦和林莽暗藏歹心。尽管脚下高低不平的小路涂上润滑油似的难走，一步不慎或许会踩响路边的地雷，但我却如履平地般大着胆子向既定目标行进。打仗首先是勇气、意志和信心，接下来才谈得上实力和谋略。

淌过沉默的小河，向左爬上一个长满荆棘的陡坡，就是一个十分秘密的处所，这是我经过每天长达十几个小时仔细得到的一个收获。我发现每当天蒙蒙亮和夜幕垂落时，有些奇特的人员从这个陡坡上通过，这些人的穿戴大多与我边民的衣貌无异，其行踪又极其诡秘，十之八九这里是敌军特工队的一个巢穴。

我用平时观察获得的识别无雷路面的经验顺利翻上陡坡，整个身子像被施了定身法，并猛地倒吸了口凉气。只见在半步以外便是一个陡立的断壁，断壁下黑乎乎的像是一条深渊，他娘的，这里怎么会是一条死胡同呢？我明明发现每天都有人从这里往返，莫非这是他们用的疑兵之计？我感到懊丧极了，恨不得一枪托捣出一个通路来。

就在我转身要离开时，突然有人向我脸上猛地撒了一把砂土，那细小的砂粒击在脸上麻酥酥的，还略微带点痒。我大吃一惊，急忙用手一抹，却发现那些砂粒软软的，辗碎时还带有一种肉感，我立刻恍然大悟：撞击在我脸上的是被称作“轻型爆炸机”的小蠓虫，同时我还悟出另一个奥秘，这些小蠓虫居然在漆黑的夜晚成群而至，说明不远处必定有灯的光亮。于是，我探身往陡壁下一瞧，果然腰间有个暗堡似的洞口泻出一股浑黄的光流，像一条无声的河，成群的小蠓虫上下翻飞，我向右面一看，又惊奇地发现在距我不远处有条人工凿的梯形栈道，栈道的陡立处还安装着铁栏杆。我左手持枪，右手轻轻扶着石壁，悄无声息地拾阶而下。

大概洞里那帮家伙认为这个天然形成的溶洞太绝妙了，绝妙得足以高枕无忧，所以洞口内外没有设立岗哨。

洞里的空气一反其他溶洞的特点，非但不潮湿，反而热烘烘的，似乎洞深处安有火炉在烘烤。

这时，洞里突然响起一声沙哑而凶狠地呵斥声："你他妈的说不说？你要再不开口，我就全给你扒光了！"

我的心猛地往上一提，急忙寻声跃了过去。

"噗"地一口，一团血块从一个半裸的、披头散发的女人嘴里射出来，极准确地砸在正向她张牙舞爪的那个家伙的脸上。

"嗷"地一阵狂叫，不仅那个被女人口中血块击中的家伙趺趺撞撞地倒退了好几步，在一旁饮酒作乐的几个男女也像遭到雷击一样吓得魂不附体，恐惧地喊叫。

"呀，是舌头！"

"她妈的，果然是宁死不屈！"

"撬开她的嘴！她把舌头咬下来也要叫她说！"

站在女人面前的那个家伙气急败坏地从身旁的火炉中抄起一根烧得通红的钢钎，残暴地向女人的胸部刺去。

当我看清那个女人就是我要寻找的瑶族姑娘时，却已经响起了姑娘含混不清的惨叫。

我也闹不清自己是置身于冰窖里还是在火炉里，浑身的血管在抖，在炸，在燃烧，狙击枪口被火焰烧红了。倘若不是我意识到在返回去的路上可能遇到不测，我必将把带在身上的150发子弹统统倾泻在这几个狗男女身上。

当我把少女臂上的绳索割断，并且脱下迷彩服罩住她裸露的上身时，发现她脸上那不失少女妩媚的容颜已经冻结了，她从容地含笑而去，又去而无憾。我借着炉火的光亮，找到她咬断的半截块状物，在洞壁旁的水缸里洗净，缓缓地放在她嘴里。

我背着她走在黑漆漆的路上，路面凝滞如胶。我心里狠狠地骂道：这块每衍无耻和罪恶的土地，总有一天会被澎湃的洪流所荡涤。

［春娃的对白］ 那是怎样的一双目光呵！

童稚中扑闪着难以忍受的饥饿，饥饿中还含有一种隐隐的嫉恨。

亚热带的夕阳像大红宫像般辉煌壮观，流火似的光焰从黛色大山怀抱扑过来，染红了林莽、山峦和草坡，使矗立着25号界碑的山梁跳跃着一种抑制不住的热情。渐渐，燃烧的云片开始熄灭，跳跃的光斑开始凝固，远处的林莽坡上了一层淡紫色的云彩。近处界碑旁的虎掌草、山芝麻和齿状茅草所覆盖的蓝灰色暮霭在沉甸甸地加厚。

只有在这个时刻，那双奇特的目光才会从界碑外低洼处茂密的茅草间闪露。当我的目光与她那专注的目光砰然相撞，一声巨响，一束光焰，同时在我心底迸发，而她的目光便随之消失。

她到底是个什么人？为什么每天傍晚天黑后才在茅草间闪现？是窥视我方行动？是对我伺机报复？是要向我诉说什么？这一连串的问号像一把铁钩子一样钩住了我的心，使我摘不掉又松不开，整天坠得人难受。

夜晚的潮气格外大，大自然也有恻隐之心，天刚黑下来，茅草上和灌木丛的枝叶上便开始淌泪，起初每隔10几分钟流一滴，慢慢便扑簇簇连成串，这湿漉漉的夜简直就是蚊蠓恣肆的世界。被称为西南边陲"十二怪"之一的蚊子，个头大，的确够得上是"三个蚊子一盘菜"。只要被它咬上，眨眼间便鼓起个鸡蛋大的包。但是这还并不可怕，可怕的是那些小蠓虫，即使你穿上迷彩服，甚至扎上袖口和裤管，回到营地脱下衣服一看，胳膊上、腿上和脖子里密密麻麻地撒着一层芝麻粒似的小红点，再被汗水一腌，奇痒无比。这时候就得需要用战士们发明的“拍打术”进行对抗性治疗，在我们前沿有这样一副对联“蚊虫叮咬拍打抓挠效果好，蚂蟥吸血唾沫当药更绝妙”，横批叫作“不信试试”，真有点“黑色幽默”！

界碑四周“钻天猴”似的信号弹不时升起，这是敌军特工队虚张声势埋下的。红的、黄的、绿的、紫的，五花八门，亮灿灿的萤火刺破漆黑的夜空，划出一道道漂亮的弧，燃烧殆尽的弹丸垂落而下，形成了一个个硕大的问号。

“你去巡逻，又不是去拜见丈母娘，带这么多东西干啥？”丁木见我往挎包里又是装罐头，又是塞压缩饼干，这一次还竟然掖了件边民少女常穿的裙服，惑然地瞪圆了两个大眼珠子。

“我说两年兵同志，怪不得你脑袋上那么多白发，原来是蒙着脑袋走路瞎操心，咱组长带这些玩艺儿，那叫小鸡不撒尿——自然有去处，嘻嘻。”国辉这家伙鬼机灵，我虽然没有对他讲过什么，但他似乎猜测出了我的意图，不仅帮我往挎包里装食品，而且还特意从山脚下的农贸小镇买来一些少女用的化妆品及衣物，抽冷子塞进我的挎包里。

“国辉，你往组长挎包里掖的什么？掏出来！”丁木像发现敌情一样，两眼虎虎地瞪着国辉。

国辉见丁木发了脾气，怕伤和气地只得从我的挎包里掏出化妆品，一梗脖子，壮着胆子说了句:“怎么啦？”

“你给我住嘴！”

“住嘴就住嘴。”

“哼，组长都没说什么，你瞪什么眼珠子！”

“你、你说，你叫组长带这些女人用的玩意儿去干啥？”

“没唆使他去搞腐化堕落，可他妈的这个鬼地方连狐狸都很少是母的。“

“你混蛋！”

“哎，你怎么出言不逊？”

“这还是给你讲客气，你要再敢胡诌，当心我拿你当球儿踢！”

“哎，君子动口不动手，你要想动乱，可别忘了咱们连长是全国擒拿格斗的冠军。”国辉嘻嘻一乐，向丁木示意地一拍我的微型冲锋枪：“我说两年兵同志，别忘了咱们组长肩上挎的可不是打狗棒，他是去诱敌抓舌头，懂吗？”

就这么一句话，就沟通了我与丁木内心深处的渠，在我走出水泥修复的工事时，丁木紧迫几步撵上来特意将一听糖水菠萝罐头塞到我的挎包里。

战友之间的心本来就是相通的。

界碑外，低洼处，茅草间，又是那奇特的目光：童稚中扑闪着难以忍受的饥饿，还含有一种隐隐的嫉恨，而且又平添了几分惶恐，多么令人费解的目光呀！今天，我必须抓住这个舌头，去解开这个谜。

今夜不仅黑得早，还黑得邪，当暮色地毯般铺展开来，界碑处的山冈在色海波中刚刚露出宽厚的脊梁便沉了下去，雾霭的茅草地也瞬间被溶化。天黑而无风，是暴风雨来临的前兆。

没出半个时辰，风挟着雨像头暴怒的狮子凶猛地扑了过去，撕拽、抓挠、咬噬、抽打、残暴地蹂躏着这块土地。

这种恶劣的天气，对于我则是喜忧参半：喜的是因此将会避免敌军特工队的威胁，忧的是那双奇特的目光也会因此消失。我立刻紧束衣带，右手食指紧压微型冲锋枪的扳机，在一道闪光过后，纵身跃过了界碑。我利用电光的闪频，一跃一俯，活像一只墨绿色的青蛙。

那天，我是在界碑处用投掷的办法将食品扔到那个低洼处，而今我却执意要把带来的东西直接送到那里，不入虎穴焉得虎子？

几十米地段，倘若一个冲刺，只需几秒钟，而眼下整整过了10分钟我还尚未抵达那个低洼处。一来是闪电的节奏过快，常常来不及跳跃；二来雨中行进容易发出脚踩泥水的声响，所以要求抬腿要低，落地要轻，况且我身上还带着几听罐头，更需要谨慎；再者，敌军特工队阴险毒辣，他们会不会在低洼处设下陷阱？

这个熊地方的茅草也这般歹毒，那齿状的叶宛如鳄齿鱼，咬住迷彩服就不撒嘴，手触上去便是一条血口子，火辣辣般痛。茅草中还阴险地潜伏着被砍刀削断的矮树丛，竹签样尖利，稍不留意，“噗哧”一声扎在腿上，疼得冷汗直冒。

一道闪电，一声惊雷，在头皮儿上炸，在眼帘处烧。我凭借着电光目测自己与那个低洼处的距离，仄耳谛听雷雨声中的异常响动，我自信我这个老侦察兵的视觉和听觉同样对我十分忠诚。

已经离得很近了，真的，近得连当初被她那瘦小的身体压得倒伏下去的一条窄窄的茅草沟都看得清清楚楚。足以令我欣慰的是，那天我放在这里的那些食品已不翼而飞，这不仅说明她的确存在，而且也说明她的确在接受我的怜悯。就在我正搜索远处的茅草中那双熟悉的目光时，“嗖“地一道寒光飞来，直直地刺向我的前额。我脑袋“嗡”地一下，急忙一低头，那条寒光招来满天火焰，点燃了整个黑暗，我清楚地看到，距我鼻子尖儿不到10公分，有一颗蛙状七二式防步地雷，狰狞地伏在草丛中。我不禁暗自“呀”了一声，那道寒光，分明是把匕首划出的轨迹，而且与上次发出的声响十分相似。莫非又是她向我投掷的？从投掷技术的熟练程度看，她一定受过一定程度的专门训练。然而，正是这把想置我于死地的匕首，却客观上对我又起到了报警的作用，倘若我再往前移动一步，不，确切地讲是10公分，我将立刻在一声爆炸中彻底“光荣”了。

他娘的，果然有埋伏！飞身一跃，远远地离开了那个茅草茂密的低洼处。

谁知，在我刚刚接近界碑时，轰轰的爆炸声中，天在抖，地在颤，空气在痉挛，茅草在蜷曲，暴风雨更加猖獗。

尾 声

“嗡”的一声，黑头黄尾大马蜂象B-52重型轰炸机，对准春娃嘴角那条殷红的血渍，俯冲下来。

一种难以容忍的羞辱和不可征服的尊严使春娃这个倔犟的北方汉子猛地坐了起来，双拳握得嘎巴响，恨不得一把抓住大马蜂捻它个稀烂。然而，当马蜂再次纠缠不休地向春娃冲过来时，他只是做了个威吓的手势，却不顾一切地向丁木爬去。

这也叫做爬么？确切的概念应该称之为蠕动，他的双腿已经残缺不全，腰部也血肉模糊，而唯一能够牵引身体的就是两个受伤的手臂，幸亏被敌军的炮弹和地雷刨开的红土地被雨水浸泡得松软，手指抠进土里，爬起来还省些气力。虽然如此，短短15米他不但爬了20分钟，还晕厥过去一次。

“丁木！”他大口大口地喘息着，艰难地翕动着肿胀的嘴唇，想大声唤醒酣睡的战友，然而喘息的大潮却将他呼出的字眼儿深深地埋人谷庙。

他索性奋力向前蠕动了几下，目光立刻呆住了，只见受了重伤的丁木的身子已经变得僵硬，经过痛苦折磨的脸显得十分苍白，但是整个面部线条依然分布得均匀对称，那安详而略带疲惫的神色好像刚刚讲完一个长长的故事。

“国辉——！”春娃悲愤的胸膛里呼出一个雷，他用布满血丝的眼睛鄙夷地乜斜了一下自己的断肢，双手撑地，发疯地向国辉滚去。当春娃与国辉的身子撞在一起时，映入他眼帘的仍旧是那副诡诘的神色中深藏着使人难以揣透奥秘的面孔，但是此刻却活脱脱变成了一副大理石般的雕像。

呵！春娃立刻又晕厥了过去。

春娃在昏迷中做了一个古怪的梦，他梦见指导员不知怎么变成了一个滚圆的石头，失去了四肢，也失去了头颅，而他自己则变成一只通体布满花斑的天牛，一双长长的斑节触角像两把锋利的刹刀，脑袋不停地晃动，刺刀寒光闪闪，好像在做什么游戏，又像面临着生死抉择。

春娃猛地睁开眼，胸口擂鼓似在怦怦直跳，脑门上沁出一层冷汗珠儿。他在黎明的黑暗中依稀看到了丁木和国辉还是一动不动地躺着，周围除了弹坑还是弹坑，哪有什么指导员变作的圆石头，一个多么荒诞不经的梦啊！

猝然，从界碑外传来搅动茅草发出的窸窸窣窣的声音，好像有几条粗野的汉子气冲冲地走来。那刺耳的声响野蛮地鞭笞着黎明的宁静，也无情地践踏着在吮吸晨露中展示勃勃生机的茅草、山菊花、羊齿蕨和苦苣菜。

只要一分钟，不，只需要20秒，春娃即使奇迹般活下来，也会留下一个永远被人带着疑问的目光揣度的谜，就在又一阵强烈晕眩大浪般露出可怕的潮头，他毅然选择了一条鲜为人知的路，他拧开怀里“光荣弹”的弹盖，猛地滚了过去。

“轰——”

一团火焰冲天而起，霎时间熔化了黑暗，溶化了山峦林莽，也熔化了那块铁青色的25号界碑。

世界在烈焰中燃烧……

（写于1990年）

静静的界河

■ 可以说，中华民族是一部由战争记载缀成的历史，它的每一章每一页，几乎都可以嗅到硝烟的气味。

■ 秦始皇修建万里长城时，他绝不会想到千年之后会成为举世向往的旅游胜地。

法卡山，金鸡山，友谊关。

亚热带，国境线，边贸点。

十年前，那段血与火的历史，随着漫天的硝烟渐渐消逝。

十年后，那片红色的土地在一夜之间又成了世人所注目的热点。

春天到来的时候，我重新踏上采访中越边界的征程，沿着绵延的国境线浏览新春的南疆，落入眼帘的是一幅幅别样的景致：蒿草与野花掩盖了弹坑与堑壕，夕阳中牧牛晚归，壮寨炊烟袅袅，宁静的山谷没有枪声，界河清澈的流水汩汩而下。

千余公里的边防线上，农民在暖阳下耕作，犁头夷平了弹坑沟壕，锄头铺平了雷场，层层梯田长出了嫩绿的秧苗、芭蕉、蔗苗；小学生们再不用躲到防空洞里去了，在明亮的教室里大声朗读；山坡上，一群群牛羊低头啃着绿草，停息了枪炮声的山谷显得无比宁静。

法卡山，化剑为犁筑和平

莽莽丛林和苍苍草木掩盖了10年前那场战争留下的弹坑与堑壕，边贸上叫卖声替代了揪心的枪声。边境村寨炊烟袅袅，边界清泉潺潺流淌。

当年，一声“理解万岁”的口号，喊出了战士的心声，那时，不知使多少边关将士热泪盈眶、热血沸腾。那么，在战争的硝烟已经散去的今天呢?

峰回路转，溪水潆回。

车轮滚滚，汽车在昔日的战区公路上吃力地爬行，布满热带丛林的崇山峻岭延绵不绝，寂静笼罩着法卡山。边陲的山一色葱翠，鸟儿在树头上长啼，水牛在草岭上撒野，一片片蔗林、小叶桉树纵横交错，在微风丝雨中轻轻起舞，奏起南国夏季的交响序曲。

有这么一句话，“要想上法卡，三个九九爬。”意思是说，要想上法卡山，就必须要经过三个九九，即爬九十九座大山，爬九十九道大弯，爬九十九分钟。的确，几许的颠簸，沿着崎岖陡坡的山路爬行。

气温，还是那样的多变，一山分四季，十里不同天；山势，还是那样险峻，高入霄云；林木，还是那样苍劲，壁垒森严；雾霭，还是那样浓重，景象万千。

“严守法卡山，保卫我中华”十个鲜红的大字嵌在营门前的石柱上；在一面淡红的山壁上，雕刻着“法卡山”三个字，岁月的风吹雨打，它，依然是那样显眼潇洒、苍劲，松林枫树伴着一棵棵不知名的草木，郁郁葱葱。

法卡山，点缀成了一个绿色的世界。

经过血与火的战斗洗礼，古老而年轻的法卡山显得更加庄严、威武!

走出战争的法卡山，正在变成为人民战士和平的家园。

昨天的战争，已成为历史。

在一片不知被炸弹翻过多少遍的焦土上，宽敞、明亮、通风的钢架、水泥平房，已经替代了这里的猫耳洞与坑道；一位军医介绍说，由于条件的改善，官兵患的各种皮肤病已得到控制。

今日的法卡山，越苦越光荣的意识已经被奋斗意识所取代。正如一名连长所说的，我们不能把艰苦当成勋章挂在胸前炫耀，而要用“法卡山精神”引导官兵建好“家”。

法卡山四面都是山，十年前，十万发炮弹犹如雨点般倾泻在这座面积并不大的山上，战争的硝烟使法卡山连杂草也长不了多少。驻守在这里的边防官兵发扬当年的“法卡山精神”，自力更生，建好“家”。

为了改造阵地环境，战士们冒着高达 38℃气温，晒掉了一层又一层的皮。官兵们自己动手打石头七千多立方米，铺水泥路两千多米，种树种花一千多株，连队营房墙壁贴石米。血与汗的挥洒，使法卡山换来了绿树成荫，花草四季飘香，房舍整齐，生活设施配套。

这是一座几乎由士兵的血肉开辟的阵地，这座由烈士英魂铸成的钢筋水泥阵地，犹如一座铜墙铁壁的坚固的城堡，凛然不可侵犯。

艰苦的环境与生活，使将士们立下改变现状的决心，他们在阵地上、哨所旁、营区周围的乱石堆里用钢钎、镐头打出了十多块菜地，从两公里外的地方挑来泥土，从三公里外的糖厂拉来甘蔗渣改良土壤，使菜地由三亩增加到八亩多，年产蔬菜两万多公斤，边防蔬菜品种少，官兵有的写信要家里寄来，有的探家带回。他们还利用地形挖出三口鱼塘，修建了猪圈和“三鸟”(即鸡、鸭、鹅)棚，仅一年，就产鱼 510 公斤，产猪肉两千五百多公斤，养鸡、鸭、鹅三百多只。

山上没水、没电的历史结束了。

“一人辛苦万人甜乐于吃苦，一家不圆万家圆甘愿吃亏。”这般地昭示出法卡山阵地的文化生活水平，在崇山峻岭之中，掩映着一个个恬静清秀的军营小院，颇为别致的覆盖着伪装坑道俱乐部。

为了活跃连队的文化生活，他们想方设法完善基础设施，自己动手修起了阵地半边篮球、排球、羽毛球场，每人自制了一副水泥哑铃；还购置了棋类、乐器、卡拉OK机等50多件文体器材；连队阅览室藏书达3000余册。1990年10月，国家文化部副部长高占祥等领导同志到法卡山守备连视察文化生活情况，高度赞扬他们是“千里边防文化长廊先锋”。

“居安思危”，随着边境形势的变化，中越两国关系的正常化，边境线上的枪炮声变成了叫卖吆喝声，昔日的战场变成了今天的商场。然而，在这硝烟散尽，枪声消失的国境线上，驻守在这里的战士没有忘记自己是一名边防军人，没有忘记自己的神圣职责。

在官兵中，他们用“法卡山精神”激励自己苦练过硬军事本领，叫响“打仗是英雄，训练当标兵”的口号，出现了不怕流汗脱皮、刻苦训练的热潮。

瞧，房前房后，阵地哨所，到处都能看到战士们在举杠铃、做器械操、投手榴弹、练瞄准；许多战士的手掌、手背、膝盖一次又一次被磨破了皮，但仍然全然不顾。战士覃昌格，刚入伍时，单杠拉臂一次都上不去，爬障碍两腿发抖。为增强体质，他坚持天天做俯卧撑、收腹举腿、挥砖头、仰卧起坐各二百次，还自制了一副3.5公斤重的沙袋，绑在腿上练跑步。超强度的训练，使他身上长了10多个脓包，疼痛难忍，难以入眠。尽管如此，他仍坚持训练……后来，在参加各种军事大比武中，他次次夺魁，还先后荣立三等功3次，二等功1次。多次被广西军区和师评为“训练标兵”、“优秀法卡山战士”。

在苦练军事技术的同时，战士们还注意磨炼自己顽强的作风，在各种困难环境下摔打自己。一次，广西师范学院学生到法卡山进行军训，南疆的天，说变就变。训练开始前还是阳光燥热，倾刻间，风云乍起，狂风呼啸，天下起了暴雨，学生们见状，都争先恐后地钻进猫耳洞，跑到房子里躲雨。然而，出现在学生们眼前的是一个个战士犹如一尊尊雕像，冒着狂风暴雨在训练场上肃然不动。此情此景，学生们感动了！纷纷竖起大拇指，并重新冲进雨帘与战士们同练……

正是由于平时刻苦磨炼，他们养成了敢打敢拼，永不畏缩的作风，每次都以良好的精神面貌和过硬的作风出色地完成军训阅兵和表演等光荣的任务。

在法卡山主峰下的平坡地上，战士们正在精神抖擞地走队列。战士们说，哨所是阵地，训练场是舞台，对于军人来说，这是永恒的标志：为和平而训练，为和平而战争。

献身于战争就是献身于和平，战士们深深地懂得生命是用来献给美丽和平的祖国的。

法卡山，人们心中的山。

春风吹拂友谊关

历史的车轮所走过的道路从来都是弯弯曲曲的。

友谊关，这座南国要塞，如今更加显得威严、壮观、神圣！

友谊关曾多次易名：起名鸡陵关、后名界首关、又名大南关、永乐年间更名为镇夷关、清初改名镇南关……友谊关建于明朝洪武年间，在中法战争和抗日战争中，两次被毁。解放后，关楼重建，称睦南关。公元1965年，建成拱式城门的3层关楼。据说，陈毅元帅亲笔为关楼题词，名曰：友谊关。

从“镇夷关”到“友谊关”，不仅仅是名称的改变，亦是中国人民从反抗异族侵略到发展睦邻友好关系的一部可歌可泣的历史。

站在雄关城楼上，但见群山莽莽，草木苍苍。凭栏远眺，脑海里，一幕又一幕的历史在我们眼前重现着。

历史，退回100年前。

抗法英雄冯子材当年在这里构筑工事，巧布兵阵，连创镇南关、谅山大捷，保卫了祖国的神圣边疆。然而，历史却与冯大将军开了个“国际玩笑”：腐败欲倒的清政府却与入侵者缔结了丧权辱国的《中法新约》，冯子材挥泪班师回朝受审，中国不战自败，法国不战而胜，《中法新约》使我们陷入了沉痛的思索：朝权不为国，其结果带来的只是民族精神的颓废，一蹶不振啊！

历史作证：中华民族历来是一个不可欺辱的民族！

友谊关作证：只有新中国成立后，只有在中国共产党的领导下，只有在党领导下的人民军队，民族尊严，民族自尊心和民族精神才能得以重振与弘扬，友谊关才得以崭新的风貌屹立在祖国南疆的国境线上！

在连接边关内外那条铁路的两旁和双轨间，杂草丛生。现在，关口很宁静，既无枪炮轰鸣，也无车马喧嚣，然而，慕名前来参观者不少，有个人的、有团体的。在关外，人们寻找着不同角度拍照留影，守关的边防军指着当年炮战时留在水泥地上的那个大弹坑说，随着中越两国关系的正常化，这个大弹坑被填了起来，我们仔细看了看，发现仍然留下一块不那么显眼的痕迹，就像伤口痊愈后留下的印记一样，关口的变化，弹坑的消失，使我们联想到关楼上的名称几经更易。一部当代国际关系史告诉我们，双边关系正平稳发展……

征得守关负责人的允许，我们穿过那道平时严禁的铁栅门，向中越边境公路分界的“零公里”处走去。

自 1991 年 9 月越南共产党总书记杜梅与部长会议主席武元甲正式访问中国后，隔绝了近二十年的中越两国终于恢复了正常关系。

人们将会记住这历史性的一刻：公元 1992 年 4 月 1 日上午 10 点正，当主持人宣布中华人民共和国友谊关口岸开关典礼现在开始时，鞭炮声在友谊关周围的莽莽群山久久回荡……

至时，封闭近二十年的友谊关口岸又正式恢复开关，这是中越关系正常化后第一个开通的南疆口岸。

这天上午，友谊关上空飘浮着一片雾霭，一群鸽子在飘扬着鲜艳国旗和彩旗的关楼上空盘旋飞翔，关楼周围的松树和翠竹郁郁葱葱，青翠欲滴，月季花和木棉花开得绚烂多姿，近千名群众聚在关楼前的广场上激动地等待开关典礼的开始。

9 时 40 分，广西自治区、南宁地区和凭祥市外事办等负责人，来到友谊关前的"零公里处"，迎接由 13 人组成的应邀参加开关仪式的越南代表团入境。

接着，广西区外事办主任梁自卫同志致词，他说，闻名于世的友谊关是中越两国人民和睦相处、世代友好的象征，也是中越两国友好关系的历史见证。

他说：去年 11 月《中越联合声明》的发表，标志着两国关系实现了正常化，根据中越两国政府《关于处理两国边界事务的临时协定》精神，广西区政府代表团与越南谅山省代表团于今年初商定，首先开通中国友谊关——越南友谊关口岸，这是两国关系正常化的又一盛事，对加强中越两国，广西与谅山两省区的联系，维护双方的边境地区的社会秩序，促进双方的经济交流与合作，都将起到重要的推动作用。

最后他说，我相信，随着双方友谊关口岸的开通，中越两国人民的传统友谊必将得到进一步的发展与加强。雄伟的友谊关楼作为中国人民对越南人民传统友谊的象征将焕发出和平与友谊的光彩。

锣鼓声中，广西自治区人民政府顾问梁成业同志应邀为友谊关口岸开关剪了彩。

开关典礼结束后，双方代表在关楼前后参观，人人脸上洋溢着轻松的笑容，他们有的以雄伟的友谊关楼作背景照相留念，有的打着手势或指雄伟的友谊关楼、或指火红的木棉花边说边笑；挂着相机，拿着采访本的记者们拉着翻译在人群中穿梭忙碌。

11 点 30 分，由 13 人组成的我国代表团应邀从"零公里处"

前往越南，参加越方在北京时间12点（河内时间11点）在距零公里约一公里处越方友谊关边检站举行的开关典礼。

包括边境检查、商品检查、卫生检查、动植物检查和海关等口岸联检的单位于当天在友谊关楼前新建立的岗位上正式上岗，执行口岸联检任务。

这一段林荫路，两旁树木葱茏，花草青翠，用水泥方块铺筑成的公路一直延伸到"零公里处"。显然，这条路是刚铺建不久的，尽管中越两国都已在各自的路旁排除了地雷，但陪同我们的边防军人一再提醒我们，不要随便走到公路两旁的草丛里去，以防万一地雷还未扫尽。在国境线上，不要乱喊乱叫，也不要随便走动，以免违反国际惯例，影响双边关系，到了"零公里处"，路旁竖立着一块两尺高的石碑，半月形的碑帽涂着红漆，两面分别用中文和越文写着相应的字："中国—广西凭祥界"和"KIVO—HNQYAN—DKN"。看来，只要在"零公里处"路面上的白线跨走一步，便是异国的土地了。

这时，碑旁顿时热闹起来，人们或站或蹲，傍着石碑争相拍照留影。人们兴奋、激动，充满好奇心，他们为自己能亲临边界而荣幸。

友谊关的西侧也是一个军事要塞——清朝末年的抗法堡垒金鸡山，如今仍是军事禁区，山上迄今仍屹立着一座古炮，好像时时在诉说当年抗法援越的故事。

莽草、丛林、树木……

弯溪、界碑、浓雾……

要不是历史遗留下来的弹坑、堑壕依稀可见；要不是猫耳洞、坑道旁丢下的残骸发锈的枪支；要不是铁丝网、小径两旁上"小心地雷"的木牌……那么，人们很难想象，这里曾是战场。

这遍布的警示牌告诉我们：这儿曾是一片沉重的土地。这里一切的一切，使我们不能不意识到：这——就是南疆的边陲。

红色土壤，绿色丛林，这里的山绵延不断，脉脉相连，大地静谧幽美，亚热带的莽草、丛林、树木、激流、界碑、雾霭，向我们展示一幅色彩复杂的画面。只有空中传来鸟儿婉转的啼鸣声，使我们感到这里如此充满诗情画意。

无论是芭蕉坪，还是松树林；无论是法卡山、金鸡山、还是友谊关，都是何等威严的气势！何等雄伟的神魄！这时，走来一群一群战士，他们是九十年代的新人。他们朝气蓬勃，他们英姿勇敢，他们多才多艺……他们中间有的手里拿着小半导体收音机，有的在读文学杂志，有的正在饶有兴趣地弹唱吉他，无论是战争时期还是和平的日子，战士最爱弹吉他。一名连长给我们说 10 年前曾有这样一个故事：有一名战士冲锋时着轻装，他把什么都取下，唯有一把吉他却背着，带着它冲出血路杀向敌人，又带着它冲出血路回营地。他们像原野上迎风怒放的鲜花……

从当代军人的身上，我们看到最美最勇敢最伟大的身躯与灵魂。是的，时代在发生巨变，战士们也爱美、爱知识、爱生活、爱唱、爱跳。这亚热带的大自然，足以让他们爱个够，漫山遍野火红的木棉花和白色的野梨花，浓郁地点缀了山光水色。

所有这些，在战士的眼里，只有一个含义——祖国。

一个黄昏，晚霞染红了大地，我们拜谒了坐落在凭祥市的“南山烈士陵园”。我们怀着沉重的步履默默地、静静地踏着脚下潮湿的土地，唯恐惊醒这儿沉睡的灵魂。烈士陵园的周围，长着矗立挺拔的松树，墓顶，长满了白色的野菊，覆盖着一幅完整的中华人民共和国地图，这圣洁的菊花就像烈士们的再生之灵在向未来遥遥致意。

烈士陵园是一座英雄纪念碑，在人们心中是中国人祭念的地方和尊严的象征。有人告诉我：每年的清明时节，总有一名少妇携着一名年幼小孩在淡淡薄雾的黎明中，站在一座名叫“陈守全烈士之墓”前。原来，她是陈守全烈士的妻子，叫娟娟。那一年，他们还是刚新婚不久的夫妻，两人之间含情脉脉，情感笃深，但一纸电文，使他匆匆离别新婚的妻子走上征途，当时娟娟整天提心吊胆，炮声停后，谁知到墓地一来果然看到他的坟墓：烈士在一次执行侦察任务中不幸踩响了敌人埋下的罪恶的地雷，为此，她哭了，默默地哭了。

战争结束后，怀着崇敬心情的人们每每到边境时，无不到这里祭念、缅怀、凭吊烈士，留影纪念。有的姑娘把美丽的纱巾，有的孩子把鲜艳的红领巾披挂在烈士墓前，还有的专门寻觅"同姓家族"烈士合影纪念，表达了人们对这块土地的仰慕、怀恋之情。

是的，南疆的亚热带是一个美丽、神圣的地方，这儿生长着荔枝、芒果、香蕉、木瓜、剑麻、棕榈、木棉，还有朝霞一般灿烂的大花扶桑花。当我们离开那片墓地时，忽然飘洒一阵细雨，绵延的山中升起一条巨大的彩虹，我们穿着彩虹而过，雨后，亚热带的风阵阵吹来，沁凉爽人。让这亚热带的风尽情地吹吧！带着南疆花木的馥郁芳香，带着南疆生者与死者的深情厚谊，吹遍祖国的大地，吹进每一个人的心扉。

因为，无论是生者还是死者，心中都藏聚着整个中华民族的神魄！

踩过界河的商贾们

军用吉普车在山间的国防公路上经过几个边检站之后到达北仑河口的东兴镇。这是中越边境东段面对北部湾的第一个重镇，与东兴一江之隔的是越南的芒街。

我站在江边，举目远眺，江那边的土地一片片荒芜着，几乎不见一个耕作的人影。回首这边，葱绿的蔗林，飘香的稻田，是一派丰收的田野。江面上，数以百计的小木船像一群群野鸭穿梭来往。东兴镇的同志告诉我：这是两国边民互相赶集，五年前就开始了，现在几乎天天是这样。开始是走走亲戚，做做小生意，后来一发不可收，现在每天来往两万人次，生意越做越大了。

"嘀！上船！"江边一位手持竹篙的老船公向我招呼。我顺眼望去，江边石级码头前一字儿排列着几十条小木船，木船上有穿着艳丽的越南姑娘，也有头戴斗笠的老翁，有的船装上一箱箱货物，嘈杂的人声中，可以辨别出粤语、越语和普通话。“上船，交两元！”老船公客气地又向我发出了邀请。在陪同我的边防人员的许可下，我登上了渡船。

不到二十分钟，小船越过滩浅、水急的北仑河，到达越南的芒街。我有点担心，不办理任何出境手续是否会遇到麻烦，但边防武警的同志说：五、六年了，天天这样，没出什么事！

芒街，其实不像街。它只是一条泥沙筑成的简易公路，路旁是草棚、瓦屋和篷布搭成的简易货栈，货栈里的物品单一稀少，我看到有几捆青竹、几篓山龟，有的货栈里堆着大米，与国内商店相比，越南确实缺乏商品。

大约几千人挤满了这长不足一公里的小街。许多中国边民带着商品到集市上出售，有的是以物易物，有的是支付越币或人民币。我在徜徉之中被越南一中年男子误认为是大老板，他要与我“炒”（兑换）人民币，我双手一摊，示意不干这买卖。

回到东兴镇，我又付两元过境费。这儿的商品极其丰富繁多：日用品、电器、生产工具如犁、锄以及化肥、农药，副食品的饼干、酒类、奶制品、药品，应有尽有。不过，粗糙廉价的居多。一个脸色灰黄眼眶深凹的越南汉子用生硬的普通话对我说：“发电机、柴油机、手扶拖拉机，吃的、穿的，都要。今天买了三台电视机。”说完，他与卖主谈价钱了。

凭祥市边境小村弄尧，坐落在大山的怀抱里。这个小山村每天云集双方边民万余人，成为广西边境地区行政单位最小但边贸成交额巨大的自由贸易村。

这儿没有平坦的街道，也没有像样的商店，弄尧村与我国内地的小山村一样，古朴而简陋。我在一家算得上是店的农户门口，观看越集越密的人流。一群群男女拎着小木凳，靠墙而坐，也有的把自行车一支，算作一个摊位就开始做交易。

“1000 盾！”“1200 盾！”只需简单的中文与越文，就可以进行两国货制的兑换。我也听明白了：一元人民币可兑换 1000 或 1200 越南盾。我见到这些衣着普通、不修边幅的男女们，在他们黑色的塑料包或粗布袋中，竟有大捆大捆的面额为 100 元一张的人民币，估计他们每人手中的钱达几十万元。这是我首次见到的炒货币自由市场。姓黄的店主告诉我：炒越币是一门大生意，七、八年前，5 盾换一元人民币，后来涨了，今天开价 1000，可不得了。

我问黄老板：一天全村可换到多少？老板思索一阵答：大概几十到一百万，说不准，谁也不统计。

与其他边境贸易点一样，弄尧村的双方边民们都是以人民币为结算和流通的货币。人民币在越南边境那边可以通用，而越南人到中国一方的商店购物，必须用人民币。许许多多的越南边民先出售或兑换自己的物品与货币，拿到人民币后再购买自己所需的商品。

我在布匹货栈前问中国老板生意如何，他笑眯眯说：与越南人做生意不费什么心，他们要求低，商品差一点，粗一点，不计较，只要便宜。

那天，我来到爱店，这是中越边境线上中国的一个小镇。

处在一派欢快的节日气氛中，因为一这天是大集。新建的商店在“噼噼啪啪”的鞭炮声中开张，街道两旁的商店，货物堆积如山，有的只露出一道门缝，街头上人头攒动，费好大劲才能向前挪动步子。在商店的各种产品的价码表上，说明书、价格，一律是越文与中文同时写上。在镇的西南，我站在两国边境的分界线上，看到一队队越南人进入我方境内。边检所就在一旁，但边检人员只收取每人人民币五角的入境手续费，交了即可大步跨入中方。而中方人员出境，也只需“人民币”这个“通行证”。

爱店边贸的发展，伴随着一串动人心魄的故事。据说，越南那边有一个商人，前几年就决定要打通与中国的经商之道，他不怕雷区，第一次用竹竿开路，被地雷炸伤；第二次，他用牛群开路，又炸伤；第三次，他雇用从金边归乡的越军工兵排雷，终于打通了与爱店镇进行贸易的一条小路。他第一次挑着货物高兴而归时，不幸踩响了地雷，被炸死了。

中国与越南的通商之道，大都是两国边民"私自"开通的。由于爱店小镇的特殊地理位置，商品进入两国的距离很短，许多商人宁可走这条捷径，也不费力绕道。镇上的干部对我说：爱店双边贸易一年成交额达一亿多元，这里已成农药、水泥、钢材、木材等大宗产品的批发地。

我站在镇上的两国分界线上，发现两国没有直通公路，约有三公里的地段（在越方一侧）是不能通汽车的小路。路旁，一批批青壮的挑夫聚集着，他们等待货主的使唤，以出卖自己的体力去赚钱。不一会，小路上热闹起来了，挑夫们抬着沉重的柴油机、水泥、钢材、成箱的啤酒，喊着号子。这时，只见越南阿婆怀里的一只鸭子跑了，"嘎嘎"叫唤，阿婆急急去追，摔了一跤，引得大伙哈哈大笑。

镇上的建材批发部老板是位胖胖的女人，她笑脸一副，直言快语，生意兴隆。我问：是个体办的？她说：是县办，我承包的，卖多就多得。她说：今年已卖出六百多吨水泥，75 吨钢材，全是越南人抬走的。她抱怨公路不通，她宁可出钱集资，多一点也没关系，只要把路修好，生意就可以做得更大了。

和平的脚步来得如此之快。我站在友谊关的城楼上，望远镜里出现的，不是荷枪实弹的越军武装人员，而是一群群越境而来的越南边民，他们推着小车、肩挑担子、手挽篮子，带着他们的物品涌向中国。

友谊关下重现当年的友谊。十余年间被青苔野草覆盖的小路被千百双流动的脚步踩得油亮光滑。哨位上威严的士兵用警惕的目光注视着，但两国边民无需办理什么入关、出关的手续，若无其事坦坦然然来来往往。在凭祥市的大街小巷，难以计数的越南边民成群设摊叫卖，罗汉果、铁木菜板和青菜萝卜都上市出卖。从广东、海南、湖南等内地省份开来的大卡车，成批收购越南特产；越南那边也出现了专卖专买的大老板，他雇用几十个青壮的越南人，成批购买或出卖物品，让这些挑夫运输。

在凭祥市的小商品市场上，我看到一位越南青年骑一辆日本铃木125红色摩托车，他开价1万元，周围是几十个中国边民，在估测这车的成色，议论价钱合适不合适。一家电器商店里，一位越南商人一张口就要15台发电机，成交额4万多元。边防武警的一位同志介绍：中越双方现在都默认这种贸易，这是两国关系逐步改善的信号。现在，这种自由边贸活动正向大批量、大规模发展，以往那种小进小出的买卖已不适应了，一种半官方式的公司以及国家政府商业部门正逐步介入。

在凭祥市集贸市场上，我与一位20多岁的自称是河内医学院毕业的女青年交谈，她的中文流利。她说：穷国要与富国搞好关系，越南要与中国搞好关系。热情友好的邻邦气氛已经出现在开始和平的中越边境线上。越南边民擦破了手，中国阿婆用红药水涂上；越南边民天热口渴，中国的老板们免费供应开水。

据不完全统计，近三年来越方进入我方边境地区贸易人数约400万人次。

凭祥市隘口贸易点，我国内地每天有500至1000辆汽车、拖拉机前来运输货物，市内各大小旅店几乎天天客满。

据有关材料显示，近几年广西边境中越边贸总数达几十亿元。边贸形式由最初的以物易物、小币易物发展到批发、预付定金、签订合同等形式。越方进入的货物由农产品发展到矿产品，有铜、铝、锡、煤、橡胶、粮食、白纱布等，还有转口商品，如前苏联的钢铁、手表、法国的化妆品，日本、韩国、东南亚以及美国的电子产品。中方出口的是药品、自行车、电扇、挂钟、啤酒、日用品及生产资料、建筑材料等，仅1989年春节，凭祥市销往越南的收录机就有一万台。

草皮滩，涌动的边贸潮

战争与和平，看来是互不相干、水火不容、甚至相互排斥的范畴；人民渴望和平，厌恶战争。然而，实质上两者关系甚为密切，翻开历史，可以说中华民族是一部由战争记载缀成的历史，它的每一章每一页，几乎都可以嗅到硝烟的气味。一部中国地图册，在一定意义上说，是一部战争遗址册。有道是："看山如读史。"秦始皇修建万里长城时，他绝不会想到千年之后会成为举世向往的旅游胜地，山海关、嘉峪关、居庸关，这些刀光剑影的雄关险隘，哪一个如今不是游人如织？被誉为"世界第八奇迹"的秦始皇墓地兵马俑，不也引起人们的注目？虎门炮台、赤壁古战场……作为后人的教育场地。

从眼前的金鸡山与山下的那座雄关，可以读到中法关系，中越关系的种种真实的史料。而那些由冯子材、苏元春等著名抗法将领留下的抗击侵略者的城垒炮台，其万古不灭的文物价值和精神价值。在今天看来，已远远超出了这些价值。

至于法卡山，原本并不出名，只是一座普通得不能再普通的山。然而，经过那场战争，一夜之间，便被世人所关注、所熟悉、所珍重：无数的人们不远千里，要到这里感受生活。法卡山守备连的连长告诉我们，这些年，尽管有关部门一再劝阻与限制，但几乎天天有人上山参观学习。据不完全统计，从 1981 年法卡山争夺战打响以来，上山慰问、参观学习者达 21 万人次。探揭原因，这不仅在历史文化心理上，在精神价值取向上，而且从另一个意义上看，这里将会成为边境经济特区的一个有利阵地。

难道不是么？"两山一关"(法卡山、金鸡山、友谊关)虽然如今仍是军事禁区，但就在它的半山腰的草皮滩上，却开辟了一个大半山的边贸市场。这些戴草笠尖尖帽的、戴盔帽的、穿皮鞋的、拖木屐的、光脚丫的，身着各种各样的装束的边民来来往往，讨价还价。而在这各种物资交易的背后，虽然还有进行形形色色的另一种看不见的交易——贩卖枪支毒品、拐卖妇女、嫖娼卖淫、走私等，但这复杂的色调和复杂的交易的现象正逐步解决。尽管如此，正常的往来与健康的交易却是占主流的。

随着漫天的硝烟渐渐消逝，隆隆的炮声渐渐远去；随着中越两方对峙局面的缓和，战争的停息，中越双方走上关系正常化道路，饱受战争煎熬的越南边民，便迫不及待地背着布袋，挑着竹筐，浩浩荡荡地从国境线上涌入中国边境村镇进行各种贸易交往。

于是，在战争的废墟上出现了热闹非凡的贸易市场。

边境贸易，像一个强大的磁场，吸引着成千上万、各色各样的越南人与中国人。

边境贸易，活跃了商品流通，更是促进了边境贸易经济的发展。

凭祥的边境贸易主要在浦寨、平而关、弄尧 3 个贸易点上进行。

其中以弄尧为最。

金鸡山下。

一条狭长的山谷里有一个 10 几户人家的村屯，这就是被人们称为"踩在国境线上，地图上找不到的袖珍村庄"——弄尧。

这个叫做弄尧的屯在与越南仅一山之隔，自这里开辟为贸易点之后，每天都有成千上万的中越两国边民和内地商贩到这里进行各种交易。每天清晨，数千名越南人源源不断地涌进了这条狭长的山谷草皮滩上，女人们披着长发，戴着尖顶斗笠，身穿肥大的衣裤在路旁搭起的长长货摊前来回地走动；男人们光着膀子，吃力地挑来各种各样的越南土特产。

瞧，山上山下，人海如潮，有挑担的，有背包的，也有摆摊的，还有难以统计的越南边民成群设摊沿街叫卖。这其中，主要有八角、家禽、山野、鱿鱼、大米、蛇类；也有罗汉果、铁木菜板、吊床、废铜铁和各种各样的精美工艺品；还有利用越南这个通道转口的第三国商品，有前苏联的照相机、手表，有法国的香水，有美国的哈巴狗等。他们把一批批越南土特产卖给中国边民，然后又从中国商贩手中买回越南十分紧缺的日用百货商品。中国商品大多是日用百货、衣服鞋帽、五金家电，也有南宁的万力啤酒、柳州的鱼峰啤酒、湖南的潇湘啤酒；还有发电机、柴油机、农药化肥等。

“喂，换越币么？”一名年轻的越南姑娘好像知道我们是外地来的一样，用生硬的普通话朝我们招呼。

“100 盾！”、“1500 盾！”只需简单的中文和越语，就可以进行两国货币的兑换。据了解，这里的 1 元人民币可以兑换 1000 至 1500 越南盾。这些专门从事炒货币生意的姑娘，在她们黑色的塑料包或粗布袋中，竟有一大捆一大捆的人民币。有人告诉我，炒越币也是一门大生意，有的一天就能从中嫌它个百把八十的。这里的双方边民们都是以人民币为结算和流通的货币，人民币到越南边境那边可以通用，越南人到中国的商店购物，必须用人民币。许许多多的越南边民先出售或兑换自己的物品与货币，拿到人民币后，再购买自己所需的商品。据说，人民币在越南极吃香，可以与美元媲美。换言之，人民币在越南相当于美元。

“胡志明小道”就是六七十年代，在“抗美援越”的艰苦年代联系中国——北越——南越的运输线，它为越南的解放统一立下了不可磨灭的功勋。而如今，在越南北部的崇山峻岭之中，在密密的边境丛林里，当年的运输小道依然存在，只不过现在已成为“商道”。

越南边境山高林密，羊肠小道比当年抗美援越时期的“胡志明小道”还要难走。人们像一群群衔着食物的蚂蚁，源源不断地翻山越岭，在这些小道上往返忙碌，他们之中有工人、农民、学生知识分子、干部，也有改头换面的军警人员，他们大多为生活所迫出来卖苦力的。不过，他们的收入也很可观，一个“挑夫”几天的收入就超过一个干部的月工资。因此，这支队伍也就越来越大。

边境贸易，继承了悠久的历史传统，促进了两国经济的发展。

仅弄尧贸易市场,近来出现了空前的繁荣景象。两国边民和商人自由往来进行商品交易,每天的交易额达百万元,边贸市场目前已发展成为广西新的旅游景点,每天的游客流量达1万余人。

据不完全统计,近几年边贸总数达几十亿元。1989年,凭祥与越南的边境贸易额只有1.7万元,1990年就增加到2.5亿元,到了去年,则增加到4亿元。

边境地区的有关县市领导对我们说:边贸,是一种特殊政策,也就是内地所说的"特区";边贸,对于发展边境地区的经济是大有可为的。

饱受战争创伤的边民,正被和平的钟声敲醒,同时也给边疆的经济发展带来了希望。

(写于1991年)

勇士在雷场

■ 隆隆的大排雷爆炸声向全人类宣告：在当今这个以“和平与发展”为主题的世界里，中国，以其真诚的行动展示了自己美好的愿望。

■ 军人的悲壮莫过于在最后一场战斗中被最后一颗子弹击中……山莽莽兮野莽莽，壮士一去兮上疆场；硝烟起兮尘飞扬，边关豪情兮满四方。

军事评论家这样说：中越边境是迄今世界上埋雷最多、地形最复杂、雷种最丰富、持续时间最长的大雷区。

15年前，这里曾发生了一场举世瞩目的边境战争；15年后的今天，这里又掀起滚滚硝烟，只不过，这是和平的雷声。

公元1991年秋。

越南最高领导人杜梅飞越北部莽莽雷区与中国领导人江泽民在北京友好、冷静地握手言和，就双边关系的正常化互相交换了意见。

没过多久，中国人民解放军最高统帅部命令：撤销沿用十多年的广西前线作战指挥部，迅速组建广西边境排雷工作领导小组。

地雷！地雷！

危害无穷的地雷。据联合国的一份资料表明，地球上大大小小的战争留下了大约1亿多颗地雷，分布在五大洲的62个国家。在常规战争中，地雷主要用于防御。然而，现在小规模冲突的对立双方越来越多地用来对付平民百姓。即使冲突结束，这些地表下的武器仍会继续造成伤亡，在欧洲和北非，军事专家们仍在清除第二次世界大战遗留下来的地雷。

统计数字证实了古斯此言。

红十字国际委员会说，仅1992年治疗的1.7万名战争伤员中，就有1/4是被地雷炸伤的。

“地雷国”柬埔寨的沉重。柬埔寨人对地雷感触最深。虽然，它在联合国维持和平部队的监督下按住了冒烟的枪口，在国际社会的帮助下终于重建了国家，但却无法摆脱战争遗留的威胁——地雷。在长达20年的战争中，柬埔寨成了一个巨大的雷场。马路上、田地里、村庄边，到处暗藏杀机。据估计，有6800万枚各类型的地雷遍布各地。美国国务院估计这些战争爆炸物，至少要制约柬埔寨10年的发展速度。排雷工作每年需要约1000万美元的费用。如果柬仅靠自己的力量清除全部地雷，该政府不得不把今后5至10年间财政收入的每一分钱都用于排雷。正因为如此，每个月因此而伤亡的人数在200至300之间，每236个柬埔寨人中就有一个截肢者，堪称世界之最。而在这些伤亡者中，儿童占1/4！

阿富汗内部“地雷战”。在阿富汗14年的内战中，前苏军和穆斯林游击队共埋下了1000万颗地雷，已经炸死20万人，伤40万。虽然联合国为扫雷清雷付出了大量努力，可是，这些武器仍然在给阿富汗人民造成危害。

马岛战争的余波。1982年6月，英国与阿根廷马岛战争中阿军在马岛首府斯坦利港——这个面积仅12平方千米的岛上布设了近3万枚地雷。战争之后，英军虽攻占了全岛，但对如此之多的地雷却望而生畏。尽管英军用于扫雷的经费已超过了700万英磅（约合人民币7600万元），但马岛上还有数千枚地雷尚未排除，英国工兵无可奈何地承认：“马岛东部的地雷，这个世纪也难以排除干净了。”

这是并非遥远的故事。广西边境有个“寡妇村”——弄尧卡风村，百来口人，三十多个男人被地雷炸死，更多的则是被炸伤。据不完全统计，1998 年以来，被地雷炸死炸伤者近四百余人，牲畜无数。云南某边境地区，因地雷而伤亡达千人，某寨 35 户，伤残 55 人，某小山村 88 人，只有 81 条腿……

抚平战争的创伤

二十世纪九十年代，当弥漫在祖国南部边陲 12 年之久的战争硝烟淡淡地散去时，战争的伤痕还未抚平，昔日纷争不宁的边境已在对外开放中显出它的区位优势。战时封关堵卡的上百万枚地雷，如今已成为一座危险的墙，成为和平生活的大敌。

为此，中国官方通讯社新华社向全世界宣布：根据中共中央、国务院、中央军委的命令，广西边防部队将用 3 年时间清除雷障。

世界，再一次关注这里。

历史老人以它那深邃的目光注视着这片地雷密度堪称世界之最的热土——1993 年 6 月 4 日，广西边境，叫隘关口。

时隔十余年，这里又一次引起世界的注意。

一位庄严的中国军人，走到指挥台前，他的肩上，那颗金黄色的将星格外耀眼。他一声令下，排雷起爆装置被启动了。

轰！轰！轰——

随着一阵阵排山倒海、震撼天地的爆炸声，中国边境上升腾起了一片片硝烟——和平的硝烟。

隆隆的爆炸声向全世界宣告：中国历史上规模最大的排雷行动正式开始了。中国工兵将用两年左右时间，排除中越边境上二百多处雷场中的近百万枚地雷。

隆隆的大排雷爆炸声向全人类宣告：在当今这个以“和平与发展”为主题的世界里，中国，以其真诚的行动展示了自己美好的愿望。

来自中央和自治区各大新闻单位的数十名记者纷纷把目光

和摄像机镜头对准了这壮观的排雷现场。

在叫隘关口处一块标明235号雷区的地方，一队身背火焰喷射器的士兵卧倒在雷区边沿，向雷场内喷出一条条长长的火舌。火舌过处，浓密的茅草被烧着了，噼噼啪啪地蔓烧开去。烈火之中，地雷纷纷被引爆，一颗颗地作响。只一会儿，一片500平方米的山坳变得光秃秃了。这种被工兵称之为"火烧排雷"的方法，能将雷区内90%的暴露地雷引爆。剩下来埋在地下的地雷，就要靠"人工搜排"了。

只见三个士兵，头戴钢盔式防爆帽，身着十多斤重的排雷防护服，脚穿一双又大又厚的气垫防爆鞋走进雷场。他们手持探雷器，小心翼翼地排成三角形阵式，仔细地搜索地下的残雷，发现雷障就插上一支小黄旗标明。16分钟不到，两枚重约10公斤的防坦克地雷被工兵从土里挖了出来，为下一步用机械排雷消除了隐患。

随着工兵的撤出，三台用履带式推土机改装的排雷车开了过来，隆隆的轰鸣声震撼着整个山谷。车上，操作手身穿防护服在驾驶。扫雷车所过之处，残存的地雷被沉重的铲刀翻出来，散落得星星点点，有的引起爆炸，弹片和石块一同飞溅，但只能在扫雷车上刻下几道小小的印痕……。

经过这"一烧、二搜、三排、四查"的全套作业处置后，这500平方米的禁区成了安全地带，所有地雷都被彻底地排除了。

在叫隘关口的制高点284高地上，有一处面积近两万平方米的雷场。这儿山高坡陡，荒草丛生，面积又大，无法用人工搜排的方法排雷。工兵遂采用爆破法进行排雷，主要是利用爆炸冲击波去引爆深埋的地雷，从而达到排除雷障的目的。

只见一队身穿迷彩服的工兵细心地把200条直列装药的爆破架沿预先开辟的通道分成10列间隔地排放在雷场之中，不多时，数吨炸药就几乎布满了整个山头，再用工兵导电将引爆电路连接到了时差就爆控制台。

"5、4、3、2、1，起爆！"随着一声令下，控制台按下了起爆电钮。

"轰！轰！轰……"一阵阵的爆炸声响起，284 高地上霎时浓烟滚滚，罩住了整个山头。

巨大的爆炸声地动山摇，震得人们掩耳不及。远在 1000 米外的记者们仍能感到那令人窒息的强烈的冲击波。

这地毯式的一排排爆炸大约持续了 11 分钟，人们远远看到那炸药激起的一团团黑色硝烟之中，不时地窜起一股股黄褐色的浓烟。现场的排雷专家指点说：那就是被引爆的一颗颗地雷了。

硝烟还未散尽，工兵们又在山脚下发射了 5 枚八四式单兵火箭爆破器。5 条黄龙拖着白色的尾巴直扑雷区，"轰轰"几声巨响，雷区中央被炸开一条条 1 米宽、25 米长的烧焦的通道。

更为壮观的是七三式火箭爆破器的发射。只见三枚火箭弹倏地从发射架中射出，黑乎乎的屁股喷着火舌，后面拖着一条 105 米长的爆炸带。长龙蹿上天空，在蓝天上划出一道弧线，跃上 284 高地后，恰好搭在山的斜坡雷区中。接着，爆炸声从山脚似滚雷一般直响到山顶，眨眼工夫就排除了一处近 2000 平方米面积的地雷。望着远处那巨龙打滚似的烟尘，站在看台上的记者们都惊叹不止。一位资深的工兵指挥官说："这种七三式火箭爆破器，威力非常大，它爆炸后能引爆 4 米宽、105 米长范围内的各种防步兵和防坦克地雷。"

南疆奏响和平的乐章

漫漫边境线，蜿蜒而逶迤。沿着边境线走，你随时可以在路边或脚下看见一块黑底红字的标志牌，上刻"雷区"二字，编有号码，其下还以箭头标明：向右××米，向左××米，纵深××米的标示。有时你还会看到画有骷髅的标志牌在提醒人们：此地危险，小心地雷！

由于众所周知的原因，1979 年以来，广西境内 637 公里长的中越边境上的一线阵地、要点、通道和隘口等等地方，都埋了数不清的地雷。

在一些重点雷区，地雷被埋得到处都是，多得令人吃惊，最密集的地方一平方米之内就会有 4—5 枚地雷。一位曾参加过埋雷战斗的军人说：“当时在战火之中抢埋地雷，有的地方是成筐地撒落到草丛中去。”一位边民说：“每逢下大雨，时常可以看见山上的地雷被水冲出来，滚落到小溪中。”一位筑路民工心有余悸地说：“有一次我铲土时不小心，一铲土抛到雷区，就马上引起‘连环’的爆炸。”

雷区的设置，在战争时期曾起到了极好的威慑作用，但在中越两国人民修好的和平时期，它的负面效应日益明显，给两国边民带来了极大的不便，严重地影响了边民的正常生产、生活与边贸活动。

边民，受到了地雷的威胁。

边民，已达到了谈雷色变的程度。

在凭祥铁路接轨处的左侧山上，一头水牛闯进雷区被炸死了。一位青年农民私自进去扛牛，不慎触雷倒在血泊中。其兄见状不顾阻拦，进去救人，结果又被地雷炸死。

在弄怀互市点通往越南的小路上，一枚反坦克地雷被每天来来往往做生意的边民们踩踏得露出地面。由于人体压力不大，这枚生锈的地雷虽然被人们的双脚磨得发亮，却也一直安然无事。终于有一天，两个越南挑夫抬着一筐沉重的橄榄在此歇息，橄榄筐正巧压在这颗雷上，结果，“轰”的一声巨响，橄榄和人一起被炸飞了。

去过友谊关观光的人都会注意到，在距友谊关不远的公路两旁，一幢幢漂亮的小楼房夹路而立，这就是近几年因边贸致富而远近闻名的隘口村。在这仅有 600 多人的村子里，十万八万元户的人家根本不算富，上百万元户就有二三十家。可是只要你走进这些殷富之家，你几乎都可以看到一个或更多个缺胳膊少腿的人，他们都是地雷的受害者。这些曾冒着危险率先做边贸生意的隘口人说:“我们的钱都是鲜血换来的。”知情人说:“隘口人的勇敢和富裕同样出名。他们被地雷炸死炸伤的人有几十个。”

边境地雷,像高悬在边境人民头上的一把利剑,时时在威胁着人们的安全。

据不完全统计,近十年来广西边境被地雷炸死炸伤者有数百人之多。

由于地雷的阻碍,中越边境贸易的往来也受到一定的影响。1992年,边境上20多个口岸和互市点大多无法开放。边境县市财政收入很低,群众生活水平提高不快。凭祥市一年的财政收入只有200多万元,连发工资都困难。边民们守着黄金通道,却在那儿望“贸”兴叹。

扫除地雷,打开国门,兴边致富,这是人民的呼声,也势在必行。

1992年11月,一架波音737专机轻盈地降落在南宁机场。专机上走下的是刚从越南访问归来的李鹏总理。

李鹏不顾旅途劳累,找来了广西的党政军负责同志,了解广西的发展情况;

他十分关心地向广西军区司令员文国庆少将询问中越边境的排雷情况,指示“一定要把这件事办好。”

将军向总理敬了一个军礼,接受了这个光荣的任务。

此时,任何一个有头脑的人,都不会把边境排雷看成是一次单纯的工兵行动,其间的政治意义已远在军事意义和经济意义之上。

曾几何时,在世界格局发生重大变化的年代里,中国,以其骄人的经济发展业绩引起了世界的瞩目。但国际上也总有那么一种势力,他们容不得中国的强盛,总想在中国人的身上套上一根制驭的缰绳。他们散布说中国照这个速度发展下去,首先会威胁东南亚。企图在中国与周边国家的关系上制造不和。

但是,中国人自古以来就对妄自尊大者的指手画脚是不屑一顾的。中国，照样高举起和平的大旗走自己的路。中国政府多次郑重宣布：中国一心致力于经济发展，需要一个长期稳定的和平环境。中国愿意与世界各国特别是周边国家携手发展经济。

为此，国务院和中央军委决定：在中越边境开展大规模扫雷行动。这一决定正是为了揭穿那些无稽的谎言，为了发展双边友好关系，也是为了自己的经济发展。

中国人的襟怀，是坦坦荡荡的中国人的诚意，是天地可鉴的。

其实，早在1991年中越两国关系好转之时，我边防部队就开始边境排雷，先后在东兴、滩散、垌中、板烂、友谊关零公里处、水口、浦寨、弄怀、爱店、桥头、龙邦、平孟、硕龙等关口和互市点进行了必要的部分排雷，尖排除雷场20余处，面积达87万平方米，为开关通贸提供了保证，也为今年大规模排雷摸索了经验，打下了基础。

1993年5月中旬，广西军区根据中央关于用两年加快排雷速度，争取1994年底基本完成排雷任务的要求，又作出具体安排：1993年要重点拓宽排除边境12对开放口岸和16对互市点通道附近我方一侧（口岸两翼各500米，互市点通道两翼各300米范围）及群众生产生活区域、部队执勤、训练地区的雷障。对暂不宜排雷的区域，则进行雷区标本。

广西区党政领导在听取广西军区副司令员、边境排雷总指挥胡军少将的情况汇报后，立即表示：地方党委和政府一定要像当年支援部队保卫边疆那样，大力支持排雷工作。军民携手，兴边富民。

于是，在短短的半个月内，6支经过严格训练的专业排雷作业队组建起来。中央下拨了必要的排雷经费，上海送来了大型排雷机械，区内外调来了爆破炸药，广州军区派来了高级爆破专家组。全区乃至全国的有关方面都伸出了热情的支援之手。

雷场上的故事

一位著名的军事家曾说：在全球上，最难消除的战争痕迹，不是倒垮的楼房和毁坏的桥梁，而是地雷。

地雷，战时有效的防御武器。然而，一旦战争结束，即刻成为和平生活的太敌。海湾战争，科威特扫雷两年，伤亡 1000 余人，其中还有一名将军。

有时，扫除雷障所付出的代价并不亚于战争本身。

二次大战时，德军绕过著名的马其顿防线攻入法国。五十多年后的今天，法国政府仍无法全部清除这条防线上狼獾防区内密布的地雷，只能立下警示牌，告诫国民勿随意进入。

马岛战争中，英军为防止阿根廷军队的反击，在岛内布下大量的地雷。战争结束后，英军为此付出高昂的代价。尽管花了大量的人力和物力，可岛上军民还是不敢“轻举妄动”。

世人瞩目的海湾战争虽然打的是一场高科技战争，可伊拉克军队布下的百万颗地雷还是让美军伤透脑筋。战后，有十多个国家派出工兵参加扫雷，但至今无法使科威特摆脱地雷的威胁的阴影。一位路透社记者在一则报道中揶揄地写到：“正是由于成千上万遍布在这个国家的炸弹和地雷，使那些狩猎者，放牧者止步不前，如今沙漠的生态环境日益重新焕发生机。”

与法、英、美三军在丘陵、海岛和沙漠之上的排雷相比，中国工兵面临的困难，在世界排雷史是罕见的：

广西边境地形复杂，山高坡陡，丛林密布，许多地方不仅扫雷机械进不去，就连人也难钻进去。

由于当年参加埋雷的部队很多（民兵也埋设一部分，敌军也越境来偷埋不少），造成雷场资料不全。工兵要一一重新确定雷场准确位置和面积，难度很大。

埋设地雷的种类也很多，有防坦克雷、防步兵雷、松发雷、跳雷、绊发雷、定向雷……这些地雷又组成大小不一的雷场、雷群、雷组、还有散雷。

最让人头痛的是那些埋没精巧的“诡雷”。这种雷往往埋在石缝、山旮旯、树杈等人所难料的地方，而且多是两三颗串联一起，人称“连环雷”，“母子雷”，“阴阳雷”，让人防不胜防。某部工兵在排雷中就多次吃过“诡雷”的亏。

埋雷的时间已达十余年之久，一些地雷已经锈蚀，排雷中这些雷能否炸响，未知数很大。曾有两个战士抬着开水走过一条排过雷的小道。第一位战士踩着石头无事通过，第二个战士也踩在这石头上，埋在下面的地雷却炸倒了。

雷多、面广、地形复杂、时间久远……诸多困难全都摆在中国工兵的面前，考验着他们的毅力。

当今世界流行的排雷方法，无非是用炸药大面积地炸，引爆地雷，或用排雷机械把地雷翻出地面。但这些方法所需的经费太大，而且在中越边境复杂的地形中无法大量使用。

中国工兵因地制宜想出了许多简单易行的排雷方法。

遇到杂草丛生的雷区，工兵先在边沿洒上些煤油，一把火点上，呼呼大火便席卷而过。地表和残层的地雷无论是塑料壳还是铁壳便会耐不住高温而纷纷爆炸。这叫“火攻法”。

在地形复杂之处，工兵则在雷区中间人工搜排开出一条通道，再把一根根棒状炸药直列地绑扎在一个个条凳上。这种木条凳长约二、三米，距地 50 厘米高。工兵将其依次送入摆在雷区中，然后起爆，利用炸药的冲击力引爆地下不深于 20 厘米的地雷，效果相当好。这叫“直列装药爆破法”。

还有的是把挖出来的各种地雷堆在一起，装上起爆装置，送入雷区去引爆，带响其他埋在地下的地雷。这叫做“地雷炸地雷”。

说来好笑，碰到一些特殊地形和死角时，最有效最安全的探雷方法竟是最原始的方法——使用探雷针。工兵要穿上用一块钢片和强力纤维制成的防护服，穿上厚厚的气垫防爆鞋，用一根长长的探针，以 45 度角轻轻地斜插入土中。工兵可以凭感觉和经验判断那里是否是地雷，其准确度还大大高于探测器。

面对困难和危险，数百名中国工兵为了在世界排雷史上写下骄傲的一页，义无反顾地走向排雷场，每天都活跃在边境线上。于是，那排雷的爆炸声此起彼伏，那"阳光下最明媚的硝烟"不断升起。

边境排雷，正以令人满意的速度进行。

排雷，那是一种"脚踩在地狱门槛上，与死神打交道"的工作。

一位老工兵说："从危险这个角度讲，我宁愿埋一百颗雷，也不愿排一颗雷。"

只有亲自去趟过雷场的人，才能真正体会到那种"心顶到嗓子眼里，头挂在裤腰带上"的紧张心情和巨大心理压力。

可战士们是最勇敢的！

当听说部队要挑选最优秀的干部战士组建专业排雷队时，许许多多热血官兵写来了申请书，有的甚至咬破手指用鲜血写出决心书。

部队按照思想要好、技术要强、身体要棒的原则，百里挑一地选出数百名官兵进行工作技术强化训练，配备了国内最好的排雷器材。然后，开了誓师会，喝了壮行酒，唱着热血歌，挥兵出征。那场面那劲头，就像当年上战场。

排雷作业队的工作条件十分艰苦。他们常常翻山越岭，风餐露宿，被蚊叮虫咬，可没有一个人叫苦；他们冒着酷暑，穿着防护服，汗流如注地去操作，可没有一个人叫累；他们在排雷中碰着伤着，流出了鲜血，可没有一个人怕死；他们没有高额的酬金，只按参战部队待遇每天补助3元钱，可没有一个人说后悔。

让我们怀着崇敬的心来读一读下面这些可歌可泣的动人事迹吧——

750吨炸药和6.95万枚地雷，这是两个惊人的数字。如果将这些炸药和地雷用6吨载的卡车拉，足足要装160多卡车；如果让这么多的炸药和地雷同时爆炸，它所产生的冲击波，相当于半个原子弹的威力。在边境雷场，要靠5个排雷队180余人把750吨火药和雷管肩扛上山头，并把6.95万枚地雷引爆和人工排除，那艰辛程度可想而知，然而这都是千真万确的事实。

边境的雷区，大部分都没有车行通道。军车拉来的炸药只能一件一件地背，一包一包地扛。有的战士把肩膀压肿了，擦点药水继续干；有的战士解放鞋磨穿了底，换后继续爬行，不到半月时间，排雷官兵们硬是用人工把几百吨炸药和雷管运到预定地点。半年多时间，险象环生的边境雷场被排雷战士一个个地排除了。据统计，边防部队的5支排雷队在边境线上共排除了12个边境口岸和17个边贸互市点的主要雷障，总面积达314.2万平方米，排除各种地雷6.95万余枚。

昔日的死亡陷阱，成了今日通贸兴边、富国强民的商场。据广西壮族自治区边贸管理局统计，随着边境主要口岸雷区的排除，去年我方与越方的商品成交额比前年增长了两倍。毫无疑问，这是边境大排雷为边贸的发展和外贸的引进创造了良好的条件。

第一个排雷的人和第一个吃螃蟹的人一样，需要的是勇气。

1993年6月15日，这是一个极平常的日子，可是，对于边防某部排雷一队的班长陶绍斌来说，却是个永生难忘的日子。

这天上午，排雷队开进东兴镇1号雷区。

第一次走进真正的雷场，大家心里不免有些紧张发怵。为了鼓舞士气，队长决心第一个先上。班长陶绍斌将他拦住了，“你是队长，这一队人马需要你指挥，我先去探探情况。”

说完，陶班长第一个向前走去。他小心谨慎地一步一步走着，不出10米，探雷器便发出了那种特有的嗡鸣声。

“有地雷”!他的心跳不免加快了许多。他慢慢弯下腰，用手扒土，果然，一枚真正的地雷显露了出来，他紧张得不敢喘大气，额头上的汗珠一个劲地往外冒。

“一定要把它弄出来！”他定了定神，凭着平时练了无数次教练雷的技术和细心，慢慢地卸引信，取击针……一分钟、两分钟……隐蔽在一旁的队长和战友们都把心提到了嗓子眼上，手心为他捏出了汗，周围显得出奇宁静。

漫长的10分钟过去了，当陶绍斌提着那枚被他解除"武装"的地雷，额上挂满汗珠、面带胜利微笑往回走过来时，大家终于回过神来，跑过去接过地雷，将他拥抱起来。

第一枚地雷的排除，极大地鼓舞了士气。陶绍斌当即给大家讲解排雷的技巧和方法。大伙按照小陶介绍的方法和技巧排雷，得心应手，轻车熟路。1枚、2枚、3枚……就像掏地瓜一样。当问他排第一枚地雷有何感想时，他诙谐地笑答道："排第一枚地雷也许和第一个吃螃蟹的人一样，需要的是勇气"。

在排雷队采访，感人的故事俯首可拾。说起第三排雷队队长饶良富，引出的故事更富有传奇色彩。

1993年6月，边防刚组建排雷队时，饶良富这位毕业于长沙工程兵学院的本科生，主动要求到排雷队任队长。中校副团长李士湘问他能否完成这个艰巨的任务，他回答得有板有眼："我完不成任务，决不下雷场"。

李中校相信他的话。在他眼里，饶良富是位铁骨铮铮的男子汉，能说到做到。他坚信，十多年前担任工兵排长的饶良富，曾十多次潜入越境排雷、布雷、抓特工、捉俘虏，胸前军功章挂满了一大串。这次由他出任排雷队长，他完全有能力完成任务。

6月底，饶良富带领排雷队正在雷场紧张排雷时，他那在母腹中的小女儿也跟着紧张起来，躁动不安。最后，竟提前一个月降临凡间。临产前，妻子杨志青拍来了三封电报，要他回家照顾。

作为女人，在这种时候，太需要自己的丈夫在身边了。电报发出后，她盼星星、望月亮，却始终未见丈夫熟悉的身影。她失望了，悄悄地掉了眼泪，颤抖地在自己难产手术单上签了字。

一个月后，团长、政委得知这一情况，硬是把他从雷场上拉回来，"塞"上开往家乡的列车。

见到身体孱弱的妻子和还只会眨动一双小眼睛的女儿，这位敢在雷场上打滚、刀尖上舔血的铁汉子禁不住流下了内疚的热泪。

是啊！人有七情六欲，妻子难产时，他何尝不想赶回给妻子“壮壮胆”，给她端碗鸡汤，倒杯开水。可是，自己是队长，排雷刚展开，肩上担子重啊！妻子是位教师，知书达理，她了解他，也理解他。

于是，妻子只好叫他给女儿起个好名字，补偿补偿他欠她娘俩的“感情债”。他灵机一动，随口就冒出“地雷”两个字，然后，一拍大腿，就叫“饶娣蕾“吧。“饶”跟“要”谐音，女儿是在自己排雷中出生的，有意思！

于是，一个响当当，又颇有传奇色彩的名字“饶娣蕾”（要地雷）的故事就这样在战士们中传开了。

排雷班长雷鹏飞，年方19岁，广东汕头人。两年前他不愿跟随有几十万资产的父亲去当小老板，而执意来到边疆当个小士兵。他曾参加过多次排雷任务，每次都出色完成。

排雷中最危险的工作是制作雷管和排除故障，他次次都抢着去干。有一次，部队在浦寨雷区排雷时，点火开关开启后，炸药却不爆炸。内行人都懂，这种情况最危险，需要有人去重新更换启爆装置，而炸药随时都有爆炸的可能。

他又一次拿起装置走进雷场，排长和工兵参谋要上前协助，他拦住他们说：“你们别过来！要牺牲也只是我一个人。”

他十分谨慎地来到炸药前，熟练地拆下失灵的引爆装置，又换上一个新的。

第二次启爆，成功了！同志们激动得紧紧握住他的手。

后来，团里给予雷鹏飞嘉奖一次，并发给奖金15元。

15元钱与几十万元家产，看来极不相称，可雷鹏飞捧在手里觉得沉甸甸的。他觉得这之中还包含了一个战士的职责一个军人的荣誉。

工兵战士刘誉，是个21岁的小个子兵。他自幼好学，高中毕业就一心打算报考军校，到了部队后样样干得欢，很快成了工兵骨干。部队领导本来决定让他去参加文化补习并报考军校，可他一听说有排雷任务，就放弃了这个机会，死活挤进排雷队。

在排雷中，哪里最危险他总是出现在哪里。他曾参加开通巡逻道的排雷任务，人工烧排巡逻道上的地雷达 60 公里长，并亲手探查出 70 多颗地雷。在一次排雷任务中，他正走在前面，突然，身后几个战士碰响一颗三连环“诡计雷”，只听到“轰隆隆”一声响，战友们倒在了血泊中。刘誉回头一看，立即告诉其他战士别动，自己不顾其他地雷可能爆炸的危险，很快地冲过去，抱起大腿负伤的战士。当看到战友的血喷涌而出时，他立即把身上的衬衣撕了下来，迅速替伤员包扎止血。包扎好后，个头不高的刘誉又硬是把高出自己一头的伤员背出了雷区，送到了医院抢救。医生说，要是再晚 10 分钟，伤员失血过多，那就保不住性命了。

部队给刘誉记了三等功，并号召大家向他学习。

被人称作“爆破大王”的陈道，是个 39 岁满脸带笑的团参谋长，此次排雷，他担任凭祥方向的排雷的指挥。这位喜欢把手一挥，大喊一声“跟我来！“就手持探雷针，身先士卒走在前面的中校，也有过死里逃生的经历。

一次，他带着一队工兵爬上友谊关左侧 21 号界碑一块 600 米高的山头去排雷，正站在树林里布置任务，突然一个士兵指着他脚下喊：“参谋长，有地雷！”

陈道镇静地低头一看，右脚前 5 公分处一块草皮凹下去一点。凭职业敏感，他知道这里是一个埋雷点。他立即喊道：“大家别动，这是雷区。”然后慢慢地蹲下来，和旁边的侦察股长一起把一枚压发雷轻轻地扒了出来。

“好险啊！要是挪动半步，大家都得去见马克思。”陈道风趣地说道。

就是这位与我们笑谈“生与死”的“工兵头”，不顾自己疼得冒汗的老胃病，怀里揣着药，和战士们一起跋山涉水去排雷。两年来他和同志们一起试验搞出多种简单易行的排雷方法，并带着排雷队参加了浦寨、弄怀、友谊关和开辟长达110公里巡逻道的排雷作业，共排雷近30万平方米，引爆数万枚地雷。

像他们这样不怕牺牲、恪尽职守的工兵战士和一线指挥官，还有许许多多。陈道、雷鹏飞、刘誉只是这些新一代最可爱的人中的几个代表。

党和人民的赞誉

任何一场革命的战争，离开人民的支持，是不可能胜利的。

中国军队边境大排雷的行动，以其功在天下、功在千秋而赢得了人民由衷的支持。

边境一带的政府纷纷出钱出力，支援部队开展排雷作业。凭祥市政府筹集了90万元先垫支给部队作为排雷经费，并在后勤保障上提供支持，还组织公安人员和民兵把守交通路口，搞好警戒和维护排雷现场的社会治安。排雷队伍出征之前，凭祥市的吴淑兴市长和其他领导也来鼓励并送行。当有的战士排雷负伤住院时，市领导又赶到医院去慰问……

边境的群众当年就积极支持部队埋雷，如今同样是积极支持部队排雷。他们常常自告奋勇带着排雷小组爬山下坳去查明雷区位置。还纷纷烧好开水，泡好茶叶，挑送到排雷现场，请解放军战士喝一杯“拥军茶”。

军政、军民关系，在这携手排雷、兴边富民的过程中，得到巩固和升华。

就连对面的越南边民对中国的大规模排雷也十分欢迎。一位越南公安屯屯长得知我方第二天要开始排雷，高兴地说：“这是有利于中越双方的事情，我们一定大力协助。”一位越南商人兴奋地说：“地雷排除了，我们过来做生意就更方便了。”就在6月4日排雷现场会的那天，两个越南人背着枪出现在现场会附近越方一侧的山头上，探着头往会场张望。中国边民过去一询问，原来他们是被派来协助站岗，防止越方边民误入排雷现场的。大家不禁相视一笑。

现在，中国的工兵又在搬开祖国南大门的一道坎，其影响必将是广西的兴贸富边。

沿着东兴、宁明、凭祥、龙州、大新、靖西、那坡边境县走一趟，看看那些商贾熙攘、车水马龙的边陲小城和小镇，你就会明白，它们全都是得益于这几年来的开关兴贸而富起来的。单单是一个凭祥市，1993 年的财政收入就达二千多万元，是几年前的 10 倍！

扫除地雷，打开国门，也给外商前来投资创造了良好环境。一位原来打算在凭祥投资 5000 万元办厂的外商，一直在等待观望。一听说边境在大扫雷的消息，他马上下决心在这里动手建厂房……

不知道是哪个朝代有这样一首诗词：山莽莽兮野莽莽，壮士一去兮上疆场；硝烟起兮尘飞扬，边关豪情兮满四方。

亦不知道哪个古代军旅诗人说过这样一句话：军人的悲壮莫过于在最后一场战斗中被最后一颗子弹击中。

然而，不管是首次也好，也不管是最后也罢，军人们肯定都在想：但愿这是最后一次的最后一块弹片！党和人民对英勇的排雷战士给予高度的评价。中央军委指示：继续努力，百分之百地完成任务。

国务院秘书长罗干批示：向排雷部队的同志们致以谢意！凭祥市的女市长吴淑兴在陪同自治区领导看望排雷官兵时，感动地对部队同志说："真是大炮一响，黄金万两啊！排雷的炮声给我们带来了巨大的经济效益。"

这是党和人民给予的最高奖赏！

和平硝烟

■ 一位著名的军事家曾说过：在地球上，最难消除的战争痕迹，不是倒坍的楼房和毁坏的桥梁，而是地雷。

■ 与法、英、美三军在丘陵、海岛和沙漠之上的排雷相比，中国工兵面临的困难，在世界排雷史上是罕见的。

边境，升腾和平的硝烟

1993年6月4日，广西边境，叫隘关口。

时隔十余年，这里又一次引起世界的注意。

一位庄严的中国军人，走到指挥台前，他的肩上，那颗金黄色的将星格外耀眼。

他一声令下，排雷起爆装置被启动了。

轰！轰！轰——

随着一阵阵排山倒海、震撼天地的爆炸声，中国边境上空升腾起了一片片硝烟——和平的硝烟。

隆隆的爆炸声向全世界宣告：中国历史上规模最大的排雷行动正式开始。中国工兵将用两年左右时间，排除中越边境上200多处雷场中的近百万枚地雷。

隆隆的爆炸声向全人类宣告：在当今这个以“和平与发展”为主题的世界里，中国，以其真诚的行动展示了自己美好的愿望。

来自中央和自治区各大新闻单位的数十名记者纷纷把目光

和摄像机镜头对准了这壮观的排雷现场。

在叫隘关口处一块标明“235 号雷区”的地方，一队身背火焰喷射器的士兵卧倒在雷区边沿，向雷场内喷出一条条长长的火舌。火舌过处，浓密的茅草被烧着了，噼噼啪啪地漫烧开去。烈火之中，地雷纷纷被引爆。只一会儿，一片 500 平方米的山坳变得光秃秃的。这种被工兵称之为“火烧排雷”的方法，能将雷区内 90% 的暴露地雷引爆。剩下埋在地下的地雷，需采用“人工搜排”的办法进行。

只见三个士兵，头戴钢盔式防爆帽，身着五六公斤重的排雷防护服，脚穿一双又大又厚的气垫防爆鞋走进雷场。他们手持探雷器，小心翼翼地排成三角形阵式，仔细地搜索地下的残雷，发现雷障就插上一支小黄旗标明。十分钟不到，两枚重约十公斤的防坦克地雷被工兵从土里挖了出来，为下一步用机械排雷消除了隐患。

随着工兵的撤出，三台用履带式推土机改装的排雷车开了过来，隆隆的轰鸣声震撼着整个山谷。车上，操作手身穿防护服在驾驶。扫雷车所过之处，残存的地雷一颗颗被沉重的铲刀翻出来，有的当即引起爆炸，弹片和石块四处飞溅，但只能在扫雷车的车身上划下几道小小的印痕。

经过这“一烧、二搜、三排、四查”的全套作业之后，这 500 平方米的禁区成了安全地带，所有地雷都被彻底地排除了。

在 284 高地上，有一处面积近二万平方米的雷场。这儿山高坡陡，荒草丛生，无法用人工搜排的方法排雷。精明的工兵们果断采用爆破法，即利用爆炸冲击波去引爆深埋的地雷，从而达到排除雷障的目的。

只见一队身穿迷彩服的工兵，细心地把 200 条直列装药的爆破架沿预先开辟的通道，分成 10 列间隔地排放在雷场之中。不多时，数吨炸药就几乎布满了整个山头。然后，将引爆电线连接到时差起爆控制台。

“轰！轰！轰……”一阵阵的爆炸声响起，284 高地上刹时浓烟滚滚，罩住了整个山头。

巨大的爆炸声震天地动，震得人们掩耳不及。远在 1000 米外的记者们仍能感到那令人窒息的强烈冲击波。

这地毯式的一排排爆炸大约持续了十多分钟。人们远远看到，在那炸药激起的一团团黑色硝烟之中，不时地窜起一股股黄褐色的浓烟。现场的排雷专家介绍说：那就是被引爆的一颗颗地雷的烟雾。

硝烟还未散尽，工兵们又在山脚下发射了 5 枚“八四式”单兵火箭爆破器。刹时，5 条黄龙拖着白色的尾巴直扑雷区，轰轰几声巨响，雷区中央被炸开一条条 1 米宽、25 米长的烧焦的通道。

更为壮观的是七三式火箭爆破器的发射。只见三枚火箭弹倏地从发射架中射出，黑乎乎的屁股喷着火舌，后面拖着一条 105 米长的爆炸带。长龙窜上天空，在蓝天上划出一道弧线，跃上 284 高地后，恰好搭在斜坡的雷区中。接着，爆炸声从山脚滚雷似地直响到山顶，眨眼工夫就排除了一处近 2000 平方米面积的地雷。望着远处那巨龙打滚似的烟尘，站在看台上的记者们都惊叹不止。

边民，谈雷色变

在那漫漫边境线上，你随时可以在路边看见一块黑底红字的标志牌，上刻“雷区”二字，并标明号码。有时你还会看到画有骷髅的标示牌在提醒人们：此地危险，小心地雷！

在一些重点雷区，地雷多得令人吃惊，最密集的地方一平方米之内就会有 4 至 5 枚地雷。一位军人说：“当时在战火之中抢埋地雷，有的地方是成筐地撒落到草从中去。”一位边民说：“每逢下大雨，时常可以看见山上的地雷被水冲出来，滚落到小溪中。”

一位筑路民工心有余悸地说:“有一次我铲土时不小心,一铲土抛到雷区,就马上引起‘连环’的爆炸。”

雷区的设置,在战争时期曾起到了极大的威慑作用,但在和平时期,它的负面影响日益明显。

在凭祥与越南铁路接轨处的左侧山上,一头水牛闯进雷区被炸死,一位青年农民私自进去抬牛不慎触雷倒在血泊中,其兄见状不顾阻拦,进去救人,结果也被地雷炸死。

在弄怀互市点通往越南的小路上,一枚埋在地下的反坦克地雷被做生意的边民们踩踏得露出地面。由于人体压力不大,这枚生锈的地雷虽然被人们反复踏磨得发亮,却一直安然无事。终于有一天,两个越南挑夫抬着一筐沉重的橄榄在此歇息,橄榄筐正巧压在这颗雷上,顿时,轰的一声巨响,橄榄和人一起被炸飞了。

在友谊关附近有一个远近闻名的隘口村。这个仅有600多人的村子里,十万八万元户的人家根本不算富,上百万元户就有二三十家。可是只要你走进这些殷富之家,你几乎都可以看到一个或更多个缺胳膊少腿的人。他们都是地雷的受害者。知情人说:“隘口人的玩命和富裕是同样出名的。他们为了边贸生意被地雷炸死炸伤的人有几十个。”

据不完全统计,近十年来广西边境被地雷炸死、炸伤者有数百人之多。边境居民,已经是到了谈雷色变的地步。

由于地雷的阻碍,中越边境贸易的往来也受到影响。1992年前,边境上20多个口岸和互市点大多无法开放。边境县市财政收入很低,凭祥市一年的财政收入只有200多万元. 连发工资都困难。边民们守着“黄金通道”,却在那儿望“贸”兴叹。

扫除地雷,打开国门,兴边致富,这是人民的呼声,也是势在必行。

中国，高举和平大旗

1992年12月，一架波音737专机轻盈地降落在南宁机场。专机上走下的是刚从越南访问归来的李鹏总理。

李鹏总理不顾旅途劳顿，找来了广西壮族自治区党政军负责同志，了解广西的发展情况。总理十分关心地向广西军区司令员文国庆少将询问中越边境的排雷情况，指示"一定要把这件事办好。"

将军向总理敬了一个军礼，接受了这个光荣的任务。

此时，任何一个有头脑的人，都不会把边境排雷看成是一次单纯的工兵作业，其间的政治意义已远在军事意义和经济意义之上。

曾几何时，在世界格局发生重大变化的年代里，中国，以其高速发展的业绩引起了世界的瞩目。但国际上也总有那么一种势力，他们企图在中国与周边国家的关系上制造不和，滞延中国的发展。为此中国政府多次郑重宣布：中国一心致力于经济发展，中国愿意与世界各国特别是周边国家携手发展经济。

国务院和中央军委也决定：迅速在中越边境开展大规模扫雷行动。这一决定正是为了揭穿那些无稽的谎言，也是为了发展双边友好经济关系。

中国人的襟怀，是坦坦荡荡的；中国人的诚意，是天地可鉴的。

其实，早在1991年中越两国关系好转之时，我边防部队就先后在东兴、滩散、垌中、板烂、友谊关零公里处、水口、浦寨、弄怀、爱店、桥头、龙邦、平孟、硕龙等关口和互市点等边境主要通道进行了必要的部分排雷，共排除雷场20余处，面积达87万平方米。

今年5月中旬，广西军区根据中央关于今明两年加快排雷速度的要求，又作出具体安排：1993年要重点排除边境12对开放口岸和16对互市点通道附近我方一侧的雷障。对暂不宜排雷的区域，则树起雷区标示。

于是，在短短的半个月内，6支经过严格训练的专业排雷作业队组建了起来。中央下拨了必要的排雷经费，上海送来了大型排雷机械，湖南和区内调来了爆破炸药，广州军区派来了高级爆破专家组，全区乃至全国的有关方面都伸出了热情的支援之手。

困难，世界排雷史上罕见

一位著名的军事家曾说过：在地球上，最难消除的战争痕迹，不是倒垮的楼房和毁坏的桥梁，而是地雷。

二次大战时，德军绕过著名的马其顿防线攻入法国。五十多年后的今天，法国政府仍无法全部清除这条防线上狼獾防区内密布的地雷，只能立下警示牌，告诫国民勿随意进入。

马岛战争中，英军为防止阿根廷军队的反击，在岛内布下大量的地雷。战争结束后，英军为此付出高昂的代价。尽管花了大量的人力和物力，可岛上军民还是不敢“轻举妄动”。

世人瞩目的海湾战争中，伊拉克军队布下的百万颗地雷，曾使美军伤透脑筋。战后，有10多个国家派出工兵参加扫雷，但至今无法使科威特摆脱地雷威胁。

与法、英、美三军在丘陵、海岛和沙漠之上的排雷相比，中国工兵面临的困难，在世界排雷史上是罕见的：

广西边境地形复杂，山高坡陡，丛林密布，许多地方不仅扫雷机械进不去，就连人也难钻进去。

由于当年参加埋雷的部队很多（民兵也埋设一部分，越军也越境来偷埋了不少），造成雷场资料不详，工兵要一一重新确定雷场准确位置和面积，难度很大。

埋设地雷的种类也很多，有防坦克雷、防步兵雷、松发雷、跳雷、绊发雷、定向雷……这些地雷又组成大小不一的雷场、雷群、雷组，还有散雷。

最让人头痛的是那些埋设精巧的“诡雷”。这种雷往往埋在石缝、山旮旯、树杈等人所难料的地方，而且多是两三颗串连在一起，让人防不胜防。

埋雷的时间已达十余年之久，一些地雷已经锈蚀，排雷中这些雷能否炸响，未知数很大。曾有两个战士抬着开水走过一条排过雷的小道。第一位战士踩着石头安全通过，第二个战士也踩在这石头上，却被下面的地雷炸倒了。

雷多、面广、地形复杂、时间久远……诸多困难全都摆在中国工兵的面前，但数百名中国工兵为了在世界排雷史上写下骄傲的一页，义无反顾地走向排雷场。于是，那排雷的爆炸声此起彼伏，那“阳光下最明媚的硝烟”不断升起。

边境排雷，正以令人满意的速度进行。

战士，尽显英雄本色

排雷，是一种“两脚踩在地狱门槛上，与死神打交道”的工作。

一位老工兵说：“从危险这个角度讲，我宁愿埋一百颗雷，也不愿排一颗雷。”

可战士们是最勇敢的！他们开了誓师会，喝了壮行酒，唱着热血歌，挥兵出征。那场面那劲头，就像当年上战场。

排雷作业队的工作条件十分艰苦。他们每天翻山越岭，餐风露宿，被蚊叮虫咬，可没有一个人叫苦；他们冒着酷暑，穿着防护服，汗流如注地去操作，可没有一个人叫累；他们在排雷中碰着伤着，流出了鲜血，可没有一个人退缩；他们没有高额的酬金，只按参战部队待遇每天补助 3 元钱，可没有一个人讲价钱。

于是，排雷队里涌现出许多可歌可泣的动人事迹。

排雷班长雷鹏飞，年方19岁，广东汕头人。两年前他不愿跟随有几十万资产的父亲去当小老板，而执意来到边疆当个小士兵。他曾参加过多次排雷任务，每次都出色完成。

有一次，部队在浦寨雷区排雷时，点火开关开启后，炸药却不爆炸。内行人都懂，这种情况最危险，需要有人去重新更换起爆装置，而炸药随时都有爆炸的可能。

他又一次拿起装置走进雷场，排长和工兵参谋要上前协助，他拦住他们说："你们别过来！要牺牲也只是我一个人。"他十分谨慎地来到炸药前，熟练地拆下失灵的引爆装置，又换上一个新的。

第二次起爆，成功了！同志们激动得紧紧握住他的手。

后来，团里给予雷鹏飞嘉奖一次，并发给奖金15元。

15元钱与几十万元家产，看起来极不相称，可雷鹏飞捧在手里觉得沉甸甸的。他觉得这之中还包含了一个战士的职责和一个军人的荣誉。

工兵战士刘誉，是个21岁的小个子湖南兵。他本打算报考军校，可他一听说有排雷任务，就死活挤进排雷队。

在排雷中，哪里最危险他总是出现在哪里。他曾参加开通巡逻道的排雷任务，人工烧排巡逻道上的地雷达60公里长，并亲手探查出70—80颗地雷。在一次排雷任务中，他身后的几个战士突然碰响一颗三连环的"诡计雷"，倒在了血泊中。刘誉回头一看，立即告诉其他战士别动，自己却奋不顾身地冲过去，抱起负伤的战士。当看到战友的血喷涌而出时，他立即把身上的衬衣撕了下来，迅速替伤员绑扎止血。然后，个头不高的刘誉又硬是把高出自己一头的伤员背出了雷区，送往医院抢救。医生说，要是再晚10分钟，伤员就难保性命了。部队因此给刘誉记了三等功。

被人称作"爆破大王"的陈道，是个39岁满脸带笑的中校，这位担任凭祥方向排雷指挥的团参谋长也有过死里逃生的经历。

一次，他带着工兵爬上友谊关左侧21号界碑一座600米高的山头去排雷，突然一个工兵指着他脚下喊："参谋长，有地雷！"陈道镇静地低头一看，右脚前5厘米处一块草皮呈凹型，凭职业敏感，他知道这就是一个埋雷点。他立即喊道："大家别动，这是雷区。"然后他慢慢地蹲下来，和旁边的侦察股长一起把一枚压发雷轻轻地扒了出来。

"好险啊！要是挪动半步，大家都得去见马克思。"陈道风趣地说道。

老胃病，怀里揣着药，和战士们一起跋山涉水去排雷，两年来他和同志们一起试验搞出多种简单易行的排雷方法，共排雷近30万平方米，引爆数万枚地雷。

人民，向最可爱的人致敬

中国军队边境大排雷的行动，以其功在天下、利在千秋的业绩赢得人民由衷的支持。

边境一带的政府纷纷出钱出力，支援部队开展排雷作业。凭祥市政府筹集了90万元先垫支给部队作为排雷经费，并在后勤保障上提供支持，还组织公安人员和民兵把守交通路口，搞好警戒和维护排雷现场的安全。排雷队伍出征之前，凭祥市的吴淑兴市长和其他领导前来鼓励并送行。当有的战士排雷负伤住院时，市领导又赶到医院去慰问……

边境的群众也大力支持部队排雷。他们常常自告奋勇带着排雷小组爬山下坳去查明雷区位置，还烧好开水，泡好茶叶，挑送到排雷现场，请解放军战士喝一杯"拥军茶"。

就连对面的越南边民对中国的大规模排雷也十分欢迎。一位越南公安屯屯长得知我方第二天要开始排雷，高兴地说："这是有利于中越双方的事情，我们一定大力协助。"一位越南商人兴奋地说："地雷排除了，我们过来做生意就更方便了。"就在6月4日排雷现场会的那天，两个越南人背着枪出现在会场附近越方一侧的山头上，探着头往会场张望。中国边民过去一询问，原来他们是被派来协助站岗，防止越方边民误入排雷现场的。大家不禁相视一笑。

扫除地雷，打开国门，使边境县市都因开关兴贸而富起来，到处是商贾熙攘，车水马龙的景色。凭祥市去年财政收入就达2000多万元，是几年前的10倍！同时，也给外商前来投资创造良好环境。一位原来打算在凭祥投资5000万元办厂的外商，一直在等待观望。一听说边境大扫雷的消息，他马上下决心在这里动手建厂房。难怪凭祥市的女市长吴淑兴感动地对部队同志说："真是地雷一响，黄金万两啊！你们的排雷工作给我们带来了巨大的经济效益。"

中国的边防战士，新一代最可爱的人，人民向你们致敬！人民感谢你们！

（写于1993年）

排雷英雄传

■ 军人，是用生命的代价掩埋战争；军人，是用血的声音呐喊和平。

■ 在长城上刻名字的，没有一人参加过修筑长城；参加过修筑长城的，没有一个人留下自己的名字。黄岳飞和他的战友们就是一群在雷场上不留下自己名字的英雄。

残酷的战争阴影，随着时光的流逝，似乎在人们的记忆中已经淡漠了。但不绝于耳的地雷轰鸣，却让活着的人心悸，特别是那些生活在地雷区里的人群。这是地雷的过错么？我不知道，然而那触目惊心的数字和事实，足以使地雷步入绝迹的坟墓……

——作者随感

在中越边境排雷乃至世界的排雷史上，黄岳飞是唯一一名的连任两次排雷队队长的边防军人。他个人排雷 1587 枚，11 次排除险情；他带领的排雷官兵出色地完成 340 多公里长的边境雷场，创造了不伤亡一兵一卒的奇迹，被人们誉为——和平英雄。

在延绵的边境线上，耸立着一座座庄严肃穆的界碑，每一块界碑的后面，都记录着无数边防军人的青春、热血与忠诚，正是这一代代边防军人的无私奉献，才换来了界碑后祖国人民的和平与安宁。

广西军区边防某部排雷队队长黄岳飞就是其中的一位边防军人。

1999 年 10 月，广州军区司令员陶伯钧上将、政委刘书田中将签署命令：授予黄岳飞“排雷英雄”称号。

祖国至上

"寸寸山河寸寸金，精卫无穷填海心"。祖国的每一座山、每一条河、每一寸土地，都是金子般的昂贵。因而，戍边卫国是军人自古以来的最崇高而神圣的使命，像精卫填海那样为国为民的忠心坚定不移。

黄岳飞出生在"鱼米之乡"的洞庭湖畔湖南省岳阳县，范仲淹《岳阳楼记》中"先天下之忧而忧，后天下之乐而乐"的思想从小就在他心灵中打下深深的烙印。1982年秋，高中毕业后，他怀着一颗赤诚的报国之心，投笔从戎来到当时正处于硝烟战火的中越边境广西边防部队。延绵而悠长的边境线上，那一块块坚硬的界碑岿然不动地分布在崇山峻岭、江河溪流、横亘密林之中……岁月在变、江河在变，不变的是那象征着国家主权领土与和平的界碑。黄岳飞阅读着这一块块界碑，心潮澎湃，激动不已。黄岳飞以前叫黄四龙，报名参军那年，他想，南宋有个民族英雄、爱国将领叫岳飞，岳飞的母亲在他背上刻着"精忠报国"四个字，而自己出生在"先天下之忧而忧，后天下之乐而乐"的《岳阳楼记》名诗之乡，我要像岳飞那样精忠报国，实践范仲淹的这首奉献诗。他在报名应征时，毅然写下这个姓名——黄岳飞！

新兵连组织战士们瞻仰革命烈士陵园时，目睹着长眠在烈士陵园里的那些在边境自卫还击作战中为国捐躯的烈士们的墓碑上的文字，黄岳飞的心灵受到强烈的震撼，那一座座墓碑与那一座座界碑竟是何等的相似，他想，正是这一座座墓碑换来了这一座座界碑的昂然挺立。

烈士陵园的第一座墓碑，属于一位当年以血肉之躯在地雷场中滚出了一条血路，为部队的胜利挺进开辟了通道，护卫祖国的界碑而英勇献身的老工兵。在这座墓碑前，黄岳飞暗暗下决心，当一名排除雷障、开辟通道的工兵，日后一定要报考军事工程学院的工兵专业。

此后，黄岳飞如愿以偿：新兵集训，他学的是工兵；在连队，他是工兵战士、班长；考军校，他报的是工兵专业；毕业后先后担任工兵排长、连长、工兵参谋，并两任边境排雷队队长！

在许多人眼里，摆弄地雷无异与“死神”打交道。黄岳飞入伍16年，和地雷“玩”了16年，始终与“死神”结伴而行，他曾二十多次参加边境排雷战斗，每一次都是从死亡的边缘“潇洒”地走回来。年迈的母亲忧心忡忡，生怕他有个什么三长两短。以前，他谈过几次对象，每次当对方得知他干的是与地雷打交道的“差事”时，都满脸惊恐，匆匆离去……但他没有丝毫的遗憾与后悔，因为黄岳飞常常想起许多牺牲的战友，想起烈士陵园那一座座墓碑与国境线上那一座座界碑，想起边防军人肩负的重任。“吃亏不要紧，只要主义真；亏了我一个，幸福十亿人”，作为一名在边防线上战斗16年的边防军人、共产党员，在边境雷场上经历多次出生入死严峻考验的老工兵，黄岳飞始终以战地诗激励自己，自觉接受国与家、忠与孝、得与失的种种考验。

1993年6月，为了实现中越两国关系的正常化，顺应当今世界“和平与发展”两大主题的时代潮流，党中央、国务院、中央军委一声号令，中越边境吹响了排雷清障、开辟通道的号角，为边疆人民通贸兴边、发展经济创造和平环境。时任工兵连长的黄岳飞，闻讯后兴奋不已，彻夜难眠。他想，军校毕业几年，还未实现自己参军报国的夙愿，尽管曾无数次参加边境巡逻护战友、雷区救群众，但都只是与地雷玩些“小打小闹”的儿戏，现在可好了，报国为民的时候来了！

“壮士何慷慨，志欲为边疆；临难不顾身，身死魂飞扬；岂为全躯士，效命争雷场。”黄岳飞从床上跳下来，连夜写下了表达自己要以祖国与人民的利益高于一切、全力以赴，甘愿贡献出自己的热血与生命，誓在雷场上与地雷匣子争个高低的请战书。

不久，黄岳飞被上级任命为首次中越边境排雷的第一任排雷队长。

在历时一年半的第一次边境排雷战斗中，黄岳飞带领排雷队的官兵们，出色地完成了党和人民交给的排雷任务，共排雷作业309天，运用车辆965台次，行程4.8万公里，排除雷场71个，面积129.9465万平方米，排除和诱爆各种地雷13万余枚，恢复开辟国际通道152条、边境贸易点10个、国家级口岸3个，黄岳飞个人亲手搜排地雷1587枚，荣立二等功一次。

倘若说，黄岳飞第一次当队长参加排雷战斗是世界与祖国和平的需要，那么第二次战雷场则是为了祖国与人民的最高利益。

二战雷场，再任队长，对于此时的黄岳飞而言，心理上显得异常的平静，然而面对现实，却是不那么平静了。

1997年10月，奉上级命令，边防部队再次组建排雷队。

中越边境第二次排雷再次拉开战火，这次排雷任务艰巨，时间紧迫，点多面广，且是第一次排除的主要通道、公路、口岸和贸易点后留下的难排的“硬骨头”，地形十分复杂，都是一些悬崖陡坡、旮旯山口、羊肠小道以及山高林密的地方。有的地雷久经风吹雨淋，锈迹斑斑，难以分辨；有的地雷沉入泥土两三米，搜排难彻底，安全系数小，有的悬挂在密林草丛中的树枝上，有的藏在石头夹缝中，诡秘危险……另外，两次排雷前后间隔两年多时间，大部分的“排雷老手”和工兵骨干都已调走或退役转业，一定程度上给排雷的高效、优质、安全、彻底、按时完成任务造成了一定的影响。

黄岳飞义无反顾。

有人劝他说：“第一次排雷你是功臣，这次你不参加别人也会理解，还是急流勇退，划一个圆满的句号吧。”黄岳飞在机关任副营职工兵参谋，组织上已研究决定给他解决职务问题：一是当营长，二是调到条件优越的内地人民武装部任科长。然而，部队的确需要像他这样的业务技术精、有排雷经验的工兵人才，组织上找他谈话，希望他能再次担任排雷队长时，黄岳飞毫不犹豫地说：“祖国的需要，就是我个人行动的注释。作为军人，以服从命令为天职，边境地区的地雷一日不清除，我就一天不离开雷场。”还说：“我有经验，能减少伤亡，更好地完成任务”，并当即立下军令状：“我愿征雷魔，身沉心不悔；力战诡雷场，血灌和平路。”黄岳飞又一次挑起了排雷队的重担，成为整个中越边境扫雷队唯一的一名连续两次担任队长的边防军人。

消息传到家乡，妻子李远霓知道后，心情焦虑不安起来，慌忙给黄岳飞打来长话：“岳飞呀岳飞，这个家你还要不要？孩子你还要不要？父母你还要不要？”“人说地雷无情，我看你比地雷还无情！你总是要我理解你，难道你就不能理解我一回么？我再也承受不了这种忐忑不安、担惊受怕、令人揪心的折磨日子了……”

是啊！妻子的话是气话，也是真话。结婚至今，夫妻俩已经多年没见面了，一直过着牛郎织女的生活，家里七十多岁的老父亲患有风湿关节炎，每当天气变化时便疼痛不已，卧床不起，母亲患有心脏病，经常要打针吃药，妻子一个人除了要承受照顾两家年岁已高的老人外，还要在哺育孩子的重负下“孤军作战”。沉重的家庭负担全落在妻子一个人的身上。每天傍晚下班，从幼儿园抱着孩子回到家，就忙着点火生炉，待做完饭，忙完孩子，伺服好老人睡下，常常已是夜深人静。精疲力尽躺上床，望着默默无语的天花板，一种难言的孤独和寂寞便涌上心头。一年到头独守孤灯，以泪洗面，这个难比所有的困难都难。在这种时候，她格外地思念丈夫，如果岳飞此时此刻在身边，帮帮她，哪怕是安慰她几句也好。可心底里却又怕想起丈夫，因为丈夫正在危机四伏的雷场上艰苦奋战，想起岳飞，她又多了一份煎熬，一份牵挂。

1994 年 5 月，她从报纸和电台知道广西扫雷前线排雷队员受伤牺牲的消息。那些日子，她焦躁难奈，时常失眠，眼前总是浮现出令人心悸的场面……

1995 年，广西中越边境第一次大排雷圆满结束后，她托亲戚和朋友在岳阳市给黄岳飞找了份不错的工作，她求丈夫：“转业吧，地雷排完了，你也没有用武之地了。”

“领导不同意，走不了。”她知道丈夫在撒谎。一次，两次，三次之后，妻子不再劝他，不再怨他，渐渐地，信少了、没了，最后心平气和地提出“离婚”二字。黄岳飞细想这几年来，自己没有尽半点丈夫的责任，心里深感对不住妻子，很是内疚，但他想到眼下部队又是正需要工兵专业人才的时候，也是自己实践入党誓言的最好机会。他对妻子说：“边境地区还有许多雷场，人民群众多年饱受雷场之苦，清除雷障是军人义不容辞的职责，排雷工作虽然很危险，但凭我多年在雷场上出生入死的经历，我会没事的。”

1998 年 4 月，当妻子坐火车、换汽车风尘仆仆地在部队周政委的陪同下赶到排雷队，黄岳飞正带领排雷官兵在 05 号雷场作业。两天后的一个傍晚时分，她见一队人马从边地的山坡下走回来，等大队人马走过面前，她竟认不出哪个是自己的丈夫。连日征战，加上这些“雷工汉子”差不多半个月没有洗过脸，削瘦、黝黑的脸庞厚厚地裹着一层征尘。当政委拉着一个咧着白牙黑脸的少校走到她面前，她才依稀认出那熟悉而陌生的笑容。

妻子死死地盯着黄岳飞许久许久，不顾一切地哭了，她哭自己不理解丈夫，“岳飞，对不起，我错怪你了，从今，你安心地排雷吧，我支持你。”她还对部队首长说：“我也是妇联干部，你们不用做我的思想工作了，这婚我不离了。”

亲人的理解与支持给黄岳飞以莫大的鼓舞，无论遇到多大的艰难险阻、生死考验，他都无所畏惧，笑傲“死神”，在血与火的雷场上为祖国默默奉献……

“良马不念秣，烈士不苟营。”在黄岳飞的心中，重国事，不索求个人私利，国家的事最大、最重、最高。“祖国”二字如长年耸立在国境线上的界碑，不容破坏、移动、玷污。一天，在排除 107 号界碑附近的雷障时，爆破的冲击波将一颗地雷抛到界碑附近。稍有触动，地雷就很可能会立即爆炸。这时，二班的战士正欲进行火烧引爆时，被黄岳飞冲上前制止了：“停！大家看到没有，地雷的旁边有界碑，那可是咱们中国的界碑啊！”如果按通常情况，一般都采用诱爆或火烧的方法排除，但此时此刻此地，不能这样处理，因为那枚地雷距界碑太近，爆破会毁坏国界标志，唯一的办法只能是进行人工排除。

关键时刻，战友们争先恐后要求上阵，并纷纷摆出各自请求第一个上去排除的理由。此时，黄岳飞大声吼道："都不要争了，我上！"说完后便一跃而起跳出隐蔽凹地采用低姿匍匐向地雷摸过去。卧倒在黄岳飞旁边的四班长杨大云见状抱住他的大腿，哀求说："队长，地雷已被冲击波触动过发火装置，太危险了，你有家属小孩，他们在盼着你回去呢！还是让我上吧，万一有什么情况，我没多大牵挂。"黄岳飞用力甩开他的双手，命令道："我是队长，正因为危险，我才要上。我比你们有经验，这样才能保护好我们的界碑啊！好啦，别争了，你们都给我隐蔽好！"接着，黄岳飞只身一人又继续朝地雷挪近，只见他认真探测周围地形地貌，仔细观察那颗地雷与界碑的距离。啊，只差一步之遥！他掏出随身工具，一只手准确地捏住击针尾部，另一只手小心翼翼地旋下引信装置，5分钟后，那枚乖戾、暴烈的地雷被黄岳飞有条不紊地解除了"武装"，成了一个温驯的"铁疙瘩"。

当战友们看到黄岳飞队长微笑着从"死神"的身边走回来，大家"呼"的一声爬起来把他紧紧地抱住，个个眼里噙着激动的泪水……

界碑是尊严的，领土是神圣的，祖国是崇高的。黄岳飞冒着生命的危险护卫着神圣的界碑。

黄岳飞有着强烈的爱国主义思想，他的这一爱国精神在边境排雷战斗中时时体现着。

1998年4月8日，黄岳飞带领排雷队到中越边境百南地区×号界碑附近的雷场进行搜排作业。他在组织现场勘察时，发现雷场设在一个山包上，而靠近我方一侧的是约五六十米高的悬崖峭壁，无法接近；顺着山坡上去，则需要进入越南境内，怎么办？经过一番思索，研究，黄岳飞提出要采取攀登爆破的方法进行排除。可以说,“攀登爆破法”是黄岳飞在特殊地形条件下进行排雷作业的“独家发明”,这是一种高难度、危险性很大的爆破方法,既要有胆识、有体力,又要有技术、有经验。为此,黄岳飞不容其他官兵的争辩,找来攀登绳抛上去用力拉了拉,然后,攀登进入雷场边缘,寻找有利地形,设置好装药,固定好火具,拉火后轻轻往前一送的同时,迅速地从攀登绳滑落下来。顷刻,“轰”的一声,爆破成功了。

为掌握爆破规律,黄岳飞又单独上去,进行了两次爆破,然后给战士们讲要领、传经验,让他们轮流作业,胜利地排除了这个诡秘、险要的雷场。

在黄岳飞的带领下,排雷官兵次次圆满完成各种地形雷场的排除任务,没有发生一起涉外事件,维护了祖国的尊严。就连越南边防公安屯的军官与士兵们提起黄岳飞及其战友们,都连连赞叹:“中国排雷兵,厉害!”

人民至上

古人云:“位卑未敢忘忧国。”作为一名排雷军人,黄岳飞对各国人民面临地雷的这一严峻形势十分了解。

地雷,世界性的问题。联合国最新的一份资料表明,在 62 个国家的领土上,共埋藏着 8500 万颗地雷。某国国家元首说过,还不止这个数,而是两亿颗。世界上几乎平均每天都有 20 多人惨死在地雷的爆炸声中,据统计,在过去 15 年间,死伤于地雷的人数超过百万。

饱受战乱之苦 14 年之久的阿富汗人民至今仍经受着地雷的死亡威胁:20 多万人丧生,40 多万人致残。350 多万阿富汗难民不敢返回家园。

在我们的邻国柬埔寨,已有 3 万多人被地雷炸伤,每 100 人就有一个被地雷炸伤。留下 700 多万颗地雷,平均每个人就有一颗地雷在恭候。

中东、海湾、波黑等地区，地雷与人共同“争夺”地盘……战争结束了，但血还在流，死人的事还经常发生，地雷创造的悲剧还在不断上演。

位于祖国西南边陲的中越边境广西百色地区靖西、那坡县，东起中越边境战争打响第一枪的地方庭毫山，西至那坡县弄合村与云南省相连接，全长三百四十多公里，占中越陆地边境广西段的52.5%，分别与越南的高平、重庆、茶灵和我国云南的富宁等省近10个县(市)毗邻，具有良好的开放条件和地理优势。

然而，战争的硝烟虽已散去，但死亡的幽灵仍在边界游荡。无数颗掩埋在这条本该繁荣的绿色边境线上的地雷，已成为通贸兴边、发展经济的巨大障碍，成为边境人民和平生活的大敌。

在一些重点雷区，地雷多得令人吃惊，最密集的地方一平方米之内就有四五枚地雷。一位边民说：“每逢大雨天，时常可以看见山上的地雷被冲出来，滚到小溪里。”一位筑路民工心有余悸地说：“有一次我铲土时不小心，一铲土抛到雷区，就马上引起‘连环’爆炸。”

在靖西县一个边境村庄，一头水牛闯进雷区被炸死。一位青年农民私自进去抬牛，不慎触雷倒在血泊之中。

那坡县，有一对中年夫妇上山开荒种地时，挖出一颗地雷，丈夫被炸死，妻子重伤。

1992年，在共和国的编年史上占有重要的一页。年初，邓小平南巡发表重要讲话，深化改革的春风吹拂了中华大地，也吹响了向雷场进军的号角。

打开了国门，走向世界，当边疆人民刚迈出脚步准备跨出大门时，突然发现门前到处都是雷障。改革，需要通过雷区；开放，需要清除雷障。——这不是抽象意义所指的雷区，它是具体的雷障；成千上万的地雷像忠于职守的铁将军，把通向国门外的大小通道、关卡、口岸封锁得滴水不漏。国门能否打开，边疆人民能否过上和平美好的幸福生活，首先取决于能否扫清这些雷障。

是啊，边境人民长期受到战争的威胁，而如今和平了，他们却依然承受战争的阴影和由此造成的贫困。

自1979年初自卫还击战以来，黄岳飞身处的军营驻地，边疆人民一直处于边境战争的最前线。十多年来，边疆人民遵照党中央、国务院、中央军委指示和命令，坚持"长期作战、长期支前，长期保障"的方针和"一切为了前线，一切为了胜利"，投入了大量的人力、物力和财力，同人民解放军一道，为捍卫祖国尊严和领土完整，为保证内地能在和平稳定的环境中从事现代化建设作出了应有的贡献和巨大的牺牲，涌现出了许许多多可歌可泣的英雄模范人物，仅百色地区就有51个单位23名个人被中央军委和广州、广西两级军区、广西区党委、政府授予荣誉称号，十多个民兵连被评为支前模范，民兵吕华朝被中央军委授予"排雷英雄"称号。在我军对越发起总攻时，那坡、靖西、德保等县组织民兵2000余人，配属工兵部队，分别在念井、孟麻、平孟、龙帮、新兴等我军主要突破口抢修急行军路。战斗中，有的在作战中英勇杀敌，为国捐躯；有的为了保护解放军指战员的安全而献出自己的生命。

十年边境战争对峙，给百色边疆地区的经济建设以及人民的生命、生活等造成了很大的损失，战争迫使成千上万的边民内迁，造成边境二线安置密度过大，土地过紧。尤其是交战双方在边境内外两侧埋设的上百万枚地雷，雷区涉及到十多个边境乡镇的130多个自然村屯，面积达2.1万亩，其中分布在耕地内的有3000亩，分布在经济林内有3000亩，极大地威胁着当地各族群众正常的生产生活和边民互市往来。边境斗争对峙时，两县边境地区共死伤边民族不计其数，战争缓和后，由于触雷伤亡事件不断发生，死亡仍在增加。目前，边民触雷造成伤亡、肢残的家庭难以统计。这些家庭绝大多数是主要劳动力在生产中触雷。失去了顶梁柱，天就塌了一半，导致全家生活贫困。由于长期处于战争封闭区，因而失去了很多投入与发展机会，经济基础十分薄弱，缺乏自我积累与自我发展的能力。广西在全国贫困县中占的比例是70%，而这些贫困县大部分在边境地区。因而，当务之急是尽快恢复边疆的原有功能，为打开国门开辟通道，这一切首先要排除的是边境地带雷区的地雷，其他的诸如口岸、关卡、道路以至边境羊肠小道的开通也急需扫除雷障。不扫除雷障，打开边陲之门，发展边境地区经济的战略就会被制约，开展边贸、吸引外资等等，就会成为一句空话，因为投资者都不是傻瓜，不会背着大袋大袋的钞票来扔在雷区，然后再背回断胳膊或断腿……

1990年冬，中共中央总书记、国家主席、中央军委主席江泽民同志风尘仆仆赶到百色革命老区视察工作，详细询问了老区、边区、战区“三区”的经济发展状况，当有关领导汇报到由于战场情况的特殊性，边境一线地区地雷遍布，且分布复杂，直接影响着边防部队指战员的战备执勤、两国边境人民的正常交往，尤其是威胁到当地人民群众的生命财产安全和经济的发展时，引起了总书记的高度重视。

一份份有关边境地区地雷的情况反映摆在广西党政领导面前，表明在漫长的边境线上雷区里的颗颗地雷，压在边疆的人民身上喘不过气，也压在几任领导的心头沉甸甸的。

众所周知，十多年前，那场边境战争，使得这片神奇的土地弹痕累累，地雷遍布。雷区，阻断了一切通道，中越边境的大片雷场，成为不可逾越的死亡禁区。

历史的转折犹如国境线上当年存留下来的“胡志明小道”弯弯曲曲而来，有时真有点令人猝不及防。1991年秋天，越南最高领导人杜梅飞越北部莽莽雷区与中国的领导人江泽民在北京深沉、冷静地握手言和。至此，中越两国正式恢复关系的正常化。随后，中越双方联合军事行动，在边境排雷清障，打开通道。

广西领导闻讯，紧紧抓住这一契机，向中央打报告要求排雷清障，打开国门，繁荣边疆。

随即，总部派出工作组赴雷区实地考察、了解情况，向最高统帅部写出了专题报告。

广西军区先后三次向自治区党委常委作了雷区情况的专题汇报。

人民，永远是子弟兵坚强的后盾。当边境大面积扫雷全面铺开后，当地政府和人民群众像战争年代打仗支前那样在人力、物力和财力等后勤保障方面对排雷队官兵给予大力支持。有一名十分贫困的壮族老阿婆听说战士们在边境线上排雷很辛苦，不顾崎岖的山路和炎灼的天气，提着自家的一只老母鸡和一个“宝贝”盐罐一脚深一脚浅地上雷场，颤颤魏魏地送到排雷战士手中……

“多好的人民，多好的母亲啊！”黄岳飞充满感慨地说。此前，他听到一个英勇得近乎悲壮的故事：一天，一个边民在国境线我方一侧的半山坡上耕种农作物。倏然从山的斜坡上滚下一颗地雷直往山下冲，边民见状，慌忙丢下手里的锄头本能地躲开。然而，当他看见那颗地雷正好朝山脚下的我国界碑撞去时，不禁一惊！于是不顾一切连跳带滚与地雷比赛滚动，在地雷即将冲撞界碑的3米处，终于挡截住了地雷。“轰”的一声，地雷爆炸了，界碑保住了，那名边民却为了界碑不受到毁坏永远地留在界碑旁的那片雷区。

人民，是我们伟大的母亲！

“但愿苍生俱饱暖，不辞辛苦出山林”。黄岳飞常对排雷官兵这样说，我们要学习煤炭精神，为了人民利益，有一份热发一分火，燃烧自己的青春与生命。

一天中午，官兵在午休。突然，连队接到紧急命令：庭毫山边境有我国边民误入雷区被炸伤，向特务连紧急求援。黄岳飞和一个班的工兵战士火速赶往出事地点。那惨不忍睹的场面令黄岳飞终生难忘：只见三名群众已在一斜坡雷区内奄奄一息。其中一人血肉模糊，不知到底伤在何处。另两人中，一人一条小腿被炸断，一人一只手齐腕部被炸飞，他们躺的地方血流了一地。三人中只有一人还在轻轻的呻吟，另两人已经昏厥。更让人揪心的是，困在雷场中的伤者在痛苦中却不能挪动，在雷区以外的人也只能哭爹叫娘，束手无策……这是多么惨烈的场面。黄岳飞已不止一次听到边民或牲口误入雷区被炸伤亡的事件，感到了边民为雷障所受的艰辛。通过工兵开辟通道紧急救授，被困在雷场的三人有两人幸免于死，但已是终身残废。

自那以后，黄岳飞的脑海里便时常闪现着一些边民被地雷所困、或伤或残的情形。于是，做一名降服死神的"地雷克星"的志愿在黄岳飞的内心深处扎根下来。为人民的生命和幸福作贡献是军人的热血与赤诚。

那坡县边境平孟口岸附近的杀人坡雷场，靠近边贸点，面积近20万平方米。1994年8月初，黄岳飞接到上级命令：8月上旬，广西、云南和越南两国三省区边境六县的首次大型贸易活动将在乎孟口岸举行，为保证商贸人员的安全和活动的顺利开展，在三天时间内完成杀人坡排雷清障任务。

8月3日，黄岳飞顶着烈日和高温天气率队员们前往。由于该雷场大部分范围离口岸近，若采用大面积炸药引爆的方法清除雷障，会对附近口岸的边民生命财产的安全造成威胁，惟一的办法只能采取减少装药量引爆地雷和人工排雷法。可是，在短短的三天时间内完成任务，更无疑是加大了排雷的难度。

时间就是命令，困难也是命令。雷场上，黄岳飞既当指挥员，又当战斗员。他把队员分成两班倒，每天晚上还利用两个小时的时间准备装具和运送炸药，自己则连续作战不下火线。当时正值高温天气，气温达39℃，烈日炎炎，热气腾腾。干燥的硝烟和灰尘呛得他喘不过气来，脸上、身上被烈日烤得火辣辣的疼痛，嘴唇也干裂了。炎热的气候、恶劣的环境和长时间的高强度连续作业，黄岳飞便秘血尿，晕倒在雷场上……醒来后，他见自己躺在帐篷里，胳膊上插着输液针，便一骨碌爬起来问："排雷进展怎么样了？不行，我要到雷场上去，大伙都在作业，我躺在这里怎行？"

军医急忙按住黄岳飞的肩膀："队长，不行啊！你的身体严重脱水，还需要继续输液，更需要休息。"

黄岳飞急了:“我个人算什么,要倒就倒在雷场上。”他一只手撑着木棒,一只手按住腹部,嘴里咬着酸野果硬撑着作业,经过两天多的奋战,爆破 20 万平方米,排出地雷 243 枚,提前完成了任务。第三天黄岳飞再一次倒下了。

当杀人坡雷障被彻底清除,边贸活动如期举行,许多商贩得知后,纷纷前来投资,当年的贸易额达 6200 万余元,创口岸商贸史最高纪录。

当年的布雷与埋雷,是为了国境大门的安全与稳定,而今扫雷与排雷,是为了和平的需要,为了我国改革开放的需要。

我国政府在边境进行的大排雷,受到全国乃至世界人民的关注与支持。

第一次大扫雷,打开主要通道、口岸后,慰问排雷官兵的祖国亲人络绎不绝:全国各地的工人、农民、大中小学生和干部等各界人士,老人、青年男女纷纷来信来电寄钱寄物,以不同的方式鼓励和支持排雷官兵……国家某科研所专家和科研人员还专门为排雷官兵赶制出一种“防护神”的排雷安全鞋和排雷器械,不远千里送到边境雷场。

中越两国人民都为和平而努力。1998 年 8 月,黄岳飞率领我排雷队在中越边境雷场排雷作业时,与越南扫雷部队不期而遇。扫雷,为着相同的目的而来。一幅睦邻友好的边境和平画面,被定格成一座永恒的和平界碑。

随着轰隆隆的巨响声,越南扫雷部队在距我边境线 100 米处的越方境内某无名雷场把干草和柴火点燃,而黄岳飞所率的排雷官兵把数百响直列装药在 17 号雷场起爆。两国排雷官兵用两种不同的扫雷方式为了共同的扫雷目的在同一时刻战斗着。顷刻,硝烟弥漫,火光映天,赶来观看的附近数百名中越边民欢呼雀跃,喝彩不止,展示了两国人民对和平的向往……

世界人民爱好和平,人们关注这块曾经被战火燃烧的土地,英国《简氏防务周刊》等外电外报外刊也纷纷对我边境排雷进行报道。

荣誉至上

一位将军曾说过这样一句话:“和平,是对军人的最高褒奖。”在黄岳飞眼中,国境线上那一座座界碑就是馈赠边防军人最好的奖匾。因而有人说,在和平年代,排雷官兵排除的每一枚地雷,就是共和国授予他们的一枚勋章。——如果说,每一枚地雷可以夺走一个人的生命,黄岳飞两次参加排雷战斗并两任排雷队长,仅他个人就排雷 1587 枚,那么,这就意味着黄岳飞曾面临着 1587 次生命的威胁,面临着 1587 次死亡的挑战。然而,黄岳飞笑着说,1587 枚地雷,就是祖国人民 1587 次授予我 1587 枚勋章,这是我无尚的荣光!

排雷,是全球性的行动。黄岳飞,为地雷而战,更为中国军人的荣誉而战。

在世界排雷史上,还没有哪个国家和军队能独立完成这项任务的,也没有哪个国家不为此而付出昂贵的代价的:死人与耗资。在阿富汗,由联合国赞助的扫雷计划,尽管受到穆斯林游击队持续不断的派系战争的影响,但仍被公认是世界最成功的扫雷行动。就是这样的“最成功的扫雷”,在过去的 4 年里,35 支分别由 32 人组成的扫雷队,才在一些大城市如首都喀布尔周围扫除了 6 万枚地雷,国际红十字会估计,假如以这样“成功的扫雷”速度类推,每年清理 30 平方公里,大约需要 4300 年!而前两年半的扫雷,就有 9 名队员以身殉职,包括两名英国志愿人员,受伤致残者超过 3 位。柬埔寨王国政府成立后,把扫雷作为头等大事,联合国驻柬机构领导下的扫雷行动中心成为王国政府属下的独立机构,直接对首相负责,西哈努克亲王担任扫雷行动中心的名誉主任。在加拿大、澳大利亚、新西兰、比利时、荷兰的 30 名地雷专家协助下,苦干了整整一年,才在 113 万平方米的土地上清除 4.8 万枚地雷。据估计，清除柬境内的地雷，至少要耗资70亿美元，相当于这个国家五至七年的国民生产总值，至少需要600多年！科威特采用现代化的扫雷手段清扫伊拉克占领期间埋下的地雷时，不到两年，就死亡84人，是整个海湾战争期间多国部队损失人数的三分之一。阿拉曼战役已经过去了半个多世纪，但那里因战争而发展成为新的旅游胜地，也因那场战争而限制了它的进一步发展，因为那里的地雷已成为该旅游区“永久的景观”。

而广西靖西、那坡两县中越边境一线、布雷密度之高和雷场的复杂程度是世界上任何雷场均无法与之相比：有平地，而更多的是陡坡斜岭、亚热带“喀斯特”地形的大石山、溶岩、石洞、密林杂草……而扫雷设备并不算先进，经费紧缺，在气候条件十分恶劣、地形极其复杂的高密度雷场作业，能否按照上级要求的“低耗、彻底、按时、安全”完成扫雷任务，这是摆在黄岳飞这些排雷军人面前最严峻的考验。

黄岳飞为中国军人夺得排雷史上的最高荣誉：两任排雷队长，带领的排雷指战员出色完成任务，创造了不伤亡一兵一卒的奇迹！

当人们对没有三头六臂胜似三头六臂的扫雷官兵以及他们的队长——这位35岁左右、相貌平凡、胡子拉碴、体魄健强，目光犀利的黄岳飞投去敬佩的目光时，信服、感叹中又生出几分疑惑、几分好奇，百般思索创造奇迹的奥秘……

一位作家曾说过：“在长城上刻名字的，没有一人参加过修筑长城；参加过修筑长城的，没有一个人留下自己的名字。”黄岳飞和他的排雷队员们，就是这样一群默默无闻的人。

而黄岳飞带领的排雷队，第一次大排雷无伤亡，第二次排雷，顺顺利利拔掉“铁将军”，同样创造了不伤亡一兵一卒的辉煌。这一奇迹，与排雷队长黄岳飞的机智勇敢、高超的技能和创造性的工作无不有着极大的关联。

“黄沙百战穿金甲，不破雷场终不还；醉卧沙场君莫笑，古来征战几人回。”为了排雷，为了赢得中国排雷军人的荣誉，黄岳飞深知，“艺高人胆大，艺精地雷怕”。从地雷的发明、地雷的构造、地雷的特性、地雷的历史，黄岳飞都了如指掌、胸有成竹，他知道：地雷这个古老的武器，它的故乡在中国。公元682年的宋朝初期，我国发明了火药，并很快运用于军事上，先是制成燃烧性火器，后演变为爆炸武器。大约在12世纪末到13世纪初，金人就发明了震天雷，它由生铁铸成，口小身粗，内装火药，以点燃火绳而引爆，声若雷鸣，具有很大的杀伤威力，这是早期的地雷雏型。由目标直接触碰而自动爆炸的地雷，中国在明朝中期就出现了，黄岳飞从《渊鉴类涵》中了解到，明嘉靖二十五年（公元1540年），兵部待郎曾铣在总督陕西三边军务时就设置了掷石地雷和延期地雷。文中曰：“穴地丈许，伏火于下，可以经月，系其发机于地面，过者蹴机，则火发坠药发，石飞坠杀人”；“慢炮发，炮园如斗，中藏机巧，火线至一二时才发，外以五彩饰之，敌拾得者骇为异物，聚欢传玩墙拥，须臾，死伤甚众。”如今，随着各种猛炸药和点火法的相继发明，使地雷向制式化和多样化方向发展，其威力越来越大，扫除的可能性越来越小，如胶壳雷，连探雷器也奈它不得。地雷，使人类伤透了脑筋。

中国和越南都是玩地雷的高手。

在那么复杂的雷场作业，清除那么多地雷和爆炸物品，排雷官兵都无一伤亡，这不能不说是世界扫雷史上的一个奇迹！

黄岳飞深知：排雷，必须要有理论知识才能提高效率。为此，他找来了《世界军事》、《世界军事画刊》、《军工报》、《兵器知识》、《轻武器》等报刊，了解世界各国特别是中、越、美和前苏联各国雷族的性能结构、技术参数，揣摩它们各异其趣的脾气，试图抓住其中千丝万缕的联系。为掌握复杂条件下的排雷要领和技艺，他选择晴天、阴天、雨天、白昼和夜间、无风和有风的日子，平原、山地、斜坡、丘岭、小径、河道、石缝等多种气候和环境等条件下，摸索排雷的最佳规律。他酷爱地雷就像考古学家喜欢一件古董艺术品那样爱不释手，把各种地雷反反复复地拆卸开来，又无数次的拼装中领悟其功能原理，提高操作的科学性和实用性；对于地雷的零部件及附件，他视若掌上明珠，用心掂量它们每一种型号、种类、形状，直到熟稔于心。

在边境雷场上几经生死考验的黄岳飞，虽然希望自己士兵战友上雷场战雷魔时就像古罗马角斗场的斗士一样眼睛血红，容不得怯懦情绪玷污士兵的英勇，但他心里明白，血肉之躯哪有不怕死亡伤残之理？这不是写几份决心书、血书就能解决得了的，关键是在于能否给战士们灌注一种"不怕"的力量，或者叫做承受死亡的心理能量和战胜"死神"的技艺。一次在界河旁的水沟里，一头水牛饮水时踩中地雷被炸断双脚。黄岳飞带着战士来到现场观察地形，这是一处较大的横跨一条水沟的放牧通道，边境形势趋于缓解后，边民放牧过往通道更加频繁。这次水牛被炸伤的地方在通道左下方不足两米处。黄岳飞探测好地形，制定了作业方案，率两名战士在水牛炸伤处和没着水沟通道上下 10 米的地方作业开了。第一天，一无所获；第二天、第三天，探出了几块金属碎片；第四天，也只探出了一些塑料残物。两名战士灰心了："我们撤吧。"黄岳飞看着两名战士被烈日烤得脱了皮的脸鼓励说："我们不能灰心，探出的金属碎片和塑料残物都是地雷爆炸后的迹象，明天我们休息一天，后天继续作业，完不成任务就不归队，大家有没有信心？"两名战士见队长那坚定的神情便齐声答道："有信心！"

当晚，黄岳飞在帐篷里彻夜难眠，他想起了在军校时的一件事：一次在沼泽地带探排地雷训练，教员把金属片散布在水沟里，把教练雷埋设在水沟两旁的斜坡上，黄岳飞在水沟里探测半天都没有结果，最后他把探测范围向水沟周围延伸，才把地雷探出来。事后黄岳飞说："原来地雷在跟我打游击。"

黄岳飞由此得到了启示：地雷在跟我们捉迷藏。第六天，他把两名战士带到作业现场说："真正的雷障不在水沟里，它应在水沟两旁的山坡上，因为埋设时间久，地表发生了变化，部分埋得浅的地雷被雨水冲到了沟里，而真正的地雷是埋在水沟两旁的。”战士们茅塞顿开。这一天他们大获全胜，排除了17枚各式地雷。

在雷场上，需要的不仅仅是一个勇者，更需要的是一个智者。

黄岳飞用自己的实践为军事心理学教育提供成功的范例。为了磨练战士的心理素质和坚强毅力，黄岳飞认真研究前苏联著名学者马拉理希科夫和费坚科全著的《军事心理学与教育原理》一书。刻苦钻研业务，反复研究《筑城与爆破》、《地雷埋设与排除》等专业书籍，对一些外国地雷，专门查找有关外军书籍，从原理结构到引发方法一一弄个水落石出。在排雷队里，有60余种中外地雷模型，黄岳飞能如数家珍说出它们的产地、结构、发火原理和埋排要领。部队驻地是民兵“排雷英雄”吕华朝的故乡，黄岳飞专门慕名拜访了这位排雷英雄，向他请教各种地雷的排除方法。后来，他总结出了简单的排雷“三步曲”：(一)挖雷，即把几种地雷想办法挖出来几个，分析它的种类、产地、性能等；(二)破雷，根据布雷的地形、特点，埋设的是何种雷，想办法扫除；(三)避雷，不断进行观察研究如何在意外情况下迅疾避开地雷的爆炸冲击，保证自身不受伤亡。一天，黄岳飞在书店里看到一套《普通排雷与高科技扫雷研究》书籍，这套书荟萃了数十位地雷专家对新时期排雷战法的研究成果，他被深深的吸引住了，但一看书价，近一百元，而他身上带的钱又不够。他只好摘下200多元的手表作抵押，才买下了那套书。他书写了235份教案，一一传授大家，使队员们个个成为排雷能手。为消除战士初次排雷的恐惧心理，每排雷作业开始后，黄岳飞都是第一个人工搜排，并要求搜排组位于安全地带，自己高喊动作要领，边讲边做，逐步消除战士的恐惧心理。经过严格训练和实践锻炼，排雷队整体素质有了很大的提高。第二次组建排雷队时，全队只有5名骨干，而今，大部分战士都成了全能排雷手，并总结出一整套行之有效的排雷方法，大家对他编的安全口诀倒背如流：“出入沿着炸痕走，运动姿势把背驼；炸时隐蔽贴地卧，查看效果步步挪”，还有“安全工作如念经，互相提醒嘴巴勤；时时刻刻不放松，关键部位把严关。”每次作业时坚持“三个一”：即进行一次安全教育，背诵一遍安全规则，检查一次器材及安全措施。黄岳飞还亲自把好“四关”：进出道路关、器材安全关、作业位置关、地雷销毁关；作业后，坚持“四个一遍”：检查验收一遍、小结讲评一遍、物资器材清理一遍、资料核对一遍。

1998 年 10 月的一天上午，正在带领排雷官兵作业的黄岳飞接到紧急救援命令：那坡县念井村有一名边民打猎时误入雷区，请求排雷官兵开辟通道救人。黄岳飞带领 10 名工兵赶赴出事地点，该雷区是中越边境第二次大排雷未排除的雷场之一。救援官兵从现场看到，雷区内有数十根枯残竹竿，被困乡亲全身瑟瑟发抖，脸色铁青，看到救援官兵，眼里噙着泪水。在他们前方 4 米处有一只被炸死的猎狗，全身血肉模糊、腹部有一拳头大小窟窿。据受困者亲人说，他是在头一天上午打猎时误人雷区的，当时猎狗跑在前面，当他听到“咔咔”的几声脆响后，猎狗当场毙命，他意识到误入了雷场，不敢再挪动了，直到次日凌晨亲人才发现他被困雷场。

黄岳飞根据雷场地形、枯残的竹竿和乡亲提供的线索综合分析，认为雷场设置蹊跷怪异，几名战士请求上前探排地雷、开辟通道，被黄岳飞制止。他发现竹竿摆放在斜坡草坪的五个角落，炸死猎狗的地方正好有一堆竹竿，五堆竹竿连接起来正好形成一个不大规则的五角星状。

莫非是“五角地雷阵”？

黄岳飞告诉他的队员：“五角地雷阵”是中越地雷史上较为罕见的布雷方法，它通常以竹竿、树枝为“诱饵”，“诱饵”上有肉眼难以看见的丝线与地雷绊线连接，地雷埋设在“诱饵”下方或旁边。根据几何中三角形的稳定性，绊到丝线不易爆炸，绊到“诱饵”破坏了稳定性后，五个角落的地雷就会四面八方一齐起爆，能使数十人在瞬间失去战斗力。

为确保万无一失，黄岳飞果断决定，变普通排雷法为全方位搜排。他一边稳定受困者思想情绪，一边按预定方案指挥作业，经过连续四个多小时的奋战，44 枚五八式防步兵地雷终于被探测出来，地雷的埋设部位果真应证了黄岳飞“雷场神探”的准确性。被雷魔纠缠了近 30 个小时的边民从“死神”身旁走回来，感激涕零地连喊“救命恩人”。

与“死神”抗争，光有勇气远远不够，更多的要靠智慧。雷场情况瞬息万变，险象环生，指挥员必须具备随机应变、临危不惊、指挥若定的能力。

排雷队在 6 号界碑附近雷场采用大量爆破法进行排雷时，随着爆破排排长一声“点火”的命令，13 个集团装药上的导火索发出“噗哧”声。隐蔽在爆破作业点 50 米处的战士们屏住呼吸，静静等待爆破。就在这时，突然一阵大风迎面扑来，风向恰恰与爆破方向一致。黄岳飞心里不禁大吃一惊：不好，爆破的碎石会顺着风向飞来，散落距离可能超过战士们隐蔽的 50 米处，如果这样，将会造成不必要的伤亡。

还有 20 秒就要爆炸！黄岳飞环顾周围地形，果断吹响了“紧急疏散”的哨声，命令战士们迅速沿垂直于风向的两侧疏散，指挥大家利用地形地物隐蔽。大伙刚刚卧倒，“轰隆隆”的巨响震撼大地。一块块碎石飞驰而来，砸在战士们原来隐蔽的地方，一块块树皮被碎石片削去，大家目睹这一切，不由得倒吸了一口凉气：“要不是队长，我们可就全完了！”类似的险情遇到过好几次，每次都在黄岳飞指挥下，化险为夷。

作为指挥员，观察细致，判断准确，不放过任何疑点是确保作业安全，不漏排地雷的重要一环。岳圩雷场，草高林密。排雷小组进行到雷场附近时，黄岳飞突然发现前方五米处横接着五节竹棍。这附近没有竹林，哪来的竹棍呢？他马上引起警觉，示意战士停下，谨慎地向竹棍接近。突然，他感觉脚下被轻轻触动了一下，立即停下来察看，好险！一根地雷绊线被枯叶掩盖着，自己的右小腿紧贴着绊线，再往前挪半步，地雷就会被绊爆。黄岳飞见状，立即命令后面的战士退下隐蔽，他蹲下身子轻轻扒开树叶，沿着绊线在附近不到 2 米的地方，排除了一颗越军 MBV 型防步兵地雷。原来竹棍是引诱物，如果不多长个心眼直奔过去，就上了大当，真玄！在龙邦关口西侧巴恩山阵地雷场，一名战士在草丛中探测到一枚防步兵压发雷，随手就准备排除。黄岳飞见状大喝一声："先不要动！"他细心观察了周围地形，凭经验推测在开阔地段极有可能设置连环雷。经他仔细搜索，果然在距离压发雷约 2 米处发现了一根很难察觉的细线。顺着细线查过去很快发现了一枚绊发跳雷。要是先排除压发雷，必须拉响绊发雷，后果可想而知。在黄岳飞的带动下，战友们每次作业都认真观察，仔细搜索。先后排除各种诡计雷、连环雷 537 枚，没有发生任何意外，确保了安全。在排雷中，黄岳飞还注意做到不断摸索，善于总结经验，提高作业的进度质量。百南地区雷场山高坡陡、奇峰林立、断崖多、涧谷深、地形低，实施爆破排雷作业时，硝烟不易消散，难以掌握炸点位置。他一方面将各组轮番爆破作业的方法改为固定一组连续爆破，既避免了不同人员因炸点不明误人雷区发生意外，又加快了作业速度；另一方面，黄岳飞留心观察每次爆破的声音、火光、爆烟扩散等特点，摸索类似的地形判定炸点，确定各组协同时间的方法。他把这些初步经验进行反复试验、论证，最后总结出"听响声、看火光、判炸点、搞协同"的方法。经他试验出的作业新方法，先后总结出了"不同地形爆破八种方法"、"雷场侦察四要领"、"方位判定四要素"、"把好作业实施三关口"、"安全携带爆破器材三环节"、"爆破班组协同四步骤"等十多种切实可行的排雷作业经验，得到了广西军区排雷领导小组的充分肯定和推广。

和平无价

辞典里最美好的两个字：和平！

军人，用生命的代价掩埋战争。

军人，用血的声音呐喊和平。

黄岳飞，带领他的排雷队战友们，日夜战斗在时刻威胁着生命的雷场，用热血、青春与忠诚剪掉各式各类地雷绊发丝线，编织着和平的花环。

这一天，是1998年的最后日子。夜幕降临，黄岳飞和排雷队员们脸上挂着一丝微笑，拖着被硝烟味裹着的迷彩服高唱着《排雷之歌》从雷场归来。此刻，华灯初上、万家灯火、莺歌燕舞，边城沉浸在一片和平欢乐之中……一年又即将过去了，也就是说，这一年，黄岳飞在边境雷场上又度过了360多个日日夜夜；这一年，已经整整360多个日子没有与妻儿见面、团聚了。他在电话里，给远在家乡的妻子拨去了一个从边境雷场上捎给亲人的思念与问候。

“爸爸！我要见爸爸……”是儿子！听到儿子稚嫩清亮的童声。刚毅坚强的“雷场神探”硬汉子此时此刻也禁不住哽咽了……他想起了往日排雷的一幕幕情景——

两次排雷，黄岳飞带领战士们先后投入了1.3万人（日）野外作业，行遍300多公里的边境线，足迹遍布两县11个边境乡镇，排除雷场31处，搜排各种地雷4.5万枚，总面积达330多万平方米，开辟边境贸易通道52条，帮助边民恢复耕地260亩。

两次排雷，黄岳飞个人亲手搜排地雷1586枚，11次排除险情。在近五年的边境排雷中，黄岳飞经历着生与死的考验，抱着对祖国与人民的无限忠诚，出色地完成上级交给的任务。无数次排雷战役下来，在那么复杂的雷场作业，清除那么多的地雷和爆炸物品，排雷官兵却无一伤亡，这不能不说是他们创造了当今世界排雷史上的奇迹！

不要说世界各国政府官员和人民惊叹，就是连生于斯长于斯的边民们也惊叹。尽管他们亲眼目睹排雷官兵在边境莽莽大山皱褶中翻找出成千上万枚地雷，在通道、口岸、贸易点、居民区的弹丸之地用火烧、爆破、机械推压、人工搜排，倒腾了多少遍，不要说地雷，就是一根锈花针也难以逃过排雷官兵的火眼金睛。人们没有理由怀疑排雷官兵的忠勇，但却无人敢率先“第一个吃螃蟹”——踏上已清扫过雷障的土地。

我写这篇文字正进入尾声时，从边境雷区传来讯息：漫漫边关、遥遥雷场，举行了一幕幕悲壮的移交仪式。黄岳飞和他的排雷战友们以对祖国和人民的赤胆忠诚奏响了边境大排雷的美妙乐章：他带领排雷官兵一字排开，迈着整齐的步伐，大踏步地走向清扫过雷障的雷区，以“有漏雷我们先踩”的特殊仪式，向当地政府和群众移交一条条和平的道路，一片片安全的土地。

“向前、向前，我们的队伍向太阳”……雄壮嘹亮的军歌骤然唱起，黄岳飞走在队伍的最前头，正步走向雷场——

走过雷区，排雷勇士身后留下一片坦途。黄岳飞与战士们以自己的忠勇，将边疆各族人民世世代代休养生息的土地完整、安全地交回到人民的手中。勤劳勇敢的边疆人民将从这里走向富裕，走向富强，走向世界。

将军说：和平，是对军人的最高褒奖。这话，对黄岳飞和战士们来说，问心无愧！受之无愧！

因为他们深知和平无价！

（写于 1999 年）

边关铸剑

■ 我们必须鼓励和钦佩勇敢精神，必须使纪律能深入思想和信念而不流于形式，必须使军人都能坚信，自我牺牲精神、英勇精神和责任感，都是美德。

■ 平时就应该使军队受到艰苦的锤炼，应该使军队永远具有并保持压倒一切敌人的优势，应该提高军队对伟大功勋的荣誉感。

“壮志饥餐法军肉，笑谈渴饮外夷血……”100多年前，穿着长袍马褂的老将冯子材一声虎吼，数以千万计的中华儿女箭步冲击，浴血奋战，谱写了一曲英勇抵抗外敌入侵的光辉篇章。

今天，驻守在这里的新一代中国边防军，青山不改初衷，绿水绵绵长流，把耿耿丹心写进中国的文明史册，把燃烧的青春热血注入那片深沉、丰腴的红土地，雕塑出一座座巍巍的丰碑，捍卫着共和国的尊严，扼守着祖国的疆土，在千里边防线上留下一个个令人肃然起敬的传奇故事。

熊良辉，便是这诸多传奇故事中的一个。

（一）

当历史的车轮滚滚驰入八十年代，中国的南线又发生了一场惊心动魄的战争：炮声隆隆、战火弥漫、硝烟升腾。

军人，是战争的产物。

军人，渴望和平。

军人，从不畏惧战争……

这是一场正义与非正义的拼杀！

刀头常舔敌人血，方为从戎者本色。与共和国千千万万个热血奔腾的青年一样，熊良辉走上17岁的年轮，怀着一颗报效祖国之心，来到了广西边防参战部队。

这一仗，熊良辉作为战争功臣被提升为战斗班的班长。然而，这个班长一当就是10年！

这一仗，熊良辉作为守备部队守下来，然而这一守就是14年！

熊良辉，用14年的岁月，抒写着一个守山人的传奇。

从战场上下来的熊良辉，深深地感到：这场战争，不仅仅是一场战争，它应该给所有参战或未来参战的中国军人永远的思考。

军队，是由士兵组成的，而班长，便是兵中之母，是士兵成长进步的第一个台阶。作为战斗班长的熊良辉，深知肩上责任的重大，他用甘作人梯的热情，培养出一个又一个驰骋训练场的“千里马”。从他的班走出去的士兵，有的成了“神枪手”、“拳击王”，有的成了闻名军内外的训练标兵，有的成了军基层指挥员。而熊良辉，依然是一名普普通通的班长。

作为党员，他无愧于自己的称号，作为班长，他无愧于自己的职责。

熊良辉心底那平静的湖面像投进了一块石子，涌出了层层涟漪：他家在城镇，在部队就是什么也没“图”到，回去也会有个工作。可这并不是他要到达的彼岸。

14年前，他放弃一家工厂月工资64元的二级车工的工作，而来边防拿十几块。

两位年过花甲的老人拉着他的手说：“辉儿，你都20岁了，在家等一两年就可以结婚，这样，我们老人也安心了。你这一去，你的那位会不会等着你？”

“等我当了标兵，有了出息，她能不跟我？”姑娘在车站送他时，听到他对老人说的这些话，抿嘴一笑，意思是：说得倒轻巧。

几度春风，几度秋雨，熊良辉的女朋友一次次写信催他回去结婚。她明知道他在服役期间是不可能跟她结婚的，只是她得知他这个“武状元”提干无望的消息后，想找理由和他吹。而他还懵着，每次都在回信上说：“等我服役期满就回来。”可他的服役期却在一年年延长。姑娘来信说：“你回不来，我也等不住，咱们的事算了。”

熊良辉想：强扭的瓜不甜，既然她等不了，那就让她另外建立一个幸福美满的家庭吧，他终于同意姑娘的意见，却丝毫没有动摇在边防的决心，他忍着失恋的痛苦，把受伤的心紧紧地贴在训练场上。

他失去了女朋友，可是他就拼命看书，把感情寄托在攻占军事学术研究这片神秘的高地上。

他跑到团部、师部，把凡是能借到的书籍，一古脑儿背回连队。半年时间，他研读了二百多本军事杂志，近百本学术专著，写下了三十多万字的学习笔记。还同十多所院校的专家、教授进行通信联系。有了这些垫底，他开始动笔撰写文章。有意思的是一天、二天、三天、五天，他苦苦思索，却没有写出一个开头来。论文，难呵，他有点后悔了：初中生也能搞这玩艺，是不是不自量力？

熊良辉干过炮兵、步兵、侦察兵，他决定从易处着笔。

一个星期、两个星期，第一篇叫《提高八五加农炮对武装直升机命中率》的文章写出来了，可是他带着兴奋寄出去后，却泥牛入海。然而，他不管这些，又接着写了《未来海岸激战》、《三点式防御法》……一共寄出去了19篇。两个月过去了，他的这些沾着心血的稿子在编辑部遨游一圈，又重新回到他的手上。

熊良辉并没有气馁，他继续写。终于，第20篇《关于二十一世纪师、团进攻战术设想》打响了。不过，这篇文章被他署上了某师师长的名字。呵，作为一个兵，胆子真大，不知是师长的权威性还是文章的内容吸引了编辑，《关于二十一世纪师、团进攻战术设想》一文，被几家军事刊物争相转发。他第一次看到自己的文章印在杂志上，眼泪一下夺眶而出。他不敢吱声，让泪水尽情地流，渐渐地睡着了，梦里看见自己拿着变成铅字的文章来到那位女朋友面前。

师长见到文章又惊又喜又纳闷，喜的是文中的观点与自己的想法一样，纳闷的是这样见地新鲜的文章为啥要隐姓埋名。他把干部科长找来，要尽快查一下。查来查去，查到熊良辉头上。师长惊愕了，一个战士？师长高兴了，他手下的士兵！师长要见见他。

有的说："他想出风头，让师认识认识，日后好当干部。"

有的说："不得了啦，冒充师长，可有好颜色看……"

"得失利弊"，衡量来衡量去，连队把这事报告团里，团里决定让他复员。

第二天，师长来了，一下车，师长就看到训练场上掺有几名只穿军装没佩带领花、肩章的战士在训练，生气了："这些兵稀拉成这样，像什么话！"

连长赶快说："这是七班的几名老兵，他们过两天就要复员离队了。"

"怎么不放假让他们处理一下个人事情？师长问连长。"

"给他们放了两天假，可七班硬是一天不落地和连队一起搞训练。"

看到师长脸上的怒气消了，连长欣喜地指着刚从双杠上下来的熊良辉说："他是七班长，也要走了，班里几名老兵都是在他的带领下走上训练场的。"

"叫什么名字？"

因文章风波，连长说话有些拘谨："他就是熊良辉，写文章瞎署你名字的那个，我们已经对他进行了批评。"

师长"哦"了一声，双眉立即舒展开来，从上到下对他这位汗水涔涔的班长打量了片刻，高兴地走过去握住熊良辉的手："你就是写《关于二十一世纪师、团进攻战术设想》的熊班长？好啊，我沾了你的光，我自豪，我为手下有你这样的班长而自豪。"

站在一边的连长也激动地并不失时机地向师长介绍着：

"熊良辉当兵5年，磨烂了12套军装，带出了三个先进班，去年营里选拔17名骨干，交给他训练，三个月下来，个个都成了'小老虎'……"

听着连长的叙述，师长深深地被他的事迹感动了，问他："你过两天就要退伍了，还这么练呐？"

熊良辉不假思索地说："我今天还是连队的兵，还是七班的班长，在一天，我就要带领大家一天。"

师长问他又问连长："你们真的让他退伍？"见连长的话一时答不上来，师长脸上露出宽容的笑："你们真狠啊，这么好的兵给我赶走，你们不要，我要了。"随即，师长又把脸偏过来："熊班长，留下来还有没有信心再带出一批尖子。"

熊良辉一听兴奋得心都要跳出来，忘记了军装上没缀领花和肩章，拾起不知谁搞训练放在草地上的那顶大檐帽戴在头上，庄严地向师长行了个不合规定的军礼："感谢首长，我一切服从组织安排！"

师长再次把手伸给他："你是当代士兵思想的体现，你是当代士兵的骄傲。我给你这位班长打100分。"师长越说越激动，又侧过身子面对周围的人："我希望你们在今后的教育训练中，勇敢地打出自己的旗帜，在一切能够显示你们智慧和才华的地方，无畏地亮出你们的名字，坚定地走自己看准的路，未来是你们的……"

师长改变了去连部会议室讲话的计划，他这天的工作似乎是专门来看熊良辉的，走时，师长把他拉到身边，和他照了一张合影。因为他在师长心目中，不仅显示出了一个班长的智慧，而且显示出了一个训练尖兵的风采！

熊良辉不但自己会带兵，还能把"带兵经"传给千千万万的班长。在师团的组织下，他到一百多个阵地、哨所进行巡回演讲。在谈到怎样当好班长时，他说："对于最贴近的带兵人来说，除本身要有过硬的军事素质外，还要有鼓舞士气的能力。自古以来，历代军事名家都把士气视为军队的生命，看作是决定战争胜负的重要因素。《孙子兵法》中的'夺气'，《吴子兵法》中的'励士'，《孙膑兵法》中的'延气'，都说明了夺敌人的士气、鼓自己的士气的重要性。”

何为士气？熊良辉道出美国名将马歇尔的一段话：“士气是一种精神状态，它是坚强性，勇气和希望；它是信心、热情和忠诚；它是锐气，团结精神的信心；它是毅力，坚持到底的精神——必胜的意志。”

“士气作为构成战斗力的主要精神因素，并不是看不见摸不着的，在和平环境下，一个班、一个连、一支部队士气怎样，只要看一看它的队列阵容，听一听它的歌声、番号声便可略知一二。事实证明，我当班长四年，换了三个班，哪个班的训练成绩都是突出的，管理也没出现过一次问题。在我的班当兵，大家虽然觉得苦和累，但谁也没有提出过要调出去。”

怎样才能鼓舞士气？熊良辉谈道：“这与带兵者自身素质有着密切的联系。班长就是班里的'官'，'官'严则士气高，'官'爱兵则士气高。”

一千双眼睛在瞪着他，一万次掌声在涌动着他。他的成绩，他的思想赢得了上级首长的称道。

熊良辉出名了。

他被评为全军优秀班长。

他被破格提拔为排长。

（二）

修建于清朝光绪十五年的十二道门阵地，多少年风侵雨蚀，剥蚀成痕迹斑斑的外表；多少次战火洗礼，挺拔了它的身姿。巍巍二十道门，向人们诉说着血与火、生与死的悲壮历史。

那古堡上依然朱红的“边民永赖”几个字，仿佛在向世人昭示中国军人的价值观念。

熊良辉就是在这种大背景下开始他艰辛的练武的。

“当兵不习武，不算尽义务；武艺练不精，不算合格兵。“这是战士们交口传颂的话，熊良辉则把它作为自己的誓言，努力在军营实践着。在奋斗的道路上，他曾经有过这样一个故事：在他当班长的第一年回去探家时，正碰上乡武装部组织民兵打靶，烈日下，熊良辉迈着军人的步伐走过去向部长要了两发子弹打“叭、叭”。两声枪响后，他爬起身子，怀着喜悦的心情跑到靶子边一看，打了个“南瓜”。在众目睽睽之下，他没有对部长说声“感谢”，就红着脸走了。回到部队，他向连长作检讨。

“干啥？”

“我给部队丢了面子，自告奋勇在家打靶砸了锅”。

熊良辉有副虎脾气，说过的事就要做到。作检讨是他对班里的兵订下的死规矩；各项训练成绩达不到良好以上者，年底不能评为先进个人；有谁给班上、连队或是在某种场所给部队抹黑的，面对全班作检讨，他呢，在连长面前作检讨。

作了检讨，返回宿舍，他彻底思索着，怎么会出现这种情况呢？他是连队的训练尖子，多次代表连队到团、师、军区参加比赛，且次次夺魁。翻开自己一本本红色封皮获奖证书：投弹第一名。

这成绩使他激动，同时也使他看出了一个问题：单项训练冒尖，但其它训练项目参差不齐。要让所有训练课目都冒尖。于是，在南疆多情的太阳下，他开始了超强度的特殊训练。

他列出自己的弱项课目贴在墙上，对照时间、课目和所要达到的效果，逐项过关。

冬练三九，夏练三伏。他加班加点增大运动量，提高训练难度，白天，和战友一起泡在训练场上，身上的盐碱和泥巴比谁都多；晚上，在营房旁的青草地上，迎着月亮和星星，做俯卧撑 100 次，冲拳踢腿 100 次。

意志是灵与肉的痛苦磨练，为练习站功，熊良辉在操场上竖起一块块砖头，站上去要想不倒，就要像棍子似地将腰杆挺得笔直。为练坐相，他蹲着马步，腿上、手上、头上，各置一枚教练手榴弹，弹倒重来，要使其不倒就得腿平、手平、腰直。他的手臂肿了，大腿僵硬，吃饭拨不开筷子，大便弯不下膝关节，就换汤匙吃饭，蹲马步拉屎。一次探家返回途中，遇到部队正在野外搞小拉练，他想检查一下自己在家休息了半个月后的体力情况，不顾旅行三天三夜的疲劳，跟上队伍，行程30多公里，没有拉一步。回到营区后，他的眼睛黑了一圈。

练投弹，熊良辉每天用40公斤的杠铃进行快速挺举。训练暴发力，肩杠杠铃负重半蹲，从100公斤加至200公斤。训练踝关节和腿部力量，一尺长，3至5寸宽的橡皮筋，抓住两端，在胸前拉开翻过头顶，反手到背后，又复原，每天100次；直拉得手拿不住筷子，直拉得手榴弹越投越远。到后来，他随手一挥，手榴弹就飞出68米。

他练射击，先瞄酒瓶，再瞄树叶。为了把每个感受动作都练出来，他特意买了块大镜子，一搞训练就搬出去，对着镜子认真研究，仔细琢磨，总结出了“身体趴下关、平枪抵肩关、三点一线关、瞄准呼吸关、扣扳机关”等“五关训练法”。为练排除射击虚光的能力，他举枪对太阳。硬是练就了一手百步穿杨的神枪手本领，白天射击百发百中，夜间射击弹无虚发，连队推广了他的“训练法”。

他练炮兵瞄准手，为迅速换算射击诸元，几乎每两天用完一支铅笔，16开的白纸，一天要密密麻麻的写十余张。功夫不负苦心人。他操纵起火炮来又快又准，发射出去的炮弹就像长了眼睛似的飞向目标。

宝剑锋从磨砺出。苦练使他的训练全面过硬：投弹一摔70米又狠又准，射击白天黑夜弹无虚发，单双杠一至八练习干脆利索，5公里越野20分不喘气。

攻防、单兵战术、400米障碍等连以下50多项课目均名列部队前茅。

入伍仅半年，熊良辉便熟练掌握了十八般武艺。

熊良辉要求自己严，要求别人也不松。

盛夏的南疆，烈火炙烤着大地，到处是太阳点燃的火焰。

黎明时分，星星眨巴着眼睛，天幕仍在沉睡。

在一条斗折蛇行的崎岖山路上，一队全副武装的士兵正向山顶前进个个似猛虎出林，人人如蛟龙出海。

天色微明，朝霞染着边关的崇山峻岭，云雾缭绕着若隐若现的山恋，亲吻着行进中的勇士们。

一轮红日冉冉升起，冲在队列前的熊良辉沐浴在金色的朝阳里，他正带领他的士兵向终点冲刺。

到了！这是一次 5 公里武装越野训练。

熊良辉振臂一呼："同志们，今天是 21 分 25 秒！我们要去掉这个零头，跑他个整数！"。

几乎每天早上，熊良辉都要带领他的士兵跑 5 至 10 公里，全副武装，跋山涉水。专择无路的山走，穿田埂、钻丛林、攀悬崖。

三列士兵，头戴钢盔，手握钢枪，似三道铜墙铁壁，巍然屹立！

熊良辉挺立在队伍正前方 5 米处，俨然一尊雕像。浓眉下那双炯炯有神的目光，好似道道利剑直逼他的士兵。古铜色的脸膛在阳光下泛着油亮。汗水顺着他粗壮的脖颈钻进衣领，浸透了迷彩服，吧嗒吧嗒地住下掉。脚下的水泥地板上冒起了串串白烟，发出"滋滋"的响声，仿佛渴急的人见到了清泉。

一个小时过去了，有人双腿开始麻木，神志恍惚。

又一个小时过去了，不断有人倒下，不断有人入列。

这是一次体能训练，是一次军人意志的训练、毅力的训练、韧性的训练。熊良辉要用这种看似轻松、实则艰难的方式来锻炼自己和士兵的意志，让汗水洗刷士兵的怯懦，换来强健的体魄、钢铁般的意志。

午夜，狂风大作，暴雨倾盆。

熊良辉正在发号施令：

"一排，抢占正面制高点。"

“炮排，机枪班，火力掩护。”

“尖刀班，跟我上！”

这是一次真刀实枪的模拟战斗演练。

20分钟后，全连进入预定战斗位置，并以迅雷不及掩耳之势突破“敌”前沿，全歼盘踞之“敌”，拨掉“敌”火力点。

拂晓前将发起总攻，熊良辉率队向“敌”纵深突围。任务是扫清障碍，捕获“俘虏”。

“咔嚓！”“敌人”子弹上膛了，熊良辉一个虎跃，勾拳扫腿，三下五除二，解决了。

总攻开始！大炮怒吼，火光冲天；短兵相接，杀声震地。

10分钟后“樯橹灰飞烟灭”，熊良辉率队凯旋！

作为班长，熊良辉总是把自己班当作一所“小军校”。他把第一年兵比作一年级学员，第二年兵比作二年级学员，第三年度兵比三年级学员。他读过各种军事书籍，懂得美国西点军校的一年级学员正在“兽营”里脱胎换骨，累得倒在跑道上大口喘气，又不得不在老兵的破口大骂声中挣扎着往前爬。三年级学员则一分为三：三分之一在蒸笼般的巴拿马丛林中进行游击战和野外求生训练，浆果、野猪、老鹰、蚯蚓、蜥蜴……逮着什么就用什么塞进辘辘饥肠；三分之一升到了科罗拉多州空军基地的上空，上去靠飞机，下来靠降落伞包和自己的胆艺；还有三分之一被运到了被夏天遗忘的角落阿拉斯加州，足登滑雪板，在大风雪中与突现之“敌”枪战格斗。

英国桑赫斯特军校、日本富士军校和女子自卫官教导队、前苏联各军校的学员们也都在酷暑中咬牙挑战新自我。在中东的火海沙漠里，阿拉伯各国的王子皇孙们，多数是各军事院校的学生，他们头戴钢盔、身着帆布作战服、背着冲锋枪和大行囊徒步长途行军。

美国最高军事学府——国防大学的将校学员们，每年都用三分之一的时间在各州各国考察，前苏联各高级军事学校的壮年学员们也是以全球为课堂，他们把全世界每一寸土地和水面作为自己麾下的常规武器和核弹的预想靶。

如火的骄阳下，中国军队中的各级指挥院校都在进行体质强化苦练，进行负重越野长跑和千里野营拉练，学员们在毒蛇盘踞的密林中用刺刀开路，在热浪灼人的山坡上协同坦克群连续冲锋，迷彩服上结满了白盐花的等高线。

他的"学员们"呢，也把训练要求到了最高层次：

体能训练。早晨，他们坚持5—10公里越野，全副武装跋山涉水，专拣没有路的荒山走。有时一天连续多次奔袭，穿田埂、钻丛林、爬悬崖。一声令下，无论遇到什么情况，就地潜伏。晚上，每人每次蹲马步双手推砖一千次，在超强度中苦练强健的体魄。

心理意志训练。孤胆作战训练，练"精"；群胆作战训练，练"勇"。夜间，按方位角找点，在荒野坟地过夜，在极其恐怖的环境中培养勇敢无畏精神。

野战生存训练。每人带三天干粮，一壶水，全班开进荒无人烟的大山中训练半个月奔袭、攀登、巡逻、潜伏……白天，饿了，不准做饭；渴了，不准烧开水。嚼芭蕉根，吮露珠；晚上，睡觉不准搭帐篷。在日晒雨淋、风餐露宿、蚊叮虫咬中训练耐饥、耐渴、耐寒、耐累能力。

午夜，天上没有星光，浓重的黑幕盖着山峦和原野，万籁俱寂。"快快快！"他把梦中的兵一个个捅醒。起床、穿衣、集合。刹那间，操场上隐约可见一排星子般大小的白点——这是他们夜行服上的联络标记。

他压低嗓门点名过后，命令："191号界碑方向有紧急情况，根据上级指标，连队把任务交给我们班，迅速出发！"

伸手不见五指，常人举步维艰。他指挥全班时而跑步急行，时而警戒慢行，涉河溪，钻丛林，爬山崖。战士们来到远离人烟的荒山之中，山风呼啸，磷光闪闪，犹如进入恐怖世界。他拟定方案，命令各自占领有利地形隐蔽潜伏。

拂晓，大家已经“隐蔽待命”，他突然下达命令：“连队将派我班下个月参加团里的协同演练，此次是我们野外生存能力训练。从今天开始，潜伏六昼夜，不许暴露目标！”

荒野六昼夜呵，日晒雨淋的折磨，蚊叮蛇咬的痛苦，三天干粮六天用的饥渴……这是在红绿灯下起舞、在宴桌上飞觥的人难以想象的，可战士们却乐意接受这次特殊的任务。干粮远远不够，打野果、草根充饥；干渴难忍，用雨衣接露水饮用。他带领战士锤炼着一代士兵的风姿。

第六个夜里，模拟的“鬼子兵”来袭，值班的战士小龙肚饿舌干，摸出舍不得抽的最后一支香烟，转身趴在石缝里划火点燃，“鬼子兵”瞧这微闪的光亮，发来了“火箭炮”……小龙还不明白瞬间发生的“悲剧”，熊良辉抢上前去，夺过烟卷一捏，踩在脚下，连珠炮似的训斥，小龙辩解“这是模拟，又不是真的，”一弯腰，还想拾回那支香烟。

他用脚一搓，烟碎了：“记住，咱班没有熊兵。违纪，要处罚，做20个俯卧撑！”

小龙在又饥又渴中做完20个俯卧撑，躺在地上喘着气。

任务完成了，他们从山头跃起拖着疲惫的身子下山，个个又黑又瘦，身上蚊叮棘刺的伤痕累累。这时他突然唱起了《彩霞飞舞》：“彩霞飞舞红旗扬，风吹树叶哗哗响，我们的步伐多雄壮，歌声嘹亮走向练兵场……”一直由他背着的小龙听了，挣扎着要下来，用内疚而诚挚的目光祈求着：“班长，让我自己走吧！”小龙咬着牙，凝聚起全身的力量，艰难地行走着，走路趔趔趄趄的其他几名战士一听他的歌声，心为之一震，振作起精神，喘着粗气，也跟着唱起来：“苦练巧练冒着劲儿练呀，咱们的本领强……”

（三）

这是一片鲜血染红的土地，这是一方英雄的土地，在这片丰腴而厚实的土地上，现代的中国军人们树起一道道绿色的屏障。战争年代，这道屏障捍卫了祖国的尊严，令所有的侵略者恐惧不已；和平年代，这道屏障同样令众多的不法之徒望而却步。

熊良辉，这位大眼睛、浓眉毛、黝黑壮硕的汉子，自80年底从美丽富饶的洞庭湖畔来到这里，14年来，用青春和热血在千里边防线上筑起一道坚固的绿色屏障，风吹不倒，雨淋不透。

你即使知道他在战争中面对的残酷，枪弹中随时会奉献出宝贵的生命，但你却很难想象，和平环境，在这种不流血也不升腾硝烟的"战场"上，竟然也有超乎寻常的牺牲。

昔日炮火纷飞的广西边境，如今已成为商贾云集的商场，而熊良辉，这位普通连队的普通连长，仍然一如既往地驻守在云贵山脉末端的中越边境某贸易哨卡。

因为战争，父亲病逝时没能见上最后一面；因为战争，母亲瘫痪在床未能回家尽一份孝心。如今，中越关系正常化了，商人的叫卖声代替了昔日的枪炮声。他驻守的哨卡变成了热闹的商场。每天，入关人群车辆川流不息，两国边民商贩在这里大笔大笔地做着生意，有的一夜之间从平民变成富翁。在这样的环境里，熊良辉和他的连队经受着一场得与失、苦与乐的特殊考验。

市场经济的大潮冲击着神州大地。

"下海"经商的热浪席卷着城市乡村。

在这国家经济日趋繁荣昌盛的年代，得与失，比生与死更难以选择。后方和我们边防战士同龄的青年们，有的可以入学深造，有的可以招工转干，有的可以成为个体户和万元户。他们可以用自己的双手营造一个个现代化的小家庭，过上幸福美满的生活。而我们的边防战士没有这样的机会，也没有这样的条件。他们只能守山头，蹲猫耳洞，站岗执勤。

熊良辉的亲友、同学富起来了，他们纷纷来信向他报喜。单说亲戚吧。三个姐姐相继盖起了楼房。四个叔叔早就住进了"小洋楼"，四个舅舅一个比一个富。分别在县城、市区置下了家产，小舅舅经营着一家有200多万元固定资产的建筑公司。14个堂叔,27位堂兄弟全成了专业户和万元户。

他小舅舅多次来信劝他转业回去一块干，并答应每月给他600元的工资,送他一套70多平方米的住房。他谢绝了舅舅的好意。

至今,熊良辉仍然过着清贫的生活,他微薄的工资要养活母亲、爱人和女儿。结婚6年了,连一套家具都没有。他唯一值钱的家当是一箱书和妻女的一对“母子木箱”。

书箱是他刚转志愿兵时利用废旧炮弹刨钉成的。书是他入伍以来购买积累的有关人生观、价值观、思想修养、军事知识等方面的书籍。

那对“母子木箱”是一位战友转业时送给他的,里面装着妻子女儿的全套行装。

是的,有时他也觉得自己没本事,对不起妻子女儿。家属刚随军不久,女儿天天吵着要看电视。他狠下心花300多元买了一台半成新的黑白电视机。可好景不长,电视机光有声音没有图像,变成了“收音机”。

其实,只要他愿意,完全可以活得潇洒一些、富裕一些。1992年底,部队精简整编。小舅舅一次汇给他5000元,劝他打通关节转业。他也曾迷茫过,几个晚上辗转难眠。一些毫无关联的画面像电影蒙太奇一样,在眼前幻来幻去。母亲期待的目光,妻子没有工作的苦恼,女儿不能上幼儿园的怨艾,部队的悉心培养,党、人民、军队给予的荣誉,牺牲的战友。

他想通了！正如妻子所说,他是部队的人。不错,改革开放需要人“下海”,也需要人“守山”。山是祖国的山。山是四化建设的护门山。我不守山谁守山！

熊良辉留在了边防,调任四连连长。

四连驻守在有名的龙邦关口。

几年来,昔日剑拔弩张,戒备森严的关隘,今日已是车水马龙、商贾云集的边贸口岸。

“下海”的诱惑冲击着军营。

金钱的诱惑考验着官兵。

一天下午，熊良辉从金鸡山阵地下来。半路上，一个红光满面、大腹便便的“大款”十分亲热的上前和他打招呼：“熊连长，我打听到了，你是华容人，我们可是地地道道的老乡！走，我请你喝几盅！”这个人湖南口音很重。

奇怪！半路里冒出一个老乡来。

凭着军人特有的敏感，熊良辉觉察出此人定有所求。他单刀直入：“你到底想干什么？”

看到眼前这位军官咄咄逼人的目光，“大款”有几分紧张，支支吾吾道出了他的来意：想借连队的坑道一用。“不行！”没有任何回旋的余地。

“大款”退后了几步，满脸堆笑地从腰包里抽出10张“伟人头像”，直往熊良辉口袋里塞。

“一点小意思，我们有话好商量嘛！”

“没得商量！我这里是军事设施，是战备坑道。”

“大款”讪讪笑着，尴尬地走了。

还有一次，内地一个老板从越南进了一大批货，没车运，全堆在关口的场坪里。

老板提着烟酒跑进连队找到了熊良辉。

“熊连长，请你派几个人帮我站岗守货，我可以一个礼拜付给你们连100元，付给你个人500元。怎么样？”

“不行！我们军人给祖国站岗，给人民站岗。军队不是镖行，不给私人当保镖。”

熊连长的内弟早已得知中越边境对外开放，生意好做，钱物好赚。就带了几千元钱跑到连队找当连长的姐夫，要求姐夫帮他促成一笔生意。熊连长听后很生气地说：“我是一连之长，我帮你做生意，全连的同志不是都可以做生意了吗？我不会帮你，你早点回去吧！”内弟又哭又闹，熊连长极为耐心地做通了工作，送走了内弟。

熊连长既是这样严格要求自己，也是这样教育和要求连队干部战士。几年来熊连长和他的连队，在这条黄金道上，共拒贿三十多起人民币达十多万元，协助边防公安局破获几起走私案，抓获不法分子 15 人，在广西中越边境线上竖起了一道令敌人、非法分子胆寒的绿色屏障。

难道说熊良辉不需要钱么？

不！他比谁都需要钱，父亲病逝、母亲治病欠下的 6000 多元债务如今还未还清；与妻子结婚 7 年，连一套家具都没有，唯一值钱的家当是一箱入伍来购买的书籍和一台 350 元低价买的旧黑白电视机。

难道说熊良辉没有赚钱的机会么？1990 年底，就在他由志愿兵改转干部，当上连长的当头，他的一个在经营一家有近 200 万固定资产的建筑公司的舅舅，多次写信劝他转业去当他的助手；去年探亲，当年并肩战斗，如今下海办企业的战友以好位子、好房子、好车子的许诺，请他转业一起干。

然而，熊良辉不为所动，依然默默地与大山为伴。

（写于 1994 年）

铁生阳刚

■ 军人的奉献不仅仅针对军人本人，同时也是针对他的家庭。

■ 作为一个在战场上与死神打了十多年交道的边防军人，我相信自己能战胜这个危害人类健康的头号杀手！

亿万地雷在脚下

自从中国人的祖先首创世界四大发明之一的火药，历经千百年来从华夏九州输出海外，到达欧美后，世间的杀人武器就越造越多、越造越奇。中国有史记载的威力巨大的火炮，大约要首推八百多年前的霹雳炮了。

公元1161年，南宋大臣虞允文在训练士兵，正逢金兵进攻。他毅然亲自督战，占据有利地形，用极少的兵力大败金兵，使南宋政权转危为安，创造了抗金史上的奇迹。这次激战中，南宋兵将之所以大获全胜，就是因为使用了虞允文发明的新式武器——霹雳炮。这种炮外面用纸壳做成，里面装上石灰、硫磺等药品，炮弹从空中落入水中，硫磺遇水产生烈火，又从水中跳出，在空中爆炸。纸壳裂开后，石灰散作烟雾，致使金兵人马的眼睛都不能睁开，乱了阵脚，被南宋兵将杀得一败涂地。因为这种炮爆炸后，声如霹雳，所以大家叫它“霹雳炮”。在抗金战斗中，虞允文与名将吴磷在川、陕战场上紧密配合，采用了新式武器霹雳炮给金兵以沉重的打击，收复了不少失地。

大约是霹雳炮开的先河，经过八百多年的演变，人类创造的杀人越来越高明，越来越厉害。当今天人们提起大规模毁灭性武器时，过多只讲核武器，却往往忽略了有“隐形杀手”之称的地雷。这个20世纪全球所拥有最多、使用最频繁的武器，其威胁力早已取代了昔日的霹雳炮。据总部设在法国里昂的国际残联组织的不完全统计，仅在过去的1980年至1995年的15年中，全球死伤于地雷爆炸的人数已超过了100万人！据国际红十字会统计，直至20世纪末，每年伤亡于地雷爆炸的仍有3万多人！

在阿富汗，被地雷炸得肢体残缺的人有35—50万人之多，人们把当年苏联用直升飞机撒下的地雷称为“绿鹦鹉”、“蓝蝴蝶”、“黑寡妇”。

在非洲地雷重灾区，索马里的地雷至少把2.3万人变成了残废人，而且这些人当中三分之二在15岁以下！

在亚洲的越南、老挝、泰国、柬埔寨等国，都是重要的地雷区。越南境内主要是越战期间埋下的1500—2300万颗地雷。柬埔寨遗留于地下的地雷在400—700万颗之间，差不多每个人可以分得一颗地雷。

而根据联合国官员统计，自1991年以来，300多万颗地雷被埋在前南斯拉夫土地上。前苏联在1945—1972年发现并清除了第二次世界大战时期遗留下的地雷5800万颗。

据联合国和美国有关方面统计公布的数字得知：目前尚有1.1亿颗地雷分布在世界上65个国家和地区。这些地雷每颗重量从20—500克不等，制造成本仅数美元而已。布雷也很容易，在飞机上能把成千上万颗地雷撒在森林中、田野里。它们是用非金属制成的，很难探测出来。因此，可以说在人类历史上，很少有像地雷一样能大量将人杀死或致残而又极其简便易使的武器。

地雷与其它杀伤性武器有所不同，它大量杀伤的却是无辜平民，因而它已成为人类潜在的祸患，以及新的世界公害。仅就每年在上述65个国家和地区伤亡于地雷爆炸之中的人员而言，绝大多数是无辜平民，包括在田间耕作的农民，打水、背柴的妇女和嬉戏玩耍的儿童。

更为严重的是，地雷的有效期长达50年以上。目前已埋在地下的地雷不仅危害当代人，而且还会祸及子孙。像第二次世界大战中埋的地雷，到80年代末期还在波兰造成人员伤亡，即使装备了现代化扫雷设备的联合国维和部队，在柬埔寨工作的10个月中，耗资达1000多万美元，也仅仅扫除了11万平方米的雷障，清除地雷4.8万枚。

战后的阿富汗，全国有75万军人、民兵接受了防雷、排雷知识技术的培训，他们在联合国军事专家的帮助下，用了几年时间仅扫除雷区3170平方米，伤亡的扫雷人员却近千人。

海湾战争只打了几十天，科威特扫雷所用的时间长达两年，耗资近亿美元，伤亡了1000多人。

1993年初，联合国已正式把全球大扫雷的行动列入了议事日程；1994年支出7000多万美元在14个国家示范扫雷，清除地雷10万枚。据专家估算，平均每排除一枚地雷的花费达300—1000美元；若要排除分布于65个国家和地区的1.1亿枚地雷，至少需要850亿美元，这还不包括资助受害者治疗所需的费用。然而，由于部分国家战火不熄，使全球的地雷数量不是在减少而是在递增，联合国估计每年新增的地雷达200—500万枚。

鉴于此，联合国于1993年12月7日通过了实施全球禁止地雷出口的决议案。国际红十字会也于1994年2月24日通过决议，要求联合国扩大禁止使用杀伤性武器的范围，禁止使用地雷和一种能射伤人眼的新型激光武器。国际红十字会还同美国越战退伍基金会、欧洲一些正义组织发起了禁雷运动。但是，这些决议与正义行为遭到了欧美国家一些军火商及军界领导人的强烈反对。当有人向美国国会一位官员提出禁止使用地雷的建议时，他竟反问对方："是在哪个星球上禁雷？"可见不少人，包括一些军界、政界要人都对地雷的危害性缺乏认识或视而不见。

同样的问题，中国政府与中国军人就以身作则，积极付诸行动，在中越千里边防线上作出响亮的和平回音——边境全线大排雷！

勇士率兵笑傲雷场

1993年春，国务院、中央军委发布了关于在中越边境全线大排雷的命令。此时，广西法卡山英雄团的特务连连长阳铁生正在湖南衡阳老家休假，筹办结婚大事，一纸催他速归队的电报传到了他的手上。他清醒地意识到，又一次生死考验的时刻到来了。他决定推迟婚礼，并劝告未婚妻做好改嫁的思想准备。未婚妻爱他矢志不渝，一定要他做一回丈夫再走，并说她自从选择了他，就没想过改嫁他人的事，倒是作好了当寡妇的准备。他笑着安慰她说："其实炸死我的地雷还没造出来，上雷场虽然脚踏地狱门，但不仅我死不了，我还要保证战士们无一伤亡。放心吧，凯旋归来后，我们再结婚。

赶回部队，他立即向前线排雷指挥员、法卡山英雄团团长李士湘报到，受命出任排雷队长。他深知这副担子的重量，他也知道战争中的头号杀手——地雷的威力。据当时国际组织的资料统计，至今还有1500万枚以上的地雷埋设在越南北部地区，其中在千里广西边境线上约埋有100万枚地雷。因此，中、越边境广西地段成了全世界注目的主要雷区，而广西的主要雷区又在中外闻名的凭祥友谊关的东西两翼法卡山、金鸡山一线的铁路、公路、山中小路的通道沿线上。这片总面积158万平方米的82个雷场的边境土地上，战争期间双方军队埋设了30多万枚形形色色的诡计雷、压发雷、子母雷、定向雷、跳伞雷、飞蝶雷、绿鹦鹉雷、黑寡妇雷、连环鸳鸯雷等近百种花样百出的多国制造的地雷。

阳铁生1984年初入伍，在法卡山前线经历过战争硝烟的薰陶和出生入死的血火洗礼。他当过班长、排长，立过军功受过嘉奖，又考入军事院校学习深造过，是全军闻名的优秀特务连长。十年边关的战斗生活，使他对中越边境的情况十分熟悉。面前这一片雷区的复杂、险恶，他十分清楚。走上这片雷场排雷，无异于一脚踩上阴间地府鬼门关，另一只脚留在人世间，这是每个战士都会面临的身处阴阳生死界的较量，是在死神手中争夺生命。因此，他在排雷前的集训中，对每一个排雷队员都进行严格训练。

训练场上，战士们时常听到他大声喝叫："小李，你想死啊，动作不规范，毛毛糙糙的，上了雷场你就碎尸万段！重练50遍！""小王，火焰喷射器拿偏了，想把战友烧死啊！"一天训练下来，战士们都像散了骨架似的难受，背后相互埋怨道："连长最近怎么啦？动不动就训人，简直是鸡蛋里面挑骨头！"阳铁生自然懂得部下们的心理状态和怨气，但他既不责备又不解释，只在每天训练前千篇一律地强调："平时多流汗，战时少流血。训练场就是战场、雷场，谁想偷懒耍滑，当心我罚他重练50遍、100遍！"

1993年6月4日，随着广西军区副司令员、排雷前线总指挥胡军少将一声令下，千里广西边境拉开了大排雷的序幕。阳铁生率领的法卡山英雄团工兵排雷队，提前进入指定雷区，接到排雷命令时，他一马当先冲向雷区，以手中的火焰喷射器开路，烧除高深的树丛、草蓬，引爆埋设在征途中的一枚枚地雷。然而，这一带曾是两国交战时间最早且最长的边境热点战区。从15年前双方埋下地雷以来，仅有文字记载的就达26万多枚，但军队不断调防、变换，到底谁在什么地点埋下多少枚地雷，至今还有多少枚地雷未爆炸，谁也讲不清楚。阳铁生率领的工兵们只能一寸一寸土地扫探，随时都有触雷、踩雷的危险。

首征52号雷区，战士小王充满自信闯进一斜山坡地，用探雷器一路扫描过去，忽然，他发现一枚地雷，正弯腰要去排除，在小王身后不远的阳铁生冲他大叫一声："站住，别乱动！"原来，阳铁生看到小王脚下踩到了一枚连环跳跳雷，只要他脚一松动，脚下的地雷就会飞起跳到身后战士中爆炸；如果他脚不移动，而动手去排那探测到的地雷，稍不注意又会触爆周围的一串地雷。只见阳铁生走到小王身旁熟练地先排除他脚下的地雷，再细心地排掉那一连串连环跳跳雷，小王见状，惊出了一身冷汗，若不是连长的敏锐和高超技术，他这一莽撞将导致自己和战友们血肉横飞，葬身于这片红土地上。

在另一雷区，战士小李也很得意地探到了地雷，他俯身正要从地下取出一枚地雷时，阳铁生又阻止了他。凭经验，阳铁生判断这是一组防工兵子母雷，如果将上面的大地雷取出就会引发埋得更深的小地雷爆炸，而小地雷一炸响，又会连带牵扯其它雷群连锁爆炸，后果不堪设想。阳铁生和小李一起小心翼翼地往下挖，果然，挖出大地雷下面的小地雷。经此一遭，小李感到自己好像到阎王殿中走了一回，是连长把自己从地狱门前拉回了人世间，对连长非常感激和由衷敬佩。

阳铁生这一系列处险不惊、临危不惧的精神和高超的探雷、排雷技术，令排雷队官兵们感叹不已。战士们都从雷场生死界上的血火考验中，深切感悟到连长在排雷前对他们严格要求、严格训练的良苦用心和“平时多流汗，战时少流血”口号的精髓要义。

6—8 月的广西南疆，是一年中最酷热的时期，加上满山遍岭被火焰喷射器点燃的烈焰烧灼，雷场一带地表温度已高达 60℃。阳铁生和战士们一样，天天穿着厚严的防护衣，每天下来都能倒出一身的汗水。紧靠中越边境的 46 号雷区，是个杂草丛生，山高林密，坡陡路险，地形复杂的地区，这里曾是双方军队激烈争夺过的制高点，雷群密布。阳铁生走在排雷队前面开路时，由于连日劳累，在双眼眩晕的刹那，脚下一滑栽下十多米的山崖下，幸好是身陷泥坑中而不是摔在石堆上，战士们把他从泥坑中拉出来后，说什么也不准他走在前面探险了。进入雷区，后来荣立二等军功的战士小雷抢先一步说：“连长，这次让我先上！”阳铁生脸一沉，将他往后一拉：“你还缺乏经验，往后靠！”他还想争辩，阳铁生大声说：“这是命令！”这天是 9 月 9 日，他们全队共排除地雷 370 多枚，其中阳铁生一人排雷46枚，受到上级的通报表彰。10月25日，阳铁生因病情加重，晕倒在雷场附近的营地。战士们见到和自己生死与共的连长病成这样，个个心急如焚，争相背着身高1.8米、体重180斤的阳铁生从山中小路一步步艰难地下山。回到团部后，又护送他到驻南宁的解放军三〇三医院治疗。经确诊，阳铁生患了晚期鼻咽癌，并已转移到颈部。护送的战士哭着对医生说："你们一定要把我们连长治好啊！排雷队可以没有我们，但不能没有他！"

癌魔无情。阳铁生从此诀别了雷场，但同时他也兑现了自己对未婚妻许下的诺言："上雷场不仅我死不了，我还要保证战士们无一伤亡。"他说到了，也做到了。指挥凭祥一线大排雷的李士湘团长证实，在两年大排雷中，这支排雷队的确无一伤亡。而现在，等待阳铁生的又是另一个残酷的生死战场——与癌症作殊死斗争。

向"头号杀手"挑战

医生断定，阳铁生最多只能活半年。经团首长研究决定将实情告诉他，战友们都勉励他战胜癌魔，重返雷场。面对癌症，他坦然处之，反而安慰战友："我就怕挨饿，不怕癌症，作为一名在战场上与死神打了十多年交道的边防军人，早已将死亡置之度外，我相信自己能战胜这个危害人类健康的头号杀手！"

医生们认真分析、讨论了医疗方案，告诉阳铁生，必须立即做切割手术，否则癌细胞转移将危害生命。但是，做切割手术后，他将丧失说话能力。阳铁生想，不能说话仅靠打手势、讲哑语是不能指挥战斗的。他问医生还有没有别的方法治疗？医生说还有一种放射治疗法，但放疗会使患者痛苦不堪，备受精神与肉体的折磨。他不畏惧痛苦，选择了放疗。

阳铁生忍受着放疗过程的痛苦和折磨，两边太阳穴常常钻心地疼痛，浑身冒虚汗，腹泻呕吐不断，高烧持续不退，但他始终没哼叫过一声。放疗的后遗症还导致阳铁生英俊的面庞布满了黑色素，脸和颈肌肉纤维化，嘴巴严重变形，只剩下一条缝隙，连小药片也难以塞进去。他口中的唾液分泌遭受严重破坏了，几乎没有口水，不要说每天吃米饭，就是吃软质面条、流质稀粥，甚至喝汤水都十分困难。他感到要战胜癌魔，要恢复健康的身体，不吃东西是不行的。为了多吃东西，他用两块小钢片把上下嘴唇撬开，一点一点地把饭塞入口中，但是，饭入口腔还没嚼烂、吞咽，他便感到恶心、反胃，口中的食物哗啦一下从鼻孔中喷出来，呛得他两眼冒金星、头脑发木……他一次不行，再来二次，呕吐出食物，又逼迫自己重新吃，往往一餐饭要吃上两个多小时。

由于他顽强地与疾病作斗争，获得了良好的治疗效果，不久他就能自由上下楼走动了。刚能走动，他就闲不住了，一心牵挂着边境雷场上的战友们，设想着一套套有效的排雷方案。他托战友捎来排雷路线标示图和爆破教材，反复地计算、研究，制作有效方案，最后规划出一套边境雷场作业情况示意图，遥控、指挥排雷队的探雷、排雷行动。

经过半年时间的医治，阳铁生的癌细胞已得到控制，加上他顽强地抗争，死神逐步远离他去。当他再次做全面体检时，主治医师黄国帜说："奇迹，奇迹！我从医 30 年，还是第一次见到这样意志坚强的病人。"诊断结果是：癌细胞收缩，局部无复发，无转移，血常规、肝功能正常。

阳铁生急不可耐地出院归队，迫切要求团首长安排他重返雷场。团首长考虑他尚未完全康复，坚持要他再修养一段时间，他不肯，软磨硬缠拍着胸脯说："这点小病算什么！闲着没事干，健康身体也会憋出病来。我是党员、干部，应该为部队建设，为边境安宁多作贡献。"团首长拗不过他，只得批准他重返特务连挂帅，但规定他留守机关，不准再上雷场。

阳铁生虽然留守机关，但一天到晚闲不住。有一次，他在一米多深的淤泥中一干就是两个多小时，最后晕倒在泥水中。1994年夏秋之交，凭祥市遭受世纪洪魔的吞噬，市区水深齐腰，人民的生命财产面临严重威胁，阳铁生不顾自家被水淹，率领全连官兵奋不顾身投入抗洪抢险战斗中，几天几夜不回家。这年9月，凭祥再次遭受暴雨洪水袭击，该市最大的大象水库面临崩塌危险，又是他率领特务连官兵冲向水库，跳进冷水中奋战几天几夜，保住了水库。逢年过节，他总是安排大家去休息、娱乐，自己去执勤、站岗、查哨。

虽然阳铁生的病情得以控制，但强烈的药物反应已使他心率失常，白血球下降，左耳完全丧失听力，多种综合病症时常侵扰他。一声咳嗽，一个喷嚏，随时会导致他癌症复发，使他断送性命，猝然离世。过份地操劳，不要命似的工作，终于导致他先后七次旧病复发住进医院。前六次住院，他又六次出院，使他产生一种错觉，癌症真的不可怕。他还以自己的亲身经历和体会向别的癌症患者传授抗癌经验。

1996年11月14日，阳铁生的癌症第七次复发住院。当时他正在湖南衡阳市家里休养，当团部卫生队的汤医师奉命来接他回南宁治疗时，他全身肿痛站立不起，每天卧在床上不能自由动弹；吃一口饭就冒出满头大汗。汤医师见状，心中又是钦佩又是难受，断定他去日不久。但阳铁生还是不失去战胜疾病的信心。在他家附近打工的民工和邻居受他的精神所感动，每天轮流帮他按摩，喂他吃饭，帮他家做家务。汤医师在邻居们的协助下，要将他送上火车。临出家门时，他咬紧牙关突然硬撑起身体，推开众人，迈出军人的正步，走向等候他的汽车。

军人自有军人的爱

阳铁生的妻子唐美英，是衡阳市天翔机电公司职工，婚前还是个典型的城市姑娘、娇美小姐，嫁给他后不仅成熟起来，而且忍着巨大的身心痛苦，变成了里外一把手的贤妻良母。

1993 年春，阳铁生奉命归队后，她不放心，曾专门请假来到部队探亲照顾。谁知，她在团部招待所住了 10 天，阳铁生就在附近训练排雷队，却没回来看她，她误会了他，一气之下买了火车票回家。团首长知情后，命令他立即停止工作，连夜乘车去追她回来。当他追到南宁时，得知她已回衡阳了，就给她发了一封长长的道歉电报，自己匆忙赶回边关。唐美英终于消除误会，回信鼓励他好好干，在雷场上干出成绩来。当他被确诊为晚期癌症后，她义无反顾地赶来医院，与他在病房中举行了婚礼。她的举动感动了医生和患者，大家纷纷前来病房向他们敬献鲜花。

阳铁生来自山区农村，父母、兄弟都是贫困的农民，父亲仅能奉献出的财富是那勤劳的手脚，到医院来陪护他。父亲终因操劳过度，返回家中不久先离他而去，母亲也患上了精神分裂症。能给他安慰和帮助的只有妻子唐美英了。她所在的单位效益不好，已下岗待业，为让他治好癌症，她一边四处找零活干，靠打工挣钱维持生计，一边向父母、哥哥和亲朋好友借了两万多元给他买好药、买补品。她只有一个心愿：只要能治好他的病，什么贵重药品都不惜一切代价买来，还拿出六千多元给家公、家婆治病，为两个小叔子盖新房。她自己和幼子却舍不得吃穿，至今还住在一间待拆建的十来平方米危房里，寒冬时节窗户都没有玻璃，只有旧报纸糊上去挡风寒……

1996 年 12 月 6 日早上，与死神抗争了四年时间的阳铁生再次伸出颤抖的双手，捧喝着妻子递来的牛奶，当他喝到一半时，两眼失神，瞳孔放大，没等妻子叫来医生，他已溘然辞世。

唐美英，这位年仅 26 岁的贤妻良母，痛失丈夫后，几次从晕厥中苏醒过来，擦干眼泪，处理完丈夫的事后，拿着阳铁生生前的 1500 元借款单，遵照丈夫的临终嘱托："我死后帐单不能死，请你替我把钱还给公家。"找到团首长要还钱。团长李士湘和政委刘广平、副政委曾生含泪对她说："免了！所欠款项由我们解决！"他们这几位当年法卡山保卫战中的战斗英雄并没有用公款销账，而是和团党委常委们你捐 100 元，我出 200 元，为阳铁生这位好部下销了这笔公款欠单。

末了，团首长问唐美英还有什么困难和要求，她坚定地说："困难是有，但我自己能克服；我只要求铁生健康活着，为此宁愿一生受苦，但这唯一的愿望破灭了，再无他求。"事实上，她还背负为阳铁生治病而外借的 1.6 万元欠款，她决定自己日后去挣钱偿还，不给部队增添负担。按政策规定，部队付给她和家婆各 2300 元抚恤金，她一分钱也不要，让部队将 4600 元一起交给阳铁生母亲治病、养老。

法卡山，壮族语言中意为天杀雷劈之山。虽然年轻的特务连长阳铁生过早地离开了人世，但他的英魂却像一道苍生霹雳，永远震响在祖国的南疆大地。

（写于 1998 年）

将士抗洪记

■ 和平时期的抗洪抢险战斗，使人们对军队又有了更加深刻的体会和认识：人民的军队永远为人民，是牺牲精神和奉献精神铸造了不朽与伟大！

■ 士兵，就是一尊绿色的雕塑群！军人，就是一座永恒的纪念碑！

引　子

在我提笔采写这篇报告之前，请允许我将这首笨拙的诗作献给参加1994年广西大抗洪的全体将士们——

在水灾泛滥的日子里
一些绿色的草地、庄稼和家园
瞬间变成一片汪洋
而另一些绿色的士兵
从界碑走来
从高山走来
从大地走来
在一望无际的长堤上
延续着村庄微弱的呼吸
绿色士兵群
在这里上演一部战洪图
脊梁，耸立成一座座岛屿
手臂，生长成一杆杆红旗

高擎起洪水冲不走的希冀

雕塑绿色生命

那是一幅悲壮的造型

历史将永远记住：1994 年夏季。“老天爷”在十多个日日夜夜里，把超过常年全年的降雨量，局部地区接近几年的降雨量，一古脑儿倾泻，经济损失达一百多亿元……

历史亦将永远记住：在不可抗御的大洪魔面前，驻桂三军和民兵预备役将士们，团结协作，顽强不屈，经受住了一场严峻的考验，表现出了巨大的革命英勇气概！

抗洪，紧急出动兵力 100 万

1994 年 6 月 13 日。午夜时分。

从戒备森严、神圣雄威的广西军区作战大楼，传来一条不亚于战情的通报：广西发生特大洪水！

通报说，进入 6 月份以来，由于受 3 号热带风暴的影响，广西西江支流和龙江发生每秒 1.01 万立方米和每秒 1.005 万立方米的洪水，涌入柳江，直奔西江。出现洪峰——

水位 89.53 米！

流量每秒 2.5 万立方米！

这是历史以来最大的一次洪水！

人民的生命财产受到严重威胁——

桂北告急！

桂中告急！

桂东告急！

桂西北告急！

人民的患难时刻牵动着子弟兵的心。

作战楼，灯火如昼，一派繁忙紧张的气氛。此时此刻，指挥着千军万马的将军们正根据中央军委、三总部和广州军区的指示，紧急组织召开了防汛工作会议，研究部署抗洪抢险工作，修定和完善抗洪救灾方案，调兵遣将作战略部署。司令员文国庆少将读着一份份《灾情通报》，神情格外凝重，严重的灾情使他夜不能眠。他和他的助手及时与驻桂某集团军军长欧金谷、空军政委刘春亮等兄弟部队通报灾情，研究部署。最后。驻桂三军果断决定：出动兵力，开赴抗洪第一线，全力抢险救灾！

翌日，广西军区《关于抗洪抢险行动方案》以及《关于部队、民兵预备役人员抗洪抢险政治工作指示》向所属有关部队、民兵预备役组织发出；驻桂某野战集团军运筹帷幄、调兵遣将；广空驻邕空军一架架战鹰在整装待发；桂林陆军学院、空军高炮学院以及广州军区后勤部驻桂分部也迅速成立了抗洪抢险救灾指挥部。

罕见的洪水，罕见的灾情，牵动着党中央、国务院和中央军委领导同志的心。江泽民、李鹏、刘华清等中央领导指示部队要全力以赴投入抗洪抢险。广州军区专门给广西区党委、政府发来慰问电：人民解放军全力支援广西抗洪救灾！

三军官兵纷纷递交请战书，奔赴抗洪第一线！

当人民处于危难之际，共和国的军人们赴汤蹈火，义无返顾，奔向抗洪第一线。十多名将军亲临灾区，像指挥作战那样全力投入抗洪救灾组织指挥。

15日上午，从湛江灾区匆匆赶回的某集团军军长欧金谷，又迅速率部队赶赴柳州灾区；

15日下午，刚刚从边防连队归来的广西军区司令员文国庆少将听了自治区领导介绍全区灾情后，立即召开紧急会议，研究部署部队、民兵预备役人员抗洪救灾工作；

15日晚23时，毛国斌副政委与自治区领导一起率部队连夜奔处柳州灾区，巡察灾情，指挥抢险救灾；

16日下午，三军领导与自治区党委副书记丁廷模等研究部署被洪水围困地区空投物资的方案；

17日清晨，广西军区副参谋长程传善随同自治区有关领导率舟桥部队奔赴都安县灾区；

18日，广西军区政治部主任周遇奇带工作组赶到梧州地区，加强灾区的一线指挥力量……

我们在灾区采访的日子里，到处都可以听到与洪魔搏斗的官兵们发出的铮铮誓言：

“人在大堤在！”

“我在人民安全在！”

“我在国家财产在！”

灾区人民告诉笔者：每一次硬战、恶战、险战都是子弟兵冲锋在前。

除此之外，广西驻军三军部队、民兵预备役人员的总兵力为一百多万，其中正规军达十万人次，出动飞机十余架次，船艇、车辆、抢险施工机械和救生器材一万多艘(件)。

“哪里有灾情，哪里就有解放军”——今年夏季的这场抗洪救灾斗争，人民解放军驻灾区各部队迅速出动，投入了边境自卫战役以来最多的兵力。广大官兵与人民群众一道并肩作战，同滔滔洪水展开殊死搏斗，写下了广西抗洪史上的最光辉的一页。

洪魔来了，解放军也来了

初夏的一天夜晚，在卫星云图上，铅灰色的云团像魔伞般笼罩在八桂大地部分上空。

洪灾，一触即发。

“轰隆隆！轰隆隆……”漆黑的天幕上一道巨大的蓝光划破，瞬间，老天爷像发了疯似的，狂风猛刮，天空像水筛子般，大雨劲地倾泻。

龙江满了。柳江满了。西江满了，所有的江河都满了……长长的雨带凝滞在八桂大地，浊浪翻滚。洪峰如脱缰的野马呼啸着冲向下游的村庄、良田。大人的呼救声、小孩的哭喊声，禽畜的嘶鸣怪叫声交织成一片……

洪魔来了！

险情传来：水位高达89.25米，为全国解放以来最大的一次洪水！

枝柳、黔桂铁路线中断！

主要公路地段被洪水淹没！

数百万人被洪水围困！次洪水！

一排排房屋倒坍，一家家工厂被淹在水中，村舍农田化作一片汪洋。

洪水在向人们报警：抗洪救灾！抗洪救灾！

消息像火一样燎着人们的心。

告急的电波在浓云与雨幕中飞传——

一道道命令，调动起数万抗洪救灾大军：

广西军区部队千里奔驰援八桂灾区；

驻桂某集团军日夜战斗在抗洪第一线；

桂林陆军学院、空军高炮学院、广后驻桂分部官兵也参加抗洪救灾；

驻桂空军投入抗洪斗争。

急促的军号声划破雨夜，八桂军营紧急出征！

广大解放军指战员坚定地表示：我们全力以赴，保生命、保财产！

面对滔滔的洪峰浪涛，官兵们抢运物质、加固河堤。无畏的士兵在危险的坝堤地段用钢铁身躯筑起抗风击浪的人堤，他们臂膀挽着臂膀——

这里，就是上甘岭；这里，就是法卡山！

面对洪魔的肆虐，部队纷纷行动起来，和洪魔展开了不屈不挠的战斗。

6月13日，河池市拉潮水库漏水，龙江洪水暴涨，危急着群众的生命财产安全，河池军分区和县市武装部组织了近万名民兵，奔赴五个受灾县市进行抢险。部长杨宗灵带领民兵应急分队

350人赶赴现场，在水库溃堤的10小时之内，将近千名群众及物资安全转移。

6月14日凌晨，桂林漓江汛情告急，当地驻军、桂林警备区、预备役通信团、桂林陆军学院仅用7个小时便组成二千多人的抗洪抢险队伍开赴灾区；6月15日。柳江水位暴涨，驻柳某集团军、空军训练团和武警部队立即出动4000名官兵投入抢险战斗；柳州军分区及柳州预备役师也组织了23个民兵连参加战斗，驻桂平海军航空兵某场站派出近二千名官兵，开进抗洪第一线；某集团军驻湖南长沙市的舟桥团派出一个舟桥分队，16日急驰广西……

在这次抗洪斗争中，笔者看到一个现象：每一个指挥抗洪的地方领导旁边，无一例外地都有一位军队指挥员。灾害把军队与政府、军队与人民紧紧地拴在一起。

灾情刚刚发生，正在边防视察工作的广西军区司令员文国庆将军回到南宁，立即召开了由作战、组织、宣传、通信、战勤、军需、运输、军务等十几个部门领导参加的紧急会议，成立了抢险指挥部，协调驻桂三军的抢险行动。军政首长们分头赶往抗洪前线组织战斗。

将军坐不住了！15日晚，广西军区副政委毛国斌和自治区有关领导一道，连夜赶到柳州市；17日，胡军副司令员带领工兵营日夜兼程赶到梧州市；程传善副参谋长带着舟桥分队和医疗队奔赴河池地区；政治部主任周遇奇带领工作组直赴桂平、平南。驻桂集团军某野战师兵分三路，每个方向由一名师首长指挥，直赴桂林、平南、梧州……

解放军呵，解放军！人民群众在最危难的时候，首先想到的是自己的子弟兵；解放军时刻想着老百姓，哪里有群众的危难，哪里就有解放军。16日凌晨从湖南赶往广西的舟桥连，17日到达柳州市，完成任务后又星夜赶往梧州市，18日中午被围困在来宾县。高安乡七百多名群众被困在一个山头已经整整四天四夜，极度疲劳的战士闻讯后立即出动，将饥寒交迫的灾民全部救出。

广西军区舟桥分队完成了宜州市、都安县两个重灾区的抢险任务后，又迅速援助梧州市，当车队行至苍梧县时，最后的五台车被洪水隔阻，与车队失去联系，官兵们已经四十多个小时粒米未沾，然而仍主动请战，参加当地的抢险战斗。

险情就是命令。6 月 18 日，桂平、平南沿江部分江堤出现险情，一些堤坝已被冲垮，情况万分危急。驻桂某师和海军桂平场站纷纷请战，三千多名官兵部署在二十多个险情最严重的地段。

“扑通！扑通！”官兵们毫不犹豫地跳进深及胸的洪水之中，筑起坚固的人墙。经过五个小时的艰苦奋战，挖运土石方五十多立方米，装填麻袋四十五万多个，确保了江堤的安全。

将士抗洪交响曲

水是生命之源，可以养育人类，然而它也可以毁灭人类。人们常说，洪水如猛兽。由此可窥其凶残程度。其实，洪水对人民生命财产的威胁与破坏，远远超过猛兽。

你看那洪魔咆哮而来，势不可挡，所到之处，树倒屋坍，大地上的一切生灵都将被洪水吞噬……

滚滚洪水袭击了我们的家园和父老乡亲。

然而，在风雨里、在波涛中，有多少英勇儿女舍生忘死抢险救灾立功勋，有多少动人心弦的凯歌冲云霄。那些日夜备战的抗洪勇士，他们用臂当舟，躯体作墙，救群众、保工厂、护大堤、堵决口、守要冲……哪里有红星闪耀，哪里就有生命的希冀。

作为赴灾区采访组的军事记者，在抗洪救灾的战斗中，我时时被战士们高尚的思想和崇高的行动所感染、所振奋！我的采访本上记录着一个个数不胜举的可歌可泣的事迹。这里我们选出千军万马战洪图的几个小侧面，相信我们的人民与我们的共和国将会记住每一个无奉献的革命军人、每一位抗洪的勇士。

抗洪战场——河池。金满，都安瑶族自治县加贵乡的一个偏僻的小山村。在今夏广西历史罕见的特大洪灾中，这个名字寄托着希望的山村，一夜之间成泽国。全村所有民舍倒塌，六千三百多亩农田受淹，2978 名群众被洪水逼上了几座孤岛般的山坡，围困了三天四夜。

哪里有危难，哪里就有子弟兵。坐镇南宁指挥全区部队抗洪的广西军区副司令员胡军少将多次电话询问灾情。

6 月 16 日，正在宜州市组织民兵抗洪的河池军分区司令员唐海大校、参谋长罗卫国上校接到金满村告急的消息后，立即赶赴灾区，绕道冒雨涉水爬山赶到金满村，并立即在那里建立了抢险指挥部，开展了紧张的抢险工作。仅一天，就救出被困群众 1008 人。为了及时解决抢险船只和安置灾民生活，参谋长罗卫国上校不顾疲劳，连夜赶到宜州市，调来武装干部、民兵船队以及蚊帐、被子三千多床，席子二千多床和食品衣物等一批救灾物资，并在北山乡、板磨村开设了两个临时安置点，安置灾民 1806 人。

抗洪战场——柳州。洪水从天而降：6 月中旬，连降暴雨，山洪爆发，洪水横溢，柳江河水持续上涨。柳江上的支流龙江、融江之水涌向柳江，潮头直取柳州！

柳州告急！

驻桂某集团军接到柳州市防汛指挥部求援电话后，军领导和机关立即连夜驱车往灾区组织指挥部队抗洪抢险。某炮旅接到命令后，第一梯队 250 名官兵连夜冒雨从驻地奔赴灾区投入到紧张的抢险战斗；雷达营也在紧急集合动员，100 名官兵顾不上吃饭，人速赶到了指定灾区现场；教导队 50 名官兵提前 15 分钟赶到灾区。炮旅第二梯队一千多人在 20 分钟内集合完毕，火速奔往抗洪第一线；某师工兵营由 10 多名组成的爆破组，从贵港火速赶到指定地点。

这是一支英雄的部队，一支有红军传统的部队，像当年决战沙场，每一个士兵都冲锋陷阵！……面对凶猛的洪魔，官兵们发扬英雄部队的优良传统作风，不怕牺牲，不怕疲劳，连续作战，为保护国家财产和人民生命安全作出了贡献。16日上午7时，柳州市美术学院和商业学校一千多名学生被洪水围困，官兵们冒雨撑着木船将被困的学生一个一个地转移护送到安全地带，一直战斗到傍晚时分。官兵来不及小憩一阵，饿了啃几口干粮，又分头向城区的十多个灾点解救灾民，抢运物资。这天，3500多人、1500吨物资在官兵们的奋力解救下，安然无恙。市民们含泪动情地说："军队可爱，军人可敬，举世无双！"

预备役官兵风采。在这支抗洪大军中，有一支引人注目的预备役部队，曾配合边防部队参加边境自卫还击战斗。百年罕见的洪灾，预备役官兵们召之即来，来之能战，战之能胜，哪里有灾情哪里就有预备役师官兵的身影。

暴风骤雨，天漆黑，伸手不见五指，官兵们摸黑前进，前往市郊羊角山乡新云村，那里有1155户群众，5000多人被洪水围困，生命财产受到威胁，到现场后，他们转移群众、抢救物资，连续备战两天一夜，将群众安全救出。

宜州市金满村26岁的基干民兵、村长韦仕培，在暴雨洪水中，全力组织村民抗灾自救。而自己却连一根针、一寸布都来不及带走，家产全部被洪水吞没，全村人被洪水与外界隔离，2987人的生命受到威胁，如果不及时将灾情报告上级，后果难以设想，为了群众的生命，韦仕培不顾乡亲们的劝阻，冒着生命危险跳进滔滔洪水中。五公里的水面，没有船只，也没有竹排，韦仕培凭着顽强的信念在激流中艰难地拼游着……终于，他把灾情及时报告了出去。

也就是在这个时候，被困在另一个山头的民兵营教导员、村党支部书记黎青，也在洪流中泅渡告急。报告灾情后，黎青回到村里，把身上值钱的东西扔给了妻子："你自己想办法脱险吧，我救乡亲去了。"

军人,铸造了不朽与伟大

在解放军指战员与洪水搏斗的昼昼夜夜里,我们又一次掂量出“子弟兵”这三个字的份量。当笔者从抗洪前线返回南宁发稿时,首府之夜,万家灯火,灯光的闪烁依然是那么的从容,一家家卡拉OK歌舞厅里传出动人的歌声,一家家影视院的观众依然安静地盯住银幕。市民们也许应该知道,此时此刻,在桂林、河池、柳州、梧州、桂平等重灾区,有10多位将军夜以继日地带领千军万马的解放军抗洪突击队指战员在舍生忘死地备战。

在当今变革的社会和没有战争的日子,关于对解放军的认识,每一个人都有自己的不同角度,不同的价值观。然而,这次抗洪斗争似乎使人们对军队的看法有了同一把尺子:是牺牲精神和奉献精神铸造了不朽与伟大!

周大校枕江堤

暴雨倾盆,水势骤涨,梧州危急!晚9时,广西军区政治部主任周遇奇大校接到救灾命令后,紧急布置,连夜率部出发。

乘车、趟水、坐船、步行……心急火燎直赴灾区。

凌晨1时,参加抗洪抢险战斗的部队赶到了梧州灾区。周大校不顾一路疲劳,没顾上休息,就冒着瓢泼的大雨,在齐胸的洪水中,一步一步地进行实地勘察,组织干部、战士、民兵迅速画出了线路图,标明险段,指挥部队展开抢险,协助地方政府帮助群众撤离……

雨,还在下;水,还在涨;险情一个接着一个。

“同志们,只要我们在,就要保住大堤,保证人民群众的安全!”只见周大校边说边指挥部队干。战士们想叫他休息一下,他坚定地说,“死也要和大家死在一起,我干不动,累倒了,也要躺在大堤上!”

是的,在这生死攸关时刻,周大校站在险处无声胜有声。

“救命呀,救命呀!”不远处,爬在树枝头的四名小孩拼命地哭喊着。周大校见状，指挥战士们驾着舟驶向密林深处，迅速爬上树，将孩子们一一抱到舟上，并继续搜索前进。这时，他又隐隐约约听到阵阵呼救声，循声搜索，终于找到三名老人，在靠近草棚的刹那间，官兵们跳下水，侧身把老人背上了船。一位七十多岁的老大爷泪流满面地说："二十多年前发生一次大水，是解放军救了我；今年洪水来得这么快这么猛，我这老骨头以为死定了，没想到又是你们这些头戴五星的人救了我。"

天亮了，险情逐渐排除。这时，几夜没合眼的周大校头枕舟缘，鼾声阵阵……

"生命之舟"闪军徽

黎明，静悄悄。

这一天是6月17日，河池地区受洪水袭击最严重的日子。广西军区舟桥连赴灾区小分队在副参谋长程传善大校的带领下，奉命转战抗洪地区。

无情的洪水冲垮了河堤，顷刻，宜州市、都安县方圆百公里被淹没，二千多名群众生死未卜！

"灾情就是命令，灾民就是亲人。"三十多名官兵驾着十多只冲锋舟、橡皮艇全速冲击前进。

"乡亲们，你们在哪里？"战士们焦急地呼唤。

洪水滔滔，十里茫茫。程传善副参长不顾危险，登上冲锋舟，深入到被洪水包围的山坡上了解灾情，亲临一线指挥抢险。舟桥分队官兵登上被洪水围成荒孤般的山头搜寻营救灾民。有的战士被瓦砾划伤脚，鲜血直流，然而仍坚持战斗。

在几乎被洪水全部淹没的梧州市郊，孤零零的山头上簇拥着三百四十多名群众，看到两艘冲锋舟正劈波斩浪向他们驶来，含泪高呼：解放军，解放军来了！距高地还有300米，冲锋舟被迫停下来，这一带有高压线和倒塌的建筑。二班长带领两名谙熟水性的战士下水引路，冲锋舟终于靠近高地，高地上顿时响起了一片欢呼声，战士们纷纷跳进水中，将位置留给群众，舟上的群众都感动得哭了！

在都安县金满村，有一位78岁的李老汉，带着三个孙子，仅靠两个小粽子熬过了艰难的四昼夜，已经饿得奄奄一息。当祖孙四人见到子弟兵送来的饼干饮料，不禁泪流满面，激动无语。一位老大娘在战士背她上了船时，含着眼泪不停地叨念："解放军，解放军……"

驾驶"生命之舟"的人。把生的希望留给群众，把死的危险留给自己，这是所有参加抗洪抢险的官兵的共同信念，他们用自己的血肉之躯，阻挡和抵御无情的洪水，把党的温暖传给陷入困境的人民。

在水上抢救灾民的广西军区舟桥分队便是他们中的一个突出代表。

这支英雄的舟桥部队驾驶着快艇、冲锋舟、橡皮艇，劈波斩浪转战于河池、柳州、梧州等重灾区。在茫茫洪水中行程数万公里，从滔滔洪浪上和滚滚激流中冒死抢救、撤离、转移群众成千上万次，还抢运物资。而自己却多次历险，九死一生。被群众誉为"生命之舟"。

提起这支分队，我们有必要浓墨重彩描绘一下带领这支队伍的舟桥连连长李志忠。自始至终，李志忠总是以一个共产党员身份敲响一种崇高的行动。瞧他，眼睛充血，一脸黝黑，青绿色的救生衣湿乎乎地贴在身上。抗洪以来，他辗转十多个灾区县市，日日夜夜全在舟上度过。

6月17日，汹涌的洪水突破决口直泻而下大堤的下游，淹没了一百多个村庄，村里男女老幼哭作一团。李志忠迅速分成了三个救护组，操纵着冲锋舟，打着手电，逐个村落寻救灾民。

不远处，他发现一棵小树上有一只手在挥动，冲锋舟迅速抵近停稳。李志忠一跃，一手抱住树干，一手抱下那位大嫂，大嫂无力地躺在舟上，双手合在胸前，两眼望着士兵头上的红五星，眼泪直流。

李志忠转身又冲向一座倾斜的楼房，隐约听到里面传来微弱的呼唤声，他绕屋一圈，不见人影。停机，用双桨把冲锋舟划向屋里，水位抵近屋檐，只见半空中吊着一个箩筐，里面坐着一名老太婆和小孩在水上摇摇欲坠。被洪水浸湿的婆孙俩被救了出来。抢救婆孙俩出来不多久，那间房屋渐渐地消失在洪水之中，老人老泪纵横："没有解放军，我们婆孙俩全没命了。"

抢险以来，仅李志忠一人就从洪水中救出遇险的群众数百。

一日，持续两天没睡觉，没吃一顿饭的战士们，正是人困马乏之时，倏然看见抱成一团的10多名落水群众爬在一堆漂泊的干柴上打颤。大水冲来，干柴堆在一个漩涡中，眼看就要散架。

"有人被水冲了，赶快抢险！"众官兵纷纷身跳入水中，展开了一场接力战。指战员们背的背、抱的抱，将一个个灾民推上冲锋舟，上岸后，战士们累得一头栽倒在地！

水上女军医

"看，解放军女军官也来啦！"人们的目光不约而同地投在一位戴文职军衔的女军人身上，只见她满身泥水背着伤病员跑上跑下，当有人受伤或患病，女军人便马上背起药箱，飞奔而去。整整四天四夜，她没离开灾区一步。她就是解放军三〇三医院第一批赴灾区医疗队护士陈志娟。

6月17日，陈志娟听说部队要参加抗洪抢险，成立医疗队。毅然决定将年幼的小孩交给同事，望着女儿远去的背影，她哭了，但她说"当人民处于水深火热之中时，母亲的责任要服从军人的天职！"她把全部的母爱，倾注在抗洪抢险中。

鲜艳的十字箱在洪水中显得格外醒目。许多村庄仍淹没在洪水中，只见陈志娟身背药箱，和男同志一道，趟过深至大腿的积水中，挨家挨户巡诊。有的需要坐竹筏或小船进去，她一路寻找，一路呼叫："我们是解放军医疗队，有生病的人吗？"

"洪水过后要注意防病，"这声音清脆而亲切，给洪水浸泡的村庄带来生机，病人大多住在山上，楼上，药物很难送上去，于是，她想出一个办法：用竹竿递上去。在金满村，有一位年逾八旬的老翁躺在担架上，陈志娟立即给老人作静脉注射——老人因发烧伴高血压，已卧床三天不起。队员们把老人抬出阴暗潮湿的房子，给她检查身体。陈志娟手脚麻利地给她注射抗菌药和输液……临走时，还留下几天的药品，老人激动得连连说三天"共产党好，解放军好哇！"

在巡诊的日子里，她没睡过一个好觉，没有吃过一顿好饭，一身迷彩服也很少干过。

尾 声

在这篇文字报告即将搁笔之际，我不想过多渲染什么，因为，我见到感人的东西实在是太多了；因为，事迹的本身就说明了一切。

国务院副总理邹家华说："没有军队，这次抗洪斗争不可能取得这么好的成绩。"

中共中央书记处书记温家宝说："解放军不愧为人民的子弟兵。"

国务委员陈俊生说："解放军在关键时刻起了关键作用。"

最后，我只想写下这两句话——

士兵，就是一尊绿色的雕塑群！

军人，就是一座永恒的纪念碑！

（写于 1994 年）

绿染百色大地

■ 请记住，同在一片阳光下，并不是所有的人都得到温暖的。

■ 贫困，一个令人苦涩而又无奈的字眼；贫困，一个十分沉重的话题。作为中国军人，有责任为国家反贫困进行一场艰苦卓绝的“战役”……

1998年7月1日，一份刊载广西百色军分区扶贫情况的《国内动态清样》呈送中央有关领导人手中。翌日，中国最权威的国家通讯社新华社播发了一条醒目的通稿——《百色军分区扶助29万少数民族群众摆脱贫困》，并陆续在《新华每日电讯》、《人民日报》、《解放军报》、中央人民广播电台等全国各大新闻媒体上刊登。

中共中央总书记、国家主席、中央军委主席江泽民曾两次到百色老区视察工作，还有李鹏、朱镕基、乔石、李瑞环等党和国家领导人在视察百色时，对百色军分区扶贫工作均给予充分的肯定。

“扶贫司令”彭楚政到百色做巡回报告时说：“百色军分区田阳县人武部的扶贫工作是老先进，你们是扶贫老大哥啊，我向你们学习！”

第一章　贫困，世纪话题

贫困，是经济、社会和文化落后状况的总称，其表现是基本物质生活条件缺乏。但主要是指基本生活没有保证，温饱问题尚未解决。从狭义来说，它是经济范畴的贫困，即生活不得温饱，生存难以维持；从广义上说，它还包括社会、文化、教育、政治参与和自然禀赋等方面。由此可见，贫困问题往往是多元的、综合的，物质贫困和精神贫困相交织，经济贫困和文化贫困相伴随，几乎就是贫困现象的真实写照。

贫困是一个世界性问题，二战结束以来的五十年间，世界财富增加了7倍，然而贫富之间的差距却在扩大，南北矛盾日愈加深。据联合国统计，目前全世界50多亿人口中，有13亿贫困人口，有十多亿人缺乏安全饮水等基本生活条件；失业人口超过1.2亿，文盲人数达9.5亿，有5亿儿童因贫困而失学；每年约1800万人死于饥饿、营养不良和与贫困有关的其它原因，远远超过战争所造成的死亡人数；每年还有三百多万人死于肺结核、痢疾等可预防疾病。在十多亿的贫困人口中，竟有8亿生活在发展中国家，其中亚洲就有5亿之多。在联合国列出的清单上，最贫困的国家有48个，其中1/4的“赤贫”人口就生活在这里，他们处于生存与灾难的夹缝之中。值得指出的是，发达国家的贫困悬殊问题也日趋严重，贫困人口也出现上升趋势，美国、西欧等发达国家有50%的人生活在贫困线之下。

贫困严重阻碍人类社会的发展。消除贫困，促进社会发展，一直是国际社会人心所向、众望所归。显然，在当今世界，不仅穷国普遍存在贫困，富国之中也存在贫困。自然灾害、种族冲突、人口膨胀、局部战争、社会分配不公以及不合理的国际经济秩序，是造成现代贫困的主要根源；贫困孕育着战争、暴力、冲突与社会动荡。成为当今世界不安宁的一个重要原因，可以说，贫困是全人类共同面临的“灾难”。

让我们再把目光投向中国——

我国在1978年约有2.5亿贫困人口，到1992年底仍有约8000万，1995年有6500万，到1997年底全国还有5000万贫困人口未解决温饱问题，这些贫困人口大多集中在中西部18个连片的深山区、石山区、高寒区、黄土高原区域或地方病高发区，其共同特征是地处偏远、交通不便、生态失调、自然资源缺乏、生产手段落后、粮食不能自给、生活能源短缺、收入来源单一、就业机会少、信息闭塞、文化素质低、卫生条件差等。我国最大的贫困地区，一片是“三西”黄土高原区，即甘肃的定西、河西及宁夏的西固地区，面积38万平方公里，土地沙漠化和水土流失严重，干旱缺水，植被稀少，人口超载；另一片是云南、贵州、广西三省区的喀斯特地貌区，面积45万平方公里，由于过度开垦植被破坏、岩石裸露，水土流失同样十分严重，干旱频繁，土地石漠化严重。

“种田为吃饭，养猪为过年，养羊为做毡，养牛为种田，养鸡下蛋为换盐”。迄今，仍是这些贫困地区大多数农民的“座右铭”。

中国的改革开放，使亿万农民摆脱了贫困，走上了富裕之路。然而，5000万贫困人口仍然是困扰着发展中的中国的一个大问题，是经济发展中一个不协调的音符，是我们前进中的一个沉重负荷。

在广西，经过十多年的努力，全区贫困人口从1500万减少到366万。目前，全区有28个国家贫困县，322个特困乡，366万农村群众未解决温饱问题。这部份人大都居住在大石山区，缺土缺水，交通难、饮水难、温饱难，文盲率高，劳动力素质低。其中，有50万群众居住在人均只有0.3亩地以下的缺乏生存条件的大石山区，至少有25万人需要异地安置。

有人说：“八十年代是穷人被遗弃的十年。”在这十年中，尽管世界经济获得了长足的发展，但是绝对贫困人口的总数非但没有减少，反而增加到前所未有的规模——13亿人！正是在这样的国际大背景中，中国能够用短短的7年时间，使绝对贫困人口减少到2000万，这的确是一个具有全球意义的历史性成就。然而，要实现《国家八七扶贫攻坚计划》所承诺的到2000年在中国消除绝对贫困现象这一宏伟目标，真可谓是艰苦卓绝、任重道远。

反贫困不是搞平均主义，反贫困只是要求每一个人都可以获得生存和发展的最基本的条件。中国科学院国情分析小组成员、青年学者康晓光对我国的贫困与反贫困战略进行了详细的分析与研究后认为："九十年代的中国已经完全具备了消除绝对贫困的条件。"

消除贫困！

消除贫困！

人类从迈入文明时代的第一天起，便为这个目标在苦苦追求。这其中，或许没有谁比中华民族对于这个目标的追求更显得急迫和痴情。

几年前的那个早春——1994 年 3 月 3 日，我国历史上规模最大的扶贫开发工作会议在北京举行。

会上，中国政府向全世界宣告："从 1994 年到 2000 年，集中人力、物力、财力，我国将动员社会各界力量，力争在 7 年左右的时间，基本解决目前全国农村 8000 万贫困人口的温饱问题。"

1996 年 4 月，北京人民大会堂。

中共中央总书记、国家主席、中央军委主席江泽民在中央八七扶贫攻坚大会上怀着沉重的心充满深情地说："在我们要办的事情中，有什么比群众吃上饭、喝上水更重要。"这诘问，是呐喊，是号角，震撼着中华大地，也震撼着常年驻守和战斗在百色革命老区的每一个官兵的心。

在联合国总部公共大厅里，竖立着一个两米多高的电子数字显示钟。钟面上的红色数字一分钟增加 47，一天约增加 6.7 万。钟的周围用联合国 6 种工作语言告诉人们："钟上每一个数字代表着又一个人在贫困中诞生。"

为了告别贫困，我们需要再一次吹响冲锋号；为了让贫困钟停摆，我们需要再一次高喊战斗的口令！

在中华人民共和国的版图上，位于滇（云南）、黔（贵州）、桂（广西）的西南端边缘，有一块红色的土地——这，就是百色；这，就是红七军的故乡，一片艰难而又充满希望的神奇土地。

这是一片经过硝烟洗礼的英雄土地。70年前，邓小平、张云逸等老一辈无产阶级革命家，率领千千万万备受煎熬的劳苦大众，点燃了“百色起义”的烽火，在这里留下了闪光的足迹，创建了中国工农红军第七军和右江革命根据地，无数优秀的百色儿女参加了红军，为中华民族的解放事业做出了不可磨灭的贡献，谱写了光辉篇章。

今天，三百五十多万不甘贫困落后的老区军民，高举改革开放的旗帜，奏响了“建设百色，再创辉煌”的凯歌。

在这片充满魄力和希望的土地上，昨天与今天都演绎着一部生生不息的奋斗史；记载着一部艰苦创业的扶贫史。

绵延的云贵高原雄浑而俊美，但千山万壑的巨大身躯却阻隔着现代文明的进入。交通闭塞，通讯落后以及长期御敌的重负，沉重地拖住了百色经济的后腿，造就了百色这块3.62万平方公里的贫困地域。百色，这片聚居壮、瑶、苗、彝、仡佬、回等7个少数民族，集老、少、边、山、穷于一身的革命老区，她虽有光彩夺目的革命根据地金牌，可“封闭”、“偏远”、“落后”、“贫困”的帽子却令人望而却步。

“瓢一块，碗一块，盖顶草帽少两块”；“烧一山，种一拨，收一箩，煮一锅”道出了这里群众无奈的慨叹。

“吃饭不上桌，睡觉不上床，大便不上厕，小孩不上学”这是山区贫困农民生活的真实写照。

1985年，百色地区在向自治区的一份报告反映：全地区有一百八十多万人住在裸露的石山、半石山区，221万人生活在温饱线以下。

11年后的1996年，全地区12个县(市)中，有国家级贫困县10个，广西级贫困县2个。

迄今，全地区还有38万人未解决温饱问题，268个行政村不通电，917个行政村不通乡村公路，自治区认定的381个特困村仍有 237 个未达到脱贫标准。群众吃饭难、饮水难、行路难，这“三难”犹如三条拦路虎阻堵在百色人民的眼前。

这一组组苍白的数字，记载着贫困，沉甸甸的压在人们心头。

老区人民的贫困和疾苦时时牵动着党中央，中国改革开放的总设计师、百色起义的领导者、组织者邓小平同志，不仅领导老区人民翻身解放，而且始终关心百色的建设和发展，时刻把老区人民的生活疾苦挂在心上，他老人家曾亲自为希望工程捐款给老区的下一代。

是的，全中国关注这里，党中央关注这里。自 1990 年以来，党和国家领导人江泽民、李鹏、乔石、李瑞环、朱镕基等都亲临百色，在右江河畔壮乡苗寨留下深深的足迹和亲切的嘱托，给老区人民极大的鼓舞，给老区人民无数的关怀，给老区人民带来了希望，给老区人民描绘着未来，给老区人民脱贫致富指明方向，注入了动力。

输血式的扶贫，脱贫成果不稳定，一旦遇到天灾人祸就饱而复饥，暖而复寒，解决这一问题的根本就是摒弃所有旧的扶贫思想。面对历史与现实，驻守在这片红色土地上的百色军分区党委深深地感到：昨天，小平同志是率领劳苦大众打土豪劣绅，分田地，闹翻身的带头人；今天，老区军人更应该成为实践邓小平理论，建设新百色，向贫困宣战，帮助群众脱贫致富，走向幸福生活的领头雁。

的确，新中国成立后，百色人民在中国共产党的领导下，令这块经受了一千三百多年封建专制奴役的土地焕发了青春。1990 年 11 月，江泽民总书记在视察百色时，亲笔为老区人民题辞：“发扬革命光荣传统，发奋图强，把百色地区建设好！”

为了共和国的庄严承诺，为了总书记的深切嘱托，新一代红七军传人满载守边固防的卓著功勋，踏着时代的步伐，奔向反贫困战场，用生命、鲜血与汗水，在革命老区这片红色的土地上谱写一曲曲可歌可泣的扶贫赞歌。

第二章　手持钢枪战贫魔

历史学家和社会学家告诉我们：贫困，是人类的大敌，是造成社会倒退的一个异常重要的因素。

中国有句俗话说：手中有粮，心中不慌。大自然的频繁灾难，势必会造成相应的社会性心理动荡和心理恐慌。贫穷必然导致精神上的愚昧。在百色，辉煌与悲壮，苍凉与无奈，艰难与信心，过去和未来，交织成了一篇意味复杂难于言说的历史和现实的图景。这里的山山岭岭，这里的每一寸土地，既辉映着历史荣耀，展示着古老中华民族倔强的生命力，同时亦是一片满目疮痍的贫穷的博物馆。

然而，这更是一片充满着艰辛的呼唤，充满着渴望和梦想的土地，决不是一块被遗忘的角落。

[1]　面对贫困的历史与现实，沿着邓小平等老一辈无产阶级革命家的足迹，聆听江泽民新一代领导人对百色充满殷切希望的话语，百色军分区广大官兵和民兵预备役人员立下军令状："牢记江主席的嘱托，扶贫帮困，为民造福，为老区人民早日摆脱贫困而战斗！"

那年初春，两位大校军官带领一支队伍来到全国政协主席李瑞环视察过的特困村琴华村进行扶贫劳动和扶贫调查。两大校一个村屯一个村屯地看，一家一户地坐。后来，两大校到一个叫谷守屯里去，进了一户特困户的家，那屋低矮得进不去人，到处黑乎乎的，屋里没有任何可以叫做"家具"的东西，吃的是"玉米糊糊"……

后来，俩大校又走访了几户人家，所到之处，看到的是一副副如贫瘠土地一样荒凉的面孔，听到的是一声声焦虑而又无奈的叹息。

目睹此情此景，两大校心头都不禁感到阵阵酸楚……

这两个大校就是广西百色军分区的司令员肖水华、政委黄深根。

那天午饭，大校司令只吃了半碗，就再也咽不下去了。大校政委对官兵们这样深深地感叹道：“这里的群众生活实在是太苦了，别说江主席睡不着觉，就连我们大家也都睡不着觉啊！我们解放军是人民的子弟兵，为了老区人民，我们分区部队和民兵预备役，有多大力量就投入多大力量，一定要加大扶贫力度！”那天，当两大校到琴华乡初级中学走访时，校长心情沉重地向首长汇报情况：谷守屯的孪生姐妹黄淑琳和黄丽琳，是初一学生，成绩都很不错，可是其父外出打工遭车祸致残，母亲体弱多病，家庭生活异常窘迫，因交不起学费而辍学了，做梦都想读书的姐妹俩常偷偷地抹泪……

姐妹俩不幸的遭遇牵动了两大校的心，他们动情地说：“这些学生是将来老区脱贫致富的希望，我们再穷也不能苦了她们！“于是，两大校不顾劳累，当即赶到谷守屯，找到姐妹俩的父母黄日贵夫妇，说到两姐妹小小年纪就辍学务农，夫妇俩泣不成声，可一想到上学的费用，夫妇俩又只有摇头哀叹：“孩子命苦，我们交不起这七百多块的钱啊！”两大校理解夫妇俩的心情，安慰道：“只要让孩子们上学，费用我们想办法。”当时，因为不满14岁的姐妹俩一大早就下地干活去了。为了尽快送她们到学校，两大校又步行几里外的山路，找到一身泥一身汗的姐妹俩，亲自带她俩到学校交费注册。

上午还面朝黄土背朝天地种地，下午却梦一般地坐在明亮的教室里，姐妹俩感到无比幸福，流着泪水说：“解放军圆了我们的读书梦，我们一定努力学习，长大了为改变家乡落后面貌而发愤读书……”

在两位大校的带动下，“一帮一”助学大行动在百色军分区部队中迅速、全面展开。所谓的“一帮一”就是一名军官扶助一名贫困的失学儿童。其实，这样的活动早在多年以前就已经开展了，只不过叫做支持希望工程，是给贫困地区儿童播种希望的宏伟工程，希望工程是给未来培育“希望”的伟大创举。

在边防某部一座海拔 1351 米的高山哨所上，有一座叫做“苗山小学”的学校。

那是 1993 年 7 月，刚从军校毕业到哨所当排长的黄胜，看到居住在山上的那坡县那布村水弄苗族同胞的子女因贫穷落后无处上学、无人读书。他便决定和战士们创办一所希望小学，没有经费，他们自掏腰包捐出 800 多元，到 100 多公里的县城买回课本、教学用具；没有教室，就利用连队的空余营房和多余桌椅。

一所简单而又别致的苗山希望小学就这样办起来了。

开学那天，二十多名苗族儿童第一次站在学校前观看升国旗。从 9 岁至 16 岁的第一届学生济济一堂，开始了苗胞学生与解放军老师的校园生活。

苗山小学，结束了苗胞祖祖辈辈无人上学的历史。

如今，百色军分区在全地区创建、扩建、改建的希望小学共 16 所，投资和援助经费达 100 万元。“一帮一”助学活动，仅团以上军官就先后扶持了 1100 名失学儿童返校园。

[2]　8 月，军人的荣耀刻写在绿色的季节时。然而，一位军人的军礼却永远定格在 39 个春秋的岁月背景中，虽然他没能再步入属于自己的季节。

做一名军人，覃瑞永幼年的梦在青春的花季时节如愿以偿；他在军旅生涯中实践着自己的诺言。

早春时节，他到了乡下，在永乐乡与凌云县交界处的高寒山区平塘村任工作组副组长。这时，他真正的职务是百色市人民武装部参谋。

初到平塘，覃瑞永就凭着在野战部队练就的一双铁脚板跋山涉水地走访全村 13 个自然屯。当他了解到这个全乡人口最多的村子，竟是村集体经济处于“零”状态的“空壳村”，585 户 3168 人中仍有 67 户 370 人的生活处于温饱线下，全村年人均收入仅 410 元时，他的心不平静了。

贫穷的阴影笼罩在平塘乡亲们的头上。

是夜，已经两点，覃瑞永才从边远的屯回到村里，他琢磨着要改变村里“一穷二白”的面貌，脑海里不停地翻腾着。

中国有句古话：“穷则思变”。千千万万的中国人在几十年的坎坎坷坷中实践着。覃瑞永从中得到了启示，再加入新时代的新思维，更坚定了创办集体经济，带动农民脱贫致富的决心和信心。

其实，世界上的一切事情都是从想开始的，进而便是干。于是，覃瑞永和其他几个同志一起，要以干来实现所想，为了创办集体经济，为了乡亲们能过上好日子，覃瑞永的铁脚板又派上了用场。他马不停蹄地跑到市里争取资金，跑到林业局要砍伐树木指标，跑到水电局弄电杆拉电线，还跑了基层办，跑了环保局……

最后覃瑞永跑出了效果。平塘村的“空壳村”里充实着村集体的内容。70亩的土地种上了木薯；为了村集体经济这一花朵能结出好的果实，他带领群众挖好了数百米长的防牛沟；锑氧粉厂地建工程竣工，设备安装接近尾声；木碗加工厂建成开始投产，村立体工程完工。

九会瑶族屯的42户人家仅有8亩水田，这完全无法解决“饱”的问题。民以食为天啊！为了九会能补上这个“天”，覃瑞永亲自勘测，提出贷款开垦60亩水田的建议。

为了村集体的利益，他总想方设法把一分钱掰成两半来花。他们亲自为村里设计、绘制图纸，不知熬了多少个夜晚，眼睛熬红了，省下了设计费用；原来预计建筑经费为3万元，他硬是压缩到2.5万元。其间，他四顾沙场老板家门“侃”沙价，他与大伙昼夜锯模板，他用钢钎代替振支器为楼板灌浆，他还不时当“小工”、“打下手”……常做些自掏腰包的“傻”事，他为平塘村节省了近万元的开支，还在驻村几个月的时间内为困难户捐钱捐物一千二百多元，在村里建筑经费未到位时垫出了1000元钱，无论是去联系资金，还是出差跑业务，他都是掏自己的钱。

终日的奔波劳碌，即使是铁打的汉子也会垮的，何况正是炎热的七月天？覃瑞永病倒了，战友们劝他住院，他却说："这里工作忙，我在村里卫生室打几天针吃几天药就好了。"7 月 25 日，他高烧达 39℃，在同志们的强行"押解"下他不得不住进医院，7 月 30 日便又匆匆出院了。

这是 7 月的最后一天，覃瑞永一大早就起床，对妻子赵惠芬说："阿芬，今天我'作东'，我们一起吃早餐吧。"赵惠芬非常高兴，因为丈夫一直很忙，夫妻共进早餐的情形差点让她淡忘了。赵惠芬无论如何也不会想到，这一顿简单而欢乐的早餐，竟成了与丈夫的诀别的饯行。

"你的病还没好，等过了'八一'再下乡吧，"妻子望着覃瑞永仍虚弱疲惫的脸低声地说。"不行，平塘还有很多事。'三夏'大忙又到了，我还是要赶回去，"覃瑞永望着妻子关注的目光，耐心地劝说着。

汽车载着心急如焚的覃瑞永驶向平塘村，他一下车就直奔村长家，顾不上喝水吃饭，又和村长一起带领群众把木碗装上车。"覃参谋，你连水都没来得及喝一口呢。"村干部于心难忍。"没问题，赶时间要紧。"覃瑞永坚定地说。

这是平塘村企业的第一批产品，当汽车驶进大翁地界时，轰然一声巨响，汽车翻倒，重重的木碗哗然倾下……

青山低头，右江呜咽，平塘村哭声四起：为何老天如此不公，偏偏把一个好人的生命掠走？

当地群众以壮族传统的习俗祭奠着军营锻造与培养出来的好男儿。

不到一天，便是中国军人的节日，覃瑞永没享受到这个节日的荣耀，却以无私的奉献完成了军人义务，他没来得及步入"不惑"之年，却丝毫没有困惑地为自己的人生画上一个圆圆的句号。

在鲜红的中国共产党党旗覆盖下，覃瑞永穿着庄严的军装安详地躺着。

平塘村要富起来，这可是覃瑞永的遗愿啊！

平塘人在奋斗着，告慰英灵。

倒下的是一个身躯，树起的是一面旗帜！

[3]　那一年秋。晨。雾气蒙蒙……天幕下出现三名挑担荷锄大汉的剪影。为首的那位身材魁梧、穿一套洗得发白的旧军装，步履矫健。他就是黄忠明，10年前退伍回乡的复员军人。

山腰，黄忠明高高地举起锄头朝红色的土层猛掘，“咚咚咚”仿佛是将憋足了三十多年的劲全使上，沉睡的山野响起充满时代生机的节奏。泥土下露出了乌黑的煤块，这可是燃烧着希望的黑宝石啊！他双手捧着，擎向高空……

他是揣着办矿的执照名正言顺地来开矿，就凭着三个人，三把锄头，三对箩筐，更主要的是凭着他一腔沸腾的热血。

从此，这小小的右江河畔的壮族村子，出现了第一个个体煤老板。

煤老板却没有享清福的命，在最初的日子里，黄忠明三人硬是用结满茧花的双手、红肿的双肩开采和运送了400吨煤。尽管煤价低得可怜，年产值仅6000元，可他看到了希望。

从卖掉第一筐煤起，黄忠明煤矿的资产实现了“零”的突破，至今已拥有固定资产40多万元。

他从不相信“天上掉下馅饼”这类的传说，只认定一条道理：勤劳才能致富。他从不以老板身份自居，是矿长又是司机，既是会计又是调度员，同时，又不失为名副其实的技术员和安全员，每天工作都不低于12小时。

黄忠明是白手起家的退伍兵老板，他深谙用人之道，只要矿里出险情，他总走在工人的前面。这个规模不算大的私营企业里居然会发生令人惊讶及至羡慕的事情：它有与国有企业完全相同的法定休息日，还有超乎国有企业的福利待遇。到这里务工的人，企业掏钱为他们投保，医药费100%报销。重大节日往返车费给足，还有节日补助费。仅仅是工作福利开支，他每年就得花2万元。同时，工资月月兑现。

这是当年部队领导给他的启示吧。他对手下得“兵”总是以诚相待，令这些来自贫困山区的人们感受到爱的温暖。工人们有了个好老板，老板又拥有一群肝胆相照的好工人，他的煤矿红火：原煤产量一万三千多吨，产值91万元，加上两辆汽车的营运收入16万元，全年总产值107万元，缴纳各种税金25万元。

黄忠明以汗水创造了财富，又以实际行动去抒写报国之情。从获利至今，他共交纳了各种税费六十多万元。

敢想敢干是他的作风，有勇有谋是他的特点。而这一切都来自于他4年的军旅生涯，他坚信，党的富民政策不会改变，不失时机地把握机遇正是劳动致富的关键。他的企业被百色市人民政府列入市“十强私营企业”的行列。与此同时，他又看准了作为国家重点建设项目的平果铝这一大市场，勇敢地走出山野，与这个国家级大型企业签定了供煤合同，为了达到更远的目标，他计划进一步扩大再生产，到2000年使原煤产量达到2万吨。

面对着竞争激烈的大市场，他胸有成竹！

他说：“到过军营几年，不枉人世走一遭。”

是的，军营给了他不屈不挠的意志，也给了他宽广无比的胸怀。如今，他在以实际行动去履行退伍前向首长的承诺，去续写那首永恒的兵歌！

兵歌传唱，唱绿了山野。

第三章 军旗，在扶贫战场飘扬

[4] 三百里长的右江河，犹如母亲的乳汁，曾养育了千千万万勤劳、勇敢、朴实的右江儿女。田阳县人武部17名军人，都是喝着右江河水长大的，在他们的躯体中，流淌着母亲的血脉，17条汉子，带着17把铁锹，17把镐头，在部长韦世英、政委黄大章的带领下，凭着17双手，与三百多亩荒山展开了搏斗，七百多个日子过去了，他们挖出了1.4万个树坑，栽下1.4万棵树苗，积下2.5

万担的肥料，开掘了水井，砌起了水塔；他们没有一人休息过一个节假日，18双茧手与带血的锹镐组成了一幅动人心魄的创业图。他们就是凭着这种创业精神与勤劳无私，带领当地群众脱贫致富，换来了今天浓郁的果香。

田阳县人武部的广大干部职工、民兵，踏着先辈战斗过的足迹，牢记总书记的重托，怀着对老区人民的深厚感情，用自己的模范行动在这片红土地上，打了一个漂亮的扶贫攻坚仗，成为新时期实践我党我军全心全意为人民服务宗旨的一面旗帜。几年来，他们义务投入1.6万个劳动日，牺牲150多个节假日，办起了两个全县一流的芒果场和一个年创六十多万元的民兵扶贫基地，培训了2万多名民兵、群众技术骨干，36次成功地组织民兵群众开荒坡种植经济作物，共为县财政创收二百六十多万元。帮助89%的民兵和群众走上致富的道路，被自治区和广西军区授予“扶贫帮困模范人武部”荣誉称号，部长韦世英荣立一等功。

面对荣誉不止步。他们先后组织806人次深入到11个乡镇89个村屯的扶贫第一线，指导群众脱贫致富，建立定点扶贫，帮助群众走上致富路，使全县农民人均纯收入由1985年的225元增长到1997年的2140元。

苏其权，这个穷得出名的特困户，1990年11月21日，江泽民总书记视察百色老区，到他家访贫问苦时，看到四面透风的简易茅屋，家里一无所有时，心情格外沉重，嘱托随同的当地党政军领导一定要牢记党的宗旨，带领群众打好扶贫战。田阳县人武部牢记总书记的话语，他们把苏其权一家作为自己的扶贫帮困联系点，决心使苏家一年脱贫、两年致富、三年巩固。

事隔六年后的1996年11月1日，当江泽民总书记再一次来到苏其权家视察时，看到他一家住进了坚固而敞亮的楼房，家里还养了二十多只山羊，承包了一片芒果场、竹林，买起了碎石机，农用汽车搞运输，家里添置了彩电、还有CD影碟机等，生活一天比一天好。

短短几年，一个特困户摘掉了穷帽，走上了致富之路，江总书记显得特别高兴。

苏其权夫妇俩紧紧拉着总书记的手，含着热泪激动地说："共产党好！总书记好！解放军好！"

大路村，其实没有路，是全国特困村中的特困村：进村，要经过三座大山、四个山丫、五个陡坡。地处大石山区的大路村，就是这样一个"世外不桃源"的村庄，当地流传着"有女莫嫁大路村，吃苦受穷过一生"的歌谣。全村20几户人家，住的全是用木棍、树枝、玉米秆和泥巴搭起的简易茅房，四面漏风漏雨漏人影，说起这些还算不了什么，尤其是大路村人吃水的事，更是让人不敢相信但又不得不信，全村只有一口水塘，水塘里的水也只有等到雨天储蓄起来。由于吃、用、洗都靠这口小小的水塘，饮用水的卫生问题自然是非常差的，水质差到底有多大程度呢？有人说，该村解放以来，还没有一个体检合格参军的，都是因饮水造成肝功能失常问题。

面对这穷山恶水的大路村，县人武部决定由韦世英部长牵头．与该村结对帮扶。从扶贫联系点建立那天起，人武部便轮流派人进驻大路村进行指导、帮扶。如何走出"穷"字，人武部韦部长带着民兵营长、村长黄有俊，不远千里到山东省的首富村九间棚参现、学习、取经。目睹九间棚村的发展、变化和富象，黄村长心里久久不能平静。他想，同是农村，同是老区，九间棚能致富，关键是他们能充分开发本地资源。在大路村，要想致富，就不能守着几分薄田吃饭。经过无数个日夜的论证推翻、再论证，市场上竹子、竹器很畅销，种竹既能给群众脱贫致富带来实惠，又能改善生存条件和生态环境。于是，他们把目光投向了村后那一片片荒山荒坡，带领全村群众开垦荒坡，开发山地资源，大种竹子，山上山下、房前屋后都种上了竹子，茂密的竹林，把大路村点缀得生气勃勃，山竹郁郁葱葱，空气清新，生态环境平衡，他们打水井，安装了自来水，提高群众的生活质量。农闲时节，他们又带领群众走出大山，建点设站加工竹编，村民年人均收入达二千六百多元。

大路村富了，村民要求改善居住条件，家家户户备料盖新房，人武部领导因势利导，规划设计，村民的楼房，一座座拔地而起，一个社会主义新农村神奇般地在大石山夹缝中崛起。

大路村的变迁，引起了世人的关注，美国、加拿大的农业专家还慕名前来参观考察。

在人武部的指导、帮助和扶持下，田阳县涌现出了一大批扶贫典型：全国“扶贫状元”民兵营长莫文珍、“巾帼致富能手”女民兵潘燕、“扶贫之星”优秀人武部部长韦世英……

[5]　四营是边防部队的一只“拳头”，完成任务的突击力、战斗力强，被当地群众称为“扶贫营”。可以毫不夸张地说，四营的扶贫帮困工作在老区边疆的扶贫史上写下辉煌的一笔。

提起“扶贫营”，我们不能不说到一个少校“攀亲”的故事。

少校军官叫任雨来，是营教导员，被广西自治区政府、广西军区评为“拥政爱民先进个人”。

6 年前，少校的父亲任大伯从内地到边防军营同儿孙一块儿过年。一天，少校父亲任大伯闲着没事，便独自到驻地附近的村屯走走，认识了那沙村的杨大爷，在杨大爷的邀请下，任大伯来到杨四家中。然而，当任大伯踏进杨家的门时，不禁惊呆了，低矮潮湿的房子里摆设简陋，找不出一件值钱的东西，一家 6 口人挤在两块破木板上，破旧污黑的被子显然已用十多年的光景。平时，全家一年当中有 10 个月靠玉米糊和地瓜之类过日子，两个小孩因经济困难而辍学，妻子有病无钱治疗。

目睹此情此景，任大伯的眼睛模糊了：“共产党领导劳苦大众翻身解放都四十多年了，边境群众的生活还这么苦！”

离开杨家，任大伯把儿子叫到跟前，语重心长地说：“儿啊！过去，毛主席领导咱解放全中国，使人民当家做主人，你现在是人民军队里的一名基层领导干部了，不能忘本啊！”

那年春节，任教导员便带上一家人前往贫困户杨四家中拜年

"攀亲"结为帮扶对子。从此,每年都送去钱物、衣被、药品等急需物品,还带领官兵去帮助杨四修补房屋,帮助他干农活,耕地种田、种甘蔗,送去科学技术和致富信息,使他当年便脱了贫,还存了 2 万元钱,失学的小孩又重返校园。

此后,在百色地区的温饱工程、饮水工程、修路工程以及移民异地开发区大会战中,四营官兵冲锋在前,勇打头阵,敢啃硬骨头。

1997 年 1 月,春寒料峭。

春天的脚步姗姗而来,老区的右江河谷寒风冷雨。然而,在平果县的金沙、田东县的江山、田林县的潞城三个总面积为 9.5 万亩、将安置 2000 户 1 万余贫困人口的移民开发区工地上,百色军分区扶贫大会战突击队的红旗迎风飘扬, 劳动的号子冲云霄,嘹亮的军歌震苍穹,汗水溅洒在茫茫的荒坡与荒地上……

在这片充满希冀的土地上,"扶贫营"五百多名官兵是特别能吃苦、特别能战斗的硬骨头营,在参加百色革命老区扶贫攻坚大会战中,留下了许多感人故事。

十四连余排长的新婚妻子利用寒假到军营探亲,不巧,她到的当天上午,部队正在准备召开参加大会战的动员誓师会。

瞧,整一营的人马都炸开营了,到处一片忙碌景象,连走路都是一溜小跑,碰头碰脑的也顾不上说句囫囵话,这里那里,抬的抬、扛的扛,到处都摆放着黑乎乎的铁铲镐头,到处都是摆放着劳动工具。十几辆东风牌大卡车整装待发。军营的墙壁、树木、运兵的东风牌大卡车两旁,车头顶上的大红标语,车箱两边贴满了铁铮铮的标语——

人民军队爱人民!

苦干一个月,提前完成大会战任务!

谁英雄谁好汉,扶贫战场比比看!

视人民如父母,把驻地当故乡!

向贫穷宣战,让荒山变金!

人民军队忠于党，人民军队为人民！

参与扶贫，利在当代，功在千秋！

这便是出征之前的忙碌景象。

二十多名准备探亲休假的官兵纷纷撤回了探家报告；准备结婚的放弃了婚假；正想尽一份孝心的，打消了思乡的心情。每一个人都做好准备，参加扶贫大会战，随时整装待发！

张排长刚结婚，新娘这两天来队，营里考虑到她是第一次来队，假期又不长，便安排张排长作为留守人员。他说："扶贫是当前的大事，我作为带兵人，怎能不参战？"

新娘对此十分理解和支持，说："那我也参加吧！哪怕为战士们送送水，唱唱歌，为他们驱走疲劳，也是我作为一名军嫂的心意啊！"

十二连战士叶柳城收到家中发来一封"母病重速回"的加急电报，这下可有点为难了？因为一边是生他养他的慈母，一边是老区的贫困人民，但他最后还是把电报往口袋一塞，含着热泪在心里默默地说："妈妈，自古忠孝两难全，儿任务在身，不能回家照顾您啦……"

参加大会战的有机关、企事业厂矿单位以及民兵预备役人员，然而，四营官兵始终发扬我军连续作战、一马当先的战斗作风。参加大会战劳动的地方干部群众都翘起大拇指："解放军就是不一样！"

在扶贫开发区的工地上、荒坡上，看见的到处是一抹国防绿，是一群穿着泥浆、灰土、草屑和汗水涂抹成的"迷彩服"的官兵。很难分清他们之中谁是军官，谁是士兵，谁是新兵谁是老兵，更不知道哪个战士是从哪个省哪个县的哪座城镇或哪个山旮旯走来的……战士刘耀伟开始参加扶贫会战时，便患了重感冒，发高烧39度，当地县领导得知后，劝他回宿营地休息，他说："小小感冒算什么，我是来参加扶贫劳动的，不是来疗养的，吃几片药就行了，没事！"官兵们沐风栉雨，在荒山上安营扎寨，风餐露宿一干就是几个月，他们在平果县金沙开荒种植十万多亩经济林后，又赶赴田东县的江山开发10万亩甘蔗地，还挥师前去田林县参与10万亩八渡笋基地的战斗。他们在一个地方完成任务后，就匆匆地又开拔，转移到另一个扶贫战场。他们离开的时候，很可能在一个东方欲晓的清晨，也很可能是晴朗的月夜，等移民村的群众翌日醒来时，才发现战士们住过的地方，一切都恢复了原样，甚至找不到一点儿他们住过的痕迹。然而，战士们却给群众留下一片广阔无垠、充满希望的金土地和美丽的移民开发区新农村庄园以及清粼粼的甘泉。

四营被评为“全国拥政爱民先进单位”，一个用实际行动实践我军宗旨换来的荣誉！

第四章　扶贫故事一串串

[6]　水，人类的生命之源。当你到这些边远、贫困的少数民族地区走一走，就会得出比平常深刻得多的印象，说到底，这里的穷就穷在一个“水”字上，真是应了“穷得连水都喝不上”的那句话。

水这东西，对世界来说是至关重要的。报载：在中东等爆炸性地区，水资源越来越引起严重的争夺与冲突，直至发生战争。专家们预测：今后世界爆发冲突，可能就是以争夺水源控制权为中心，就像以争夺石油控制权为中心一样。更有人这样预言：本世纪以后，将出现严重水危机，出现严重水荒。

的确，缺水也是长期困扰大石山区群众的一个大问题。没水，连生存都困难，更谈不上脱贫。

“打一眼水井，富裕一片土地；建一座水窖，湿润一村人；架一个水柜，幸福一家人。”军分区把解决人畜饮水问题当成石山区群众脱贫的堡垒来攻克。

1997年11月18日，百色军分区在平果县召开了解决人畜饮水困难大会战动员誓师大会，向分区所属的部队、人武部以及民兵预备役发这样的一个号令。

立即行动，昼夜奋战。边防“扶贫营”官兵先后参加了靖西县的崇德村、田阳县的永常村、田东县的江山移民新村等12处的水池、水柜的修建。在田东县的一个瑶族山村里，战士们遇到这样一件事：一个破衣烂衫的老阿婆拄着拐棍，颤微微地走到战士们的跟前，那老阿婆的模样活脱脱就像《龙江颂》里的那个“盼水妈”。那个村里的瑶胞们，常年四季喝的都是浑浊得发涩的苦水，还得翻山越岭到十来华里的地方担呐！去挑一担水，来回就得半天。

战士们听后，心情久久不能平静。他们马不停蹄地跑遍老区的山山岭岭，找水源、挖水井、架水柜……为瑶胞们引来了纯净、甘甜的泉水。

乐业县仁龙村是全县最偏僻、最贫困的一个村，解放以来，村上人吃的水仍是靠储蓄雨水，十分穷苦。县人武部的全体军人们在政委傅宗乐的率领下，驻扎仁龙村，不管日洒雨淋，大干一百天，终于为村里引来甘泉，修建了三十多个水窖和家庭水柜。结束了村民祖祖辈辈靠天下雨才有水喝的历史。

村民们在村头树立了一块功德碑昭示后人：“饮水不忘解放军！”

当1.6万多个水池、水柜甘甜的泉水湿润贫穷的土地的时候；当贫困的村子里第一次荡漾起伴随着亮晶晶水花的笑声的时候；当人们端起一碗碗纯净水的时候；这是人民子弟兵对68万多饮水困难的老区父老乡亲和各族同胞全部的爱！

[7]　路，是负载着老区人民脱贫致富的神经。

行路难，筑路苦。百色军分区部队官兵、人武干部和民兵预备役人员以苦为乐、以苦为荣，无论是在南昆铁路、还是在百二级公路、在右江河谷两岸，还是在漫漫边境线、在大石山区、在少数民族聚居地，走到哪里，就把路修到哪里。

一条路就是一份财富！一条路就是一首赞歌！

在铝城平果县，扶贫帮困的先进事迹不胜枚举，可要问起谁的功劳最大，谁的事迹最感人，人们都会异口同声地对你说："县人武部梁家业部长把自己的胆都贡献在扶贫公路上。"

1996年初，县里决定修一条从海明林场到海城乡约20多公里的扶贫公路，县人武部部长梁家业得知这个消息，患病在身的他马上毛遂自荐地当了修路工程总指挥长。说干就干，没两天，他就组织了二百多名民兵投入紧张而繁重的修路施工中去。"林海"公路沿途到处是乱石，荆棘丛生荒无人烟，挖修难度可想而知。梁部长和民兵们吃住在山野里，睡的是湿地，吃的是自己从家里带来的干粮，有时没了米，就地烤几个红薯充饥，尽管生活条件环境艰难，但上了年纪的梁部长和年青力壮的民兵们一样开山挖土。有一次，挖一处土质较松软的土坡时，因为随时都有塌方的危险，梁部长把民兵叫到后面，他自己则在前面挖土铲泥。突然，一大堆软土"轰"地塌下来，把梁部长埋在下面。民兵们被眼前的险情惊呆了，等他们把梁部长救出来，只见满身是土的他已昏了过去。大家决定把他抬去医院抢救，想不到梁部长醒过来，动了一下身体说："我没事，干吗要送去医院？"说完硬挣扎着身体站起来，不顾大家的阻拦又拿起了铁镐……

自修路以来，身体本来就不好的梁部长不知有多少次累得跌坐在地上站不起来。同志们劝他休息一下，他说："路还没修好，我身为总指挥长怎能休息啊！"就这样，长期带病奔波劳作在修路第一线的梁部长终因劳累过度，病情恶化而又一次晕倒在施工现场上。经送医院诊断，他患的是晚期胆结石，如果不把胆切除就有生命危险。于是，火速把他送往南宁做了胆切除手术。梁部长出院了，可伴随了他大半辈子的人体最主要器官胆却永远贡献给了扶贫路上。

[8]　老区的军人和民兵苦战扶贫路，面对横七竖八的高山、石地、涵洞，大家用錾子一点点地錾，用钢钎一点点地撬，飞溅的石星击伤了眼睛，拿手揉揉，打偏了的锤子砸破了手，拉块布条裹

裹，有的战士一脚踏空摔下山去，当场昏迷，醒来后伤未痊愈又从病床上爬起来奔赴工地，在田东县作登瑶族乡陇穷村“S+S”型大石山区的16公里长的公路会战中，由于地势险要，悬崖峭壁，官兵们用绳子吊到半壁悬崖上打炮眼，进行攀登爆破，硬是打出长110米、宽20米、深30米的一座石山丫的通道。就是这样，官兵们硬是从山势陡峭、沟壑纵横的山涧，抠出这条盘山公路。当地瑶胞说，打这条路，仅炸药，就不知用去多少吨。干了二十多年工兵的军分区保卫科科长唐和新中校担负这段难“啃”的石山路的爆破先锋，他带领排雷队的官兵们进行五千多米长的开路爆破任务，仅爆破就达四千多响！

路通百业兴，盼路盼得心碎的老区瑶胞、壮民们围着子弟兵欢呼不止，活了大半辈子没有见过汽车的大爷和阿婆们，用自家酿制的农家米酒和炖猪头，以最高的礼仪招待解放军官兵们。

是啊，老区人民虽然没有锦旗、没有奖匾，但他们却送上一首又一首的山歌。

修路官兵在离开村子时，当地壮民和瑶胞们用他们特别的方式——唱山歌，送官兵们一程又一程，当子弟兵的身影渐渐远去时，还能听到姑娘、小伙子的山歌——

送亲人解放军过山岗
挥挥手远望不愿归
扶贫的兵哥哥呀
留下，请留下
再饮一杯壮家酒
暖暖身子再上路

是啊，朴实而又善良的壮胞虽然没有漂亮的锦旗、贵重的镜匾，但他们有的是充满诗意与深情的山歌。

请再听——

想想倒几年
水缺夜黑走路难

扶贫兵，到壮乡、进瑶寨、来苗山，
架电修路引山泉
米缸不完袋子实
茅屋摇身变瓦房难忘啊，
部队恩，人民军队爱人民，
扶我脱贫奔富路……

少数民族群众素来就有以歌传情的习俗，他们对参加扶贫官兵的情不正是蕴含其中么？

不知企盼了多少代人，早就传说百色要通火车，然而一年又一年的翘首等待，只听闻也曾有人在百色的某一山下刨了一层土，说是搞路基。南昆铁路百色段四百多公里长的沿线，百色军分区组织二十多万人次投入到筑路之战中。

悠悠岁月，长长的等待。

1995 年 5 月 4 日 16 时，南昆铁路的一排铁轨轰然落在百色境内，一个划时代的符号刻写在百色的版图上。

“呜——”一声长笛划过长空，右江的浪花笑得格外的欢悦。1997 年 10 月 1 日，金秋的百色山城一片沸腾，一列火车载着自治区领导和红七军、红八军老战士缓缓驶进新建成的百色火车站。顿时，欢乐的锣鼓敲起来，欢快的歌声响起来。笑脸、鲜花、彩带，和着那滚滚的热泪——

魂牵梦萦的南昆梦啊！正是梦圆时分！

这何止是百色老区 360 万人民喜庆的日子！

这是一条希望之路，漫漫轨道，从山外延伸而来，寄托着党中央和全国人民对老区的关怀，轰轰的铁龙带去昔日的苍凉，带来明日的繁华。

路啊路，成了老区人脱贫致富的希望所在！笔直宽阔的平百二级公路，把绵长的期待缩短为现实，蜿蜒的盘百三级公路又把希冀带向未来……走出山门，走出国门！

“要致富，先修路！”老区军人是在用手、用热血与青春为老区人民绘制版图上的交通网络的。

在百色地区乡村公路建设大会战的工地上，先后有6万余名部队官兵和青年民兵义务参加大会战战斗。这是刚在全地区饮水工程建设大会战中立下汗马功劳的百色军分区又一次大规模动用部队和民兵鼎力支援百色老区打好扶贫攻坚战的实际行动。

自1985年以来，百色地区在国家的帮助下，累计完成了1188.59公里四级公路和1282.44公里乡村公路的建设。然而，由于种种原因，这个地区仍有917个村不通公路，有110万老区人民仍然行路困难。百色地委、行署决心从1998年6月至1999年上半年，计划用一年时间修通全长为4157公里的479条山区乡村公路，确保全地区扶贫攻坚大决战的胜利。

这次乡村公路建设大会战，所要修建的公路绝大多数分布在大石山区、边远地区和贫困人口聚集区，建设里程、施工难度是前所未有的，在短短的几个月时间里，要完成这么艰巨的任务，对于至今仍有三十多万人没有脱贫的百色地区来说，困难程度可想而知。

正当百色地委、行署广泛动员全社会的力量参与乡村公路建设大会战之际，百色军分区主动向地委、行署请缨，成建制组织部队官兵和青年民兵义务参加公路建设的大会战。迅速组成爆破小分队、机械碎石队和铺路技术保障队投入了会战。期间，分区司令员肖水华、政委黄深根亲自到施工现场，既当指挥员，又当战斗员，冒着摄氏40度的高温与广大指战员一起抡捶掌钎、挖土垒石，受到当地党委、政府和人民的高度赞扬。

[9]　1997年8月29日清晨，一阵阵清脆悦耳的鞭炮声，在靖西县茶厂村村前响彻不停。只见全村男女老幼齐出动，拿上炖鸡、烧鸭、猪头、羊肉摆在路旁，祝贺驻军边防某部四营官兵为他们修建的这条“扶贫路“正式通车。

茶厂村其实并没有工厂和企业，但漫山通野都是茶叶、茶油树、果林，还有一片片广阔的甘蔗林。这里原本是个好地方，地广土肥、物产丰富。然而，村里却因不通公路，村民每次赶街出集市一概步行，托运的物资和产品，也都是要靠人肩挑背扛，条件好的也只能用马驮牛拉。全村人最渴望的就是拥有一条路，但摆在他们面前的难题：一是资金不足；二是劳力不够，村里的青年劳动力都跑到外边打工去了，很难组织一支象样的修路队伍。

路啊路，茶厂村人梦中期盼的“月亮”与“星星”。

四营从在镇政府传达自治区扶贫开发工作会议上得知修路的消息后，主动请缨把任务揽了过来。

早一天通路，乡亲们就早一天摆脱贫困，早一天致富，早一天奔小康。在修路的动员大会上，全营官兵个个写请战书，人人表决心，纷纷要求参加最难“啃”的地段。搭起帐篷，野外宿营，吃住在工地，发扬我军一不怕苦，二不怕死的精神，勇于攻坚，连续奋战。有的手起了一个个血泡，有的受了伤，但没有一人肯下工地休息，在全营官兵的团结拼搏下，这条凝聚着官兵血与汗铸成的 7 公里长的公路终于建成通车了。

公路修通后，群众种植的甘蔗、木材、水果等农产品源源不断地运出山村外，换成一把把钞票。当年，全村贫困户全部脱贫走上致富的道路。

老区军人和民兵到底为老区修了多少路，流了多少血，淌了多少汗？大山知道，江河知道，脱贫致富的群众知道。

故事行文至此，让我们记住他们的名字：

覃天作，原田阳县人武部副部长，因劳累过度牺牲在扶贫基地上；

覃瑞永，原百色市人武部参谋，牺牲在下乡扶贫途中；

姚茂战，凌云县人武部后勤科长，把三根肋骨留在扶贫点上；

韦世英，田阳县人武部部长，广西军区“人武之星”、“扶贫帮困模范人武部”，一等功臣；

莫文珍，民兵营长，全国“十大扶贫状元”。

还有许多，许多……

蓝天作证，右江可鉴。尽管，消除贫困的任务仍然十分艰巨，而更大的战役在酝酿，更大的希望在闪光。面对贫困，与人民同呼吸、共命运、心连心的当代老区军人，将始终牢记江主席的嘱托，把这场特殊的战斗当作实践我军宗旨的实际行动而进行到底。的确，百色军分区官兵对老区人民的赤诚厚爱将洒满这片红土地。他们的功勋必将大写在老区扶贫攻坚的伟业上。他们在扶贫攻坚战斗中形成的“无私奉献、为党分忧、为民造福”的“扶贫精神”，将随着新纪元的到来而迸射出璀璨夺目的光彩！

随着时光流逝，在老区人民渐渐变得淡远而模糊的记忆里。将会只留下一片横亘延绵的红土地上那闪动的国防绿，他们一定会对自己的后代说：“孩子，我们今天的好日子，全靠当年的解放军啊！”红土地，绿军装，镂刻在老区人民心中不可分割的血与肉！

（写于 1998 年）

边关长缨

■ 这些穿着军装、不佩戴军衔的边防民兵担负着边境战备、执勤、巡逻、治安的任务。

■ 巡逻道上，日复一日，每天都在留下民兵哨员深深的足迹，每一次都认真走过那条平凡而又曲折的边境线，和平从他们脚下延伸。

一巴掌拍出的蚊子可做一碟菜，一泡尿就能拉出国，一不留神衣服就被风吹出国境外，一个响雷能炸穿石头墙。

这就是中越边境南疆国防民兵第一哨——炮台山哨所。

“国家不可一日无南疆边防也！”

在千里广西边防线上，有一个很奇特、很神秘的地方吸引着我们，让我们克服重重困难前去采访。这就是位于桂西“省尾地区”的西与云南省接壤、南同越南山连山水连水的广西那坡县平孟炮台山国防民兵哨所。

平孟炮台山，是中越边境最高的一座民兵哨所，海拔 600 米。山对面就是越南高平省河广县朔河社（相当于中国二十世纪六七十年代的人民公社）的长排山，地势险要，易守难攻，在历史上就是极其重要的边防要隘。公元 1884 年中法战争时，广西蒙山县人苏元春出任广西提督，率部出境赴越南抗击法国侵略军。次年 3 月协同冯子材老将大败法军，取得举世闻名的镇南关——谅山大捷，随后他奉命督办广西边防，戍边 19 年踏遍千里广西边境线，不断地修关隘、筑炮台、建城堡，共建炮台一百三十多座，安装克虏伯大炮 24 门。镇南关大捷后班师回防，苏元春立即主持平孟炮台山的修建。当时的那坡县叫镇边县，地方民众生活极苦，根本拿不出钱财建炮台山，苏元春就动员民众献工出力，他把自己的所有家产变卖掉，又狠心克扣部队军饷，坚定不移地排除干扰，克服困难，终于在 3 个月内削平了平孟弄平村屯背后的山顶，建起戍边御敌的炮台，配上大铜炮 2 尊、小铜炮 10 尊；并在炮座上设有垛墙、望台、交通壕，炮台下建有宿舍、武器弹药库、粮仓饮水储备室等。

为建这座炮台山，苏元春差点激起部下兵变。当时他的一帮部下曾联名上诉清廷，状告他克扣军饷、中饱私囊。清廷震怒之下，降旨对他革职查办，一俟钦差大臣明查暗访后，即将他流放新疆充军。然而，这位钦差大臣查访结果是，苏元春已家徒四壁，时年四十有余尚未娶妻成家，他把整个身心和钱财家产都投入到千里广西边防的建设上了。钦差大臣感动万分，奋笔疾书如实写上奏章，末了还铿锵有力地补上一笔佳词绝句，“国家不可一日无南疆边防，然南疆边防不可一日无苏元春也。”清廷接报，立即收回成命，另行降旨褒扬苏元春，并提升他为两广总督，全权督办广东、广西、云南边防军政要务。

此时此地，我们在山顶上，追昔抚今，心情激动不已。

然而，哨所上闹鬼的怪事却引起我们极大的兴趣——

炮台山上闹鬼由来已久。相传早在苏元春主持兴建时，监工的十多个清兵捉住了一对龙（蛇）凤（野山鸡），他们在杀吃龙、凤过程中，刚杀完龙，却不小心让凤飞跑了。炮台山修筑好，清兵驻扎进来，这里就开始出现闹鬼怪事。

20 年前那场南疆自卫还击战后，炮台山闹鬼事件有增无减。炮台山下那片开阔的土地，连接着险峻、奇异的长排山。八十年代初期，我国放映了一部纪实性故事片《长排山之战》，反映的就是发生在此地惨烈的一场激战。然而实际战斗比电影故事更为惨烈，我军某部一个加强营奉命打先锋，争夺长排山要隘，虽然重创对方，我方也伤亡惨重。炮台山哨所，护卫着数公里长的国境线。在那坡县，有 100 公里与越南接壤的边境线，其中 74 公里在平孟镇辖区内；而平孟辖区的 74 公里边防线上，最主要的通道和国家级出境口岸，以及边防要隘、战略重地都在炮台山护卫的地段内。1999 年中越关系正常化前，炮台山哨所一直是解放军边防部队驻防，从 1992 年起划归平孟镇武装部接管，从此设立民兵哨所。

现任民兵哨所所长覃国建，虽年仅 23 岁，却有着三年野战军的历史。1994 年元月，高中毕业的他参军到福建省某野战军服役，练就了一身高超的武艺，他在整个福建军区大比武中，一举夺走轻机枪射击比赛第一名和冲锋枪射击比赛第二名的佳绩，又是部队中的一名优秀班长。1997 年退伍回乡，县武装部领导看中了他，多次到县城附近农村他的家中，动员他出任炮台山哨所所长。于是，他挑起了这个艰苦而沉重的担子。

覃国建告诉我们，他驻守炮台山两年多时间里，亲身经历、耳闻目睹了一些怪现象，就在我们上山采访的前几天夜晚，他们还碰到过闹鬼事情。他们几个人刚睡下，迷迷糊糊中听到有人在门外走动，可一出门寻找又不见什么；再回房睡下，又听到人的走动声。后来他们问在楼顶站岗、放哨的哨兵发现了什么，哨兵说什么也没见到。去年、前年，哨所中也时常发生怪现象，哨兵白天在房里睡觉，有的被鬼压身，思维清醒，身体动弹不得；有的白天听到敲门声，跑去开门一看却什么也没有；更有好几次，他们几个哨兵在房里休息，同时听到连接厨房的那扇小门传来敲门声，他们冲过去打开门，却什么也没见到。他们曾听老人讲，炮台山哨所闹鬼事情由来已久，最有效的预防方法是不带狗肉、牛肉上去煮食，也不能在山上杀吃蛇、鳝、泥鳅等动物，否则当晚必定闹鬼。他们班的哨兵，大多是从野战部队复员回来的优秀士兵，他们都有一个共同点就是不怕也不信鬼，死人不怕，活人（敌特）偷袭更不怕，但就是没办法解释清楚这些怪现象是怎么回事。有好几次，覃国建或其他哨兵下山买菜，偏偏买回一些狗肉、牛肉、黄鳝或泥鳅之类的忌讳肉食煮吃，没想到每次煮食这些东西的当晚，总会听到拍门声、有人走动的脚步声，当他们开门查找却什么也没发现。

于是，我们从生物学、生理学、心理学以及中医药学等方面，用科学原理给他们讲解，破译了其中的奥秘，教给他们相应的“打鬼驱邪”妙法。他们听后恍然大悟、茅塞顿开。

边关铸就铜墙铁壁

恶劣的自然环境，是最要命的天敌。炮台山是一座孤耸入云霄的独秀峰，是典型的大石山，覃国建带领民兵们驻守在山顶上，最大的困难就是缺水。房顶上建有蓄水池，那是用来接雨水的，如果老天爷下一小时雨，他们的蓄水可吃用一周；假若下四个小时的大雨，所接的水则能吃用一个月。然而，一般蓄水时间不超过一个月，水池每个月得清洗一次，每次清洗后存入新水，必须用漂白粉在水池中除菌、消毒、防腐、灭臭，以保障饮到较干净的水。老天爷在一年中多下几场雨，对他们来讲是谢天谢地的大喜事。但是，不管一年中下多少次雨，哨所每年从 9 月至次年 4 月间都处于严重缺水期，每天都要派几名哨兵下山挑水，而挑一次水就得花上 3 个小时，一个人一天最多能下山挑回三担水。

吃水的困难令人畏惧，遇上电闪雷鸣的风雨天就更可怕了。覃国建经历过两次印象最深的恐怖的雷雨天，都是在夜晚，四周一片漆黑，苍天不停地电闪雷鸣，忽然一团火球闪过，雷电轰击声震耳欲聋，当即将屋里的电灯、电话、电视机、电饭锅等全部劈坏；第二次是眼见一道闪电还穿透哨所石屋，将石壁上劈出了 6 个洞孔，所幸无人受伤。

广西十大怪，其中有一怪就叫“三只蚊虫一碟菜”，这话虽属夸张之辞，可在炮台山上，蚊虫以奇多、奇大、奇毒闻名。每到春夏、秋天的晚上，蚊虫漫天飞舞，让人防不胜防；哨所的民兵都试过，一巴掌拍去满手都是死蚊虫，他们说，一巴掌打死的一大堆蚊虫足够做一碟菜，毫不夸张。蚊虫多、蚊虫大，对云南、广西等南方边疆省（区）的人来讲，也可能见多不为怪。但蚊虫之毒，毒得能将动物咬死，恐怕见过的人就不多了。正是这个原因，炮台山哨所的民兵们多年来一直养不活鸡、鸭。他们经常变着新法子在哨所上养鸡、养鸭，希望能改善大家的生活，可每次将鸡、鸭带上山来，不出三天全都挨蚊虫咬死了。

吃不上自己饲养的鸡、鸭，他们却时常有些意外的收获与口福。哨所位于孤峰山顶，是这一带群山中少有的安装了电灯的地方，民兵们每年都碰上几回毛鸡送上门的奇事。原来，哨所的电灯把山顶照得很明亮，毛鸡们见到灯光就扑进屋来，不断撞墙自毙。到次日早上，他们不费吹灰之力就捡得许多死毛鸡，一连几天都可以加菜聚餐，大饱口福。

驻守在炮台山上的民兵卫士们，平时的中心任务是战备执勤、边防巡逻、设伏守卡、观察警戒。他们当中年龄最大的24岁，最小的19岁，每月的工资、补贴加起来仅有330元，他们毫无怨言，都把卫国戍边当作自己最神圣的事业看待。他们每天高强度的体能训练、军事训练，以及一天24小时站岗放哨都与部队情形无异，最艰苦的还是有事无事每天都要下山、上山来回奔跑几次，算是他们规定的爬山训练项目。正常情况下，他们从山顶下到山脚，一般是一个半小时；而从山下上山回到哨所，则要走两个多小时。如果碰到特殊、意外的，或者紧急的情况，他们跑步行进的速度是下去要25分钟，上来是30分钟。去年底的一天晚上，哨兵黄元通胃出血，病情十分严重，他们的手电又刚好不亮了，覃国建所长与李志平等两名哨兵轮流背着黄元通摸黑奔跑下山。当他们赶到镇医院，刚好跑了25分钟，医生惊诧地说：“你们真是一群飞毛腿！从炮台山顶下来，一般人不说晚上背人，就是白天空手下山也要一、二个小时，幸亏你们赶来医院快，不然这位病人有没有救就成大问题！”

今年6月，由于这一带边境的特殊情况，逃亡海外的敌对分子计划从平孟潜入国内，妄图在国内挑起事端。平孟边境线上全民皆兵，布下了天罗地网，而炮台山民兵哨所的防御辖区，则是此次堵截敌对分子的重点中的重点区域。

祖国南疆边关通道，决不是敌对分子的自由走廊。也不是敌对分子、违法犯罪分子及一切非法冒险家的乐园，这里是祖国的神圣国门。根据上级的统一部署，炮台山民兵卫士们全力以赴潜伏设卡，明岗暗哨严密监视着境外的风吹草动。

一个星期过去，这一带没发现敌踪。到了6月3日晚上，狂风大作，暴雨倾盆而下，覃国建意识到是敌对分子蠢蠢欲动的良机。他立刻指挥民兵分头守卡设伏。正在这时，电话线突然中断，他感到事态严重，亲自率两名民兵从山顶上到山脚沿途一段一段检查电话线，终于查出3处电话线被人剪掉。他估计是境内外为接应敌对分子入境的坏人所干的，立刻向上级领导报告，从而加强了这一带的防务。一连3个晚上都是风雨交加，覃国建他们夜夜浸泡在雨水里设伏守卡，夜夜潜伏在草丛中还不断被蚊虫叮咬、遭蚂蟥袭击，但没一个人后退，他们始终忠于职守，坚守岗位，胜利完成了任务。事后获悉20名敌对分子在这一带等待了近一个月时间，始终等不到可乘之机，最后只好灰溜溜地退了回去。祖国的南大门边关口岸被炮台山上英勇的哨所民兵严防死守住了，敌对分子在此碰到了铜墙铁壁。

其龙哨所的人和事

在中越边境广西段西路88号至89号界碑之间，有一座海拔七百多米、形似燕子尾巴的山峰，“燕尾山”由此得名。广西靖西县其龙国防民兵哨所就是常年驻扎在这座高山上。英雄民兵哨所发生过许许多多的故事，就像燕尾山的传说那样一代又一代地传颂着。

功臣哨所这是一个英雄的哨所，更是一个功臣的哨所。

1978年，其龙民兵哨所在不平静的边境气氛中组建了。从此，哨所担负着各种战斗、战备执勤、观察警戒和边界巡逻等重要任务，根据敌情、地形、任务，坚持“三不脱离”原则，搞好平战结合。建哨以来，先后参加各种边境战斗7次，打击敌人袭扰破坏12起，歼灭入侵之敌7股，毙敌16名，伤敌10名，俘敌3名，缴获各种枪支弹药和军用物资一批，并协助公安部门拨掉敌人“钉子”6名，制止外逃事件3起。据哨史记载，其龙哨所建哨20年来，年年被上级评为先进哨所，8任哨长，人人立功。

1982年，哨所被广州军区授予“英雄民兵哨所”荣誉称号，荣立集体二等功一次，三等功3次，受到各级奖励和荣誉40多次。哨所先后有2人荣立一等功，7人荣立二等功，21人荣立三等功，73人次受到上级的嘉奖。第一任哨长潘振庭被广州军区授予“民兵战斗英雄”荣誉称号，副哨长杨作标荣立一等功，并光荣地出席了1982年北京国庆观礼，受到党和国家领导人邓小平等国家领导人的亲切接见。哨员黄华波、农成术被共青团中央树为全国“新长征突击手”称号。

其龙国防民兵哨所的大部分哨员都是退伍军人，他们当中有曾在陆、海、空三军和武警部队服过役的战士，还有优秀的地方民兵。现任哨长农永作，原在桂林某野战部队当过班长，被部队评为“优秀班长”和“优秀士兵”。1994年退伍后，他本可以被招聘到厂矿企业，月薪可观，但他毅然放弃这个难得的机会，而到偏远艰苦、每月才200元的哨所，当一名不穿军装的“边防兵”——哨所民兵。

曾国良哨员曾在空军地勤部队服役，退伍回乡第一天，他便到乡武装部报到，要求到其龙民兵哨所，他说：“我要做一个边境上的空中屏障”。海军出身的退伍战士凌浩恩，守护祖国的大海，4年后又来到保卫祖国的大山。武警战士闭正金曾在首府南宁武警广西总队二支队当过警卫战士，他说：“这一次我是真的保家卫国了。”今年37岁的杨作标，是哨所唯一没有当过兵的老哨员，但他却是穿了20年的没有领章和军衔的军装的老民兵。他是民兵一等功臣，自治区人大代表，他作为民兵英雄代表曾多次到北京、广西等地作巡回报告，他至今既不是国家干部，也不是工人，仍只是一名普普通通的民兵哨员，但他没有向当地政府和有关部门提出过任何要求，他只是希望："能让我守着这哨所一辈子就行。"

脱下军装仍是兵，这就是其龙国防民兵哨所边防民兵的情操与追求。

海拔七百多米的燕尾山其龙哨所，观察哨正面与越南近在咫尺。山下，一条河流缓缓淌过。然而，就在这个偏远僻壤、自然条件十分艰苦的高山哨所上，民兵的物质生活却红红火火。据介绍，在这只有10人的小小哨所，仅种养殖等农副业生产每年收入就可达两万元。这里，凝聚着靖西县人武部"一班人"和哨所全体哨员的心血与汗水。由于驻防在边境"喀斯特"地貌山区，加上边境战争风云的密布，使得这里的生活异常艰苦：过去，哨所只能靠上面拨给的微薄资金，过着苦行僧的日子。随着边境的和平，如何摆脱这种状况，创造一个拴心留人的好环境？他们苦苦思索。于是靖西人武部党委"一班人"深入哨所，进行考察、论证，决定以劳养武，从而带动以哨养哨，广泛开展种养殖业，获得了良好效益。

"我们并没有什么高招，"哨长农永作神态十分认真，"说出来只有一条，就是坚持以哨所为家，艰苦奋斗。"他说，20年前哨所一组建在这座山上，他们就有艰苦奋斗、勤俭建哨搞生产的优良传统。但由于当时边境战争频繁，炮火硝烟，整个边界一片死寂荒芜。一打完仗，他们便不断地在努力改善哨所的自然条件和生活环境。现在，哨所安装了通讯电话，哨员看上了彩电，并有了学习室、娱乐室、卡拉OK室等文化活动场所，哨所的家底一点点地厚了起来，进入一种良性循环：日子好过，哨员安心；哨员安心，日子就过得越红火。

"现在上级军事部门强调以劳养武，以哨养哨，这只是一方面，另一方面还要哨所会过日子，肯花力气，勤俭创业。”哨员们领着我们到两幢二层楼营房看看，水池、抽水房、食堂一应俱全。

从哨所的山脚下到半山腰上，哨员们自己开荒挑土垫菜地，一片绿油油的菜地在吹拂的风中摇曳多姿……

午饭时，哨长指着桌上摆放的炒了十多个大碗的菜告诉我们：“这些菜全部都是我们自己种的。”并高兴地说：“现在我们哨所上的鸡比人还多，足足有两个连队的兵力哩！”随后，我们爬了六百多级石梯上了观察所。山项上，一群群鸡在草从中、小树林上、石窝里起舞鸣啼，真是一道美丽、和平、安乐的风景……

伫立在燕尾山上的其龙哨所那鲜红的国旗墙前。神圣之情油然而生，看着一张用青石块和子弹壳镶嵌的巨幅中国版图上“祖国在我心中”的字样，还有那张哨员们了如指掌的“当面边境示意图”，肩上显得沉甸甸的。

沿着近千级的石板，一踏上哨所，便令人觉得是走错了路：哨所的宿舍里，那整齐划一的内务，有棱有角的被子，墙上挂的“一条线”军用水壶、挎包，就像进到一个全面建设正规化先进连队一样。

其龙哨所是闻名遐迩的清末提督抗法英雄苏元春将军率领边境军民抵御外来入侵之敌修建的祖国南疆重要门户十二道门——龙邦关口的一个分支通道。今天，这些不穿军装的戍边人担负着边境战备、执勤、巡逻、治安等重大任务。哨所的一切都按照连队一日生活制度，执勤人员、编制装备和军事化管理，直接由靖西县人武部领导。

民兵哨员把自己的青春和热血洒在这巍巍的哨山上，哨所上的 10 人中，老哨员杨作标是哨上唯一的一名结了婚的人，而他的婚礼都是在哨所举行。在哨所门前，我们看到了当年他带着自己心爱的姑娘上哨所结婚，双双栽下的那棵木棉树。如今，木棉花儿火红火红地开满树枝。其他的 9 名哨员至今还是婚姻上的老大难。“你们想不想成家？”我问。“谁不渴望爱情，谁不想有个家”。

哨员们笑了笑，几乎异口同声。由于哨所的特殊环境和哨员特定的职业，爱情冷落了这些当代年青人。哨长农永作在部队因超期服役，女朋友向他亮出了“红灯”。退伍回乡后，家里人又给他相上了一个姑娘，两人见面后，双方都表示满意。然而，农永作不久便上了民兵哨所，姑娘一听，不高兴了。

“当了四、五年兵不算，还要当什么不兵不民的哨长，又不是什么国家干部，也没有几个线，不如在家做生意，出去打工挣钱才是实在”。末了，姑娘的态度非常坚决：“离开哨所，我们结婚；否则，你守你的山，我下我的海。”后来，他们的婚事自然成了泡影。

这种故事在几位哨员中也发生过，而一些上哨不久的年轻哨员，对于“爱情”两个字，就好像天上的星星“可望不可及”。他们说：“哨所是我们生命中的一部分，我们又怎能喜欢不爱哨所的人呢？”

在哨所，我听到守哨人的故事很多，对他们来说，除了爱情，和平时期中，大概没有巡逻、观察、守哨更单调、平凡而又艰苦的工作了。近些年，边境线上大部分是属于安宁和稳定环境，无数次往返在一条巡逻道，却可能一次也没有遇上使人“来情绪”的事件。但边境线又大多是处在深山密林中，江河湖沼中和崇山峻岭上，每一次的巡逻往往意味着一次艰难的攀登跋涉，甚至竭尽全力的拼搏。

“边境无小事，事事能通天”。采访中，我们无数次感受到，在这些民兵哨员心目中，没有比国境线更神圣的概念，没有比巡逻执勤更需要认真的事情。走进哨所，听到的情况介绍的第一句话就是：“我哨管辖的边界共长×公里？自中越边界×号界碑至×号界碑？目前这里的情况一切处于正常。”翻阅哨所的观察记录，也无非是看似平常却又非同小可的文字：

“×月×日×时×分，越方一老两少边民在×号界碑附近 50 米放牧砍柴。×时×分消失”；

“越边防公安人员 4 人佩带武器到×号界碑勘查，其中一人持手枪，3 人带冲锋枪，20 分钟后离开……”

副哨长黄洪海说：“观察任务平淡和寂寞得令人发慌，每天的视野和视线就是对面千米外的山河草木，几乎每天都是一种风景，一种情况，但却不能麻痹一秒钟，时时刻刻要保持最高的警惕。”

巡逻道上，日复一日，不断加深民兵哨员的足迹，他们每一次都认真走过那条平凡又艰难的路，和平从他们脚下延伸；观察哨里，他们每天都把和平的消息报告祖国。

（写于 1997 年）

下部 阳光下的秘密战

- ◎ 南线无战事
- ◎ 边陲枪声
- ◎ 阳光下的秘密战
- ◎ 改变历史的“胡志明小道”
- ◎ 罂粟花之殇
- ◎ 跨国偷嫁女
- ◎ 铁军征战南昆线
- ◎ 战士战铁甲
- ◎ 东盟之窗南宁
- ◎ 百岁“画鱼王”
- ◎ 人民军队的战略跨越

南线无战事

■ 政治家有时会犯错误，然而，历史的发展却是任何力量也阻挡不了的。和平与发展，永远是我们世界历史前进的主流。

■ 为了维护和平而去冒战争的危险，这是具有理智的。胜利的真正含义应该是在战后获得巩固的和平，人民的物质生活状况比战前有所改善。

人们对于那些发生历史急转、局势骤变的地方，似乎特别感兴趣。今天，中越边境熙熙攘攘的人群中：经商者固然有之，而到这里进行所谓“观光旅游”者亦不占少数，他们想耳闻目睹息干戈、兴边贸的历史巨变的人与事，亲眼看看今日中越边境的景状。

当春天报到的时候，我又重新踏上采访的征程，沿着千余里中越边界绵延的国境线浏览着那火红的木棉花、翠绿的峰峦，深深感到停息了枪炮声的边境显得多么安宁、静谧。

作为一名随军记者，当我再次沿着广西靖西、那坡、龙州、凭祥、宁明、防城、东兴、北海等沿边沿海的中越边境走了一趟，所见所闻，万千感慨。

1990 年，中国周边无战事

1990 年对中国来说，在国际环境中是最为平静的一年。中国周边没有发生过任何战事，和平的鸽哨声在神州大地的上空四处飘荡。

中国外交部长钱其琛说：“应该说，现在是我国同周边国家关系四十年来最好的时期。”

中国周边环境的和平与安定，为全中国人民贯彻党中央关于集中精力把经济搞上去的大政方针，加速中国社会主义四个现代化建设提供了有力的保证。

中国在1990年能度过一个前所未有的和平之年，无疑是中国和平外交路线的重大成果。更是无数中国军人血汗凝就的一页史册。当人们庆幸自己能生活在一个和平安宁环境之中时，千万不要忘记这种和平与安宁是许多人用生命与鲜血换来的；不要忘记为了这种和平与安宁还有许许多多在默默无闻地奉献着自己青春的中国军人。

许多人曾一次次地预言，二十世纪的最后十年，将会是最丰富多彩最惊心动魄的十年。在刚刚过去的一年中，世界上发生的许多巨变可算是最好的例证。

1990年8月2日，伊拉克一举入侵科威特，公然用武力吞并了这个昔日的盟友小国，把它划为自己的第19省。与此同时的是带来了以美国为首的多国部队陈兵海湾，数十万大军对准伊拉克虎视眈眈……

终于在1991年1月17日，这场全世界瞩目的海湾大战打了起来，从美军动用的兵力与武器的程度，堪称当今现代化战争之最。但萨达姆·侯赛因似乎准备不惜流血拼命也要同以美国为首的多国部队对抗到底了。2月23日，以美国为首的多国部队在对伊拉克狂轰滥炸了一个月后，开始了当今世界最大的现代化陆地战争，几天以后，伊拉克宣布撤军，但美英法等国仍然咬住不放。

除开这一爆炸性的当今世界头号新闻之外，苏联动荡、德国统一、黎巴嫩军事强人奥恩投降、诺列加被美国押上审判台、索马里西亚德政权被一举推翻、英国首相撒切尔夫人让位等等大风大浪，把整个世界搅得动荡不安。

当人们透过这一片片纷繁动乱的国际风云中，突然看见在世界的东方，中国巨人却度过了极为安宁而不平凡的一年，不竟有些惊讶了。就连许多一向对中国外交政策抱有怀疑态度的某些西方人士，也不得不认为："中国人变得越来越老练，越来越成熟了，他们的外交路线可以说是当今世界上最成功的范例之一。"

的确，通过许许多多的风浪之后，在对外关系上，中国政府逐渐变得聪明起来。中国要对世界和平与安宁做出更大贡献，最重要的是要把自己的事情办好，把自己的经济建设搞上去。经过了十年改革开放后的中国，现已成为世界上举足轻重的国家。就连越南这个与我们交了多年恶的国家，今天也不得不对中国刮目相看了。

一位越南外交官公开承认："现在，越南急于解决中越关系正常化的心情远远比解决柬埔寨问题更为迫切。"

随着美苏冷战时代的结束，苏联内外方针的重大调整，越南政府也不得不开始调整自己的对华政策；中越关系上出现了一些令人注意的转机。

1988 年 12 月，越南当局删去宪法序言中两处有关"中国霸权主义"的措词。

从 1990 年开始，越南调整了北部边境的政策，全面开放边境，大力开发边界贸易。中越边界上开始出现了由军事对峙转向经济交流的可喜趋势。

1984 年 1 月 17 日，越南共产党中央发出了 118 号文件。正式批准越中双方边民自由出入境互市，结束了越南当局严密封锁边境达十年之久的历史，使边境上的枪炮声第一次真正停了下来。与此同时，越南方面在云南、广西边界一带开始重新宣传"越中传统友谊"和"越中友好历史"。

1989 年 1 月 21 日，越南国防部又向边境北部六个省的驻军发出通知，命令除老山对面的防御部队留守待命之外，其余地方的主力部队于同年 5 月以前全部撤回内地。将边界地区的防务移交给边境公安屯负责。越军士兵和公安人员还接到命令："一律不许向中国的边民开枪。"

1990 年年底为止，在中越边界的广西、云南这两个十年中的战火区内，已出现自发贸易点二百多处，越方进入我广西、云南赶集的人已达到二百多万人次以上。

“青山遮不住，毕竟东流去”。无数事实证明，凡是搞霸权都最终是要失败的。中越关系上出现过的这段不幸同长达数千年的两国友好历史相比，依然只是短暂的插曲。但愿中越之间永不再战！

1990 年年末之时，记者沿着国境线采访，看到过去曾经一度是硝烟弥漫，冲突激烈的祖国周边，如今到处一片和平的蔚蓝之色，四处充满了安宁与祥和的可喜气氛。

在 1962 年曾发生过激烈武装对抗的中印边界乃堆拉海拨 4700 米的雪线处，冰雪仍是那样的洁白，与深褐色的巨大山石形成了强烈的反差。

那块曾视为两军对垒关注之焦点的界碑上，雪花衬映着“乃堆拉”三个大字，哨口仍旧显得这样庄严而神圣。

在这处左右全是千年不化的冰峰、面对面是寸步不让的两国边防线上，中印两国军人虽然全幅武装各自站在自己的边界一边，但完全看不到过去曾有过的那种对立与仇视的气氛了。

几十年来的风风雨雨，使中国与印度这两个亚洲最大的国家间也结下过不少的恩恩怨怨，所幸的是，那种双方荷枪实弹非要到这条边界线上拼个你死我活的情况，今天暂没有再出现了。尽管中国同印度的关系尚属正在改善和发展之中，但在乃堆拉哨口上，人们看到的是彼此相安无事。

中印两国相距仅仅二十多米的边防哨所，挺立在铁丝网的两边，风沙从那边吹过来，又从这面刮过去。但中国与印度双方的边防军人，常常用眼神和手势传递彼此都能心领神会的友善之情。

中印边界，这条过去冲突热点的边界线，现在是那样的宁静与祥和。

在北部边疆的珍宝岛，20 年前发生在中苏之间的那场惊心劫魄的武装冲突现在似乎很难再找出一点影子来了。

当今天人们再踏上这个乌苏里江中心航道中国一侧的弹丸之地时，似乎无法理解过去二十多年前那场激烈的武装冲突到底是怎么发生的。

在那以后，相当长一段时间内珍宝岛成了一个荒凉的岛屿，两国边境上厚厚的乌云如同那难融的冰雪一样久久不化。

但冰雪终于在今天开始融化了，这次融化开始于 1989 年 5 月邓小平与戈尔巴乔夫在北京的那一次历史性握手。

今天，珍宝岛闻不到半点硝烟气息，而成了一座地地道道的江上花园，北国边陲的旅游热点。来自天南海北的各地游客到这里来观光旅游，看江中鲤鱼、蛙鱼，看岛上的水貂、狐狸，看彼岸异国的风土人情。充满了和平与友好的气氛。

再登上昔日炮火隆隆的中越边境法卡山，今天已经有些认不出这就是鏖战了数年的战场。焦土、硝烟、枪炮仿佛全都成了过去，今天的法卡山上绿茵一片。山上炊烟袅袅，天上白云朵朵，一群群飞鸽抱着长长的悠悠哨音在蓝天白云间盘旋不止。

站在山顶望去，几年前还是越军阵地的对面山头已不见越军士兵的身影，已恢复了昔日的荒山模样。越南的边民又开始到山上去砍柴，去开荒，去放牧……

在声名远扬的友谊关口，水泥地上还残留着越军炮弹留下了一些弹坑。被炮弹炸坏的中越会晤楼曾经是周恩来总理和胡志明主席会晤的地方，今天，这座西式建筑虽然还烙有战争的印迹，但已成为过去那个时期的一个纪念地了。

在友谊关前，到处可看到一群群微笑着的游人在参观这个昔日炮火连天的战场。他们边看边指边议论，还不时留下一张纪念的摄影照。

越方通往中越边界零公里路段的水泥路面已经完全修复，如今忙于边境贸易的两国边民可以无所顾忌的自由往来，悠悠然然。

自然，最能感受到和平气息的是那些边境贸易点。那集市上人头济济，热闹非凡，无一处不是聚集着数千的两国边民。集市上的货物也是应有尽有，中国的、越南的、苏联的，乃至日本和西方各国的货物琳琅满目，从日用百货到烟酒茶糖，从电子产品到药材山货，简直是无所不有，无所不包，来这儿参加贸易集市的还有从河内和胡志明市等地赶来的人。仅广西凭祥市在 1990 年 1 月到 9 月，这种民间的边境贸易额就达 16433 万元之多，这些昔日因特殊岁月陷入停滞不前的边陲小城，也开始重新显示出自己的活力。

1990 年，在中越边境上已呈现出和平气氛，而在远离边境的越南国内的华人情况也开始有了明显的好转，过去被大量驱赶和受到迫害的华侨同胞们的生活景况逐步转到正常轨道。

据德国《法兰克福汇报》1990 年 12 月 31 日的一篇题为“西贡华人再次抬起头来”的文章记载中写道：

“华人企业主陈尊才说，在越南的华人现在似乎特别‘幸运’了起来，他居然能在胡志明市华人区堤岸建设一个越南的最大购物中心了。

“目前由于越南开始和中国小心翼翼地重新接近，使得在越南居少数地位和受压已久的华人又重新开始抬起头来。第五区的人民委员会主席宜端说：‘现在我们终于又可以在我们的祖坟旁祭祖了。’第五区是胡志明市越南华人最多的一个区，胡志明市四十多万华人多数住在这个区。从宜端的名片上可以看出，他是‘促进汉语协会’的负责人，两年前他是没有胆量出任这一职务的。

“华人重新获得勇气，从用中文书写的商店招牌和街道名称上也有所表现，在堤岸中文字样处处可见。活跃在第五区入口处的一块大招牌前，两位穿着中国服装的姑娘在不断用越南语、粤语、汉语和英语欢迎来访的客人。

“300 年前，他们的祖先由华南来到这里，并在现今胡志明市附近的热带丛林和沿海地区靠双手发家致富。越南的华人绝大多数来自广东，广东话是民族交往和做生意的共同用语。

“1975 年后在不安全空气的笼罩下，数以百万计的越南人登上难民船，他们当中多数是华人，当时华人经济力量的支柱已被摧毁，文化损失也十分惨重，中文已当外文传授，而且规定只在中小学传授，更高一级的学校不许开中文课。任何华人不得出任政府职务、领取奖学金和补贴。

“现在河内大学关闭了很长时间的中文系又重新开办，不久前不仅在电视上可以看到北京的节目，而且还可以看到家乡的一些节目。

“由于迫切需要外国私人投资，河内决定向华人(绝大多数持有越南护照)提供更多的自由。”

过去的一年，随着中越关系逐渐由军事对峙转为和平相处，消除一些在双方关系上的热点已成为了现实，这不仅是中国和平外交路线的重大成果，也是符合中越两国人民利益的，更受到了全世界所有爱好和平的国家，地区和人民的一致欢迎。

一位越南工人说：“听说中国近十年来的改革开放使他们发展很快，经济搞得非常成功。我们越南应该好好向中国学习，同中国搞好关系，赶快放弃过去那一套不得人心的错误做法。”

越南的不少官员也认为，越中关系中那段不正常时期是令人痛心的，黎笋在这个问题上是错误的，完全错误的。

红河水，静静流……

尽管由于越南政府在柬埔案问题上的立场对尽快改善中越两国政府问的关系构成了重大障碍，但在中越边境上两国人民之间的友好往来却在一步步的向前发展。

暮春四月，云南边境重镇河口的四野山岭奔涌着浓浓的春意。

一条纤细的窄轨铁路婉蜒曲折，直接通向南溪河汇入红河的河口，遗憾的是这条通往越南的铁路到了红河出口处，嘎然一把铁锁无情的锁住了中越友谊大桥桥头，通入友谊的道路还没有完全修通。

然而在这条二三十米宽的河面上，却有不少越南人跳进水中在尽情的洗澡，宁静酌清晨，河中的水声显得格外的清亮，似乎把一切都衬托得那么的悠然自得。

据说3月份河口一些机关干部打扫卫生，顺便把桥头上我方一侧的杂草瓦砾清除了一次。这个小小的行动，立即引起了越南官方的高度注意，他们既敏感又兴奋地以为中国准备要修复中越友谊大桥开通铁路了……

越南老街省副省长立即向中国河口县县长来信，询问双方关系是否在近期有什么重大进展了？我们也想尽快修复被炸坏的大桥，以便通车后与中国的做生意。”

河口县县长看完此信后，苦笑了一下，也给对方回了一封信，信中称：“要修桥你们就修吧，反正这座大桥是你们炸坏的。至于其它方面，事关两国关系，我现在还无法答复。”

的确，这座横跨红河的大铁桥，是两国关系最有力的历史见证。在过去的岁月中，中国的火车曾经载着成千上万吨的援助物质通过这座大桥运往越南，军用民用品几乎样样都有。用今天那些记忆犹新的越南人的话来说就是：“中国人民对我们实在太好了，那个时期无偿援助我们的大米、小菜，连过节吃的咸鸭蛋都想到了……”

然而在两国关系最暗淡的日子内，这座桥上每天奔涌而来的是成千上万失去了家园和产业，被越南当局野蛮驱赶出境的华侨同胞，他们的当时处境可说是凄凉之至。

今天，似乎一切都过去了，除了这座被炸得一头折断在红河中的大铁桥还保留着战时的明显纪念之外，红河水仍然在静静的向前流着，流着……

在红河两岸的人民，如今都过着两种完全不同水平的生活。

红河那边越南边民的生活用今天中国人的眼光来看，可能不少人尚处在贫困线之下，很少有富足之户。进入八十年代后，越南的物价狂涨，1986 年上涨率达到了 560%之高，是世界上物价最高上涨率的国家之一。前年越南政府虽然采取措施控制物价，但还是达到了 300%以上。

物价直线上升，使零售商品价格朝一暮十。几乎所有拿工资的人都在发薪水的当天就得把钱全部花出去。鉴于此，当局从 1990 年 3 月起，把银行利率提得高于物价上涨指数，这样一来银行且天天都排起长队。

越南的产销部门和零售商店，由于物价上涨太猛，都不情愿把商品大批卖出去，致使库存成患，库存商品，利息急剧上升，又使得企业不得不从速处理库存商品。不过这倒在一定程度上起到了平抑物价的作用，去年全国物价上涨率已有所下降。但总的看来，经济仍处在举步维艰的低谷之中。

越南的农业目前也开始了一些改革，个体农户已被看成是农业经营的主体，而原先包揽一切的农业合作社，现在只起到向农户提供化肥、农药和灌溉设备的作用。

当局把全国土地分成两种方式承包，一部分是根据农民家庭的人口多少按比例分配土地，另一部分则是实际招标承包制，拥有资金和有种植经验与科技知识的农民，可以投标耕种更多的土地。政府把土地承包期延长到 15—20 年，这样农民即可以无顾虑的向土地投资搞农田基本建设。为了鼓励农民投资，政府还把承包农民的获利提高到 40%—50%左右，比 1988 年以前增加了一倍以上。1990 年越南的粮食产量已达到 2200 万吨左右。

总的看来，越南在正寻找一条摆脱经济低谷的发展道路。就全国来看内地与边境的发展差别还是很大的，以河口对岸的老街为例，当地群众的生活水平还是无法同中国边民的生括水平相比。

仅仅在中国边城河口小镇，全镇七千多人口中，竟有一百多户从事经商、饮食，运输，建筑等行业。全镇三分之二的家庭都是万元户，上数十万元的人也不乏可数。如今这里是家家户户盖起一栋几层楼的新房，日用电器样样俱全，早过上了小康水平的生活。

一河之隔的两种生活水准引得许多越南人眼红，他们从心里期望早日同中国修复关系，真正疏通这条被往日的不幸阻塞过的红河。

尽管由于越南当局在柬埔寨问题上仍然坚持错误立场，阻碍了两国关系的正常化，但它并不能阻止越南人民对和平生活的向往。

在静静奔流的红河之上，每天都有一只只小船依旧悠悠的划过河来，又一只只的满载而去。在这些小船上，装回的全是清一色的中国货，有日用百货、衣鞋帽袜、半导体收音机、电池电筒、济公牌万金油，还有成箱成箱四川产的峨眉山牌矿泉啤酒。

在一个月朗星稀的夜晚，两位来河口采访的中国记者与一对在河口供职的越南夫妇邂逅相遇。丈夫是一位50开外的中年人，曾在云南开远铁路局工作，他诚挚地对中国记者说："我非常想念这里的老朋友，怀念过去友好相处的日子。胡志明主席和毛泽东主席亲手缔结了越中友谊，中国人民在越南人民最困难的时候给予我们的无私而巨大的支援，每一个有良知的越南人都是会铭记在心的。"

他眼里闪着期望之光，又说："我们盼望有一天，火车能早日跨越红河，把两国人民的心再次紧紧连结起来。"

红河流水倒映着一弯银月，悄然无语地静静向东流。

武元甲到北京来了

1990年9月20日，中国外交部发言人李金华在当天下午举行的新闻发布会上说："亚运会是亚洲人民的体育盛会。届时，一些国家的领导人将来北京参加亚运会开幕式及有关活动，其中包括：巴基斯坦伊斯兰共和国总统吴拉姆•伊沙克•汗及其夫人，朝鲜民主主义人民共和国副主席李钟玉，伊朗伊斯兰共和国副总统兼体育组织主席加夫里•法尔德，日本前首相竹下登及其夫人，泰王国副总理玛纳•他那哥锡，越南部长会议副主席武元甲，新加坡全国职工总会秘书长、政府第二副总理王鼎昌及其夫人等。”

这条新闻立刻引起了人们的普遍关注和议论，中外舆论的中心在于武元甲——这位曾与中国有着千丝万缕关系的越南政府要人，又将出现在中国人的面前。

香港的《南华早报》在1990年9月19日以“北京准备在亚运会前夕，在与其邻国、美国和世界银行的关系方面出现外交上的重大突破”为题的文章中指出：“越南副总理武元甲将军今天作为亚运会中国委员会的客人访问北京，标志着这两国以前的敌对之间关系即将正常化。北京同诸如日本、新加坡这样一些其他邻国关系也将有所发展。”

香港《明报》1990年9月21日也认为：“此次北京亚运会被中国当局视为实现外交突破的重头戏。所以中国方面的确曾经十分希望看到，亚奥理事会三十八个成员国或地区能破天荒第一次到齐。”

其实，能够让台湾派团到北京，能够让朝鲜与韩国共同出现在亚运会比赛场，能够让越南派出副总理武元甲，日本派出文相保利耕辅到北京，中国通过北京得到的外交成果已经不小，能否实现亚奥理事会成员全体参加，意义早已不那么重要了。”

中外的目光都在注视着这一天会有什么戏剧性的场面出现，实际上，对武元甲的到来，北京做到了热情大方，坦然从容。

1990年9月19日，在中国北京的首都机场，越南部长会议副主席武元甲作为中国政府邀请的客人于下午抵达北京，他笑容满面的走下飞机，踏上了中国的土地。武元甲大将是自十九世纪七十年代末以来，到北京级别最高的越南政府官员。

人们自然也没有忘记，1977年他曾最后一次来华访问，那年他刚好66岁。转眼间，当武元甲重新站在这儿时，他已是近八十岁的老人了。

中国外交部副部长齐怀远等人专程代表中国政府前往机场迎接武元甲的到来。

“欢迎您再一次到北京来，今天北京的天气很好。”齐怀远握住武元甲的手说。

“谢谢！我对13年后再次来到中国感到很高兴，我希望越中两个邻国的传统友谊能日益发展。”武元甲微微一笑，也握住齐怀远的手回答道。

这的确是一次不同寻常的重新握手，记者们的镜头纷纷留下了武元甲重新来到北京的第一组镜头。

有趣的是这位身为越南部长会议副主席的政府要员也是同他们的体育代表团一样，从广西边境上进入中国，然后从南宁到北京的。所不同的是，武元甲乘飞机飞抵北京，代表团坐火车抵达北京，在广西南宁为武元甲设宴欢迎的是中国全国政协副主席谷牧。

对此，外电纷纷认为“冷战打破了旧的联盟，开始形成了新的亚洲格局。”

一位法新社的亚洲问题专家进一步分析道：“今年9月在北京举行的亚运会向中国领导人提供了一个检验其外交成果的尺度。与此同时，苏联从印度支那抽出身来，关于柬埔寨内战问题的实质性会谈开始举行，老挝和中国迅速和解，越南领导人突然访问中国，河内政权支持的金边政府同北京进行了首次直接接触。这些事态的发展也为华盛顿和河内之间的关系解冻铺平了一些道路。”

世界的目光，都在怀着好奇而又赞赏地注视着中越战争十年后的北京与河内。

1990年9月24日，中华人民共和国总理李鹏，于这一天下午在人民大会堂会见了越南部长会议副主席武元甲大将。

在这次具有不平凡意义的会见中，这位中国政府总理对武元甲大将说："我代表中国政府并以我个人的名义对武元甲副主席的到来表示欢迎。对武元甲副主席能到北京出席第十一届亚运会的开幕式，我表示非常高兴。"

已近八十岁的武元甲说："我感谢中国共产党和政府为我创造条件，使我有机会在相隔十几年后再一次来到了北京，见到了许多中国领导人和新老朋友。"

李鹏笑着预祝武元甲在北京过得愉快高兴，祝越南体育代表团在第十一届亚运会上取得好成绩。

会见结束时，武元甲握住李鹏的手，非常郑重地说："在我离开越南时，我们越南共产党中央总书记阮文灵，国务委员会主席武志公，部长会议主席杜梅，党中央顾问范文同委托我向李鹏总理及其他中国领导人转达他们的问候。"

李鹏笑了笑，有礼貌地也请武元甲副主席回去后转达他和其他中国领导人的问候。

会见或许仅仅是礼节性的，时间也并不算长，但它却引起了中外新闻界的瞩目。人们都明白，这条礼节性会见的消息对中越冻结了十多年的相互关系意味着什么？对于冷战刚刚结束不久的世界意味着什么？对于在九十年代中国外交突破，反击外来势力的干涉和打破所谓的制裁又意味着什么？

总而言之，中国的外交战略又取得了重大突破性的胜利。人们一致说：中国人又得分了……

几个小时后，李鹏与武元甲会见的消息随着电波很快的传遍了世界各个角落。

对此消息宣传得最突出的是亚洲的一些国家和地区，尤其以东南亚国家为最。

第二天，尚处在亚运会热潮中的中越边境上的双方民间贸易市场上，买卖行情倍增，成交额翻倍。

战争，你到底是个什么东西

1990年，北京，第十一届亚洲运动会开幕式。中国共产党和国家领导人向越南伸出了友谊之手。

曾用血肉之躯筑起阻挡罪恶子弹屏障的中国士兵，拼起了五彩缤纷的亚运会场景图。

与此同时，越南体育代表团挥动着象征团结、友谊、和平、进步的鲜花，通过主席台。

台上，一位肩佩大将军衔的老资格越南领导人突然出现在第一排座位上，他就是越南部长会议主席武元甲，只见他自然地微笑，还抑制不住站起身向他的体育代表团招手、鼓掌、致意！

一年后，越南最高领导人杜梅飞越北部莽莽雷区与中国的领导人江泽民在北京非常冷静、深沉地握手言和。随后，中越双方联合进行军事行动，在各自的边境线排雷清障，打开和平之路——

昔日的战场变成今日的市场，昨天的雷区变成今天的口岸特区。历史的转折犹如中越北仑河之水滚滚而来了。

曾经作为军旅文学的一方代表，用诗文来记录战争，书写战争画面解说词，并希望登上世界文学殿堂之冠的军旅作家诗人们，专心致意地坐在电视机前，看着这一幕幕历史的镜头，心潮澎湃……那些年轻军人一下子好像还未反应过来，而那些直接参加那场自卫战争的军人则在彼此交换眼色。在此之前，他们的心几乎都"咯噔"了一下，也许这个场合，对于战争与和平，他们显得异常敏感……

战争，你到底是个什么东西？

我沿着子弹飞逝的轨迹寻觅战争与和平的跫音。

北仑河，这条发源于广西境内的中越"共用河"不算长，也不算宽，中越两岸相距约一百米，但河水清澈湛蓝，加上两岸郁郁葱葱，整条河流显得十分妩媚秀丽。可惜在那场战争中，这条和平、美丽的江河上弥漫了硝烟。至今隔河眺望，一座座残破的碉堡，一间间断壁残垣的法国式房舍，湮没在对岸山坡上的莽莽杂草与荆棘丛中，望着这情景，很容易勾起人们对战争的回忆。

然而，在我境内的边陲重镇东兴，战争的遗痕似乎难找一些了。那些被战火摧毁的建筑早已重新修建，只有一些房屋墙壁上用红砖填补过的大小窟窿还能隐约地告诉人们，这儿曾经历过战火的洗礼。最使人关注的还要算那座曾被炸塌的北仑河大桥(又称东兴大桥、友谊大桥)了。当我们再次来到这里时，恰巧这座大桥刚好在修复。据陪同我们的驻军负责人介绍说，这座桥分别由中越双方共同修建，我方负责修建三分之二，已提前修好。而越方修复的进度比较慢。那天我们正好看到越方人员在加紧铺沙石刷水泥，因此还暂时不能通车与行人。桥的两头用竹杆挡成障碍。

这座大桥，过去曾是中越两国人民友谊的象征。胡志明主席每年都要几次从大桥那头过来到东兴休假、作客。听说越南方面也曾强烈希望修通这座大桥，他们称之为“伤心桥”。

在此行的采访期间，给我的印象是：战争的遗痕，已经被边境沸腾喧闹的贸易活动所淹没了。

一天清晨，我们又来到桥头。北仑河畔两岸青山绿水。这时，江河对面的越南方向，出现密密匝匝的船只陆续地穿梭于江面上，朝我方境内驶来。顿时，岸两边赶路的喧闹声，叫卖的吆喝声彼此起伏……过了片刻，太阳刚露出半边脸，江面上的晨雾随和平的喧闹声迅速消逝，只留下几丝薄薄的烟霭。在整个边境，对峙的气氛已被友好的往来所取代。曾经驻扎满边境的中越两国军队，双方都分别裁减驻军，或向后方移防。如今，到处是各式各样的“寻财人”，包括那些走路姿势极特别，迈着八字脚，抱着脚行路，男的大多穿洗得有些泛白的黄色旧军装，女的大多穿着黑、宽、薄的衣裤飘飘扬扬的越南人。

在东兴、在芒街、在北仑河，对战争的惊恐已被数钞票的欢乐、商贩们的叫卖声，甚至赌档上的狂喊声、私人开办的旅店拉客引诱声所取代。

我实在有点说不清，战争在两国边境人民的心理上还留存下多少痕迹？在芒街，我们碰上一名越南边民，我上前问："你对那些年打仗是怎么看的？"只见他愣了一刻："打仗？什么打仗？"似乎不大明白我的意思。我又重复了一下，并用手势作持枪打斗的动作，这名越南人见了我这一动作，恍然醒悟似的连连点头："噢！你们想买枪，有、有！"听得我们连连摇头。

看来，战争的记忆完全被和平的意识所压倒。我的这一问话是多余或者说是不适场面了。

春天里，和平的钟敲响新友谊

1989年春节，寂静冷清的北仑河，忽然从江面传来一阵阵喧哗声，从河对面涌来一群群头戴尖尖斗笠、肩扛麻袋、手提物品的越南男女老幼约二三万人朝中国境内驶来，进行各种民间贸易。

继而，在广西边境最前沿的龙帮、水口、弄尧、爱店、东兴等地相应掀起一股民间边贸热潮。

仿佛是在一夜之间，昔日冷清、沉寂的内陆地国境线变得前所未有的热闹、兴旺起来，随处可见来自各地的商人、边民和旅游者。他们的出现使长期留存于人们脑海中的铜墙铁壁、剑拔弩张的边境印象早已消失殆尽。

我惊讶，亦兴奋——和平的脚步来得如此之快。

当我站在与越南一河之隔的广西边防某连东兴哨所上，望远镜里呈现的，不再是荷枪实弹的敌军武装人员，而是一群群越境而来的边民。

与越南距离不足一百米之远的中国边陲小镇爱店，长年驻守在这里的边防六连官兵向我们介绍了战后近几年我边防军与越南兵的一些鲜为人知的奇闻趣事。

几年前，中越两国关系虽然尚未正常化，但甚至连平日零零星星的枪炮声也极少能听到了，双方的情况是不打不和的对峙与僵持局面。

为此，我方边防将士常常对敌军进行宣传工作。在此之前，边防战士们筹集了大量的手电筒、打火机、毛巾、牙膏等日常生活用品及食品，向越方阵地施放。先是用大气球充足了气，气球下绑着箱子，告诉对面山头的越南兵，我们准备送东西叫他们做好迎接准备。越兵听后，高兴得跳了起来，一个个冲出阵地和哨所，翘首以待。这些越南兵心里都很清楚，只要他们不向我方开枪，我方是不会打他们的。所以越兵都不怕，镇定自若地站在山坡上等待。放气球时，绳子上绑着一根点燃的香火，香火烧到尽头，绳子断后，物品便自然脱离气球，坠向越方阵地。有时候，气球还在空中飘忽，几个性急的越兵按捺不住便纷纷跟着气球跑将起来，唯恐物品被人抢走。

还有一种方法是水漂。我边防战士把扎好的木排放到水中，木排上面放着物品，尔后推进河中心，让它顺流而漂。木排刚一放下，几个越南兵耐不住了，争先恐后地冲向沙滩，先是脱掉鞋子，然后脱下军衣、军裤，有的索性连内衣也脱了……赤条条地下河取物，几个人连拖带拉，高高兴兴地抬回阵地，嘴里不停地叫喊道：

“干啰！干啰！”(越语：感谢之意)

在边境，有的阵地与阵地之间近得令人难以置信：一块大石头，一堵墙，隔离双方两个猫耳洞或坑道，两边探出头，眼睛距眼睛只有四五米，脸上的大雀斑或者青春痘都能点出数来。相距如此之近，仗却不好打。两个洞构造都十分复杂，又相互不知对方洞内的设施与构造，因此都不敢轻举妄动。

最后，越南士兵熬不住了，钻出洞喊我方战士。看没反应，又扔过香烟和罐头表示诚意。我边防战士露出头，越兵隔着墙拱拱手，用汉语说：“我们友好吧，你们别打我们，我们上来也没办法。有什么事，我们就扔石头招呼你们。”

此后，这个连队的我边防战士逢年过节，都给敌军投送上级配发的牛肉干、葡萄干、香烟、罐头等；敌军也还赠罐头、糖块、香烟之类。

在雨季，难得出来晒太阳。越南兵抱着一堆东西跑出工事，找个干燥的地方摊开晒，被子、衣服、麻袋铺了一地，还不时朝我方阵地摇摇手，意思是不要打，又指指被子，表示在进行非军事行动。

有时要联系，他们就扔没拉弦的手榴弹或石头之类什么的，我边防战士出来问："啥事？"只见越南士兵在几十米外等着，伸出两根手指头，晃了晃——要烟。还做个手势，说中国烟好。

人们常说，"战争是残酷的"，但有时却幽默滑稽，即使在剑拔弩张的态势中，也并非每时每刻都在对峙，常常也会出现"友好"的时候。

在友谊关边境，某边防连前哨班就在中越双方最敏感的山头。双方都可以听见对面吹哨子、训话，或者操练和开饭时间勺子叩击铝饭盒的声响。

有时，越南士兵闲着无聊，就朝我方阵地"哇哇"叫喊。我边防战士也对着对面越阵地"哎——哎——"呼唤；继而马上得到同样的回声，战士们称之为"喊山"。

一位排长对我们说，"战争并不都是人们想像的那么可怕，有时却像儿戏。"

一日中午，越方忽然从对面朝我方阵地叫喊着——

"噢，过来吃饭罗！"

我战士回了一句——

"不去，你们吃的是玉米粥、地瓜（红薯）饭我们吃的是大米和肉！"

瞧，好像两家邻居在闲聊。

"我们不敢！怕你们打！"

"不打不打——绝对不打！"

看，多客气！

“……”对方哑了，过了一阵又丢过话来，“明天吧，你们把饭放在×号界碑那儿，我们去拿！”

沉默片刻，我战士答：

“好吧，明儿到×号界碑拿！”

听，多有趣的一段对话。

据说，在北山边防某部八连，一天傍晚，一名越南士兵急匆匆地跑到我方阵地前沿，告诉我方人员说他们要在当晚某时某刻朝某地打炮过来，叫我边防官兵注意安全。说这只是奉上级之意例行公事而已。

有一年“八一”建军节，越方突然用小炮朝我方一个没有任何军事设施的山坡上发射三枚炮弹。爆炸时，像栽棉花似的，极为好看，但全无目标！我方用无线电台寻呼他们这是什么意思？过了一阵子，对面回音：说是庆祝我们中国的“八一”。后来，到了“9·2”，我方也用小炮给他们撂去三枚炮弹，一样不打任何目标，一栽就是三朵美丽的“花儿”，并告诉对面山上的越方人员：“今天庆祝你们的国庆！”

更有趣的是，在板栏边防某团一连1号阵地上，我方边防战士还常与对面山头的越南士兵互相对歌，你唱你的越南民歌，我哼我的家乡小调。一次，越方阵地换防，一群女兵上山接防，越南女兵还经常朝我方阵地叫喊——

“喂，中国兵哥！我们给你们跳越南有名的民间舞蹈，请你们用望远镜欣赏吧！”

我方战士答：

“不看，不看，现在不看；等到和平友好时你们再组成访问团为我们演出吧！”

与其说，军人的本事在于发动一场战争；不如说，军人的天职在于制止一场战争。

和平，在悄悄地向战争渗透。

战争，在悄悄地被和平挤跑。

尾　声

历史告诉我们，在军事上取得了胜利，它本身并不等于达到了政治上的目的。

为了维护和平而去冒战争的危险，这是具有理智的。这个结论似乎与一般人的习惯相抵触，但却是早已被经验所证明了的。只有当你看到确有良机的机会取得结果时，把战争继续打下去才有意义。这也就是说，只有看到和平的前景将来可以补偿人们在战争中遭受的损失和痛苦时，战争才可能继续打下去。

胜利的真正含义应该是在战后获得巩固的和平，人民的物质生活状况比战前有所改善。想要获得这样的胜利，办法可能是两条：或者速战速决，迅速取得战果；或者进行持久战，但要根据国家资源情况节约使用兵力。

如果夺取这种胜利的机会已经丧失，那么从头脑清醒的政治家决不会放过缔结和约的有利时机。和平，双方都因再无其他出路而缔造的和平，或者双方承认彼此都有实力的和平，比起那种已经两败俱伤之后而达到的和平来要好得多。这也常常就是战后持久和平的基础。

和平的脚步是否来得太快了点？

有人这样问。然而，对于和平，人们似乎准备并不那么充分，而和平纷至沓来，岂止是黎民百姓对和平的追求远远超过战争？

宽容、大义、不计前嫌，可以说是中国人民伟大的品质，也将成为成熟后的世界国际道德的伟大品质。缺乏这种品质，人们的聪明才智都将跌落一个大档次！这一点，军人们是很清楚的。不忘历史的人都将记得，在中越边界，当年不正是军人们凭着军人气概和这种品质把战利品、武器、装备连同俘虏和他们的少将旅长一块交还给对手的么？

采访中，我曾与一名自称从柬埔寨战场回国返乡经商做买卖的退役军人交谈，他说，穷国要同富国搞好关系，越南要与中国友好；好战和侵略别人是一个国家生存与发展的大敌。由此，胡志明主席当年的话再次被引喻出来：“苏联是大学生，中国是中学生，越南是小学生，小学生向大学生学习困难，向中学生学习要容易些。”于是，中国在搞改革开放，越南便也掀起了改革运动。

事情好像越说越近。

但是，过去是过去，现实还是现实；友谊是友谊，历史还是历史。

在中越边境交界处的塑寨检查站，×号界碑竖隔着中国与越南。一名越南边防公安兵在关卡周围悠哉游哉走来走去，只见他双手插入裤袋，身上没有佩带任何武器。当看见我们几个身着军装的中国军人走在界碑周围察勘时，顿时显得有些急促不安，不禁本能地走过来想制止，欲言又止……

同样，我方哨位上威严的战士也在用警惕的目光时刻注视。

国土观念在双方军人思想里一刻也不会松懈。

（写于 1991 年）

边陲枪声①

■ 在西南边境，有一个贩毒集团，名叫“黑豹敢死队”，专门从金三角将毒品运至滇桂边界，出售一小部分给当地人，但绝大部分经秘密途径运至香港。

■ 边境贩毒集团越来越猖獗，吸毒人数也剧增，鲁挺正全力以赴孤身一人打入毒巢。

一

中国西南边陲有一座大山，狭长、陡峭的山谷连绵不断，被大片大片的原始森林覆盖。林中满是腐叶，古藤与树根互相缠绕，好像巨蟒缠在树与树之间。灌木、荆棘伸出不怀好意的手，毒蛇、野狗、狼出没其间。这里是没有路的，偶尔闯进去，很可能迷失在林海中，饿死、吓死或被野兽撕碎。

腐叶沙沙地响，三个人在林中显现。

走在前面的是个精悍汉子，大约28岁他肤色微黑，满脸的络腮胡，十分威猛。中间是一位50岁、身材稍微发福、教授模样的人，他戴金丝镜，一派学者风度。后面是一位白净脸皮的男青年，满头大汗。

“爸爸，快到了吧？”看看西斜的光线，男青年有些着急，几天的跋涉，弄得他头发疼。他叫胡原，父亲叫胡舜，前面的汉子叫鲁挺。

“急什么？”胡舜丝毫不觉得劳累，反而精神焕发，好像年轻了十几岁。

①本文中的主人公系根据生活原型进行加工和虚构，人名均为化名。

“鲁大哥，今晚能走到鹰岩山吗？”胡原又问。鲁挺望望密林里的阳光，摇摇头：“不行，太阳已经下山了。”突然，三人都停下脚步：一声低沉的野兽嗥叫从背后隐隐传来。

“狼吗？”胡原大惊失色。

胡舜道：“不会是跟踪我们吧？”说罢，他沉吟起来，仔细想一想到这里来的经过，看有没有漏洞。他本是考古学家，专门研究失踪的奇珍异宝，特别是文物。一年前，他从清朝一个遗老处得到一幅藏宝图（用密码写成，平常人看不懂），图上记载着一颗三色宝石的埋藏处，就是在哀牢山的一个岩洞里。本来，宝石一般是纯色的，或蓝或红或黑，从来没有三色的，三色宝石可说是独一无二的宝贝。得到这样的无价之宝，应缴给国家，然而，胡舜深受西方生活方式熏染，思想已发生巨变，利欲大开，吞占三色宝石之心暗下，并和毒贩主取得联系，用三色宝石换取毒品。下个月，他将乘专机飞往香港，毒品不怕销不掉，因为他趁到香港讲学之机，已和香港的毒枭联系好了。

到深山老林寻宝，一定要有帮手。他立刻打电报召回在美国念书的儿子。说明计划，胡原立刻赞成，他早就把自己视为西方社会的一员。但是，他俩知道，光凭他们是无法在原始森林探险的。胡舜向老同学、省公安厅长徐贤求助。由于胡是名气很大的考古学家，徐贤从国家利益出发，便把鲁挺介绍给他们。

鲁挺是一名边防武警，机智、武功超群，曾得过全国武术大赛的第10名。最重要的是：鲁挺20岁以前在原始森林中生活，练就一身与各种野兽搏斗的高超本领。

当时，边境贩毒集团越来越猖獗，吸毒人数也剧增，鲁挺正全力以赴，接受命令时不大乐意，但命令是不能违背的。

此时，胡舜确实想不出有什么破绽，放心招呼鲁挺、胡原往前走。

一条大蟒蛇悄然在树上滑行，它的眼睛兴奋地瞪大，饿瘪的肚皮鼓足气，头部对准树下的三个“猎物”。

鲁挺猛然感到气氛不同，感到一丝阴寒之气侵人身体。他猛抬头，看见大蟒蛇呼地飞扑而下！

“闪开！”

他大喝一声，猛推开胡舜，左手已抽出匕首，刚要举起，蛇身已缠住他的身体和左手；蛇头一昂，口大张，红舌信一吐，向他脖子狠狠咬下。

鲁挺轻蔑一笑，右手疾出，闪电般捏住蛇的下颌。蟒蛇大怒，舌信疯狂地伸缩，尾部拍击地面，身体越收越紧。

胡原醒过神，忙伸手去掰蛇尾。

鲁挺大叫：“傻瓜，别掰尾巴，抓起我左手的匕首，刺它的七寸！教授，往我身上泼水！”

胡原连忙取回匕首，却颤抖地问：“哪儿是七寸？”

鲁挺道：“在……”他被蛇缠得喘不过气。

胡舜到底知识渊博，把水壶的水全倒在鲁挺身上，立刻又抓过匕首，恶狠狠地插入蛇的七寸！

蛇剧烈地颤抖，但仍然挣扎着。

胡舜的手用力一使劲，匕首在七寸处疯狂地绞动，蛇滑落下来。

蛇身体终于慢慢变软。鲁挺喘口气，检查一下背包的东西，不由叫声：“糟，通讯器坏了。教授，是否回去？否则，出了意外，就无法呼救了。”

胡舜的计划全部安排好了，怎肯放弃？他以坚定的目光望着鲁挺：“警官，考古向来都是要冒险的。离目的地只有一天时间，回去，岂不是前功尽弃？有你这能人在，我什么也不怕。”

鲁挺沉思着。

黄色的夕阳照着蟒蛇血迹斑斑的身体，胡原好奇地问：“鲁警官，假如你是一个人，又怎么办？”

鲁挺道：“还有几种方法脱身。例如，我可以抱着蟒蛇往遍布尖石荆棘的地方滚，蛇遍体鳞伤，不得不松开我。还有，我可以用牙齿咬蛇的七寸，用牙把它的内脏拖出来。”

胡原惊呼：“可怕。那，刚才为什么要浇水，为什么不能掰蛇尾？”

“水会使身体变湿，蛇就难出力。蛇缠人时，应抓住它的头，如掰尾，尾巴有了用武之处，会把人勒得更紧。”

胡舜赞道：“聪明！有你，我们还怕什么。走！”

可是，才前进5公里就不得不停下。夕阳沉到地平线下，最后的一道霞光消失，森林黑咕隆咚的。三人只得选择一个背靠岩石的地方歇息，燃起篝火，驱赶可怕的蚊子。边境西南有十八怪，其中一怪是“两只蚊子一碟菜”。足见这里的蚊子大得惊人，简直是一只只大蜻蜓。

远方，又传来一声狼狗的低嗥，在死寂的黑夜中给人一种恐怖、极不安全的感觉。胡舜父子互望。眼光中交集着困惑。

鲁挺心中一咯登：狼狗似乎在跟踪他们，为什么？狼狗后面又有些什么人？他不禁对胡氏父子此行的目的产生怀疑，他敢肯定，跟踪者决不会无缘无故地追踪胡氏父子。

吃完晚餐，胡氏父子和鲁挺都躺下了。

鲁挺眼睛虽闭上，耳朵、大脑更清醒。忽然，他听到胡原在梦中嘟哝：“钱……一切……美国定居……哈哈……”

鲁挺心中一动：胡原的思想境界不高呀。这次他从美国回来，冒这么大的风险和父亲闯进大林莽，难道也是考古？但不是考古又是干什么？他眉毛一挑，决定搜他们的行李。

深夜里，胡氏父子呼吸越来越匀称。鲁挺悄悄爬起来，轻手轻脚地走到对方身边，取过背包，借着火光一看，里面除了食物、手电筒和一些必需品，就什么也没有。回头望望和衣而眠的胡舜，心中暗想：如果不是我错怪他，他就是把重要东西藏在身边。教授的身体当然不能随便搜，他只好放下背包，走回来睡下。

胡舜转过身，右手从口袋中伸出，心中冷笑：“小子，如果你来搜身，脑袋就会洞穿。”他的口袋中是有一把枪的，藏宝图则在贴身口袋中。

第二天黄昏，他们终于来到目的地。这是一条狭长的山谷，到处怪石矗立，奇石峥嵘，峭壁如刀劈。

胡舜带着两个人，沿山腰走。他找到图中所标的洞前有三棵老松树的岩洞。很快，教授高兴地钻进去。鲁挺在中间，胡原断后。

洞口仅能容一人，里面却宽敞无比，景象壮观，奇形怪状的钟乳石、石笋密布，恰似仙境神府。胡舜取出手电筒，仔细地照了一回。

鲁挺赞叹说："真可开个旅游胜地。"

"是的，"胡舜随口答道，"我就是为考察这洞的形成和使用价值而来的。"

洞路曲折，越往深处越阴森，寒气越凛冽，沁人肌骨。

洞尽头，峭壁直立。胡舜在壁面观察一阵，伸手在一个突出物一按——

洞壁上猛发出一声巨响。三人大惊，跳到洞两侧。胡氏父子在右，鲁挺在左。

响声越来越大，洞顶的石块开始往下落。

鲁挺又惊又疑，吼道："教授，你怎么知道那个机关的？这是怎么回事？"

胡舜还不想杀死鲁挺，大声回答："这是极其偶然的。"

胡原尽量把父亲往壁里按，惊恐道："洞会塌吗？跑吧。"

"混蛋，这是藏宝人用来吓人的，若真是杀人机关，在我按机关时早就没命了。况且，到处都有石块下坠，跑不出去，"

一块巨石向这边狠狠砸来。胡原拼命把父亲拉到一旁。巨石把刚才所站之处砸成大洞。两人不禁流下冷汗，魂魄俱无。

鲁挺此时自身难保，尽力躲避滚来的石块，无暇照顾别人。

响声大增，石块越来越多，把洞填高了许多。鲁挺觉得耳膜麻木、疼痛！

倏地，一声惊天动地的巨响，只见洞顶上面的石块纷纷往下飞，那儿出现一个洞口；夕阳猛然灌进山洞，洞内明亮起来。一看，洞几乎被填满，人站在石堆上就可爬出洞，无须从原路返回，安机关的人可谓想绝了。

那声巨响，几乎震昏鲁挺。静神时，被洞口射进的阳光照得眼花缭乱。

响声突地停息，石块也不往下掉。

一幅奇景出现：洞尽头处的石壁竟然缓慢地向下沉去，一个小洞出现在三人眼前。

三人惊喜地走到盒子前。胡原伸手——

鲁挺、胡舜同时喝道："先别动！"

胡舜又道："盒子也许装有极其贵重的文物，应由警官先生亲手取。

鲁挺暗道："看来，胡舜倒有几分爱国心。"遂走上前去，蹲下身，仔细察看。

胡舜眼中射出毒蛇般的凶光，脸肌抽搐，悄悄抽出手枪，倒拿着，狠狠砸向鲁挺后脑。

鲁挺刚觉有异，头已剧痛，像炸裂一样，顿觉天昏地旋，身子扑倒。胡舜哈哈一笑，取过盒子，打开：一阵强烈而瑰丽的三色奇光汹涌而出，洞立时亮如白昼，也照亮了两双贪婪的眼睛。

胡原高兴得手足蹈："爸爸，这东西值多少钱？"

胡舜哈哈狂笑："值五百万，换成毒品，再拿到香港，可值千万美元。"胡原得意忘形，一把抱起父亲，飞快地旋转。口中直道"爸爸，你真是好样的。"

胡舜首先冷静下来，用手指指鲁挺："用石块砸死他，回去后，就说因洞倒塌而光荣牺牲。他死后能成为英雄，也可瞑目了。"

胡原恍然："所以你不开枪，是怕他身上有弹孔，引起别人的怀疑，胡舜道："你父亲这点小聪明还是有的。父子俩狂笑，声音回荡，经久不息。

一声狼狗的大嗥猛然响起！父子俩大吃一惊，猛回身——14

把枪口对准他们，都是汤姆改进型自动冲锋枪。一个26岁的艳丽女子站在前面，双手扎腰。她极美，但面孔板得像冰一样，在她面前，蹲着一只纯黑狼狗，大如豹，凶神恶煞的眼珠暴瞪，锐光劲射。

胡舜眼中闪过一丝惊恐，很快镇定："哦，是冷蝶小姐。你似乎不守规矩，我说过只和你一个人交易的，怎么劳师动众？这几天，你们一直跟踪我们吧？"

冷蝶嘴角显出笑纹："跟你，是为了暗中保护你。谁都知道，进入大林莽的人向来凶多吉少。"

胡舜指指枪口："万一走火，可算是百分之百的保护了。"

冷蝶一挥手，部下们放下枪。

胡舜道："可卡因？"

冷蝶一挥手，一名部下把一只黑箱子放在地面上，打开，里面是一包白色的东西。

胡舜对儿子一点头，胡原走过去，拿起包，用手指挑破包装，撮起一点，深嗅，点点头："好货色。"他在美国读书，早学会吸毒。胡原走回父亲身边。

胡舜深知，把三色宝石交给对方，父子必被打成马蜂窝。所以，他早拿定主意，右手伸进背包，打开另一个手电筒的开关。这手电筒是伪装的炸弹和烟幕弹。

冷蝶问："宝石？"

胡舜笑道："在这，接着。"

冷蝶心知有异，大叫："卧倒！"

话音刚落，电筒"轰"地爆炸，碎屑四射，浓烟滚滚，那箱可卡因被炸得四处飞扬，迷漫洞中。

胡氏父子一跃而起，快速跑到新开的洞口下，胡原先爬上去，胡舜刚想把宝盒送上去，突然一阵兽风从脊背刮过，一只利爪又顺势搭在双肩。

胡舜恐怖地叫了声，他知道，一回头，喉咙肯定被狗锋利的牙齿咬断。他闭上眼睛，手枪顺势往后一击！

这下，是瞎猫碰上死老鼠，正中狼狗的下身。狼狗被击中要害，惨叫一声，滚倒在地。

胡舜大喜，正想用手摸起宝盒，不料，一个人影猛蹿过来，一脚将他踹倒，抢过宝盒和手枪，跳出了洞口。

胡原以为是父亲，想伸手去拉，脸上却中了一拳，倒在地上，定睛一看，原来是鲁挺，吓得滚到一边。

鲁挺懒得理他，向山脚树林跑去。只要跑过这片开阔地，进入森林，就安全多了。

胡舜随即钻出洞口，边忙拉起儿子，转个方向奔向密林。

冷蝶带领部下一个接一个跳上来。她一眼就看清鲁挺抱着宝盒，忙手一指："打他，别理父子俩。"

14 把枪狠射鲁挺。鲁挺忙倒伏在地，向山脚滚去。滚并不比跑慢，射手们可不好瞄准了，因为有乱石阻挡，目标又相对变小。鲁挺身子一进森林，立刻跳起，向深林狂奔，全然不顾荆棘、乱石、头顶的乱树枝。他知道，只要稍迟一点，命会丢，国宝也落入强盗手里。

冷蝶吼声"追"，抢先冲下，部下跟随。此时，狼狗也艰难地跳出洞，慢慢跟在后面。

胡舜父子趁此良机，窜入林中。胡原正要往回跑，却被胡舜一把拉住："你还要不要一千万美金？"

"毒品被炸，三色宝石被抢。对方人多势众，还有狼狗，鲁挺也不是好惹的。"胡原胆怯地说。

胡舜抚摸儿子的头发："你的话很有道理，然而，我们不和他们正面交锋，只跟他们身后，见机行事。"胡舜是在给儿子打气，"两只老虎是可怕的，当它们两败俱伤时就不可怕。况且，你身上还有两把手枪。想一想，我们深入大林莽就是想得到毒品，既然毒品完了，就必须得到盖世奇宝，以后还可以换毒品，现在回去，岂非前功尽弃？"

胡原犹豫一下，狠下心："美国人常说，不冒险就不会成功。

走！”

胡舜高兴地拥一下儿子：“这才是男子汉！”

父子俩转个方向，朝枪声走去。

二

鲁挺拼命向前跑。他有极优越的丛林奔跑本领，加上是为了保护国家和生命，更是把所有的潜能都发挥出来，他就似一道黑色闪电，穿越林中。

追赶者渐渐被甩远，狼狗的叫声也听不到了。鲁挺继续狂奔一阵，才肩靠大树，大口大口地喘着粗气，这种气是火热的。脑袋发出阵阵疼痛，胡舜那双考古劲头真不小，使他昏迷了不少时候。使他清醒的，是那狼狗的嗥吼。

当时，他睁眼一看，立知假死是唯一的方法，因为他知道持枪者是谁。

西南边境，有一个贩毒集团，名叫“黑豹敢死队”，专门从金三角将毒品运至滇桂边界，售一小部分给当地人，绝大部分经秘密途径运到香港。敢死队员多是原国民党残部的后裔，也有一些是杀人逃犯，他们装备精良，行动诡秘，做事从不留蛛丝马迹，又极端残忍，是当地的一大害。特别是毒枭冷蝶，更是极端狡诈、枪法如神，精通柔道，屡次从包围中逃生，有“杀不死的妖魔”的绰号。

胡舜的烟幕弹，使他有机会夺下宝盒，死里逃生。现在的问题是：三色宝石带在身边显然极不安全，但藏在哪？他苦苦思索：藏宝处必须不能让狼狗嗅出，日后还要找得回。

一只岩鹰从头顶掠过，他一惊，抬头，又见一只猴子蹿入树洞里。

鲁挺机灵一动，立刻用条山藤把宝盒绑在身上，然后，快手快脚地爬上树，又跳过另一棵树。原始森林的树是稠密的，跳到另一棵树并非难事，像鲁挺这样的高手，更不在话下。他很快越过几百米，在一棵巨树上停下，他发现下面有个大石洞。他溜下树，走进石洞。石洞幽深，内有许多小洞。鲁挺在一个隐蔽处挖个洞，深深的。放人宝盒，用干燥的沙土掩好，堆上石块。

轻松地走出山洞，他仍从空中返回原来休息的那棵树。他相信，狼狗不会再嗅到藏宝处，如何对付追杀者？

鲁挺削好几支竹箭，再把竹片弯成弓，用藤条连起，安在几个隐蔽处。绑起几块大石头，吊在树上安上触动装置。办完后，他长吁口气，拔出枪，清点子弹，共9发。他仔细一想，决定先别使用它们，就用匕首在树身上刻个显眼的记号。

他沿原路走一百米后，转个方向，朝北边走去。

这时，身后传来狼狗的叫声，黑豹敢死队队员呼叫着追来，子弹乱飞。鲁挺一枪不发，只顾向前狂奔。

狼狗的伤好了，为复仇，发疯般追来，很快追上鲁挺。

鲁挺大怒，回身向它瞄准。狼狗机灵至极，一闪身躲在树后，待对方转身时，它又逼近。这样反反复复，冷蝶带部下杀近了。他们四散包抄过来。

冷蝶得意地拍了一下狼狗的头："好样的黑豹，等杀了他，赏你心肝吃。"

"黑豹"吐出红舌头，微微喘气。

鲁挺蹲下身子，在灌木丛下移动。他猛然出现在两名敢死队员后，两声枪响，两名贩毒者吼叫，滑稽地旋着身体，倒下。

这下，鲁挺暴露了目标。队员一齐向他开火，他跳到树后，树枝树叶乱飞。

他只剩下7颗子弹，即使一枪一个，对方仍剩七个人，输定的。他不敢恋战，看准时机后退。"黑豹"紧迫不舍，伺机前扑。鲁挺火了，一时忍耐不住，冒险从树后飞身而出，双手持枪，连开两枪。

"黑豹"低吼一声，滚到树后。它的右脚被擦去一块肉，骨头也受了伤。

冷蝶枪一挥，击中鲁挺的左肩。

鲁挺滚到树后，连开两枪，忍痛起身，向前狂飞。13名"黑豹敢死队”队员紧追,“黑豹”跛脚小跑地跟着。

鲁挺捂着流血的胳膊,十分着急。如果不尽快包扎,会因流血过多而晕倒,但后面的脚步声越来越近,他一急,不顾一切地分开树枝往前跑。

突然,他吓得停住脚步:六条眼镜蛇在离他 10 步处瞪着他。可怕!再走几步,非死不可。这么一停,“黑豹”队员追得更近。鲁挺机灵一动,弯腰拾起两块大卵石,转个方向,跑 10 步,将石头掷向眼镜蛇,又补上一枪。

石块准确地落在蛇中间,那一枪打中一条蛇,它当场毙命。蛇被激怒,立刻呼地竖起蛇头。恰好,贩毒者迎面赶到。眼镜蛇迅速盘成一团,一弹,箭一样飞向贩毒者。

贩毒者立刻向“蛇箭”开枪,当场杀死三条。但,剩下的两条缠住两名贩毒者的脖子,狠咬!一个被咬掉鼻,另一个张口大呼时,舌头被咬去一块,当场浑身抽搐而亡。没鼻者倒地翻滚,发出古怪的呼嚎。

冷蝶随后赶到,一见,打个冷战,随即一挥手,子弹穿过蛇头,击碎同伴的头颅。

“愣着干吗?”冷蝶吼道,“赶快追!”

鲁挺已跑出老远。没有“黑豹”,贩毒者可不易追上他,他靠着树,喘气,撕块布,简单包扎伤口,又向前奔跑。一会,一片沼泽拦住去路。有的浅沼泽可以过人,有的一失足就别想再活。

这片沼泽不是很宽,鲁挺还是谨慎地拾一条树枝一插,深极了。怎么办?回头显然不行。抬头四望,发现沼泽边有一棵被雷电击倒的枯木,心中一喜,他忍着伤痛。将枯树拖至沼泽最窄处,竖起,放倒,吸口气,踏树过了沼泽,尔后,把枯木拖过对岸。

正要离开,脑袋一转,立刻拾起几块石头,按一定距离往沼泽抛,石沉下去,一眼望去,恰似一排脚印,好像有人刚跑过一样。鲁挺哈哈一笑,转身跑开。

贩毒者杀气腾腾赶到。两名队员望见泥窝窝,大声叫:“头儿,那小子从这儿走过了。”边喊边端枪冲过去。

冷蝶大喊:“别下去！唉,笨蛋。”

迟了,两名队员已走了十几步,发现不妙时,身体已沉下一半,不禁恐怖地叫:“呜！哇呀呀,救我！”

人手伸不到,砍藤倒可以救,然而,一群饿疯了的沼泽鳄急速游过来。两名队员绝望地大叫:“头,开枪,打死我！”

冷蝶气得白脸发紫,一摆手。一名部下端枪狂泻,两名同伴头一歪,完全沉下,鲜血浮在黑泥上,分外耀眼。沼泽鳄赶到,吞噬。

冷蝶的部下都是些身经百战的“能者”,一见遭到如此下场,心中皆黯然。冷蝶恨恨地大叫:“开枪,杀死这些丑鬼。”

8 支冲锋枪吐出火焰,10 条鳄鱼被打死, 但成群的鳄鱼继续赶来,仿佛杀不完,有些鳄鱼竟还向冷蝶一伙进攻。

冷蝶见不对路,一挥手,带领部下后退,准备绕过沼泽追杀。“黑豹”伤好了点,也赶来,跑在前面。

这时胡舜父子也赶到离他们不远的地方。

鲁挺觉得肩膀似乎麻木,心脏异样地疼痛,脚发抖、软绵绵,口腔、喉咙像火一样的热。他咬紧牙关,以顽强的意志提醒自己:“绝不能倒下,否则,很可能再也醒不来或被野兽吃掉,国宝永远被埋没。”

突然,他听到左前方有流水的声音,不禁大喜,河流!“只要顺水游下,就能避开“黑豹”的鼻子,也会碰上人家。密林中,一般的人都将家安扎在河边。

他浑身充满力量,转下身子,不由吓得大叫一声:两只豹子死死盯住他。枪中只剩两颗子弹,必须弹无虚发,而且,一定得射中心脏。

鲁挺立刻镇定异常,跪右膝,双手持枪,以标准的联邦式瞄准法对着豹子。

豹子阴沉沉地走近。

“嗷——”大吼中,树叶沙沙落下,豹子带着一股腥风,腾空而起，扑向鲁挺！当头罩下。

鲁挺所有的精神都集中在豹子的心窝口，手指狠狠连扣："砰！砰！"

豹子触电般一滞，生硬地栽下。鲁挺急忙滚向一边，两只豹子砸在他半跪的地方，腐叶四飞。豹子动也不动，心窝口的鲜血汩汩涌流，子弹准确地钻入它们的心脏。

鲁挺抛掉空枪，推翻一只豹，用匕首剖开胸口，取出心脏，挑出弹头，又挖出豹子胆，吞下。一会，渴饥的感觉大减，便走向河水流动处。

拨开树丛，一条清清大河豁然出现。鲁挺纵身一跳，跃入河中。冰凉河水使他感到畅快，清醒许多，用力游向下游。但一用力，伤口又在疼痛，然而顾不上这些，只知不断地游。

不知游了多久，他看见香蕉林中露出一幢竹楼，一个全身裸露的年轻女子在河边洗澡，一只山鹰在她头顶上盘旋。

他心中一阵狂喜，爬上岸，摇摇晃晃地向那女子走去。恍惚中，他看见少女缓缓转过身，诧异地望着他。

太美了！他下意识地想，心中一松，栽倒在地上，虚脱。

好像过了一个世纪，他觉得额头一阵冰凉，心中一格登，清醒过来，本能地想翻身坐起，却发觉被死死绑在一条长凳子上，丝毫不能动弹，不由大吃一惊。

抬头一看，一个美丽的少女出现在眼前。她身穿少数民族服装，肤色蜜黄，大眼，明眸、嘴紧抿，透出一股野气。

女人拿开湿手帕，温柔地说："我的丈夫，好点吗？"

丈夫？鲁挺摇摇头："你说什么？"

"你难道不知，我们这族的女子，如果在无人处冲凉时，被某一男人无意看到全身，她就必须嫁给他，当然，男人如果原已有老婆，就算了；否则，女人永世不嫁。凭我的直觉，你还没有老婆。"

鲁挺心中一愣：果真有这种民族？我似乎听徐贤局长说过，没想到让自己给碰上了。

“妹子，你先放开我，有话好商量。”

女人恼怒道：“你叫我妹子？那么，是不想要我做老婆？好，我先杀了你，再自杀。”

说罢，从鲁挺绑腿中拔出匕首，准准地指向他的心窝口。

鲁挺大惊：“别胡来，我可没说不要你呀。”他知道，这族人办事说一是一，决不会有半点犹豫。他一死，三色宝石岂非永远湮没？

女人双眼盯住他，火辣辣道：“那就立刻叫我老婆。”

鲁挺想到自己一表人才，文武双全，却要娶个从没有见过面的野女子，心中自然别扭，但如果不答应，必死，那——

“老婆！”他大吼一声。

女人十分高兴，大声欢叫：“哟，丈夫，你难道不能小声一点吗？”

“老婆……”鲁挺慢声细语。

“嘿，丈夫，有什么事？”女人笑容满面。

“请给松绑好不好？”鲁挺尽量温柔。

“不行。”女人举起匕首，突然向他狠狠扎去！

完了！鲁挺大急，闭上眼睛。只觉得肩膀猛然发出剧烈的疼痛，似乎整个肩要被人割下！原来是取子弹，鲁挺松口气，睁眼一看，女子用力一刻，把子弹挑飞出来。

“唉哟！”鲁挺痛叫一声。

女子笑道：“受不了吧？所以才绑住你。”

“哦。现在，该放我起来了吧？”

“还不行！”女子把匕首抛到一边，在竹壁上取下一个葫芦，里面全是药。

她把药倒一些在鲁挺伤口。

“干嘛？”鲁挺问。

“消炎。”她简答。

“火药能消炎？我没听说过。”鲁挺不信。

“如果点上——”女子燃起火柴，放到火药上。

"嗞！"窜起一股蓝色火苗，青烟滚滚冒起，肉焦味飘出。

"哇呀！"鲁挺在燃火的瞬间大吼一声，剧痛使他潜力大发，气功尽出，"崩"，绑住他的绳子全部断了，散落地下，然而，鲁挺再也无力坐起。

女人望到断落的绳子，深感欣喜，忙扶起鲁挺，取过手帕，温柔地为他擦去额上汗水，很仔细地擦。鲁挺望着她："你叫什么？""哈娃，你呢？""鲁挺。"

"那你叫我哈娃，我叫你鲁大哥。对了，大哥，你怎么搞成这个样子？"

鲁挺道："我被'黑豹敢死队'追杀，他们要用三色宝石换毒品。你跟着我会有生命危险的，给我吃饱喝足，让我走。否则，你会死的。"

"啪！"哈娃非常生气，打了鲁挺一巴掌："我们这族的女子为了丈夫，一切都可以不要，你刚才是侮辱我。况且，'黑豹敢死队'是贩毒的，我们有不少人就死在毒品下，我很恨那些家伙！"

鲁挺摸摸脸说："除了母亲，还没有第二个女人敢打我。你的话有理。"

哈娃乐了："因为我是你妻子。"

鲁挺环视四周，猛然发现左侧安放一部电视，彩色的，不禁非常惊奇："你也有电视？"

哈娃有些不好意思："这些年，我和阿爸在山里打猎，采山货，拿到山下去卖，赚了不少钱。有一天，我上商店，望着一部电视机出神，一个售货员很看不起我：'看什么，3650块，买得起吗？'我一气之下，当场买下，拿回家，可是怎么弄也没有人影。"

鲁挺道："这些年政策好，连少数民族也富了。但，知识还不够。你看，你还没有接上天线。"

哈娃吃惊道："天上也有线吗？"

鲁挺不觉哑然失笑："以后再告诉你，现在，我想洗个澡。"

"早准备好啦。"哈娃扶起"丈夫"，走到竹楼下，见其中放有一个大木桶，里面倒满绿色的液体，微微冒着蒸气，一股清冽的药味扑鼻而人。

“什么水？”鲁挺用手指捞了一下液体，不热不凉，正好。

哈娃道：“我加入些草药，专门治伤，还能立刻解除疲劳，恢复体力。”说罢，三下两下地为鲁挺脱衣裤。

鲁挺说：“我自己来。”哈娃道：“好吧，我在楼上等你，你可不许跑掉，我会帮你打那些贩毒者的。”

她打个唿哨，一只岩鹰从窗外飞入，落在柱子上。“看着他，”哈娃指着“丈夫”，“它叫黑神，爪利嘴尖，很凶残，只听我的话。”鲁挺笑道：“把我当做囚犯了？”哈娃哼了声：“我会守你一辈子。”说完，快步跑上楼。鲁挺跳入木桶。岩鹰拍拍翅膀，虎视！

三

鲁挺跟着哈娃，拨开浓密的树枝向前走。清晨的露水染湿他们的衣服，雾气还没有完全消尽。哈娃挎着短刀和弓箭。她告诉鲁挺，她曾经射死过 7 只豹子。鲁挺很高兴。

一声狼狗的低嗥隐隐传来。鲁挺大惊：“怎么来得这样快？哈娃，快跑。”

昨天傍晚，冷蝶带着部下连夜赶路。黑豹在河边停下，徘徊。她沉吟一下：对方负了伤，决不可能向上游游。她果断地带着八名部下和黑豹越过对岸。搜索下来，真叫黑豹嗅着了鲁挺的气息。

现在，黑豹的叫声分外兴奋，说明猎物就在不远处。

冷蝶高兴了：“追，快点，他已没有枪，活捉他。”

黑豹伤全好了，更是箭一般跑，把主人抛在后面，很快追上鲁挺和哈娃。

“要小心，这狼狗十分厉害。”

哈娃搭箭弯弓，对准黑豹。黑豹一闪闪到树后，“真是个滑头。”哈娃哼了声，打个唿哨。

岩鹰从林梢飞下，停在主人肩上。

哈娃一指黑豹："啄死它！"

岩鹰领会，扑向黑豹。哈娃领着鲁挺跑。黑豹一见，正想追赶，猛感到头顶有一股风，一抬头，早见一对鹰爪恶狠狠地抓向双眼，一惊，就地一滚。

冷蝶赶到，见状，挥手几枪。

岩鹰早已闪进密林中，不见了。然而，它在暗中盯住黑豹，一有机会，立刻攻击。黑豹感觉到它的威胁，气恼异常，决定要和岩鹰决一死战，遂扭转身跑向一片开阔地，岩鹰会意，跟踪。

冷蝶领着八名部下迫近了鲁挺和哈娃，只见对方闪入密林中，踪影全无。

"搜！他已没有子弹，抓活的！"冷蝶指挥部下成扇形围捕过去。

哈娃躲在一棵树后弯弓搭箭，对准一名贩毒者，"嗖"，竹箭呼啸而出，正中冷蝶左侧的匪徒。

"嗷！"这个倒霉鬼倒在地下惨嗥，箭在他眼中直抖。

哈娃趁机接二连三地放箭，但冷蝶并非等闲之辈，武功出奇的好，只见她出手如闪电，把所有的箭全部接下，并迅速飞跃向前，用枪逼住哈娃。

鲁挺见有三名贩毒者围过来，藏匿不动，待他们走过，突从树上跃下，匕首深深地扎入最后的黑豹队员的后心，并顺手夺过枪，谁知这名毒贩，不但不放开枪，反而转身将他死死抱住。

其余两名迅速回身，用枪指着他。

冷蝶指挥手下把哈娃捆住，又把鲁挺绑在一棵树上。

冷蝶把枪戳在鲁挺的肚脐上："我 14 名身强力壮的部下只剩 6 名，我恨不得活剥你的皮，挖你的心。但我肚量大，如你肯说出藏宝处，就放你一条生路，如何？"

鲁挺哈哈一笑："我和'黑豹敢死队'打的交道还少吗？从没有听说过冷蝶会发慈悲。"

冷蝶冷笑："你好几次都差点杀死我，这次，如果你不说，有你甜头吃。"

"请便，我向来爱吃糖。"

冷蝶知道一时撬不开鲁挺的口，枪口一转，顶住哈娃的心口："说，宝石在哪？"

哈娃怒视，讷声不出。

冷蝶大怒，手一使劲，枪口直戳下去。哈娃觉得心口大痛，倒地，抬头，怒视，眼中几乎要发出火。

冷蝶知道这些少数民族的人骨头极硬，更不好对付，于是一指鲁挺："打他，直到说。"

鲁挺心中已想好对付这些恶魔的办法：先大受皮肉苦，再说，引他们去触发那些机关，自己再设法脱身。

六名匪徒解下皮带，对准人体最易痛的地方狠抽，直打得鲁挺皮开肉绽，血液四溅。鲁挺发出痛苦的叫声，很凄惨，听得哈娃的心在滴血，其实，这种惨叫是虚实参半的。

冷蝶慢声细语："说不说？"

鲁挺直喘粗气："不！"

"好，有骨气。然而，人们常说英雄难过美人关，今天，我要证实一下。"冷蝶一指哈娃："扒光她的衣服，轮奸。"哈娃腾地站起："你敢？"冷蝶一脚踹倒哈娃："贱货。"哈娃大叫："你这个毒货，全身流毒脓汁。"六名敢死队员边脱裤子边逼上来，鲁挺大叫："住手！"看到鲁挺垂头丧气，极端痛苦的样子，冷蝶一挥手，部下放开哈娃。

"宝匣在——"鲁挺嘶哑地说出安装机关的地方。说罢，脸无人色，似乎精神完全崩溃一样。

如果是一开始就说，冷碟根本不信，但这情报是严刑拷打逼出的，她就信了九分。她令部下把两人团团绑在树上，道："如有半句假话，决不轻饶。"

她本想带鲁挺一起去，但对方遍体鳞伤，走不得，只好命令两名部下看守，自己带 4 名部下往回走。

鲁挺暗自计算一下：冷蝶一个来回要花 6 个小时，他们必须在这段时间内脱身。如何脱身？强运气功挣绳肯定会被对方发现，招来枪击，怎么办？林间开阔地上，黑豹和岩鹰正殊死博斗。岩鹰不时瞅准时机猛扑，利爪疾抓，坚嘴狠啄。黑豹也气势汹汹，不时腾跃，希望能咬断对手的喉咙。

一个占天时，一个占地利，斗得天昏地暗、难分难解。一会，二者都伤痕累累，血满身，无力再打。

黑豹一扭身，滚入密树丛中，伸长舌头，艰难地喘息。岩鹰也慢吞吞地飞到树枝上，头耷拉着。

胡氏父子忍受着精神上巨大恐怖的折磨，心惊胆寒地跟踪，好几次，胡原都想往回走，但经不住巨额财富的引诱，又跟上父亲。胡舜是考古能手，经常爬山越岭，趟江过河，练就极强的林中生活经验，再加上他善于动脑分析，竟然被他找到鲁挺受难处。两人伏在密丛中，远远窥视。

胡原吃惊地问："爸，鲁挺怎么被人抓住？为什么只剩两名匪徒？"

胡舜道："鲁挺本事再高，也敌不过 10 几名'黑豹敢死队'队员，这些人是出名的残忍，本领也极高。姓鲁的皮开肉绽，可能供出宝盒的埋藏处，冷蝶带人去取。我们守在这，等冷蝶回来，趁机偷袭。"胡原问："鲁挺真会招供吗？"胡舜沉吟："不一定"。"干掉这两名敢死队员吗？""先别忙，鲁挺也许有办法制服他们。"

鲁挺苦思无良策，不由十分失望，遂抬头四望。猛然，他发现右边 40 米开外处生长一些矮小植物，挂满红彤彤、圆如珍珠的果子。他心中大喜，暗想：天助我也。

"哎哟！"他叫道，"我肚子很饿，给我一点干粮，好吗？"

两名贩毒者冷酷地一笑："有尿，喝吗？"

鲁挺用手指指那些果子："那么，请把那些果子摘给我吃。那果又酸又甜，汁水极多，含有丰富的矿物质，是最佳的天然饮料，正好给我止渴。你俩行行好吧，我就要渴死了。”

哈娃忍不住喝道：“孬种，向人求饶？”

两名贩毒者等了近5小时，也正渴得要命，一听口中生津。忍不住跑过去，摘了两大把，大吃大嚼，果真又酸又甜，分外解渴。

胡舜偷笑：“这两个笨蛋将死无葬身之地。”

“难道这样可爱的果子不能吃？”

胡舜道：“这种果子叫‘疯珍珠’，至于效果，你看——”

两名队员突然狂笑，乱蹦乱跳、胡吼乱撕，状如疯子。他俩倒在地上，抓住枪，疯狂地向天空射击，直至子弹耗尽。接着，他们扭在一起、撕打，拳来脚往，乱踢乱揍，嘴中发出古怪的吼叫。

一会，两人浑身伤痕，血满地，力竭，昏死。

鲁挺哈哈大笑，强运气功，一挣，绳索尽断。他脱出身来，忙帮哈娃解开绳子。

哈娃温柔地抚摸鲁挺的伤口：“我明白了，你真行。”

鲁挺握着哈娃的手：“你好坚强啊，不愧是我的妻子。”说罢，吻了吻哈娃双颊。

哈娃大为激动：“你把我当成真的妻子啦。”

鲁挺道：“为什么不呢？如果能走出这大林莽，你将是一名最好的女警察。快走。冷蝶发觉上当后，很快会回来的，假如她没死的话。”

鲁挺拾起枪，一看，大为可惜：空的。

哈娃扶着他，走向密林。突然，头顶闪过一小片阴影，抬头一看，岩鹰落在哈娃肩上。

哈娃一看，惊喜交加：“你受伤了？”泪水流了出来，抚摸爱鹰。

鲁挺眼一亮：“它认得路吗？”

哈娃道：“当然。”

“好极了，我写封信，让它带给你家人，再由你家人交给当地公安局。你家人识字吗？”

“这两年，国家重视边境山区少数民族教育，我们学了一些，可以写信看信了。”

鲁挺大喜，撕一块衬衣布，沾身上的鲜血，写成一封求援信。哈娃把它绑在岩鹰脚下，打个手势。岩鹰领悟，艰难地起飞，盘旋两圈，消失。

冷蝶带着4名部下赶到“目的地”，被竹箭和石块干掉两名部下，要不是她运气好，也到阎罗王那儿报到了。

冷蝶暴跳如雷，带领仅剩的两名部下拼命往回赶。回到原处，赫然在眼前的是两具遍体鳞伤的尸体。

冷蝶咬牙切齿，又疑惑：尸体怎么会伤得这样厉害？

这时，黑豹从密林中跑出，筋疲力尽地走到她面前。冷蝶惊喜地抚摸着狗，掏出一块牛肉干，抛给它吃。待吃完，仍叫它带路，加速追去。这伙人不达到目的是决不罢休的。

鲁挺受伤较重，走得不快，三小时后，一大片沼泽拦住去路，一条沼泽鳄在中间一闪，不见了。

“绕过去，”哈娃道。

然而，鲁挺听到身后黑豹的叫声，一惊：“来不及了，看来冷蝶命大。”鲁挺伏地，贴耳细听，“五个人，三个在前，两个离他们较远。”他不知，后面两个是胡氏父子。

鲁挺咬牙：“逃不掉的，只有杀死他们。躲起来，你用砍刀，我用匕首。”哈娃应道：“好，我在左，你在右。”

两人闪入浓密的树丛中。鲁挺躲在一丛蒿草中，用匕首削几把竹片匕首。他拿一把，狠一甩，入木三分，他很满意。伤痕累累的黑豹咬紧牙关，抢先飞奔过来，扑向鲁挺，冷蝶喝也喝不住。它要报仇雪恨。

鲁挺远远望见，豪气顿生，手握竹匕首，钻出蒿草，面对黑豹。

人兽对视。

“嗷！”

黑豹尽全身力气狠命一跳，腾空，嘴巴大张，利牙森冷——“嘿！”鲁挺大喝一声，右手一扬，一支竹匕首直飞向狼狗大张的咽喉，同时跳向一边。

“咔嚓！”

“黑豹”一低头，咬住竹匕首，一合牙，竹匕首一分为二。它落地，刚要跳起，第二支竹匕首奔向它的脑门，它一侧身，避开；不料第三支竹匕首已射向心脏，它反应不及，竹匕首深深地扎入它的心！

黑豹触电般愣了愣，眼珠变得麻木，但仍然蹒跚地走向鲁挺，很慢！很艰难！

鲁挺怜悯地冷笑、暗吼一声，狠狠一脚，黑豹飞起，跌落在沼泽上，再也挣扎不起。远处，一条沼泽鳄动了下身体，它显然已经嗅到了血腥气，神经兴奋了。

冷蝶飞步赶到，见状，心中大痛，抬枪向鲁挺狂射，鲁挺扑入草丛中，顿间消失。

“不！”冷蝶尖叫一声，转过冲锋枪，对准鳄鱼狂射，这沼泽鳄身中数弹，死。然而，远处游来一群沼泽鳄，气势汹汹。

冷蝶长叹一声，知道爱犬必葬鳄腹，转身对两名部下道：“搜！”

三人分散，成扇形散开，向前迈进，六只眼睛不断向密树丛扫射。草密，树多，阴暗，三个人精神高度集中。

突然，冷蝶只觉头顶风声飒飒，心知不好，大叫：“闪开！”

她一运气，跳到一边，然而，她耳边传来两声惨叫，一把竹匕首也疾射到她脚下。她急抬头，鲁挺又从树桠上扑下，手持匕首。冷蝶来不及躲闪，被鲁挺扑倒在地，枪被甩到一边。鲁挺举起匕首，刺向冷蝶。

冷蝶大喊一声，一挺腹部，把鲁挺甩过头顶，她迅速跳起，和鲁挺怒目相视。

那边，最后一名敢死队员正和哈娃做生死博斗。鲁挺的三把竹匕首，射中一名队员的心脏，击伤另一名的手，枪掉在地上。

哈娃从树上跃下，砍刀劈向头颅，这名队员连忙闪开，和哈娃斗在一起，虽然他手负伤，但他精通武功，哈娃哪里是对手！三四招过去，哈娃被击倒在地。这名敢死队员哈哈大笑，拾起冲锋枪，对准哈娃，“啊！”他惨叫一声，后心正中一把匕首，只剩下柄儿，他抽搐着，瞪大双眼，仆倒。

鲁挺抛出匕首后，一不小心，被冷蝶击倒在地。冷蝶跳到他身上，狠命卡他的脖子，厉声喝道：“三色宝石在哪？”

哈娃跳起声，见状大急，高举砍刀，冲过来，冷蝶早飞起一脚，正中哈娃心窝口，哈娃飞出三尺远，昏倒地下。

鲁挺本来就遍身是伤，怎敌得过冷蝶这样一个高手的攻击？挣扎不起，只得闭口不言。冷蝶狂怒，连出重拳，将鲁挺击得昏头转向，心血喷出，几乎休克过去，仍咬紧牙关。

冷蝶嚎叫：“好，不说，我要不得，我就叫你死无葬身之地，喂鳄鱼去。”

说罢，将鲁挺拖回沼泽边。一群鳄鱼吃完黑豹和那条死鳄，正徘徊。

冷蝶将鲁挺高举过头：“说不说！”

鲁挺嘶哑地说：“是你要死了！”

冷蝶一愣：“胡说！”

“砰砰砰！”

冷蝶浑身一震，背部中弹，鲁挺趁机一挣，落回地面，他早就看到胡氏父子埋伏到一边，举枪瞄准。

冷蝶缓缓回头，眼瞪着胡氏父子：“想不到，竟……给两个文弱书生杀死。”

胡舜走过来，笑道：“人弱，枪不弱。”

冷蝶瞪着狂怒的眼：“我要掐死你父子！”

她哇哇大叫地扑向胡舜父子。胡舜、胡原双枪齐举，“砰砰！”冷蝶仍然往前冲，“砰砰砰……”这下，冷蝶猛仆在地。

胡舜举枪，对准鲁挺：“说出三色宝石的埋藏处。”

鲁挺虚弱地说：“你也要死了，因为你父子俩刚才射出 12 颗子弹。”说罢，他挣扎着站起，缓缓走向胡舜、胡原。

胡氏父子打开枪膛一看，果然，一愣。不过，胡原一看鲁挺摇摇欲倒的样子，不由冷笑，道：“父亲，让我来，我在国外学过拳击。”

胡舜将空枪一抛，随口道：“好！”又随手拾起一条木棍。

胡原站着，待鲁挺走近，就是一顿西洋拳，谁料，鲁挺腾空而起，双脚齐出，狠狠一踹，正中胡原双拳，胡原受力，收脚不住，向后滑去，恰巧一条鳄鱼爬上岸，一个尾巴扫去，胡原顿时飞落沼泽中。

胡舜一见，发疯了似的，手持木棍，对昏倒在地的鲁挺一阵乱击狂打……

“爸爸，救救我……”胡舜发狂般奔回沼泽边，见胡原下半身陷入泥里，10 几条鳄鱼同时扑来。

“爸爸，我不要毒品，我要回美国念书。哇呜呀！”一条鳄鱼一口咬下他的左胳膊！

“儿子——”胡舜只觉脑中如受一棍，又见儿子的右膊被咬断，头颅也不见了！

“啊！”他立觉心脏被剜出，昏倒在地。一条鳄鱼爬上岸，把他拖下沼泽，另一条鳄鱼已把冷蝶拖下去，还有一条爬向鲁挺。

哈娃奔跑过来，见状大惊，高举砍刀，冲过去，狠劈在鳄鱼眼上，鳄鱼负痛，满地乱滚，哈娃回头一看，20 几条鳄鱼向这边爬来，她一骇，背起鲁挺，奔到一棵树下，割条藤，拦腰绑住鲁挺，自己爬上去，再把鲁挺吊上，放到树桠上。

好险，20 几条鳄鱼差点把鲁挺的脚跟咬下分吃。

鳄鱼当然不能上树，只得绕着树乱转。哈娃松口气，低头一看丈夫，只见他脸如白纸，呼吸微弱，不由大急，又不能下树，如何是好呢？此时，远处传来直升飞机的轰鸣声。

鲁挺动了动身体，下意识地问：“什么……声……音？”

哈娃惊喜地叫道：“我们的援兵！”

（写于 1991 年）

阳光下的秘密战

■ 对间谍和向导必须要特别注意，间谍和向导对于一个将军来说，就像眼睛一样的重要。

■ 开放莫忘保密，交往务必警惕。国家安全与我们每个人有关，人民军队任重道远，国家公民义不容辞，我们必须提高和平环境条件下的保密意识，居安思危。

楔　子

间谍，秘密战争中的一种最常见的手段之一；间谍，战争的灵魂。翻开近代历史上的中国，从1931年“九·一八”事变到1945年抗战胜利，中日双方除了在正面战场和游击战场对峙鏖战外，还在极其隐秘的谍报战线展开殊死搏斗。

甲午战争前，日本就派遣了大批浪人间谍深入中国腹地刺探军情政情。

辛亥革命前夕，日本先后派出了玄洋社、黑龙会的成员，打着支持中国革命的旗帜，接近孙中山、黄兴等人，从事各种间谍活动。

其后，日本又派遣高级间谍川岛浪速拉拢清皇族肃亲王善耆，策划“满蒙独立国”；并派大间谍青木纯等人控制袁世凯，企图通过《二十一条》使中国成为日本的附属国。

日本一张庞大的间谍网，深入中国内地，盘根错节，无孔不入。甚至，抗战一爆发，日本间谍就来到了蒋介石的身边潜伏下来……

金钱收买、色相拉拢、武力胁迫……这便是间谍和特务惯用的基本手段和伎俩。

情报战是一种极为可怕的秘密战争。然而，它却在当今世界愈演愈烈。

肮脏的交易，使许多国家主权丧失贻尽；灵魂的出卖，夺走多少无辜的生命；美女的勾引，可让巡洋巨舰葬身大洋；金钱的收买，能将圣人拖人罪恶的泥潭。

历史上，在世界各地曾发生的战争、叛乱、暗杀、颠覆等一系列政治活动，无一没有间谍与情报的阴影在作祟。

这里，我随手从有关报章拈来几例算不上最新也算不上久远的消息：

1995 年 8 月 2 日，外交部发言人沈国放在北京就中国驱逐两名美国军官发表了谈话。

沈国放说，最近，美国驻香港领事馆空军联络官约瑟夫·陈和助理空军联络官德韦纳·佛罗伦兹以来华与美驻华使馆进行磋商为由，申办了入境签证。入境后，潜入中国东南沿海地区多处军事禁区，采取拍照、摄影等手段，非法窃取军事情报，被我执勤战士当场抓获。

1995 年 8 月 24 日上午，武汉市中级人民法院对吴弘达案一审作出判决。法院认定被告人构成为境外机构、组织、人员窃取、刺探、非法提供国家秘密罪，冒充国家工作人员招摇撞骗罪，依照《中华人民共和国刑法》的有关规定，叛处有期徒刑 15 年，并驱逐出境。

吴弘达原籍中国江苏省无锡市，1985 年从武汉赴美国探亲，后加入美国籍。吴曾多次化名潜入中国境内，非法获取中国国家秘密，从事刑事犯罪活动。

经法院审理查明，吴弘达于 1991 年至 1994 年间，先后以访友、旅游、经商等名义，进人中国或在境外收买他人入境、窃取、刺探我国国家秘密，并提供给境外机构组织。其行为触犯了中华人民共和国全国人大常委会《关于惩治泄露国家秘密犯罪的补充规定》、《中华人民共和国刑法》，情节特别严重，应依法严惩。

1995年8月25日，香港《壹周刊》记者屈颖妍、谢明庄以旅游为名进入我福建沿海边区，非法搜集我军军事秘密，被当地群众发现，屈颖妍、谢明庄的行为触犯了《国家安全法》、《军事设施保护法》，严重危害了国家安全，据此，福建国家安全机关对其进行审查并驱逐出境。

屈、谢二人在接受审查时称：这次来，是受某机构指派，以旅游者身份到福建沿海一带搜集、拍摄军事演习情况。他们入境后，先后在厦门、福州、定海拍摄军事设施，探听军队调动情况。

警惕，间谍就在你身边！

两军对垒，一方泄密而导致兵败的例子可以说是不胜枚举。第二次世界大战期间，美国一艘军舰在即将起锚离港赴欧洲参战之际，舰上一水兵跑到港口一酒店用公用电话向女友告别。通话中，把军舰航行的时间、路线、到达地点告诉了对方。正是"隔墙有耳"，被一德国间谍所偷听，没过几天，这艘军舰在航行中被德军击沉。类似还有因酒后失密导致德军在凡尔登战役中惨败、日本因联系供水的电报被美军所破译中途岛战败等战例，振聋发聩地昭示世人，保密如同保护生命。因此，在历代的兵书中，都将保密作为胜战的基本条件，归纳出："心战"、"离间"、"用间"、"诡道"、"伐交"等多种保密与反保密的战法来。

中国人民解放军是国家的武装力量，加强部队的保密工作建设，是建设正规化、现代化、革命化、高度集中、统一的人民军队的重要内容之一。因此，保守国家和军事秘密，是每一个军人和公民神圣的、义不容辞的职责。

窃密的故事

（一）

中国对越南自卫反击战是在1979年2月17日晨打响的，前一天下午中央军委发出《关于对越南进行自卫反击、保卫边疆战斗的通知》，要求17日传达到司局级，下午传达到处级，晚上通知全体党员。但日本记者边见秀逸16日收买到这一机密，并于当晚发回日本共同社，除向日方报告外（日本又通知了美国），还转给了越南，17日仗未打响消息已被报道。

在还击战中，越军首次秘密投入当时最先进的苏制激光致盲武器。激光研究所与山东光学系合制成功世界首创的激光防护眼镜，正当眼镜研制生产有重大突破时，前美国国防部长温伯格率领美军代表团访华，洽谈武器生产合作，当场提出联合开发防护眼镜。中方代表请示后回复美方只卖产品，不卖技术。美方遭拒后一面拖延时间，一面指使在华间谍找到防护眼镜工厂贿赂门卫，利用星期日工厂休息进行"参观"。一批人拍照、录像及复印了秘方，再以1500美元的低价私下买走48副激光防护眼镜。

美方得到激光防护眼镜全部技术资料及产品后，临回国时说两国草签的合同待国会批准后，就能正式签发生效，结果草签的合同从此石沉大海。不久美国生产出与中国完全一样的激光防护眼镜，并申请了国际专利。而中国不仅未能取得专利权，更使解放军在防御激光致盲武器的能力上受到严重威胁，花了更长时间才扭转了这一被动局面。

（二）

1995年，一名美国空军军官伙同一名日本航空自卫队军官在进行间谍活动时，在广东湛江附近被发现逮捕。当时两人正在窃取中国空军少量最先进的俄制苏-27SK重型战斗机部署和服役状况情报，其时也是海峡两岸关系最紧张的时刻。

中国国产最新型的歼-10多用途战斗机，已于1998年3月底在成都开始试飞，进展顺利，可望于2000年结束试飞正式定型投产，成为可与欧洲先进战斗机平起平坐的第三代战斗机。

美国从九十年代初开始，即不放过任何获得该情报的机会，并于1995年首次以卫星拍得歼—10照片，同时派人通过出席例如珠海航展等技术场合交流，套取有关该机的内部情报。由于歼—10某些技术源于以色列，美国又向以色列软硬兼施刺探这一方面的情报，显得异常积极，可见歼-10并非容易对付。

另外，为窃取有“中国F-22”之称的下一代（第四代）隐形先进战斗机“12号工程”的机密，美国又指使人混入成都飞机集团，收买有关科研人员，但得到的只是已放弃的方案草图而已。

其实，美国对华窃密行动是全方位的，囊括每一方面，例如中国加入世贸组织的底线就是一例。对谁是真正值得谴责的窃密者，读者们已心里有数。

美国驻华外交官，在1994年一年间就外出达30余人次，到过16个省、市、自治区，对20多个大中城市军事设施及东南沿海港口的机构、雷达站等重要军事基地实地进行“勘察”拍照。

同年10月27日，当中国海空军在舟山群岛附近进行20年来最大规模、代号“神圣94”的海空演习期间，美国“小鹰”号航空母舰在山东半岛对面210海里的公海游弋，意图搜集中国海军执勤和演习的情报。不料该舰与中国一艘091型攻击核潜艇遭遇，美军认为这是侦察此型艇性能、窃取其声纳数据和人员素质的千载难逢之机，派出随行三艘驱逐舰及舰载海盗式反潜机，从左、右、上方包抄，一直闯入中国领海，双方对峙近70小时，美军共进行七次模拟攻击挑衅行动，期间曾多次失去潜艇踪迹。此事惊动中央军委，连夜召开紧急会议商讨对策，下令其他同型艇和青岛潜艇舰队、海军航空兵部队进入一级战备，并曾打算组成水面舰艇编队去解围，而济南军区战斗、强击机部队也随时待命。29日下午海军派出由特级飞行员张军生率另一架歼-71V战斗机驱逐美机，指出若再无理纠缠将往死里打，并摄下犯罪证据用于国际交涉。美军才悻悻离去，这是冷战后中美最严重的军事对峙，即著名的“黄海事件”。

1995年7月11日至26日，解放军在东南沿海进行导弹训练，美国国防部军事情报局立即派出约瑟夫·陈和德韦纳·弗罗伦斯潜入前线窃密。前者是驻香港总领事馆空军上校联络官，祖籍广东，生于香港，自小赴美后毕业于印第安那大学，后加入美国空军达28年之久，服役时接受过各种战斗机训练，对此颇有研究。之后再接受特工训练，掌握窃密必需的摄影、录像技能，被派往驻香港总领事馆任空军联络官。后者毕业于利哈伊大学，在空军服役了11年。

两人于7月23日入境，公开目的是和驻广州总领事馆及驻北京美国使馆磋商外交事务，实际上是搜集广东、福建空军基地情报。根据指示确定从广州、汕头到福建漳州、厦门等地的窃密路线、时间及联络方法，潜入军事禁区拍照。他们首先对汕头军民两用机场的地形及军用飞机下手；翌日对漳州军用机场的位置、内部人员配置、战机装备进行刺探；25日到连城乘出租车侦察军用设施，晚上将情报进行标示，注明获取时间、地点、方位、名称等；28日从连城折回漳州，补充侦察军用机场军事设施并拍摄，正当他们得意忘形之时终，哨兵发现扣留。

当时两人身上带有详细标明广东、福建两省军事基地的英文军用地图、红外线望远镜、军用电筒、摄影机、照相机等侦察工具，还有已拍摄了汕头、漳州、连城一批军事基地及设施的影像。从两人对军用设施的背景、远景、近景、拼接拍照技巧来看，肯定是训练有素的间谍，两人对窃密行为亦供认不讳。8月3日。国家安全机关将两名美国间谍从厦门驱逐出境。事后美国国防部发言人培根在记者会上，不得不承认两名空军军官是在“观察中国的军事行动并发回报告……”

1995年10月美国“小鹰”号航空母舰起飞了四架EA-6B电子战机，借中国进行军事演习之机大肆窃取电子信号情报，之后竟发出强烈阻塞式干扰。另外，美军故意以电子信号伪造一中队F-16战机正飞往内陆，企图诱使导弹火控雷达开机而盗取信号情报，但数十秒内即被中国电子战部队识破，并向美发出“这里是中国，不是伊拉克”的警告，精心策划的行动又告失败。

1996年3月台海演习期间，美国派出“独立”号和“尼米兹”号两大航空母舰战斗群到台湾海峡附近。“独立”号战斗群的“邦克山”号巡洋舰，以其雷达窥窃中国东风—15弹道导弹飞行数据；从航空母舰上起飞的“黑骑士”中队两架“熊猫”战斗机飞进中国领空，意图挑衅及侦察，及时被芜湖起飞的空一军歼击第三师两架苏—27战机拦截，美机赖死不去遂被强行驱逐，由于飞机性能及态势都非常不利，“熊猫”战斗机只能落荒而逃。这是数十年来中国首次以性能优于对方的战机捍卫领空，也是“熊猫”战机服役以来初尝败绩，无线电中的救命之声反映出美军的震惊与无奈。

1999年5月9日，即美国炸毁驻南中国大使馆翌日，美军飞机又进入中国领空示威、挑衅和侦察，我海航部队特级飞行员张军生再度驾机紧急升空，终于在对方有继续犯境的企图前成功将其拦截，迫使其离开中国领空。

(三)

漫漫的万里边境线上，驻扎着一批又一批边防战士，他们用鲜血和青春守卫着巍巍国门。

一天，一辆豪华的小轿车，停在边防某连的门口，从车上走下来一位年轻漂亮的女郎，时髦的发型，豪华的服饰，派头十足。

女郎对年轻的边防连长称自己是某军区一位首长的女儿，在文工团工作，大部分时间从事文艺创作，常常写些小说、散文、话剧、小品之类的作品。听说边防部队生活很艰苦，到基层“体验体验”，了解一下官兵们的生活，以便回去“创作”，写一部反映战士生活的作品。

年轻的连长听后，非常高兴！作为一名边防部队的一连之长，深知战士们的疾苦，多年来，自己也极想写一篇反映战士战斗、训练、守边卫国风采的作品，怎奈自己水平实在有限。现在终于有人来写我们边防战士的生活了，不但是军区文工团的创作员，还是首长的千金，他怎能不欢迎？

女郎详细地询问了部队的驻地名称、连队代号番号、工作性质、兵种等，并参观了战士们执勤的阵地、哨所，了解部队基层建设的有关文件和材料，手中的笔不停地在本子上记录着。末了，她似乎还不满足，还提出要进入连队作战室参观作战模拟沙盘和作战军用地图。

一直作陪的连队政治指导员对这个突然出现的女郎产生疑问，多年的边防工作使他积累了丰富的经验，凡事总要打个问号。因为他接触的各种情况太多了，有人为了能越过边境，有人为了走私，不惜用金钱、美色甚至打着上级首长和地方领导的招牌。然而，都在他这儿失败。

眼前的这个自称"首长千金"询问的不是战士的生活情况，而是过多的军事问题。这也能写出有血有肉的文章？又不是上报材料，莫非……上报材料？一道闪光在指导员的脑海里猛地闪过。

他快步走进屋内，同上级取得联系，上级很快答复，首长派"千金"女儿到基层体验生活的事纯属乌有，并命令迅速查明情况。原来，她的笔记本记下了许多不该记的东西，还有军事标图……

当女郎走出办公室时，只见她耷拉着脑袋。

(四)

石谦是边陲某城一家工厂助理工程师，他常常抱怨自己生不逢时，想经商发财恨无资金，想跳槽改行却苦无门路。

一天，石谦遇上了过去也在该厂工作的李光华。李光华两年前下海，专跑边境生意，据说发了大财。"李哥，看你财大气粗，又发啦！"石谦探道："你在做什么生意？"只见李光华点了一支三五牌香烟,笑:“进出口生意。”“你搞外贸?”石谦不解道,“哈哈,你还有所不知,现在的生意赚钱的路子千万条,外面在收集红头文件,你敢不敢干?”李光华对石谦咬着耳朵神秘地说:“我有个同学曾当过兵,他就看过部队的导弹机密资料……”

两人越说越投机,越说越兴奋,做着发财美梦。于是,两人带着发财梦偷越国境。在境外,他们陷入谍网,成为敌特组织成员。

边城之夏,风和日丽,游人如织。

李光华和同学李半宏摸到曾当过兵的部队找到李半宏的老班长,即现任的队长史昆。

进了办公室,二李的目光一个劲地扫视四周,见文件柜未上锁,二人心中窃喜,忙拿出一大包礼物放在桌上。

“哎,别见外,你们来看我,我已感激不尽了!”史昆推辞说,并忙着递烟、倒茶。

“叮呤呤……”电话铃响。史昆放下电话时,歉意地说:“有人找我,我出去一下,你们先坐等一会儿。”

原来,这是他们事先设好的圈套,见阴谋得逞,李半宏立即起身打开柜子,慌忙把两张军用地图和一本导弹资料装进提包。待史队长回来时,他们酒足饭饱之后,李半宏挎着相机提议合影留念。于是又神不知鬼不觉地偷拍了军事设施。

就这样,李氏二人几次窜到部队利用“偷、记、骗、套、要”等间谍惯用的伎俩,先后窃取了导弹资料、军事地图、军内报刊、军内机要文件及军事基地设施等重要军事情报。导弹资料不翼而飞!此事惊动了国家安全机关。

十万火急!国家安全机关立即发出通缉令,追捕二李。

边防关卡,严防导弹资料出境,一张无形的网,悄悄地撒开,经过周密侦察,一举破获了这个间谍案,缴获了他们联络的通讯地址、密写工具、出入境路线图等大量罪证,特别是缴获了即将出国的导弹资料,保护了军事秘密,维护了国家安全。

（五）

法庭里座无虚席，主席台上高挂着国徽，威严、庄重。这是1989年3月17日，边陲某地区中级人民法院开庭审理以李娟娥为首的窃取国家军事秘密案。

被告席上的首犯李娟娥，脸上呈现出一副死人般僵硬的表情，她只有20多岁，可谓婀娜多姿。可是人生凄凉风雨，把她天真无邪的青春出卖给了专门从事间谍、窃取国家秘密活动，她用自己的色、血、肉做了敌特的香饵，最终如落花，纷扬迸碎。

站在她身旁的还有4名被她利诱而堕落的国家干部。

尽管，法律对他们作出了判决，但人们还在思索这阳光下的罪恶。

一个凄清阴雨的日子，一名坐店掩面伤心痛哭的姑娘，心中萌发了了却一生的想法。

她，就是李娟娥，来自边陲某贫困山区的年幼女子，辍学后贷款一万多元进城搞起子服装生意，无奈第一次买卖蚀了本不算，还被一个陌生商人骗去数千元，于是心灰意冷，只想一死了之。

此刻，一个机关干部模样的男人站在她身边，微笑着告诉她，她那几件衣裙他买了。

当男人身影在雨中消失时，李娟娥发现柜台上放着一个公文包。瞬间，愁云紧锁的心扉又变成一种希望：或许包内是大量现金，可以帮助她脱离厄运。

打开包，原有的奢望化为泡沫，眼前仅是一份印有“机密”字样的文件。

“这是国家机密，难道能帮我摆脱困境？”她自问，倏地心里又有一种亢奋，想起家乡一个常跑国外生意的小贩说过：“一份印有‘机密’的红头文件，若拿到国外，能赚大钱！”当晚，她怀着抑制不住狂跳的心匆匆赶到一步可以跨出国门的边境小镇黑市交易场。

小姐，有什么急于脱手的贵重物品么？”李娟娥闻言一惊，一个打扮时髦而艳丽的少妇飘然走到她身边，说：“胆小赚不了大钱，白粉和红头文件才是一本万利的大生意。”

后来，那份文件以1.2万元的价钱卖给了那名少妇和一名丑陋的男人。

晚上，男人和少妇还专门带她到一家宾馆弄了一顿丰盛的晚宴，酒下5盅，她便感到天旋地转，醉倒了。

李娟娥在酣畅的睡梦中，觉得有人使劲掐着她的脖颈，好象窒息得要死，随着一阵惊悸的哆嗦，睁眼一看，那个丑陋的男人正压在她身上。

再后来，她被那男人带出境外，被送到远离海滨城市的一个秘密训练营接受间谍训练。在那里，她以惊人的速度吸收各种学科知识，还接受擒拿格斗、使用武器、开启保险柜、摄影、色情勾引等专业训练。

4个月过去了，李娟娥与原来判若两人。她喜欢美酒佳肴，憎恨感情，还有一种奇特的个性：反叛，渴望与强手交易，以显示自己智慧的大脑和各种技艺都兼于一身的本领。

一天晚上，她被领到个老头的办公室。

“据可靠情报，中国西南边境内沿线有军队异常活动。内线透露，他们在集结搞战术演练，但真正的企图不明。”

“笃……”老头子用手中的笔轻轻敲了办公桌三下，“就是这，你的家乡，上司命令你尽快搞到对方演练的战例资料，并把该地区的军用地图弄到手。”

赵宏斌，这位早年由知青被送到工农兵大学，因他的资历和才干，被安排在某单位的第一把椅子上。

还是在半月前，赵宏斌陪同某领导在一家名曰“皇后酒家”宴请一位华侨女商，席间，他被女商的姿色所倾倒。只见她略施粉黛，眉目中的秋波让这个自以为是的男人顿生爱意，而旗袍里丰腴成熟的胴体分明在向异性炫耀着什么。

这位女商人就是李娟娥。

于是，这位受党教育多年的干部在那个女人的诱惑下，心中的情与欲开始碰撞，向犯罪的深渊步步滑陷。

那晚，李娟娥装束颇为放浪，引得赵宏斌心猿意马，目光灼灼。那件薄如蝉翼的衣裙里乳罩、三角裤依稀可见，他再也经不住这种物欲与情欲的诱惑，于是一下把她抱上了床。

打那，他与李娟娥经常私约、厮混。

此后，李娟娥用同样的色相和金钱诱惑收买了另外三名干部。于是，李娟娥开始付诸行动了。

军官对关于集结部队的机密是守口如瓶的。

一天，李娟娥通过赵宏斌到部队食堂与一名在军中服役的老同学老战友吃饭神侃，从中获悉：此次战术战例演练的主要目的是以边境海滨沿线发生的战斗为例，进行实战演习，提高部队山地丛林地带转为沿海海滨登陆作战能力。

李娟娥得知情报后，向境外机构发出了第一份密电，接着她向赵宏斌下达了窃取演练部队绘制的军用地图和战例资料的任务，并许诺事成后，将拿出 60 万人民币嘉奖他们。

后来，赵宏斌等 4 人按李娟娥的指令，以教师对学生家访为名，往返于驻军营院，探寻军事战例资料。神不知鬼不觉地把那些资料弄到了手，且逃之夭夭。

然而，再狡猾的狐狸也逃不过高明的猎手。对李娟娥的调查和密探早在她向境外机构发出的第一封密电时，就紧锣密鼓开始了。

正当他们在做发财和出国梦时，他们所住宿的某旅馆的门被侦察队员一脚踢开，几支黑洞洞的枪口对准了他们……

金钱，沉重的十字架，人们顶礼膜拜它的时候，就是开始使自己为魔鬼仆人的时候！

失密的历史

(一)

军事窃密历来是美国对华情报工作的重点。朝鲜战争是窃密活动的第一个高潮,之后一直未有放松。五十年代主要是利用台湾情报单位从事陆空侦察活动,其活动以沿海为重点,偏重人力密集型工作。六十年代开始减少利用二手情报,大幅强化航空航天及电子侦察,尤其注重窃取中国战略核武器及援助越南的机密情报,这一时期台湾仍担当重要角色。七十年代初随着中美关系的改善,利用台湾窃密减少了。尼克松访华后,基本停止航空侦察,依重航天及电子侦察。八十年代中美建交后,美国恢复派遣除外交官外的美籍间谍赴华。九十年代冷战结束后,美国大力强化对华窃密,重新恢复空中侦察,加强与周边国家及台湾情报交流,把中国列为在军事上“最具潜在威胁国家”,全方位窃取中国国防机密。

美国《考克斯报告》指责中国窃取美国所有核弹技术,却只字不提美国数十年来对华窃核行动。1955 年,毛泽东下令研制原子弹,美国情报界立即不择手段全力窃取有关机密,1956 年服役的 U-2 间谍机及 1960 年服役的第一颗间谍卫星,都负有这一任务。U-2 是当时最先进的侦察机,有八台自动高倍相机和电子、辐射测向机,可携带 3.5 公里长胶卷,能把宽 200 公里、长 5000 公里景物摄下,冲印成 4000 张照片,只要飞 12 次就能摄取全美国,清晰度可辨认地上报纸名称,故虽然飞行可靠性差,却深受中情局喜爱。1959 年 9 月,美国人驾驶的 U-2 首次窜入兰州铀浓缩厂偷拍,之后除 1966 年外,1962 至 1967 年都有由中情局训练,由台湾飞行员驾驶的 U-2 共 5 架被击落。

为继续安全地窃取中国核机密,美国在六十年代中期启用世界上第一种超音速三倍的黑鸟侦察机飞往中国,它是八十年代全球飞得最快、最高的飞机，机上有更先进的间谍仪器，服役至今从未被击落。飞行一小时即能把26万平方公里景物摄下，面积相当于山西省，飞三次可摄取全美国，其立体图像能分辨出邮箱号码，胶卷在机上能自动冲洗。飞行员是空军的尖子，要求飞行时穿太空衣并接受宇航员的训练，以适应其高超的性能。

1967年中国首次东风2号核导弹试爆后8分种，美国总统约翰逊的桌上已有了黑鸟窃取的机密，这情况与1964年原子弹试爆不久U-2就窃取了其数据类似，可惜到目前美国对中国核力量准确评估仍十分差劲。

美国为了掌握中国原子弹研制进展，曾一气发射六颗串联式间谍际星，它们以一个多小时的周期绕地球运行。每颗际星保持10分种的间距，使卫星每10分种经过中国上空一次，若发现蛛丝马迹马上出动在日本的黑鸟和在台湾的U-2飞机详细查明其变化。此外，美国还调动国家地震局及国外的地震研究设施收集核试数据。几乎中国每次进行核试美国都事先知道，还曾公开预报。

1964年9月底，中国首次核试成功前半个月，前国务卿腊斯克在记者会上发表："共产党中国已完成首次原子弹试爆前的准备工作，估计最近即将试验……"1991年底美国又发射一颗国防支援计划卫星，卫星上有一台6000多个元器件的大型红外望远镜，用于窥窃中国、独联体及中东地区弹道导弹发射和核试情况。历年美国通过各种渠道共窃取了多少中国核机密，至今仍是美国国家机密。

除了空中窃密外，中情局也曾派遣间谍从地面窃取更详尽的核情报，但因保安严密而成效不彰。1965年中情局重金招募几名登山运动员，冒着风雪严寒及缺氧，从印度登上喜马拉雅山，把一台核发电电子侦察设备拖上楠达－德维山窃取中国核试数据，直至核发电机的钚238元素掉进冰川而发生故障，窃核活动才暂告终。

而对中国战略导弹及航天中心的侦察，也以类似方式进行。美国曾在八十年代开始多次以交流为名，试图窃取航天基地的机密未果。8月2日试射成功的东风远程战略导弹，其在山西五寨的导弹试验中心自九十年代初以来，即受到美国间谍卫星持续监视，美军"观察岛"号导弹观测舰在7月底已为此秘密开往黄海水域部署。

（二）

一幅照片使大庆油田泄密，一次参观令我国特产厂家全部倒闭而丢失国际市场，一则新闻消息的发布让我国在进口钢材中损失数千万美元……触目惊心的经济情报战中，日本人是怎样技高一筹的？

日本人是最善于从书、报、刊等新闻媒体上攫取别国情报的。早在六十年代初期，日本政府就密切关注着中国到底有没有大油田。

1964年4月20日，《人民日报》登载了《大庆精神大庆人》的文章，充分肯定了中国已拥有大油田的情况。日本人读了这篇文章，立刻把这一信息储存到电子计算机里去，紧接着又不断收集中国公开出版的报刊，从中攫取相关的消息。

1966年7月，《中国画报》刊载了一幅铁人王进喜的照片，日本人就从王铁人头戴的皮帽子及周围景象推断，大庆油田地处零下摄氏30℃以下的东北地区，大致距哈尔滨不远。于是，他们利用来中国参观访问的机会，测量了运送原油火车上灰土的厚度，大体证实了这个油田与北京之间的距离。

1966年10月的《人民画报》杂志，第76页又介绍王铁人的文章，文章提到了马家窑这个地方，并谈及油田钻机是人推、肩扛弄到现场的。日本人据此推断油田离车站不远，并进一步断定就在安达车站附近。日本侵略者曾侵占中国东北地区达14年之久，对东北的地理、地图十分清楚，他们从地图上很快找到了马家窑是黑龙江省海伦县东南的一个小村庄。大庆油田的地址确定了，日本人又依据马家窑推测，从“北满”到松辽油田一带统称为大庆油田。进而，日本人又从另一篇报道王铁人 1959 年国庆节在天安门城楼上观礼的消息中分析出：1959 年 9 月王铁人还在玉门，以后便消失了，这表明大庆油田的开发时间，是从 1959 年 9 月起开始的。

1966 年 7 月，日本人还对《中国画报》上刊登的一张炼油厂照片进行了分析研究。他们从那张照片上看到，既没有人也没有尺寸，但有一个扶手栏杆。依照常规，扶手拦杆高一米左右，按比例换算，日本人推断出了炼油塔的外径，并换算出内径为 5 米，判定这炼油厂日炼油能力为 43.5 吨，加上残留油，再把原油大体上 30%的出油率计算进去，判断出原油加工能力是每天 145 吨，一年以 330 天计，每口井年产原油为 4.5 万吨，大庆有 800 多口井，那么年产原油约为 3600 万吨。

掌握了大庆油田的这一系列情报，日本人开始注意和中国政府进行出卖炼油设备的谈判，在此后的讨价还价中，日本人始终占居了主动地位。

（三）

一位曾参加过侵华战争的日本老兵说：“十九世纪末到二十世纪初，中国人之所以连连失败，日本人节节胜利，我研究历史得出的结论是日本人打好了情报战。甲午海战的胜利，日本由一个不起眼的东方小国，一跃而为令当时英、美、德等西方强国刮目相看的列强之一。从 1874 年日本派兵侵犯台湾，到 1945 年日本战败的 70 年里，日本军队之所以在中国广大土地上屡屡取胜，为所欲为，主要靠的是情报，靠的是对中国政治、经济、军事、文化等领域的透彻了解。中国的政治经济情报直接关系到日本人的切身利益。中国的科技、工业搞上去了，中国人就不买日本的汽车、电视机、空调机等高档商品，就会只卖粮食、石油、橡胶、矿石等产品给日本，那我们生产的东西卖给谁呢？世界市场虽然很大，但没有了中国广阔的市场就会直接影响到每个日本人的生活。因此，日本人时刻都充满兴趣地关注着中国发生的一切，不断搜集中国的情报。”

的确，日本人始终没忘记运用一切手段和先进通信工具搜集中国的各类情报。日本设有独立一栋楼的广播电视监听室，昼夜24小时不停地监听和收录我国从中央到地方的电台、电视台的新闻节目，并及时整理，分类存档。他们还订阅有我国中央级的各大报刊，对《人民日报》等大报上一年出现三次以上的作者姓名和报道文章中的主人公姓名，都输入电子计算机中，随时进行分析研究。据说他们情报机关的大型计算机系统内，已储存了一大批中国“有关人员”的资料，并将这些“有关人员”按职业、政治态度进行细致分类，比如哪些人应当作为要员或一般官员交往；哪些人可以通过吃吃喝喝搞到什么样的情报；哪些人可以通过心照不宣的办法建立情报关系，等等，均一一登记在“册”，随时调用。目前，外国及港澳商社仅常驻北京的机构就有一千多家，从业人员四千多人，其中相当一部分人每天都在从事“与其身份不相符”的活动。

以我国特产龙须草席为例，从1953年开始出口，为国家创回大量的外汇。可是，八十年代初期，日本人通过中国报刊上消息分析后，派人专门来中国对龙须草席生产厂家进行考察，回去不到三个月，他们就制造出了替代手工锤草的机器。此后，日本人停止从我国进口龙须草席，同时在国际市场上与我国展开商业竞争，使我国的产品出口额逐年下降，现在龙须草席的国际市场已完全被日本取代、垄断，导致我国出口生产厂家全部倒闭。

我国的宣纸，具有“千年寿纸”、“纸中之王”的美誉，尤以安徽省宣州县所产的最为正宗，1915年曾荣获巴拿马国际博览会金质奖章，日本人早已觊觎攫取其中情报。八十年代末期，日本派出专人到宣州刺探秘密配方，后发现泾县宣纸厂漆着标志的车，就尾追而至，但遭到厂方的阻拦，并谢绝日本人参观厂家。可是次年，另一批日本人到浙江省一家由泾县宣纸厂扶持的造纸厂参观，该厂领导不仅热情接待、有问必答，而且连宣纸蒸煮原材料的碱水浓度这样的细节也言无不尽，临别还赠送长稻草浆和杨桃藤等原料给日本人。结果，日本人回去分析研究后，很快生产出优质宣纸，并向世人宣布："世界宣纸，泾县第一，日本第二，浙江第三，台湾第四。"

据有关资料表明，目前外国的情报机构，有80%以上的情报是从公开出版发行的书、报、刊中获取的。日本的"中国问题研究所"，就是主要研究我国的书报刊，从中搜集中国情报的机构。日本民间情报机构"海外贸易振兴会"，曾通过我国的书、报，刊积累了大量经济资料，经过分析研究还出了一本《关于中华人民共和国国民经济情报》的书籍。

（四）

随着我国新闻出版媒体的日益活跃，一些编辑、记者为抢发独家新闻，往往忽视了保密工作，在书报刊上尽情披露"鲜为人知的内幕"，尤其是对那些新技术、新产品、新发明，唯恐别人不知详情，只管详尽地报道。而我国一些科研人员取得了重大的科研成果后，不先去申报发明专利，为未来市场抢占领地，却往往急于展示自己的发明创造成果，将内容详尽的论文捅到国内外报刊上发表，或出版自己的科研成果著作，去争所谓的"中国领先，世界第一"名头，最终导致墙内开花墙外香的情况出现。

1985年，国务院决定停止生产两种有机氯农药。这项技术情报本来是由内部掌握的，但由于某大报率先公诸于众，结果让日本等国获取情报后从中作梗，给我国进口高效农药和先进的化工设备带来了很大的不利。

日本人在一次国际蚕业学术会上，对我国这方面的专家代表极尽东道主之谊，盛情款待之下不断刺探我国的有关情报。后来，我方科研人员在学术报告中将独创的制作蚕流行病配方、施药方法，甚至病源研究全盘托出，让日本方面不劳而获，捞走了现成的科研成果。

日本情报人员坦率承认：在中国公开出版发行的书报刊上，在中国的公共汽车上，在饭馆餐厅里，在私人聚会上，即使不开口询问，也能顺手牵羊。随便看到、听到许多有用的情报。

前几年，日本一个钢铁巨商到中国推销钢材，先是从报刊上得知，继而是在谈判中听到我方一位外贸人员漫不经心地说了我国将进口大批钢材的消息。于是，日方人员先是大吃一惊，接着心中大喜过望。随后即借故托辞中止了双方的生意洽谈活动。日本这位钢铁巨商打马回朝后，立即串通了几个国家的钢材商，共同提高了钢铁价格，一举使我国蒙受了数千万美元的经济损失。

日本人善于钻空子，时常从我国公开出版的书报刊中获取有价值的政治经济情报，这固然是他们聪明的一种表现，但对付外国情报机关的间谍、特务，我们的国家卫士还是技高一筹的。有一次，某大国一位大腹便便的男士走出该国驻华使馆门口，先是礼貌地向我方执勤战士小张问候，接着就将一块口香糖剥去包装纸放人口中，仿若无事地踏着夜色来回踱步，还不时抬抬手腕，看看那块多功能手表。而这一系列看似非常自然的举动，却引起了战士小张的注意。

不一会，一辆皇冠轿车从远处开来，停在了该使馆门前。一位日本女子从车上下来，便一头扑向男士的怀抱。两人一阵拥抱后，女子闭着双眼抬起了头，缓缓张开了小嘴，那名男士则从衣兜里掏出另一片口香糖塞向该女的嘴里。忽然，“啪”地一声响，女子一转头，那片口香糖就顺着她的下颌掉在地上。

我执勤战士小张很有礼貌地说：“小姐、先生，很对不起，打扰你们了！刚才我手中这把伞的锁销失灵，这会突然打开了，我向你们表示歉意。”男士与日本女子面面相觑，只见小张有意无意地将掉在地上的那块口香糖踩在了脚下。女子忙说：“警官先生，没关系！由于我刚才不小心将口香糖掉下地，弄脏了你的皮鞋底，我来帮你擦擦吧。”说着，她就掏出一块雪白的手绢，弯下了腰。小张立即阻拦道：“谢谢了，小姐！你是我国人民的友好使者，不必客气。这口香糖是我自己踩上的，待执勤过后，我将它连同皮鞋一起扔进垃圾桶就是了。”

事后，小张将那块口香糖送交我国家安全部门，经技术处理知得，口香糖里记录着我国与某国进口机械生产、国际建筑材料的全部技术数据与资料，此机密一旦泄露，将对我国与某国的政治、经济、军事造成无可估量且难以弥补的损失。而那名男士正是被日方收买的间谍，日本女子则是日方情报机关的谍报人员。

泄密的现状

（一）

毗邻B国的某边境地区是贩卖军事情报的热点区。这里与B国、C国、S国接壤，人称“金三角”，是闻名于世的毒品运输线，不仅贩毒、贩枪、贩卖女人十分猖獗，不同国籍与肤色的人鱼龙混杂，客观上为出卖情报提供了方便。一些化妆成商人的谍报人员神秘地穿梭于边境贸易点和边陲城镇，做着美金与情报的交易。谁也搞不清第一份情报是怎么成交的，赚了多少钱。但据说只要沾上“军”的文字，不管有没有价值，都可以换成钱。于是，边境的各种丑恶现象中又出现一股暗流——贩卖军事情报的风潮。

曾记得有一位名人说过这么一句话：“当有百分之两百万利润时，就会有人为之铤而走险。”不知道出卖军事情报是犯罪的人并不多，但一些利欲薰心的人为了钱，不顾国家安危，干起了出卖军情的勾当。

家住边防某部附近的张老头，一直负责部队营院外的环境卫生，故而不大引人注目。近来却有点异样，他有事没事总喜欢到部队的垃圾桶里挑来剔去，原来他从部队垃圾桶翻来一些有价值的内部发行的军用图书、资料、文件等，整理后转手卖给境外人员，一份垃圾纸比他一天到晚扫街要强得多，直到有一天，手铐铐上他那双瘦老的手时，他才明白，扫街的日子才是踏实安全的。

任何事物只要与金钱挂上了钩，它的价值就会发生意想不到的变化。本来一直单调、枯燥的军营一下成为人们关注的热点。在金钱的诱惑下，在一些人眼里，军营是块黄金之地，随便一挖就有钱花。部队出操，有人悄悄记录人数；部队拉练，有人就整理演习实录，凡与"军"字联系在一起的都成为他们的宝贝。

（二）

间谍是指被敌方或外国派遣、收买，从事刺探军事情报、国家机密或进行颠覆活动的特务分子。然而，有的人并不是那些有政治目的、经过严格训练的谍特，他们不过是普通人，甚至没有想过要当间谍，然而却都在不知不觉地扮演这一角色。

只要你留心，就可以在火车、轮船等旅途中或公共场所耳闻目睹那些天真坦率之士在高谈阔论有关秘密事项和内部情况。真有点像应了"北京人什么话都敢说，广州人什么钱都敢赚"的那句话。一些战士和地方人员交往、聊天时，颇为自得地吹嘘党、政、军内部的事情，甚至把一些应该保密的东西也都说了出来。却不知：说者无心，听者有意。这些看似一般的东西，到了某些别有用心的人手里就变成了无价之宝。

（三）

据统计，近年来在全国发生的不同渠道的泄密事件中，因报刊电台电视台等新闻媒体的报道而泄密的竟占20%。大量的新闻泄密现象，已经严重地损害了国家和人民利益。

在新闻泄密中，最为恶劣的是泄露国家机密。关于国家机密指的是涉及国家安全和利益的政治、军事、经济、外交和科技等重大事项。1981年9月20日，我国首次用一枚运载火箭发射了三颗人造卫星，新华社为了保密，只发了一个简短的消息，但国外对此新闻的报道却是爆炸性的。各国驻华武官都受命不论一切可能的渠道查探详细消息和资料，万万没想到在卫星发射不到三天，北京电台和《北京晚报》先后刊播了《太空奥秘夺桂冠》的稿件，翔实报道了发射前后的内幕，外国情报部门如获至宝，造成严重损失。

还有，1991年《经济信息报》为抢新闻，报道我国临时调低部分轻纺代工原料进口税率的消息，造成经济损失达200万美元；1993年某劳改部门的内刊上的一篇反映劳改工作的文章被美国《新闻周刊》歪曲引用，并据此对我"经济制裁"，使我蒙受经济损失达7000万元。其政治损失更是不可估量：当"马家军"在斯图加特"世锦赛"、全国"七运会"和西班牙国际马拉松赛中连破世界纪录时，世界体坛为之震动，国外一些"探秘者"随之纷至沓来。正当他们一筹莫展时，国内一些报刊纷纷登出文章，暴露了"冬虫夏草甲鱼汤"不算，而且对"马家军"训练基地的位置、海拔高度、大气压、缺氧度，甚至每天的训练安排、时间、山上山下训练衔接情况，都作了详尽的报道，从而给我国体育事业在国际竞争中带来不利影响；解放军某部一位干事，在一篇公开发行的报刊发表一篇内部文章，透露了部队内部情况……

在我写这篇有关当今泄密与保密的文字时，在东北的鸭绿江畔发生了一起"搁浅"的泄密事件。今年国庆前夕，边境城市丹东市保密局和铁路丹东站国际联运交接所，成功地查扣一起非法出境报刊泄密事件。这些报刊是北京某进出口公司拟让某国出卖近年国内公开发行的《人民日报》、《辽宁日报》、《大连日报》等18

吨。经勘察，还发现有《解放军报》、《参考消息》和沈阳军区出版的内部报纸《前进报》等一些内部报刊和简报。

丹东市保密局副局长夏文泰在接受记者的采访时说，除了国内外公开发行的报纸外，还有大量的内部报刊，开发区、企业内部小报和企业报表、科技干部业绩考核、档案等，都比较完整，稍作整理，即可得到较完整的资料。报刊内容广泛，我国政治、经济、科技、文化、军事等内部信息、资料，一旦到了境外，将会给国家安全和利益造成严重的损失。尤其是在"废旧报纸"中的不少近期《解放军报》和沈阳军区内部报纸《前进报》等军队内部发行的报刊和简报，稍加分析和研究即可把部队的思想动态、军事训练、武器装备甚至兵力部署情况了如指掌，如失泄到国外情报机构手中，将会对我国的国防安全造成严重威胁。

保密的话题

保密与泄密，间谍情报活动与反间谍情报活动，都直接关系到国家的安全和利益，胜之则立，负之国则遭殃乃至政权丧失。二战结束以来的冷战时期，隐蔽战线上的斗争突出地表现在获取政治、军事情报上。冷战结束，世界间谍活动又逐步出现了搜集政、军情与经济、科技、工商业情报并重的新热点。

环顾当今世界，虽然和平力量超过战争因素，但战争的危险依然存在，局部战争从来就没有停止过：七十年代的中东战争，八十年代的两伊战争，九十年代的海湾战争，其中还有波黑局势、阿以冲突、种族歧视……战时的情报，是平时收集积累的结果。1991年的海湾战争，伊拉克军事设施屡遭重创，就是因为多国部队在战前掌握了准确情报。在不久前震惊世界的以色列总理拉宾被暗杀的事件，就是因为以政府当局情报的失误。

当前，我们国家正在进行社会主义现代化建设，国内外敌对势力一直没有停止过干扰和破坏，他们窃取我国机密的活动一刻也没有放松，利用我国实行对外开放的机会和条件，千方百计窃取政治、经济、科技、军事等情报。据沿海某市有关部门对该市“三资”企业中外籍人员的调查，有300多人兼有获取我情报的任务。某国同我建交后，来访的第一个由10多人组成的商社代表团中，竟有7人是间谍人员。

违反保守国家军事机密法规，主要指的是《保守国家秘密法》、《军事机密条例》、《国防尖端技术保密规定》等法规，中华人民共和国刑法第九十七条规定：“为敌人或外国人窃取、刺探、提供国家秘密的”处10年以上有期徒刑、无期徒刑或者死刑。

中共中央书记处书记、政法委书记任建新同志在保密委员会第三次会议上就泄密问题曾指出：地区、部门的领导该抓的不抓，该办的不办，出了问题，给党和国家造成严重危害和重大损失的，要追究领导责任，依照党纪、政纪，该怎么办就怎么办。这番话，表明了党和国家对处理泄密事件的态度和决心。

开放莫忘保密，交往务必警惕。国家安全与我们每个人有关，保守国家秘密，保卫祖国，保卫人民利益，人民军队任重道远，国家公民义不容辞，我们必须提高和平环境条件下的保密意识，居安思危。只有如此，才能筑起维护国家安全和利益的钢铁长城。

舍此，我们别无选择！

（写于1996年）

改变历史的“胡志明小道”

■ 忘记过去，就意味着背叛。不论是风雨硝烟历程，还是和平阳光普照大地的岁月，中越两国人民都不应忘记这段不可改变的历史。

■ 与其说战争像某种技术，不如说像贸易，贸易也是人类利害关系和活动的冲突。

历史，常在这里翻开新的一页。从镇南关、睦南关到友谊关，历史记下了它的英名；人类记住了它的尊姓。

中国近代史，不能不对此大书特书一笔。

1885年2月，法国当局下令发动全面侵略中国的战争，一度攻陷了广西南疆要塞镇南关，炸毁了关墙，得意忘形地狂叫：“广西的门户从此不存在了！”爱国将领冯子材不顾七十高龄，临危受命，挥师出关，振臂高呼：“我要用侵略者的头颅重新筑起镇南关城墙！”于是从广西镇南关一直杀到越南谅山、文渊、长庆府，大败法军，创造了震撼世界的镇南关——谅山大捷，迫使当时法国总理及其内阁成员的垮台！二十世纪初，孙中山先生也先后三次来到中越边关，打响了埋葬清王朝、建立民主共和国的革命枪声。从二十年代开始，越南人民的革命领袖胡志明主席，一直把广西当作进入中国的秘密通道和后援基地。

中越边关的战争与和平风云，使得祖国南疆的这片富饶土地，近半个世纪一直蒙上浓厚、神秘的面纱。面对这扇祖国的南大门，这片战争硝烟持续三十多年的边陲热土，随着八十年代末和平之光的降临，九十年代商家荟萃逐鹿局面的开展，我们看到了、想到了什么？

（一）

[胡志明身陷法军伞兵重围，日夜呼唤毛泽东；危难中听到新中国诞生的消息，胡志明徒步 17 昼夜进入广西]

胡志明在越南长达半个多世纪争取民族独立和解放的斗争中，毫无疑问是一个颇富传奇色彩的一代伟人。他的英名在越南共产党和人民心目中享有着极高的威信和威望，如同毛泽东在中国共产党和中国各族人民心目中的地位一样，至高无上。今天 40 岁以上的中国人，几乎没有不知晓胡志明这位越南"国父"的。

胡志明原名阮生恭，上学后改名阮必成。他父亲精通汉语，曾考中候补进士，任过几年平溪县知县。少年阮必成，勤学上进，聪敏过人，从小就熟知中国文化尤其是古典文学，对法国殖民主义的统治深为不满，立志救国救民于水火。20 岁时，他当上了海员，周游、了解了越南之外的世界广阔天地。他先后在英国、法国居住，对西方文化和现代文明逐步加深了解。随着俄国十月革命爆发，他先加入法国社会党，后于 1923 年前往莫斯科寻求马克思列宁主义，从此成了一名真正的坚定的共产党人。1924 年，他作为第三共产国际代表鲍罗廷的秘书兼翻译来到中国，结识了大批中国共产党的领袖人物，与毛泽东、周恩来、朱德、刘少奇等共和国开国领袖、元勋像亲兄弟一样，感情极为深厚。

1938 年底，阮必成离开苏联经延安回国，正式化名胡志明，在越南领导本国人民的抗日战争。越南刚解放不到一年，瓦鲁中将即率领 10 万法军精兵良将卷土重来，杀进越南，开始他的所谓"为了法兰西光荣"的圣战。这群抗日时的败军，企图用消灭共产党越盟 8 万军队的胜利来洗刷二战中的惨败耻辱。遗憾的是，胡志明领导的越北 8 万军队，并非瓦鲁中将想象中的一群乌合之众，当时越军虽然没有飞机、大炮、坦克等先进武器，可他们在武装到牙齿的强大法军面前不但没有望风遁逃、俯首称臣，反而奋起抵抗，从四面八方向侵略者射出仇恨的子弹，打得法军每前进一步，都要付出极为惨重的伤亡代价。

经过三个多月浴血苦战，当法军攻占越南首都河内时，瓦鲁中将忽然发现，越共领袖和他们率领的军队早已放弃了这座城市，隐身进入茫如云海的亚热带丛林开展游击战去了。法军占领的是一座空城。在热带丛林开展游击战，是越军的拿手好戏。而对于那些骄惯的法军士兵们，这浩瀚的丛林简直是一个索命的大棺材，是魔鬼杀手布下的人间地狱。这里能见度低，飞机无法起飞、降落；泥泞的道路使重炮、车辆寸步难行；部队进入丛林无法生火做饭，无法避雨宿营，更可怕的是出没无常的野兽，驱之不尽的漫天飞舞的毒蚊，见血闻人声响即上的山蚂蝗，骇人心惊的瘴疫蛊毒，防不胜防的越特冷枪冷炮……虽然面对重重困难，但瓦鲁中将毕竟是二战中功勋卓著的战将，他正挖空心思构想将越共首脑们一举擒获，将越军主力一网打尽的战略方案。

几天后，瓦鲁手下的克里蒙中校率四支精干的侦察队化装成越民深人大林区侦悉：胡志明等越共中央领袖正隐居于越北太原、宣化两省交界的山林中，由于粮食缺乏，他们身边仅有两个警卫连，其余主力部队已化整为零分散到各地去筹粮、打游击了。于是，兴奋无比的瓦鲁中将迅速在脑海里设计出“黑虎掏心”战术。

法军侦察兵的情报完全准确。此时，胡志明、长征、范文同、武元甲等越共党、政、军领导正在山林中召开一个关系到越南社会主义共和国生死存亡的重要会议。胡志明说：“我们还有一部电台，应尽快同中国共产党取得联系，必要时可请他们给予支援。从现在起，电台要全天开机，寻找他们的频率，昼夜呼叫毛泽东！”他的一番话，给了大家极大的鼓舞，他们心中都升起胜利的信心。

突然，夜空中传来飞机轰鸣声。警卫连长春虎急切地闯进会场报告：“胡主席，快、快、快转移，法军的伞兵来了！”胡志明临危不乱，问：“敌人有多少？”春虎道：“满天都是，数都数不清，我看最少有一个加强团。”胡志明果断地指挥大家分头突围：“天亮后，我们到50里外的北山集合，马上行动！”

其他领导人分别率卫队离去后，胡志明还在独角楼中焚烧文件，四面激烈枪声已逼近了楼房。春虎连长大惊失色，扑上来拖住胡志明就跑："再不走我们都要当俘虏了！"胡志明挣扎着大叫："快放开我！还有一份文件……"春虎连长是久经沙场的基层指挥员，他很清楚滞留一分一秒意味着什么，他根本不理睬胡志明的挣扎、叫喊，紧紧钳夹着瘦削的胡志明冲出楼外，消失在山林之中……

黑夜中，这座燃着火的木独角楼最为显眼，也成了法军空降兵重点攻击的目标。克里蒙中校率领一支精锐的伞兵突击队手握冲锋枪，一马当先扑向独角楼。好险！胡志明若回身去捡那份文件，必定被俘或牺牲无疑，那越南的历史将重新改写。独角楼里遗下的这份文件、火盆边的那部五十瓦功率电台，以及铁锅中冒着热气的熟木薯都成了法军战利品。克里蒙中校激动不已，颤声对部下道："我们已捣毁越共中央的老窝！胡志明肯定没跑远，快给我分头去搜！谁捉住胡志明，官升三级，赏钱十万，越南姑娘随他挑！"

胡志明低估了瓦鲁中将的"黑虎掏心"行动。一个伞兵团只是整个计划中的突击队，而大批的法军步兵、装甲兵已先期到达指定位置，将整个丛林山区外围团团包围住了。越军中央卫队及分散的一批主力团队刚集结起来就遭到法军的猛烈攻击。越军拚死杀出丛林地带，却抵挡不住敌人强大炮火的轰击，不得不又退回丛林中。

又是一个不眠之夜。春虎连长带着一位叫坎成的战士来向胡志明报告："坎成同志知道附近有个山洞，可直通山那边。"胡志明惊喜地问："山洞离这儿远吗？"坎成说："不远。从这时往东 500 多米，再翻过一道小山梁就行了。"胡志明高兴地说："好！你前面带路，部队马上出发！"

由于人员众多，部队的行踪很快被法军发现。敌人向天空发射一枚枚照明弹，把五百多米长的山中开阔地照得如白天般雪亮,“快追!越共主力在这里!”法军官兵大喊大叫,一边紧追不舍,一边集中轻、重机枪和小炮猛轰猛打。越军战士纷纷中弹倒地。

这场丛林中的遭遇战持续了整整10天,越军伤亡惨重,集中突围的几支越军主力部队几乎全军覆没。胡志明、长征、范文同、武元甲等领导突围到达新的营地会集清点人员时发现,仅是精锐的中央卫队,一个警卫营六百多官兵仅剩下17人,而分散在各地的部队在法军分进合击、四面围剿的打击下,也几乎被歼灭、击破,伤亡、减员严重。一向坚强、刚毅的胡志明,此刻也同几位领导人一道流下痛苦的眼泪。他们的革命斗争和解放事业进入最低潮时期。

尤其是丢失那部50瓦功率电台,使胡志明和他的部队从此与世隔绝,被封闭在越北群山怀抱中。然而,天无绝人之路,部队又弄来一部15瓦功率电台,使绝望中的胡志明又升起希望:“通知报务员,昼夜24小时开机值班,不停呼唤毛泽东……”可惜电台功率太小,即便在最佳的夜间,信号也只能传出几百公里,而毛泽东此时却在几千公里外的中国大西北指挥人民解放军与国民党800万正规军大决战。

又是一个金秋时节,胡志明在丛林中的竹楼里让值班秘书黄长顺打开刚缴获不久的一台老式收音机,收听各国的新闻。他除了越语、汉语是自己的本家话外,还精通英、日、法、俄及周边东南亚诸国语言,因而这些国家的广播,他都能自己收听,不需要翻译。他一边挥动芭蕉扇驱赶蚊虫,一边闭目养神般收听新闻。突然,一条法语广播的消息惊得他瞪大双眼:1949年10月1日中华人民共和国宣告成立,毛泽东当选中央人民政府主席,周恩来任政务院总理兼外交部长……中国共产党革命成功了!

中国啊,中国!胡志明一生与中国紧密相连,他自1923年在上海结识毛泽东、周恩来,到1938年于延安握别,短短15年时间彼此就结下深厚友谊。他完全没有想到,与中共的两位伟人分手刚11年时间,中国大地就发生了翻天覆地的变化。如果说,这几年他坚强地领导越共丛林游击战是信仰使然，至于驱逐法军、解放祖国那是十分遥远的事情的话，那现在新中国的诞生，他有了毛泽东、周恩来领导的中国人民做后盾，越南的解放是指日可待的事了。就在这天晚上，胡志明果断决定：到中国去，到北京去，马上去见毛泽东！

这个决定在当时几近荒唐，因为从宣化山区到中国广西边境就是千里之遥，且不说沿途是前堵后截的敌人，就是那山高林密的崎岖小道，就连牲口也难以驭使，要去中国必须轻装步行，而途中仅是毒蛇猛兽就令人防不胜防，这实在是九死一生的艰难危险之旅。

法军侦悉胡志明一行17人的行动意图，沿途调兵遣将，企图将胡志明截杀于越北境内。有一天夜里，法军勒巴日上校指挥一个营的兵力设下伏击圈，眼看就要抓住胡志明一行了，却不料让机警过人的胡志明从轻风中嗅出异样的气味，那种他曾在法国勤工俭学时闻到过的异味，他马上意识到自己被法军包围了，便抢先指挥卫兵们分组隐身突围。等法军开枪进攻时，他们已悄然脱离险境。17天后，法军没抓住胡志明一行的一根汗毛，却收到边关探子发回的密报：广西军区司令员张云逸大将、副司令员李天佑上将已派出精锐的侦察队，将胡志明一行从广西靖西边境安全接走，护送上了北京。

（二）

[战争牵线，车轮追着炮火走，中国南疆开辟援越抗美“黄金通道”]

1954年，以韦国清上将为团长的中国军事顾问团应胡志明主席的邀请，亲临越北前线指挥越军对法军展开了举世闻名的奠边府大决战，整个战役历时55天，共歼敌17个步兵营和7个伞兵营达1.62万人，击落和破坏法军飞机239架，取得抗法战争的大捷。这一胜仗，歼灭了法军在印度支那最精锐的主力部队，迫使法军退出越南。然而，前门驱走恶狼，后门又闯进了猛虎，美国侵略军紧接着武装入侵越南。越南大地上再度燃起熊熊战火。

为了支援越南人民的抗美救国战争，毛泽东主席应胡志明主席的请求，指示全力以赴开辟南疆广西通往越南北部的战争“黄金通道”，下令立即修建中越铁路，建起一条神秘的战争钢铁大动脉。

中越铁路接轨，是两国人民政治生活中的一件大事。通车典礼的剪彩仪式于 1955 年 3 月 1 日在广西凭祥火车站举行。上午 9 时，广西省副省长覃应机等领导及铁道兵指战员、人民群众代表近千人出席典礼活动。剪彩后，我国列车载着一百多名代表开往国境线内的凭祥隘口车站迎接越南代表团。越南交通公政部部长陈登科率代表团六百三十余人于中午 12 时乘坐越方列车到达凭祥站，双方即举行欢迎、庆祝大会。

为了援助越南修复这条战争“黄金通道”，铁道兵指挥部率柳州铁路局受命于 1954 年至 1956 年间，先后派出桥梁工程队技术人员及运营专家近二百人奔赴越南抢修铁路，帮助开展运输管理工作。柳铁桥梁专家、共严党员陈国平在抢修越池大轿的施工中不幸英勇牺牲，被越南政府授予“一级劳动勋章”，并将越池大桥命为“陈国平大桥”。柳州铁路局派往越南参加抢修铁路的近 200 名工程技术人员，人人都荣获越南政府授予的国家劳动勋章或友谊徽章。1978 年 12 月 22 日，那场众所周知的对越自卫还击战爆发前夕，铁路被毁坏，桥梁被拆除炸掉，列车停运。

中越铁路联运的 23 年间，两国铁路连接点设在广西凭祥国境站，所有旅客、货物、行包均在此换车。此间，我国从凭祥接入境内的旅客共 319967 人，送出境的旅客共 289219 人；1972 年至 1977 年间，我国每年暑假期间又临时增开凭祥至满洲里特快列车一对，专门接送越南在前苏联及东欧国家的留学生入境 26790 人，出境 16704 人。为支援越南人民的抗美救国战争，这条钢铁大动脉，23 年来担负起经凭祥出口货物总运量 1429 万吨，进口货物总运量302万多吨的重任。

1975年，越南获得独立、统一斗争的胜利后，进而排华反华。从1976年7月起，越方多次干涉和阻挠我国对中越铁路接轨点中方一侧线路进行中修。中国外交部亚洲司于1976年11月、1977年4月先后两次就此事向越南驻华大使馆递交备忘录。1977年4月底，中国铁路再次恢复此项中修工程时，越方出动包括武装公安人员在内的数百人，侵入我国境内破坏已修好的路肩及基础工程。5月4日，越方入侵人员打伤我方人员51人，使中修工程被迫停顿，造成线路损害严重，危及行车安全。中国铁道部外事局于1978年12月22日通电国际铁路合作组织委员会和各参加国的铁路组织，宣布自即日起至另有通知时止，凡去往越南和来自越南的国际铁路联运旅客、行李、包裹和货物暂停发送。至此，中越铁路联运中断。

据了解，在援越抗美战争的二十多年中，我国开往越南的军用物资列车在南疆铁路线上曾遭遇过两次抢劫。第一次发生在60年代初的三年经济困难时期，一列满载援越大米的火车停靠在柳铁辖区某小站，当时一些饥饿难耐的群众割开一包包麻袋口，捧起生大米就往嘴里塞。突然，一位灾民发现麻袋上写着的“援越大米”字样，立即大声惊叫：“这是支援越南兄弟抗美救国的大米，不能吃！”所有群众闻声，马上吐出塞进口里的大米，并一齐动手缝好那些被割开口的麻袋，据说此事传到北京，中央领导和许多老将军都动情地掉泪了……这仅是中国人民勒紧裤带援越抗美斗争中的一个小小插曲啊！还有一次列车遭劫事件发生在“文革”初的武斗时期，当时军列停在柳州站，某造反派强行抢夺走一批枪支弹药用于派性武斗，周总理闻讯立即下令追回了这批枪弹。从此，不管形势多乱，也没人敢去抢夺、偷盗援越物资，中越铁路线一直畅通无阻。

八十年代末，中越边关那场历时10年的硝烟战火散去，两国铁路接轨、恢复通车又提上议事日程。

（三）

[国际接轨，铁龙横贯欧亚大陆；广西打出“三南”经贸牌，和平之光普照神秘边关征途]

中越两国铁路同行人士的再度相逢，握手言欢，已是二十世纪末的九十年代了。和平之光已普照在边关大地上，昔日雷场变成了兴贸通边的商场。此时，全球商家的盈利目光都投向了中越双边三千多公里的陆海边界线。

1991年，中越关系实现正常化。两年后，广西凭祥市区14公里与越南接壤处，崛起了一座举世瞩目的“中越国际商业城”，40幢388套两层店铺立即被商家抢购一空。1995年春，广西边境地区首次举行的大排雷行动划上了圆满的句号，接着经国务院批准，将广西边境的江山港、鱼沙港、石头埠港、果子山港开放为对越边境贸易口岸。总人数不过10万的凭祥市民，及时抓住机遇，喊出“边贸政策大家用，边贸生意大家做，边贸之财大家发”的口号，张开“门朝四面开，户纳八方财”的宽容胸怀，很快引来海内外八百多家从事边贸的大公司、大财团前来投资，使该市边贸成交额从1988年的二千多万元逐年猛增，到1995年达到22.3亿元。凭祥市民人均储蓄存款量，如今已排名于广西城镇居民的榜首。1996年1月24日，广西壮族自治区八届人大四次会议报告中，宣告：广西边贸近5年的成交总额达124亿元！

广西政府对兴修铁路、公路、港口、机场等项目工作十分重视。他们认为，对广西而言，早已肩负起建设大西南出海大通道的重任，广西背靠大西南，毗邻越南，面向东南亚，要打出走“大经贸之路”的牌，使中国南疆与东南亚各国经济圈接轨，让客运、货运和文化交流变成“三不难”。

自从中越关系实现正常化后，中越两国的铁路专家又汇聚到会谈桌面上来。有趣的是，在会谈桌上越方专家公事公办式的说着越语，让翻译人员翻译成汉语，而休息时他们又清一色地讲起中国普通话，与中国同行尽情畅谈，将翻译人员凉在了一边。原来，会谈中的两国专家，不少人都是毕业于中国北方交通大学的校友。

援越抗美时，中越铁路线上对开的列车定在广西凭祥站交换。1992年两国初步修复铁路时，越方担心本国人大批逃亡中国，就提议改在越南同登市火车站交换列车。于是，两国代表商定同登站为列车交换点，并按国际惯例签订了5年有效协议。之后，越方又后悔，要求双方继续在凭祥交换列车，我方婉言谢绝，指出按签订的协议执行，有什么问题也得等到5年(即1997年)后双方再协商另议。

1995年12月2日，中越联合公报签署后，曾任柳州铁路局局长的我国铁道部部长韩抒滨立即部署中越铁路春节前要简易通车的工作；铁道部副部长国林与柳州铁路局局长曾宗标、局党委书记罗叙德赶赴凭祥现场办公，指挥铁路职工昼夜抢修凭祥至边界被毁坏的14公里线路，并先期投入600万元资金。1996年1月最后一天上午，国林副部长、曾宗标局长分别在越南首都河内，与越方签署了恢复两国铁路联运的有关文件。随后，越共总书记杜梅又专程到北京与江泽民总书记会晤，商定两国恢复通车的日期。他们一致认为这是符合两国人民共同愿望的，此举不仅有利于扩大两国人民的友好往来，加强两国的经济与技术合作，而且对于促进地区的和平稳定与发展具有十分重要的意义。

接着，中方联运人员由柳州铁路局调配、培训完毕。中越双方按国际惯例就旅客、货物、行包在口岸换乘、换装等具体方式，逐一敲定。按照双方协定，中越两国从1996年2月12日起正式恢复从广西凭祥至越南同登、云南的山腰至越南的老街铁路口岸的国际铁路联运，其中包括过境联运，北京至河内的列车每周开两对。2月13日河内时间22时30分，越南河内火车站张灯结彩，广播不停地播送中越铁路即将通车的喜讯。半小时后，身涂红漆的越南首发国际列车徐徐驶离河内火车站，向越北边境的同登车站开去。同时，从北京出发的中国列车也从北向南朝河内开来。2月14日上午，广西自治区人民政府和越南谅山省人民委员会分别在凭祥、同登火车站组织了通车典礼仪式。自此，中断了近18年之久的中越铁路联运正式宣告通车。

这扇关闭18年的祖国南大门“黄金通道”的重新启开，将迎来改革开放崭新的天地。

一个月后，马来西亚政府新成立的一个以国际贸易和工业部部长拉菲达·阿齐兹为首的内阁特别委员会，与有关国家洽谈建造一条从新加坡通往中国昆明的铁路计划。提议这条铁路从新加坡经马来西亚首都吉隆坡、泰国首都曼谷及边城清迈、缅甸首都仰光，再衔接柬埔寨的波贝、诗梳风到首都金边，然后进入越南胡志明市、河内市，最后到中国云南省府昆明市。目前这条铁路已基本形成，只差从巴比至诗梳风和从金边至胡志明市两部分尚未接轨，东盟成员国对此议都十分支持和热烈响应。有关国家进一步提出，该铁路线还应从昆明延伸北京，然后连接目前的亚欧铁路线，建立东南亚、东亚和欧洲各国之间的铁路网络。据悉，这项计划已在曼谷召开的亚欧大陆铁路联网接轨会议上得到认可。

欧亚大陆铁路全线实现国际接轨，这无疑是人类走向21世纪的福音。只是，目前还有一个问题急需解决，即越南、前苏联各共和国等国家使用的还是法国人设计的米轨(1米宽铁轨)，而东欧各国通用的则是1.8米宽的宽轨，我国则使用1.435米宽的国际通用准轨。

无疑，真正走向国际接轨，打通欧亚大陆“黄金通道”铁路线，中国已领先一步！

(写于1996年)

罂粟花之殇

■ 联合国前秘书长佩雷斯·德奎利亚尔指出:“毒品问题已经成为一个全球性的问题”,他担心“人类社会的物质文明将毁于毒品的烟雾之中”。

■ 提起毒品,对于饱尝过鸦片战争之苦的中华民族来说,永远是一个深痛的沉思。

第二次世界大战后期,原中国抗日远征军总司令,美国人史迪威将军乘车沿桂越和滇缅公路纪行时,曾对路边满山遍野的罂粟花感到忧虑。

半个世纪过去了,桂南、滇西境外的老挝、越南、缅甸、泰国4国交壤的“边境四角洲”一带,竟然以年产鸦片2500吨、海咯因40吨而闻名于世。罂粟花开放时格外鲜艳,娇丽的花朵调谢之后,枝头便剥下了状若鸡卵的绿果,乳白色的果浆凝结后便是生鸦片,生鸦片经过加工精制便成了“白色魔鬼”海洛因。

桂滇黔边界,共和国的西南边陲,这里东西与越南接壤,西南面和我国广西、云南交界,而西北面则紧紧依靠贵州省,漫长的中越边境线与巍峨的云贵高原山脉相吻合,在这片神秘、诱人的红土地上,层峦迭嶂,森林茂密,红河若绸,泉眼似玉。然而,近几年来,一股白色瘟疫在悄声无息地蔓延,疯狂地吞噬、摧毁着人类身心健康。在长达数千多公里的国境线之外,便是举世惊闻的黑色毒品贩运通道,几十家海洛因加工厂正在昼夜不停地生产,丧心病狂的毒品贩子日日夜夜都聚集在这条号称“黑色走廊”的国际通道上。

1992年6月，北京。

全国两次召开禁毒缉毒大会，来自全国各市地的有关部门领导和缉毒人员汇聚这里，共同探讨禁毒缉毒问题，对49名罪大恶极的贩毒犯处以极刑，当众烧毁缴获的毒品6吨。此后又相继破获一桩桩重大毒品案，抓捕了一批批毒品贩子。早在10多年前，广西、云南就成立了缉毒大队，但贩毒案件依然不减，贩毒分子有国内的、国外的，包括工人、农民、个体户、无业人员和在职干部，还有学生、未成年人、残疾人。女性贩毒的比例也直线上升，云南某州在1993年12月1月至18日抓获的31名毒贩中，就有30人是妇女，其中9人是越南妇女。像瑞丽江中倒映的竹楼一样，凤尾竹间飘移的傣女筒裙曾经使人走入画中，萌发诗情。如今，在严峻、残酷的事实面前，我们必须对某些被海洛因扭曲了的女性保持警惕，对筒裙掩盖下的白色魔鬼给予严厉的打击。

被扭曲的母性灵魂

越南高平，这片异国土地上，一样有着迷人的热带雨林情调，外表的美丽并不能遮掩贫穷和战争遗留下的痕迹。她在这里生活了近三十年，秀丽的山水把她调养得肤色嫩白，身材苗条，虽谈不上很漂亮，但至少可以说惹人喜爱。多年来，这个镇上许多人铤而走险，偷偷地将买来的毒品运送到越南河内、西贡（胡志明市），有的甚至到缅甸的仰光、泰国的曼谷或更远更远的地方。其中的确有暴利者，几月之间盖起洋楼，也有锒铛入狱者；也有在江边跑倒、被政府枪击毙命者。她认为那是男人们干的事，故视而不见、充耳不闻。

若干年前，走私贩毒的通道渐渐改变，“边境四角洲”的毒枭们开始将目光转向正在大搞改革开放的中国，他们由越南至桂西南到南宁，再经广州、港澳将毒品转送四面八方。她居住的小镇也陡然活跃起来，从事贩毒活动的人数直线上升，瞅着那些侥幸发财归来的男人们洋洋自得的面孔，女性们再也经不住诱惑了。她，首先涉足，因为她有着极便利的条件，籍贯越南，却有不少亲戚在中国，持有回乡探亲证，可以自由地在高平和靖西、木姐和瑞丽两地之间来回往返。首次，她从本镇的一位中年男人手中赊到一件净重 700 克的海洛因，分批藏在身上隐蔽的部位，凭着女性的细心和机警，居然瞒过了检查人员，蒙混过关，顺利到达瑞丽，以 2 万元的价格倒卖出手，净赚 8000 元。第二次，她又以同样的方法携带 1400 元海洛因入境在贩买时被缉毒人员当场抓获。

准确地说，她被带上手铐，囚于一间阴暗、潮湿的小屋。因为她属于外籍人，按法律程序必须报边境某州检察院，再由州院报省检察院批准才能算正式逮捕。就在刑事拘留期间，她突然开始大口大口地呕吐，双腿浮肿，经医生检查，说她已经怀孕快四个月了。事实上，她心里十分清楚自己，只是无意中获悉中国法律中有明文规定，对妊娠、哺乳期的犯人缓期执刑，她抚摸着自己一天天腆起来的腹部，带上手铐的恐怖心理也一天天减弱。她即将分娩。省检察院的批文由于种种原因尚未下来，眼看着她就把孩子生在看守所里，有关方面只能让她取保候审。她在境内的亲戚不少，很快办了手续，回到她那个小镇没几天，孩子便生了下来。

在陪伴婴儿的日子里，她的心绪略微得到平静。不出半年，又有人找上门来兜售毒品，此时她已变得更狡诈，决定用法律条款中出于人道主义的空隙再度进行贩毒。这一次，她把 1000 克海洛因缝在婴儿的小夹里，怀抱嗷嗷待哺的婴儿秘密入境，在瑞丽亲戚家住了一日，又乘坐长途汽车前往云南大理。她清楚，愈是距离国境线远，毒品出手的价格愈高，相对安全系数也愈高。

她在大理也有亲戚，是表亲的表亲，远得不能再远了。亲疏，对她来说根本就无所谓，反正她的真正目的揣在心底。一路上，山路弯曲，汽车颠簸着驶出大约百十公里，她刚刚舒了几口长气，车子急急地刹住。原来，途中经过缉毒人员特地设立的关卡。几名全副武装的缉毒刑警上车，对可疑的乘客一一细细检查，当场将她抓获，同时还抓获了另一个她并不相识的贩毒者。

她再次进入熟悉的囚室，尽管并非第一次，因为她的证件上写的越南籍，因为她怀抱着才半周岁的婴儿，还因为她处在法律宽容的哺乳期内，虽然人赃俱在，供认不讳，依然被取保候审。这一次，她在国内的亲戚开始对她的行为表示厌恶，拒绝在她的候审保证书上签字。经过有关部门的解释劝说，再加上她泪流满面、痛心疾首的忏悔，襁褓中的婴儿的娇啼，亲戚才勉强同意取保。岂料，罪恶的心灵一旦潜入人的灵魂里，便极难根除。她在哺乳期刚满不久，又开始从事贩毒活动而且行动更加诡密，手段更加卑劣。她的生活开始变得荒淫无耻，丈夫在河内，她就四处留情，千方百计地让自己怀孕，以便再度出马。

1992年以来，她在怀孕或哺乳期间先后四次携带海洛因入境被抓获，事实上她贩毒的经历远远不止这四次。

1994年9月，广西百色市首届国际芒果节暨经济贸易洽谈会召开。此时，她已怀有四个月的身孕，但她却认为这是大好时机，携带2500克海洛因蒙混入境后，在某旅馆秘密地与一外地人接洽时被我公安人员抓获，半天后拘捕归案。当她在受审席上，主动向公安人员说自己怀有身孕。公安人员怀疑她玩伎俩，请医生来检查，果然不错。她表面上一副可怜相，心底却在为自己的把戏窃笑，不幸的是，她不仅怀孕了，而且还染上了可怕的性病。腹中的胎儿被人工流引，她被隔离收容审查，同年10月12日被正式起诉。她利用女性的生理特点，曾数次钻法律的空隙，但最终还是逃不脱恢恢法网。让其取保候审，是我们执法部门奉行人道主义，而这个屡教不改的毒贩厚颜无耻的卑劣手段令人深恶痛绝。透过她这个被金钱扭曲的母性灵魂，我们再一次联想到外表美丽、纯朴的罂粟花，深深地感觉到她的娇艳妩媚下还遗留着我们要加倍提防的祸患。

筒裙下的肮脏交易

以西双版纳原始森林为代表的滇西风光，吸引着愈来愈多的中外游客，那别具一格的竹楼小寨，风姿绰约的傣族姑娘也令游人凭添许多美妙的联想。傣家女人天生秀美，提起筒裙，就会使人想起傣族女人；提起傣家女人，就会使人想起筒裙，两者根本就是不可分割的一体。然而，美丽端庄的筒裙却被一些利欲熏心的女人玷污了亲切与神圣。

金秋十月，是滇西气候最为宜人的季节。这天，潞西县的方小伦、方小回、岳小应等一群傣家装束模样的女人结伴外出，她们嘻嘻哈哈地坐在长途公共汽车上谈天说地。这是一辆由畹町开往保山方向的客车，客车在一个检查站停下，几个缉毒队员上车例行查验。方小伦和方小回等人主动地站起来，打开自己随身而带的小花包。缉毒队员认真而又礼貌地一一检查，并没有发现什么异常。客车又再次启动，向前驶去不远，岳小应突然破口叫骂一位与她并排坐的年轻男子，从那年轻男子的衣着打扮和言谈举止看去，他明显是外地人，或是出差或是旅游。年轻男子不知是出于好奇，还是出于某种不轨的心思，两眼一直死死盯着岳小应下身穿着的筒裙。岳小应被看烦了，看慌了，就出口伤人。年轻男子刚刚辩解了几句，方小伦、方小回和另外几个女伴群起攻之，一群女人七嘴八舌，话说得极为难听。

客车到达崃山市终点站，方小伦等人便急急下车，汇入市里川流不息的人群。年轻男子自认晦气，独自去干自己的事了。可是，自始至终目睹这场风波的一个人却因此产生了疑心，他是一位从事多年公安工作的老干警，我们隐去他的真实姓名叫他老杨吧。出于职业敏感，老杨对方小伦等一群傣家女人的行为产生了怀疑。仅仅是被人多看了几眼筒裙何必发怒？又何必群起而攻？那天老杨没有穿警服，就悄悄地跟踪她们，并迅速向有关部门汇报。

当晚，老杨奉命与方小伦一行在同一旅社下塌，秘密监视他们的行踪，方小伦等一共 9 名傣家妇女，登记表上填写的原籍都是潞西某地，到保山市的目的是游玩。从早到晚，方小伦等人都是分头行动，极少逛商场、逛公园，而是走街窜巷，常常与一些陌生人搭讪。老杨在一次跟踪中，发现方小伦同一个体户像是讨价还价低语交谈，随后个体户就跟着方小伦到处乱走。方小伦对保山市的小巷好像极为熟悉，专捡僻静处钻，钻来钻去，来到一处公共厕所门口，方小伦对个体户打个手势，就匆匆进入厕所，少顷出来，环顾四周无人，塞给个体户一样东西，转眼就消失了。老杨放弃了方小伦，逮住个体户严加盘问，并亮出了自己的证件。个体户在事实面前低头认错，交出了方小伦卖给他的 15 克海洛因。

方小伦等人的行径已基本摸清，公安部门并没有马上将她们逮捕，而是继续监视，主要是想弄清毒品来源、运送方式。因为她们仅从畹町到保山的沿途就要经过几道关卡，而且有 4 道卡是流动的，过经汽车时刻都有被拦下来检查的可能，她们又是怎样混过缉毒人员的眼睛呢？为查明细枝末梢，公安部门特地派了若干名便衣女警，协助老杨工作。

方小伦早已做了母亲，与她同行的另外 8 名女子也都在 25 岁至 39 岁之间。近年来，她们不愿意勤恳地劳动，而是把发家致富的梦想寄托在走私贩毒犯罪的道路上。她们当中，有的在缅甸有亲戚，利用过境探亲之便购买毒品；有的守株待兔，专门在境内伺机接手外境贩人的毒品，她们的主要销售地点就是保山市。

这已是第 6 次了，她们又住进保山市这家中档旅社，有意？还是巧合？四人一间的客房，她们包下了两间，剩下的方小伦便住进一间双人房，这个刚满 30 岁的女人，对走私贩毒已不算是新手了，自以为对这一带了如指掌，与陌生人同屋而眠习以为常。同房住的是一个学生打扮的姑娘，听口音像是北方人，看上去顶多 20 岁。姑娘自称是北方某大学的应届毕业生，在大理某工厂实习，请假到这里来旅游的。方小伦对所有的陌生人都抱有戒心，总怀疑对方是乔装打扮的缉毒队员；又对所有的陌生人都怀有希望，也许新的顾客会为得到几克海洛因而出更高价线，有意或无意之间，她们也谈及这一带流行的艾滋病毒，谈到吸毒、贩毒，女大学生仿佛对一切都有兴趣，对一切都十分谨慎。仅仅一个昼夜的相处，方小伦就断定对方绝不是什么乔装打扮的缉毒队员，但也绝非自己寻觅的顾主。她肆无忌惮地跟女大学生渲染吸毒后的感觉，什么梦境、幻觉、兴奋、随心所欲、飘飘欲仙等等。女大学生问她是否吸过毒。她随口答道：吸过，吸过鸦片，也吸过海洛因，只是没有上瘾，随吸随戒。

方小伦随身带的东西极少，除了简单的洗刷用具，几乎再没有什么了。她外出时总是背着那个丝绣的小花包，回来往墙上一挂，就去了别的房间找女伴聊天。女大学生想请方小伦带自己到附近游玩，被方小伦婉言谢绝，她说她是来谈生意的很忙。晚上8点左右，有个年过半百的老头来找方小伦，两人谈得十分投机。女大学生从外面回来，方小伦话陡然减少，老头的嗓音也一下哑了。方小伦起身，说是出隔壁房间找她的女伴。女大学生也随后出门，她发现方小伦并没有去隔壁房间，而是直接进了走廊尽头的厕所。女大学生加快脚步，跟入厕所。这时，奇异而又令人作呕的一幕出现在女大学生眼前，方小伦熟练地将筒裙撩至腰部，拉下内裤，正在用手指从自己的阴部往外抠取什么。

女大学生是由女干警装扮的，以方小伦、方小回和岳小应为首的9名装扮成傣族女人组成的贩毒团伙被一举抓获。一切真相大白，水落石出。方小伦等人的作案手段更加卑劣，她们将整件的海洛因分制成小块，装在避孕套内，藏入自己的下体，利用缉毒人员多为男性，不便检查女性身体细部的弱点，躲过层层关卡。

不管怎么说，筒裙都是美丽而动人的服饰，但在美丽的外衣下还遮掩着肮脏的罪恶，将蛇蝎一般的毒品抛向善良而勤劳的人类，不仅令人遗憾，也是令人憎恨的。

“毒品情人”的结局

会场。戒备森严。

成千上万双愤怒的眼睛注视着前方，前方看台的一侧摆着几口大铁锅，里面堆放着等待焚烧的毒品。她被捆绑着，与几十名同类罪犯列成一队，身后是全副武装，威风凛凛的干警。

她的肉体麻木了，她的骨髓里浸透了疯狂的毒汁，她的灵魂在颤栗，来自四面八方的愤怒之剑正刺人她的胸膛。她脸色苍白，两眼呆滞的，偶尔朝旁边瞟瞟，旁边站着她的同伙，她，原本瘦高的身躯，怎么佝偻、弯曲了？只能瞟见的半个脸颊呈灰色。恐惧了？面对法网，她蔫了下来。

她，不过25岁，未婚，原来是某师范学校教师，她那模样很难使人联想到丑恶和犯罪。身材娇小而灵巧，走起路来飘逸若云。她眉清目秀，尤其是她的笑靥，总是含有秋水般的晶莹，倘若时光老人推后若干年，任何人都不能对她的品行挑丝毫缺陷。在学生眼里，她才华横溢、知识渊博、言传身教、为人师表。在同事中间，她真诚、热心、光明磊落、乐于助人。

几年前，她所在那个城市出现了一些贩毒、吸毒的人，她的学生也有跟着吸食鸦片的。为此，她还经常找那几个吸食鸦片的学生谈心，还在课堂上大讲当年的殖民主义者靠鸦片和洋枪侵略中国的历史，讲林则徐在虎门销237.5万斤烟的壮举。

也许当教师的经济收入毕竟有限，社会上的商品大潮也冲击着她的精神视野。她正处在如花似玉的年龄，仅仅那服饰的花销就难以支出。市场上流行的款式、精品屋里的衣帽裙裤都在向她招手，而她总是羞于囊中而远远地避开。她也想赚钱，只是苦于没有门路不知从何处下手。

机会终于来了，他带着深邃的微笑出现在她面前，两人一见钟情。他是北方人，曾在某企业单位供职，后来嫌收入太低而辞职，到边境来闯。两人认识后，他曾多次携她到桂林、广州、南京等地游玩，更多的时间是在她那里逗留。她独自住的那间不足9平方米的宿舍极为寒酸，是他把这里布置得富丽堂皇，彩电、音响、高级床上用品一应俱全。不久，她和他同居了，她的工作也开始散漫，多次受到校领导的教育批评，她却置之而不顾，死心塌地跟了他。尽管她已经发现了他的许多问题，诸如生意的诡秘、生活的放荡、脾性的喜怒无常等。然而，这时候的她已深深地陷入泥坑，难以自拔。他虽然没有明说，她也隐隐约约感到他是干毒品贩运勾当的。

她曾经恐惧、慌张，也曾自责、反思，但这些念头很快就被金钱的光环所淹没。每次他外出与人接头、交货，或将毒品贩往内地，总是由她陪伴，两人手挽着手，头依着头，亲亲热热，眉来眼去，脉脉温情下掩盖着罪恶。

1994年5月13日，他再次出现在她的宿舍，那是黄昏，黑夜与白昼的交接，天地变得朦朦胧胧。他一进门便随手将门反扣，神情有些严肃。她问他怎么了，他不语。少许，他将她揽到怀里，抚摸着她脖子上的金项链，耳朵上的金耳环和手指上的钻戒，求她再帮帮忙。等她弄明白他的意图时，从头到脚开始发抖。参与贩毒，她已经不是首次了，但每次都是由他携带毒品，或者是将毒品隐藏在什么物品里。而这一次，却需要她的身体，需要她把一切都承担起来。价值十多万元的精制海洛因就摆在床头，白色的魔粉隐隐地放射着寒光。她没有应允，也没有拒绝，这一夜，她失眠了，在他的臂弯里辗转难眠。

天微亮，他迅速地起了床，催她快些行动。她已经不再是她自己，只是机械地接受他的指使，将若干件海洛因分开绑在自己的大腿和腹部，外面再套上裙子。一切都装扮得如此巧妙，他是先用手摸摸她的胸部，两个高耸的乳房富有弹力，他的手又往下滑，停在腹部，拍了拍，没什么异样，又用手去摸她的大腿……他再三叮嘱她，要镇静，遇事莫慌，事情往往就败坏在当事人的情绪上。

像往常一样，她和他挽着胳膊，在校外的路上招来一辆出租车，乘车赶到机场。在过安全门时，她的精神几乎崩溃了，尽管她竭力地想装出若无其事的样子，但一切都避不过检查人员锐利的眼睛。她和他被带到了问讯室。

随着那个铿锵有力的嗓音在法庭上空回荡，宣判了他的死刑，立即执行。而她，则要在铁窗里度过自己今后的大半辈生涯。

警笛鸣，警车启动，他像一滩烂泥被拖上了刑车，根本无力再看她一眼。她被押在后面的大卡车上，车队从大街上驶过，无数愤怒惊奇，叹息的视线扫在她的身上。几股黑烟缕缕而起，那是在焚烧白色恶魔，焚烧她和他们贩运来的罪孽。路边围观的人群里，也许有她教过的学生，也许有她的同事，也许有她初恋的男友。他们都曾经熟悉她，熟悉她的笑靥。此刻，笑靥依在，而闪现出的却是狰狞……

西南边陲土地古老而富饶，孕育着玫瑰般的希望。这里的儿女美丽而聪慧，点缀着边陲永远年轻的风景。遗憾，属于昨天，恰如红土地历经沧桑充满诱惑，筒裙在风雨过后定会融人七彩的阳光，明天将是更灿烂的日子。

贩毒吸毒，是当今国际社会一个不容忽视的严重问题，与爱滋病、环境污染并列为世界三大顽症。贩毒，已成为仅次于军火世界第二宗贸易，每年贸易额达 6000 亿美元。国际贩毒活动和贩毒恐怖主义的大肆蔓延，是二十一世纪可怕的瘟疫。因之，贩毒与反毒、吸毒与禁毒的斗争，永远面临着严峻的考验。

提起毒品，对于饱尝过鸦片战争之苦的中华民族来说，永远是一个深痛的沉思。中国的历史新纪元，正是从毒品战争开始的，因此，决不能容忍历史的悲剧重演！

1991 年，中国政府郑重颁布了《全国人大常委会关于禁毒的决定》，表明了我国政府和人民坚决缉毒、禁毒的决心。

毒品老巢“金三角”

“金三角”地区森林密布，土壤肥沃，雨量适中，常年平均气温在25℃左右，十分适于罂粟的生长。罂粟是二年生的草本植物，生长期4—5个月，其貌似烟草，叶长圆形，花红色，粉色或白色，果实呈球形，果中含有奶状胶汁，取汁提炼，既成鸦片。鸦片经过再加工，便可提炼出一种白粉状物质海洛因，它是世界上最强的兴奋剂，其价高于黄金。

世界上有三大毒源地，即东南亚的“金三角”、南美洲的“银三角”和西亚的“金新月”，其中尤以位于泰国、缅甸、老挝三国交界地的“金三角”最有名。

事实上，“金三角”是世界上最大的毒品生产基地，有人把它称为“人类社会最神秘的罪恶渊薮”，同时也是国际刑警组织和联合国缉毒署及美国联邦调查局和中央情报局最头疼的眼中钉和肉中刺。

早在殖民时代，西方殖民者发现了“金三角”这块得天独厚的地方，遂给当地山民带来了罂粟籽，并传授了种植和加工技术。经过百多年的经营，“金三角”从最初的“鸦片王国”逐步壮大成今天的“海洛因帝国”，控制了全球海络因制贩总量的70%以上。美国是世界上最大的毒品消费国，所消费的60%的毒品来自“金三角”。“金三角”崛起成为“毒品王国”，坤沙“功不可没”。现年64岁的坤沙出生在缅甸，他有掸族和汉族血统，中文名为张奇夫，坤沙是他的泰文名字。

为躲避部族仇杀，坤沙很小便离家出外闯荡，少年时代曾当过兵，1953年返回家乡拉起了自己的贩毒武装。1976年，借印支战争升级、各国政府无暇他顾之机，坤沙带领自己的武装到“金三角”安营所寨，并很快将这片15万平方公里的土地带进毒品生产和销售的黄金时期。二十世纪八十年代期间，缅、泰两国军队对“金三角”多次进剿。坤沙非但元气未伤，反而于1985年将其武装扩编为“掸邦联军”。到八十年代末，处于鼎盛时期的坤沙集团已拥有配备美苏先进武器的军队3万之众，每月军费开支高达50万美元。并发展为每年输出上百吨海洛因、收入超过5亿美元的世界最大海洛因生产者。

进入九十年代，美国悬赏200万美金通缉坤沙，“金三角”地区又出现“佤族联军”等大批少壮派贩毒武装，加之缅、泰政府军的不时攻击，年近花甲的坤沙在内外交困的压力下屈服了，于1995年11月中断了毒品生产和武装对抗，并与缅甸政府谈判达成了投诚协议。

西方传媒将坤沙的投诚视为“金三角”的终结，而且在联合国禁毒机构的支持下，“金三角”毒品作物种植面积有所减少。以泰国为例，在过去20年间，境内毒品作物种植面积减少了九成以上。

但是统计数字表明，今日“金三角”的贫穷依旧，每年的毒品产量依旧，这说明“金三角”问题远没有解决，这块毒瘤还在滋生罪恶。

“金三角”地区目前由“瓦地方联军”控制。“瓦地方联军”原先是一个地方叛乱组织，1989年向政府投降。根据他们与政府达成的协议，他们得以保留武器，仍然控制着“金三角”地区。缅政府与“瓦地方联军”正在实施一项根除毒品的5年计划，但是有媒体称“瓦地方联军”实际上成为东南亚最大的海洛因生产商，他们又转而生产利润丰厚的另一种毒品脱氧麻黄碱。

就是在这片土地上，还生活着四五十年代从大陆溃退的国民党军队的后裔，以及六七十年代从大陆出走的知青。

当年在“金三角”落脚的国民党残余部队，经过各种尝试，最终选择了做与罂粟有关的生意。那些当年有着狂热革命热情的红卫兵已融人到“金三角”的生活之中，有的已沦为毒品贩卖者，更多的人则成为这里贫穷的普通人。

去过“金三角”地区的人都知晓，那里有一处汉人官兵坟场，数以千计的坟墓，一律整齐地面向北方，面向祖国和家乡。据说“金三角”的汉人墓都是如此！

烟雾“杀手”

毒品曾一度在中国大地上，吞噬着一个个健康的肌体和灵魂。有人把它称之为“第三次鸦片战争”。有关资料表明：据卫生部参照世界卫生组织关于药物滥用流行病学调查方法在全国范围内开展了毒品滥用问题流行病学调查，根据调查结果推算，目前全国吸毒人数约 17 万人，仅云南省吸毒人数就达 10 万人。

这是一群与文明极不相融的人们：在某市戒毒所，我看到一个个面色蜡黄、神情漠然、瘦形枯槁的男女烟民。每当毒瘾发作时，这些“瘾君子”顿觉天昏地暗，涕泪交流：有的瘫在地上吐黑水；有的用头撞墙，哀号不已；有的用玻璃把皮肤划得伤痕累累；有的用香烟头在脸上、手背烧出一个个水泡……

吸毒者“掘钱”的方法五花八门，一些吸毒者甚至参与贩毒，既是受害者又毒害他人。

——害己　吴某，女，24 岁，因好奇，她偷偷吸毒成瘾不能自拔，最后发展到非要注射剂毒品方能解脱。每天吸毒要花一百多元，如此多的钱从哪儿弄来？她毫不掩饰地说：“今天向一个男朋友要 100 元，明天向另一个男朋友要 200 块，后天再向第三个伸手……”为此，她付出了高昂的金钱和沉重的代价。

阿胆，36 岁，却有 16 年的吸毒历史。每当毒瘾一来，比患大病还难受：烦躁不安、失眠疲乏，精神不振，流涎流涕流泪，出汗不已，食欲全无，腹痛腹泻，呕吐等等。最初，他只是吸食海洛因，到后来用针注射吗啡。开始每天一支，后来发展到每天 3 支，每月买毒品要花销近千元，由于长期注射毒品，他的双臂静脉血管都已硬化了。

——害人　吸食毒品上瘾的人，往往难以自拔。吸毒者为了弄到毒品，甚至可以不顾人格与尊严。毒品的价格比黄金还贵。1克海洛因100至200元不等，而且只够吸一两天，即使家财万贯，也招架不住这样的花销。为了弄到钱，吸毒者往往与道德败坏、堕落、犯罪相连，给社会带来严重危害。杨某结识了一些社会闲散人员，其中吸毒分子张某、程某等人诱他吸海洛因。他开始抱着好奇的心理试一试，当他吸毒成瘾后，张程故意再不给他吸食了，杨没钱，便进行盗窃，以所窃财物换取或购买毒品。他先后单独或结伙盗窃公私财物计2.4万多元；后来又盗窃金首饰、玉器、家用电器，摩托车等物品一批，总值人民币3.8万多元。

李小琼，美丽丰满，在一家酒家当服务员。不知她从什么地方听到吸毒可以减肥，于是四处打听毒品出卖地。开始只是想减减肥吸吸少量而矣，不知不觉地渐渐上瘾了，达到每日离不开毒品的地步。没有钱买毒品怎么办？于是，她见人便"借"：向朋友、向同学、向同事、向熟人，而且"有借不还"。凡能把钱"借"到手，她都不顾一切，不择手段，不惜花言巧语，不怕跪下磕头可怜兮兮。为了能得到一丁点儿的"白粉"，她可以在两秒钟内流出眼泪给你瞧。

——害家　三十出头的王某，中专毕业，工作几年，有了不薄的积蓄，但他却染上了吸毒的毛病，且一发不可收拾。仅一年多的时间里，他吸掉了三四万元，自己的积蓄花光了，又去偷父亲的存折买"白粉"，年迈的父亲想不到儿子竟堕落到如此地步，一气之下命赴黄泉，老母经不住精神上的打击也病倒不起……全家的积蓄被他吸得荡然无存。

一男子，染上毒瘾后，整日游来逛去，不务正业。其妻左劝右劝地把他送到戒毒所，出来后他还是我行我素，妻子一气之下对他说："你吸我也吸，到底看看谁吸得厉害！"本来她是想以此来"以毒攻毒"的，没想到她自己也上瘾了，真是"夫妻双双把毒吸"。现在，夫妻俩吸光了全部家当，且面黄肌瘦，浑身是病，生活极为困难。

是的，这些吸毒者或许曾有过那一瞬间的"飘飘然"，但更多的则是毒瘾发作时精神与肉体的双重折磨：夫妻离异、妻离子散、倾家荡产、亲友唾弃，还有触目惊心的违法犯罪，吸毒者盗、骗、抢、卖淫、嫖娼、走私、炒卖等不法行为……在毒品魔鬼般的诱惑下，给他们付出了巨大的代价，给社会带来了严重的影响。

“白粉”之害

吸毒，使人的良知、道德、尊严在疯狂的欲望中丧失殆尽。吸毒者如此残忍地戕害自身，只是为了在毒瘾发作的痛苦中寻求一种解脱。

有关权威人士指出，世界每年有十万余人因吸毒而死去，仅次于患心脏病和肺癌症死去的人数，上百万家庭因毒品而遭受不幸。而因吸毒走上偷窃、卖淫、杀人犯罪的更是不计其数。

八十年代以来，改革开放的中国向世界打开了大门。毒品，这个曾经几乎毁灭中华民族的黑色幽灵，又悄悄潜入了神州大地。据调查，吸毒者主要分布在云南、贵州、四川、陕西、甘肃、内蒙古、广西等地。其中以云南边境一带最为严重。

吸毒不仅严重地摧残人们的身心，造成了许多家庭的不幸，而且对中华民族的整体素质构成了极大威胁。无论对个人、家庭，还是整个社会，都可谓是灾难之渊源。不久前，我们到南宁市戒毒所及第五医院戒毒康复中心采访，对一百多个吸毒者的心态及其危害作了些分析。

心态一：好奇吸毒 这类吸毒者年龄多在17—25岁间。他们大多数都缺乏对毒品真正的认识，或者虽有了解，却抵不住好奇的诱惑而误人歧途。一小青年惊奇地看着他的朋友在贪婪地、如痴如醉地吸食海洛因，不由得也想试试，到底“仙境”是如何回事。好朋友“有福同享”，哥儿免费提供了好几次海洛因，结果他虽然领受了几次“梦幻”，但却被毒魔套上了沉重的枷锁。

心态二：享乐吸毒 随着改革开放的不断发展，一些靠着国家政策和自己的努力富起来的人，使他们有点晕头转向了。泡舞厅、搓麻将、看录相已经不够“味”了，海洛因也得尝尝。毒品刚上瘾时的那种欣慰和快感对于他们来说有相当大的诱惑力，自诩为“高级享受”。靠经商起家的刘某，他的人生观是，人挣钱就是为了享受。吸毒的危害他是很清楚的，但总觉得心里痒痒的终于不惜重金，买了一些“白粉”。结果，自然是“享受”上了毒瘾发作的折磨。

心态三：药瘾吸毒 有的因身体有些病而吸毒，听说用毒可解疼痛。海洛因确有短暂镇痛、催眠等功用，但它是毒而不是药。有的人病了不到医院看病服药，却偏信海洛因。

海洛因可致胃肠神经功能紊乱，胃肠蠕动功能减低，从而引起食欲下降，食量减少，导致体重减轻。这本是毒品之害，可却有部分女性，为身材苗条，竟将海洛因当作减肥药。一旦吸上，便渐渐成瘾，乃至不能控制。

海洛因之所以被人们称为毒品，最根本的原因是它直接危害人的健康和生命。海洛因毒瘾发作，其植物神经功能紊乱的症状表现为全身肌肉酸痛、关节痛、胸闷、心慌、流涕泪、哈欠不断、失眠。据有关医疗权威人士指出，吸毒男性性功能丧失者占 80%，女性吸毒者均出现月经紊乱，有的甚至闭经。

另外，吸毒者均有不同程度的肺组织损伤和严重的肺气肿。脑电图检查表明，90%以上的吸毒者脑组织有明显的损害。心电图检查表明，大部分吸毒者出现心律不齐，部分吸毒者心电图表现为心肌供血不足。

此外，检查人体抵御外界病原微生物的物质——免疫球蛋白，对于吸毒者而言都明显减低。一部分毒瘾较大者，竟用自来水，甚至用小沟中的水来稀释海洛因从静脉中注射，从而导致感染。

据吸毒者介绍，每日吸毒耗资 50—200 元不等，这使极少数腰缠万贯的“大款”也只能抵挡数月或一两年。何况，毒瘾发作时，吸毒者痛如百蚁食骨，煎熬难忍，刀伤火灼亦逊色百倍。此时，毒瘾、败家、犯罪往往连成一体；同时，吸毒者贩毒又使“毒瘤”加剧对社会的侵蚀。

人类的陷阱

诚然，毒品所摧残的不仅仅是人类的财富，还有远比财富更为珍贵的人类的健康。更何况，现今的毒品已由传统的鸦片向精制品海洛因或混合毒品发展，对人体健康的危害更为严重。据医学专家介绍，短期内大量吸毒，对人的中枢神经系统有极大的损害，严重者，可因呼吸衰竭而死亡、而长期惯性中毒，则表现在身体各个系统，吸毒者食欲减退，身体消瘦，意志沉沦，精神恍惚，毒品发作时，更有一种痛不欲生、大祸临头之感。还有不少人因吸毒而导致性淫乱染上性病。

海洛因，一种将鸦片再加工所成的白色粉末，俗称“白粉”，由于加工方法不同，可分为 3 号粉和 4 号粉。4 号海洛因是硬性毒品，一旦染上而能够自拔的殊无几人。开始时，每个吸毒者都用量很少，三五日可用 50 来元的货，然而，不到一个月，瘾成之后便三日一升级；三个月之后，每天 1 克已不够用了，有的人甚至每日吸毒达四、五克之巨。而静脉注射往往是受经济条件局限的瘾深者采用的最后吸毒手段；一个吸毒者日用量为 3 克，而静脉注射 1 克就够。及至静脉注毒量每日二、三克者已面如死灰，全身虚肿，双眼死鱼一般。

人，一旦落于陷阱后，即使竭力挣扎与摆脱也无力自拔。而吸毒者明知海洛因之害，可都乐不思蜀地吸食，梦想着无数的百元大钞飘然而至！其引诱力能在人脑里无中生有，使白日梦恍如真实，给人一种满足感，使人在一贫如洗的环境下仍固执地认为自己腰缠万贯，金玉满堂，美女如云！这也就是它害人之处，使人丧失求生欲望，自甘灭亡！一个原对生活充满热情的人，正直的男子汉，一旦失足于这个陷阱，就会变成世上最自私与冷酷之徒；为毒瘾而偷、骗、抢所作所为不齿于人。

我看到一张 16 岁的娃娃脸，那张本该布满欢笑、红润、稚嫩的脸，却是一张被病毒扭曲、苍白、无力、憔悴的脸。据工作人员介绍，他是这里最年轻的男“伤”员。他有双亲，却又是孤儿，街头是他的栖息之处。他站在我们面前，老练地抽着烟，他说他吸毒已有两年历史，开始是无聊，后来是上瘾，再后来是注射毒品。这时，只见他捋起衣袖，针眼密密麻麻的胳膊，如同成群蚂蚁般聚集在干枯的树枝。

女“烟民”刘小芳（化名），年方 17，她 14 岁时与社会上一些男“阿飞”鬼混染上毒瘾。17 岁，豆蔻年华，年轻的花季，而眼前的她，在干枯零散发绺的遮掩下，那张毫无表情、苍白冷漠的脸上，已失去少女的纯真。

有这样一个支离破碎的家：一对母女，因吸毒双双在这里戒毒，而在另一座大墙内，父亲却因贩毒在监狱里服刑。

形形色色的吸毒者尽管走向深渊的诱因各不相同，但都有一个共同之处，那便是明知毒品的危害，却不知吸毒也是违法行为。

戒毒，对于吸毒者的“瘾君子”们，谈何容易！

有一贩毒者，身强力壮，体重 75 公斤，红光满面，活力腾腾。因天天与毒品接触，不久他就用起毒来了，先是吸，最后也要肌肉注射了，再最后肌肉注射已不能止瘾，便转而静脉注射。不久，由于身体浮肿，连血管都看不见了，只好在大腿，甚至脖子上寻找血管注射。终因注射过多而昏死过去，送医院求治过来后，却呕吐不止，一闻到海洛因便呕吐个不停，终于连心瘾也去掉了。体重不足 40 公斤！尽管付出如此的代价，但只要能真正把毒瘾戒掉，付出多大代价也心甘情愿。

戒毒者，最大的敌人不是毒瘾，而是心瘾！

吸毒者，最难战胜的就是自己！

毒品对人的残害，触目惊心！

毒品犯罪形势

毒品滥用情况和特点　二十世纪八十年代，人们惊奇地发现，随着“金三角”地区国际贩毒集团取道中国贩毒活动日益加剧，我国西南边境开始出现了吸毒问题。而且，近几年的吸毒问题在我国已呈现出由农村向城市，由边境向内地的蔓延趋势。据卫生部参照世界卫生组织关于药物滥用流行病学调查方法在全国范围内开展了关于毒品滥用问题的流行病学调查，根据调查结果，我国大陆登记的吸毒者人数为 17 万人。

警惕！紧急！为此，我国政府高度重视，迅速采取一系列措施严厉打击吸毒贩毒活动。

国务院批准成立了全国禁毒领导小组；

全国人大常委通过了《关于禁毒的决定》；

全国各地公安机关相继组建成立缉毒部门；

禁毒工作，推动了全国范围内特别是重点地区的开展。

然而，毒品问题是具有国际性的。境外毒源有增无减，过境贩毒继续加剧，境内毒品的非法种植、制造、贩运也在发展，因此，吸毒现象仍在继续蔓延。

吸毒人数的数字是枯燥的，然而，当前我国毒品滥用的形势却仍严峻。

据卫生部的一份报告指出，当前我国大陆的药物滥用出现了以下几个特点：一是吸毒人群中主要以男性青少年为主。根据西安市 5000 例人群的流行病学调查结果，其中 25 岁以下的男性占 90%。二是在吸毒人群中主要被滥用的毒品仍以鸦片、海洛因为主，各地区分布有所不同。云南以吸食混合海洛因为主，贵州、四川、内蒙等地以吸食鸦片为王，陕西、甘肃地区的吸食混合毒品为主（即海洛因含量约占 30%左右），当地人称之谓“黄皮”。三是不同地区的吸毒人群中吸毒方式也不相同，云南省部分地区特别是边境地区一些吸毒者主要采用静脉注射方式吸毒；内蒙一些地区则以皮下或肌肉注射鸦片浸液为主；陕西和甘肃等地吸毒者则采用烫吸海洛因制剂的方式吸食毒品。四是在爱滋病毒感染人群中，以静脉注射吸毒人群居首位。

毒品滥用受多种因素的影响，除毒品本身的药理作用外，环境和社会心理因素尤为重要。首先，中国毗邻“金三角”毒源，国际贩毒集团犯罪活动有增无减，直接影响着我国边境地区甚至内地毒品滥用的发展趋势；其次，生活条件、应付方式、家庭职能、同伙影响等社会因素及好奇、顺从、模仿、逆反等心理动因和病态人格则是造成青少年吸毒的社会心理原因。

贩毒犯罪及其活动　1992年8月18日上午，云南勐海县巴达乡一个8岁哈尼族男孩在巴达乡路49公里附近山上一个涵洞内发现堆有大量状物品，经清查为海洛因420件(每件400克)，重168公斤。公安机关火速现场守候，将前来取“货”的两名犯罪分子捕获。缴获用于运送毒品的面包车一辆、小口径步枪2支。据审讯，毒品是缅甸果敢地区地方割据势力头目组织人员偷运入境的。同年2月，泰国、香港毒品老板密谋利用西双版纳、昆明、广州、深圳和香港贩毒通道进行大宗贩毒，经过10天的周旋，公安机关分别在广州、深圳昆明及景洪澜沧等地抓获泰国、香港和境内毒贩15名，缴获毒资八十多万元，汽车2辆等一大批赃物。

此案一次查获海洛因多达168公斤！

西北地区外流贩毒突出。近年来，西北地区的甘肃、宁夏的一些贩毒分子成群结队南下云南、广东，为毒贩充当马仔和为贩毒集团运输毒品的情况严重。有的贩毒分子把外流贩毒当作“生财之道”，大肆进行贩毒活动，把外流贩毒叫做“上前线”。

有顺口溜曰：“上前线，撖干饭，云南广州转，回来几十万，杀头也情愿”。有的还在当地娶“小老婆”，设立“据点”专干贩毒。据统计，在抓获的毒贩中，境内毒贩30%，西北地区的甘肃209名，宁夏128名，占66%。

云南、广西边境地区贩毒增多随着过境贩毒加剧，武装贩毒增多，其中以云南、广西为最。1991年至1992年8月，云南、广西边境共发生武装贩毒案件46起、枪战8起、缴获军用枪支163支，另有非军用枪1316支、子弹2万余发、手榴弹和手雷73枚，既贩毒又贩枪。云南、广西边境"枪毒同源、同径、同流向"，贩枪既可以牟利，又可以掩护贩毒，从而给公安部门缉毒工作带来困难。

中国政府的立场与决心　遵照党中央、国务院有关禁毒工作的指示和全国禁毒工作布置，各地陆续开展围剿毒品犯罪的"大行动"，打击处理了一大批贩毒分子，痛击了毒品犯罪的嚣张气焰。据有关报告透露，1991年全国共逮捕毒品贩8080人，依法判处刑罚的5282人，其中被判死刑和无期徒刑的866人。1992年，全国逮捕毒品贩5452人，判处刑罚的4696人，其中死刑（含死缓）和无期徒刑的885人。同年9月，采取了果断措施，一举解决云南平远地区贩毒贩枪的老大难问题，取得重大的成果，震慑了毒品犯罪。

各地公安机关和海关加强缉毒办案。云南、广西针对边境贩毒犯罪特点，有针对性地加强了对边境一线的堵截查控，加强"三道防线"建设，积极开展专案侦察和情报工作，堵源截流，破获大批案件，挖出一批贩毒团伙。

海关严密布防，严格查缉，不断提高查获率；铁路加强重点路、段和站、车的控制；各地也进行打击零星贩毒，控制贩毒线索，遏制毒品消费市场。

应该看到，我们当前面临的毒品违法犯罪活动的形势是十分严峻的，不扑灭这场毒焰，势必危害人民的身心健康，遗害我们的子孙后代，危害我们社会主义现代化建设。

在我国近代史上，中华民族不仅曾深受毒品危害，也有着禁毒斗争的传统。今天，在联合国禁毒的旗帜下，我国公安、卫生、外交、海关等部门协同作战，开始了一场二十世纪末的"鸦片战争"。

禁毒斗争的号角已经吹响，为了中华民族不再失其强健，为了人类生存的地球不再被"毒流"污染，让我们用文明涤荡污浊，打一场全社会扫毒的“总体战”。

遥望前方，依然山重水复。在可预见的将来，斗争尚未有穷期，速胜论是不可能的。绝望和失败的观点则是有害的。但是，“咬定青山不放松”，愚公移山般地挖下去，正义的力量总会有胜利的一天！

因为人类渴望一片净土！

(写于 1996 年)

跨国偷嫁女

■ 从抗美救国到中越边界之战再到入侵柬埔寨，在长达20多年的战争中，致使越南国力衰退，元气大伤。

■ 战争，迫使男人们都上前线打仗去了，在城镇，在乡村，几乎看不到男人的影子，这里成了妇孺们的天下。

引　言

二十世纪八十年代初期，笔者曾观看过一部名为《血染的玫瑰》的影片，印象很深。影片中所反映的是七十年代末，越南姑娘阿香与中国青年阿勇这对坚贞的异国伴侣遭受越南当局阻挠、排斥与迫害的爱情悲剧。

记忆中，中越两国开始出现了对峙的僵局，双边关系日趋恶化。

在那个岁月，不知有多少类似阿香与阿勇的爱情悲剧在那片土地上发生。

越南当局不但导演一个个爱情悲剧，而且还在边境地区制造种种事端。

爱情悲剧在重演……

中越两国传统友谊在遭受破坏……

公元1979年，统帅着400万军队的中国最高领导人邓小平在美国访问期间，语出惊人。半月之后，自称“世界第三军事强国”的越南，受到忍无可忍的中国军队14路攻击。这就是当时世界所关注的中国“对越自卫还击战”。

同年2月19日起，中越边界的物质、文化和经济贸易交流冻结了整整十多年。

中越两国边民具有传统友谊的婚姻也遭到破坏。通婚，成了两国边民不敢越池一步的雷区。

上篇：趟过雷场来寻梦

硝烟尚未散尽，爱的骚动又萌发了。

从抗美救国到中越边界之战再到入侵柬埔寨，在长达20多年的战争中，致使越南国力衰退，元气大伤。

战争，这个极端可恶的魔鬼，不但把一个国家与民族推向死亡的深渊；更使它的经济、文化、教育遭受巨大损失；

战争，迫使男人们都上前线打仗去了，在城镇，在乡村，几乎看不到男人的影子，这里成了妇孺们的天下；

战争，使人类赖以繁衍的两性生态也失去了平衡，于是，出现了一幕幕惊人的悲哀。

另据越南党中央机关报《人民报》的一则消息报道：首都河内有4位丈夫葬身于柬埔寨战场的年轻寡妇，谋计合伙劫走一位二十多岁的青年学生，对他进行轮奸折磨二天三夜。最后，这名学生趁年轻寡妇们不注意时，寻找机会打电话报警，才被警方救出。这家报纸为此向社会发出呼吁，提醒男性公民夜间出走要结伴而行，小心谨慎，以免成为独身女人或寡妇们寻欢作乐发泄情欲的工具。

随着前苏联的解体，中越两国外交首脑的会晤，在那莽莽的群山野岭、神秘莫测的亚热带丛林中罕见的、奇特的“胶着战”宣布边境战争停止！

自1990年9月越南共产党总书记杜梅与部长会议主席武元甲正式访问中国后，隔绝十多年的中越两国恢复了正常关系。

饱受战争煎熬的越南边民，便迫不及待地穿过荆棘丛生、崎岖艰难的边境小道，进入中国边境村镇。随着中越边境物质、文化和商品交往的渠道。那些由于被战争破坏人类的两性生态而经历二十多年浩劫的越南女人们，通过各种途径与中国人结成婚姻关系，企望能在生活稳定富裕的中国大地上扎下根、安下窝。

越南女人源源不断地流入中国，加入了浩浩荡荡的“偷嫁中国”队伍。关部门透露，据不完全统计：目前，偷嫁中国的越南女人已达三万余人。从全国各地被遣返的越南妇女达 20 批四千多人，对于在中越边境地区的数字多得难以统计，其中性病患者 210 余人，怀孕者千余人，堕胎者不计其数，六百多人生下小孩。

这种跨国度“大偷嫁”的越南女人所形成的婚姻关系，犹如一面多棱镜，折射出各种形形色色、光怪陆离的现象。

越南女人比男人更勤劳，男人们出去跑买卖，她们除了干家务活、翻地、种田外，也同样会做生意。

为了写下这篇纪实，我们除走访有关部门外，还走访了中国边境地区一些乡镇、村寨和所有的边贸集市，从中获得了第一手的故事。

在中越边境最繁华的弄尧贸易点，我们碰到了一位 19 岁左右的年轻越南少女，她看见我们这副模样，猜出我们是外地来的，便不由自主地跟上来与我们聊天，向我们打听内地的生活情况，最后用越文给我们留下一段文字，经请人翻译，意思是：我是越南人，我喜欢中国。末了，还留下她的名字。

正在这时候，突然下起雨，我们止住话语，急忙跑到屋檐下躲起来。屋檐下，站满了人。经打听，这些躲雨的人大多是到这做生意的越南姑娘。对于我们这些异地来的人，瞬间，所有的目光都集中到我们身上。站在我们身旁的这群越南少女，喳喳地说了许多我们听不懂的话。但从她们的表情中，不难看出她们在议论什么，我们出于友好向她们点头微笑。此时，这群越南姑娘突然将紧挨我们身边的一名少女往前推，幸她扶住我们的肩膀，才免于一摔。

我转头看了她一眼，一双大眼睛下有一对深深的酒窝，乌黑的头发盘在脑后，像一名年轻的少妇。我们操着白话(粤语)问她们是干什么的?只见她显得有点腼腆，过了一会儿，才从嘴里轻轻地说出了几句生硬的白话：

“我们是从越南谅山过来做生意的。”

“听说你们越南姑娘喜欢中国的小伙子，是这样的吗？”

一听这话，姑娘没有回答，只是感到羞涩的样子嫣然一笑扭过头去，这群越南姑娘见我们也会说粤语，于是纷纷笑着说——

“她想嫁给中国，你们把她带走吧！”

我们看了看身边的这名少女，只见她低着头，脸上泛起一抹红晕。

“爱之梦”，是一枚爆炸的地雷。爱店，这个与越南只隔百米之远的中国边境小镇，每天云集着边民上万人，据小镇的有关负责人告诉我们，每天到这里赶集经商的人有三分之二是越南人，其中大部分又都是越南女人。仅那条摆在“中国边镇上的越南街”，经营者全都是越南女人，而在这些越南女人当中，大多是年轻姑娘，她们几乎什么买卖都做，知悉内情的人说，在这些年轻越南女人中，她们不但想到中国做生意赚钱维持生活，而且不少人暗中联系寻觅，欲通过各种途径嫁到中国。

采访中，我听到一串串令人感动而又惊讶得有点茫然的故事。

据说，越南禄平县有一名年轻姑娘，在几年前，中越两国关系尚未缓和，在她心中就一直有一个愿望：一定要偷嫁到中国去。

她要嫁到中国去，离开生她养她的那片战乱不止、贫困不堪的土地，去寻找她梦中的爱情。

那一年，她不顾一切艰难和险阻，冲破铁丝网，穿过莽莽丛林，跨过雷区，越过国境线，朝着中国方向奔跑……

第一次，她用竹竿探雷，向中国的边境村寨靠近，穿山越岭，在越南北部的崇山峻岭之中，在密密匝匝的边境森林里，沿着崎岖而又神秘的六、七十年代中国抗美援越而留下的一条条“胡志明小道”的痕迹向中国境内走去。然而，当她刚刚踏上国境线，在途中却不幸触雷炸伤。但她不气馁、不后悔，更不害怕；相反，她的胆子却越来越大了，更加坚定了她嫁到中国去，寻找和追求自己“爱情”的信念和决心。待养好了伤后，又开始踏上了“爱”的征途。

第二次，她牵出家里的两条狗开路，无奈，又被地雷炸伤，两条家狗也不幸为她葬送性命。

但信念，丝毫没有动摇她的“偷嫁梦”。

第三次，对她可以说是“过五关斩六将”，最后终于越过了国境线，走在边境的土地上，微风轻轻地吹拂她的面庞，她为自己行动的成功而激动，高兴得朝中国境内奔跑……突然，“轰”的一声倒下，命运终究没有逃脱地雷的纠缠，又被炸了。这一次，她再也没有爬起来。

埋在心中的“偷嫁梦”永远留在绵延的边境线上。

越南女人们大量涌入中国，不是为了做生意搞买卖，更不是为了赚钱，其目的是想在中国长期扎根生儿育女。因为中国这片土地是越南姑娘心目中所向往的伊甸园，中国男子是她们心目中的“白马王子”。

武文梅，21岁，河内人，出生于一个普通工人家庭，读了十多年书，在当今的越南社会上还算得上是一个有文化的人了。她身材窈窕，脸庞娇美，长得楚楚动人。梅虽然有一副漂亮的脸蛋和一肚不浅的“墨水”，但生活对她却似乎不太公平，甚至残酷。梅的父亲是一个普通不算很富的工人，竟然有了三个女人自愿嫁给他。梅的生母为此负气出走，三个后娘丢下她谁也不管，且整日为家庭生活与经济开支争吵不休。在这样的一个复杂的家庭，梅再也无法生活下去了。于是便与一个被男人几经抛弃得走投无路的年轻姑娘阿花一起“偷嫁”中国，她们唯一的希望是找到一个中国男人，一辈子生活在中国，于是，俩人便随同商客进入中国境内。她们来到我国境内后，一边找活儿干，一边寻找机会选择“目标”。不久，她们到了一家个体榨油店的油坊打工。

这家油坊老板是一名 28 岁的青年，姓黄，广西内地某县农民，妻子在前两年病故，留下一双子女。听人说这里生意好做，能赚钱。于是便把孩子托付给父母，自个儿到这里做起油坊生意来了，因刚好缺个帮手，于是她便留了下来。

在黄某手下干不了多久，梅便对老板产生了感情，爱上黄某。后来，黄某看上了梅，两人很快便同居了。

阿花眼看梅已跟别人过日子了，心里很不是个滋味。真可谓是“看在眼里，急在心上”。虽然她不算老，却因为她结过婚，生过小孩，一时没人过问她的事。阿花怕嫁不到中国来，于是她顾不上脸红了，一急之下，对黄某说：“我想嫁一个中国男人，我还年轻，我还能生孩子，我什么都能干。”大概是她的话太令人感动的缘故，黄某点点头，说可以帮她找一个。

“警官先生，求求你们了，让我留下吧！”当黄氏明白自己马上就要被遣送回国时，顿时，泪流满面，双膝跪下向我公安人员不断叩头求情。

黄氏名叫黄春明，现年 20 岁，越南同登县人。1991 年初，她与几个姐妹到中国境内的边陲小镇爱店做一些小本生意，在经营的数月，她认识了当地的一些农民经营者，并与他们打得火热。后来，通过这些人，熟悉关系，把自己“出售”给了宁明县板亮村一个名叫褶桂忠的青年农民为妻。

褶桂忠是一个年轻的农村青年，22 岁，身强力壮，上有父母兄嫂，下有弟妹，全家 9 口人，他排行老三。全家人虽多，但个个都是劳动力，人人都能干活。共有 9 亩地，每年能收获谷子几千公斤，还种蔗养猪，收入颇高。黄氏见褶家住房宽敞，而且家中还有一台海欧牌彩电和收录机和一辆手扶拖拉机……得知褶家比较富足，心里自然高兴万分。褶见她眉清目秀，长得也漂亮，人又年轻壮实，心里也是乐滋滋。于是，二人便火火热热地做起“夫妻”来了。

然而，好景不长，好梦难圆。因为黄氏是一个非法入境的越南人，故而必须被遣返回国。按照国家有关法律与国际惯例，一个国家是不能容许外国人非法入境居住的，这是关系到国家主权的问题，任何一个国家对非法入境者都毫不留情地遣返原籍。我政府人员向他们宣传了我国法律法令和有关规定，进行耐心细致的解释、劝说，凡非法人境者必须被遣送回国。褶与黄氏以及褶家的人听后，顿时惊得不知如何是好。左说情右哀求。但最后还是被遣返原籍了。

令人不解的是，两个月之后，黄氏又出现在褶家。一样的黄氏，一样的褶家，与两个月前被遣送出境的情景毫无异常，所不同的是，这次黄氏却挺着大肚子在褶家进进出出。

1992 年 3 月，黄氏生下了一个女孩，乐得褶家高兴了好一阵子。

但是，在一次人口调查中，有关部门发现黄氏不仅是“偷嫁”中国的非法入境的越南人，而且还“偷生”下了一个私生女。为此，调查人员对他们行为提出严肃批评与教育。黄氏又苦苦哀求，“看在孩子份上，让我留下吧！”褶家也不断地求情，表示只要能把黄氏留下，罚多少钱都愿意。但是，法律是不能代替感情的。于是，黄氏再一次被遣送出境。

然而，回去不久，黄氏又悄然返回。以后，政府人员一转身，后脚刚出门，她的前脚就踏进门。真可谓屡遣屡返，痴心不改。

下篇：奇异的爱

越南女人在不断偷嫁到中国边境地区的同时，目光开始瞄准中国内地的乡村、城镇乃至大都市。她们知道，中国内地的城乡生活比边境地区更富裕、更安稳，而且各种吃住玩乐更令人羡慕、向往……于是，她们又开始通过各种渠道各种途径向中国内地“进军”了。她们要在中国大地上到处神游，她们要在中国大地上寻找新的归宿，她们要在中国大地上扎下根、安下窝……

是什么原因促使她们具有如此“神通广大”的本领？

在越南北部边境，通往中国的羊肠小道上，到处都可以看到一个个用几根木柱子搭成的茅棚，这些简陋的茅棚里都放着一张用木板和石头搭垒起来的简单床铺，茅棚门口摆着两张破旧的桌子和两张用砖头叠成的“凳子”。每个茅棚前都有一两个士兵和公安人员把守。这，就是越南在边境设置的检查站和哨卡。

清晨，茅棚前聚集了成百上千来自越南内地各县市和边境地区的群众。

“姓名、年龄、籍贯、出身……”逐一询问登记。交纳规定的现金，每人便获得一张过境票，名曰过境“护照”。

倘若没钱，只要守关士兵或公安人员认为有价值的物品，那么也可以以物换票。而那些既没钱又没物的越南姑娘却自有办法，瞧——

两名看上去只有十八九岁、长得俊俏而又发育得十分丰满的姑娘低着头走了过来，当走到一名公安面前时，低头小声说：“对不起，先生，我们没有钱，也没有什么好东西。”两位姑娘停了一下，见没什么反应，又接着用含情脉脉的眼神说：“不信？请先生搜查。”

那名公安人员一听，眼睛一亮，朝两位姑娘的胸脯扫了扫，大大咧咧地走过来，笑着说：“好吧，既然没钱，就让我搜搜看。”

边说边伸手过来，在两位姑娘的身上“搜”来“搜”去。只见两位姑娘满脸潮红，挣脱了公安人员的那双手冲出了检查关卡……

两位姑娘就这样免费地得到了一张“护照”，出了境。

夏日的傍晚，一丝暖暖的微风习习吹来，夜色苍茫，黑幕笼罩着中国边界的一条小道上。在一个边陲集镇的街头巷尾，游荡着三五成群的越南女人：她们时而叽叽喳喳，时而默默不语，时而喁喁细语；她们三人一群，五人一堆地东瞧瞧，西望望，有的交头接耳，有的指手划脚，好像在盼望着什么。

突然，她们等来了一群满面通红，喷着浓浓酒味的男人，这些男人大多是过往的生意商客。她们犹如“哥伦布发现新大陆”似地蜂拥上去，接着便是拉着这些男人的手臂一边怪笑一边朝附近既破烂又简陋的旅社走去……次日，她们每人手里都攥着一叠人民币。那一张张疲倦的脸露出不易察觉的笑容。

从此，她们便尝到了无本生利的甜头。

是夜，在黑幕的掩护下，只见三三两两的女人在一家偏僻得很不显眼的旅社门前进进出出，显得格外忙碌。这些女人就是“偷嫁”到中国的越南女人。这些越南女人专门引诱那些过往的行人。而活动于这些场所的男子大都是过往这里的外地来的生意商客，他们白天经营，晚上寻找刺激，次日又各奔东西。

当有关人员询问旅社的负责人时，她们手里都有一份“通畅无阻”的身份证和证明。其实，这些证件都是假的。那么这些假证件从何而来？原来，是那些“介绍人”为她们弄来的。这些“介绍人”大多都是人贩子，他们利用夫妻，姐妹等各种关系在中国大地上走南闯北，她们的食、住、行个个居然通畅无阻，方便得很。而那些私人开的旅店，为了追求上房率，对她们更是“大开绿灯”。

由于这些持有假证件做无本“生意”的越南女人没有固定的工作和住址，因此她们的行动常常是来无影，去无踪。今夜还在广州，而明天说不定就到了天津。一路卖身，一路赚钱。毫无疑问，她们当中有不少人不同程度的患上了性病。

这些带“病”的种子，在中国大地上是走一路“病”一路，走一圈“病”一片，严重地扰乱和冲袭着我国人民的身体健康和社会秩序。

毋庸置言，并非中国边境地区和贫困地区缺少女人，而是越南女人以其廉价的“自愿出售”的婚姻冲袭着我国高昂的买卖婚姻观念。对于非法入境的偷嫁联婚者，有关部门只是对其说服、劝告、疏导、遣返。然而，这一切都无济于事，何况男方也不需要增加土地、口粮，他们觉得能养活她们，不找政府麻烦，而这些偷嫁越女又不愿走。

于是，便出现了形形色色、奇型怪状的“中外合资”婚姻家庭现象。

42岁的阮某，个子不高也不矮，身材略肥，人很精神。10年前，她与丈夫双双被强行送去参加入侵柬埔寨队伍。丈夫不幸战死，留下三个未成年的小孩。由于丈夫葬身于战场，遗老遗少无人供养。对于中国老百姓安居乐业的生活，阮某早有所闻。于是，便携老带幼“偷嫁”到中国边境地区的一个村寨。因自己是一名老寡妇，加上屁股后又牵着一串老小，因此，一时没有找到栖息的地方。

去年10月，她来到了边境村寨板亮村，正好被这里的一名老铁匠看中。老铁匠五十开外，曾先后结过两次婚，有两个儿子。第一个老婆在几年前病死后，便与邻村一名哑女结婚，哑女长得难看，好吃懒做，而且作风又不正，经常与那些轻浮的男人有着不正当关系，铁匠没法，只好“睁只眼，闭只眼”。阮某的出现，两人相遇一拍即合。

对于哑妻，铁匠毫不犹豫地把她赶出了家，然后将阮某接进了门。

事出巧合，当阮某踏进门，一眼便看见了坐在屋角的黎氏英。原来，黎是铁匠的“越南媳妇”。铁匠的大儿子向英武，22岁，去年6月的一天，黎由做生意的哥带人中国境内，把她介绍给在做生意期间认识的向英武。黎24岁，虽比她的中国“丈夫”大两岁，但她与阮某都是一样能吃苦，勤劳肯干的越南女人。她们种田挖地，生活倒也安安稳稳，自由自在。铁匠父子都为自己娶上能干的“越南妻”而欣喜。

这一家由“中越合资”组成的家庭，人们倒也觉得很是平常，见惯不怪。

宁明县边境的那便村51岁的黄大山，结婚后生下4个儿女。10年前，为了发一笔财，他丢下一家妻儿老小跑到越南寻金探宝。当他刚进入越南境内不久，中越战争爆发了，他被越南当局强行抓去当了苦工。由于中越关系的中断，从此，他几经逃跑都失败。后来不得不在越南住了下来，与当地一名年轻姑娘结了婚，并生下了一男二女。

近几年，随着两国关系的逐渐缓和，黄太山与他的越南妻子商量，离开那个贫瘠、穷苦的地方，回中国去。

1990 年 10 月，黄大山一家几经周折，终于回到了他的中国老家。

然而，黄太山在中国的原配妻子还活着，几个子女也都长大成人，嫁的嫁走，出去的出去。只有一个 14 岁的小儿子与她相依为命。黄太山把越南妻子带回来后，两家合一同居一室。这事在村里引起轩然大波，尤其是黄的原配妻子，更是想不通，为此整日吵闹不休说："我不能容忍黄太山有两个老婆，更不能容忍她(指越南女人)。"但黄对此无动于衷。于是，她上县法院告状，但她对于离婚只字不提，只一个劲地要求把越南女人赶走。

法院的有关人员听后，立即下去调查。然而，他们为难了：因为黄太山与两个妻子既没有重婚关系，也没有婚姻关系，他们根本就没办过结婚手续。对于既成了事实婚姻，不知该判谁是谁非。那么，到底赶谁走呢？迄今仍无结果。

长桥村姓凌的农民，在中国已有一个妻子。近几年，在边境贸易中，他做了一笔生意发了财，有两名越南姑娘一个劲地缠着他，并一再要求把她们留下。为此，凌某干脆把两人带到家里。于是，一个畸形的"一夫多妻"的家庭成立了。

边境地区的凭祥某村有一名 40 岁的光棍农民，虽然年纪已老其貌不扬，却娶了两名年轻漂亮的越南姑娘为妻。当地政府发现后，宣布他们是违法婚姻，违反了中国法律和国际惯例。后来，指示公安机关将这两名青年姑娘遣送出境。但是不到数日，她们又偷偷越境返回中国村庄，与"丈夫"团聚。

边陲小镇爱店街的一名屠夫，现年 44 岁，38 岁时与中国妻子离了婚后，便找了一位俊俏漂亮、年仅 16 岁的越南少女为妻，现生有一孩。

一名 19 岁的越南姑娘，兄弟姐妹 4 个，全家十多口人，双亲病残，生活异常艰难。于是偷嫁给了家庭比较富裕的中国边境小镇一个四十多岁的鳏夫。

一天，一个身穿黑色的丝绸短衫，下着一条微薄飘洒的青蓝大摆裙的陌生女人出现在村头。她，就是从越南平辽偷越进入中国境内的阿珍姑娘。

这是一个偏远、闭塞、寂静的小山寨，居住着三十来户人家。人们祖祖辈辈过着“日出而作，日落而息”、“世外桃源”的男耕女织生活。珍姑娘的到来，使这个封闭的小山村犹如平静的水面落下一块石头，一下子激起一波三浪。珍姑娘一到这个村上，便与一位刚结婚不到一个月的小伙子农某相好上了，并很快发生了性关系。农某的新婚妻子得知此事后，又是哭又是吵，闹得满村风雨。农某一不做二不休，干脆提出离婚，其妻一家嚷着要上法院告状。农某根本不把这事放在眼里，不理不睬，无动于衷。他毕竟没有枉听了几堂法律常识课，他不怕：“你们去告吧，反正我们又没有结婚证，是不受法律保护的。”无奈，女方最后只好向农某索取 200 元赔损费便了事。

当韦某卖完东西，从镇上赚回一叠钞票兴高采烈地往家走，他刚踏进家门，被眼前的情景惊呆了：两名不速之客正在和妻子争吵着什么，只见其中一名 40 多岁的男人正拖着怀抱小孩死活不从的妻子杜氏。

经了解，那个男人也是来找他的“妻子”的。一年前，杜氏听人说中国生活很好，便叫人带她到中国境内某县嫁给了一农民——就是眼前的这个男人。当她与“丈夫”见面后，却大失所望了，因为那男人不仅年老好赌，而且家庭情况很糟，穷得叮当响，四十好几的人了还是光棍一条，没人敢嫁给他。当他听说有一年轻越南妇时，便忍痛甩去 2000 元把她买了下来。由于那男人嗜赌如命，赌得倾家荡产，生活穷苦不堪。一天，杜氏趁那男人不在家偷偷跑了出来。然而，她没有跑回越南，而是跑到广西内地的某县。后来，她认识了老实厚道、勤劳能干、家境富裕的韦某。便自愿地跟着他，双双做起了“夫妻”来。韦某对此事一无所知，两人生活得还十分幸福美满。

越南女子跑后，这可急坏了那男人。他四处打听杜氏的下落。一年后，终于在这里找到了她。一见到杜氏，二话没说便欲把她拉走。当韦某明白事情的缘由后，表示不服，上前说理。那男人吼道：“她是我花大价钱买来的，你凭什么把她抢走？”并故意对韦某说：“你拿一万块来她就留下。”

而韦某明知他的用心，但一时又没什么好法子，更是拿不出这么多钱。只好眼睁睁地望着泪水涟涟的杜氏丢下哭哭闹闹的孩子含恨离去……

年轻漂亮的越南姑娘阿芳，偷嫁给了中国边境小村一名20多岁的男青年。起初，遭到男方家庭强烈反对，后来看见两人感情如胶似膝的情景，便也只好默认。阿芳本该好好生活，但她对这种安逸得甚乎平淡的日子并不满足。于是她偷偷地与同村的另一男子暗中交往，常常是深夜不归。男方一家气愤地把她赶出了家门。阿芳干脆搬与那男子同居。然而，不到一年，她又与邻村一名有妇之夫“恋”上了，并私奔他乡。

她叫凌，22岁，越南禄平县人。1990年，她被本村一名人贩子带到中国边境凭祥卖给某村一农民，农民又转卖给家在河南的生意人张某，张某把她带回河南一个偏远的小山村，卖给一个36岁的男人为妻，面对荒凉贫瘠的山村，简陋的住房，残废的男人，她的心凉了。当晚，她死死地顶住房门，在屋里呜呜哭泣。然而，她仍没有逃脱厄运的降临，被强行与那男过了“夫妻生活”。

这里自然条件差，村子穷，本村女子几乎都往外嫁，外面的女人又怎能嫁进来？再者，那男人又缺了一条腿，料定这辈子难娶老婆。谁知喜从天降，有人竟然给他带来个年轻女人，虽然要花一定代价，但还是咬了咬牙，东挪西借把凌买了下来。

面对贫苦的村子，瘸腿的男人，凌死活不愿跟他。一天，她趁那男人及家人不注意时，偷偷跑了。

边境小村那雷屯25岁的向阿苦，父母，弟姐一家9口人，生活比较贫困。今年3月，花了400元买了一个35岁左右的越南女人。向阿苦本人经常在外游荡不干活，一家生活很穷困。越女到这里不多久便跑了。他请来5个人帮忙四处寻找，在某地找到后硬拖了回来。不到半月又跑了。至今，再也找不到她的踪影。

尾声

越南女人以其廉价的“出售”婚姻冲袭着我国的社会秩序。而人贩子则乘隙插入，大行充当越女的“媒人”从中牟取暴利。据了解，广西边境的那呼村一农民靠当“介绍人”贩卖越南女人发了财，每年收入达5—10万元之多。

泛滥的越女“中国大偷嫁”，使人们不禁忧虑忡忡，性病的蔓延、私生女的成倍出生、人口素质的下降、因越南女子插足而导致家庭破裂等社会问题与计生国策，都严重影响我国的社会稳定与社会秩序。

越南女人偷嫁中国，是非法越境行为。中国人与外国人在我国境内结婚，该外国人除了须持有合法的入境证件外，还要有该国驻我大使出具各种证明书，按中国的有关法律法令办理有关手续，方可登记结婚。中国是不能容许外国人非法入境居住的。这是关系到国家主权的问题，任何一个同家对非法入境者都毫不留情地将其遣返。

面对非法入境偷嫁中国的越南女人，仅仅靠疏导、教育、遣返的约束力是远远不能彻底制止她们，“偷嫁”中国串婚、卖淫等现象，只有采取行之有效的措施才能制止这一社会现象。

(写于1991年)

铁军征战南昆线

■ 百年前孙中山先生描绘的南昆铁路，竟与今天正在修建的南昆铁路定向大体一致。然而，这只是美好的理想。把理想变为现实的是中国共产党。

■ 为了西南人民一个世纪的出海梦，筑路大军正用热血和汗水描绘自己的人生座标，在十万大山间，在云贵高原上，矗立起一座座人生的雕塑。

在云贵高原上，一条全长898.7公里的崭新钢铁巨龙正在向前延伸，这是二十世纪中国最后一条新建的长大干线铁路，是为大西南腾飞铺设的通道。

这条通道，就是被世人亲切将它称作通向二十一世纪之路的南昆铁路。

这条钢铁巨龙，是中国大西南乃至中国西部活跃起来的一个重要因素，是中国西南今后腾飞的希望所在。

是的，这条钢铁巨龙就要在千古沉睡的崇山峻岭中横空出世，千古之梦变成真！

上篇：大西南希望之路

这条路，是人们整整一个世纪的梦想。

西南自古无通途。当年秦始皇统一中国，挥师南下到仙霞岭时，被横亘在面前的五岭山脉所阻，秦始皇不得不耗时数载，开凿了沟通长江与珠江水系的灵渠，才得以绕道征服西南。

清宣统二年，邮传部尚书徐世昌上书清朝政府，力陈西南通途之必要:“……昆明、百色、南宁数百里之间,道出空虚,煤矿、五金、山泽往往而有,诚能敷轨其域。不唯旷野变航权,进且足截北海之辑利……”

民主主义革命的先驱孙中山先生,则把西南铁路建设作为治国安邦的根本大计来看,他在《建国方略》中,为西南地区精心策划一个由 7 条铁路组成的西南铁路网,其中“最为必要”的乃是:“由南宁循上右江而上,至于百色,经兴义县,横过贵州之西南隅入云南省,至罗平,经陆谅(良)一路以至云南省城。”

值得一提的是,百年前孙中山先生描绘的南昆铁路,竟与今天正在修建的南昆铁路定向大体一致。

然而,这只是美好的理想。

把理想变为现实的是中国共产党。新中国成立后,我国的铁路勘察设计人员,就开始奉命跋涉在黔山滇水的险恶之中。后因国力和科技水平方面的原因而被迫中断。1978 年铁道部向国务院呈报了设计任务;1982 年,铁道部又根据大范围的航测比选,报送了补充报告;1990 年,国务院批准了南昆调整走向报告,同年冬,东段率先开工;1991 年,铁道部正式批准了铁道部第二设计院关于南昆铁路的初步设计。接着,西段云南境内正式破土,形成东西呼应之势。经过四年多的建设,这条穿越千山万水的梦中之路,在人们的视野中已变得清晰可见。

截止目前,南昆铁路东段已铺轨到百色且正式交付营运;西段已从昆明铺轨到路南县境内。被称为南昆铁路“卡脖子工程”的广西米花岭、贵州家竹箐、云南二排坡三大隧道,工程进展也十分顺利,“卡脖子”问题已全部解决,1997 年通车已成定局。

届时,几代人的梦想,几代人祈盼的梦中之路,将在中国共产党的领导下,在改革开放的今天得以实现和开通。

为什么这条路令那样多的人魂牵梦萦、千呼万唤?

有人曾预言,如果在 2000 年以前,西南地区不能出现筑路高潮的话,那么 2000 年以后,这个地区的经济前景将无从说起。

南昆铁路，是革命老区人民的希望之路。南昆铁路东起南宁，西至昆明，北接红果。广西段是自南宁枢纽南宁南（沙井）编组站南端引出，经南宁市境内的金鸡村后向西、经邕宁、隆安、平果、田东、田阳、百色、田林等县（市）境。在八渡以东过南盘江，进入贵州省境，正线全长353公里。这条路沿线多数是邓小平生活、战斗过的地方。这里有得天独厚的自然优势，有丰富的矿产资源，这里的人民历来有着勤劳勇敢、艰苦奋斗的传统。由于交通上的不便，加上历史的原因，使老区人民长期在封闭环境中，缺乏沟通，缺乏与外界的交流，生活处于贫困线上。南昆铁路建成，将从根本上改变西南各省区封闭、落后的状态。从某种意义讲，南昆铁路也是全国最大“扶贫”项目。可以说，四十多年前的解放，是人民群众在政治上得到解放，而南昆铁路的建成，必将使老区人民在经济上打一个漂亮的翻身仗。这是振兴大西南经济深谋远虑的战略措施。

南昆铁路，是大西南人民的幸福之路。南昆铁路建成后，东与湘桂、黎堪、南防铁路相接，西与东西沿海的一条重要通道，并与广西的防城、钦州、北海港一起，构成云、贵、川出海的捷径。从现实的跨度来看，南昆铁路的重要意义，已不再局限于西南经济本身或单纯的扶贫效益上，它已成为中国西南经济与东南亚区域经济的重要支撑。南昆铁路将沟通华南经济区与西南经济区，使区域经济合作有了切实的基础。二十世纪八十年代以来，以深圳、广州及珠江三角洲为中心的华南经济区迅速发展，并辐射到华东、华北等地。南昆铁路建成，可使这种辐射渗透到西南地区腹部，并迅速扩展，带动整个西南经济的发展。从对外的角度看，南昆线还构筑起抢占东南亚市场的“桥头堡”。东南亚的越南、老挝、柬埔寨、缅甸等国，拥有3亿多人口，459万平方公里的大地。这一地区的经济相对落后，市场容纳极大，美、日、法等国正在把亚洲的经济战略中心从东亚移向东南亚。南昆铁路的建成，就等于我们直接把梯子架到了东南亚的市场的大门口，随时可以叩开这个市场的大门。总而言之，南昆铁路建成的重要意义，已远远超出了国内的范围。

西南是中国大陆的最大宝库。地球上已发现和探明的矿种共有一百四十多种，而在西南就发现了一百三十余种。其中钒、钛、锡、硒的储量居世界首位，铜、锌、锏、锰、铝、大理石、水晶、汞、硫铁、芒硝、石灰石等储量也居全国首位或前列。以煤、磷、铝三种资源为例：

江南缺煤，煤的大部分产区在长江以北，由于运输原因，原本在江北 90 元一吨的无烟煤，过了长江就要卖到 800 元。而在贵州盘县的地下，却拥有储量为 250 亿吨的煤矿，就在广东、广西的许多企业因无煤而停工停产时，盘县的煤却在本地堆积如山，派不上用场。

中国的农用化肥中，最缺的是磷肥。云南省磷的远景储量有 200 亿吨，如果铁路畅通，中国可一举翻身，从一个磷肥进口国变为磷肥出口国。

在广西平果县的地下，发现铝矿储量达 2.2 亿吨……

在川、滇、黔交界处，有一个面积只有 6.4 平方公里的地方，堪称为媲美东非大裂谷的“金三角”，这里储藏有占全国 20%的铁、82%的钒、93%的钛和 60%的钴。

大西南的水能源蕴藏量和可开发量分别占全国的 42.9%和 5.04%。这里还有全国名列第二的林区。

然而，西南人守着中国最大的宝库，却过着最贫穷的生活。《马太福音》中所描述的那种“马太效应”，在这里体现得最为深刻。据有关方面统计，全国现在 8000 万人口生活在贫困线以下，仅在西南地区就聚居了 2500 万。整个西南地区 2 亿多人口，贫困人口竟占了 13%。据 1990 年统计数字表明，南昆铁路所经过的滇黔桂 3 省的人口约占全国人口的 9.8%，而国民生产总值仅占 5.9%，工农业总产值仅占 4.85%，农民人均收入仅 400 元，比当年的全国平均水平低了 121.9 元。

西南地区的贫困,不仅体现在这些枯燥的数字上。到西南地区走一趟,几乎每走几百公里,就出现一种语言,甚至一山之隔,山这边讲的山那边都听不懂。这一切,是在长期封闭的环境中,缺乏沟通,缺乏与外界交往而形成的。

1992年,在全国政协会议上,120多名政协委员联合在一份题为"西南铁路建设应掀起第二个高潮"的提案上签名,要求南昆铁路立刻形成全战态势,以从根本上改变大西南封闭、贫穷、落后的现状。

"一万年太久,只争朝夕"。早在"百人提案"两年之前,广西壮族自治区就已自筹资金5000万元,于1990年12月拉开了南昆铁路东段的建设序幕;西段云南于1991年12月正式开工;贵州境内的中段和北段也于1993年4月18日上马。至此,南昆铁路开始形成"全线施工、三头并进"的施工局面,并在1994年进入建设高潮,明年进入决战阶段。

那么,南昆铁路到底为我们勾勒出怎样的灿烂前景呢?

南昆铁路从云贵高原蜿蜒而下,直奔北部湾畔。有了这条路,西南诸省区人民就拥有了自己的出海口。到时,云、贵、川的货物将从防城港、钦州港、北海港出海,比经湛江港出海距离缩短662—800公里,比经广州港出海缩短1299公里。若按减少622公里,年运输2000万吨货物量计算,每年可减少运费2.3亿元以上。

从现实的跨度来看,南昆铁路的重要意义,已不局限于西南经济本身或单纯的扶贫效益上,它已成为中国西部经济与东南亚区域经济的重要支撑。

这条铁路建成后,将与东起福建厦门,经漳平、广东梅州、广州、湛江到黎塘的南中国海沿岸铁路相连接。届时,中国南部将从福建厦门到云南昆明上万公里区间内,形成一条沿边沿海的钢铁大动脉,这条动脉无论在国防还是经济上,作用都是无法估量的。

南昆铁路又是"欧亚大陆桥"的重要组成部分,从荷兰的鹿特丹起，有一条铁路横贯欧亚大陆，在新疆的阿拉山口进入我国，到陕西宝鸡分为两路，东路直达连云港入东海，指向太平洋中的日本、韩国等国；南路经成都、昆明与南昆铁路相接，到南宁后或南下去北部湾，或继续向东延伸到福建厦门，通向马来西亚等东南亚国家和地区。

南昆铁路的意义或许远不止这些，但以上种种足以表明，南昆铁路无疑是一条幸福之路。大西南经济腾飞有赖于此，中国西部经济振兴有赖于此！

南昆铁路，东起广西南宁、西至云南昆明，中间在贵州兴义市的威舍车站北上，与贵昆铁路相接，为国家一级干线电气化铁路，年输送能力近21000万吨，预留2000至3000万吨条件，其经云贵高原、广西丘陵、右江河谷，是我国目前在艰险山区修建的又一条长大干线，全线需建桥梁447座，总长80.38公里；隧道258座，总长194.59公里。

资料显示：南昆铁路地质复杂，工程艰巨浩大，堪称中国各路之冠。全线要打通二百五十多条隧道，架设四百多座桥梁，全长898公里的铁路线上，桥隧总长竟达230多公里。如铁五局五处施工的贵州省境内的尾芽至尾下19.05公里的路段，就有隧道7座15.7公里，桥7座2737米，还有10座涵洞，桥隧涵占全线总长度的88%以上。

从海拔80米的南宁，爬至海拔二千多米的云贵高原，其间有8次大的起伏。其中从八渡过南盘江至德峨81公里长地段上，线路蜿蜒于群山之中，岭谷相对高并达300至1200米。

沿线地质复杂，膨胀土、滑坡、岩堆、泥石流、软土、瓦斯、地震区连绵数百公里，是中国铁路修建史上的地质博物馆。

许多线路远离公路，人迹罕至，被称为“无路、无电、无水、无人”的“四无”地区，施工条件异常艰苦。

不少项目是我国铁路建设史上首创：8000米的米花岭隧道为目前全国最长的单线隧道；首次采用V形支撑、墩高100多米的南盘江大桥；全国跨谷深、一跨148米、高达198米的水河大桥；第一座半径450米的板其二号弯梁桥；穿过瓦斯含量、压力、浓度居全国之首的家竹箐隧道。

对于建设南昆铁路，朱镕基副总理曾指出：交通建设，铁路应排在首位，南昆铁路不通，港口也起不了作用。

有关人士认为：南昆铁路建设的深远意义怎么估价都不会过高。从某种意义上讲，南昆铁路是中国最大的扶贫项目，这话不假。

又有资料显示：1990年5月，国务院正式批准兴建南昆线。南昆铁路东起广西南宁，西对云南昆明，北接贵州红果，全长898公里，这条干线建成后，东可去湛江港、广州；南可达凭祥、北海和防城、钦州港；西接成昆铁路抵四川成都，连接建设中的广(通)大(理)铁路到滇西；北接贵昆铁路到贵阳、重庆。它是沟通大西南与同沿海的捷径。

南昆铁路是国家一线干线铁路，一次建成电气化，是我国单线铁路一次性投资最大的建设项目。这条大西南的钢铁长龙将提前于1997年通车。目前南宁至百色的铁轨已铺通。

铁道部孙永福副部长认为：南昆线的建设，要成为具有九十年代水平的现代化铁路。铁道部已把南昆线列入全路科技发展一条龙计划中。南昆铁路要成为一条现代路、幸福路，在构筑中国大西南通道的战略中，南昆铁路必将担当起主角的重任。

广西——

南昆铁路途径的县市大多是彝、布依、苗、壮等少数民族聚居的山区，这里集中了一批全国重点贫困县。在贵州境内采访时，我们为当地落后的生产方式感慨万千。贵州省册亨县巧马镇过去被锁在大山中，当地的少数民族还生活在刀耕火种，镇上过去仅有一家米线店，抽一支烟的工夫可以在镇上走三个来回。

投资123亿元的南昆铁路建设的全面开展，以及近二千公里施工便道的建成，已经并将极大的改进大西南贫困地区的交通状况，促进贫困地区的经济发展，为少数民族的脱贫致富带来希望，并将进一步促进西南地区的民族大团结。

铁路尚未铺通，但由于修通了施工便道，沿线已经发生了可喜的变化。山间铃响马帮来。如今，巧马镇上商店鳞次栉比，将近三十家，还有卡拉 OK 歌舞厅、旅店，每天有许多班次的长途汽车通过便道奔向山外的世界。

广西百色至南宁通车区间，沿线各族人民更是深受其惠。田阳县农民曾因交通不便，不得不将卖不掉的蕃茄成筐倒掉；现在货畅其流，田州镇仅种冬菜一项，农民人均年收入就增加了 900 多元。同时一批厂矿企业如平果铝厂、田阳西兰芒果食品有限公司等也都蒸蒸日上。当地群众将南昆铁路称作致富之路。

一条钢铁巨龙正满载着西南人民世代的希望，从云贵高原腾空而下，直奔北部湾的大海，奔向改革开放的新时代。

云南——

1990 年国务院正式批准南昆铁路建设工程上马。作为国家一级电气化铁路干线，南昆铁路东与湘桂、黎湛、南防铁路相接，西与成昆、贵昆铁路相连，并与广西的北海、防城、钦州港一起，形成一条连接东南沿海的重要通道，构成在西南出海的捷径，让西南与东南亚各国、与港澳台地区乃至世界紧密相联，这将对西南地区的经济发展起到举足轻重的作用。云南省省长和志强说："南昆铁路是西南人民梦寐以求的运输线。"

1993 年，为促进西南地区经济发展，国家确定了包括滇黔桂 4 省及粤西地区的西南和华南部分省区经济区。这是一个根据自然、地理、历史等客观条件形成的并考虑了资源配置、产业布局、民族分布等因素确立的有别于行政区划的经济区域。

《"九五"计划和 2010 年远景目标纲要》更突出强调了区域经济协调发展在逐步缩小地区发展差距，最终实现共同富裕，保持社会稳定方面的重要作用，强调了西南及华南部分省区经济区对外通道建设的意义。

南昆铁路正处在这一经济区的中心位置，是联系五省区的纽带。它可以将滇黔丰富的水利和煤炭资源输送到五岭以南缺乏动力资源的广西、海南和粤西地区，形成经济区内的优势互补。

贵州——

大西南是神奇的所在。苍苍八桂，郁郁黔中，云岭之南，充满了多民族的神奇的历史文化，土地丰饶而广袤。这片土地上，蕴藏着极丰富的资源；金沙江、澜沧江、红水河等江河水流湍急，可利用的水利资源占全国水利资源的一半以上。

矿产丰富的“川滇黔金三角”堪与东非大裂谷媲美。云南磷矿远景储量达二百亿吨，居全国首位：贵州六盘水地区煤山如海，已探明的储量达96%亿吨，远景储量达250亿吨；广西平果地区已探明的铝矿储量达2.2亿吨。

然而，由于地理环境的封闭，特别是滇黔二省地处云贵高原，高山深谷使西南地区与内地的联系受阻，导致社会与经济发展长期滞后。这是造成大西南经济发展步履蹒跚的一个重要原因。

大西南物资出海要靠远在数千里之外的连云港、上海、广州等港口，而与这些港口毗邻的华东、华南地区又正是我国经济高速发展的地区，对运力的要求日益增加，留给大西南的运力份额越来越少。

据预测，到2000年，仅云南磷矿，国家每年就需要650~950万吨，亚太地区对磷矿的需求每年也将达到1700万吨。然而西南现有铁路外运能力仅200多万吨，远不能满足国内外运力的需求，以致出现“以远定和”的奇怪现象，甚至贵州的煤要先用汽车运到广西的南丹后才能装上火车，使运费大增。

严峻的现实成为经济发展的迫切需要向大西南的铁路运输业提出挑战。在西南要实现区域经济迅速增长，实现跨跃式发展，就要打开山门，寻找自己的出海口，将资源优势化为商品优势。

大西南呼唤通向大海的钢铁大动脉。

难怪有关权威人士称："南昆铁路是振兴大西南经济的腾飞之路"。

下篇：南昆梦，梦想成真

这是一支英雄的筑路大军，他们在南昆铁路建设过程中表现出的忘我精神、奉献精神、奋斗精神将永载我国铁路建设的史册。让我们记住参建单位的名字：铁道部第二、第五、第十一、第十五、第十门、第十七、第十八、第二十工程局、隧道工程局和成都铁路局昆明工程总公司、柳州铁路局工程处。担任施工监理、质量监察的单位主要是铁道部科学研究院西南分院、石家庄铁道学院和长沙铁道学院。

1990 年 12 月 24 日，在南宁市郊金鸡村，南昆铁路东段正式破土动工。

1991 年 12 月 19 日 3 千面锣响彻石林，南昆铁路云南境内的西段工程正式开工。

1993 年 4 月，位于贵州境内的南昆铁路北段宣告开工。

西南各族人民的世纪之梦，正付诸实践，将要成为现实！

然而，铁路建设大军面临的是严峻的挑战：

南昆铁路从海拔 80 米的南宁，爬上 2000 多米高的云贵高原，期间有 8 次大的起伏。

沿线地质复杂，膨胀土、滑坡、岩堆、泥石流、软土及瓦斯等遍布，全线通过溶岩、膨胀岩（土）和强地震区分别达 200、400、220 公里。

由于山峦叠嶂，深谷纵横，全线要修隧道 252 座，总长 191 公里；桥梁 412 座，总长 63 公里。南昆铁路总长约占京九铁路的三分之一，可隧道长度却是京九铁路隧道的三倍多。

那一串串无言的数字犹如一道道屏障，挡在美妙的前景与严峻的现实之间：巨龙腾飞险阻重重！

东路的广西。南昆铁路以其重要的战略地位，以其艰巨而富于创新的魅力，引来铁道部十一路施工劲旅争雄夺冠。从右江河岸到黔山滇水，营房林立，机器轰鸣。

“一万年太久，只争朝夕”。1995 年 5 月，邹家华副总理要求南昆线提前一年于 1997 年建成。

南昆铁路原定工期为 8 年半，预计 1998 年建成，而全线正式开工是 1991 年 12 月，已损失工期一年多，实际总施工期只有六年。

时间太紧迫，怎么办？建设指挥部作出决策：三头并进，强攻北段，把握重点，突出长隧；一次部署，机动实施，分段铺道，确保工期。

一场三方齐头并进的大会战打响了！

在广西境内的南昆线工地上，紧接着展开攻势的是铁二局和隧道局的两支队伍。他们负责掘通位于田林县板桃乡境内的米花岭遂道。该隧道长达 9383 米，是国内最长的单线隧道。铁二局和隧道局科学组织施工，从隧道两头同时开掘。隧道掌子面上，用精良的机械设备进行全断面施工。炸药硝烟尚未散尽，立爪扒碴机已开始工作，只见它伸长臂，轻轻一扒，碎碴不断被输送到 14 立方米的梭式矿车上，源源运出洞外。

设备精良，人的精神更可嘉。

1992 年 12 月，当建设大军来到米花岭，只见野山无路，荒草茫茫。工人们用手工劈出二十多公里的盘山道，把机械运到施工地点。生活的艰难可想而知，自然灾害的侵袭更令人猝不及防，一场罕见的龙卷风加冰雹把施工现场袭成一片废墟……

可是，筑路铁军却迎着困难，顽强奋战，由人工开挖、无轨运输，逐步发展形成了开挖、喷锚、衬砌 3 条机械化作业线，工作进度突飞猛进。1994 年 8 月以来，米花岭隧道进出口连续 10 个月实现月成洞 400 米，1994 年 12 月，实现月成洞 769 米，创造了全国单线铁路隧道月成洞最高纪录。

到 1995 年 5 月止，米花岭隧道已完成成洞 7246 米，占总长的 77%，预计明年 6 月主体工程完工，9 月铺轨。

北头的贵州。这一段的拦路虎是“五毒”俱全的“死亡地层”家竹箐隧道。

家竹箐隧道位于贵州盘县石桥镇，全长 4975 米，是南昆线第二长隧，也是我国新线铁路建设的第一险洞。该隧道经过的地层，集溶洞、涌水、塌方、软弱围岩、瓦斯为一体，可谓“五毒”俱全的死亡地层。其中最危险的瓦斯地带，其压力、含量、涌出量甚称亚洲第一，世界罕见。

中铁五局以科学的施工，小心冀翼地向死亡地层迅速挺进。

但令人触目惊心的险情随时可能发生。一次打孔排放瓦斯，瓦斯因压太长，突然喷孔。瓦斯夹杂煤粉和水喷出 30 多米，在场工人被“顶”在隧道壁，全身喷得乌黑，出来后怎么也洗不干净。原来细小的煤粉已嵌入了皮肤。

若问他们怕不怕？他们会指着隧道内的各种报警和监控仪器，露出全身唯一白净的牙齿，笑着告诉你：有了这些，我们不怕。

正是靠着科学、智慧和勇敢，铁五局施工队，征服了死亡地层，安全通过了 23 层煤区，没有发生由瓦斯造成的事故。目前，施工队正继续向溶洞、涌水、软弱围岩开战，家竹箐隧道正迅速向前延伸。

贵州省境内的八渡至威舍 154 公里段路，是南昆线上最艰巨的工程，这里到处是高山悬崖，许多地段是无水、无电、无人、无路的“四无“地区。南昆建设指挥部，把中铁五、十一、十八局和隧道局调到这里，专打硬仗。被誉为“穿山劲旅”的中铁十八局职工，一到这里就进入了“无我”境界。他们在崇山峻岭间、悬崖峭壁上劈出便道，安营扎寨，以坚韧不拔的精神，争当艰难地段的开路先锋。1994 年秋天以来，他们已打通了好几个隧道，为南昆线中段全部工程顺利推进提供了保证。

三方齐头并进，南昆鏖战急。以机器作笔，以血汗为墨，挥洒满腔豪情，5 万筑路大军浓墨重彩绘南昆。南昆铁路，这条绘在蓝图上的巨龙，正日益栩栩如生，即将横空出世！

西面的云南。铁十一局四处的项目长赵永让率领他的铁哥们奋战在一千七百多米高的背锅底隧道。这里严重缺水，每人每天只能分到一碗饮用水，被人称为“今日上甘岭”。他们以顽强的毅力，组织 24 小时连续作战，提前一年于 1993 年 8 月 31 日贯通了背锅底隧道。同时，还创造了一个优质样板工程和优质观摩工程。

面对长 4767 米、溶洞、暗河密布的二排坡隧道，中铁十五局的好汉们强攻硬上，敢打敢拼，制住大塌方，降伏泥石流，施工进度屡创南昆线隧道施工新纪录。1994 年 10 月 6 日，二排坡隧道提前 86 天贯通。

华新寨隧道贯通！

仙人洞 2 号大桥竣工！

六路大军势如破竹，锐不可挡！

西线战事，捷报频频！

不到三年时间，蜿蜒于海拔二千多米高原上二百多公里的“龙尾”出现身影，开始摆动起来。

南昆设计的线路，从海拔八十多米的南宁，一直爬到海拔二千多米高的云贵高原，坡度之大且不说，其间还要越过千山万壑，穿过古称“夜郎国”的群山和三国时代孟获的故地，其艰险不言而喻。要在这样的地方修通铁路，在中国铁路建设史上少见。但是，国家批准的建设规划明确规定：南昆要建成国家一级干线，一次性电气化，单线适量最大的铁路。这任务多么艰巨和光荣。为优质、高效修建南昆，国家专门成立南昆铁路建设领导小组，由当时任国家计委副主任的叶青和铁道部部长李森茂担任正、副组长，小组成员有云南省、广西壮族自治区、贵州省领导和铁道部副部长孙永福。这样的领导阵容在中国铁路建设中没有先例。

关于修建南昆的人员和力量组成，邹家华副总理特别指示：要挑过硬的队伍和引进国外先进设备上南昆。1991年8月，南昆铁路建设指挥部在昆明成立，原成都铁路局党委书记刘德枢和曾担任著名的坦赞铁路建设副指挥长、铁三局局长沈德昌分别调任正副指挥长，参加指挥长班子行列的还有罗有志、陈仲兴、窦居和、朱传华等，都是从事铁路建设几十年的干将。在施工队伍招标过程中，铁道部投入所属是精锐的工程建设"部队"。赫赫有名的"引滦入津""老虎团"从华北不远千里挥师入滇，《激战无名川》的连队原型"英雄连"从北京日夜兼程把队伍开进云贵高原……从全国各地集结到南昆线上的分别相当部队师级单位的共有12支队伍，共5万多人。

1991年初秋，在中铁十一局动员会上，58岁的常务副局长易晓晴主动请缨："人生能有几回搏，就让这条路作为我一生的鉴定吧！"这位身经百战的老将很富挑战欲，越是重大的任务，他干起来觉得越有劲。局里同意他的请战，他立即领着队伍扎营到工地的最前沿。

驻扎在广西段的中铁二局，负责工程总长为276.8公里。该局曾经修过成渝、成昆、贵昆等有名的铁路。他们积几十年修铁路的经验，把精兵强将都投到了南昆线上，还从深圳、珠海等地，抽调本局好几个机械化施工队前来参战。整个南昆战役，是他们以最快的速度打响震撼云贵高原那绵延群山的第一炮。

成昆铁路所经过的地方地质状况被称为"地下博物馆"。南昆铁路更甚于它。除了常见的滑坡、泥石流、软土及瓦斯外，需要通过的溶岩、膨胀岩（土）和强地震区就分别达200、400、220公里。还需修建隧道252座，其中千米以上的55座；桥梁418座；桥隧长度占全路总长30%以上。要有克服这些艰难险阻，耗时耗物，更耗人的精神。

1994年10月12日，铁五局的工程需要突破一处深6米、瓦斯浓度很大的十八号煤层。没想到，装好炸药后，在起爆时搁下，会影响工期，要去查问题，随时都有被炸死的危险。怎么办？关键时刻，查线员出现在指挥长的面前，没有豪言壮语，也没有多少人知道他的名字，可他行动果敢、义无反顾，“我立即去把问题搞清楚。”人们的心都提到了胸口，可是，不多时，这位默默无闻的查线员在哑炮处传话说，“是隧道通风口的风门把电线挤断了，现已接好。”

“再次起炸！”

“轰”地一声，18 号煤层炸开，难关突破了。这是用生命换来的攻坚胜利啊！南昆建设工地，不知有多少次用生命危险换来一次次工程建设的辉煌！

在云南二排坡工地上，铁十五局二处处长刘世发正在指挥施工。突然，一份电报摆在他面前：父亲逝世，速回！怎么办呢？回去吧，工地施工正在紧张阶段；不回去，怎对得起自己的父亲。刘世发把自己关在一个角落里，同志们以为他病了，当问他时，他红着眼睛说：“没事，没事。”说完又带着大伙冲上工地干起来。3 天后，他的妻子打来电话，大伙才明白是怎么回事，局领导要他一定回去，他看着工期一天天迫近，只好让大儿子代他回家行孝……

位于广西、贵州交界有一座八渡南盘江大桥，桥长 530 米、高 105 米，被誉为“神州第一桥”，施工十分艰难，其中架设比桥面高出二十多米的缆索吊，场面最为惊险。

去年 8 月 21 日，南盘江江水汹涌。大桥指挥长兰远均站在东岩，宛如三军总司令，他用望远镜察看了渡江船队和铁塔上的“空军”后，发出渡江命令，7 艘机动船依次引索渡过滚滚江面。

只见修桥勇士们一边用双手拉着钢丝绳，一边扛着沉重的材料，一步一颤，向陡峭的昆台方向攀登。就靠他们这双手、这副肩，把主索、循环索等钢材送过江去。一些职工的手和肩被钢丝勒得血肉模糊，可他们一声不吭。经过几昼夜苦战，缆索吊顺利安装完毕，为抢建大桥赢得了时间。

在南昆线工地上，筑路大军那豪情勇气，不断创造着新的奇迹。1994 年 3 月,铁十八局五处以敢为人先的精神,在羊寨隧道进口创下了单口单工作业月，成洞 241.8 米的隧道施工纪录;该局三处不甘落后，创下单口独面全断面掘进 324.4 米的全国纪录。同年年底,铁二局二处和隧道局协同作战,强攻米花岭,创造月成洞 769 米的全国单线隧道新纪录。去年 9 月,铁五局一处创造了月成洞 2000 米的南昆铁路线施工生产新纪录。

到今年 5 月 15 日，按南昆铁路总工程量计，土石方完成 6137.5 万立方米,占技术设计量的 86.41%;桥梁开累完成 50280.5 米,占技术设计量的 77.69%;隧道开累完成 135890 成洞米,占技术设计量的 71.67%。目前,整条南昆线工程量已完成 2/3 以上,东西两头共已铺轨 278 公里。

位于贵州省盘县境内石桥镇的第二大关家竹箐隧道，全长 4990 米,是南昆线上第二长隧,也是我国新线铁路建设中的“一号险洞”。

家竹箐隧道经过的地层,集溶洞、涌水、塌方、软弱围岩、瓦斯为一体,可谓“五毒”俱全,人称“死亡地层”。其中,最危险的是瓦斯地带。隧道进口要穿过 1155 米长的深层煤区。该道层中的瓦斯具有压力大、含量高、涌出量多等特点。据勘察测试,试隧道煤尘伴随高瓦斯涌出的含量之高、压力之大,在亚洲铁路隧道建设过程中堪称第一,世界罕见。隧道施工中稍有疏忽,就会造成洞毁人亡。

隧道施工单位铁五局技术处罗处长向我们介绍了他们的危险经历。有一次,他们在 17 号煤层打孔排放瓦斯,由于瓦斯压力太大发生喷孔,瓦斯夹着煤粉和水一下子喷出三十多米远,在场的工人被喷得全身漆黑，出来后发现细小的煤尘已嵌入皮肤,怎么洗也洗不净。今年 3 月的一天,监测人员在隧道内工作时,排放孔突然发行喷孔,监测仪器压力表上的无缝钢管被冲断,其中一位工作人员被瓦斯带着煤粉喷推贴到隧道壁上，许久动弹不得。当领队清点人数时。隧道壁上一大块“黑煤”突然活动起来,接着露出一排洁白的牙齿,大伙儿才认出是一个人。

在工程局同志带领下,记者按施工要求,换上全棉工作服、安全帽,带上放粉,才能进入隧道采访。在南昆线上穿进那么多隧道,特殊武装这还是头一回。带队的同志介绍,如果穿化纤类衣服,往往摩擦产生静电火花,会点燃瓦斯带来灾祸。来到隧道深处,记者问一位正在施工的小伙子,在这样危险的环境中工作怕不怕?小伙子笑笑,指着隧道顶部和身边的各类仪器说:这些都是瓦斯报警器,许多设备上还装有自动断电装置,一旦洞内瓦斯超标,就会马上报警并停止工作。

当我们回到地面上,瓦斯监控站的监测人员通过电脑向记者示范了先进的监测方法,屏幕上不断跳动的数字,清楚地显示每个工作面的情况,一旦发现险情马上发出报警的鸣声,并自动切断电源,保证安全。

施工队伍靠着勇敢和智慧,征服了最危险的复杂地层——死亡地层。从 1996 年 1 月掘进遇到第一处煤层起,到现在已通过 23 层煤区,没有发生因瓦斯问题造成的事故。目前,施工队伍正继续向溶洞、涌水、软弱围岩险区开战,家竹箐隧道在迅速向前延伸。

南昆铁路东西北三方各有一座长大隧道,被称为南昆路的 3 座大门。

北段的家竹箐隧道全长 4990 米, 要斜穿黔西南煤海长度达 1155 米的 26 道煤层,其瓦斯浓度和压力在国内乃至亚洲隧道建设史上都无先例。这条隧道如打不通,南昆铁路北段将有可能被放弃。

承担此项任务的铁五局四处决心用科学攻克难关。总工程师白焕承亲自挂帅,与罗自品、唐权辉、姚振武 3 位高级工程师负责施工组织和安全质量。他们以自己丰富的知识和经验,周密安排,精心设计,还经常亲临现场指导。

工程师管健是隧道瓦斯监测中心主任,他每天将监测的瓦斯情况加以分析、记录。施工能否掘进,掘进到几米,全靠他提供的情况决定，不能有丝毫的大意。他上任伊始，就抓好队、处、局三级网络监督测体系，层层落实，配置先进的监测仪器，用先进手段管理；并举办技术学习班，对工人、干部进行瓦斯监测知识的培训。

他每天还要进洞现场监测，特别是在揭煤时更是寸步不离。1996年10月21日，18号煤层探孔发生喷煤，煤粉随着巨大的瓦斯气流像水柱一样喷出，连18毫米的铁管都被冲弯，管健一下子被煤粉流冲贴到洞壁，脸被击伤，多人被冲倒在地，每一分钟都充满了危险！但他们没有退缩，坚持观测，终于掌握了第一手资料。仅在18号煤层他们就取得了400个数据，为安全施工提供了切实的保证。

1996年5月13日，当铺轨机高高举起的轨排，从南昆铁路北大门盘县家竹箐隧道道威舍方，向洞口徐徐伸出时，鞭炮齐鸣，人们欢呼雀跃。庆祝这条有“天下第一险洞”之称的隧道终于建成。勇士们为南昆铁路按期完成赢得了时间，同时创造了在长大的高瓦斯隧道作业中未死一人的奇迹。

在贵州兴义市有一处鸡鸣闻三县的无人、无路、无水、无电的“四无地区”——马宝树。这里山高谷深，飞流湍急，风景绝佳。5月11日，笔者来到这里，但见南昆线最高的铁路桥清水河大桥凌空飞架，三座主跨即将合龙。

大桥从河底至桥顶面高达183米，是世界铁路桥梁高度之最，100米高的四号墩一柱擎天，比目前世界最高的德国洛母巴河桥主墩还高5米。

可以说，建设者们以超人的智慧和辛苦的汗水在浇铸着南昆铁路。大桥总工程师孟庆忠说：当年56岁的铁道部第二勘测设计院勘测队长陈玉华，带队随马帮进入这深山林莽中，为了到几十米远的河对岸测量，她攀岩爬藤摸索前进，足足用了一天时间，才绕到对岸。

为了跨越深谷，设计者决定打破常规，主梁采用大跨度悬灌梁。最大跨度达128米，这是我国铁路干线上跨度最大的桥梁。而它的基础开挖深达 54 米，也创下了世界纪录。

大桥悬灌梁不可能像预制梁一样整体铸成，而要采用轻菱形挂篮一段一段向前灌注，这就对钢筋连接提出更高要求，检查人员为了检查钢筋密度，须进入悬在百米高空中的挂篮内，随时有被扎伤的危险，钻人密如蛛网的钢筋中仔细查看，以确保悬灌梁承重力百年无虞。

1996 年 7 月 23 日，暴雨如注，雷电轰鸣，冰雹大如鸡蛋，连吊车钢索都被打断。雨一口气下了 15 个小时，冲垮了房屋，冲毁了公路。工人、技术人员、干部一齐上阵抢险修复，当地驻军也及时赶到，避免了可能发生的事故，使施工未受大的影响。

虽然大桥工期从 36 个月压缩到 17 个月，但从目前进展看，日前完工已成定局。

南昆会战仿佛一场战争，工地虽不是战场，却酷似战场。这里也有炮声隆隆，硝烟弥漫；这里也有生离死别，流血牺牲。为了西南人民一个世纪的出海梦，筑路大军正用热血和汗水描绘自己的人生座标，在十万大山间，在云贵高原上，矗立起一座座人生的雕塑。

1991 年初秋，在铁十一局动员会上，58 岁的常务副局长易晓晴主动请缨："人生能有几回搏，就让这条铁路作我人生的鉴定吧。"局里同意了他的请求，他立即领队扎营到工地的最前沿。

铁二局二处四队副队长任申键，住院 8 个月，胆切除 50%。一出院，他就到了南昆线。问他：工作环境艰苦，担不担心自己的身体。这位有 27 年党龄的老铁路豪迈一笑："怕啥？咱铁路工人不是一个胆小的孬种！"

担任铁十一局二处十一队队长的陆久炎新婚第二天，一纸电报从北国冰城把他调来了南昆。窗上红喜字犹在风中微颤，新娘的发香儿犹栖留在鼻端。转眼间，被衾冷了，眼睛热了，鼻子咸了又发酸……送他上车时，妻无言地啜泣。这无言的哀婉更令人柔肠寸断。她不让他走。有什么理由走呢？他也感到理由说不出口。

酒香正浓，红烛刚停，温暖的洞房才圆了第一个梦。他和她相恋3年，可相聚只有120个小时。此地一分别，劳燕各分飞，留给彼此的，只有漫长的思念。

为了建设南昆铁路，有多少筑路工人的妻子把月亮望圆了又望缺，有多少筑路好汉在信上写下他们内疚的、无法兑现的“谎言”。

在铁十八局负责施工的南昆工地上，有一位年仅25岁被誉为“高原红花”的女技术员。她叫袁淑华，一位毕业于石家庄铁路学院的高材生。带着美好的理想，小袁来到了南昆工地。刚开始，这位爱打扮的俏姑娘，习惯性地身着时髦的衣服，穿着高跟鞋到工地上班。工友们冷漠地躲开她，有的还意味深长地说：“姑娘，你压根不该到我们这儿来。”倔强的袁淑华把时髦衣服压在箱底，脱下高跟鞋，换上工作服、解放鞋，与工友们吃住在工地，摸爬滚打在现场。云贵高原冷硬的风把昔日的“白姑娘“吹成了“黑妞”。他的大学同学、在城里工作的男朋友赶来，望着一身水、一身泥的她，好半天不敢相认。男朋友又生气又心疼，当即帮她调回城里。她死活不肯，说：“我不走，我喜欢工程队。这里需要我，这里有我的事业！”男朋友一气之下走了，临走甩下一句话：“人各有志，淑华，我们分手吧。”望着男朋友远去的背影，袁淑华眼里含着泪，久久没说一句话。

郑亚荣，柳铁工程处机械化工程段第二工程队的党支部书记。1991年初。他上任不到两个月，便领着二队一百多号人马开赴南昆工地。如果按分工，作为党支部书记，他主要管党务。可他的“手”却伸得很长。

工地食堂是个老大难，前方工人吃不好，意见大。老郑一头扎进食堂，完善管理制度，挨个做食堂职工的思想工作，狠抓饭菜的花样品种变化，保证开水供应。前线职工露出了笑脸，干劲铆得更足。老郑也笑了，头上新添的白发随着爽朗的笑声，微微地颤动着。

队里工作多、任务重，郑亚荣主动请战，把6座涵洞的施工任务接了过来。施工时，他整天泡在工地，严格检查施工质量。一天傍晚，工人们已经下班，郑亚荣和一位工程技术人员还在一一检查施工过的涵洞，他俩发现砌好的1米多长的基础质量不合格。郑亚荣二话没说，把原来砌过的片石一一撬开，再用灰浆一块块砌好。当他们干完活回到工地，已是深夜11点钟了。在郑亚荣的严格要求下，他领导施工的6座涵洞质量良好，受到工程指挥部的表扬奖励。

认识郑亚荣的人都知道他干起活来活脱脱一个"拼命三郎"。1991年盛夏，骄阳似火，郑亚荣像往常一样，操起旧业当司机顶班，同工人一起，在烈日下抢工程。由于连续作业，他的颈椎疼痛难忍，虽然擦了不少药酒，但疼痛丝毫未减。他一急，索性拿起药酒往嘴里灌。这一下可不得了，结果是全身过敏，长满红斑，奇痒难忍有如百蚁钻心，不住地挠，挠得遍体是伤，一出汗就像涂上辣椒粉一样，那滋味只有他自己知道。在他的带领下，全队职工干劲倍增，出色地完成了施工任务。1991年，这个队成为南昆线上先进施工队。

风餐露宿，日晒雨淋的艰苦工作条件，没有动摇郑亚荣的心；低工资、低福利的待遇没有转移郑亚荣对南昆的一片深情。"建好南昆线，为家乡父老作贡献"已成了他坚定不移的信念，三队的职工们记不清郑亚荣为了工作误过多少次餐，只记得他手拿干粮充饥的情景；妻子和孩子已记不清有多少个节假日倚在门槛望眼欲穿，只记得1991年除夕郑亚荣踏进家门，四周已响起了辞旧迎新的鞭炮声，而家里还什么年货都没有办。

工作，工作，拼命工作！工作就像条无形的鞭子，驱赶着他在工地上不停地忙碌着，就如一台永不疲倦的机器。工人们都劝他："老郑，歇口气吧。"他总是露出疲惫的笑容："是啊，该歇口气啦！"

这一歇，郑亚荣就再没醒过来。

1991年2月21日，郑亚荣从工地直接回柳州段部办事。第3

天是星期日，他办完了事，准备返回工地，这时，他的颈椎病发作，家人把他送进医院后不到16小时，2月25日，郑亚荣终因积劳成疾，引起大面积心肌梗塞抢救无效去世，时年42岁。他清醒时说的最后一名话是“星期一我还要赶回工地。”郑亚荣走了，他的魂还牵挂着南昆。

魂兮魄兮系南昆，风兮雨兮铸忠诚！

南昆铁路工程极其艰巨，而且工期一再提前，且进展顺利，一个重要原因就是南昆铁路建设得到了沿线各族人民的全力支持。

铁17局局长兼党委书记丁原臣向记者讲述了一个动人的故事：今年3月，铺轨到云南罗平县，罗平举行庆祝盛典，这个仅有十七八万人口的县竟然来了六七万人。一位七十多岁的老人步行三十多公里来到会场，手摸轨排，泪眼模糊。

罗平县一位县委书记在白土山隧道工地参观后大发感慨：“如今人人都在想着下海发财的时候，想不到竟然还有这么多人在这样艰苦的条件下无私奉献。今后只要是工程需要，我们必须全力支持，谁也不许挡道。”

筑路大军所到之处，人民为干部、职工送去猪、鸡、羊慰劳。正是三省人民的鼎力支持，使南昆铁路向前快速延伸。

征地往往是基本建设中最棘手的问题，然而在南昆铁路却一帆风顺。位于昆明市郊呈贡县洛洋镇洛洋村的昆明南站，占地八百多亩，过去是一片果园、菜地，是农民的聚宝盆，但为了南昆铁路，仅用了3个月的时间就完成了征地任务。一位果农还特意将摘下的水果送到工地，慰问筑路工人。

隧道局南昆指挥部指挥长张长征深有感触，隧道局指挥部和工地都藏在大山深处，只有一条便道与外界相连。1993年，一场30年未遇的暴雨倾盆而下，汹涌的山洪冲毁了便道，工地断粮近半月，田林县领导闻讯，立即由县委书记和县长亲自带队，用马帮将粮食驮运到工地。一次龙卷风从天而降，把工地宿舍屋顶席卷而去，又是田林县政府送来毛毯；他们还主动派人养护道路。

在百色地区党委和政府、人民解放军、武警部队以及民兵预备役，每天从江河里打捞八百多立方米河沙，用汽车运到铁二局工地，用于铺轨，还有数10辆大小车辆往工地，运送水泥建材，支持铁路建设……

南昆铁路在实现我国区域经济发展战略中有着重要地位。它的建设受到了党和国家的高度重视。为确保这条大干线高效、优质、按期完成，国家成立了南昆铁路建设领导小组，从资金、物资等方面给予了充分保障。

南昆铁路建设的过程，是我国铁路建设者为推进中国铁路事业顽强奋战的历程，更是沿线各民族人民齐心协力、共筑大西南美好明天的壮伟征程，路地双方在这片土地上共奏的"同心曲"，将永远回荡在大西南的山山水水间，推动着大西南的开发开放，将一个经济发展、充满生机和活力的大西南带入二十一世纪。

南昆梦，梦想成真！

（写于1997年）

战士战铁甲

■ 运用手榴弹炸毁坚固的坦克，这在战争中是首创，在近代战史和战例中也是罕见的。

■ 这不是依靠先进武器的实力就能取胜的，真正的胜利是人民战士的智勇，是人民的力量！

“勇敢加智慧，炸敌‘铁乌龟’，英雄于德泉，战场显神威！”这是一首流传于解放战争时期东北民主联军的顺口溜，沿着这首顺口溜，我们仿佛被战火硝烟笼罩，被那铁甲撞击声、脚步声、冲杀声、金属爆炸的撕裂声环绕着。

如今，尽管硝烟已散，江山如壁，但我们依然从这首军中顺口溜里听到远去却又萦回的战争跫音……

1947 年的隆冬，在一个风雪交加的日子，闪现在人们眼前的是一幕惊心动魄的战争状景——

冰天雪地、寒风呼啸，枪炮声不断震响，一场遭遇战正在激烈地进行……

一辆国民党的日式坦克横冲直撞，疯狂扫射。正当敌坦克如入无人之境，忘乎所以之时，只见一名个头不高，机灵、勇敢的青年战士，迅速跃上了坦克背上。

“轰！轰！’两声响雷似的爆炸过后，这辆坦克像一个巨大的死乌龟瘫在地上不动弹了。这位勇炸坦克的战士，就是东北民主联军（东北野战军的前身）第六纵队四十六团首创用手榴弹、炸药包炸毁敌坦克、荣立特等功、被纵队授予“反坦克英雄”称号的于德泉。

走上革命之路

于德泉又名于伐子，绰号于虎子，1925 年 12 月出生于吉林省开鲁县城西扎里营子（现属内蒙古自治区）一个普通的农民家庭，兄妹三人，他排行老大。全家主要靠父母种田维持生活，家境十分贫苦。于德泉从小就很聪明、机灵。由于家里穷、弟妹小，又遇几个灾荒年，他只念书到小学就辍学，同父亲下地干农活了。当时东北在日伪统治下，家里兄弟多的就要抽人去当国兵。于是，于德泉就被迫当了伪满洲国的国兵。日伪时期的国兵等级观念严重，上级可以随意打骂下级，老兵也可任意侮辱新兵，挨打受骂是常事。

从小的贫苦生活和日伪的反动统治与压迫，使于德泉养成了吃苦耐劳和十分倔强的性格，并且时刻期盼得到解放。

1945 年 8 月 15 日，日本帝国主义投降，吉林省也得到解放。东北抗日民主联军总部派人到开鲁来接管，于德泉因此走上了革命的道路。1946 年 2 月，他被正式编入东北民主联军第三师七旅十九团（后改为第六纵队十六师四十六团）一营三连当战士。革命军队中上下一致、官兵一致的优良传统，同志间情同手足的友爱精神，不打人、不骂人的纪律与作风，使于德泉既感到温暖，又感到新鲜。经过部队"倒苦水"、"挖苦根"的诉苦教育，于德泉的阶级觉悟大大提高，认清了过去受苦、受压迫，完全是帝国主义、封建地主阶级和官僚买办资产阶级的反动统治造成的。在诉苦会上，他一面流着眼泪一面表示："一定要在打倒国民党蒋介石，解放全东北和全国人民的战斗中杀敌立功。"

此后，由于在战斗中英勇顽强，敢打敢拼，工作中不怕苦、不怕累，经组织的教育与培养，1946 年 2 月于德泉光荣地成为一名中国共产党党员。在入党宣誓时，他表示："为了实现共产主义伟大理想，不惜牺牲自己的一切。"

危急之时打头阵

1947年3月上旬，吉林省德惠战斗之后，东北民主联军第六纵队，奉命转移到松花江以北。国民党为了实现其独霸东北的野心，令增援德惠的新一军和第七十一军务两个师，共17个团，乘机从米沙子分路齐头北上，直抵松花江南岸。其先头部队，还过江侵占了东北革命根据地的五家站、五棵树等地。东北民主联军总部决定趁敌人深入分散、立足未稳之际，迅速歼灭这股敌人。于是，命令第六纵队配合兄弟部队向敌进行反击，开始了第三次下"江南"(松花江以南)作战。敌受到打击后，惊慌失措，全线后撤。根据总部指令，第六纵队在农安地区，配合兄弟部队追歼国民党军队第八十七、八十八师。

3月10日，部队刚到五家子，即与驻朝阳堡的国民党第一四九团一个营遭遇，双方立即投入战斗。

我雄武的大军，不顾敌人的先进武器扫射的阻挡，兵分各路攻击，向敌阵地步步逼近。

地处河畔的五家子村，约有百十户人家，村后是一个高坡。当时天气仍然很冷，河里的冰还未解冻，人和车可以在上面行走。四十六团的临时指挥所就设在村后面的高坡上，在指挥所附近，有二营机枪连和三营八连等单位。

战斗打响了，敌人首先用六〇追击炮向五家子前面的三营阵地进行轰击，敌步兵也疯狂地向前冲击。临时构筑的野战工事，很难抵抗住敌人强大的炮火和步兵的攻击，部队伤亡较大，三营被迫转移，敌人又用炮火进行追击，有的炮弹落到五家子附近爆炸了。

下午4时许，敌炮刚停止，马上以坦克为掩护开始向五家子阵地进攻。四辆日式坦克掩护步兵沿河"隆隆"狂叫着气势汹汹地向我方驶来。

东北民主联军在东北战场上已和国民党军队交过多次手，但基本上是和拿枪炮的敌人对战或肉搏战，而与驾驶坦克的敌人作战，还是第一次。由于部队的武器装备比较落后，没有打坦克的平射炮，也没有反坦克的火箭炮和四〇火箭筒，只有机枪、手榴弹和土制的炸药包。眼看敌人的坦克已经冲过来了，只有用手中现有的武器对付它了。团指挥所的吴纯仁副团长立即命令二营机枪连和八连对付敌坦克和步兵进行阻击。

这时，敌人的第一辆坦克距五家子阵地只有几百米远了，机枪连的冯亚洲指导员指挥全连5挺重机枪和一挺轻机、一步枪一齐向敌坦克和步兵开火。同时，在侧面的八连也对敌进行射击。顿时，机枪、步枪响成一片。

当我军集中火力轰击敌群敌坦克的一发发炮弹刚刚落地开花时，我英勇的战士们就纷纷如猛虎般跃出阵地，抢占有利地形一齐冲杀……

敌步兵开始还跟在坦克后面前进，但在机枪连和八连的阻击下，有的被击毙，有的就地隐蔽，只有三辆坦克仍在继续向前冲。由于坦克的甲板厚，子弹打不穿，打在上面“啾！啾！”直冒白烟和火星。

冯指导员见机枪、步枪都消灭不了坦克，就立即组织10多名干部战士向敌坦克扔手榴弹。顿时，一颗接一颗的手榴弹在敌坦克前后左右爆炸了；只见硝烟弥漫，冰屑、土石皆飞。然而敌坦克仍未炸毁，继续顽固地向五家子阵地进行疯狂扫射，我们有好几名战士中弹受伤。

团指挥所为减少部队伤亡，立即通知机炮连、八连迅速转移，命令一营火速前来阻击坦克。很快，一营副教导员朱江带着三连战士迅速赶上来。

“红二连怎么没有来？不是让他们来打坦克吗？”吴副团长见三连先到，就大声地问一营领导。

三连连长朱文清和指导员周范一听着急了。

“首长，二连还没到，这个任务就交给我们连吧！我们一定把这几辆坦克消灭掉！”三连连长不等副教导员回答，就跑到吴副团长面前请战。

“好！这个任务就交给你们连。”吴副团长见敌坦克越来越近，时间紧迫，便迅速作了决定。

三连连长马上跑步回到连队向全连大声喊道：“哪个有种的敢上去炸掉这些铁王八？”

大家马上低声议论开了。有的说：“要有打坦克的炮就好了！”有的说：“就靠手榴弹、炸药包啦？”

正当大家议论时，素有虎子性格的一班长于德泉虎里虎气“霍”地站起来，大声向连长报告：“我去！”接着副班长崔志山也要求参战。大家的眼光一下都集中到他们身上。

“你们懂得打坦克吗？”指导员想弄清他们有多大把握。

“我过去在伪国兵时曾受过打坦克的训练，对日式坦克比较熟悉，保证把它们干掉！”于德泉信心十足回答。

“好吧！马上准备，由你班负责，把这三辆坦克全部干净地消灭掉！”刘连长马上下达了命令。

奇迹：三枚手榴弹摧毁三辆敌坦克

敌人的三辆坦克列成纵队，每辆之间拉开有百多米的距离，顺着河堤向五家子阵地气势汹汹地开过来。把堤上厚厚的冰和土压成一个个履带形的坑。坦克的炮和机枪不断地向五家子阵地进行射击，打得冰块、土石四溅。

于德泉接受任务后，立即向全班交待了任务和方法，并把全班分为三个小组，分工负责对付这三辆坦克。

于德泉和崔志山是第一组，目标是第一辆坦克。他们趁着敌群混乱和敌坦克不注意之时，端起轻机枪猛冲猛扫，并抓起准备好的手榴弹，向敌坦克冲去。

在距坦克不远的地方他们停下来，一面观察一面商量打法。

“能把坦克的履带炸断，它就瘫了！”于德泉对崔志山说：“我们要靠近坦克的侧面投集束手榴弹（木头匣子里面装炸药，两头放手榴弹，匣子上钉一个木把，一拉手榴弹的弦就引爆炸药）！”于是，他们利用地形从村边向河堤靠近，刚从房屋后面绕过去，坦克炮就打过来了。只听见“轰隆！’一声响，身旁的民房被炸塌了一半，机枪子弹也“嗖！嗖！”地打到旁边的土墙上，土墙被炮弹炸坍塌了。于德泉从被炸塌的土墙的泥堆里爬出来，顺手从地上拾起两支冲锋枪轮着朝敌人背后横扫猛射，并迅速隐蔽到一个土坎下。

敌坦克在河堤上速度较快，视野较宽，要接近它不容易。他俩正在观察，突然发现坦克的速度放慢了，看来是要从河堤转下来，向五家子阵地冲过来。

河堤向村里有一条小路，两边还有土堆、土坑和矮树。

“坦克转弯必然会减速，路窄又不平，坦克行进时就会上下颠簸，会出现机枪射击的死角，这是靠近它的好时机。”于德泉把想法告诉崔志山，崔马上表示同意。于是他俩沿着民房的土墙低姿跃进，冒着枪弹跃进到坦克左侧的小路边。当坦克向下冲时，他们迅速掀起木把，把装炸药的匣子放到小路边。一拉弦，手榴弹“哧！哧！”直冒烟，他俩就地一滚，滚进右边的一个土坑里。“轰隆”一声，手榴弹和炸药包爆炸了，冒起了很大的一股浓烟，冰雪、泥土飞出好远，但由于坦克向下冲时速度太快，爆炸时它已冲过去了，没有炸毁履带。

敌坦克进村后，横冲直撞，机枪和炮不断向村里进行轰击、扫射。有的民房被撞塌了，墙被撞倒了，我们的官兵和群众的生命受到严重威胁。一名战士的腿被坦克履带压断了，鲜血把雪地染红了一大块；有两名妇女和儿童因躲避不及，被塌下的房顶和墙压死了。眼看着战友和群众不断倒在血泊中，于德泉急得直跺脚。他知道，如不迅速把敌坦克除掉，还会有更多的战士牺牲，还会有更多群众的生命财产受到损失。面对凶恶的敌坦克，他两眼怒视，双手握拳，恨不得一口把它吞掉！只见他一挥拳，斩钉截铁地说：“豁出我的命也要干掉这些狗东西！”透过弥漫的硝烟，只见他那敏捷顽强的身影，直朝敌坦克方向奔去。

“哪里危险，就到哪里去！”这是于德泉一贯的战斗作风。

这时，坦克由于村里的路弯弯曲曲，房屋多，四周地形复杂，有各种壕沟、水塘等障碍物，加上茂密的草木和芦苇形成天然屏障，视线受影响，行进速度更慢了。

于德泉和崔志山由于第一次没炸毁坦克，心里又气又急。见坦克是奔村后的方向去的，于德泉就对副班长说："看样子，坦克是奔村后团指挥所的方向去的，村后靠屋边有很多菜地、木棚和柴堆，我们就到那里去截住它！"崔志山说："好！我们从左面绕到那里去。"

他俩一溜小跑，插到了坦克的前面，蹲在一个较大的木棚左面，这里既隐蔽又可以观察坦克的动静。

他们刚蹲下，就听到隆隆的马达声从右边越来越近了。崔志山站起来向前走了几步，伸头一望，见坦克已经穿过几间房屋，眼看就快接近菜地和木棚了，连忙对于德泉说："狗东西来了！"

于德泉和崔志山紧跑两步，藏到围菜地的矮土墙后面，坦克向高坡去一定要经过土围墙旁边。矮土墙只有一米来高，他们怕暴露目标，就把棉大衣翻过来穿，白色的衣布和雪地一样的颜色，这样的伪装很容易迷惑敌人的眼睛。坦克一面向前冲一面用机枪向外射击，子弹打到矮土墙上扑！扑！直响，真可谓"子弹在低空飞舞，炮弹在身边爆炸"。他俩消灭坦克心切，不顾危险伏在菜地里，等着坦克从土墙外面经过时爬过去炸掉它。这时，坦克愈来愈近，20米、10米、5米、3米……只见于德泉和崔志山从土墙后面一跃而起，撑着矮土墙，腾地一跃，跳上了坦克。于德泉一把抓住了坦克后甲板上的一块突出的钢板，两脚在甲板上稳稳地站着了。崔志山由于没抓稳，被摔了下来。他从地上爬起来，猛跑几步，又追上坦克，于德泉伸手一拉，崔志山抓住手，两脚一蹬，也爬上了坦克。他们带的集束手榴弹已经用完了，怎么办？于德泉用手一摸，幸好腰里还有几颗手榴弹。

"从坦克炮塔口向里扔手榴弹！"于德泉一面说，一面用手抓住炮塔盖，身子一蹲，两手向上使劲一掀，正好盖子没插上闩，一下给掀开了。他俩迅速从腰里抽出手榴弹，用嘴咬开手榴弹的盖子，一齐投入坦克里面，同时他们稳稳地压坐在的甲板上。

“轰！轰！”几声震耳欲聋的爆炸过后，他们两人迅速跳下坦克就地滚到土坑里，只见敌坦克里面冒出了一团团浓烟，整个坦克猛地颤抖了几下就不动弹了。顷刻，火光冲天，烈焰滚滚，村头燃起烽火，天空一片通红……

“坦克被炸毁了！”阵地上的同志们欢呼了起来。

第二辆坦克看到前面一辆被炸，马上向村里的另一条路上开去。

这时，副排长王先穗和第二小组的同志，带着已经准备好的炸药包，从近道迅速接近了第二辆坦克。根据坦克行进的方向，迂回敌坦克侧面，提前将捆着木杆的炸药包放到坦克要经过的路上，拉火后，立即闪到旁边的房后面。只听见“轰隆！”一声巨响，敌坦克左侧闪出一片火光和浓烟，狠狠地掀动了一下，炮管向右一晃，左侧的履带哗啦啦一声响就炸断了。

第三辆坦克从堤上刚转弯到村子里，见前面的坦克被炸，连忙调头往回跑，企图逃走。“快追，不要让它逃跑了！”于德泉见敌坦克想溜，马上指挥第三小组迅速出击，他自己也飞快地追上去。

“为了新中国，冲啊！”“为了新中国，上啊！”

第三小组的同志从右边拼命冲向第三辆坦克，并绕到坦克前面路边的一个土坎后面，当坦克经过时，有个战士从土坎爬上了坦克的后甲板，揭开炮塔盖，将一个点燃了导火索，哧！哧！直冒烟的炸药包塞进了坦克里面，他自己还坐到炮塔盖上。一声巨响，这辆坦克也“报销”了。

于德泉和他的战友们凭着勇敢和机智，用手榴弹和炸药包消灭了敌三辆坦克，保证了这次战斗的胜利！当时部队流传着这样一顺口溜：“勇敢加智慧，炸敌‘铁乌龟’，英雄于德泉，战场显神威！”

运用手榴弹炸毁坚固的坦克，这在战争中是首创，在近代战史战例中也是罕见的，如今，这已是一个公开的谜。战争中是有很多谜的，谁曾料到，拿破仑当年会在滑铁卢溃败，正如十九世纪初法国伟大的作家雨果认为：“假使那天晚上不曾下雨，欧洲的局面早已改变了，多了几滴雨，或少了几滴雨，那对于拿破仑成了一种胜败存亡的关键。”据说，拿破仑的一切都建立在炮队上，那天下了雨，炮弹受潮扣不响，就改变了历史，而眼前坚硬的敌装甲，却抵挡不住我们人民战士的血肉之躯。

永葆英雄本色

1947 年 5 月后，于德泉继续参加了东北的夏季攻势和著名的辽沈战役，为了解放全中国，他又随部队入关，追歼敌人，先后参加了粤桂边战斗和解放海南岛的战斗。由于他作战勇敢，能吃苦耐劳，先后荣立战斗大功三次，小功四次，艰苦奋斗小功二次。

新中国成立后，人民解放军逐渐转入和平环境。为了提高官兵文化水平，部队普遍开展了文化学习。于德泉被送去文化学习班，由于他成绩优秀，荣立学习三等功一次。

1955 年，部队实行军衔制度，于德泉此前先后任排长、政治指导员、公安预校主任教员，后提升为政治教导员，被授予大尉军衔，并荣获三级解放勋章一枚。

1966 年以后，于德泉先后任广西大学武装部部长、南宁市武装部副部长、南宁警备区副参谋长等职。在工作中认真贯彻落实民兵工作“三落实”的指示，大力开展城市民兵工作，取得显著成绩。

1977 年，他当选为广西壮族自治区第四届人民代表大会代表。

1981 年，他离开领导工作岗位退休，定为副师职（1986 年改为离休）。

1988 年，他荣获解放功勋荣誉章一枚。

于德泉同志离休后，仍然关心国家大事、关心党和部队的建设，经常给部队和青年学生作传统报告，讲战斗故事，为社会主义建设事业和精神文明建设，做出了应有的贡献。

（写于 1996 年）

东盟之窗南宁

■ 南宁这座古老而又年轻的都市，自古就是中国南方的边陲重镇和著名商埠，有着特殊的战略地位和厚实的文化底蕴。

■ 具有亚热带风光和沿海开放特色的首府城市南宁，是“南贵昆”经济区及环北部湾重要经济中心城市，是中国进军“东盟”的窗口。

我和一座城市一同成长，这座城市就是中国大陆南部的南宁。

初识南宁，是在20年前，年少的我随兄长到南宁求学，多年后，作为一名17岁的小青年，我应征入伍来到南疆一座边陲兵营。从此，我便游历和辗转于这座城市与边关之间，度过我艰苦而难忘的青春期……而今，我工作生活在这座城市里，感受着她的变迁，目睹着她的发展。南宁，我的成长之城，我的眷恋之城……

历史之城

作为军人，每到一地，我都会用一种战争的视角与战略的眼光注视和思考那个地方。对于南宁，我同样以这样的一种目光搜寻着它的历史与地理。

这是一座青翠如画、风光旖旎的中国绿城，这是一座秀美如诗、充满情韵的壮乡歌城，这是一座民风朴实、风情万种的南疆边城，这是一座历史悠久、源远流长的文化古城。

南宁自古就是中国南方的边陲重镇和著名商埠，有着特殊的战略地位和厚实的文化底蕴。南宁古属百越之地，公元前214年，秦始皇统一岭南地区后，设桂林、象、南海三郡，南宁属桂林郡；汉朝汉高帝元年至元鼎元年（公元前206年—公元前116年）为南越国地，元鼎六年（公元前111年）属郁林郡领方县地。三国时，属吴国辖地，归广州郁林郡临浦县地，一直延续到西晋。东晋大兴元年（公元318年），置晋兴郡，南宁为郡治所在地，这是南宁建制的开始，至今已有1693年的历史。唐朝实行州县制，贞观八年（公元634年），南晋州更名为邕州，这是南宁简称"邕"的由来；唐咸通三年（公元862年），岭南道分东、西两道，邕州为岭南西道（相当于现省级）治所，从此，南宁成为南方重镇。隋开皇十八年，改晋兴县为宣化县，治所在宣化城（今南宁）。唐武德四年（621年），以宣化县地设南晋州，领宣化一县。武德五年（622年），宣化县分为宣化、武缘、朗宁、晋兴、横山五县，隶属南晋州。贞观六年（632年），南晋州改称邕州，为邕州都督府，这是南宁简称"邕"之始。

"邕"字来自唐《元和郡县志》"因州西南邕溪水为名"的记述。天宝元年（742年）改邕州为郎宁郡，乾元元年（758年）复为邕州，撤销朗宁郡建制，由州领县。咸通三年（862年），邕州属岭南西道，治所在宣化县，至此南宁相当于今省级政权建置开始。

元朝至元十六年（1279年），改邕州为邕州路，辖宣化县、武缘县，置邕州路总管府，兼左右两江溪峒镇抚。至元二十八年（1291年），上思州黄胜许、岑世兴起兵抗元，给元朝统治者以沉重打击。至治二年（1322年），英宗派特使招谕，逼使黄胜许、岑世兴归顺。泰定元年（1324年）六月，黄、岑遣子弟朝贡，归顺元朝。为庆南疆绥服，元朝统治者于同年9月将邕州路改称南宁路，即：南疆安宁之意，隶属湖广行中书省。宣化县隶属南宁路，南宁由此而得名。

明洪武元年（1368年）废南宁路，置南宁府，宣化县隶属南宁府，治所在今南宁城。清朝承袭明朝建置，清朝初叶，实行省、府

(厅)、州(直隶州)、县四级区划制。南宁府隶属广西省，为府治所，宣化县隶属南宁府。府县治所均在今南宁城。

民国元年(1912 年)七月，废宣化县并南宁府。同年 10 月，广西军政府从桂林迁来南宁，南宁成为广西省会。民国二年六月，废府留县，南宁府改为南宁县，治所南宁。民国三年六月，为避云南省的南宁县同名而改名邕宁县，为今邕宁县得名之始。民国二十五年，广西省会从南宁迁回桂林。民国三十八年十月，广西省会再次从桂林迁至南宁。

南宁自 1949 年 12 月 4 日解放时建制为省辖市，1950 年成为广西省会，1958 年 3 月 5 日广西壮族自治区成立，南宁成为自治区首府。全市总面积 22627 平方公里，居中国西部省会城市第二位。

英雄之城

南宁，古今兵家必争之地。

北接桂柳，东连玉梧，南近大海，西邻越南，人口稠密，物产丰富，南宁是全国最靠近国境线的省会城市，桂西南的战略要地，中国南部边疆的大门之一。因此，南宁自古以来是兵家必争之地，历史上曾多次发生战事。唐朝有梁大海、黄少卿起事及南诏两次攻掠；宋朝有狄青战败侬智高和苏缄抗击大越军入侵的两次大战。清初有明桂王朱由榔部属争夺南宁和吴三桂叛清的战事；抗法将领刘永福的“黑旗军”大败法军；清末有堂会和会党两次大的起义；民国时期，发生的新旧桂军纷争和新桂军抗击滇军两次战争；更有名震中外的昆仑关大战；解放初期，有肃清残敌和剿灭土匪的作战……

南宁自古就是桂西南的军事指挥中心，在东汉时，就在今良庆区那陈乡境内派兵戍守，并为主将驻地。唐代设邕管经略使，为岭南五管之一，后升为节度使。宋代设节度使、都巡检使、都监、将等官署。元代设左右两江都元帅分府、两江溪峒镇抚。明代设南宁卫所和武缘千户所。清代设有广西提督军务总兵官和左江镇镇守总兵官署。中法战争时，南宁是支援前线的后方供应基地；战后成为保卫边疆的纵深依托。民国初期设广西都督、督军府，陆荣廷以南宁为基地，控制广西，兼及广东。1925 年，李宗仁、黄绍竑、白崇禧以南宁为依托，统一了广西。援越抗法和援越抗美时，大批军需物资经此运往越南。二十世纪七十年代末，广州部队前进指挥所进驻南宁，指挥东线部队进行自卫还击作战。为加强边海防工作，解放军各部队的军事机关驻扎南宁。

解放后，南宁驻有广西最高军事机关。如今，我在广西军区司令部从事史志的编纂与研究工作，有幸与南宁的历史有了零距离的亲密接触。

初夏的一天傍晚，我和全军军事志专家、广西军事史志知名人士谭开先老先生泛舟南宁的邕江。提起南宁这英雄城时，谭老感慨地说："一千多年来，南宁这座历史悠久、源远流长的古城，曾上演过很多幕刀光剑影、硝烟弥漫、惊心动魄、可歌可泣的史诗剧。"

伫立在邕江河堤上凝望着江面，谭老的话音就象江水的潺潺流声向我述说着这座古城久远的历史——

从前，南宁有座城隍庙，在今天的兴宁西街口红星剧场，就是为纪念邕州知州苏缄而建的。宋朝熙宁初年，交趾国侵略军主帅李常杰率领十万水师和陆军合围南宁，邕州知州苏缄和守城的官兵二千八百人英勇抗敌。敌人围困数月之后，终于攻破城门，宋兵伤亡不计其数，顷刻之间古城血流成河，苏缄孤军无援，寡不敌众，最后他率领全家三十六人纵火自焚，壮烈殉国。全城百姓宁死不屈，敌人大杀三天，血洗南宁城。后来宋神宗闻奏，派重兵反击，于次年春收复南宁。"邕人立庙以祀，赐额怀忠，盖特典也"。这段历史，有明朝苏浚撰写的"重建怀忠苏公祠碑"，碑文写得如血如泣，血染的江水书写出南宁这座"英雄城"悲壮的一页。

小船顺流而下，夜幕渐渐降临了，邕江两岸万家灯火，江面正倒映着一座座巍峨的大桥，我们来到多姿多彩的白沙大桥下。

“这里就是从前的洋关码头，”谭老指着岸边向我介绍。1927年，年仅25岁的中共中央秘书长邓小平，肩负党中央的重托，化名邓斌，从上海经香港、梧州来南宁，就是乘小客轮在洋关码头上岸的。二十世纪三十年代的中国风云突变，军阀重开战。中共中央利用这有利的时机，先后从中央和广东省委派出邓小平、贺昌、张云逸、陈豪人等一批干部，通过各种渠道进入南宁，与原先参加广州起义，后被派回广西工作的雷经天、俞作豫等同志一起开展革命斗争，由中共中央代表邓小平负责统一领导。随后，1929年10月17日，夜幕降临的时候，邓小平亲自领导的南宁兵变震撼了全国。翌日清晨，大批枪械弹药等军用物资和起义部队从洋关码头乘火轮逆流而上，挺进左右江地区，从而打响了震惊中外的龙州起义和百色起义，揭开中国革命斗争史上壮丽的一页，南宁在血与火中诞生的共和国作出不可磨灭的丰功伟绩。南宁，在青年邓小平的演绎下，表现出了何等惊天动地的英雄气概！南宁，完全可以说是一座不屈的英雄城！

小船离开岸边继续顺流而下，进入邕宁的境地，江风吹拂着谭老满头的白发，他发出内心感叹说：南宁是英雄城，还有浓墨重彩一笔，那就是人人皆知的血战昆仑关。1939年冬，日寇精锐的第五师团由北海登陆，入侵桂南，连蹈钦防、南宁。中国军队杜聿明将军率领的陆军第三十八集团军第五军，日夜兼程赶回广西，前锋二〇〇师六〇〇团，在南宁近郊和日寇血战三日。而日寇占领昆仑关要隘和外围据点扼险布防。经过艰苦卓绝的激战，陆军第五军攻破敌人号称固若金汤的防线，最后攻克了昆仑关。这场血战之惨烈，正如国民党将领杜聿明撰写的《陆军第五军昆仑关阵亡将士纪念亭碑文》中：当其猛烈争夺之际，敌则配合空军强行增援，负隅顽抗，无懈可击。我则万众一心，前仆后继，不辞攀跻之艰，不畏壁垒之固，战火交织于山谷，血肉横飞于林麓。攻战之苦，牺牲之烈，殆兴军以来所罕见，而攻坚克险，实开抗战之先河。昆仑关战役中，中国军队有三千四百多将士阵亡。日寇方面第五师团一旅团以上被歼，同时击溃日寇增援第二十师团，日寇将领中村正雄被击毙。半个多世纪过去了，昆仑关山上的阵亡将士的纪念塔，依然向世人昭示着："呜呼！壮志往矣，丛葬山河，战绩长存，永垂不朽。"

战争和革命，造就了一批南宁籍军事人才和革命将领。太平军的求王林凤祥、请王李开芳籍属武鸣。清朝末年，邕宁二塘的王和顺联络会党曾风云一时；武鸣宁武的陆荣廷控制两广并主桂10年。新桂军入驻南宁后，带出一批领兵将校。左右江起义造就了莫文骅、卢绍武等革命将领。这些英雄使南宁这座城市熠熠生辉。

此刻，我从不夜城霓虹灯的闪烁中，看到这座美丽的英雄城市正大踏步地向国际大都市迈进，同时感受到它深厚的文化底蕴中，喷薄而出的是一股不屈的英雄气息；烈士纪念碑下无数革命先烈，为南宁的解放而壮烈牺牲，他们就像邕江两岸一株株挺拔的木棉树，绽放出如血如火的花朵，彩霞般地燃烧着。

诗人郭沫若说："木棉树是英雄树！"而南宁城，不就是一座永远的英雄城么？

民族之城

常听外地人说，南宁人有包容之心，不排外。尽管南宁主要以壮族为主体的城市，但她却历来有热情、善良的胸怀接纳人，与各民族合睦、融洽相处。难怪历朝历代的统治者对广西、对南宁一直都是很"放心"。

这里居住着壮、汉、瑶、苗、侗、回、满、仫佬等35个民族，其中壮族人口占全市人口的一半以上。壮族是世代居住的本地土著民族，春秋战国至秦汉时期，属百越族群的分支——骆越；西汉以后，史称"乌浒"、"俚"、"僚"、"浪"；南宋以后，自称"布侬"、"布僮"等；1949年12月南宁解放后，称为"僮族"。1965年遵照国务院总理周恩来的倡议，改为“壮族”。汉族是秦汉以来陆续迁入的，回族是元朝以后迁入的，苗、瑶族大多为清代以后迁入，其余民族多为解放后陆续迁入。

可以说，一部南宁社会发展史，就是一部民族融合史。南宁作为一座移民城市，具有极强的开放性、兼容性和吸纳性的特点。

南宁古属岭南地区、百越之地。先秦时，汉人开始迁入。南宁壮族先民被汉文献记录为骆越。始皇帝二十三年（前 214 年），秦统一岭南地区，从此，南宁纳入祖国的版图，接受中央封建王朝的统治。秦始皇谪戍移民于岭南，“与越杂处”，当时，留守岭南的秦军约 15 万人。此外，还迁徙中原之民来岭南与越杂处，“秦徙中县之民于南方之郡，使与百越杂处。”这是秦朝时大量的汉（秦）人迁入南宁与当地土著融合的时期。

始皇帝三十七年（前 210 年），秦始皇崩于沙丘，天下纷乱。南海郡龙州县令赵陀乘机拥兵割据岭南，建立南越王国，自立为南越王，统治岭南九十多年之久，至汉元鼎元年（前 111 年），才被汉武帝平定，此时，南宁一直属于南越王国辖地。赵陀一方面陆续推行秦的郡县制，推广先进的中原封建文化；另一方面，采取“和揖百越”的民族政策，首创“以夷制夷”的策略，尤其是鼓励汉越通婚。经济上，发展农业生产，鼓励使用畜力和金属耕具进行生产，牛耕、灌溉、肥料施用等中原的先进生产技术得到推广，出现了空前民族大融合的局面。

东汉至唐，汉人移居南宁因战事。东汉时，马援南征交趾，在建武二十年（44 年）回师南宁，留部将黄万定和中原九姓移民驻休峒，“教民灌溉，凿渠利民。”东晋大兴元（318 年），晋王朝析郁林郡在今南宁增置晋兴郡，置晋兴县，今南宁开始成为晋兴郡、县灼治所。主要文武官吏，由中央王朝直接委派汉人充任，随之而来的是其眷属和戍卫的军队将士。南北朝时期，中原兵祸迭起，社会动乱不安，岭南则战事较少；社会安定，大批中原人民为避乱纷纷举家南迁，其中有一部分辗转入居南宁。唐代中期广西西南部先后爆发了黄乾曜、黄祟郁、黄少卿等领导酌农民起义，唐王朝调集大军征剿。战事平息后，留下部分军队戍守邕州城，有的便落籍于此。

宋皇祐四年(1052年)五月，侬智高率兵攻占邕州城，杀知州陈珙等千余人，建大南国，自称仁惠皇帝，改元启历，封官拜爵。宋王朝派狄青率大军前来征剿侬智高后，留军戍守，驻扎在南郊一带，实行屯田。宋军将士久戍邕城，与当地壮民通婚，在此安家落户，解甲为民。赵宋后亭子、白沙、上尧、老口、坪南(后改为平南)一带的村落，是当地留守将士的后裔建立的；也有的从山东白马苑(今河南滑县)迁来，至今已有76代。宋熙宁年间，交趾李朝派兵攻占邕州，宋王朝任命陆逵、赵离为正、副招讨使，率领10万大军南征，击溃交趾侵略军，收复邕州后，又留下一批军队戍守，以加强邕州的防务，其中有一部分将士落籍南宁。所以说，宋时，落籍南宁的多为军队将士。

明清时期，迁居南宁的汉族人继续增加，其中有各级汉籍官吏及其眷属和南征留戍的军队、来邕经商、打工或逃难者，也有一些是被强迁而来。“凡城乡市镇、山颠水涯，悉为汉为蕃殖之地”。如今南宁市下廊街、临江街的居民，多为明代官吏的后裔。此时，先后也有一些回民从河北、山东、河南、等地移居南宁，或为官为吏，或为将为兵，或为商为贩。元明时期，瑶族先后从广西北部或中部以及其他地区迁来南宁。清代，苗族陆续迁来南宁。

鸦片战争以后，随着南宁商埠的开辟，广东及邻近地区的汉族纷纷进入南宁经商和务工，各地商旅云集。民国十四年(1925年)后，新桂系执掌广西，社会较为安定，大批来自广东、罗定、高州等地的商贩、无业游民以及桂东南地区的手工业者，纷纷进入南宁，或开铺经商，或帮人打短工、做零工度日，或从事手工业加工，并逐渐落籍南宁。现在讲白话的南宁汉族人，其祖先多从广东迁来。据统计，目前南宁市总人口为634.4万，居中国西部省会城市第三位，市区人口140万，壮族人口占总人口的63.40%。

绿色之城

“无处不飞花，无处不显绿”是外地人对南宁的印象，也是南宁人对这座充满活力的期望！南宁市森林覆盖区绿地率、绿化覆盖率和人均公共绿地面积分别达到39.91%、33.02%、39.58平方米，基本形成了大、中、小相结合，点、线、面相结合，市区与村镇相结合，城一体化的绿化体系。“城在绿中，绿在城中，终年常绿，四季花开，山、河、湖、溪与花交相辉映，绿化、美化、彩化、果化带风光融为一体”的城市生态景观，赢得了“半城绿树半城楼”的“中国绿城”的美誉。

“绿城美，壮乡情，南国风”。南宁地处北回归线以南，受海洋气候调节，属亚热带季风气候区，阳光充足，雨量充沛，霜少无雪，气候温和。南宁一年四季绿阴如盖，繁花似锦，草经冬而不枯，花非春而常放，青草一地凝碧，绿树满街婆娑，被中外游客誉为“中国绿城”。绿在城中，城在绿中，山、河、湖、溪与绿树、鲜花交相辉映，绿化、美化、亮化、彩化与亚热带风光融为一体。市区色彩斑斓的建筑、拔地而起的楼宇，掩映在果树、花丛之中，形成“半城绿树半城楼”的亚热带园林城市风貌。绿在南宁扩展，美在南宁延伸。南宁市区现有十多座森林公园、自然风景区和上百处游园绿地，绿化覆盖面积达3666公顷，绿化覆盖率近40%，人均绿地面积9.53平方米。被誉为“城市的肺”的青秀山森林公园，素以“山不高而秀，水不深而清”著称，占地面积达22平方公里。

在南宁，“绿色”不仅仅是街边的树荫、广场的草坪、景区的山林，还是每年市民栽下的那抹绿，是每个庭院透出的那抹绿，是牵动人心的土家古榕那抹绿。因此，在南宁人眼里，“绿城”的概念不仅仅是青山环城、碧水绕城、绿树融城，更是人类、自然、城市的相互和谐之城。

由于南宁地处亚热带，南方特有的温暖和潮湿，充足的阳光和雨量，给它一种先天的色泽，那就是绿，随之而来的是云团锦簇般的花，以及大街小巷挂满枝头的果。物产资源丰富，盛产水稻、玉米、甘蔗、木薯、豆类、八角等农副产品和香蕉、菠萝、芒果、荔枝、龙眼等四十多种亚热带水果，一年四季瓜果飘香。1991年以来，南宁先后荣获"国家园林城市"、"中国优秀旅游城市"、"联合国(迪拜)改善居住环境良好范例奖"和"中国人居环境奖"等多项殊荣。

南宁地处我国华南、西南和东南亚经济圈的结合部，是我国5个少数民族自治区中惟一具有亚热带风光和沿海开放特色的首府城市，是"南贵昆"经济区及环北部湾沿岸的重要经济中心城市，是中国联系"东盟"的窗口。凭借面向东南亚，背靠大西南，毗邻粤、琼、港、澳的区位优势，南宁对广西沿海城市发挥中心城市的依托作用，对华南、西南地区发挥枢纽城市的连接作用，对东南亚各国发挥中国前沿城市的开放作用。

繁花似锦的南宁用绿色告诉世界：南宁，因绿而美；南宁，因美而绿！

民歌之城

"山歌年年唱春光"，说到南宁，不能不提到"民歌圣地"。魅力四射的南宁用歌声告诉世界，这里是天下民歌眷恋的地方。

壮族人民能歌善舞，"三月三"歌节更是他们传统的节日。从唐代开始，刘三姐的故事就广泛流传，山歌人人会唱，深入到社会生活的各个方面，青年相恋、节日喜庆、祈神求雨、婚丧嫁娶、时令变化、讲述故事、阐明观点等均能触景生情、以歌代言。因此，每年的这个时候，壮乡处处成民歌的海洋。盛装打扮的人们向歌圩涌去，他们带着节前做好的五色糯米饭和彩蛋，先去祭祀歌仙刘三姐的神像，祈求她赐予歌才。刘三姐是壮族人心目中美与爱、智慧与才能的化身，歌圩就是为纪念刘三姐而建的。

人们敬过刘三姐后，便争相亮出歌喉相对而唱，歌声此起彼落。打擂台式的对歌是最有趣的了，应对双方或单对单、或组对组，歌词往往都是脱口而出，即兴“爆肚”，以难倒对方为胜，不乏有戏谑诙谐之词，逗得听众哄堂大笑。这“三月三”歌圩或歌节，也是壮族青年的“情人节”，传情择偶的对歌便在歌圩的一角展开。通常先是小伙子唱“游览歌”观察对手，遇到合适对象，就唱起见面歌、邀请歌，女方如果有意，便以歌回应，彼此有了倾慕之心，就唱爱慕歌。若姑娘觉得小伙子的人才、歌才都合意，就会悄悄将自己精心绣制的绣球赠给意中人。

1993年，广西将“三月三”作为广西文化艺术节和国际民歌节，每年举行，第届都有大量的中外游客前来观光助兴。这几年，南宁在举办民歌节的内容和形式上做了有益的尝试，打响了自己的品牌，在国内众多的大型节庆活动中脱颖而出，反响强烈。它让人们想起了久违的刘三姐，自然地把民歌——民族——南宁联系在一起，在心目中日益清晰地形成了一个“民歌嘹亮的绿城”的形象，这就使南宁的知名度得到很大的提升。连续几年成功地举办南宁国际民歌节，让世界重新发现南宁，也让南宁重新认识世界。因为，一个民族发明创造的延续程度，跟这个民族与外界交往的程度密不可分。民歌艺术节不仅仅促进了南宁与世界文化、艺术的交流，更重要的是提供了一个对外经济交往的窗口、舞台。一年一度的南宁国际民歌节与东盟博览会，这个具有全国一流水平，集文化、经贸、旅游为一体的国际型活动，让南宁以大开发、大开放的姿态成为世界各国投资的热土。南宁也因民歌艺术节与东盟博览会这对酷似一对“孪生兄妹”而散发着无穷的城市魅力。每年11月，金秋的南宁成了“歌如海，花如潮”的欢乐海洋和民族盛会。

南宁，这座古老的南国名城，踏着歌声迈向现代化、国际化的年轻城市，伴随着每年举办的中国——东盟博览会的亚热带之风，走出广西，走向大海，走向世界！

（写于2010年）

百岁“画鱼王”

■ 罗鼎华作为新中国第一代画家，参加过建国10周年全国美术作品展，其代表作《金鱼》与齐白石、徐悲鸿的画作一同入选大型画册《十年中国绘画选集》。

■ 画鱼不仅是罗鼎华的人生观察，也是他的思想感悟，更是他的智慧表达。他用超越美术创作的灵感体味人生，由此大自然也变得有滋有味。

我对鱼的认识，经历了三个人生的感悟。孩提时，每逢过年，家家户户都要蒸一条鱼，叫“年年有余”；念书后，读到泰戈尔诗中鱼与飞鸟的距离；而今，我对鱼有了另一种新的认识与诠释，那就是欣赏到一个画家笔下的鱼。

一个人能与一名百岁画家相识，他的人生应该幸运；一个人能与一名百岁画家相知，他的人生一定充满艺术色彩；一个人能与一名百岁画家相交，他的人生肯定不会孤独。

大凡成就大事者，一生只专注一件事。我有幸遇上了这样一位百岁高寿的老画家——中国美术家协会会员、广西美术家协会理事、中山诗书画印社副社长、广西石涛艺术学会名誉理事，曾任广西壮族自治区政协常委、自治区文史研究馆馆员，著名画家、人称中国“鲤鱼王”的罗鼎华老先生，他就是一生都在画鱼的人。

湘西白石虾　八桂鼎华鱼

在认识罗鼎华之前，可以说，我对于美术，对于画，几乎一无所知。虽然经常与一些画家朋友交往，但从不敢问及美术创作方面的话题。然而，对艺术的审美观与对艺术的感悟与感觉皆无国界、性别、年龄与文化之分的。

我见到罗老先生，是在绿城南宁，在风景如画、四季如春的南湖边一家极有名声的鳄鱼山庄。听朋友说，罗老是这家山庄的常客，也就是说这家山庄是罗老晚年生活与创作的基地。我当时在想，为什么罗老对这家山庄情有独钟呢？当我走进这家山庄时，方恍然大悟：原来这是一家以收藏各地名家书画的山庄。尽管是一家酒楼，但无处不彰显其浓厚的艺术氛围。更令我豁然开朗的是，我明白了罗老为什么喜欢这家山庄，皆因这家酒楼的名字：鳄鱼山庄。因为罗老这一生都是在画鱼、写鱼，与鱼交流，与鱼生活。罗老与鱼的关系，就像鱼与水的关系，谁都离不开谁了。不知道是鱼离不开水呢，还是水不能没有鱼。两者皆然罢！

一生中都在画鱼的人自然喜欢带有鱼的山庄。

当然以鱼命名的山庄珍藏画鱼的作品亦不足为奇。

我看到的上百幅罗老先生的画作，都是他不同时期的代表作。我喜欢他国画的绚丽色彩，用墨精细，富贵气派，以及弥漫其间的浪漫主义气韵和浓郁的民族传统艺术的韵律。

纸上人间烟火，笔底四海风云；千读始得其神，万读始得其味。从罗老先生的画中，我寻觅到他的人生足迹。上个世纪初年，罗鼎华出生在大明山下的广西上林县塘红乡。抗战时期，三十而立的罗鼎华毕业于桂林美术专科学校国画系，同时在周千秋主办的“岭南画苑桂林分苑”专研翎毛、虫鱼。毕业后，罗鼎华开始从事美术教育和国画创作。他擅山水、花鸟，尤以画鱼著称，初善工笔，专长写意，善于广泛吸取，融会己意，所作布局严谨，笔墨精到，生动逼真，意趣盎然。罗鼎华先生的作品多次在全国美术作品展览并被选送欧美、东南亚及日本等国展出。

罗鼎华先生擅中国画，尤长画鱼。作为新中国第一代画家，其代表作《金鱼》参加了建国 10 周年全国美术作品展，并入选大型画册《十年中国绘画选集》。《九鱼图》被中国展览公司选送畦亚那、东南亚、西德、新加坡等地展出，并入选德国出版的《百花齐放》画册；1983年国家民委主办"壮族画家罗鼎华三代画展"在北京举行，其作品《稻香鱼肥》、《新湖跃鲤》、《胜似春晖》、《红棉喜鹊》、《鱼翔春水》等为国家民族文化宫收藏，《喜庆有余》在日本京都展出并出版，《吉庆有余》被香港国际收藏家石景宜博士珍藏、入选《中国当代书画选》；1991年《鱼乐图》参加全国文史研究馆书协作品在北京故宫展出，并入选《全国文史馆馆员书画精品选》，1994年《波光云影任鱼跃》被北京故宫博物院珍藏并出版。许多作品曾在加拿大、德国和新加坡等国家展出并被海内外收藏，在国内外颇负盛名。

据我所知，在中国的绘画史上，从唐、宋、元、明、清至近现代，善于画鱼的画家不下千人，无名画家的作品更枚不胜举。历代画家恽南田、八大山人、齐白石、张大千等都能随手拈来，鱼跃纸上，生动活泼、形态各式的以鱼为题材的作品深受人们喜爱。罗鼎华喜画鱼，并善画鱼，荷塘深处的游鱼简炼生动，借鉴和融入八大山人之风格；细笔功夫则从宋人恽南田吸收精髓，在原有的基础上，罗鼎华先生不拘泥于古人题材，从人们常养的观赏鱼金鱼到菜场鱼摊上，南方人餐桌上常见的鲤鱼，都成为他的绘画题材。古人和前人，善于画鱼的高手，笔下的鱼，都为淡水鱼，俗称"河鱼"，而以金鱼与鲤鱼为题材入画的恐怕只有罗鼎华一人了。《金鱼图》先用焦墨写出带鱼的头部"之"字形的鱼身用淡墨一蹴而就，笔墨简炼，造型生动，富有艺术感染力。《金鱼图》虽然尺幅不大，其精湛程度和题材新颖、富有时代气息的跋语，这样的作品是难能寻觅的。

无怪乎有这样一种说法，画坛奇才罗鼎华，乾造二十世纪初，文曲同守其名贵，善画鱼扬名于世，有"湘西白石虾，八桂鼎华鱼"之美誉。

画鱼须活泼　得其游泳像

每当我细细欣赏和品味罗鼎华先生的作品时，都被画中的景物深深吸引着……那一条条活灵活现的鱼，似乎来自大自然，又似乎来自人的心灵深处，每一条鱼都具有人的性格。

在中国画中，鱼属花鸟类。鱼形，作为艺术作品的形式出现，历史久远，新石器时代的彩陶，战国时期的青铜器，汉代的画像石，都有鱼形纹。三国时，画家徐邈善于画鱼，几乎乱真。到了唐代，鱼形的应用十分特别，一是作为锁使用，一定要雕成鱼形。用意是因鱼目日夜不闭，防止偷窃。二是用铜质铸成的鱼形物，作为凭证使用，上铸文字，分为两半，合符为证，通称为“鱼符”。三是在唐代考试制度盛行，有一定文化的平民，渴望能从考试中得到官爵。据说，黄河中部有大瀑布，名曰“龙门”，鱼跳跃过去，可变龙。比喻考上的就像鱼跃上龙门一样，于是把“鲤鱼跳龙门”作为幸运的象征。五代、北宋都有专门画鱼的画家，虽然流传于世的作品不多。但像宋代的《群鱼戏藻图》、《落花游鱼图》都具有研究价值。一般历代画家都兼画鱼，尤其明朝画家缪辅、王翘的《鱼藻网》，最具代表性。徐渭的《鱼蟹图》把中国画的大写意推向顶峰。清代的八大山人，恽寿平、石涛、高其佩、马元驭、边寿民、朗仕宁、李禅、李方膺、虚谷无不是画鱼高手。现代国画大师齐白石、潘天寿、李苦禅、汪亚尘、吴作人等皆善画鱼。而在当今的画家中，罗鼎华先生在生宣上画的鲤鱼，更是别具神韵，千姿百态，气韵生动。

中国画常以画寓意，在民间，因“鲤”与“利”，“鱼”与“余”谐音，所以画鱼的作品尤其是画鲤鱼的作品深得人民喜爱。这些作品蕴寓着吉庆、富贵、如意。在绘画作品中，我们经常看到“鱼乐图”、“乐在其中”、“吉庆有余”、“连年有余”等题款。鱼离开水，鱼水之情常喻为情谊深长。鱼跃、腾飞等比拟奋进向上。常有人喜爱画九条鲤鱼的“九如图”、“九”与“久”惜音，是永久如意的意思。鲤鱼是吉祥物，通过艺术家的笔展现在纸上，姿态各异，色彩缤纷，更是惹人喜爱。

鱼虽美，但画鱼很难，难在一个“活”上，若表现不好，就显得呆板俗气。“画鱼须活泼，得其游泳像”，说明了画鱼游在水中悠然自若或跃水搏浪的鱼，才能得其神韵。当然也有画静物的鱼，那属例外。

学问来不得半点虚假，艺术没有任何捷径可走，天赋只是你艺术之路上更加脚踏实地创造出优秀作品的催化剂和推进器。

在罗鼎华先生的艺术生涯中，从画金鱼到画鲤鱼，包含着一段辛酸甚至传奇的经历。

罗鼎华先生已经100岁了，从事美术创作已经70多年。1959年，新中国成立10周年大庆的时候，他满怀激情地创作了一幅国画《金鱼》。画面霞光照耀，在春水中，自由翔游着数尾金鳞，画风新颖，立意构思非凡。此画在10年大庆全国美术作品展览中被评为优秀作品，后入选《十年中国绘画选集》，人民出版社、民族出版社还印制成月历牌，在全国发行，深受到群众喜爱。

然而，这幅《金鱼》却给罗鼎华带来了麻烦。十年动乱时，画金鱼就意味着宣扬资产阶级的生活方式，他被说成是“资产阶级黑画家”，遭到残酷的批斗，左手被捆斗致残，右胸肋骨被斗断一根，并被流放到农场进行劳动改造，妻儿子女也全部被赶到农村。

1972年，罗鼎华调入忻城县文化馆从事美术创作，这才重新获得了作画的权利。但在那个特殊的年代，要搞创作是一件并不容易的事情！罗鼎华擅长画金鱼、山水，但这些在当时都还是禁区。金鱼不能画了，罗鼎华就改画鲤鱼。鲤鱼不是观赏鱼，不会犯忌。但从画金鱼到画鲤鱼，对一个画家来说却不是一件容易的事。为了解对象，他经常去渔场，细心观察鲤鱼的生活习性，向渔民请教有关鲤鱼的知识。每次画完鱼，总是不忘先给大家帮看看，请他们提意见。大家知道老罗要画鲤鱼，经常捉各种鲤鱼送他饲养，以便早晚对鱼进行观察和描绘。这样日复一日地和鲤鱼打交道，罗鼎华把鲤鱼画活了，达到了逼真的境地。据说有一次，他画了一幅鲤鱼，因墨色未干，被一只花猫看见，扑咚一声扑到纸上抓“鱼”。

当罗鼎华将呕心沥血创作出来的鲤鱼图送给领导审查时，领导却摇摇头说：光画几条鱼有什么意思，应画上社员捡牛粪，割草喂鱼，突出社会主义的优越性和人的精神面貌。这才算是好画！于是，罗鼎华只好又添上几个姑娘割草喂鱼。后来送到地区审查，仍觉得精神境界不高，提出要改成鲤鱼迎宾图，画上五大洲的人在围观鲤鱼，表明我们的朋友遍天下。

到了1978年，改革开放后，他画的《鲤鱼》、《鲤侣》、《新湖跃鲤》、《稻香鱼肥》等作品，以色彩鲜艳，形神兼备而得到社会的重视，受到国内外人民的喜爱。新加波南洋大学一位教授看了《稻香鱼肥》后，专门写信给他，夸他的鲤鱼画得好。

时常听到有人说这画画得真像，用这种方法欣赏中国画当然可以理解，因为画得像，看得明白，容易让人接受。但是一幅中国画作品的好坏，却不是以“像”或“不像”来衡量的。就艺术而论，我们欣赏一件绘画作品，首先不在于它像或不像，而在于绘画作品辐射出的观念、情绪、视觉感受等，能否紧紧地抓住观赏者的心弦，能否给人以充分的艺术审美享受，并使人从中获得某种启迪和教育。应该说，这才是一切艺术创作的真正目的。当然，要从画中去体验到一种“神韵”却并不是一件容易的事，那需要一定的审美能力、艺术修养及国画基础知识。

我认为罗鼎华先生的鱼画系列真正具有中国画的传统艺术审美标准，一是他十分注重画面的整体构图、气势，很讲究位置的经营，讲开合和起伏，透过作品的画面感受气氛、体验画面的情调；二是看他画的笔墨色彩，他对墨的浓、淡、干、湿、破、泼把握有度，色彩鲜明，线条流畅，表现手法既是工笔的又是写意；三是他的画讲究以形写神，立意新、境界高，极具神韵，因为“神韵”是一种高层次的艺术审美享受，是画家追求的目标。这就是罗老对作品的艺术形式和艺术技巧正确和准确的把握。

舒适的温室　养不出鲜活的鱼

偶有闲暇，我常到唐人文化街淘书、习字、赏画，每每大家提及罗老先生的画时，都在评介罗鼎华画的鱼专一、专心、专注，工笔深厚，功底扎实，尽管属于宫廷画，但却非常具有群众性和百姓味。

在上世纪40年代桂林求学与求艺生涯中，桂林特有的历史文化，加之石涛艺术传统创作思想与他固有学术思想体系的夹击冲撞，促成了罗鼎华先生的绘画美学思想、艺术观。可以说绘画思维和绘画语言的形成，是时代之必然。

“鱼”是我们民族喜闻乐见的题材，“鱼”是余的谐音，“年年有余”、象征着丰收，象征着富裕，也象征着成功。历史上有很多大家都喜欢以鱼为题材，可见人们对“鱼”喜爱的程度。

当今画坛，也有许多画家画鱼。但往往不是摹仿古人在传统中跳不出来，就是乱涂一气，毫无新意。据我观察，当代真正能在鱼上创新，画出时代特征的画家，当数罗鼎华先生。罗鼎华先生画鱼，可以说是信手拈来，“鱼”画更是他们的看家本领，犹如囊中探物，所画之鱼无不栩栩如生。

罗鼎华先生在中国仍至世界有“鲤鱼王”的美称，他笔下的鱼阳刚、激越、腾跃，有一种勇往直前的奋发精神，似乎穿越激流，时时能闻到泼刺之声。而罗鼎华先生笔下的鱼也有沉静、秀美、优闲，有一种大家闺秀风浪不惊的神情，从技法上看罗鼎华都借西画用光感明暗来表现鱼的立体感和体积感。风格上则多了几分细腻，几分文人雅趣。

“鱼”画要出彩非同其他花鸟画，一般花鸟与我们同处一个空间，而鱼则是生活在水中，一般都说传神尽在目睹中，而鱼眼都基本无变化，甚至睡觉都睁着，人们常说死鱼眼。中国画常常以白当天空，以白当水，不画一笔水而要把鱼画出在水中的感觉，决不是简单的事情，无表情的鱼要画出情趣，更是难上加难，不信大家可以去赏罗鼎华的鱼图，当知我说的不假。

罗鼎华先生具有扎实的西画功底，更具国画超然的表现能力，其作品融合中西之法，在造型、色彩、虚实、层次诸方面，力求个性的张扬和完美，这是十分可贵的。他的画笔充满了灵气与才情，更充满了对生活和艺术的探索和思考。而这种探索和思考的结果，又往往是一种领悟后的执着与大气。由此可见，这是一个全球性的话题和画题，这需要画家的敏锐捕捉和大胆表现，更需要画家的激越之情和恢宏之气。

我们从画展中可以观摩到罗鼎华的作品有特写镜头的放大，有诗意如花的讴歌，无不贯穿着画家的思想、情愫和胸襟、学养。我们由此观照，艺术走向生活、走向大众、走向世界，是需要胆识和胆略的，是需要境界和气魄的，当然，也是十分需要画家的“十八般武艺”的。

世纪之交的中国画坛表现得空前地热闹和繁荣。从印象派切入中国画的有之，从版画、水粉画、油画切入中国画有之，从民间艺术及泥塑切入中国画有之。这些林林总总的创作方法中所诞生的绘画作品给有千年历史的中国绘画传统以强烈的冲击。但总的取向不外乎两种：其一是解构传统使中国画融人西画的大一统中，其二是解构传统之后寻求新的绘画秩序和语言，使古老的中国画更加坚实，更富于生命力、表现力，即在解构中重建华夏绘画传统。罗鼎华先生的美学思想及其绘画作品属于后者。

罗鼎华的鱼画创作面专一，几乎囊括中国鱼画的方方面面。纵观他的绘画作品，他对中国画传统的理解和继承，似乎不是在形似方面，而是在“笔墨当随时代”(石涛语)、“同能不如独诣”(金农语)这一意义上，并赋于新的诠释，表现出新的思维和新的逻辑起点。因此，他的绘画不可以旧的文人画视之，常常焕发一种“灵气”，令人看后思索良多，富于新的启迪。

纵观罗鼎华先生的画，感觉有两个比较突出的艺术特征：一是踏实继承传统，善于突破自我。罗鼎华笔下的物象，并不追求后现代艺术情境的变形、夸张、隐喻，多是人们所熟悉的内容，但是一经他艺术构思，便别开生面，给人以熟悉而又陌生的感觉。例如画鱼，这是一常见的题材，清代李方膺、虚谷，近代齐白石都是画鱼高手，寥寥数笔勾出鱼的神态，水面不着一笔，调动人们的想象，给人虽不画水而满纸皆水的感觉。但罗鼎华画鱼，并不因袭前人，而是自出新意。他画的鱼，细致入微，通过鱼体曲线的变化和鱼鳍的翕张表现鱼的形态，可谓是一大发明，达到形真、神真、意真的效果。在背景的烘托上一反程式，他对水的表现别出匠意，以色彩的对比，画出水的深浅和透明度。这样鱼在水中憩歇、游弋、移步换影之姿得到惟妙惟肖的体现。罗鼎华不仅画鱼，而且画水中的海藻、水草和石块，全方位勾勒鱼的生活环境，使观画者能随着他的彩色明暗，背景的构置有进入鱼群之中而产生一种自由感，去体验画家在物化过程中你中有我，我中有你，你我不分的“观鱼之乐”。这样，罗鼎华就将传统的简约、只可意会不能言传的画鱼法则引向一个全新的语言表述境地，以相反相成之道开辟了全新的审美视觉，令人钦佩，给人思考。

二是表现自然生态，蕴含生命寓意。这一特征也可以说是罗鼎华绘画美学思想的总特征。无论他画什么鱼，其作品都表现一个回归自然、张扬生命的寓意的审美结构特征。如《稻香鱼肥》给人以万物皆生命，保护自然、回归自然、回归生命本体的使命感、归宿感。其格调是轻松愉快的，其意义是极其庄严的，于无声的画中，凸现了有声的主题。我在罗老先生多变的风格与专一的执著中找到了他新的语言支点和哲学的终结点及其存在的意义。

绘画艺术的源泉来自于生活，画家获得创作的灵感与创作的欲望也离不开生活，一位真正的画家，必须甘于寂寞，必须深人到生活中去，才能获得新鲜活泼的生机，才能产生创作的冲动与激情，才能思如泉涌一泻千里地创作出有血有肉、感人肺腑的好作品。

古人有“读万卷书，行万里路”的说法，纵观中国画史上凡是成一家者，无不苦心读书，遍览山河胜迹，以养胸中浩然之气，用以陶冶心胸，壮其情怀，吸收天地精华与灵气，唯有读万卷书，才能纵横千年，洞悉古今之变，唯有行万里路，才能博采民风，感悟生活的精采纷呈。绘画创作是如此，音乐创作、文学创作也莫不如此，艺术一旦离开了生活沃土的滋养，就变成了无本之木，无水之源，生命之树就立见枯萎，生命之泉就会干涸。

绘画的生机在画院之外，舒适的温床里，养不出这么鲜活的鱼来。罗鼎华先生的艺术创作实践正说明了这一点。罗鼎华先生以画中西合璧的碧水红鲤与吉祥富贵的金玉满堂、芙蓉鱼趣见长。写生是画家之正派，是画家吸收自然养份，滋润自己艺术的最佳方式与途径。艺术是生活的结晶，艺术是生命的体验。如果没有对环境保护和对人类生存环境的关心，我想他很难创作出如此优秀杰出的好作品。唯有鲜活的社会生活，唯有自然的无穷魅力，才能促使我们的画家心鹜千仞，游目万里，纵横丹青十万里，画出洋洋洒洒的如此作品。

生活给了画家以创作的灵感和创作的源泉，这不是什么高深的理论，这需要的身体力行的艰苦实践，画家的灵感需要生活来激活，天南地北的生活，需要画家的彩笔去充满激情地表现。人不能安逸地重复自己，更不能在浮躁的时代搞浮躁的创作，一天一个风格，一天一个创新，把随意与跟风当作一种创新。人的一生只干出一件事，干好一件事亦足矣！大凡世界顶级大师，大都一生只专注一件事情，一生只钻研一门学问。

游向更高远的广阔境界

“精雕细刻绘丹青，一条鲤鱼千万金；画到情真意切时，满纸尽是中华情。落墨随心归造化，画鱼写鱼寓生命；百年画家有谁人，惟有八桂鼎华鱼。”这是看了罗鼎华先生画作后发出的感慨。

八桂我辈著名画家众多，妙笔神工各异。就画鱼而言，艺术之妙、声望之高者，罗鼎华理当推举为圣手和现代画家中的“鲤鱼王”。早年曾以“一条金鱼”出名，又到“几条鲤鱼”，再到一群鱼，真是硕果累累，令人羡慕与赞叹。

罗鼎华先生的作品独具特色，与大多数画家的山水花鸟作品都有不同，他的作品专攻鱼，尤善鲤鱼。罗鼎华笔下的鱼落墨淡雅朴素，数笔成形，既有写意的神韵，又有工笔细腻逼真的境界。罗鼎华的作品，在内容上以中国人喜爱的鱼为主，工笔与小写意结合的画法更为普通民众所理解和欣赏。

当接触到张大千、齐白石、王雪涛、陈半丁、叶公悼、汪慎生等国画大师的真迹后，神奇的构图、新颖的立意、宏伟的气魄深深地吸引了他，更加深了他对绘画的热爱。

成长于壮民族文化发祥地的大明山下的罗鼎华专注画鱼，收集各种画鱼的作品，揣摩其中的区别与特色。为了画鱼，罗鼎华曾经购买了一个大鱼缸，养了很多鲤鱼，一有空就坐在鱼缸前仔细观察鱼的动态和习性。罗鼎华常常对着一缸鱼伏案作画到深夜。正是由于对鱼的习性、形态等有着详尽的了解，技艺日益提升。

笔者曾有幸见过罗鼎华先生画鱼，只见寥寥几笔，鱼头鱼身即成，鱼身微弓，鱼尾轻扬。待鱼身水干之际，工笔细描鱼鳞、鱼鳍。点睛时更是神来之笔，凹凸逼真的鱼眼让整条鱼活了起来。通身墨色的层次分明，颜色的调配逼真生动，极为传神，若隐若现的鱼鳞，似摆非摆的鱼尾，鱼儿便跃然纸上。点缀以浓墨泼洒的各式荷叶和娇艳欲滴的荷花，最后的一次喷色，使得一池绿水在整幅画间荡漾开来。

罗鼎华先生的画之所以与众不同，我认为有两个方面。一是他有着一颗特别智慧的头脑。早年美术专修学校的科班教育，使他养成了一个善于观察、善于思考、善于总结、善于创新的人，更是一个有胆有识的艺术家，故他挥毫落笔之点线、泼墨铺毫之意象，都是大气磅礴、朴拙高雅，均具大家之天赋秉性。他不被门户宗派左右，尽取各家各派之长，融合于自己的情性之中，故其画作可谓是百味杂陈，风随心散，捉摸不定，神秘莫测。二是他对自然生态、人文风俗存有一颗热情、感恩、博爱之心。他之所以早年博得“鲤鱼王”的美誉，关键之处就是他对生存与生活在自然界上的一切生灵抱有一颗深情关爱的心，善于从其所关爱的万类物象中获得冲动的灵感，并提升出自己所需要的品位构图。

“江南可采莲，莲叶何田田，鱼戏莲叶间。鱼戏莲叶东，鱼戏莲叶西，鱼戏莲叶南，鱼戏莲叶北。”从远古狩猎、采集时代起，鱼就一直与人类密切相关，甚至成为人类赖以生存的食物之一。在长期的历史发展中，人类赋予鱼以丰厚的文化内涵，形成了一个独特的文化门类——鱼文化。“鱼文化”就在人们的饮食、风俗和美术等方面各有表现。在表现为各种生熟美食的同时反映出了鱼的餐饮文化；在表现为各种鱼祭、鱼信仰的同时演化出了鱼的风俗文化；在表现为各种图画、造型的同时展示出了鱼的美术文化。在中华民族的传统文化里，鱼是寓意吉祥与富裕，又与“连年有余”、“吉庆有余”的“余”字谐音。故每当逢年过节，喜寿宴席，鱼更是不可或缺的，鱼在给人们带来美味的同时，也丰富了华夏民族的文化艺术创作内涵。古往今来，许多文人墨客借鱼抒怀，以鱼言志，逐渐形成了丰富多彩的“鱼文化”。

这就是罗鼎华先生一生都在画鱼的奥秘。

鱼是水中的精灵，是游弋在水底世界的活力风景，它潜浮回游的身姿令古今无数绘画大师为之倾迷。画家罗鼎华先生通过数年来对鱼的研究，独辟蹊径，形成了一条自己特有的画鱼艺术之路。罗鼎华的鱼画作品笔墨纯熟，线条遒劲，气势流畅，形成了鲜活清丽的审美意趣。这些年来，罗鼎华画鱼既遵从于传统的技法，又不拘泥于传统技法，在继承中不断地探索和创新。如古代画家画鱼，多采取墨鼓的技法，即靠墨的浓淡，突出鱼的形态，不过，真正做到形神兼备的并不多。这种技法，现代人几乎不采用了，而是用各种不同的重色，或采取肌理的办法，将鱼画得花里胡哨，鱼肚虽然曲白，但显得呆板僵硬。罗鼎华先生画的鱼，依然采用墨鼓技法，多数时候只有墨和水，偶尔也以色代墨为之。他笔下之鱼的造型往往有书法一样的抽象意味，以线条的扭动、交织和穿插，组合出特殊的韵味，给人一种返朴归真、自然和谐、色彩简约、意境悠远的感觉。

罗鼎华为了体现笔墨之道，索取画鱼的素材，拓展艺术思路，一直以来广泛地查阅和收集画鱼方面的有关资料和信息。从青铜器时代到唐宋元明清，近代现代几乎所有画鱼的图片和资料他都拜读研究过。在乡间长大的罗鼎华，对野生自然环境中的鱼感触颇多，随着时间的推移，久而久之，他对鱼产生出一种文化意义上的感悟。他对鱼情有独钟，潜心描绘，渐渐地，画鱼不再是一种对生物体的临摹，而是成了状物写心的一种寄托。经过不懈的努力和不辍的练习，他以儿时在乡村溪河湖塘所见所戏之鱼为绘画创作的班底，施以书法用笔着墨之技法，完全赋予所画之鱼以全新的特征。

功夫不负有心人。在绘画理论的指导与实践的结合中，罗鼎华经过多年的艺术探索，集众家之长与大度不屈的个性，形成了其作品的独特艺术风格，使作品达到了构图新颖、笔墨酣畅、脱俗入化、天趣自然的艺术境界。他笔下之鱼，只需数笔，就粗具轮廓，细细布鳞，徐徐渲染，鱼儿就鲜活地跃然纸上。罗鼎华先生画的鱼是得其形更得其神，生动天趣，让人流连忘返。画鱼不仅是他的人生观察，也是他的思想感悟，更是他的智慧表达。他用超越美术创作的灵感体味人生，大自然也变得有滋有味。

我反复欣赏着罗鼎华的鱼画作品，似乎觉得自己也变成了一条快乐的鱼，追随画家，游览人生，游向一种高远的广阔境界。

（写于 2010 年）

人民军队的战略跨越

■ 这成千上万走上奠坛的英灵中，第一滴血是1841年一名叫关天培的军人流在虎门炮台上的。中国军人从此真正开始被迫去认识蓝色海岸线以外的世界。

■ 现代化的军队，现代化的国防——一个从晚清魏源那里便开始萌生的中国梦。毛泽东先后为三军题辞，念念不忘建立强大的陆军、强大的海军和强大的空军。

上篇 畅 想

“冷战时代”悄然结束，人类在这个蓝色星球上高筑的壁垒渐渐瓦解，50亿双眼睛看见和平鸽飞过宁静的土地，一个远离了战争的民族在复兴，有一群优秀的儿女聚集在那面高扬的军旗下，构成这姗姗来迟的捍卫和平的长城！

中国军队，经历了一次历史性跨越！

46年前，一位从中国最屈辱的世纪走来、统率着一支从南方出发的永远打不垮的军队并缔造了强大的新中国的历史巨人，坚持要在共和国的象征——天安门前立一块巍峨的丰碑来纪念那些不朽的人民英雄，他把这一部英雄史诗的始点定在公元1840年。

这成千上万走上奠坛的英灵中，第一滴血是1841年一名叫关天培的军人流在虎门炮台上的。中国军人从此真正开始被迫去认识蓝色海岸线以外的世界。

1994年“珠海”号开始了我国战斗舰艇编队第一次访问俄罗斯的艰苦远航。

早在1985年，中国人民解放军正经历着百万大裁军这场新的长征时，人民海军舰艇编队首次出访南亚三国，开通了中外海军友好的新航线，到1994年已派出4批舰艇编队和二十多个军事代表出访二十多个国家。

珠海舰是我国自行设计制造的水面战斗舰艇中技术密集、现代化水平较高的导弹驱逐船，组建以后，官兵们在很短的时间就完成了驱逐舰全训科目，很快成为新装备的主人。

又一个十年过去了，我们的现代化的战舰就从昔日列强踏上中国领土的地方起锚开始远航。

猎猎的战旗高扬起来了，高高的舰桥上，一名上校舰长和一列水兵向虎门庄严敬礼。

1944年5月1日。三元里古战场附近的广州军区某射击场正进行一场特殊的军事表演，观众来自香港。

担负表演任务的是一支具有海陆空三栖作战能力的部队，海上万米泅渡、千里应急机动、野战生存、空中跳伞等高难险科目训练，磨砺出了一把饮誉南国的"岭南利剑"。

香港中华总商会副会长张永珍女士激动地说："看了战士们的精彩表演，我高兴地流下了眼泪，人民的安康，国家的昌盛，离不开强大的人民军队。我为我们国家有这样一支威武、文明之师而自豪。"

霍英东先生代表香港知名人士参观团，将一个印有"钢铁长城"的银盘赠送给部队，并留下了"钢铁长城"的留言。

80年代后期，当和平降临百年忧患的中国，960万平方公里疆域的周边第一次因为不再有战事而变得平静如诗时，中国军人面对分外妖娆的江山在做些什么？

据说，当年苏军攻克柏林，两位身经百战的将军望着柏林广场上狂欢的男女青年，怅然万分："我们失业了"。

和平难道真的就意味着军人失业了么？

1994年初夏，中国大陆最南端的这个以雷雨天气闻名世界的大半岛十分难得地露出几尺晴光。

战机一次次划空而过的轰鸣，在一位风尘仆仆的将军耳中，像一支人民空军向现代化进军的交响诗。从红日喷薄的黎明到群星璀璨的深夜，战鹰大鸟一般穿云钻雾，引擎声不断地从天际传来。

师长已经连续一个星期没有离开战机和指挥塔了。

飞行员出身的将军把前来汇报工作的政委、主任赶回了指挥塔。

将军的话掷地有声："训练场，那是和平年代我们军人的座标。"

从邓小平向长安街上万名三军将士做历史性挥手到江泽民长城阅兵，中国军人走过了不同寻常的十年。两任军委主席都要求人民解放军把教育训练放在首位，一支钢铁雄师从训练场走了出来。

保卫和平、抵御侵略是一支国防军的基本职能。没有战斗力的军队是无法担负起这一使命的。

祖国大陆最南端的某靶场。

陆军中士冯德友举枪对准100米远处那块墨绿色的半身靶，目光紧紧盯住靶心。

这是一场异乎寻常的比武，来自驻雷州半岛三军的45名射击高手聚集一起，一竞高低。

"啪！啪！啪——"冯德友手中那支普普通通的81-1式步枪有节奏地响起来。在划破森林宁静的枪声中，人们的目光都聚焦到了那几乎融进墨绿色森林背景中去的胸靶上。

枪声骤然停顿。

"100环——"报靶员的声音有些发颤。

"神枪！"

看台上，雷鸣般的掌声经久不息。

一名军人在军旅生涯中能打出一次100环已经足堪自豪了，这是20岁的冯德友从军三年来，在考核比赛、表演中用普通制式步枪和冲锋枪打出的第126个100环。

陆军的战友们把冯德友举起抛向空中，身着陆海空三军制服的司仪官庄严地把“岭南军营第一枪”的锦旗授给中士冯德友。

二十世纪九十年代中，当一个持续了百年的强国梦在蓝色地球的这一边，在一个伟大民族惊人的努力下正悄然化作现实的时候，世界不再只是追忆她过去五千年的辉煌，一个占世界总人口22%的古老民族的复兴无疑是二十世纪最伟大的奇迹之一。

一支政治合格、军事过硬、纪律严明、作风优良、保障有力的人民军队是保护这个伟大奇迹的利剑。

现代化的军队，现代化的国防。一个从晚清魏源那里便开始萌生的中国梦。“师夷长技以制夷”其思想光芒如流星行空，在千年黑暗的苍穹中留下一线希望之光。然而一次次播下希望的种，又一次次收获失望的泪。李鸿章办洋务，建立起于当时堪称现代化的北洋水师，可悲甲午一战，舰沉军灭；袁世凯小站练兵，开中国现代陆军之先，却练出一批北洋军阀，窃国媚外，混战不已，令人不堪回首；一代先驱孙中山，辛亥革命驱皇室，倡共和、办黄埔、练新军，然而逸仙甫逝，兵权即归民贼，枪口遂向人民。呜呼！一部中国近代史，亿万炎黄子孙泪。

1949年，毛泽东登上天安门城楼，给中国带来了好梦成真的契机与希望。以小米加步枪可以得天下，而要自立于世界民族之林却不可没有现代化。五十年代初，毛泽东先后为三军题辞，念念不忘建立强大的陆军、强大的海军和强大的空军。“两弹一星”上天，核潜艇下水，无不倾注着他的心血。

再次启动三军现代化发动机的人是我们的“总设计师”邓小平。1978年5月13日，他在召集总参谋部领导同志谈话时问道：“打起仗来和过去一样光靠电话吗？”

这一问，在当时的中国可谓惊世骇俗，即使在今天，也不失为一声警笛。那时，我军的大多数指挥员还被禁锢在“左”的模式中，对现代化指挥系统几乎一无所知。时任副总长的杨成武上将刚从法国访问归来，法军以计算机为中心的自动化指挥系统让他大开眼界：其信息传递之快捷之准确，其情况掌握之及时之全面，虽神话亦不能及也，指挥员甚至可以在屏幕上清楚地看到分队行动和单兵战斗动作。

就在这一次谈话中，“总设计师”从法军的指挥自动化谈到美军普及计算机的曲折过程，准确地标出了我军在全球现代化座标系中的位置，斩钉截铁地指出：“指导思想要明确，就是要解决现代化问题。”他的谈话为我们描绘了包括大裁军在内，三军现代化为中心的“三化”建设的蓝图。

中篇　变　革

二十世纪九十年代，国际风云波诡云谲，军事格局动荡多变，尖端兵器花样翻新，中国军队将如何面对严酷现实提出的挑战？冷静分析，果断行动，迎头赶上，全面提高我军在未来高技术战争中的应战能力——人民解放军正以坚实的行动作出明确的回答。

自古兵贵神速。在高技术战争中，军队的机动更是生死攸关、胜负所系。因此，我军一些部队对海陆空输送演练进行了大胆的探索——

1994 年，在广袤的白山黑水之间，各路劲旅展开了规模空前的输送大演练。一时间，纵横千里的铁路线上，铁流滚滚兵车行；波涛汹涌的江海航道上，巨轮穿梭渡雄师；风云变幻的长空，神鹰振翅降奇兵……以军委新时期战略方针为指导，广大指战员对水、陆、空多种形式、多种内容、多种手段的机动课题，进行了全方位的立体探索。

进入九十年代，面对高技术战争的严酷现实，国际军事舞台上的有识之士开始越来越多谈论一个英语新名词：“兵力投送”。在西方发达国家的《作战纲要》里，兵力投送过程已被视为军事行动的基本方式，成为衡量一支军队面对突发事件是否具有迅速作好战斗准备、动员、部署和作战能力的重要标志。有些战略家干脆直截了当地指出，现代战争就是打运输。这些全新的情况、全新的见解，使一些部队指挥员感到：以往对“机动”的认识和实践都大大地落后了。机动本领不强，机动能力薄弱，已成为制约部队提高高技术条件下作战能力的“瓶颈”。

就是在这样的背景下，我军领导和机关把提高部队机动能力作为一个关系全局的战略问题摆上了议事日程。在不太长的时间里，他们连续向所属部队下发了加强输送训练的四道指令，“输送训练”也首次被正式列入年度训练考核的重要内容，认真而扎实地在白山黑水之间展开了。

为尽快改变各级领导和机关对高技术条件下机动知之不多的状况，担负组织输送训练重担的军交运输部门率先开始行动。一个个“军交动输战备集训班”陆续开办起来。那些对粮食、木材、车辆运输烂熟于心的军代表们，捧起了高技术局部战争知识的书本，深人研究起部队编制、人员及各类武器装备等全新内容；一位精通航海、航空的专家被请上讲台，谈“天”说“潮”；各种现代输送工具的教具、模型和录像搬进“训练中心”，诸如怎样运用先进运输手段组织部队进行应急机动的课题，列入学术研究计划。借鉴发达国家的经验，采用滚装、滚吊平行快速作业方法组织海上快速装载；按照平战结合的要求，对港口、铁路交通设施进行改造；添置现代化吊运设备和工具等一些富有创造性的设想和机动改革方案提了出来。

与此同时，部队也在操场、训练场画出模拟飞机、轮船、火车平面示意图，按训练程序和要求，组织模拟登机、装载，因地制宜学“走”的知识，练“走”的本领。在整个白山黑水间的港口、机场、铁道线上的部队开展起多种形式输送训练，数十个师团结合参加合成演练和炮兵实弹射击运输进行输送训练。在此基础上，还组织了加强摩步团陆、水空综合立体机动演练。这些演练起点高、课题新、多兵种参加、多种运输手段并用，给人一种全新的感觉。

随着输送训练在更多的部队展开，一些不适应实战要求的

"马脚"也暴露出来：原本是一场带实战背景的输送演练，可对空掩护兵力却忘了部署，在敌情下开进列车梯队竟没有观察哨和值班武器，明晃晃摆在船甲板上的重装备更是被侦察机拍得一清二楚。

这种把现代战争的输送训练演成了"和平大进军"的情况，促使军队领导和军交运输部门下决心要从难从严抓好输送训练，使训练借鉴海湾战争的实例，把部队在高技术战争条件下机动可能遇到的情况归纳为装备伪装、对空防卫、通信联络、协调指挥等二十多个难点问题，先后在部分车站、港口、机场和部队种"试验田"逐一加以解决。驻滨海地区某部就摸索出以"军"充"民"的伪装方式，使坦克等大型装备变形，使"敌"真假难分。

此外不少部队还摸索出无照明条件下的机动方法，机动途中反空袭、抗敌电子干扰、通信联络实现"动中通"的绝招和办法。对这些经过实践证明行之有效的机动方法，他们成功一项推广一项，从而使部队开始具备了高技术条件下的机动输送过程中与"敌"斗智斗法本领。

昔日陆空协同演练中"陆军唱主角，空军当配角"的惯例，如今在某集团军和空军航空兵某部携手进行的高技术条件下战役演练中被改变，出现了两个主角同唱"一台戏"的新局面。

在某地的陆空参演部队指挥所里，陆空双方互派到对方的联络指挥组，分别和陆空部队指挥员同"帐"判断情况、分析态势、适时提出协同作战建议、一道参与协调作战进程的场景，顿感一股浓郁的陆空协同气氛。随着陆空指挥部的密切协同运筹，一道道指令，通过地域通信网、车载地球卫星站、超短波野战无线电集群系统等先进通信手段，传到空中，传到阵地前沿。继而，一架架歼击机、轰炸机飞临战区上空；一门门大炮、一座座导弹发射系统喷吐火舌；一辆辆坦克、装甲战车隆隆开进，在陆军指挥员的指挥下，协调一致地实施战役演练。

这次演练体现了高技术条件下的陆空全程协同。他们依据作战各个阶段的不同内容，设置不同的情况，体现不同的协同方式。地面部队快速机动时，空军提供空中掩护，保障部队机动空域安全；反空降、破敌遮断时，陆空随机协同；组织机动防御阶段，陆空定点协同，空军在机动御地域上空巡航，并突击地面进攻之敌；总攻打响时，空军大机群向"敌"阵地投下一枚枚重炸弹掀起尘土硝烟，将突人之"敌"后撤道路遮断；陆军部队集群坦克、装甲车如山洪倾泻，直卷"敌阵"。空军高科技训练模拟设备和器材，在空军各部队训练中得到推广使用，标志着空军主要兵种的训练手段已进入以电子计算机模拟技术应用为主的崭新领域。

空军充分发挥部队、院校、科研机构的集体智慧，对主战机种的激光、电子训练模拟器材进行了整体开发和科研攻关，先后研制出一批激光、电子训练模拟器材，其中有三项获国家发明奖，二十多项获军队级科技进步一、二等奖。激光、电子训练模拟器材的推广应用，提高了模拟训练的逼真度，扩大了模拟训练的内容，如用于歼击机飞行员技术训练的"球形全视景系统飞行模拟器"配有计算机成像系统，能较为逼真地模拟空中环境，使飞行员在地面就可以进行飞行特技动作、空战攻击动作的训练。在模拟训练的范围上，已从机电模拟发展到电子计算机模拟，从技术模拟发展到战术、战役模拟，并在飞行院校和飞行部队90%以上的战术、技术训练课目中得到应用。在种类上，由航空兵部队发展到雷达兵、空降兵、地空导弹、高射炮兵、通信、气象等兵种和专业，由单一兵种、机种的模拟发展到多兵种、多机种的合成模拟；并在空战、空对地轰炸攻击、地对空射击等方面，初步形成了系列。

1994年秋，某集团军成功进行的"中军帐"演练首次向蓝天开进，标志我军靠前实施战役指挥的能力迈上新台阶。

上午8时许，在某机场，集团军首长、机关"前指"与某摩步师指挥所进行空中远距离开进的演练拉开了序幕。

"现在开始登机！"随着指挥员一声口令，空军航空兵某师派出的机组人员迅速将两架国产新型运输机后舱门打开。紧接着，集团军首长带领“前指”人员登上飞机。指挥车、通信车、机要车驾驶员平稳地将车辆驶入机舱，固定好。从装机、登机至装登机毕，仅用了10分钟。

飞机昂首直插蓝天，某集团军首长、机关“前指”人员及随机侦察分队官兵，鸟瞰脚下飘过的朵朵白云和不时掠过的群峰叠嶂，心情激动。一位作训参谋说：“过去，指挥所开进，大都是摩托化行军，由于指挥所不能快速到达前沿阵地，有时作战指挥往往‘慢半拍’。如今，指挥所乘飞机远距离开进，我们再不愁快速进行现代作战指挥了。”

数百公里距离只用了30分种。机停舱门打开，机载车辆司机迅速将舱内汽车开出，指挥所一班人马立即乘车向作战指挥地域开去。此次空中开进只用了地面摩托化开进时间的十分之一，大大提高了合成军指挥员的指挥时效。

在最近进行的一次高技术条件下海战演练中，北海舰队某驱逐舰支队在单舰巡逻警戒、编队寻歼作战，多舰种、多兵种协同攻防等战术课题的检验中，取得五战五胜的佳绩，显示出在高技术条件下立体作战的能力。

这个支队是新中国最早组建的驱逐舰部队，40年来，随着武器装备的更新换代，对驱逐舰立体作战能力提出了更高要求。为此，他们把单舰、编队、合成训练有机结合，使驱逐舰个体和群体多维空间上的攻防能力明显增强。单舰，他们实现了导弹、火炮对空中目标的攻击和防御，导弹对水面舰艇的超视捶攻击，鱼雷、深水炸弹、火箭炮对潜艇的搜索攻击与对潜防御；编队，他们完成了多舰驱逐在不同队形、不同速度、不同方向上，对海空、海面和水下目标的整体协调攻防、合成。他们除了能与导弹快艇、猎潜艇等舰种协同外，还探索了电子干扰的反干扰训练。

这个支队经过多年努力，成功地探索了驱逐舰上立体训练的路子，其经验具有一定的指导意义。

隆冬之夜，鲁中山区某演习场，炮群云集的“红军”阵地上，保持着战前的沉寂。前沿观察所里，操纵各式观测器材的侦察兵像是具特异功能的夜鹰，注视着前方发光发声散热行进和无光无声静止的各类目标。他们迅速地识别真伪，“咬”住目标，侦察器材与自动数传装置，数秒钟内便准确无误地将经过电路综合处理的射击诸元传输到火炮阵地。

瞬间，冲天的火光撕破了夜幕，急骤的炮火压制了前方的火力点……“首群覆盖目标！”、“群群覆盖目标！”夜空一片火海，浓烟直冲天际。尔后，上级指挥员又临时指定射击目标，仅仅数十秒，弹群像长了眼睛似地准确覆盖目标。

这是某炮兵师年终演练的壮观场面。侦察兵们凭借着经过革新后的侦察指挥器材，增强了高技术含量，把沉沉黑夜化为白昼，把炮兵部队变成了全天候、全时辰的“战神”。

为了侦察指挥器材的改革，使它具有“火眼金睛”的能力，这个炮兵师官付出了上千个日日夜夜的艰苦努力。

那是一段难以忘怀的经历。随着我军训练改革的进程，炮兵师实现了昼间作战的快速反应，占领阵地、发射、撤离均在几十秒内完成。当历史的车轮碾入新的时空，一向以战争之神而引为自豪的炮兵官兵，观看海湾战争录像，翻阅外军高技术介绍，忽然觉得，未来夜战，自己不再是仰天长啸的骄子，倒像是蒙上了眼睛的“雄狮”。

时不我待，官兵们懂得，不能等装备了高技术武器才进行现代夜战训练。他们立足现有装备锤炼“火眼金睛”，向夜间“快反”要战斗力。

一场全师性历时三年至今仍没停步的技术革新活动，把炮兵师官兵带入了一个新天地。热成像仪是先进夜视器材，但虽能观察却难以定位，激光测距机虽不能夜间现察，可测距定位精度好。一番历经上百次失败的革新之后，热成像仪、激光测距机和数字方向盘组合成了一部夜视观测仪。“杂交”的结果，视测功能兼备，侦察传输同步。他们还运用光电编码、数模转换等技术，使部队现行装备的 4 种侦察器材与“快反“系统联网，在茫茫暗夜里，各打击目标“一触电”，火炮阵地上数秒内即可行到经过电脑提供并一传到位的准确数据，其精度和速度十分惊人。就连普通的“双观交会“这一炮兵部队的传统手段，一经光电编码、相关软件技术的渗入，作业速度便由数分钟缩短到以秒计。这几种侦察手段适应性强，既能单独使用，又能互为补充；风雨浓雾挡不住，电闪雷鸣也无妨。

“火眼金睛”这一夜训改革之花，不是供人欣赏的摆设。新的侦察手段必须由高素质的官兵来掌握。全师上下组织训练的方式变了，他们把整个夜间“快反”训练划分为培养组织指挥明白人、培养专业技术能人、搞好单兵与整体协同训练等 5 个阶段。为此，全部队展开了强化训练。部队开赴华东最大炮兵靶场，伴着海风寒夜，培养了数千名各类骨干，这批尖子又像滚雪球那样带动了全部队的训练。

随着两发红色信号弹腾空而起，刚才还寂无一人的演习场，刹那间突然出现大量坦克、装甲车、火炮，一枚枚对空导弹挺立在射架上怒指苍穹，一架架战鹰在“野战机场”昂首待发……这是某伪装部队实施战役目标伪装实兵演习的一个镜头。

被称作“战场魔术师”的我军伪装部队，是一支年轻的专业队伍。近年来，这支部队大量吸收高新技术成果，伪装手段由过去的简单利用夜暗、浓云、大雾等不良天侯和用树枝遮掩等，发展到可与敌人的侦察卫星、高空探测器等高科技武器相对抗的较高水平。目前，这支专业部队已具有对各种兵器实施迷彩，对机场、码头、永备工事、战役指挥中枢等重要目标实施反光学、反雷达、反热成侦察等隐真能力；还具有构筑假阵地、设置假桥梁、假工厂、假城镇、假道路等点状、线状、面状目标示假能力；实现了从单个技术目标向集群目标、从静止目标向运动目标、从简单伪装技术向全波段伪装技术、从战术目标伪装向战略目标伪装的高层次跨越。

下篇　跨　越

百万大裁军之后，陆军全部改为合成的集团军。陆军的专业兵种数量第一次超过了步兵，炮兵已成为第一兵种。新诞生了不少新型专业兵种部队，如陆军航空兵、海军陆战兵、空军地空导弹部队。

1985 年由邓小平主持的历史性调整，使各大军区、军兵种领导班子平均年龄由 64.9 岁下降到 56.9 岁。军事将领中，空军的都会飞行，海军的大多会操纵舰艇，二炮的能指挥导弹发射。沿着总设计师开创的道路，人民军队的素质又发生新的变化：党的十四大之后所进行的又一次调整交流大单位领导班子的平均年龄又有下降，文化程度有了提高，结构更加合理，整体素质明显增强。总部有关部门的最新统计表明：各军兵种目均有了自己的硕士或博士；全军军官 50%以上达到大专文化程度，团级以上领导班子大中专比例达 78.4%，海、空军和战略导弹部队科技人员达到或超过 50%。

1988 年 8 月 1 日，在中国人民解放军建军 61 周年的日子里，我军实行新的军衔制，中央军委授予 1500 多名高级将领将军军衔。

这一年的秋季，上级突然对某集团军进行攻战检验性演习。车辚辚，马萧萧。军首长指挥着 5000 余名兵力、700 余辆军车、坦克，数 10 门火炮及各型飞机，依次展开防、反空降、战役机动和渡江进攻战斗。天气炎热，环境艰苦，“敌情”复杂。整整 7 个昼夜，指挥官们谋势造势，高招迭出。

演习取得了巨大的成功，总部军区首长给予很高的评价：决心正确、计划周密、指挥得当，显示了部队职业教育现代作战条件下的整体作战能力。

指挥这次演习的 5 位年青的少将，平均年铃只有 48 岁，个个都曾是国防大学的高材生，在集团军领导岗位上已工作四、五个年头。

是什么力量给“战争之神”又添神威呢？一位炮兵指挥官说：“科技，科技是第一生产力，也是神奇的战斗力！炮兵全程自动化作战指挥系统，结束了炮兵指挥用图版指挥及铅笔作业的历史，揭开了我军炮兵作战训练新的一页。

和平的橄榄枝上，中国军徽在闪光。一部10年的史诗像亚细亚那轮格外硕大的太阳一样永远辉煌。

1992年5月14日，中国军队最后一位元帅聂荣臻在93岁高龄辞世。至此，缔造了中国军队并统率着那支从江西南昌出发的队伍先后与美、苏、日等世界上几支强大的现代化军队较量过的十位元帅皆成为历史人物。在此之前十位大将也已相继作古。人们在他们史诗般的历程中发现，这二十位中国现代军事史的“撰写者”全部出身步兵——人类有史以来最古老的兵种。

一曲“步兵谣”伴着中国军队走过了半个多世纪。

1985年，改革震荡着这支辉煌的军队，历史性清简整编带来人民解放军的一次伟大超越。中国军队的编制作了重大调整，陆军中专业兵种数量第一次超过了步兵，炮兵取代步兵成为陆军的第一大兵种。

1987年10月5日14时16分，一架入侵中国领空的米格——21型侦察机被我年轻的空军地空导弹部队击落。这个日子距我国空军地空导弹部队成立29周年还差一天，距中国军人创造人类战争史上首次用地空导弹击落战机的战例28周年还差两天。

它是中国空军中这支最年轻的兵种的骄傲。南方，和平鸽终于归来了。

但当剑和盾终于沉默在丁香花雨中时，中国军人在做些什么？

运输机的巨翼在疾速运动的气流中剧烈地震颤着，陆军上尉喻秋华扶着舱壁朝大地张望，云雨、雾气遮蔽了这机场，什么也看不见。

风速已达每秒5米。

受气流影响，飞机的高度已降低到翼伞伞降基本条件以下200米。

这是喻秋华十二年的侦察兵生涯中遇到的最恶劣的伞降天气。

上级命令他必须按时准确地在预定地点降落。在这场"破袭敌飞机场"的演习中，他率领的突击队组成"第一攻击波"负责捣毁"敌"守备部队指挥所，引导掩护机降部队进行破袭，整个战斗要在20分钟内结束。

时针指向了预定攻击时间。

喻秋华第一个跳出舱门，迎着巨大的气流迎着大地张开伞翼。

喻秋华第一个跳，我军传统的陆军步兵概念被画上了句号；这一跳，给我军陆军赋予了时代的内涵。

喻秋华大鸟一般稳稳落在了半个排球场大的着陆场内，距上百名来自解放军统帅部和各大单位的将校的位置只有60米。

掌声响起来！

国门刚刚打开的八十年代初，人们从电视屏幕上第一次看到西方国家精锐的海军陆战队时，一名29岁的陆军野战步兵营长刚刚从西沙归来便接到一道使他终生难忘的命令，他的营将换上水兵服，成为中国第一支海军陆战队。

10年后，他被任命为中国人民解放军海军陆战某旅上校旅长。

1993年，南方的盛夏。热带的骄阳灼烤着南中国海面。登陆艇劈开蓝色的海，远处，一座人迹罕至的岛屿渐渐地出现在视野里。

这是一场多兵种大规模合成演习之前的一次预演。沙滩近了，上校挥动着手臂率领第一攻击波冲上滩头。

跃动的海洋迷彩在快速地朝岛屿的纵深地带推进，枪炮声惊走了深山中斑斓的热带鸟。上校从一截陡坡上摔下，巨大的创痛从腿部迸裂出来，"战场"从眼前消失了，装甲车的引擎轰鸣声震开了他的眼睛，他才发现周围簇拥着许多双比太阳还焦灼的眼睛。上校咬牙站了起来，命令一名参谋背起他，朝敌核心高地冲。眼泪模糊了年轻参谋的双眼，他知道旅长喜欢引用一句外国将领的名言：攻击、攻击、再攻击！

在随后而来的那场三军合成演习中，海军陆战兵的出色表现得到了来自统帅部将领们的高度评价，一支精锐的陆战步兵突击队被记集体二等功。

邓小平潇洒地伸出一个指头：百万大裁军。数万名身经百战的老红军、老八路从军队高级领导岗位上退下后，许多人不禁担忧：我军是否能再现昔日的威武和辉煌？

10 年间，一个有力的惊叹拉直了弯弯的问号。

一位 13 岁就参加了人民解放军、从步兵成长为战区空军司令的将军说："空军的战斗力是飞出来的。"

百万大裁军的 1985 年，这位年满 50 岁的特级飞行员最后一次飞上了蓝天。

我们已无法了解这个空战英雄壮别蓝天时的那份激越心情，30 年的飞行员生涯他累计飞行 2500 个小时，是整个人民空军飞行时间最长的飞行员之一，等于在空中呆了一百多个昼夜。

那一天，已担任某空军军长的将军两次驾机上天，将军一直不说话，但是每一个人都读懂了那一道留在蓝天上的永远的航迹。

1984 年 10 月 1 日，邓小平屹立在天安门城楼上用洪亮的声音对一万余名受阅部队官兵说道："中国人民解放军的全体指战员，务必时刻保持警惕，不断提高自己的军事政治素质，努力掌握应付现代战争的知识和能力。"

这个声音，中国军人将永远铭记。

（写于 1994 年）

跋

生命的馈赠

在我的人生旅途和军旅生涯中,我感激予以我关怀与扶持的所有人。

赏望野外初春的阳光与阳光里青青的小草和绿绿的树叶时,我体味到:人间又开始嫩绿了,阳光又开始明媚了,大地又开始芬芳了,江河又开始欢腾了……于是,我的心里充满着对人世间与大自然的感激。

仰望天宇与星空,是人们在童年时期最心醉神迷的事。当我仰望着钻石般闪亮的星星遍布在天鹅绒一样湛蓝的天宇中,那种循环不已的璀灿光芒在我的视网膜上时,分明又有一种永恒的力量从我心底涌动出来。这就是我们人类的精神、人类的善意、良知和生生不息的爱。

人踏进社会,才懂得感激教育过自己的每一位师长;人有了孩子,才懂得感激养育过自己的父母。人懂得感激,是生活的教诲。成功与失败,人人都有自己的诠释。而我每每在空洞的黑夜,任凭想象的翅膀,静静思索时,我心中涌动最多的感觉,就是感激。

我感激文学让我找到激情。

我感激发现并提携我的老师与长辈们。感激他们在我年轻的心灵播下文学的种子，使我有可能用我毕生的时间与精力和人类最优秀的，同时也是最优美的心灵和大脑对话，并接受那些高尚情感的浸润和启迪。岁月如烟，那时发生的一切，都已成为很遥远、模糊的记忆，但我依然深情地怀想着给我深深受益的师长们。在享受那种音乐般的阅读的愉悦中，我懂得了人的生存与艰苦命运的苦斗，对一切人与事的同情和爱心。正是文学在以它的无言之美，开发着、塑造着理解人类美好情感的心灵，伴我走过人生的长途，滋养着我的灵魂，磨砺着我的性情。

这都是我每每心怀感激的原因。

因为感激是一种很好的情感。古往今来，我们的先辈一直教诲我们要“知恩图报”，“滴水之恩当涌泉相报”。所以我应当感激——

感激没有战争的这个年代；

感激天，感激地，感激阳光照射着大地；

感激我的父亲母亲，感激我的兄弟姐妹，感激我的同志战友；

感激我书中的人物；

感激生活在这个世间的一切善良与慈爱的人们。

这是我成长和成熟的过程，不论这种成长将出现何等奇迹，所有的成长者对于哺育他成长的一切，永远都应该怀着无尽的感激。

让我深深地感激并深深地记住他们。

回首往事，这一路点点滴滴的苦痛，原来都是收获，我用真诚和汗水去打开成功与感动。我的笑在你怀中，都比从前暖得多，让我感激得颤抖。收获成熟，我将沿着明天的路慢慢走下去，希望你的心中留下我的名字，我的心里也写下你的名字。求时间，悄悄地把这种子长成果实。

老子曰："大音希声，大象无形。"太深重的苦难恐怕难以表达，太饱满的感情恐怕无法言说。报告文学，是当代人记录当代历史的一种文本；报告文学作家，是永远奔跑在时代最前列最前沿的歌者，我乐于做这样的时代的歌者。这里需要说明的是，本书中除了《百岁"画鱼王"》和《东盟之窗南宁》两篇作品外，其余作品都是1990年至2000年间记录的事件与人物。这可以说是我对自己心怀的一种夙愿，对人类精神家园的一种寻觅，是人类对新世纪的一种美好祈盼而矣！

是的，在我心中，总有那么一种感激。感激之于我，犹如生命的馈赠，让我悟出生命的珍贵，生命的情意，生命的涵义。有了感激，我的生命将会显得愈加执著、愈加坚毅、愈加完美。

钟　锋

2011年春于邕江之畔